CLIVE CUSSLER

Höllenflut

Buch

Eigentlich sollte es ein erholsamer Tauchurlaub werden. Doch dann entdeckt Dirk Pitt Entsetzliches: Die Tiefen des Orion Lake westlich von Seattle bergen Hunderte von toten Chinesen. Julia Lee alias Ling T'ai, die als verdeckte Ermittlerin für die US-Regierung arbeitet, bestätigt Dirks Ahnungen: Der See dient einem Reeder aus Hongkong als Stützpunkt. Aber Quin Shang, einer der reichsten Männer der Welt, hat seine Geschäfte perfekt getarnt, denn bei seiner Ware handelt es sich um illegale Einwanderer. Mit Abertausenden von Menschen, die als Sklavenarbeiter oder Prostituierte eingesetzt werden, überschwemmt er die westliche Welt. Die Ware Mensch beschert Quin Shang Milliarden – und der chinesischen Regierung einen unschätzbaren Vorteil im Kampf um die Weltherrschaft. Bei ihren weiteren Ermittlungen geraten Dirk und Julia unweigerlich ins Fadenkreuz des Chinesen. Und als sie schließlich erkennen, was Quin Shang im Schilde führt, ist es beinahe schon zu spät ...

Autor

Clive Cussler, Jahrgang 1931, zunächst Flugzeugingenieur bei der Air Force, hat sich einen der vordersten Plätze unter den großen internationalen Bestsellerautoren gesichert, seit er 1973 seinen mittlerweile legendären Helden Dirk Pitt erfand. Er lebt in Colorado/USA.

Von Clive Cussler ist bereits erschienen:

Schockwelle (35201), Das Alexandria-Komplott (35528), Eisberg (35601), Akte Atlantis (35896), Im Zeichen der Wikinger (36014), Die Ajima-Verschwörung (36089), Die Troja-Mission (36473)

Von Clive Cussler zusammen mit Paul Kemprecos:

Das Todeswrack (35274), Brennendes Wasser (35683), Flammendes Eis (35825), Killeralgen (36362), Tödliche Beute (36086), Packeis (36617)

Von Clive Cussler zusammen mit Craig Dirgo:

Der goldene Buddha (36160), Todesschrein (36446)

Von Clive Cussler zusammen mit Dirk Cussler:

Geheimcode Makaze (geb. Ausgabe, 0219)

Clive Cussler
Höllenflut

Thriller

Ins Deutsche übertragen
von Oswald Olms

blanvalet

Die Originalausgabe erschien unter dem Titel
»Flood Tide« bei Simon & Schuster, New York.

Umwelthinweis:
Alle bedruckten Materialien dieses Taschenbuches sind
chlorfrei und umweltschonend.

Einmalige Sonderausgabe Februar 2007
bei Blanvalet, einem Unternehmen der Verlagsgruppe
Random House GmbH, München.

By arrangement with Peter Lampack Agency,
Suite 1613, New York, NY 10176-0187 USA.
Illustrations by Beauchamp Group.
Umschlaggestaltung: Design Team München
Umschlagfoto: Jupiter Images/Nonstock
ES · Herstellung: WAG
Druck und Einband: GGP Media GmbH, Pößneck
Printed in Germany
ISBN 978-3-442-36679-8

www.blanvalet-verlag.de

Danksagung

Der Autor möchte an dieser Stelle den Männern und Frauen des Immigration and Naturalization Service seinen Dank für die großzügig zur Verfügung gestellten Daten und Statistiken über illegale Einwanderungen aussprechen.

Dank gilt auch dem Army Corps of Engineers für die Hilfe beim Beschreiben der Unwägbarkeiten von Mississippi und Atchafalaya River.

Und den vielen anderen Menschen für die Vorschläge und Ideen bezüglich der Hindernisse, die Dirk und Al überwinden müssen.

Requiem für eine Prinzessin

Princess Dou Wan

10. Dezember 1948
Unbekannte Gewässer

Die Wellen türmten sich tückisch auf und wurden mit jedem Windstoß wilder. Die See, die am Morgen noch so ruhig gewesen war, hatte sich bis zum späten Abend in ein tobendes Inferno verwandelt. Jetzt hingen schwarze Wolken über dem aufgewühlten Wasser, und ein peitschender Schneesturm trieb Gischtschwaden von den weißen Kämmen der Wogen, so daß man kaum noch zwischen Himmel und Meer unterscheiden konnte. Der Passagierdampfer *Princess Dou Wan* kämpfte sich durch die Wellen, die wie Berge aufragten, ehe sie über das Schiff hereinbrachen, doch die Männer an Bord ahnten nichts von dem drohenden Verhängnis, das sie nun jede Minute heimsuchen konnte.

Sturmböen aus Nordost und Nordwest peitschten die tosende See auf und erzeugten heftige Strömungen, die von zwei Seiten zugleich gegen das Schiff anbrandeten. Binnen kürzester Zeit erreichte der Wind eine Geschwindigkeit von über hundertfünfzig Stundenkilometern, und die Wellen türmten sich bis zu zehn Meter hoch auf. Die *Princess Dou Wan* war diesem Mahlstrom schutzlos ausgesetzt. Ihr Bug tauchte ab und schnitt unter den Wogen hindurch, die über das offene Deck nach achtern spülten und wieder zurückfluteten, wenn sich das Heck weit über das Wasser hob. Sie stampfte und schlingerte unter der Gewalt der Elemente, die von allen Seiten über sie hereinbrachen, neigte sich zur Seite, bis die Steuerbordreling entlang des Promenadendecks in den kochenden Fluten verschwand. Dann richtete sie sich langsam, viel zu langsam und schwerfällig wieder auf und dampfte weiter durch den schlimmsten Sturm, der diese Gewässer seit Jahren heimgesucht hatte.

Ausgefroren und vom Schneesturm geblendet, zog sich Li Po, der zum Wachdienst eingeteilte Zweite Maat, ins Ruderhaus zurück und schlug die Tür zu. In den vielen Jahren, in denen er nun schon das chinesische Meer befuhr, hatte er manch heftigen Sturm erlebt, aber noch nie einen solchen Flockenwirbel. Po hielt es für ungerecht, daß die Götter derart verheerende Winde wider die *Princess* entfesselten, nachdem sie fast die halbe Welt umfahren hatte und keine zweihundert Meilen vom sicheren Hafen entfernt war.

Mit Ausnahme von Kapitän Leigh Hunt und dem leitenden Ingenieur drunten im Maschinenraum bestand die gesamte Besatzung aus Nationalchinesen. Hunt, ein alter Seebär, hatte zwölf Jahre bei der englischen Marine gedient und weitere achtzehn als Offizier bei drei verschiedenen Schiffahrtsgesellschaften, davon fünfzehn als Kapitän. Als Junge war er mit seinem Vater von Bridlington aus, einer Kleinstadt an der englischen Ostküste, zum Fischfang ausgefahren, bevor er als einfacher Matrose auf einem Frachter nach Südafrika angeheuert hatte. Er war ein schmächtiger Mann mit ergrauenden Haaren und bekümmertem Blick, der stets etwas geistesabwesend wirkte. Er hatte erhebliche Bedenken, ob sein Schiff in der Lage war, einen derartigen Sturm abzuwettern.

Zwei Tage zuvor hatte ihn ein Besatzungsmitglied auf einen Riß in der Rumpfwand an Steuerbord, unmittelbar hinter dem Schornstein, aufmerksam gemacht. Er hätte eine Monatsheuer dafür gegeben, wenn er ihn jetzt, da das Schiff unglaublichen Belastungen ausgesetzt war, genauer hätte untersuchen können. Widerwillig verscheuchte er den Gedanken. Bei Windgeschwindigkeiten von mehr als hundertfünfzig Stundenkilometern und einer tobenden See, die ein ums andere Mal über das Schiff hinwegspülte, wäre schon der Versuch der reinste Selbstmord gewesen. Er spürte es in den Knochen, daß sich die *Princess* in großer Gefahr befand, fand sich jedoch damit ab, daß ihr weiteres Schicksal nicht in seiner Hand lag.

Hunt starrte hinaus in das Schneetreiben, das die Fenster des Ruderhauses einhüllte. »Wie sieht's mit der Vereisung aus, Mr. Po?« sagte er zum Zweiten Maat, ohne sich umzudrehen.

»Nimmt rasch zu, Käpt'n.«

»Glauben Sie, wir laufen Gefahr zu kentern?«

Li Po schüttelte langsam den Kopf. »Noch nicht, Sir, aber bis morgen früh könnte sich die Last auf Decks und Aufbauten als kritisch erweisen, wenn wir schwere Schlagseite bekommen.«

Hunt dachte einen Moment nach, dann wandte er sich an den Rudergänger. »Bleiben Sie auf Kurs, Mr. Tsung. Halten Sie den Bug in Wind- und Wellenrichtung.«

»Aye, Sir«, erwiderte der chinesische Steuermann, der breitbeinig dastand und das Messingruder mit beiden Händen festhielt.

Hunt mußte wieder an den Riß in der Rumpfwand denken. Er konnte sich nicht mehr erinnern, wann die *Princess Dou Wan* zum letztenmal zu einer ordentlichen Inspektion im Trockendock gewesen war. Die Besatzung schien sich seltsamerweise nicht die geringsten Sorgen wegen der verrosteten Rumpfplatten und der losen oder fehlenden Nieten zu machen, und offenbar störte sich auch niemand daran, daß die Lenzpumpen wegen des eindringenden Wassers ständig auf Hochtouren liefen. Der Rumpf, angegriffen und verwittert wie er war, war die eigentliche Schwäche der *Princess*. Ein Schiff gilt im allgemeinen als alt, wenn es zwanzig Jahre lang die Ozeane durchpflügt hat. Die *Princess* indessen hatte Hunderttausende von Seemeilen zurückgelegt, hatte oftmals schwere See und manch einen Taifun überstanden, seit sie vor fünfunddreißig Jahren die Werft verlassen hatte. Es grenzte fast an ein Wunder, daß sie überhaupt noch schwamm.

Bei Harland & Wolff für die Singapore Pacific Steamship Lines gebaut, war sie 1913 vom Stapel gelaufen und auf den Namen *Lanai* getauft worden. Sie hatte eine Bruttotonnage von 10758, eine Gesamtlänge von 151 Metern und war achtzehn Meter breit. Ihre Dreifach-Expansionsdampfmaschinen leisteten fünftausend Pferdestärken, die auf zwei Schrauben übertragen wurden. In ihrer besten Zeit machte sie beachtliche siebzehn Knoten. Bis zum Jahr 1931 war sie zwischen Singapur und Honolulu verkehrt, war dann an die Canton Lines verkauft und in *Princess Dou Wan* umgetauft worden. Nach einer Umrüstung war sie als Passagier- und Frachtschiff im gesamten südostasiatischen Raum eingesetzt worden.

Im Zweiten Weltkrieg war sie von der australischen Regierung beschlagnahmt und zum Truppentransporter umgebaut worden. Im Konvoidienst durch japanische Luftangriffe schwer beschädigt, war sie nach dem Krieg an die Canton Lines zurückgegeben worden. Eine Zeitlang war sie im Kurzstreckeneinsatz zwischen Schanghai und Hongkong verkehrt, bis sie im Frühjahr 1948 an ein Abwrackunternehmen in Singapur verkauft worden war.

Sie verfügte über fünfundfünfzig Kabinenplätze für Passagiere der ersten Klasse, fünfundachtzig Unterkünfte in der zweiten und dreihundertsiebzig in der dritten Klasse. Normalerweise zählte die Besatzung hundertneunzig Mann, doch auf dieser Fahrt, die ihre letzte sein sollte, waren lediglich achtunddreißig Seeleute an Bord.

Für Hunt war sein altes Schiff eine winzige Insel inmitten einer stürmischen See, in einen Kampf verstrickt, von dem niemand Notiz nahm. Sein Schicksal kümmerte ihn nicht. Er war bereit für den letzten Landgang, und die *Princess* gehörte längst ins Abwrackdock. Hunt hatte regelrecht Mitleid mit seinem schlachterprobten Schiff, das sich wacker gegen den wütenden Sturm stemmte. Die *Princess* krängte und ächzte, wenn die mächtigen Sturzseen über sie hinwegspülten, aber sie richtete sich immer wieder auf und rammte den Bug in die nächste Woge hinein. Hunts einziger Trost war, daß ihre ausgeleierten alten Maschinen bislang noch keinen Takt ausgesetzt hatten.

Drunten im Maschinenraum war das Knacken und Ächzen im Rumpf viel lauter – ungewöhnlich laut. Rostflocken lösten sich von den Schotten und segelten herunter, und das eingedrungene Wasser sickerte bereits durch die Gitterroste der Laufgänge. Nieten, welche die Stahlplatten zusammengehalten hatten, platzten ab und schossen durch die Luft. Normalerweise ließ sich die Besatzung dadurch nicht aus der Ruhe bringen, denn auf Schiffen, die zu einer Zeit gebaut worden waren, als auf den Werften noch nicht geschweißt wurde, war das etwas Alltägliches. Ein Mann jedoch bekam es mit der Angst zu tun.

Chefmaschinist Ian »Hongkong« Gallagher, ein trinkfester, breitschultriger Ire mit rotem Gesicht und mächtigem Schnurrbart, wußte die Zeichen zu deuten, und ihm war klar, daß das Schiff jeden Moment auseinanderbrechen konnte. Doch er verdrängte seine Angst und dachte in aller Ruhe darüber nach, wie er überleben könnte.

Ian Gallagher war als elfjähriger Waisenknabe dem Elendsviertel von Belfast entronnen und als Schiffsjunge zur See gefahren. Weil er eine besondere Begabung im Umgang mit Dampfmaschinen zeigte, wurde er zunächst zum Putzen und Abschmieren eingesetzt und schließlich zum dritten Hilfsmaschinisten ernannt. Mit siebenundzwanzig besaß er ein Patent als Chefmaschinist und fuhr auf allerlei Trampschiffen, die zwischen den Inseln des Südpazifik verkehrten. Den Beinamen »Hongkong« hatte er bekommen, nachdem er sich in einer Kneipe der gleichnamigen Hafenstadt eine sehenswerte Schlägerei mit acht chinesischen Schauermännern geliefert hatte, die ihn aufmischen wollten. Im Sommer 1945, als er dreißig geworden war, hatte er auf der *Princess Dou Wan* angeheuert.

Mit grimmiger Miene wandte sich Gallagher an Chu Wen, den Zweiten Maschinisten. »Geh nach oben, zieh dir 'ne Schwimmweste an und halt dich bereit, wenn der Kapitän den Befehl zum Verlassen des Schiffes gibt.«

Der chinesische Maschinist nahm den Zigarrenstumpen aus dem Mund und schaute Gallagher prüfend an. »Du meinst, wir gehen unter?«

»Ich *weiß*, daß wir untergehen«, erwiderte Gallagher entschieden. »Der alte Rostkübel steht das keine Stunde mehr durch.«

»Hast du dem Kapitän Bescheid gesagt?«

»Der müßte ja blind und taub sein, wenn er da nicht von selber draufkommt.«

»Also los, kommst du?« fragte Chu Wen.

»Gleich«, antwortete Gallagher.

Chu Wen wischte die öligen Hände an einem Lappen ab, nickte dem Chefmaschinisten zu und stieg über eine Leiter zu einer Luke empor, die auf die Oberdecks führte.

Gallagher warf einen letzten Blick auf seine geliebten Maschinen, die seiner Überzeugung nach schon bald in der Tiefe versinken würden. Er zuckte zusammen, als ein ungewöhnlich lautes und schrilles Ächzen durch den Rumpf hallte. Die stählernen Bauteile der betagten *Princess Dou Wan* gaben nach – eine Folge der Materialermüdung, von der Flugzeuge ebenso heimgesucht werden wie Schiffe. In ruhigem Fahrwasser war so etwas außerordentlich schwer festzustellen, aber um so deutlicher machte es sich bemerkbar, wenn das Schiff rauher See ausgesetzt war. Und selbst wenn die *Princess* neu gewesen wäre, hätten sie die Wellen, die mit vielen Tausend Tonnen Wucht gegen ihren Rumpf brandeten, in schwere Bedrängnis gebracht.

Gallagher blieb beinahe das Herz stehen, als er einen Riß im Schott sah, der erst nach unten verlief, sich dann quer über die Rumpfplatten zog und von Backbord nach Steuerbord immer breiter wurde. Er griff zum Bordfernsprecher und rief die Brücke.

Li Po meldete sich. »Brücke.«

»Geben Sie mir den Käpt'n«, versetzte Gallagher.

Es dauerte einen Moment. »Hier spricht der Kapitän.«

»Sir, hier unten im Maschinenraum ist ein Riesenriß im Rumpf, und er wird zusehends größer.«

Hunt war wie vom Donner gerührt. Er hatte wider besseres Wissen gehofft, daß sie es bis zum Hafen schaffen würden, ehe die Schäden überhandnahmen. »Dringt Wasser ein?«

»Die Pumpen werden nicht mehr damit fertig.«

»Besten Dank, Mr. Gallagher. Können Sie die Maschinen in Gang halten, bis wir Land sichten?«

»Wie lange wird das Ihrer Meinung nach dauern?«

»In etwa einer Stunde sollten wir ruhigeres Fahrwasser erreichen.«

»Ich glaube nicht«, sagte Gallagher. »Ich geb' ihr allenfalls noch zehn Minuten.«

»Besten Dank«, entgegnete Hunt bedrückt. »Verlassen Sie lieber den Maschinenraum, solange es noch geht.«

Müde legte Hunt den Hörer auf, drehte sich um und blickte durch die Fenster des Ruderhauses nach achteraus. Das Schiff hatte mittlerweile merklich Schlagseite und krängte heftig. Zwei Rettungsboote waren bereits zertrümmert und über Bord gespült worden. Die nächstbeste Küste anzulaufen und das Schiff auf Grund zu setzen kam jetzt nicht mehr in Frage. Wenn er das Schiff in ruhigeres Fahrwasser bringen wollte, mußte er nach Steuerbord beidrehen. Aber sobald die *Princess* den anbrandenden Wogen die Breitseite darbot, war sie verloren. Allzu leicht könnte sie dabei in ein Wellental geraten, aus dem sie nie wieder auftauchen würde. Ob das Schiff dabei nun auseinanderbrach oder wegen der immer dicker und schwerer werdenden Eisschicht auf seinen Aufbauten kenterte, spielte keine Rolle – zum Untergang war es auf jeden Fall verdammt.

Er dachte kurz daran, wie alles angefangen hatte, vor dreißig Tagen und zehntausend Meilen weit weg. An einem Kai am Jangtse in Schanghai waren die Salons und Kabinen der *Princess Dou Wan* ausgeschlachtet worden, bevor sie ihre letzte Fahrt zum Abwrackdock in Singapur antreten sollte. Das Auslaufen hatte sich zunächst verzögert, als General Kung Hui von der nationalchinesischen Armee in einem Packard am Kai vorgefahren war und Kapitän Hunt zu einem Gespräch in seine Limousine beordert hatte.

»Ich bitte um Verzeihung, Kapitän, aber ich muß Sie auf persönliche Anweisung von Generalissimus Tschiang Kai-schek in die Pflicht nehmen.« General Kung Hui saß da wie aus dem Ei gepellt – Haut und Hände glatt und weiß wie ein Blatt Papier, die Uniform tadellos und ohne jede Knitterfalte. Er nahm die gesamte Rückbank in Beschlag, so daß Kapitän Hunt mit dem unbequemen Notsitz vorliebnehmen mußte. »Ihr Schiff wird für eine lange Fahrt benötigt. Ich erteile Ihnen hiermit den Befehl, alle notwendigen Vorkehrungen zu treffen.«

»Da muß ein Irrtum vorliegen«, sagte Hunt. »Für lange Strecken ist die *Princess* nicht mehr geeignet. Wir haben nur eine Notbesatzung an Bord, weil wir grade zum Abwracken fahren wollten, und unser Treibstoff und die Vorräte reichen nur bis Singapur.«

»Singapur können Sie getrost vergessen«, sagte Hui, während er blasiert mit der Hand wedelte. »Wir werden Ihnen reichlich Treibstoff und Verpflegung zur Verfügung stellen, dazu zwanzig Mann von unserer Marine. Sobald Ihre Fracht an Bord ist –« Hui hielt einen Moment inne, steckte eine Zigarette in einen langen Halter und zündete sie an, »– in etwa zehn Tagen also, würde ich meinen, erhalten Sie Befehl zum Auslaufen.«

»Ich muß das mit meiner Reederei klären«, wandte Hunt ein.

»Die Direktoren der Canton Lines sind bereits davon verständigt, daß die *Princess Dou Wan* vorübergehend von der Regierung beschlagnahmt ist.«

»Waren sie damit einverstanden?«

Hui nickte. »Da ihnen der Generalissimus eine großzügige Vergütung in Gold anbot, waren sie überaus entgegenkommend.«

»Wie geht es weiter, wenn wir unseren, oder besser gesagt Ihren Bestimmungsort erreicht haben?«

»Sobald die Fracht sicher an Land gebracht ist, können Sie Ihre Reise nach Singapur fortsetzen.«

»Darf ich fragen, wohin die Fahrt geht?«

»Dürfen Sie nicht.«

»Und welche Fracht befördern wir?«

»Der gesamte Einsatz steht unter strengster Geheimhaltung. Von diesem Augenblick an werden Sie und Ihre Besatzung an Bord des Schiffes bleiben. Niemand darf mehr an Land. Sie werden keinerlei Kontakt zu Angehörigen oder Freunden aufnehmen. Meine Männer werden das Schiff Tag und Nacht bewachen und für seine Sicherheit sorgen.«

»Verstehe«, sagte Hunt, aber er verstand gar nichts. Er konnte sich nicht entsinnen, jemals so verschlagene Augen gesehen zu haben.

»Während wir hier miteinander reden«, sagte Hui, »werden sämtliche Fernmeldeeinrichtungen auf Ihrem Schiff entweder entfernt oder zerstört.«

Hunt war sprachlos. »Sie erwarten doch sicher nicht, daß ich ohne ein Funkgerät in See steche? Was ist, wenn wir in Schwierigkeiten geraten und einen Notruf senden müssen?«

Hui hielt den Zigarettenhalter hoch und musterte ihn beiläufig. »Ich erwarte keinerlei Schwierigkeiten.«

»Sie sind ein Optimist, General«, sagte Hunt bedächtig. »Die *Princess* ist ein müdes, altes Schiff. Sie hat ihre beste Zeit längst hinter sich und ist schlecht gerüstet für schwere See und heftige Stürme.«

»Ich kann Sie nur auf die Bedeutung dieses Unternehmens hinweisen und auf den Lohn, der Ihnen zuteil werden wird, wenn wir es erfolgreich ausführen. Generalissimus Tschiang Kai-schek wird Sie und Ihre Besatzung großzügig mit Gold entschädigen, sobald Sie unseren Bestimmungshafen sicher erreicht haben.«

Hunt starrte aus dem Fenster der Limousine auf den rostigen Rumpf seines Schiffes. »Ein Haufen Gold nützt mir nicht viel, wenn ich am Meeresgrund liege.«

»Dann werden wir auf ewig nebeneinander ruhen.« General Hui lächelte verkniffen. »Ich komme nämlich als Passagier mit.«

Kapitän Hunt erinnerte sich an das hektische Treiben, das binnen kürzester Zeit rund um die *Princess* ausgebrochen war. Dieselöl wurde in den Schiffsbauch gepumpt, bis die Tanks voll waren. Der Schiffskoch wunderte sich nur noch über die Menge und die Qualität der Lebensmittel, die an Bord gebracht und in der Kombüse verräumt wurden. Draußen auf dem Kai rückte unterdessen ein steter Strom von Lastwagen an, die allesamt unter den riesigen Kränen anhielten. Ihre Ladung, große Holzkisten, wurde auf das Schiff gehievt und in den Frachträumen verstaut, die bald bis oben voll waren.

Und es kamen immer noch mehr Lastwagen. Kisten, die so klein waren, daß zwei Männer sie tragen konnten, wurden in den ausgeräumten Passagierkabinen, auf den Gängen und in jedem verfügbaren Freiraum unter Deck verstaut. Alle Winkel waren bis obenhin vollgestapelt. Die letzten sechs Lastwagenladungen wurden auf dem Promenadendeck verzurrt, wo einst Passagiere herumgeschlendert waren. General Hui kam zuletzt an Bord, begleitet von einer Schar schwerbewaffneter Offiziere. Sein Gepäck bestand aus zehn Überseekoffern und dreißig Kisten voller edlem Wein und Cognac.

Alles vergebens, dachte Hunt. Kurz vor dem Zieleinlauf von Mutter Natur besiegt. Die ganze Geheimnistuerei, all die Täuschungsmanöver waren umsonst gewesen. Die Funkstille zum Beispiel, die sie seit dem Auslaufen aus dem Jangtse hielten. Die ganze Zeit war die *Princess* einsam durch das Meer gepflügt und hatte nicht einmal die Funksprüche vorbeifahrender Schiffe beantworten können.

Der Kapitän warf einen Blick auf das Radargerät, das unlängst eingebaut worden war. Kein anderes Schiff im Umkreis von fünfzig Meilen. Außerdem konnte sie sowieso niemand retten, weil sie keinen Notruf absetzen konnten. Er blickte auf, als General Hui unsteten Schrittes ins Ruderhaus trat. Er war kreidebleich und hielt sich ein schmutziges Taschentuch an den Mund.

»Seekrank, General?« fragte Hunt spöttisch.

»Dieser verdammte Sturm«, murmelte Hui. »Hört der denn nie mehr auf?«

»Wir hatten eine Vorahnung, Sie und ich.«

»Was wollen Sie damit sagen?«

»Daß wir auf ewig nebeneinander auf dem Meeresgrund ruhen werden. Wird nicht mehr lange dauern.«

Gallagher stürmte nach oben, stützte sich am Handlauf ab und rannte den Gang entlang zu seiner Kabine. Trotz aller Eile war er ruhig und gefaßt. Er wußte genau, was er tun mußte. Die Tür hatte er wie immer vorsichtshalber abgesperrt, aber diesmal fummelte er nicht lange nach dem Schlüssel, sondern trat sie kurzerhand ein.

Eine Frau mit langen, blonden Haaren ruhte, in einen seidenen Morgenrock gehüllt, auf dem Bett und las eine Illustrierte. Erschrocken blickte sie auf, als er hereinplatzte. Der Dackel, der zu ihren Füßen gelegen hatte, sprang hoch und kläffte los. Die Frau war schlank und wohlgestaltet, hatte klassische Züge und einen makellosen Teint, und ihre Augen strahlten so blau wie der Himmel an einem Herbstmorgen. Wenn sie aufrecht stand, reichte sie Gallagher bis knapp unters Kinn. Anmutig setzte sie sich auf und schwang die Beine über die Bettkante.

»Komm schon, Kate.« Er packte sie am Handgelenk und zerrte sie hoch. »Wir haben herzlich wenig Zeit.«

»Laufen wir schon im Hafen ein?« fragte sie verdutzt.

»Nein, mein Schatz. Das Schiff kann jeden Moment untergehen.«

Sie schlug die Hand vor den Mund. »O Gott!« keuchte sie.

Gallagher riß sämtliche Schranktüren auf, zog die Schubladen heraus und warf ihr ein Kleidungsstück nach dem andern zu. »Zieh dir so viele Sachen an, wie du übereinander kriegst – all deine Hosen, Socken von mir. Zieh das Zeug schichtweise übereinander, zuerst die dünnen, dann die dicken Sachen, und mach schnell. Der alte Kahn kann jeden Moment absaufen.«

Die Frau blickte kurz auf, so als wollte sie aufbegehren. Dann streifte sie schweigend den Morgenrock ab und zog ihre Unterwäsche an. Sie ging rasch und methodisch vor, schlüpfte erst in ihre Hose und dann in eine von Gallagher. Sie zog drei Blusen an und darüber fünf Strickpullover. Gott sei Dank hatte sie zum Rendezvous mit ihrem Verlobten einen ganzen Koffer voller Kleidung mitgenommen. Als sie in nichts mehr hineinpaßte, stopfte sie Gallagher in einen seiner alten Overalls und streifte ihr noch etliche Socken und ein Paar Arbeitsstiefel über die Seidenstrümpfe.

Der kleine Dackel hüpfte aufgeregt und mit wedelnden Ohren zwischen ihren Beinen auf und ab. Er war ein Verlobungsgeschenk von Gallagher, ebenso wie der Smaragdring, den er ihr überreicht hatte, als er um ihre Hand anhielt. Am roten Lederhalsband des Hundes hing ein goldenes Drachenmedaillon, das wie wild an seiner Brust hin und her pendelte.

»Fritz!« herrschte sie ihn an. »Leg dich aufs Bett und sei still.«

Katrina Garin war eine willensstarke Frau, der man nicht alles haarklein erklären mußte. Sie war gerade zwölf, als ihr Vater, ein Brite, der als Kapitän auf einem Trampschiff zwischen den Inseln hin und her fuhr, auf See verschollen war. Sie wuchs bei der weißrussischen Familie ihrer Mutter auf, fing als Schreibkraft bei der Canton Lines an und arbeitete sich bis zur Chefsekretärin hoch. Sie war so alt wie Gallagher, den sie in der Niederlassung der Schifffahrtsgesellschaft kennengelernt hatte, wohin er zitiert worden war, um über den Zustand der *Princess Dou Wan* Bericht zu erstatten. Er gefiel ihr. Zwar hätte sie einen Mann mit etwas mehr Eleganz und Lebensart vorgezogen, aber seine rauhen Umgangsformen und die leutselige Art erinnerten sie an ihren Vater.

In den folgenden Wochen hatten sie sich häufig getroffen und miteinander geschlafen, zumeist in seiner Kabine an Bord des Schiffes, denn sie fand es besonders erregend, wenn sie heimlich an Bord schlichen und sich miteinander vergnügten, ohne daß der Kapitän und die Besatzung Wind davon bekamen. Katie hatte in der Falle gesessen, als General Huis Wachmannschaften Schiff und Kai abgeriegelt hatten. Kapitän Hunt war zunächst ungehalten gewesen, als er von ihrer Anwesenheit erfuhr, hatte dann aber ebenso wie Gallagher darum gebeten, man möge sie an Land gehen lassen. Doch General Hui hatte darauf beharrt, daß sie bis zum Ende der Reise an Bord bleiben müsse. Seitdem sie aus Schanghai ausgelaufen waren, hatte sie kaum die Kabine verlassen. Wenn Gallagher Dienst im Maschinenraum hatte, war der kleine Hund, dem sie zum Zeitvertreib allerlei Kunststücke beigebracht hatte, ihr einziger Gefährte.

Gallagher packte in aller Eile ihre Papiere, Pässe und Wertsachen in einen wasserdichten Öltuchbeutel. Er zog eine schwere Seemannsjacke über und warf ihr mit seinen blauen Augen einen besorgten Blick zu. »Bist du fertig?«

Sie hob die Arme und blickte hinab auf ihren dick eingepackten Körper. »Mit dem ganzen Zeug passe ich nie und nimmer in eine Schwimmweste«, sagte sie mit bebender Stimme. »Und ohne versink' ich wie ein Stein im Wasser.«

»Hast du nicht was vergessen? General Hui hat vor vier Wochen den Befehl erteilt, sämtliche Schwimmwesten über Bord zu werfen.«

»Dann nehmen wir eben ein Rettungsboot.«

»Bei dieser See kann man kein Boot zu Wasser lassen, soweit es der Sturm nicht ohnehin schon zertrümmert hat.«

Ruhig und mit stetem Blick schaute sie ihn an. »Wir werden sterben, nicht wahr? Entweder ertrinken wir, oder wir erfrieren.«

Er setzte ihr eine Strickmütze auf und zog sie bis über die Ohren herunter. »Wenn einem obenrum warm ist, kriegt man keine kalten Füße.« Dann nahm er ihren Kopf in seine mächtigen Pranken, zog ihr Gesicht zu sich und küßte sie. »Liebes, hat dir noch nie einer erzählt, daß Iren nicht ertrinken?« Damit nahm Gallagher Katie an der Hand, zog sie ohne viel Federlesens auf den Gang und stieg mit ihr an Deck.

Fritz, der Dackel, der in dem ganzen Tohuwabohu vergessen wurde, blieb gehorsam auf dem Bett liegen, sah ihnen verwundert nach und verließ sich darauf, daß seine Herrin bald zurückkommen werde.

Die Besatzungsmitglieder, die keinen Dienst taten, schliefen tief und fest in ihren Kojen, soweit sie nicht beim Dominospiel saßen oder einander Geschichten von allerlei Stürmen erzählten, die sie bereits überlebt hatten. Keinem war bewußt, daß die *Princess* jeden Moment auseinanderbrechen konnte. Der Koch und sein Gehilfe räumten nach dem Abendessen die Kombüse auf und bereiteten nebenher Kaffee für die verbliebenen Männer zu. Die Besatzung war trotz des tobenden Sturmes frohgemut, denn allzu weit konnte es bis zum Zielhafen nicht mehr sein. Sie wußten zwar nicht, wohin die Reise ging, aber ihre Position kannten sie auf dreißig Meilen genau.

Ganz anders war die Stimmung im Ruderhaus. Hunt schaute achteraus, obwohl er durch das dichte Schneetreiben kaum die Decksbeleuchtung erkennen konnte. Gebannt und voller Entsetzen beobachtete er, wie sich mit einemmal das Heck hob und nach mittschiffs hin wegknickte. Über das Heulen des Sturmes hinweg hörte er das reißende Kreischen, als der Stahlrumpf auseinanderbarst. Er drückte auf den Notrufknopf und löste Alarm im Schiff aus.

Hui schlug seine Hand vom Klingelknopf. »Wir dürfen das Schiff nicht verlassen.« Er flüsterte vor Schreck.

Hunt musterte ihn mit angewidertem Blick. »Sterben Sie wie ein Mann, General.«

»Ich darf noch nicht sterben. Ich habe geschworen, daß ich die Fracht sicher zum Zielhafen geleite.«

»Das Schiff bricht entzwei«, sagte Hunt. »Es gibt keine Rettung mehr, weder für Sie noch für Ihre kostbare Fracht.«

»Dann müssen Sie sofort unsere genaue Position bestimmen, damit man sie später bergen kann.«

»Für wen sollen wir die denn bestimmen? Die Rettungsboote sind weggerissen oder zertrümmert. Unsere Schwimmwesten haben Sie über Bord werfen lassen. Sie haben das Funkgerät des Schiffes zerstört. Wir können nicht mal ein SOS senden. Sie haben es mit den Sicherheitsvorkehrungen übertrieben. Niemand vermutet uns in diesen Gewässern. Keine Menschenseele kennt unsere Position. Tschiang Kai-schek wird lediglich erfahren, daß die *Princess Dou Wan* sechstausend Meilen südlich von hier mit Mann und Maus verschollen ist. Sie haben dies viel zu gut geplant, General.«

»Nein!« stieß Hui aus. »Das darf nicht sein!«

Hunt stellte fest, daß ihn Huis Miene hilflosen Zornes regelrecht amüsierte. Die dunklen Augen wirkten jetzt ganz und gar nicht mehr verschlagen.

Der General konnte sich nicht mit dem Unabänderlichen abfinden. Er riß die Tür zur Brückennock auf und rannte hinaus in den tosenden Sturm. Selbst er erkannte jetzt, daß sich das Schiff im Todeskampf befand. Das Heck stand mittlerweile schräg zum Vorderteil. Dampf drang aus dem Riß im Rumpf. Wie versteinert stand er da, betäubt von dem Kreischen und Mahlen und Reißen des Metalls, und sah zu, wie der hintere Teil des Schiffes abbrach. Dann gingen sämtliche Lichter an Bord aus, so daß er das Heck nicht mehr erkennen konnte.

Die Besatzung stürmte von unten auf das mit Schnee und Eis überzogene Deck. Die Männer fluchten über die fehlenden Schwimmwesten, zumal sie zu ihrer Erbitterung feststellen mußten, daß die mörderischen Wellen die Rettungsboote zertrümmert hatten. Das Ende kam so rasch, daß keiner darauf vorbereitet war. Um diese Jahreszeit lag die Wassertemperatur knapp über dem Gefrierpunkt, und die Luft war mit fünfzehn Grad minus klirrend kalt. Von Panik erfüllt sprangen sie über Bord, ohne sich bewußt zu sein, daß sie in dem eisigen Wasser innerhalb weniger Minuten sterben würden, wenn nicht an Unterkühlung, dann an Herzversagen aufgrund des jähen Temperaturunterschieds.

Das Heck versank in weniger als vier Minuten. Mitschiffs schien sich der Rumpf einfach aufzulösen, so daß zwischen dem weggebrochenen Heck und dem Vorschiff mit dem Schornstein ein großes Loch klaffte. Ein kleiner Trupp Männer versuchte ein nur teilweise beschädigtes Rettungsboot zu Wasser zu lassen, doch eine mächtige Woge ergoß sich über das Vorschiff und fegte tosend über das Deck hinweg. Männer und Boot verschwanden auf Nimmerwiedersehen in den Fluten.

Gallagher hielt Katies Hand mit eisernem Griff fest. Er zerrte sie eine Leiter hoch und über das Dach der Offizierskajüten zu einem hinter dem Ruderhaus vertäuten Rettungsfloß. Zu seinem Erstaunen stellte er fest, daß es leer war. Zweimal rutschten sie auf dem vereisten Dach aus und fielen hin. Die vom Sturm aufgewirbelte Gischt brannte ihnen im Gesicht und blendete sie. Im allgemeinen Durcheinander hatte offenbar keiner der chinesischen Offiziere oder der Besatzung an das Rettungsfloß auf dem Dach gedacht. Die Mehrzahl, darunter auch General Huis Soldaten, war zu dem verbliebenen Rettungsboot gestürzt oder in das mörderische Wasser gesprungen.

»Fritz!« rief Katie plötzlich gequält. »Wir haben Fritz in der Kabine vergessen.«

»Keine Zeit zum Umkehren«, sagte Gallagher.

»Wir können nicht ohne ihn weg!«

Er schaute sie mit ernstem Blick an. »Du mußt Fritz vergessen. Entweder er oder wir.«

Katie wand sich in seiner Hand, doch er ließ sie nicht los. »Steig rein, Liebes, und halt dich fest.« Dann zog er ein Messer aus seinem Stiefel und durchtrennte hastig die Taue, mit denen das Floß festgezurrt war. Beim letzten Seil hielt Gallagher einen Moment lang inne und warf einen Blick durch das Fenster des Ruderhauses. Im fahlen Schein der Notbeleuchtung sah er Kapitän Hunt, der ruhig neben dem Ruder stand und auf den Tod wartete.

Gallagher winkte seinem Kapitän wie wild zu, doch Hunt drehte sich nicht um. Er schob lediglich die Hände in die Jackentaschen und starrte in den Schnee, der sich rund um die Fenster auftürmte.

Plötzlich tauchte auf der Brücke eine Gestalt auf, die sich durch das wirbelnde weiße Schneegestöber kämpfte. Der torkelt ja, als wären die Furien hinter ihm her, dachte Gallagher. Der Neuankömmling rannte gegen das Floß, blieb mit den Knien hängen und stürzte hinein. Erst als er das Gesicht hob und sie mit einem Blick anstarrte, aus dem eher Wahnwitz denn Entsetzen sprach, erkannte Gallagher General Hui.

»Müssen wir das Floß nicht losmachen?« rief Hui durch den heulenden Wind.

Gallagher schüttelte den Kopf. »Das hab' ich schon erledigt.«

»Der Sog des sinkenden Schiffes wird uns in die Tiefe reißen.«

»Nicht bei diesem Seegang, General. Wir werden im Nu abgetrieben. Legen Sie sich jetzt auf den Boden, und halten Sie sich gut an den Sicherungsleinen fest.«

Hui, der von der Kälte zu benommen war, als daß er hätte antworten können, tat wie geheißen und nahm seinen Platz im Floß ein.

Ein tiefes Grollen drang von unten herauf, als das kalte Wasser in den Maschinenraum einbrach und die Kessel platzten. Das Vorschiff zitterte und bebte, kippte dann hintenüber, so daß der Bug in die kalte Nacht aufragte. Die Stahltrossen, die den altmodischen Schornstein hielten, rissen unter der übergroßen Last, worauf er klatschend in den Fluten versank. Das Wasser stand jetzt bis zum Kajütendach, leckte um die Schwimmkörper des Floßes und hob es aus seiner Verankerung. Gallagher warf einen letzten Blick auf Kapitän Hunt, um dessen Beine bereits die Fluten wirbelten. Er stand da, wie aus Granit gehauen, und hielt das Ruder fest, entschlossen, mit seinem Schiff unterzugehen.

Gallagher kam es vor, als wäre die Zeit stehengeblieben. Es schien eine halbe Ewigkeit zu dauern, bis das Schiff unter dem Floß versank. Doch all das geschah binnen weniger Sekunden. Dann wurde das Floß weggespült und in die tosende See geschleudert.

Rundum gellten Hilfeschreie in Mandarin und Kantonesisch, doch sie konnten nicht darauf eingehen. Und allmählich erstarben die flehentlichen Rufe im Donner der gigantischen Wogen und im Brausen des Windes. Es gab keine Rettung. Weit und breit war kein Schiff, auf dessen Radarschirm man ihren Untergang hätte bemerken können, und ein Notruf war auch nicht abgesetzt worden. Gallagher und Katie sahen voller Grauen zu, wie sich der Bug immer höher aufrichtete, als ob er dem Sturmwind drohen wollte. Fast eine Minute lang stand das Schiff, das mit seinen eisverkrusteten Aufbauten wie eine Erscheinung wirkte, steil aufragend da. Dann ergab es sich in sein Schicksal und versank in den schwarzen Fluten. Die *Princess Dou Wan* war untergegangen.

»Dahin«, murmelte Hui, dessen Worte im Wind verwehten. »Alles dahin.« Fassungslos starrte er auf die See, in der das Schiff verschwunden war.

»Kuschelt euch zusammen und haltet euch gegenseitig warm«, befahl Gallagher. »Wenn wir bis morgen früh durchhalten, fischt uns vielleicht jemand auf.«

Im nächsten Moment wurde das Floß mitsamt seiner bedauernswerten Besatzung vom erbarmungslosen Sturm davongerissen und verschwand in der eiskalten einsamen Nacht.

In der Morgendämmerung hämmerten die tückischen Wogen noch immer an das kleine Floß. Der Himmel war jetzt gespenstisch grau und mit dunklen Wolken bedeckt. Der dichte Flockenwirbel war in einen eisigen Schneeregen übergegangen. Der Wind hatte gottlob deutlich nachgelassen, und die Wellen wogten nur mehr drei Meter hoch. Das Floß war zwar fest und stabil, doch es verfügte über keinerlei Notfallausrüstung. Bis Rettung nahte, waren die Insassen allein auf ihre innere Kraft angewiesen.

Dank der vielen Kleiderschichten überstanden Gallagher und Katie die Nacht halbwegs. Aber General Hui, der nur seine Uniform trug und nicht einmal einen Mantel übergezogen hatte, erfror langsam. Der beißende Wind schnitt wie tausend Nadeln durch das dünne Tuch. Seine Haare waren mit Eis überkrustet. Gallagher hatte seine schwere Seemannsjacke ausgezogen und sie Hui gegeben, aber Katie wurde rasch klar, daß der alte Soldat bald sein Leben aushauchen würde.

Das Floß wurde über die Wellenkämme geschleudert und von der Wucht der Wogen herumgewirbelt. Unwahrscheinlich, daß es dem Toben der Elemente noch lange standhalten konnte. Doch ein ums andere Mal überstand es die hereinbrechenden Sturzseen, richtete sich wieder auf und trotzte auch dem nächsten Brecher, ohne daß die armen Insassen in die kalten Fluten geworfen wurden.

Gallagher kniete sich von Zeit zu Zeit auf, wenn das Floß auf einen Wellenkamm hochgerissen wurde, und ließ den Blick über die aufgewühlten Fluten schweifen, bevor es in den nächsten Strudel hinabstürzte. Es war vergeblich. Weit und breit war keine Menschenseele. Die ganze schreckliche Nacht hindurch sahen sie nicht ein einziges Licht von einem anderen Schiff.

»Irgendwo muß doch ein Schiff in der Nähe sein«, sagte Katie zähneklappernd.

Gallagher schüttelte den Kopf. »Die See ist so leer wie das Sparschwein von 'nem armen Waisenkind.« Er verriet ihr nicht, daß man kaum fünfzig Meter weit sehen konnte.

»Ich werde mir nie verzeihen, daß ich Fritz im Stich gelassen habe«, flüsterte Katie unter Tränen, die in kürzester Zeit auf ihren Wangen zu Eis gefroren.

»Meine Schuld«, tröstete Gallagher sie. »Ich hätt' ihn mir schnappen sollen, als wir aus der Kabine gerannt sind.«

»Fritz?« erkundigte sich Hui.

»Mein kleiner Dackel«, erwiderte Katie.

»Sie haben einen Hund verloren.« Er setzte sich ruckartig auf. »Sie haben einen Hund verloren?« wiederholte er. »Ich habe Herz und Seele meines Landes verloren –« Er stockte und bekam einen Hustenanfall. Seine Miene wirkte gepeinigt, der Blick verzweifelt. Er sah aus, als hätte sein Leben jeglichen Sinn verloren. »Ich habe meine Aufgabe nicht erfüllt. Mir bleibt nur der Tod.«

»Seien Sie doch nicht blöd, Mann«, versetzte Gallagher. »Wir kommen durch. Sie müssen nur noch eine Weile aushalten.«

Hui hörte ihn nicht mehr. Er schien aufgegeben zu haben. Katie warf einen Blick auf die Augen des Generals. Es war, als hätten sie jegliche Leuchtkraft verloren. Sie wirkten mit einemmal glasig, blicklos.

»Ich glaube, er ist tot«, murmelte Katie.

Gallagher überzeugte sich kurz davon. »Schieb ihn ein Stück rüber und benutz ihn als Schutzschild gegen den Wind und die Gischt. Ich leg' mich auf die andere Seite.«

Es kam ihr zunächst grausig vor, aber Katie stellte fest, daß sie Huis erstarrenden Leichnam durch die dicke Kleidung kaum spürte. Der Verlust ihres treuen kleinen Hundes, das sinkende Schiff, der wahnwitzige Wind und die tobende See – all das kam ihr auf einmal unwirklich vor. Wie ein Alptraum, aus dem sie hoffentlich jeden Moment erwachen würde. Sie drückte sich tiefer zwischen die beiden Männer, den toten und den lebendigen.

Während des Tages und der folgenden Nacht ließ der Sturm allmählich nach, doch dem mörderischen Eiswind waren sie nach wie vor schutzlos ausgesetzt. Katie hatte kein Gefühl mehr in Händen und Füßen. Sie dämmerte vor sich hin, verlor ab und zu das Bewußtsein. Gelegentlich phantasierte sie. Eigenartige Gedanken gingen ihr durch den Kopf. So mußte sie zum Beispiel an ihr letztes Essen denken, ihr Henkersmahl sozusagen. Dann bildete sie sich ein, sie sei an einem sonnigen Strand unter wiegenden Palmen und Fritz komme kläffend quer über den Sand auf sie zugerannt. Sie unterhielt sich mit Gallagher, als säßen sie beide im Restaurant und stellten gerade ihr Menü zusammen. Ihr toter Vater erschien ihr in seiner Kapitänsuniform. Aufrecht stand er im Floß, blickte auf sie herab und lächelte. Er redete ihr gut zu, sagte ihr, daß sie überleben werde, sich keine Sorgen zu machen brauche. Daß es nicht mehr weit bis zum Land sei. Dann war er wieder weg.

»Wie spät ist es?« krächzte sie.

»Meiner Meinung nach müßte es später Nachmittag sein«, antwortete Gallagher. »Meine Uhr ist kurz nach dem Untergang der *Princess Dou Wan* stehengeblieben.«

»Wie lange treiben wir schon dahin?«

»Grob geschätzt etwa achtunddreißig Stunden.«

»Wir nähern uns dem Land«, murmelte sie plötzlich.

»Wie kommst du denn darauf, Liebes?«

»Mein Vater hat's mir gesagt.«

»Aha, wirklich?« Mitleidig lächelte er ihr zu. Mit seinem frostig weißen Schnurrbart, den schneeverkrusteten Augenbrauen und den Eiszapfen, die an den unter der Mütze hervorlugenden Haaren hingen, sah er aus wie ein Ungeheuer aus den Tiefen des Polarmeeres. Katie fragte sich, wie sie wohl aussehen mochte – auch wenn sie keinen Schnurrbart vorweisen konnte.

»Siehst du es denn nicht?«

Gallagher, der von der Kälte furchtbar steif war, setzte sich mühsam auf und suchte den Horizont ab, soweit er etwas erkennen konnte. Der peitschende Schneeregen nahm ihm die Sicht, aber er versuchte es dennoch. Dann traute er seinen Augen kaum. Er meinte, eine mit großen Felsblöcken übersäte Küste zu erkennen.

Unmittelbar dahinter, keine fünfzig Meter weit weg, wiegten sich verschneite Bäume im Wind. Und dann entdeckte er etwas Dunkles zwischen den Bäumen – womöglich eine Hütte.

Gallagher setzte sich auf, zog mit tauben, ungelenken Fingern seinen linken Stiefel aus und benutzte ihn als Paddel. Nach ein paar Minuten wurde ihm warm, so daß ihm seine Aufgabe leichter fiel. »Nur Mut, Liebes. Gleich sind wir an Land.«

Gallagher mußte mit aller Kraft gegen die Strömung rudern, die parallel zur Küste verlief. Es kam ihm so vor, als paddelte er durch dicken Sirup. Doch allmählich rückte die Küste näher. Er meinte die Bäume mit der Hand fassen zu können, aber noch waren sie gut fünfzig Meter weit weg.

Gerade als Gallagher völlig ausgepumpt und mit seiner Kraft am Ende war, spürte er, wie das Floß an Felsblöcke stieß, die unter Wasser lagen. Er warf einen Blick auf Katie. Sie bibberte vor Kälte. Lange hielt sie nicht mehr durch.

Er schlüpfte mit dem Fuß wieder in den Stiefel. Dann atmete er einmal tief durch, hoffte, daß er in dem eiskalten Wasser zumindest stehen konnte, und sprang hinein. Ungefährlich war das nicht, doch er mußte es riskieren. Gott sei Dank bekam er festen Fels unter die Stiefelsohlen, ehe ihm das Wasser bis zur Leiste reichte.

»Katie!« schrie er wie von Sinnen. »Wir haben's geschafft. Wir sind an Land.«

»Wie schön«, murmelte Katie, die kaum noch wußte, wie ihr geschah.

Gallagher zog das Floß auf den Strand, der mit glatten Kieseln und vom Wasser abgeschliffenen Felsen übersät war. Er bot seine letzten Kräfte auf, und dann brach er einfach zusammen, blieb reglos auf den kalten, nassen Steinen liegen. Er wußte nicht, wie lange er dagelegen hatte, doch als er sich endlich aufraffte, zu dem Rettungsfloß kroch und einen Blick ins Innere warf, sah er, daß Katies Gesicht blau verfärbt war. Beklommen zog er sie an sich. Er wußte nicht, ob sie überhaupt noch lebte, doch dann nahm er den schwachen Hauch wahr, der aus ihrer Nase drang, und tastete nach dem Puls an ihrem Hals. Ihr sonst so starkes Herz schlug schwach und langsam. Der Tod war nicht mehr fern.

Er sah zum Himmel auf. Die dicke graue Wolkendecke war aufgerissen, die Wolken färbten sich bereits wieder weiß. Der Sturm legte sich allmählich: Er spürte schon, wie die heftigen Windböen zu einer sanfteren Brise abflauten. Viel Zeit hatte er nicht. Wenn er nicht bald eine warme Bleibe fand, würde er sie verlieren.

Gallagher holte tief Luft, schob die Arme unter Katies Körper und hob sie hoch. Aus lauter Wut versetzte er dem Floß einen Tritt, so daß es mitsamt General Huis steifgefrorenem Leichnam zurück in die See befördert wurde. Er sah einen Moment lang zu, wie die Strömung das Floß erfaßte und es hinaus ins tiefe Wasser zog. Dann drückte er Katie an seine Brust und torkelte auf die Hütte unter den Bäumen zu. Es kam ihm vor, als werde die Luft allmählich wärmer, als fiele jede Müdigkeit und Verkrampfung von ihm ab.

Drei Tage später meldete der Frachter *Stephen Miller*, daß man ein Rettungsfloß gesichtet und eine Leiche geborgen habe. Der Tote, offenbar ein Chinese, habe ausgesehen, wie aus Eis gemeißelt. Niemand konnte ihn identifizieren. Auf dem Rettungsfloß, einem altmodischen Bautyp, wie er seit zwanzig Jahren nicht mehr in Gebrauch war, standen chinesische Buchstaben. Später stellte man fest, daß es von einem Schiff namens *Princess Dou Wan* stammte.

Bei einer Suchaktion fand man zwar allerlei Treibgut, das indes nicht geborgen wurde. Aber man stieß auf keinerlei Ölteppich. Kein Schiff wurde als verschollen gemeldet. Niemand, weder an Land noch auf See, hatte einen Notruf aufgefangen. Allerdings mußten die Seenotrettungsdienste später einräumen, daß sie wegen des dichten Schneetreibens so gut wie gar nichts hatten empfangen können.

Die Sache wurde noch rätselhafter, als man erfuhr, daß ein Schiff namens *Princess Dou Wan* angeblich einen Monat zuvor vor der chilenischen Küste gesunken war. Der Tote, den man in dem Rettungsfloß gefunden hatte, wurde bestattet, und der Vorfall geriet binnen kurzer Zeit in Vergessenheit.

ERSTER TEIL

Das mörderische Gewässer

Orion Lake

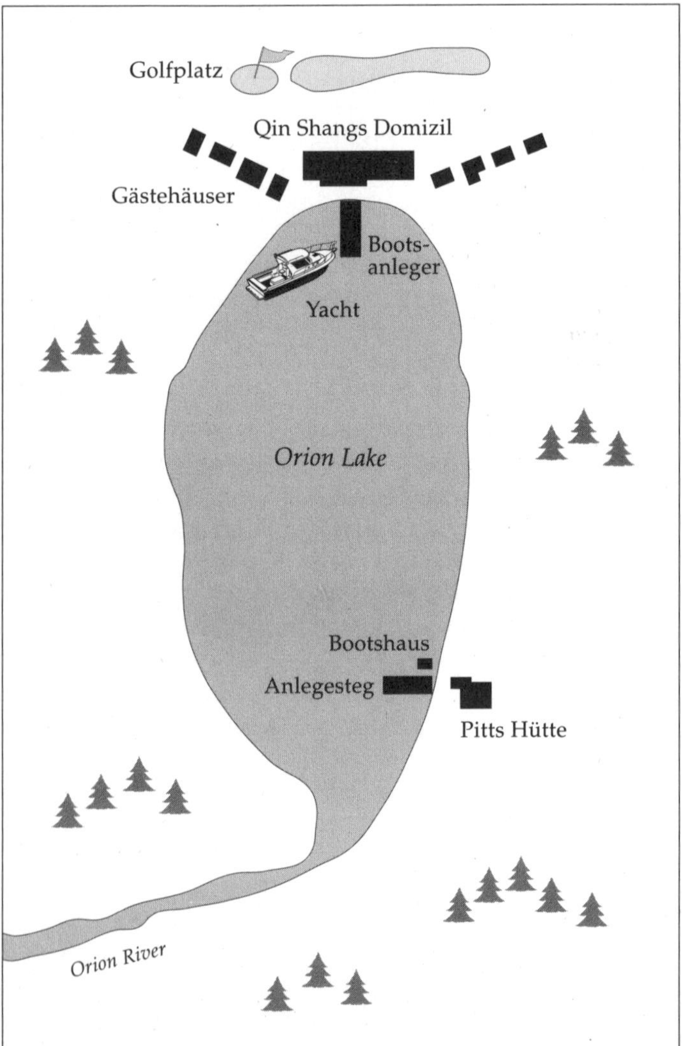
Golfplatz
Qin Shangs Domizil
Gästehäuser
Boots-
anleger
Yacht
Orion Lake
Bootshaus
Anlegesteg
Pitts Hütte
Orion River

14. April 2000
Pazifischer Ozean, vor der Küste von Washington

1

Langsam, so als kämpfe sie sich aus einer bodenlosen Grube frei, kam Ling T'ai wieder zu Bewußtsein. Ihr ganzer Oberkörper tat weh. Sie stöhnte mit zusammengebissenen Zähnen, hätte am liebsten vor Schmerz laut aufgeschrien. Sie hob die Hand, die übel zugerichtet war, und strich sich mit den Fingerspitzen vorsichtig über das Gesicht. Eins ihrer kaffeebraunen Augen war ganz zugeschwollen, das andere bekam sie wenigstens ein Stück weit auf. Die Nase war gebrochen und blutete noch immer. Gott sei Dank hatte sie, soweit sie spüren konnte, noch sämtliche Zähne, aber Arme und Schulter verfärbten sich allmählich grün und blau. Sie wollte gar nicht wissen, wo sie überall Blutergüsse hatte.

Ling T'ai wußte zuerst nicht genau, warum man ausgerechnet sie zum Verhör ausgewählt hatte. Die Erklärung kam erst später, kurz bevor sie brutal zusammengeschlagen worden war. Selbstverständlich hatte man unter den zahllosen illegalen chinesischen Einwanderern, die sich an Bord des Schiffes befanden, auch noch andere Opfer ausgesucht, hatte sie mißhandelt und anschließend in ein dunkles Abteil im Frachtraum geworfen. Sie begriff nichts mehr; alles kam ihr so verworren und undurchsichtig vor. Sie hatte das Gefühl, als verlöre sie jeden Moment das Bewußtsein und versänke wieder in dem schwarzen Loch.

Das Schiff, mit dem sie von der chinesischen Hafenstadt Qingdao aus quer über den Pazifik gefahren war, wirkte auf den ersten Blick wie ein typischer Passagierdampfer. Auf den Namen *Indigo Star* getauft und von der Wasserlinie bis zum Schornstein weiß gestrichen, ähnelte es einem kleinen Kreuzfahrtschiff, auf dem etwa hundert bis hundertfünfzig Passagiere in allem Luxus und Komfort reisen konnten. In den riesigen offenen Ladebuchten im Bauch und in den Aufbauten der *Indigo Star* drängten sich hingegen nahezu zwölfhundert illegale chinesische Einwanderer. Das Schiff täuschte – nach außen hin unschuldig, aber innen die wahre Hölle.

Nie und nimmer hätte sich Ling T'ai vorstellen können, unter welch unerträglichen Bedingungen sie und über tausend andere Menschen um die halbe Welt fahren mußten. Das Essen war so knapp bemessen, daß man kaum davon leben konnte. Die Toiletten waren in einem fürchterlichen Zustand, und andere sanitäre Einrichtungen waren schlichtweg nicht vorhanden. Manch einer war gestorben, vor allem kleine Kinder und Ältere. Die Leichen waren fortgeschleppt worden und auf Nimmerwiedersehen verschwunden. Ling T'ai hatte den Eindruck, daß man sie kurzerhand ins Meer geworfen hatte, wie Abfall.

Am Tag bevor die *Indigo Star* die Nordwestküste der Vereinigten Staaten erreichen sollte, hatte ein Trupp Wachmänner – Aufseher nannten sie sich, und sie verbreiteten ständig Angst und Schrecken an Bord des Schiffes – etwa dreißig, vierzig Passagiere zusammengetrieben und sie ohne jede Erklärung einem Verhör unterworfen. Als sie an der Reihe gewesen war, hatte man sie in ein kleines dunkles Kabuff geführt und ihr befohlen, auf einem Stuhl vor einem Tisch Platz zu nehmen, an dem vier Aufseher der Schlepperorganisation saßen. Dann unterzog man Ling einer eingehenden Befragung.

»Name!« herrschte sie ein schlanker Mann an, der einen eleganten grauen Nadelstreifenanzug trug. Sein glattes braunes Gesicht wirkte intelligent, war aber völlig ausdruckslos. Die anderen drei Aufseher saßen schweigend da und musterten sie mit bösartigem Blick. Das klassische Einschüchterungsmanöver beim Verhör, dachte sie.

»Ich heiße Ling T'ai.«

»In welcher Provinz bist du geboren?«

»Jiangsu.«

»Hast du dort gewohnt?«

»Bis zu meinem zwanzigsten Lebensjahr, als ich mit der Ausbildung fertig wurde. Dann bin ich als Lehrerin nach Kanton gegangen.«

Kühl und leidenschaftslos kamen die Fragen, ohne jede Schärfe. »Warum willst du in die Vereinigten Staaten.«

»Ich wußte, daß die Überfahrt äußerst gefährlich werden würde. Aber die Verlockung war zu groß, denn dort winkt mir ein besseres Leben«, antwortete Ling T'ai. »Deshalb habe ich beschlossen, meine Familie zu verlassen und Amerikanerin zu werden.«

»Woher hast du das Geld für die Überfahrt?«

»Den Großteil habe ich in den letzten zehn Jahren von meinem Lehrerinnengehalt gespart. Den Rest habe ich mir von meinem Vater geborgt.«

»Was ist er von Beruf?«

»Er ist Professor für Chemie an der Universität Peking.«

»Hast du Freunde oder Verwandte in den Vereinigten Staaten?«

Sie schüttelte den Kopf. »Ich kenne dort niemanden.«

Der schmächtige Mann schaute sie lange und nachdenklich an, dann deutete er mit dem Finger auf sie. »Du bist eine Spionin. Du sollst unsere Organisation auskundschaften.«

Der Vorwurf kam so unverhofft, daß sie einen Moment wie erstarrt dasaß. »Ich weiß nicht, was Sie meinen«, stammelte sie schließlich. »Ich bin Lehrerin. Wieso bezeichnen Sie mich als Spionin?«

»Du siehst nicht so aus, als wärst du in China geboren.«

»Das stimmt nicht!« rief sie erschrocken. »Meine Mutter und mein Vater sind Chinesen. Und meine Großeltern auch.«

»Dann erklär mir mal, warum du mindestens zehn Zentimeter größer bist als die Durchschnittschinesin und woher dieser leicht europäische Einschlag in deinem Gesicht stammt.«

»Wer sind Sie eigentlich?« herrschte sie ihn an. »Weshalb sind Sie so grausam?«

«Nicht, daß es darauf ankäme, aber ich heiße Ki Wong. Ich bin Chefaufseher auf der *Indigo Star*. Und jetzt beantworte bitte meine Frage.«

Ling tat erschrocken und erklärte, daß ihr Urgroßvater ein holländischer Missionar gewesen sei, der in Longyan eine Missionsstation geleitet und eine Einheimische zur Frau genommen habe. »Das ist das einzige westliche Blut, das in meinen Adern fließt. Ich schwöre es.«

Ihr Gegenüber tat ungläubig. »Du lügst.«

»Bitte, Sie müssen mir glauben!«

»Kannst du Englisch?«

»Ich kenne nur ein paar Wörter und Ausdrücke.«

Dann kam Wong zum eigentlichen Thema. »Laut unseren Unterlagen hast du für die Überfahrt nicht genug bezahlt. Du schuldest uns noch zehntausend amerikanische Dollar.«

Ling T'ai sprang auf. »Aber ich habe kein Geld mehr!« rief sie.

Wong zuckte gleichgültig mit den Schultern. »Dann wirst du nach China zurückgebracht.«

»Nein, bitte nicht. Ich kann nicht zurück, nicht jetzt!« Sie rang die Hände, bis ihre Knöchel weiß anliefen.

Der Oberaufseher warf den drei anderen Männern, die reglos dasaßen, einen süffisanten Blick zu. Dann schlug er einen anderen Ton an. »Es gäbe da noch eine Möglichkeit, wie du in die Vereinigten Staaten gelangen könntest.«

»Ich werde alles tun«, flehte Ling T'ai.

»Wenn du an Land gebracht wirst, mußt du die ausstehenden Reisekosten abdienen. Eine Anstellung als Lehrerin wirst du auf keinen Fall finden, weil du kaum Englisch kannst. Und da du weder Freunde noch Familie hast, wirst du auch keinerlei Unterstützung bekommen. Daher werden wir dich verköstigen, dir Unterkunft gewähren und eine Arbeitsmöglichkeit verschaffen, bis du allein zurechtkommst.«

»Um welche Arbeit handelt es sich?« fragte Ling T'ai zögernd.

Wong schwieg einen Moment, dann grinste er boshaft. »Um die hohe Kunst, Männer zufriedenzustellen.«

Darauf also lief die ganze Sache hinaus. Man hatte von Anfang an nicht vorgehabt, sie in den Vereinigten Staaten ihrer Wege ziehen zu lassen. Ling T'ai und der Großteil ihrer Landsleute sollten als Arbeitssklaven auf Zeit eingesetzt werden, die man nach Belieben quälen und zu Tode schinden konnte.

»Prostitution?« schrie Ling T'ai entsetzt. »Dazu werde ich mich niemals hergeben!«

»Ein Jammer«, versetzte Wong leidenschaftslos. »Du bist eine attraktive Frau und hättest einen guten Preis verlangen können.«

Er erhob sich, ging um den Tisch herum und baute sich vor ihr auf. Das höhnische Grinsen war verschwunden. Statt dessen musterte er sie bösartig. Dann zog er einen länglichen Gegenstand, der aussah wie eine Art steifer Gummischlauch, aus seiner Jackentasche und drosch damit auf ihr Gesicht und ihren Oberkörper ein. Er hörte erst auf, als ihm der Schweiß ausbrach. Mit einer Hand packte er ihr Kinn und betrachtete ihr zerschlagenes Gesicht. Sie stöhnte und flehte ihn an, er solle aufhören.

»Hast du etwa deine Meinung geändert?«

»Niemals«, versetzte sie trotz aufgeplatzter Lippe und blutendem Mund. »Eher sterbe ich.«

Da verzogen sich Wongs schmale Lippen zu einem kalten Lächeln. Er holte aus und versetzte ihr mit dem Schlauch einen heftigen Schlag auf die Schädelbasis. Ling T'ai wurde schwarz vor Augen.

Ihr Peiniger kehrte zu seinem Platz zurück, griff zum Telefon und gab seine Anweisungen. »Ihr könnt die Frau abholen und sie zu den anderen bringen, die für den Orion Lake bestimmt sind.«

»Meinst du nicht, daß sich aus der eine Menge Profit rausschlagen ließe?« fragte ein untersetzter Mann am anderen Ende des Tisches.

Wong schüttelte den Kopf und blickte auf Ling T'ai hinab, die blutend am Boden lag. »Irgend etwas an der Frau gefällt mir nicht. Wir sollten lieber auf Nummer Sicher gehen. Wir wollen doch nicht das ganze Unternehmen gefährden und uns den Zorn unseres werten Vorgesetzten zuziehen. Ling T'ai wird sterben, wie sie es sich gewünscht hat.«

Eine ältere Frau, die, wie sie sagte, Krankenschwester war, tupfte Ling T'ais Gesicht vorsichtig mit einem feuchten Tuch ab, entfernte das angetrocknete Blut, griff dann zu einem kleinen Sanitätskasten und trug ein Desinfektionsmittel auf. Als sie Ling T'ais Verletzungen versorgt hatte, kümmerte sich die alte Schwester um einen Jungen, der wimmernd im Arm seiner Mutter lag. Ling T'ai schlug das Auge auf, das noch nicht völlig zugeschwollen war, und unterdrückte einen jähen Übelkeitsanfall. Trotz der quälenden Schmerzen am ganzen Körper war sie klar bei Sinnen, und sie wußte genau, wie sie in diese elende Situation geraten war.

Sie hieß nicht Ling T'ai. Sie war in San Francisco geboren und auf den Namen Julia Marie Lee getauft. Ihr Vater war einst als Analyst eines Finanzinstituts in Hongkong tätig gewesen, wo er die Tochter eines reichen chinesischen Bankiers geheiratet hatte. Von den blaugrauen Augen einmal abgesehen, die sie hinter braunen Kontaktlinsen versteckte, war sie eher nach ihrer Mutter geraten, von der sie die herrlichen schwarzen Haare und die asiatischen Züge geerbt hatte. Natürlich war sie auch keine Lehrerin aus der Provinz Jiangsu.

Julia Marie Lee war Undercoveragentin der für internationale Ermittlungen zuständigen Abteilung des US-amerikanischen Immigration and Naturalization Service, kurz INS, also der Einwanderungsbehörde. Sie hatte sich als Ling T'ai ausgegeben und einem Vertreter des Schlepperrings in Peking umgerechnet dreißigtausend Dollar in chinesischer Währung bezahlt, damit man sie in die USA brachte. Auf der menschenunwürdigen Überfahrt hatte sie unschätzbare Eindrücke über das Treiben und die Vorgehensweise des Syndikats sammeln können.

Sobald man sie an Land brachte, wollte sie sich mit dem stellvertretenden Bezirksdirektor ihrer Dienststelle in Seattle in Verbindung setzen, der nur auf ihren Anruf wartete und sich bereit hielt, um sämtliche Schlepper in seinem Zuständigkeitsbereich festzunehmen und ihre geheimen Routen nach Nordamerika auffliegen zu lassen. Doch im Augenblick sah sie keinerlei Fluchtmöglichkeit, und ihr Schicksal war mehr als ungewiß.

Julia hatte ungeahnte Kräfte aufgeboten, mehr als sie für möglich gehalten hätte, und nur dadurch hatte sie die Folter überstanden. Sie hatte zwar eine monatelange harte Ausbildung durchlaufen, doch auf eine derartige Brutalität war sie nicht gefaßt gewesen. Jetzt verfluchte sie sich, weil sie sich falsch verhalten hatte. Wenn sie sich demütig in ihr Schicksal ergeben hätte, hätte sie höchstwahrscheinlich entkommen können. Aber sie hatte gemeint, sie könnte die Schlepper täuschen, wenn sie eine angsterfüllte, aber stolze Chinesin mimte. Das war ein Fehler gewesen, wie sich herausgestellt hatte.

Jetzt war ihr klar, daß es an Bord dieses Schiffes keinerlei Gnade gab, wenn sich jemand widersetzte. Und dann, als ihre Augen sich allmählich an das Zwielicht gewöhnten, sah sie, daß viele andere Männer und Frauen ebenso übel zugerichtet waren wie sie.

Je länger Julia über ihre Lage nachdachte, desto mehr war sie davon überzeugt, daß sie und alle anderen Menschen, die in diesem Frachtraum saßen, ermordet werden würden.

2

Der Besitzer des kleinen Gemischtwarenladens in Orion Lake, rund neunzig Meilen westlich von Seattle gelegen, drehte sich kurz um und betrachtete den Mann, der die Tür öffnete und einen Moment lang auf der Schwelle stehenblieb. Orion Lake lag abseits der großen Verkehrswege, und Dick Colburn kannte jeden hier in dem zerklüfteten Bergland auf der Olympic-Halbinsel. Der Fremde war entweder ein Tourist auf der Durchreise oder ein Sportangler aus der Stadt, der sein Glück bei den Lachsen oder Forellen versuchen wollte, die von der Forstverwaltung im nahe gelegenen See eingesetzt wurden. Er trug eine Kordhose, einen irischen Wollpullover und darüber eine kurze Lederjacke. Kein Hut bedeckte die dichten, welligen schwarzen Haare, die an den Schläfen graumeliert waren. Colburn sah, wie der Fremde auf die Regale und Glasvitrinen starrte, ehe er eintrat.

Aus alter Gewohnheit musterte Colburn den Mann eine Zeitlang. Der Fremde war groß; zwischen seinem Kopf und dem Türsturz war keine drei Finger breit Platz. Dem Gesicht nach zu urteilen kein Schreibtischarbeiter, befand Colburn. Die Haut war zu braun und wettergegerbt für einen Stubenhocker. Kinn und Wangen könnten eine Rasur gebrauchen. Er war ein bißchen schmal für seine Statur. Ganz unverkennbar wirkte er wie jemand, der zuviel gesehen und dabei allerlei Strapazen und Leid durchgestanden hatte. Er wirkte müde, nicht körperlich erschöpft, sondern seelisch ausgelaugt, so als läge ihm nicht mehr allzuviel am Leben. Fast so, als hätte er dem Tod bereits ins Auge gesehen, wäre aber irgendwie noch einmal davongekommen. Doch trotz der hageren Züge strahlten die grün schimmernden Augen eine ruhige Heiterkeit aus, einen gewissen Stolz.

Colburn überspielte seine Neugier und füllte die Regale mit Waren auf. »Kann ich Ihnen behilflich sein?« fragte er, nach hinten gewandt.

»Wollte mir bloß ein paar Lebensmittel besorgen«, erwiderte der Fremde. Colburns Laden war zu klein für Einkaufswagen, daher nahm der Mann einen Korb und hängte sich den Griff über den Unterarm.

»Was machen die Fische?«

»Hab' mein Glück noch nicht versucht.«

»An der Südspitze vom See gibt's 'ne gute Stelle, wo sie angeblich wie wild anbeißen sollen.«

»Danke, ich werd's mir merken.«

»Haben Sie schon einen Angelschein?«

»Nein, aber ich wette, daß Sie mir einen ausstellen können.«

»Wohnen Sie im Bundesstaat Washington?«

»Nein.«

Der Lebensmittelhändler holte ein Formular unter dem Ladentisch hervor und reichte dem Fremden einen Stift. »Füllen Sie einfach den Antrag aus. Ich schlag' die Gebühr auf Ihre Rechnung drauf.« Colburn, der ein feines Gehör hatte, meinte einen leichten Akzent herauszuhören, der nach Südwesten klang. »Die Eier sind frisch. Hier am Ort gelegt. Den Eintopf von Shamus O'Malley gibt's im Sonderangebot. Und der Räucherlachs und die Elchsteaks schmecken einfach himmlisch.«

Zum erstenmal spielte ein leichtes Lächeln um den Mund des Fremden. »Elchsteaks und Lachs klingt gut, aber ich glaube, den Eintopf lass' ich lieber.«

Es dauerte fast eine Viertelstunde, bis der Korb voll war und neben der alten Messingregistrierkasse auf dem Ladentisch stand. Statt der üblichen Lebensmitteldosen, mit denen sich die meisten Angler eindeckten, hatte der Fremde hauptsächlich Obst und Gemüse gekauft.

»Sie haben offenbar vor, eine Weile zu bleiben«, sagte Colburn.

»Ein alter Freund meiner Familie hat mir seine Hütte am See vermietet. Sie kennen ihn vermutlich. Er heißt Sam Foley.«

»Ich kenne Sam schon seit zwanzig Jahren. Seine Hütte ist die einzige, die der verdammte Chinese noch nicht aufgekauft hat«, grummelte Colburn. »Ist auch gut so. Wenn Sam verkauft, gibt's überhaupt keinen Zugang mehr zum See. Jedenfalls nicht für die Angler, die ihre Boote zu Wasser lassen wollen.«

»Ich habe mich schon gefragt, warum die Hütten alle so heruntergekommen und verlassen wirken. Von dem komischen Bauwerk einmal abgesehen, das an der Nordseite des Sees steht, direkt gegenüber von dem kleinen Fluß, der nach Westen führt.«

»In den vierziger Jahren war dort mal 'ne Fischkonservenfabrik«, sagte Colburn, während er die Lebensmittel abrechnete. »Die Firma ist pleite gegangen. Der Chinese hat sie sich für 'n Appel und 'n Ei geschnappt und zu einem schicken Herrenhaus umgebaut. Hat sogar 'nen Golfplatz mit neun Löchern anlegen lassen. Dann hat er jedes Stück Land aufgekauft, das an den See grenzt. Ihr Freund Sam Foley ist der einzige, der bislang eisern geblieben ist.«

»Kommt mir ohnehin so vor, als ob die Bevölkerung von Washington und British Columbia zur Hälfte aus Chinesen besteht«, meinte der Fremde.

»Seit die Kommunisten Hongkong übernommen haben, haben die Chinesen den pazifischen Nordwesten wie eine Flutwelle überschwemmt. Denen gehören bereits die halbe Innenstadt von Seattle und der Großteil von Vancouver. Keiner weiß, wie hoch ihr Bevölkerungsanteil in fünfzig Jahren sein wird.« Colburn schwieg einen Moment und drückte auf die Additionstaste der Registrierkasse. »Einschließlich Angelschein macht das neunundsiebzig-fünfunddreißig.«

Der Fremde zog seine Brieftasche hinten aus der Hose, reichte Colburn einen Hundertdollarschein und wartete auf das Wechselgeld. »Der Chinese, den Sie erwähnt haben – was macht der geschäftlich?«

»Ich hab' bloß gehört, daß er ein reicher Reedereibesitzer aus Hongkong sein soll.« Colburn schwatzte munter weiter, während er die Lebensmittel einpackte. »Niemand hat ihn bislang zu Gesicht gekriegt. Im Ort ist er auch noch nie gewesen. Von ein paar Lieferwagenfahrern mal abgesehen, kommt dort keiner raus oder rein. Die meisten Leute hier in der Gegend sind der Meinung, daß dort seltsame Sachen vor sich gehen. Man sieht ihn und seine Leute nie tagsüber beim Angeln. Nur bei Nacht hört man Motorboote, und die fahren immer ohne Licht. Harry Daniels, der am Fluß jagt und manchmal sein Lager dort aufschlägt, behauptet, daß er gesehen hat, wie ein merkwürdig gebautes Boot um Mitternacht über den See gefahren ist. Aber nur, wenn der Mond nicht scheint.«

»Auf Geheimnisse steht eben jeder.«

»Wenn ich irgendwas für Sie tun kann, solange Sie hier in der Gegend sind, brauchen Sie bloß nach mir zu fragen. Ich heiße Dick Colburn.«

Der Fremde grinste breit und zeigte seine weißen, ebenmäßigen Zähne. »Dirk Pitt.«

»Sind Sie aus Kalifornien, Mr. Pitt?«

»Professor Henry Higgins wäre stolz auf sie,« versetzte Pitt gutgelaunt. »Ich bin in Südkalifornien geboren und aufgewachsen, wohne aber seit fünfzehn Jahren in Washington.«

Colburn witterte Morgenluft. »Dann sind Sie wahrscheinlich bei der Regierung beschäftigt.«

»Bei der National Underwater and Marine Agency. Und damit hier kein falscher Eindruck entsteht – ich bin lediglich zum Abschalten und Ausspannen in Orion Lake. Nicht mehr und nicht weniger.«

»Entschuldigen Sie, wenn ich das so sage«, erwiderte Colburn. »Aber Sie sehen aus, als ob Sie ein bißchen Ruhe gebrauchen könnten.«

Pitt grinste. »Eigentlich brauche ich bloß jemanden, der mir mal tüchtig den Rücken durchknetet.«

»Cindy Elder. Die ist Barkeeperin drüben im Sockeye Saloon und kann Ihnen eine erstklassige Massage verpassen.«

»Ich werd's mir merken.« Pitt nahm die Lebensmitteltüte mit beiden Armen und ging zur Tür. Bevor er den Laden verließ, blieb er noch einmal stehen und drehte sich um. »Nur aus Neugier, Mr. Colburn. Aber wie heißt der Chinese?«

Colburn schaute Pitt an und versuchte erfolglos, ihm etwas an den Augen abzulesen. »Er nennt sich Shang, Qin Shang.«

»Hat er sich jemals dazu geäußert, warum er die alte Konservenfabrik gekauft hat?«

»Norman Selby, das ist der Immobilienmakler, der das Geschäft abgewickelt hat, hat gesagt, daß Shang ein abgelegenes Grundstück am Wasser haben wollte, um sich dort ein Feriendomizil mit allen Schikanen hinzustellen, in das er seine betuchte Klientel einladen kann.« Colburn hielt inne und blickte streitlustig auf. »Sie haben bestimmt gesehen, was der aus einer einwandfreien Konservenfabrik gemacht hat. War nur eine Frage der Zeit, bis sie von Staats wegen unter Denkmalschutz gestellt worden wäre. Shang hat daraus eine Mischung aus modernem Bürogebäude und Pagode gebaut. Eine Mißgeburt ist das, sag' ich nur, ein verdammter Schandfleck.«

»Neumodisch sieht es auf jeden Fall aus«, pflichtete Pitt bei. »Shang legt sicher Wert auf gutnachbarliche Beziehungen und lädt die Bürger der Stadt von Zeit zu Zeit zu Partys und Golfturnieren ein?«

»Soll das ein Witz sein?« sagte Coburn, der jetzt seinen ganzen Ärger herausließ. »Shang würde den Bürgermeister und die Stadträte nicht mal bis auf eine Meile an sein Grundstück ranlassen. Der hat doch sogar fast den ganzen See mit einem drei Meter hohen Maschendrahtzaun mit einer Stacheldrahtkrone umgeben.«

»Kommt er denn damit durch?«

»Er kommt durch damit, weil er sich die entsprechenden Politiker kauft. Er kann die Leute nicht vom See fernhalten. Der gehört dem Staat. Aber er kann ihnen den Zugang so schwer wie möglich machen.«

»Manche Menschen machen eben viel Getue um ihre Privatsphäre.«

»Bei Shang ist das mehr als bloß Getue. Überall sind Überwachungskameras, und ständig schleichen schwerbewaffnete Aufseher durchs Gelände. Jeder Jäger oder Fischer, der aus Versehen zu nah rankommt, wird wie ein gewöhnlicher Krimineller behandelt und vom Grundstück gescheucht.«

»Ich werd's mir merken und schön auf meiner Seite vom See bleiben.«

»Ist vermutlich besser so.«

»Bis demnächst, Mr. Colburn.«

»Bis zum nächsten Mal, Mr. Pitt. Einen schönen Tag noch.«

Pitt blickte zum Himmel auf. Viel war von dem Tag nicht mehr übrig. Die Spätnachmittagssonne stand nur noch knapp über den Wipfeln der Nadelbäume, die hinter Colburns Laden aufragten. Pitt stellte die Tüte mit den Lebensmitteln auf die Rückbank seines Mietwagens und setzte sich ans Steuer. Er drehte den Zündschlüssel um, schaltete die Automatik auf normale Fahrt und trat aufs Gaspedal. Fünf Minuten später bog er von der Asphaltstraße in einen Fahrweg ein, der sich rund drei Kilometer weit durch einen Wald aus Zedern, Tannen und Föhren wand und zu Foleys Hütte führte.

Nach einem etwa vierhundert Meter langen geraden Stück stieß er auf eine Weggabelung. Von hier aus führte die unbefestigte Piste links und rechts am Seeufer entlang, um sich am oberen Ende wieder zu vereinen, dort, wo Qin Shangs extravagantes Feriendomizil stand. Pitt mußte dem Lebensmittelhändler unwillkürlich recht geben. Die ehemalige Konservenfabrik war in der Tat in einen architektonischen Wechselbalg verwandelt worden, der in dieser Berglandschaft, an diesem wunderschönen See so unpassend wie nur etwas wirkte. Es sah aus, als hätte der Bauherr zunächst eine moderne Stahlkonstruktion mit freiliegenden Trägern und kupferrot getönten Sonnenschutzfenstern errichten wollen, dann seine Meinung geändert und das Ganze einem Baumeister aus dem fünfzehnten Jahrhundert übertragen, etwa um die Zeit der Ming-Dynastie, der ein geschwungenes Dach aus vergoldeten Ziegeln obenauf gesetzt hatte, wie es die imposante Halle der Höchsten Harmonie in der Verbotenen Stadt in Peking krönt.

Während Pitt die Einsamkeit der Landschaft genoß, dachte er nach. Wenn die Sicherheitsvorkehrungen auf dem Grundstück am anderen Ende des Sees wirklich so ausgefeilt waren, wie man ihm in der Ortschaft erzählt hatte, wurde er vermutlich bereits auf Schritt und Tritt überwacht. Er bog links ab, fuhr noch einen knappen Kilometer weiter und hielt dann vor einer hinreißenden Blockhütte mit Blick auf den See. Über eine Holztreppe gelangte man hinauf zu der rund um das Haus gebauten Veranda. Er blieb einen Moment lang im Wagen sitzen und betrachtete zwei Stück Rotwild, die zwischen den Bäumen ästen.

Die Wunden schmerzten mittlerweile nicht mehr, und er konnte sich fast schon wieder so mühelos bewegen wie vor der Tragödie. Die Schnitt- und Brandverletzungen waren weitestgehend verheilt. Aber die inneren Wunden, die geistigen und die seelischen, die brauchten länger.

Er hatte gute fünf Kilo abgenommen und strengte sich nicht sonderlich an, die verlorenen Pfunde wieder zuzulegen. Momentan fehlte ihm jeglicher Antrieb. Er fühlte sich viel schlechter, als er aussah. Aber noch war nicht jeder Lebensfunke in ihm erloschen, und seine natürliche Neugier, der Drang, alles Unbekannte zu erkunden, fachten das kleine Flämmchen wieder an. Kurz nachdem er die Lebensmitteltüte in die Hütte getragen und auf der Spüle in der Küche abgestellt hatte, loderte es bereits hell auf.

Irgend etwas stimmte hier nicht. Er konnte es nicht dingfest machen, aber es ließ ihm keine Ruhe – sein sechster Sinn sagte ihm, daß hier etwas oberfaul war. Er ging in das Wohnzimmer. Alles sah genau so aus wie vorher. Vorsichtig betrat er das Schlafzimmer, blickte sich um, überprüfte den Kleiderschrank und ging dann ins Bad. Und dann wußte er Bescheid. Aus alter Gewohnheit packte er, sobald er an einem neuen Ziel ankam, sofort den Inhalt seines Toilettenbeutels – Rasierapparat, Aftershave, Zahnbürste und Kamm – aus und stellte alles in Reih und Glied über dem Waschbecken ab. Die Sachen lagen genauso da wie zuvor. Bis auf den Rasierapparat. Er wußte genau, daß er ihn am Riemen gehalten hatte, als er ihn auf die Ablage geschoben hatte. Jetzt war der Riemen der Wand zugekehrt.

Er ging jetzt durch sämtliche Zimmer, überprüfte alle herumliegenden Gegenstände. Irgend jemand, vermutlich mehr als eine Person, hatte jeden Zentimeter der Hütte untersucht. Offenbar waren es Profis gewesen, die aber nachlässig geworden waren, als sie zu dem Schluß gelangten, daß der derzeitige Bewohner weder ein Geheimagent noch ein gedungener Mörder war, sondern lediglich ein Gast, der sich auf Einladung des Hüttenbesitzers ein paar ruhige und erholsame Tage gönnen wollte. Von Pitts Aufbruch in die Stadt bis zu seiner Rückkehr war gut und gerne eine Dreiviertelstunde vergangen – mehr als genug Zeit. Pitt hatte zunächst keine Ahnung, was man mit dieser Durchsuchung bezweckte, doch allmählich ging ihm ein Licht auf.

Es mußte um etwas anderes gehen. Einem erfahrenen Agenten oder einem altgedienten Kriminalisten wäre die Sache vermutlich auf Anhieb klar gewesen, aber Pitt war weder das eine noch das andere. Als ehemaliger Pilot bei der Air Force und langjähriger Leiter für die Spezialprojekte der NUMA verstand er nichts von verdeckter Ermittlung; sein Fachgebiet war die Planung und Durchführung der meereswissenschaftlichen Forschungsaufgaben der Behörde. Er brauchte gut sechzig Sekunden, bis er des Rätsels Lösung fand.

Dann wurde ihm klar, daß die Durchsuchung nur nebenbei erfolgt war. Den Eindringlingen war es in erster Linie darum gegangen, Abhörgeräte oder Miniaturkameras anzubringen. Irgend jemand traut mir nicht, dachte Pitt. Vermutlich der Leiter von Qin Shangs Sicherheitsdienst.

Da Wanzen für gewöhnlich kaum größer als ein Stecknadelkopf waren, ließen sie sich ohne spezielle elektronische Spürgeräte nur schwer finden. Aber Pitt, der allenfalls Selbstgespräche führen konnte, wollte sich ohnehin auf die Suche nach den Kameras konzentrieren. Weil er annahm, daß am anderen Ende des Sees jemand vor einem Bildschirm hockte, ihn ständig überwachte und auf Schritt und Tritt beobachtete, setzte er sich zunächst einmal hin und tat so, als läse er die Zeitung, während sein Hirn auf Hochtouren lief. Sollen sie doch im Wohnzimmer und im Schlafzimmer alles sehen, was es zu sehen gibt, dachte er. Mit der Küche war es etwas anderes. Dort wollte er seinen Gefechtsstand einrichten.

Er legte die Zeitung hin und machte sich an die Arbeit. Zunächst räumte er die Lebensmittel in die Regale und in den Kühlschrank in der Hoffnung, die Beobachter dadurch abzulenken, während er in aller Eile sämtliche Ecken und Winkel absuchte. Er fand nichts Verdächtiges. Dann ließ er den Blick wie beiläufig über die Wände der Blockhütte schweifen, spähte kurz in die Ritzen und Spalten zwischen den Stämmen und wurde schließlich fündig. In einem Loch, das vermutlich ein Holzwurm gebohrt hatte, als der Baum noch in vollem Saft stand, entdeckte er ein winziges Objektiv. Pitt mimte den Schauspieler vor der Kamera – was er im Moment ja auch war – und fegte mit einem Besen den Küchenboden. Als er fertig war, drehte er den Besen um und lehnte ihn mit der Kehrseite nach oben unmittelbar vor der Kamera an die Wand.

Jegliche Müdigkeit und Erschöpfung waren mit einmal verflogen. Er trat aus der Hütte, ging dreißig Schritte in den Wald hinein und holte ein Motorola-Iridium-Telefon aus der Innentasche seiner Jacke. Nachdem er die Nummer gewählt hatte, wurde sein Anruf über ein Relaisnetz von sechsundsechzig rund um die ganze Welt postierten Satelliten weitergeleitet, bis er mit einem Privatanschluß in der Zentrale der NUMA in Washinton, D.C., verbunden wurde.

Es klingelte viermal, dann meldete sich jemand mit einem leicht näselnden Neuenglandakzent. »Hiram Yeager hier. Fassen Sie sich kurz. Zeit ist Geld.«

»Deine Zeit ist nicht mal den Groschen wert, der mitsamt dem Kaugummi an der Schuhsohle klebt.«

»Sucht unser Leiter für Spezialprojekte etwa eine Zielscheibe für seinen Spott?«

»So ist es.«

»Und welch wenig erzählenswerten Tätigkeiten gibst du dich derzeit hin?« flachste Yeager zurück. Doch man hörte ihm an, wie besorgt er war. Er wußte, daß Pitt sich immer noch von den Verletzungen erholte, die er zwei Monate zuvor bei einem Vulkanausbruch auf einer Insel vor der australischen Küste erlitten hatte.

»Leider habe ich keine Zeit, dir von meinen atemberaubenden Abenteuern in den Wäldern des Nordens zu berichten. Aber du mußt mir einen Gefallen tun.«

»Ich kann es kaum erwarten!«

»Sieh zu, was du über einen gewissen Qin Shang rausfinden kannst.«

»Wie schreibt sich das?«

»Vermutlich so, wie man's spricht. Wenn mich meine durchaus beschränkten Kenntnisse chinesischer Speisekarten nicht trügen, fängt der Vorname mit einem Q an. Shang ist ein chinesischer Großreeder mit Firmensitz in Hongkong. Außerdem besitzt er eine Ferienvilla am Orion Lake im Bundesstaat Washington.«

»Treibst du dich derzeit dort oben herum?« fragte Yeager. »Du bist einfach abgetaucht, ohne einem Menschen zu erzählen, wohin du gehst.«

»Mir wär's auch lieber, wenn Admiral Sandecker weiter im dunkeln tappt.«

»Der findet dich sowieso. Schafft er doch immer. Und was fasziniert dich so an diesem Shang?«

»Drücken wir's mal so aus: Ich ärgere mich über neugierige Nachbarn.«

»Warum gehst du nicht einfach hin, borgst dir eine Tasse Zucker, flachst ein bißchen rum und forderst ihn zu einer flotten Partie Mah-Jongg?«

»Nach Auskunft der Einheimischen läßt er niemanden näher als einen Kilometer an sein Grundstück ran. Und außerdem bezweifle ich, daß er daheim ist. Wenn Shang es genauso hält wie die meisten anderen Reichen und Prominenten, hat er vermutlich an allen Ecken und Enden der Welt Häuser.«

»Und wodurch hat der Mann deine unstillbare Neugier geweckt?«

»Kein normaler Mesch schottet sich derart ab, es sei denn, er hat was zu verbergen«, sagte Pitt.

»Kommt mir fast so vor, als würdest du dich langweilen, während du da droben im Urwald rumliegst und zuschaust, wie das Moos auf den Felsen wächst. Du läßt dir eine der größten Freuden entgehen, wenn du nicht mindestens einmal versuchst, einen Elch eine Dreiviertelstunde lang in Grund und Boden zu starren.«

»Für Stumpfsinn hatte ich noch nie was übrig.«

»Sonst noch irgendwelche Wünsche?« fragte Yeager.

»Wo du's schon ansprichst – ja, ich hätte da einen kleinen Wunschzettel ans Christkind. Allerlei Sachen, die du heute noch verpacken und abschicken müßtest, damit ich sie bis spätestens morgen nachmittag bekomme.«

»Schieß los«, sagte Yeager. »Die Aufnahme läuft. Wenn du fertig bist, drucke ich die Liste aus.«

Pitt teilte mit, welche Ausrüstungsgegenstände er brauchte. »Und schick mir noch sämtliche Unterlagen der Naturschutzbehörde über den Orion Lake zu. Angaben über die Wassertiefe, über die Fischvorkommen, über eventuelle Gefahren, die unter Wasser lauern, Wracks zum Beispiel.«

»Die Sache wird allmählich spannend. Aber hör mal, du warst völlig im Eimer und bist gerade aus dem Krankenhaus entlassen worden. Meinst du nicht, daß du ein bißchen übertreibst?«

»Wenn du mitspielst, schicke ich dir fünf Pfund Räucherlachs.«

»Wie ich dieses Stubenhockerdasein hasse.« Yeager seufzte. »Na schön, ich kümmere mich um dein Spielzeug. Und danach zapfe ich sämtliche zugänglichen und unzugänglichen Quellen an und erkundige mich nach diesem Qin Shang. Mit etwas Glück kann ich dir sogar seine Blutgruppe mitteilen.«

Pitt wußte aus Erfahrung, daß es keine Datei gab, egal wie gut geschützt und streng geheim sie auch sein mochte, die gegen Yeagers Hackerkünste gefeit war. »Schwing dich mit deinen Wurstfingern ans Keyboard und ruf mich über meinen Iridium-Anschluß an, wenn du irgendwas rausgekriegt hast.«

Yeager legte auf, lehnte sich in seinem Sessel zurück und starrte eine Zeitlang nachdenklich an die Decke. Auf den ersten Blick wirkte der geniale EDV-Analytiker eher wie ein Penner, der an der Straßenecke hockt und die Hand aufhält. Er band das allmählich ergrauende Haar nach wie vor zu einem Pferdeschwanz zusammen und kleidete sich immer noch wie ein alternder Hippie. Was er auch war. Zugleich aber war Yeager auch Herr über sämtliche Computersysteme und Datenbanken der NUMA, darunter auch eine riesige ozeanographische Datensammlung, in der alle Bücher, Zeitungsartikel und Doktorarbeiten erfaßt waren, die je zu diesem Thema geschrieben worden waren, unabhängig davon, ob sie wissenschaftlich belegt, historisch bewiesen oder pure Hypothese waren.

Yeagers elektronisches Reich nahm die gesamte neunte Etage der NUMA-Zentrale ein. Es hatte Jahre gedauert, bis seine Datensammlung stand. Sein Chef hatte ihm freie Hand gelassen und unbegrenzte Mittel zur Verfügung gestellt, damit er sämtliche Erkenntnisse auf dem Gebiet der Meeresforschung und Unterwassertechnologie erfassen konnte. Die Ergebnisse dieser Sammelleidenschaft wiederum standen weltweit allen Studenten der Meereskunde sowie Ozeanographen, Unterwassertechnikern und -archäologen zur Verfügung. Eine enorm verantwortungsvolle Aufgabe, aber Yeager liebte seinen Beruf mit aller Leidenschaft.

Er wandte sich zu dem wuchtigen Computer um, den er höchstpersönlich entwickelt und gebaut hatte. »Ha, von wegen Wurstfinger am Keyboard!« Hier gab es weder Keyboard noch Monitor, sondern eine dreidimensionale Raumprojektion unmittelbar vor dem Benutzer. Eine Tastatur war überflüssig, da das Gerät auf mündliche Befehle reagierte. Eine Gestalt tauchte vor Yeager auf, die aussah wie ein abgezehrtes Zerrbild seiner selbst, und schaute ihn an.

»Tja, Max, du mußt surfen gehen. Bist du bereit?« sagte Yeager, an die Projektion gewandt.

»Jederzeit«, erwiderte die Computerstimme.

»Beschaffe sämtliche verfügbaren Daten über einen gewissen Qin Shang, einen chinesischen Reeder mit Hauptsitz in Hongkong.«

»Nicht genügend Angaben für einen genauen Bericht«, erwiderte Max monoton.

»Zugegeben, allzuviel ist es nicht«, sagte Yeager, der immer noch nicht raushatte, wie er sich mit einer nebulösen Computerprojektion unterhalten sollte. »Streng dich an. Und wenn du sämtliche Verbindungen durch hast, druckst du alles aus, worauf du gestoßen bist.«

»Ich melde mich in Kürze zurück«, schnarrte Max.

Nachdenklich und mit schmalen Augen schaute Yeager auf die Stelle, an der eben noch sein holographisches Ebenbild gewesen war. Pitt hatte ihn noch niemals ohne guten Grund um Datennachforschungen gebeten. Irgend etwas, das wußte Yeager ganz genau, hatte sein Freund im Sinn. Pitt stieß ständig auf irgendwelche Geheimnisse, und jedesmal geriet er dabei in die Bredouille. Den zog es förmlich zur Gefahr hin, wie den Lachs zu seinen Laichgründen. Yeager hoffte, daß Pitt ihn in das Geheimnis einweihen würde. Bislang hatte er es immer getan, immer tun müssen, wenn er vor Aufgaben gestanden hatte, die ganzen Einsatz erforderten.

»Was, zum Teufel, hat der Kerl bloß diesmal vor?« murmelte Yeager, an seinen Computer gewandt.

3

Der Orion Lake sah aus wie eine Träne, die sich nach unten hin verjüngte und in einen kleinen Fluß überging. Es war kein großer See, aber nichtsdestoweniger bezaubernd und geheimnisumwoben, gesäumt von dichten grünen Wäldern, die sich bis hinauf zu den grauen Felsbrocken der majestätischen, wolkenverhangenen Olympic Mountains zogen. Zwischen den Bäumen und auf den kleinen Lichtungen blühten leuchtendbunte Frühlingsblumen. Über etliche Bäche strömte mineralienreiches Schmelzwasser von den Gletschern hoch oben aus den Bergen in den See herab und verlieh ihm seine blaugrüne Farbe. Der kobaltblaue Himmel war mit schnell dahinziehenden Wolken gesprenkelt, die sich in einem hellen Türkiston im Wasser spiegelten.

Der Abfluß an der unteren Spitze des tränenförmigen Gewässers hieß in Anlehnung an den See Orion River. Er strömte rund fünfundzwanzig Kilometer weit friedlich durch eine tief zwischen den Bergen eingeschnittene Schlucht und mündete dann in eine fjordartige Bucht namens Grapevine Bay. Die Grapevine Bay, vor Urzeiten von einem Gletscher ausgehobelt, führte wiederum zum Pazifik. Der Fluß, auf dem einst die Fischkutter ihren Fang zu der alten Konservenfabrik befördert hatten, wurde heutzutage nur mehr von Vergnügungsbooten und Anglern befahren.

Pitt atmete tief durch, als er am Nachmittag nach seinem Abstecher in die Ortschaft die Hütte verließ und auf die Veranda trat. Kurz zuvor war ein leichter Regenschauer niedergegangen, und die reine, mit keinerlei Abgasen belastete Bergluft roch wie köstliches Parfüm. Die letzten Strahlen der untergehenden Sonne fielen zwischen den Berggipfeln hindurch. Es war ein Panorama von zeitloser Schönheit. Nur die verlassenen Hütten und Häuser ließen den See ein wenig unheimlich wirken.

Er ging über den schmalen Holzsteg, der vom Ufer zu dem über das Wasser gebauten Bootshaus führte, suchte einen der am Ring hängenden Schlüssel aus und sperrte ein schweres Vorhängeschloß auf, mit dem die verwitterte Tür gesichert war. Innen war es dunkel. Hier gab es keinerlei Wanzen oder Kameras, dachte er, als er die Tür weit aufstieß. An zwei Ablaufgerüsten, die mittels einer elektrischen Winde zu Wasser gelassen werden konnten, hingen ein kleines, etwa drei Meter langes Segelboot und ein knapp sechseinhalb Meter langes, um 1933 gebautes Chris-Craft, ein leichtes Motorboot mit doppeltem Cockpit und glänzendem Mahagonirumpf. Zwei Kajaks und ein Kanu ruhten in den Gestellen an beiden Seitenwänden.

Pitt ging zu einem Verteilerkasten und legte einen Schalter um. Dann nahm er die Steuerung für die elektrische Winde zur Hand und drückte einen Knopf. Surrend bewegte sich die Winde über das Segelboot. Pitt schob den herabbaumelnden Haken durch einen Metallring am Ablaufgerüst und ließ es herab. Zum erstenmal seit vielen Monaten ruhte der Fiberglasrumpf des Segelboots wieder im Wasser.

Pitt holte die ordentlich gefalteten Segel aus einer Staukiste, setzte den Mast ein und takelte das Boot auf. Dann brachte er die Ruderpinne an und schob das Kielschwert ein. Nach fast einer halben Stunde war das kleine Boot klar zum Auslaufen. Jetzt mußte nur noch der Mast aufgerichtet werden, eine Kleinigkeit, die Pitt aber erst erledigen konnte, wenn er das Boot ins Freie bugsiert hatte.

Nachdem er sich davon überzeugt hatte, daß alles in Ordnung war, ging er lässig zur Hütte zurück und packte einen der beiden großen Kartons aus, die Yeager ihm per Luftexpreß geschickt hatte.

Er setzte sich an den Küchentisch und breitete die angeforderten Tabellen über den Orion Lake aus. Anhand der Tiefenangaben konnte er erkennen, daß sich der Seeboden vom Ufer aus zunächst sanft absenkte, dann in einer Tiefe von knapp zehn Metern ein Stück weit eben verlief, ehe er zur Mitte steil bis auf über einhundertzwanzig Meter Tiefe abfiel. Viel zu tief für einen Taucher ohne entsprechende Ausrüstung und Unterstützung von oben, dachte Pitt. Nirgendwo waren künstliche Unterwasserhindernisse eingezeichnet. Bei dem einzigen Wrack, das vermerkt war, handelte es sich um einen alten Fischkutter, der vor der einstigen Konservenfabrik gesunken war. Die durchschnittliche Wassertemperaur des Sees betrug fünf Grad Celsius, viel zu kalt zum Schwimmen, aber ideal zum Angeln und für Bootsausflüge.

Pitt briet sich ein Elchsteak, bereitete einen Salat zu und aß an einem Tisch auf der Veranda zeitig zu Abend. Er ließ den Blick über den See schweifen, trank genüßlich ein Olympia-Bier, stellte die leere Flasche schließlich ab und ging in die Küche, wo er das dreibeinige Stativ eines Fernrohrs auszog. Er baute es mitten in der Küche auf, weit genug vom Fenster entfernt, damit eventuelle Beobachter nicht erkennen konnten, was er da im Halbdunkel trieb. Er beugte sich über das Teleskop und stellte es auf Qin Shangs Domizil ein. Dank der starken Vergrößerung konnte Pitt zwei Golfspieler auf der Anlage hinter dem Haus erkennen. Nieten, stellte er fest, nachdem er sie eine Weile beobachtet hatte. Sie mußten viermal zum Putten ansetzen, ehe sie den Ball ins Loch brachten. Dann nahm er sich die Gästehäuser vor, die unter den hohen Bäumen hinter dem Hauptgebäude standen. Abgesehen von einem Dienstmädchen, das seine Runde machte, schien sich dort niemand aufzuhalten. Statt gepflegter Rasenflächen sah er Wiesen und Wildblumen. Anscheinend hatte man alles im Naturzustand belassen.

Ein großes Vordach überspannte die Auffahrt vor dem Hauptgebäude, damit die prominenten Gäste auch bei schlechtem Wetter trockenen Fußes ins Haus gelangen konnten. Der Haupteingang wurde von zwei riesigen liegenden Bronzelöwen bewacht. Sie flankierten eine Treppe, die zu einer gut fünfeinhalb Meter hohen Doppeltür aus Rosenholz hinaufführte. Er stellte das Fernrohr schärfer und betrachtete das herrlich geschnitzte Drachenmotiv an der Holztäfelung. Das pagodenartige, mit goldenen Ziegeln gedeckte Dach paßte hinten und vorne nicht zu dem Unterbau mit den kupferrot getönten Sonnenschutzfenstern. Das dreistöckige Haus stand auf einer weitläufigen Lichtung etwa einen Steinwurf vom Seeufer entfernt.

Er senkte das Fernrohr und musterte den Bootsanleger, der rund fünzig Meter weit in den See hinausragte. Zwei Boote waren daran vertäut. Das kleinere machte nicht viel her. Ein gedrungener Doppelrumpf, auf dem eine große, kastenartige Kabine ohne Bullaugen oder Fenster thronte, darüber das Ruderhaus. Das ganze Schiff war schwarz wie ein Leichenwagen gestrichen, eine eher ungewöhnliche Farbe für die Aufbauten eines Bootes. Das andere sah schon eher nach einem Schiff aus. Es war eine schmucke Motorjacht, rund fünfunddreißig Meter lang, mit einer rundum verglasten Kabine, kurzum, eine Augenweide. Vermutlich mit allem Luxus und Komfort ausgestattet, dazu ein klassischer Schnitt – ein Meisterwerk der Schiffsbaukunst. Wahrscheinlich entweder in Singapur oder in Hongkong gebaut, vermutete Pitt. Selbt wenn sie verhältnismäßig wenig Tiefgang hatte, war ein guter Steuermann nötig, um sie durch den Fluß in offenes Fahrwasser zu lotsen.

Dann sah er, wie Dieselqualm aus dem Schornstein des gedrungenen Arbeitsbootes stieg. Kurz darauf löste die Besatzung die Belegleinen, und das Schiff tuckerte quer über den See auf die Einmündung in den Fluß zu. Ein ausgesprochen seltsames Gefährt, dachte Pitt. Es sah aus, als hätte man einen hölzernen Frachtcontainer auf zwei Pontons gestellt. Er konnte sich beim besten Willen nicht vorstellen, was sich der Schiffsbauer dabei gedacht hatte.

Das Grundstück selbst wirkte nach wie vor verlassen, von dem Dienstmädchen und den beiden Golfspielern einmal abgesehen. Keinerlei Wachposten, die das Gelände durchstreiften, es sei denn, sie konnten sich unsichtbar machen. Nirgendwo waren Alarmanlagen oder Videokameras zu sehen, doch Pitt wußte, daß es welche geben mußte. Auffällig waren lediglich mehrere fensterlose Holzbauten, die nicht recht zu der übrigen Anlage paßten. Sie ähnelten den Blockhütten für Jäger und Bergwanderer und waren an strategisch günstigen Stellen rund um den See verteilt. Pitt zählte insgesamt drei, vermutete aber, daß im Wald noch mehr verborgen waren. Die mittlere, die wie ein kleines Bootshaus wirkte und am Ende des Anlegers im Wasser stand, kam ihm besonders merkwürdig vor. Genau wie das seltsame schwarze Boot hatte sie weder Fenster noch Türen. Er betrachtete sie eine volle Minute lang, während er zu ergründen versuchte, welchem Zweck sie dienen mochte und was sich darin befinden könnte.

Dann ein leichter Schwenk mit dem Fernrohr, und er wurde prompt belohnt. Es ragte zwar nur die Spitze hinter einem Nadelgehölz auf, aber das genügte. Pitt suchte nicht mehr weiter nach Alarmanlagen, als er den sorgfältig getarnten Campingbus entdeckte, dessen Dach mit Funkantennen und Empfangsschüsseln gespickt war. Auf einer Lichtung dahinter befand sich ein kleines Gebäude, offenbar eine Art Flugzeughangar, der neben einer schmalen, nur etwa fünfzig Meter langen Rollbahn stand. Ein Hubschrauberlandeplatz war das auf keinen Fall. Ultralights vielleicht? überlegte Pitt. Kleine, superleicht gebaute Flugzeuge, das könnte die Lösung sein.

»Eine Anlage vom Allerfeinsten«, murmelte er leise vor sich hin.

Die Technik war in der Tat vom Allerfeinsten. Der Campingbus war ein mobiler Kommandostand, der gleiche Typ, so stellte er fest, den auch der Secret Service einsetzte, wenn es galt, den Präsidenten bei Überlandreisen zu bewachen. Allmählich verstand Pitt auch, welchen Zweck die Blockhütten erfüllten. Jetzt mußte er nur noch eine Reaktion provozieren.

Doch aus purer Neugier einen derartigen Aufwand zu treiben kam ihm albern vor. Noch hatte er Yeagers Bericht nicht vorliegen. Er wußte überhaupt nichts über Shang – er könnte ebensogut ein Philanthrop sein, ein Menschenfreund, ein Quell geistiger Inspiration, jemand, den er achten könnte. Pitt war kein Kriminalist, er war Meerestechnologe. Der Großteil seiner Arbeit fand unter Wasser statt. Warum also kümmerte er sich überhaupt darum? Andererseits konnte er sich auf seine Intuition so gut wie immer verlassen, und eine innere Stimme sagte ihm, daß Shang nicht ganz sauber war. Und außerdem wäre es nicht das erste Mal, daß Pitt sich in etwas einmischte, was ihn nichts anging.

Wie auf ein Stichwort ertönte das Iridium-Telefon. Nur Hiram Yeager kannte seine Nummer. Er ging ein gutes Stück von der Hütte weg, bevor er sich meldete. »Hiram?«

»Dein guter Shang da draußen ist eine echt harte Nuß«, sagte Yeager ohne jede Vorrede.

»Was hast du über ihn rausgekriegt?« fragte Pitt.

»Der Typ lebt wie ein römischer Kaiser. Großes Gefolge. Palastartige Häuser auf der ganzen Welt, Jachten, ein Schwarm hinreißender Frauen, Privatjet, ein Heer von Sicherheitskräften. Dein guter Shang ist ein Bilderbuchbeispiel für den Lebensstil der oberen Zehntausend.«

»Was hast du über seine Unternehmen erfahren?«

»Verdammt wenig. Jedesmal, wenn Max –«

»Max?«

»Max ist mein Feund. Er lebt in meinem Computer.«

»Wenn du meinst. Fahr fort.«

»Jedesmal, wenn Max sich Zugang zu einer Datenbank über Shang verschaffen wollte, haben sich die Computer so gut wie sämtlicher Geheimdienste hier eingeschaltet und nachgefragt, worum es geht. Anscheinend bist du nicht der einzige, der sich für diesen Typ interessiert.«

»Klingt fast so, als ob wir da in ein Wespennest gestochen haben«, sagte Pitt. »Aber warum sollte unsere Regierung alle Erkundigungen über Shang abblocken?«

»Ich habe den Eindruck, unsere Nachrichtendienste führen eine geheime Untersuchung durch und wollen nicht, daß ihnen ein Außenstehender ins Gehege kommt.«

»Die Sache wird spannend. Shang kann keine blütenweiße Weste haben, wenn er von den Geheimdiensten überwacht wird.«

»Entweder das, oder sie schützen ihn.«

»Was denn nun?«

»Keine Ahnung«, gestand Yeager. »Solange Max und ich den Zugang zu den entsprechenden Datenbanken nicht knacken können, tappe ich genauso im dunkeln wie du. Ich kann dir lediglich sagen, daß er nicht der wiederauferstandene Messias ist. Shang hat seine Finger in einer Unzahl Unternehmen stecken, mit denen er weltweit riesige Gewinne einfährt. Und allem Anschein nach ist alles völlig legal.«

»Willst du damit sagen, daß du keinerlei Hinweise auf kriminelle Machenschaften gefunden hast?«

»Nach außen hin ist keinerlei Verbindung zu kriminellen Gruppierungen zu erkennen«, antwortete Yeager. »Was nicht heißen soll, daß er keine eigene Organisation laufen hat.«

»Vielleicht ist er der wiedergeborene Fu Manchu«, sagte Pitt leichthin.

»Willst du mir nicht verraten, was du gegen ihn hast?«

»Seine Helfershelfer haben meine Hütte gefilzt. Ich kann es nicht ausstehen, wenn Fremde in meiner Unterwäsche rumwühlen.«

»Eins könnte dich vielleicht noch interessieren«, sagte Yeager.

»Ich höre.«

»Shang hat nicht nur am gleichen Tag wie du Geburtstag, er ist auch im selben Jahr geboren. Nach dem chinesischen Horoskop ist er im Jahr der Ratte geboren, nach unserem im Sternzeichen des Krebses.«

»Ist das alles, was der beste Computerspezialist weit und breit herausgefunden hat?« fragte Pitt spöttisch.

»Ich wünschte, ich könnte dir mehr bieten«, versetzte Yeager zerknirscht. »Ich probier's weiter.«

»Damit geb' ich mich zufrieden.«

»Was hast du vor?«

»Viel kann ich hier nicht unternehmen«, sagte Pitt. »Vom Angeln einmal abgesehen.«

»Paß auf dich auf«, erwiderte Yeager, der sich keinen Moment lang täuschen ließ. »Nicht daß du kieloben in dem berühmt-berüchtigten Wasserlauf landest, der angeblich so infernalisch stinken soll.«

»Ich werde so vorsichtig sein wie immer.«

Pitt stellte das Iridium-Telefon ab, reckte sich und klemmte das Gerät in eine Astgabel. Kein tolles Versteck, aber immer noch besser, als es in der Hütte herumliegen zu lassen, die in seiner Abwesenheit jederzeit wieder durchsucht werden könnte.

Yeager hatte sich aufrichtig Sorgen gemacht, und Pitt tat es leid, daß er ihn so abgespeist hatte. Aber je weniger der Computerguru der NUMA wußte, desto besser. Denn Pitt hatte vor, sich strafbar zu machen, und wenn er dabei nicht aufpaßte, konnte er festgenommen werden, möglicherweise aber auch unter Beschuß geraten. Und er konnte nur hoffen, daß es nicht noch schlimmer kam. Irgendwie hatte er das dumpfe Gefühl, daß er auf Nimmerwiedersehen verschwinden würde, wenn er einen Fehler beging.

Noch etwa zwei Stunden bis Sonnenuntergang, schätzte Pitt, als er eine große Kühlbox und den präparierten Lachs, der über dem Kaminsims gehangen hatte, zum Bootshaus schleppte. Drinnen öffnete er die Kühlbox und holte einen kleinen Tauchroboter heraus, ein sogenanntes AUV, ein Autonomous Underwater Vehicle, das von der Benthos Incorporated entwickelt worden war, einer Spezialfirma für Unterwassertechnologie. Das schwarz lackierte Gerät war rund fünfundsechzig Zentimeter lang, fünfzehn Zentimeter breit, enthielt eine Farbvideokamera mit hoher Bildauflösung und wurde von zwei gegenläufig drehenden Schubdüsen angetrieben. Die Batterien, die es mit Energie versorgten, hatten eine Lebensdauer von gut zwei Stunden

Pitt verstaute das kompakte kleine Gerät samt seiner Angelrute und einer Schachtel mit Haken, Ködern und Vorfächern im Boot. Dann öffnete er das Tor zum See, setzte sich an die Ruderpinne und stieß sich mit einem Bootshaken ab. Sobald das Boot im Freien war, richtete er den Mast auf und senkte das Kielschwert ab.

Er wollte wie ein ganz normaler Urlauber wirken, der sich bei einem Segeltörn auf dem See erholen wollte. Die Witterung war angenehm, auch wenn die Luft ein bißchen kühl war, aber er trug ein warmes Holzfällerhemd und eine Khakihose, dazu Turnschuhe und dicke Socken. Ein erfahrener Angler hätte vermutlich eher ein Motorboot oder ein Ruderboot mit Außenbordmotor gewählt, wenn er auf Lachse oder Forellen gehen wollte. Bestimmt kein Segelboot. Aber Pitt hatte sich dafür entschieden, weil ihm das Segel Deckung bot, falls er vom Anwesen aus beobachtet werden sollte.

Mit ein paar Schlägen an der Ruderpinne brachte er das Boot in den Wind und glitt dann über das blaugrüne Wasser des Orion Lake dahin. Dann kreuzte er gemächlich von einem Ufer zum anderen, achtete aber darauf, daß er stets gehörigen Abstand zu dem Grundstück am anderen Ende des Sees hielt. Rund fünfhundert Meter vor dem Bootsanleger, an der tiefsten Stelle des Sees, geriet er in eine Bö und mußte das Segel einholen. Doch er ließ so viel Leinwand stehen, daß er dahinter ungesehen zu Werke gehen konnte. Die Ankertrosse reichte nicht einmal annähernd bis zum Boden, aber er spulte sie trotzdem so weit wie möglich ab und benutzte den Anker als Draggen, damit das Boot vom Wind nicht zu nah ans Ufer getrieben wurde.

Nachdem er sich davon überzeugt hatte, daß er nach vorn durch das Segel und nach hinten durch sein breites Kreuz gedeckt war, beugte er sich über die Bordwand und spähte durch einen Eimer mit offenem Boden. Das Wasser war so kristallklar, daß Pitt einen rund fünfzig Meter tiefer schwimmenden Schwarm Lachse sehen konnte. Dann öffnete er die Schachtel mit dem Anglerzubehör und holte einen Haken und ein mit Bleigewichten beschwertes Vorfach heraus. Pitt hatte in den letzten dreißig Jahren nur einen einzigen Fisch erbeutet, und den hatte er beim Tauchen mit der Harpune erlegt. Eine Drillangel hatte er seit seiner Kindheit nicht mehr in der Hand gehabt, als er mit seinem Vater, Senator George Pitt, vor der kalifornischen Küste auf Fischfang gegangen war. Dennoch schaffte er es, das Vorfach zu befestigen, einen unglücklichen Köderwurm auf den Haken zu spießen und die Schnur auszulegen.

Während er so tat, als stellte er den Fischen nach, spulte er einen dünnen Draht ab und brachte ein kaffeetassengroßes Sende- und Empfangsgerät zu Wasser. Er ließ es rund fünf Meter tief sinken, bis er sicher war, daß es sich nicht mehr im akustischen Schatten des Bootsrumpfes befand. Ein ebenso großes Gerät war im Heck des AUV eingebaut. Die beiden Sender sowie die im Gehäuse des AUV untergebrachte Elektronik bildeten das Herzstück des Tauchroboters, der sich auf diese Weise unter Wasser steuern ließ und Videosignale übermitteln konnte, die von einem kleinen Recorder aufgezeichnet wurden.

Danach holte er das AUV aus der Kühlbox, ließ es vorsichtig zu

Wasser und sah zu, wie das schwarz lackierte Gerät, das wie ein Wesen aus der Tiefsee wirkte, in den Fluten versank. Pitt hatte über zweihundert Stunden Erfahrung im Umgang mit Tauchrobotern, aber die Geräte, mit denen er bislang gearbeitet hatte, waren mit Verbindungskabeln versehen gewesen. Dies war erst sein zweiter Versuch mit einem sogenannten autonomen System. Sein Mund fühlte sich eine Idee trockener an als sonst, als das kleine Gerät, das die NUMA zwei Millionen Dollar gekostet hatte, außer Sichtweite geriet. Der autonome Tauchroboter war ein Wunderwerk der Mikroelektronik und ermöglichte es den Wissenschaftlern der NUMA, erstmals Meeresgebiete zu erkunden, in die sie zuvor nicht hatten vordringen können.

Pitt klappte einen Laptop mit einem überdimensionalen, hochauflöslichen Display mit Aktivmatrix auf und schaltete ihn ein. Nachdem er sich davon überzeugt hatte, daß die akustische Verbindung stand, ging er die Kontrollmenüs durch und wählte eine Verbindung aus »Fernsteuerung und Live-Video«. Unter normalen Umständen hätte er sich lieber auf die von der Unterwasserkamera erfaßten Videobilder konzentriert, aber bei diesem Einsatz mußte er sein ganzes Augenmerk auf das Feriendomizil und die Reaktion richten, die er dort auszulösen hoffte. Das AUV wollte er nur von Zeit zu Zeit überwachen, um sich davon zu überzeugen, daß es auf Kurs blieb.

Er bewegte den Joystick an dem kleinen Fernsteuerungskasten. Das AUV reagierte augenblicklich und tauchte ab. Das akustische Telemetrie- und Steuerungssystem funktionierte tadellos, und der Tauchroboter schoß mit fast vier Knoten Fahrt los. Durch die gegenläufig drehenden Strahldüsen, die hervorragend austariert waren, wurde verhindert, daß das kleine Gefährt ins Schlingern geriet.

»Jeder Zug ein Treffer«, murmelte Pitt, während er zu Shangs Domizil schaute und sich auf zwei Vinylsitzpolstern ausstreckte, die zugleich als Rettungsflöße dienten, falls die Bootsinsassen in Seenot geraten sollten. Dann legte er die Füße auf eine Sitzbank und klemmte sich den Fernsteuerkasten des AUV zwischen die Beine. Mit Hilfe der Regler und des Joysticks steuerte er den Tauchroboter wie ein Modell-U-Boot. Er brachte ihn auf eine Tiefe von knapp zwanzig Metern, ließ ihn hin und her kreuzen und dirigierte ihn langsam auf Shangs Bootsanleger zu.

Für jemanden, der nicht Bescheid wußte, mochte es so aussehen, als beschäftigte sich Pitt mit einem Spielzeug, aber das hier war alles andere als ein Vergnügen. Er wollte Shangs Sicherheitsvorkehrungen auf die Probe stellen, und dazu mußte er zunächst feststellen, ob es irgendwelche Unterwassersensoren gab. Nachdem er das AUV mehrere Male hin- und hergesteuert hatte, lotste er es vorsichtig bis auf zehn Meter an den Bootsanleger heran, ohne daß sich auf dem Grundstück etwas tat. Offenbar hatte man nicht daran gedacht, daß jemand vom See aus eindringen könnte, und daher keine Alarmanlagen im Wasser installiert.

Dann legen wir mal los, dachte Pitt. Er zog den Regler leicht zurück und steuerte das AUV an die Wasseroberfläche. Das kleine Unterwasserfahrzeug tauchte gut sichtbar ein paar Meter neben dem Bootsanleger auf. Pitt stoppte die Reaktionszeit. Erstaunt stellte er fest, daß volle drei Minuten verstrichen, ehe die Wände der fensterlosen Hütten hochklappten wie Garagentore und Wachposten, die Steyr-Maschinenpistolen um die Schulter hängen hatten und auf geländegängigen Motorrädern saßen, quer über das Grundstück zum Seeufer rasten. Pitts Ansicht nach handelte es sich um chinesische Kopien der japanischen Supercrossmaschine vom Typ Suzuki RM 250 cc. Sie schwärmten aus und gingen entlang des Sandstrandes in Stellung. Dreißig Sekunden später flog auch die dem See zugewandte Wand der Hütte am Ende des Bootsanlegers auf, und zwei Posten, die auf ebenfalls in China hergestellten Nachbauten des japanischen Kawasaki-Jet-Skis saßen, jagten hinter dem AUV her.

Nicht gerade ein Blitzeinsatz, dachte Pitt. Von erfahrenem Wachpersonal hätte er mehr erwartet. Nicht einmal die Ultralights wurden aus dem Hangar geholt. Anscheinend war man der Meinung, daß wegen des AUV kein Großalarm ausgelöst werden mußte.

Pitt ließ das Roboterfahrzeug sofort abtauchen, und weil es im klaren Wasser dennoch zu sehen gewesen wäre, steuerte er es in eine scharfe Kurve und dirigierte es unter die am Bootssteg liegende

Jacht. Wegen der Wachposten auf den Jet-Skis hätte er sich keine Sorgen machen müssen. Sie kurvten im Kreis umher und wühlten das Wasser derart auf, daß sie unmöglich in die Tiefe blicken konnten. Pitt stellte fest, daß keiner der beiden Männer Tauchausrüstung trug, nicht einmal Maske und Schnorchel, was eindeutig zeigte, daß sie nicht auf einen Einsatz unter Wasser vorbereitet waren. Profis an Land, aber im Wasser Amateure, dachte Pitt.

Als die Männer, die das Grundstück bewachten, am Ufer keine Spur von einem Eindringling fanden, stiegen sie von ihren Geländemaschinen und schauten ihren wie wild auf dem See herumkurvenden Kollegen zu. Auf dem Landweg konnte allenfalls ein gut getarnter und sehr erfahrener Trupp Special Forces auf Shangs Domizil vordringen. Vom Wasser aus sah die Sache jedoch anders aus. Ein Taucher konnte jederzeit unter den Bootsanleger und die Jacht schwimmen, ohne daß ihn jemand entdecken würde.

Während er das AUV zum Segelboot zurücklotste, spulte Pitt die Angelschnur auf, bis nur mehr das Vorfach im Wasser hing. Dann nahm er den präparierten Lachs, den er aus Foleys Hütte mitgenommen hatte, und befestigte den Haken rasch und heimlich an seinem aufgerissenen Maul. Er wedelte begeistert mit den Armen, drillte den seit langem toten Fisch ins Boot und hielt ihn hoch, damit jeder sehen konnte, was für einen großen Fang er da gemacht hatte. Die beiden Wachposten mit den Jet-Skis kurvten keine fünfzehn Meter weit entfernt über den See und brachten das kleine Segelboot mit ihrem Kielwasser ins Schaukeln. Da er sich einigermaßen sicher war, daß sie ihn auf einem staatseigenen Gewässer nicht behelligen würden, beachtete er sie nicht weiter. Pitt wandte sich statt dessen den Posten am Ufer zu und schwenkte den Fisch wie eine Signalflagge. Er beobachtete sie weiter, bis sie wieder in den Blockhütten verschwanden, nachdem sie offenbar nichts Verdächtiges gefunden hatten. Da Pitt keinerlei Sinn darin sah, sich noch weiter hier herumzutreiben, und gleichzeitig zutiefst erleichtert war, daß die Wachen, die sich offenbar mehr für den Angler interessierten als für das, was unter Wasser vorging, das AUV nicht entdeckt hatten, holte er den Anker ein, setzte das Segel und nahm Kurs auf Foleys Hütte. Der kleine Tauchroboter folgte ihm gehorsam dicht unter der Wasseroberfläche. Nachdem er das Segelboot vertäut und das AUV wieder in der Kühlbox verstaut hatte, nahm er die 8-Millimeter-Videokassette aus der Kamera und steckte sie in seine Hosentasche.

Pitt überzeugte sich davon, daß die Überwachungskamera nach wie vor vom Besen verdeckt wurde, öffnete dann eine Flasche Martin-Ray-Chardonnay und ruhte sich erst einmal aus. Zufrieden mit sich, aber nach wie vor wachsam, legte er seinen alten zerschrammten Colt, eine .45er Automatik, die ihm schon oft treue Dienste geleistet hatte, in den Schoß und deckte eine Papierserviette darüber. Die Waffe, ein Geschenk seines Vaters, hatte ihm mehr als einmal das Leben gerettet, und er ging niemals ohne sie auf Reisen. Nachdem er die Küche aufgeräumt hatte, braute er sich eine Kanne Kaffee, ging ins Wohnzimmer, steckte die Kassette aus dem AUV in einen Spezialadapter und schob sie in den Videorecorder, der über dem Fernsehgerät stand. Dann hockte er sich vornübergebeugt vor den Bildschirm, damit seine heimlichen Beobachter nicht mitverfolgen konnten, was er sich da anschaute.

Er erwartete sich von den Aufzeichnungen des AUV nichts Ungewöhnliches. Ihn interessierten vor allem die Aufnahmen vom Seeboden rund um den Bootsanleger und die dort vertäute Jacht. Geduldig saß er da und betrachtete die Bilder, die der Tauchroboter auf seinem Zickzackkurs über den sanft abfallenden Grund aufgezeichnet hatte, ehe er über den tiefen Abgrund in der Mitte des Sees hinweggeglitten war und Kurs auf Shangs Bootsanleger genommen hatte. In den ersten paar Minuten sah er lediglich ab und zu einen Fisch, der vor dem merkwürdigen Eindringling schleunigst die Flucht ergriff, Wasserpflanzen, die aus dem Schlick wucherten, und knorrige Baumstämme, die von den Zuflüssen zu Tal gerissen worden waren. Er lächelte vor sich hin, als er in Ufernähe Kinderspielzeug und Fahrräder sah, dazu ein altes Auto, offenbar ein Vorkriegsmodell, das im tieferen Wasser lag. Dann tauchten plötzlich merkwürdige weiße Flecken in den blaugrünen Fluten auf.

Pitt spürte, wie sich jeder Muskel in seinem Körper verkrampfte.

Gebannt und voller Entsetzen starrte er auf den Bildschirm, als die weißen Flecken zu Gesichtern wurden, als er Köpfe erkannte und menschliche Leiber, die da unten im Schlick lagen. Der Seeboden war mit Leichen übersät – es mußten Hunderte sein, wenn nicht noch mehr, viel mehr, denn manche lagen zu dreien und vieren übereinander. Sie ruhten auf dem sanft abfallenden Seeboden, aber das Feld der Toten erstreckte sich weit hinab in die Tiefe. Pitt kam sich vor, als stünde er auf einer Bühne und starrte durchs Zwielicht ins Publikum. Die Gesichter im Vordergrund waren klar und deutlich zu erkennen, doch nach hinten wurde die Sicht immer trüber, bis schließlich alles in der Dunkelheit verschwand. Er konnte nicht einmal annähernd schätzen, wie viele Leichen da unten lagen. Zumal er den Eindruck hatte, daß nur ein kleiner Teil hier im seichten Wasser ruhte. Drunten in der Tiefe, dort wohin die Kamera des AUV nicht reichte, lagen vermutlich noch viel mehr.

Pitt spürte, wie ihm ein eisiger Schauder über den Nacken lief, als er dieses Feld voller Toter betrachtete. Etliche Frauen und Kinder waren darunter, aber auch viele ältere Menschen. In dem frischen, eiskalten Wasser, das von den Gletschern herabströmte, waren sie so gut wie nicht verwest. Sie waren teilweise in den Schlick eingesunken und sahen aus, als schlummerten sie friedlich. Manche wirkten geradezu gelöst, andere wiederum lagen mit hervorquellenden Augen da, den Mund wie zu einem letzten Schrei aufgerissen. Aber nichts konnte ihre Ruhe noch stören, weder das kalte Wasser noch der ewige Wechsel zwischen Licht und Dunkelheit.

Dann sah er einige Gesichter aus nächster Nähe – offenbar eine ganze Familie, die der Tauchroboter aus etwa einem Meter Entfernung aufgenommen hatte –, und anhand der Augenfalten und der Züge erkannte er, daß es sich um Asiaten handelte. Außerdem sah er, daß ihre Hände auf den Rücken gefesselt waren, daß man sie mit Klebeband geknebelt und ihnen Eisengewichte an die Füße gehängt hatte.

Sie waren durch Mörderhand gestorben, doch er sah keinerlei Schuß- oder Stichwunden. Vermutlich hatte man sie einfach ertränkt. Und das war trotz aller Mythen, die sich darum rankten, kein leichter Tod. Nur Feuer ist schrecklicher. Wenn man in der Tiefe versinkt, platzt zuerst das Trommelfell, dann schießt einem das Wasser in die Nase und verursacht schier unerträgliche Schmerzen in den Nebenhöhlen, während die Lunge brennt, wie von tausend glühenden Kohlen versengt. Und die Menschen, die hier lagen, waren auch keinen raschen Tod gestorben. Man mußte sich nur ihr Entsetzen vorstellen, als man sie gefesselt, mitten auf den See befördert und dann, so nahm er an, aus der Kabine des merkwürdigen Doppelrumpfbootes in das schwarze Wasser gestoßen hatte. Sie hatten sich unwissentlich auf irgend etwas eingelassen und waren grausam und elendiglich ums Leben gekommen.

Der Orion Lake war mehr als ein idyllischer Bergsee immitten einer bezaubernden Landschaft. Er war auch ein Friedhof.

4

Fast dreitausend Meilen weiter östlich rollte eine schwarze Limousine leise durch den Frühlingsregen, der auf die menschenleeren Straßen im Herzen von Washington fiel. Der Wagen, dessen dunkel getönte Fenster hochgekurbelt waren, so daß man die Insassen nicht erkennen konnte, sah aus, als wäre er zu einem nächtlichen Begräbnis unterwegs.

Die Hauptstadt der mächtigsten Nation der Welt strahlte etwas vom Glanz der Vergangenheit aus, vor allem bei Nacht, wenn die Büros dunkel, die Telefone verstummt und die Fotokopierer abgeschaltet waren, wenn das tägliche Ränke- und Intrigenspiel in den Korridoren der Macht für ein paar Stunden ruhte. Wenn die Bürokraten und Politiker zu Hause waren und schliefen, vielleicht noch im Traum darüber nachgrübelten, wo sie die nächsten Wahlkampfspenden auftreiben könnten. Von den Ampeln und einem vereinzelten Fahrzeug einmal abgesehen, wirkte die Stadt so ausgestorben wie Babylon oder Persepolis.

Keiner der beiden Insassen im Fond des Wagens sagte ein Wort, während der Fahrer, der hinter einer Trennscheibe am Lenkrad saß, die Limousine gekonnt über den regennassen Asphalt steuerte, in dem sich die Lichter der Straßenlaternen spiegelten. Admiral James Sandecker starrte gedankenverloren aus dem Fenster, als der Chauffeur in die Pennsylvania Avenue einbog. Er trug ein teures Sportsakko, eine nicht minder kostspielige Hose und wirkte kein bißchen müde. Als der Anruf von Morton Laird, dem Stabschef des Präsidenten, eingegangen war, hatte er gerade zu später Nachtstunde mit einer Gruppe japanischer Ozeanographen zum Abendessen in seiner Bürosuite im obersten Stock der NUMA-Zentrale auf der anderen Seite des Flusses, drüben in Arlington, in Virginia, zusammengesessen.

Sandecker, ein schmächtiger Mann, der täglich fünf Meilen joggte und im Fitneßraum der NUMA trainierte, ging auf die Fünfundsechzig zu, wirkte aber wesentlich jünger. Er leitete die NUMA seit ihrer Gründung und hatte sie zu einer Behörde für Meeresforschung aufgebaut, um die ihn alle Welt beneidete. Er war beherzt und mutig und ließ sich durch keinerlei Widerstand von seinem Weg abbringen. Ein früherer Präsident hatte den hochdekorierten Marineoffizier, der dreißig Jahre bei der Navy gedient hatte, ausgesucht und mit der Leitung der NUMA beauftragt, als weder eine Bewilligung von seiten des Kongresses vorlag, noch die geringsten Mittel dafür zur Verfügung standen. Seither waren fünfzehn Jahre vergangen, in denen Sandecker manch einem Zeitgenossen auf die Zehen getreten war und sich zahllose Feinde gemacht hatte. Aber er hatte eisern sein Ziel verfolgt, und heutzutage wagte kein Kongreßabgeordneter auch nur vorzuschlagen, daß man ihn durch einen politisch willfährigen Nachfolger ersetzen sollte. Er hatte zwar seine Marotten, doch die waren eher harmlos. So färbte er sich zum Beispiel aus lauter Eitelkeit das flammend rote Haar und den prächtigen Spitz- und Knebelbart, die zunehmend von grauen Strähnen durchsetzt waren.

Commander Rudi Gunn, der neben ihm saß, trug einen zerknitterten Anzug, hatte die Schultern hochgezogen und rieb sich die Hände. Die Aprilnächte in Washington konnten unangenehm kühl werden. Gunn hatte die Marineakademie absolviert und danach auf etlichen U-Booten gedient, bis er schließlich persönlicher Adjutant des Admirals geworden war. Als Sandecker den Dienst quittiert hatte, um die NUMA aufzubauen, hatte Gunn ihn begleitet und war zum stellvertretenden Direktor ernannt und mit der Leitung sämtlicher Projekte betraut worden. Er schaute Sandecker durch seine dicke Hornbrille an, warf einen Blick auf das Leuchtzifferblatt seiner Uhr und beendete dann das lange Schweigen.

»Haben Sie eine Ahnung, Admiral, warum der Präsident uns um ein Uhr morgens zu sprechen wünscht?«

Sandecker riß sich von den vorbeihuschenden Lichtern los und schüttelte den Kopf. »Keinen Schimmer. Aber Morton Lairds Tonfall nach zu urteilen, handelt es sich um eine Einladung, die man nicht ablehnen kann.«

»Soweit ich weiß, gibt's derzeit keine Krise«, murmelte Gunn mißmutig, »weder innen- noch außenpolitisch, die eine derartige nächtliche Heimlichtuerei erfordern würde.«

»Mir fällt auch nichts ein.«

»Schläft der Mann denn nie?«

»Drei Stunden, behaupten meine für gewöhnlich zuverlässigen Quellen im Weißen Haus. Von vier bis sieben Uhr morgens. Ansonsten kenne ich ihn kaum, im Gegensatz zu seinen Vorgängern, mit denen ich gut befreundet war. Aber die saßen vorher lange Jahre im Kongreß, während er aus Oklahoma kommt, wo er zweimal zum Gouverneur gewählt wurde. Bislang habe ich noch nicht mit ihm sprechen können. Aber er ist ja auch noch nicht lange im Amt, erst seit sein Vorgänger einen Schlaganfall erlitten hat.«

Gunn blickte hinaus in die Dunkelheit. »Sie haben Dean Cooper Wallace nicht kennengelernt, als er noch Vizepräsident war?«

Sandecker schüttelte den Kopf. »Soweit ich weiß, hat er für die NUMA nichts übrig.«

Die Limousine bog von der Pennsylvania Avenue in die Zufahrt zum Weißen Haus, kurvte zwischen den Absperrungen hindurch und hielt vor dem Nordwesttor. »Wir sind da, Admiral«, meldete der Fahrer, als er nach hinten kam und die Tür aufhielt.

Ein Secret-Service-Mann in Uniform überprüfte Sandeckers und Gunns Ausweis und strich ihre Namen auf einer Besucherliste aus. Dann wurden sie zu einem Empfangsraum im Westflügel des Gebäudes geleitet. Die Empfangsdame, eine attraktive Enddreißigerin mit rotbraunen Haaren, die sie mit einer altmodischen Schleife gebändigt hatte, stand auf und lächelte ihnen freundlich entgegen. Auf dem Namensschild auf ihrem Schreibtisch stand ROBIN CARR.

»Admiral Sandecker, Commander Gunn, ich freue mich sehr, daß ich Sie kennenlernen darf.«

»Sie arbeiten lange«, sagte Sandecker.

»Glücklicherweise habe ich den gleichen Tagesrhythmus wie der Präsident.«

»Besteht vielleicht die Möglichkeit, daß wir einen Kaffee bekommen könnten?« fragte Gunn.

Das Lächeln verging. »Tut mir leid, aber ich fürchte, dafür ist keine Zeit.« Sie setzte sich wieder hin, griff zum Telefon und sagte: »Der Admiral ist da.«

Innerhalb von zehn Sekunden tauchte Morton Laird auf, der Stabschef des Weißen Hauses, der Wilbur Hutton abgelöst hatte, die rechte Hand des krank darniederliegenden früheren Präsidenten, und begrüßte sie. »Vielen Dank, daß Sie kommen konnten, meine Herren. Der Präsident wird darüber sehr erfreut sein.«

Laird war einer von der alten Schule. Einen Stabschef, der dreiteilige Anzüge trug und eine schwere Uhrkette an der Weste hängen hatte, hatte es seit längerer Zeit nicht mehr gegeben. Im Gegensatz zu seinen Vorgängern, die alle an altehrwürdigen Universitäten gelehrt hatten, war er Professor für Kommunikationswissenschaften in Stanford gewesen. Laird, ein hochaufgeschossener Mann mit schütterem Haar, dichten Augenbrauen, braunen Augen und einer randlosen Brille, sprühte vor Charme. Er war einer der wenigen Männer in der Zentrale der Macht, den jeder von Herzen mochte. Er drehte sich um und bedeutete Sandecker und Gunn mit einer Handbewegung, daß sie ihm ins Oval Office folgen sollten.

Im Amtszimmer des Präsidenten, dem Schauplatz zahlloser Krisensitzungen, dessen Wände stumme Zeugen wurden von den Bürden der Macht und den schmerzlichen Entscheidungen, bei denen es um Milliarden Menschenleben ging, war niemand.

Bevor Sandecker und Gunn sich dazu äußern konnten, drehte sich Laird um und sagte: »Meine Herren, was Sie in den nächsten zwanzig Minuten sehen werden, ist aus sicherheitstechnischen Gründen streng geheim. Sie müssen schwören, daß Sie darüber niemals auch nur ein Wort verlieren. Geben Sie mir Ihr Ehrenwort darauf?«

»Ich wage zu behaupten, daß ich in all den Jahren, die ich in Diensten der Regierung stehe, mehr Geheimnisse erfahren und für mich behalten habe als Sie, Mr. Laird«, sagte Sandecker im Brustton der Überzeugung. »Und für Commander Gunn verbürge ich mich jederzeit.«

»Ich bitte um Vergebung, Admiral«, sagte Laird. »Das bringt der Beruf mit sich.« Laird ging zur Wand und drückte auf einen in der Fußleiste verborgenen Knopf. Ein Teil der Wand glitt beiseite, und dahinter kam ein Fahrstuhl zum Vorschein. Laird verbeugte sich und streckte die Hand aus. »Nach Ihnen.«

Es war ein kleiner Aufzug, der allenfalls vier Personen faßte. Die Wände waren mit poliertem Zedernholz getäfelt. Am Schaltbrett waren nur zwei Knöpfe. Laird drückte auf den unteren. Die Geheimtür im Oval Office glitt wieder zurück, und die Fahrstuhltür schloß sich leise. Schwer zu sagen, wie schnell der Aufzug fuhr, aber dem mulmigen Gefühl in seiner Magengrube nach zu schließen, glaubte Sandecker, daß es ziemlich rasch in die Tiefe ging. Nach kaum einer Minute wurde der Fahrstuhl langsamer und blieb butterweich stehen.

»Der Präsident empfängt uns nicht im Lageraum«, sagte Sandecker. Es klang eher wie eine Feststellung denn wie eine Frage.

Laird schaute ihn zweifelnd an. »Haben Sie das geraten?«

»Da gibt's nichts zu raten. Ich bin mehrmals dagewesen. Der Lageraum liegt viel tiefer.«

»Sehr scharfsinnig, Admiral«, erwiderte Laird. »Dieser Aufzug bringt uns nur auf halbe Tiefe.«

Die Türen glitten lautlos auf, und Laird trat hinaus in einen hell erleuchteten, tadellos gepflegten Tunnel. Ein Agent des Secret Service stand neben der offenen Tür eines eigens für diese Zwecke ausgerüsteten Kleinbusses. Der Innenraum war eingerichtet wie ein Büro, mit bequemen Ledersesseln, einem hufeisenförmigen Schreibtisch und einer gut bestückten Minibar. Sogar eine Badezelle war eingebaut. Als alle Platz genommen hatten, setzte sich der Secret-Service-Mann ans Steuer und sprach in ein Mikrofon, das mit seinem Kopfhörer verbunden war. »Schwertfisch verläßt das Gelände.« Dann startete er, worauf der Bus geräuschlos durch den breiten Tunnel fuhr.

»Schwertfisch ist mein Codename beim Secret Service«, erklärte Laird, der fast verlegen wirkte.

»Elektromotor«, merkte Sandecker an, nachdem ihm aufgefallen war, wie leise der Bus lief.

»Viel praktischer als ein Verbrennungsmotor, dessen Abgase man mit einem komplizierten Entlüftungssystem absaugen müßte«, erklärte Laird.

Sandecker musterte die zahllosen Seiteneingänge, an denen sie vorbeifuhren.

»Washington ist offenbar weit mehr untertunnelt, als man sich gemeinhin vorstellt.«

»Es ist geradezu ein Labyrinth aus Gängen und Stollen, alles in allem gut anderthalbtausend Kilometer lang. Selbstverständlich ist das nicht allgemein bekannt – man weiß lediglich, daß da unten die Kanalisation verläuft, die Wasserleitung und der Stromanschluß –, aber hier unten gibt es ein eigenständiges Straßennetz, auf dem ständig reger Verkehr herrscht. Es verbindet das Weiße Haus mit dem Obersten Gerichtshof, dem Capitol, der CIA-Zentrale in Langley und einer Handvoll weiterer wichtiger Ministerien und Militärstandorte rund um die Stadt.«

»So ähnlich wie die Katakomben von Paris«, sagte Gunn.

»Gegen das unterirdische Tunnelsystem von Washington sind die Katakomben von Paris aber gar nichts«, sagte Laird. »Darf ich den Herren etwas zu trinken anbieten?«

Sandecker schüttelte den Kopf. »Ich passe.«

»Nein, danke«, erwiderte Gunn. Er wandte sich an den Admiral. »Haben Sie das gewußt, Sir?«

»Mr. Laird hat vergessen, daß ich schon einige Jahre in Washington lebe und mich einigermaßen auskenne. Durch ein paar dieser

Tunnel bin ich gelegentlich schon gefahren. Hier unten ist eine halbe Armee im Einsatz. Weil die Tunnel unter dem Grundwasserspiegel verlaufen, müssen sie ständig gewartet werden, damit keine Feuchtigkeit eindringt und der Schimmel nicht das Mauerwerk zerfrißt. Man muß die Penner rausscheuchen, die Drogendealer und das Diebesgesindel, das hier unten seine Sore hortet, dazu die jungen Leute, die auf dunkle Kammern und Gewölbe abfahren. Und natürlich die Abenteuerlustigen, die Hobbyhöhlenforscher, die sich vor nichts fürchten und aus purem Spaß die zahllosen Gänge und Stollen erkunden wollen.«

»Wie will man sich die denn alle vom Hals halten?«

»Die Verbindungswege zwischen den wichtigen Regierungsstellen werden von speziellen Sicherheitskräften über Videokameras und Infrarotsensoren ständig überwacht«, erklärte Laird. »Niemand kann in den sicherheitsrelevanten Bereich eindringen.«

»Davon hatte ich keine Ahnung«, versetzte Gunn nach einer Weile.

Sandecker lächelte versonnen. »Der Stabschef hat die geheimen Fluchttunnel noch nicht erwähnt.«

Laird versuchte seine Überraschung zu überspielen, indem er sich ein Gläschen Wodka eingoß. »Sie sind außerordentlich gut informiert, Admiral.«

»Fluchttunnel?« fragte Gunn verständnislos.

»Darf ich?« fragte Sandecker beinahe entschuldigend.

Laird nickte und seufzte. »Staatsgeheimnisse sind hierzulande anscheinend kurzlebig.«

»Es klingt wie die Vorlage zu einem Science-fiction-Film«, fuhr Sandecker fort. »Es war von Anfang an ein Trugschluß, daß der Präsident, das Kabinett und das Oberkommando der Streitkräfte im Falle eines Atomschlages per Hubschrauber ausgeflogen und zu einem Luftwaffenstützpunkt oder einer unterirdischen Einsatzzentrale in Sicherheit gebracht werden könnten. Bei einem Überraschungsangriff durch ein nur wenige hundert Meilen vor der Küste liegendes Unterseeboot würden die von dort aus abgefeuerten Raketen innerhalb von zehn Minuten auf die Stadt niedergehen. Nicht annähernd genug Zeit für eine Notevakuierung.«

»Man mußte sich eine andere Möglichkeit einfallen lassen«, ergänzte Laird.

»Und das hat man auch getan«, wandte Sandecker ein. »Man hat unterirdische Fluchtwege angelegt, über die hochrangige Regierungsmitglieder aus dem Weißen Haus, aber auch Geheimmaterialien aus dem Pentagon mittels elektromagnetisch betriebener Transportmittel zur Andrews Air Force Base gebracht werden können. Dort wiederum steht unter einem Hangar ein zum fliegenden Kommandostand umgebauter B-2-Bomber bereit, der innerhalb weniger Sekunden starten kann.«

»Freut mich, daß ich offenbar doch etwas mehr weiß als Sie«, erwiderte Laird hintergründig.

»Korrigieren Sie mich bitte, wenn ich etwas Falsches gesagt habe.«

»Die Andrews Air Force Base, auf der regelmäßig Flugzeuge mit hohen Regierungsvertretern und Militärs starten und landen, ist zu bekannt«, sagte Laird. »Sie haben durchaus recht, was die Bereitstellung einer zum fliegenden Kommandostand umgebauten B-2 angeht. Aber die Maschine steht in einem geheimen unterirdischen Stützpunkt in Maryland, südöstlich von Washington.«

»Verzeihen Sie bitte«, sagte Gunn. »Ich will Ihre Aussage keineswegs anzweifeln, aber es kommt mir doch allzu phantastisch vor.«

Laird räusperte sich und wandte sich dann an Gunn, als wollte er einen ahnungslosen Schuljungen belehren. »Die Bevölkerung wäre fassungslos, wenn sie auch nur die leiseste Ahnung von den Finten und Winkelzügen hätte, die in der Hauptstadt vonstatten gehen. Alles im Auftrag der Regierung und zum Wohle des Volkes. Ich weiß noch genau, wie verdutzt ich war, als ich hierherkam. Eigentlich bin ich es immer noch.«

Der Bus wurde langsamer und hielt neben einem kurzen Gang, der zu einer Stahltür führte, über der zwei Videokameras angebracht waren. Die in das nackte Gemäuer eingelassenen Neonröhren tauchten das enge Gelaß in ein kaltes gleißendes Licht. Gunn blieb zunächst sitzen und ließ den Blick in den Seiteneingang schweifen, als der Fahrer vorne um den Bus herumging und die Schiebetür an der Seite öffnete.

»Bitte um Verzeihung, Sir, aber ich hätte noch eine Frage.« Gunn wandte sich an Laird. »Ich würde gern wissen, wo uns der Präsident empfängt.«

Laird warf Gunn einen kurzen, nachdenklichen Blick zu. Dann wandte er sich an Sandecker. »Was sagen Sie, Admiral?«

Sandecker zuckte die Achseln. »Ich habe zwar gewisse Gerüchte gehört, aber im Augenblick könnte ich bestenfalls raten. Ich bin selber neugierig.«

»Geheimnisse sollte man wahren«, sagte Laird mit Nachdruck. »Aber da Sie schon so weit gekommen sind und in langjährigem Dienst an Ihrem Land bewiesen haben, daß Ihre Ehrenhaftigkeit über jeden Zweifel erhaben ist, kann ich es, glaube ich, auf mich nehmen, Sie in unser Herrschaftswissen einzuweihen.« Er schwieg einen Moment. »Unsere kurze Fahrt«, erklärte er dann nachsichtig, »hat uns zum Fort McNair geführt, und zwar unmittelbar unter das einstige Lazarett des Stützpunkts, das nach dem Zweiten Weltkrieg aufgelöst wurde.«

»Warum will uns der Präsident im Fort McNair sprechen?« hakte Gunn nach. »Er hätte uns doch jederzeit im Weißen Haus empfangen können.«

»Im Gegensatz zu früheren Amtsinhabern hält sich Präsident Wallace bei Nacht so gut wie nie dort auf.« Es klang so beiläufig, als äußerte er sich über das Wetter.

Gunn schaute ihn verdutzt an. »Das verstehe ich nicht.«

»Das läßt sich ganz einfach erklären, Commander. Wir leben in einer machiavellistischen Welt. Es gibt ausländische Regierungen, die uns nicht gerade freundlich gesinnt sind – Feinde der Vereinigten Staaten, wenn Sie so wollen –, dazu zahllose hervorragend ausgebildete Terroristen, von den schlichtweg Wahnsinnigen ganz zu schweigen, die allesamt nur davon träumen, das Weiße Haus mit allen, die darin leben, zu vernichten. Versucht haben es schon viele. Denken Sie nur an den Wagen, der durch das Tor rasen wollte. Oder an den Verrückten, der mit einem automatischen Gewehr durch den Zaun an der Pennsylvania Avenue geschossen hat. Oder den wahnwitzigen Kamikazeflieger, der sich mit seiner Maschine in den Rasen vor der Südseite gebohrt hat. Jeder halbwegs gute Werfer kann von der Straße aus mit einem Stein das Fenster des Oval

Office treffen. Das Weiße Haus ist, so bedauerlich das auch sein mag, ein Ziel, das man kaum verfehlen kann.«

»Das versteht sich wohl von selbst«, fügte Sandecker hinzu. »Unsere Geheimdienste wahren strengstes Stillschweigen über all die geplanten Anschläge, die sie verhindern konnten.«

»Admiral Sandecker hat völlig recht. Die Profis, die den Präsidentenflügel überfallen wollten, wurden dingfest gemacht, bevor sie losschlagen konnten.« Laird trank seinen Wodka aus und stellte das Glas in die kleine Spüle, bevor er aus dem Bus stieg. »Aber der Präsident und seine Familie können heutzutage nicht mehr im Weißen Haus schlafen und speisen, wie das einstmals üblich war. Das wäre viel zu gefährlich. Selbstverständlich gibt es dort nach wie vor Führungen für die Öffentlichkeit, gelegentlich auch Pressekonferenzen, große Empfänge und Fototermine mit dem Präsidenten im Rosengarten, aber für gewöhnlich hält sich die Familie des Präsidenten kaum zu Hause auf.«

Gunn glaubte seinen Ohren nicht zu trauen. »Wollen Sie damit sagen, daß unser Staatsoberhaupt seine Amtsgeschäfte nicht mehr im Weißen Haus versieht?«

»Er sitzt genau dreißig Meter über uns.«

»Wie lange läuft diese Roßtäuscherei schon?« fragte Sandecker.

»Seit der Amtszeit von Präsident Clinton«, antwortete Laird.

Nachdenklich musterte Gunn die Stahltür. »Wenn man bedenkt, was derzeit im In- und Ausland vor sich geht, scheint mir das eine ganz praktische Lösung zu sein.«

»Meiner Meinung nach ist es eine Schande«, versetzte Sandecker, »daß die heiligen Hallen, in denen einst unsere Präsidenten residierten, heutzutage nur mehr als Empfangsräume dienen.«

5

Sandecker und Gunn stiegen aus dem Fahrstuhl und folgten Laird durch einen runden Empfangsraum, in dem ein Agent des Secret Service Wache hielt, in eine Bibliothek mit Tausenden von Bänden, die sämtliche Wände vom Boden bis zur Decke säumten. Sandecker sah den Präsidenten mitten im Zimmer stehen, als die Tür hinter ihnen geschlossen wurde. Er hatte den Blick auf den Admiral gerichtet, ließ sich aber nicht anmerken, ob er wußte, mit wem er es zu tun hatte. Drei weitere Männer hielten sich in dem Raum auf, aber Sandecker kannte nur einen davon. Der Präsident hatte eine Tasse Kaffee in der Hand, als Laird die Neuankömmlinge vorstellte.

»Mr. President, Admiral James Sandecker und Commander Rudi Gunn.«

Der Präsident wirkte älter, als er war. Er sah aus wie fünfundsechzig, war aber erst Ende Fünfzig. Wegen des vorzeitig ergrauten Haars, des von roten Äderchen durchzogenen Gesichts und der kleinen, stets leicht gerötet wirkenden Augen stellten ihn die Karikaturisten oft als Trinker dar, obwohl er, von einem gelegentlichen Glas Bier einmal abgesehen, kaum Alkohol zu sich nahm. Er war ein ernster Mann mit rundem Gesicht, niedriger Stirn und dünnen Augenbrauen. Und er war ein Vollblutpolitiker. Unmittelbar nach der Amtsübernahme von seinem kranken Chef hatte er dafür gesorgt, daß man bei jeder Entscheidung, unabhängig davon, ob es um Staatsgeschäfte oder um sein persönliches Auftreten ging, genau überlegte, ob sich damit Stimmen für den nächsten Wahlkampf gewinnen ließen.

Dean Cooper Wallace war kein Präsident, mit dem Sandecker warm werden würde. Jeder wußte, daß er Washington verabscheute und sich weigerte, am üblichen gesellschaftlichen Treiben teilzunehmen. Sein Verhältnis zum Kongreß war eher gespannt – man hatte sich sozusagen zusammengerauft, belauerte einander aber ständig. Er war kein Intellektueller, aber ein gewiefter Verhandlungspartner mit viel Intuition und einem feinen politischen Gespür. Nachdem er seinen vom Volk gewählten Amtsvorgänger abgelöst hatte, hatte er sich binnen kürzester Zeit mit allerlei Helfern und Beratern umgeben, die sein Mißtrauen gegenüber einer verkrusteten Bürokratie teilten und stets nach neuen Möglichkeiten suchten, wie sie alte Gepflogenheiten umgehen konnten.

Der Präsident streckte die freie Hand aus, ohne die Kaffeetasse abzustellen. »Admiral Sandecker, freut mich, Sie kennenzulernen.«

Sandecker zwinkerte unwillkürlich. Der Handschlag des Präsidenten war alles andere als kräftig. Von einem Politiker, der jahrein, jahraus Hände schüttelte, hätte er etwas anderes erwartet. »Mr. President, ich hoffe doch, daß wir uns in Zukunft öfter sehen werden.«

»Damit rechne ich, denn die Aussichten, daß mein Vorgänger wieder voll genesen wird, stehen eher schlecht.«

»Das tut mir leid. Er ist ein tüchtiger Mann.«

Wallace ging nicht darauf ein. Er begrüßte Gunn mit einem knappen Kopfnicken, während Laird weiter den Gastgeber spielte. Der Stabschef nahm den Admiral am Arm und geleitete ihn zu den drei Männern, die vor einem steinernen Kamin standen, in dem ein Gasfeuer brannte.

»Duncan Monroe, der Leiter des Immigration and Naturalization Service, und Peter Harper, sein verantwortlicher Amtsleiter für den Außendienst.« Monroe wirkte knallhart, so als wäre mit ihm nicht zu spaßen. Harper hingegen war eher unauffällig, beinahe unscheinbar. Laird wandte sich dem dritten Mann zu. »Admiral Dale Ferguson, der Kommandeur unserer Küstenwache.«

»Dale und ich sind alte Freunde«, sagte Sandecker.

Ferguson, ein großer Mann mit roten Wangen, lächelte breit und legte Sandecker eine Hand auf die Schulter. »Schön, dich zu sehen, Jim.«

»Wie geht's Sally und den Jungs? Ich habe sie seit unserem gemeinsamen Törn rund um Indonesien nicht mehr gesehen.«

»Sally rettet nach wie vor die Wälder, und die Jungs zehren mit ihren Studienkosten meine Pension auf.«

Ungeduldig verfolgte der Präsident den kurzen Plausch, zitierte dann alle Anwesenden an einen Konferenztisch und eröffnete die Gesprächsrunde. »Ich bitte um Entschuldigung, daß ich Sie mitten in einer regnerischen Nacht aus dem Bett holen mußte, aber Duncan hat mich auf gewisse Vorgänge unmittelbar vor unserer Haustür aufmerksam gemacht, die sich leicht zu einer Krise zuspitzen könnten. Es geht um illegale Einwanderung. Ich zähle darauf, meine Herren, daß Sie sich entsprechende Maßnahmen einfallen lassen, wie wir diesen Ausländerzustrom unterbinden können. Das gilt vor allem für die zahllosen Chinesen, die neuerdings in unser Land geschleust werden.«

Verdutzt zog Sandecker die Augenbrauen hoch. »Ich sehe ja durchaus ein, Mr. President, daß die Einwanderungsbehörde und die Küstenwache von dieser Sache betroffen sind. Aber was hat die NUMA mit illegalen Einwanderern zu tun? Wir befassen uns mit Unterwasserforschung. Die Jagd auf chinesische Schlepper fällt nicht in unser Gebiet.«

»Wir sind auf jede Unterstützung angewiesen«, sagte Duncan Monroe. »Ständig werden die Mittel gekürzt, und der INS ist schon jetzt völlig überlastet. Der Kongreß hat zwar unseren Etat für das zur Überwachung unserer Grenzen eingesetzte Personal um sechzig Prozent aufgestockt, aber keinerlei Geld für die Ausweitung unserer Ermittlungstätigkeit zur Verfügung gestellt. Unsere Ermittlungsabteilung besteht aus achtzehnhundert Agenten für das gesamte In- und Ausland. Das FBI hingegen hat allein in New York City über elfhundert Agenten sitzen. Hier in Washington überwachen zwölfhundert Schutzpolizisten ein Gebiet, das lediglich ein paar Straßenzüge umfaßt. Kurzum, wir verfügen ermittlungstechnisch einfach nicht über das nötige Personal, um den Zustrom illegaler Einwanderer einzudämmen.«

»Klingt so, als hätten Sie ein ganzes Heer von Fußstreifen zur Verfügung, aber zu wenig Kriminaler zu deren Unterstützung«, sagte Sandecker.

»Wir stehen auf verlorenem Posten gegen die zahllosen Illegalen, die über die mexikanische Grenze einreisen und teilweise bis aus Chile und Argentinien kommen«, fuhr Monroe fort. »Das ist genauso, als wollte man den Ozean mit Küchensieben aufhalten. Der Menschenschmuggel ist ein Millionengeschäft geworden, das durchaus mit dem Waffen- und Drogenhandel konkurrieren kann. Das organisierte Schleppertum, bei dem Menschen ohne Rücksicht auf ihre Herkunft oder Ideologie in fremde Länder eingeschleust werden, wird der Schwerpunkt der internationalen Kriminalität im einundzwanzigsten Jahrhundert sein.«

Harper neigte den Kopf. »Und es kommt noch schlimmer. Die Anzahl der illegalen Ausländer aus der Volksrepublik China nimmt immer gewaltigere Ausmaße an. Mit Billigung und Unterstützung der Regierung, der jede Möglichkeit recht ist, wenn sie dadurch ihre immensen Bevölkerungszahlen senken kann, schicken sich Schlepperbanden an, Millionen von Menschen in sämtliche Winkel der Welt zu exportieren, vor allem nach Japan, in die USA, nach Kanada, Westeuropa und Südamerika. So seltsam das auch klingen mag, sie schleusen sie sogar nach Afrika ein, und zwar von Kapstadt bis nach Algier.«

»Die Schleppersyndikate«, fuhr Harper fort, »haben ein unüberschaubares Netz von Transportwegen aufgebaut. Mittlerweile befördern sie ihre menschliche Fracht zu Lande, in der Luft und auf dem Wasser. In Osteuropa, Mittelamerika und Afrika wurden über vierzig vorgeschobene Sammelstellen eingerichtet, von denen aus die Illegalen in ihre Zielländer geschleust werden.«

»Am härtesten sind die Russen betroffen«, fügte Monroe hinzu. »Für die stellt diese gewaltige Einwanderungswelle von Chinesen in die Mongolei und nach Sibirien mittlerweile eine Gefahr für die nationale Sicherheit dar. Der Nachrichtendienst des russischen Verteidigungsministeriums hat die Staatsführung darauf hingewiesen, daß man im Begriffe sei, sämtliche fernöstlichen Gebiete zu verlieren, da die aus der Volksrepublik eingewanderten Chinesen bereits die Mehrheit der Bevölkerung stellen.«

»Die Mongolei ist bereits verloren«, sagte der Präsident. »Die Russen haben dort bereits jeden Einfluß verloren. Danach ist Sibirien dran.«

Wie auf ein Stichwort sprang Harper wieder ein. »Bevor Rußland die Ostgebiete mit ihren reichen Vorkommen an Gold, Öl und Erdgas preisgibt, vor allem aber die wichtigen Häfen, die dem Land den Zugang zum aufstrebenden asiatisch-pazifischen Wirtschaftsraum ermöglichen, könnte es passieren, daß der Präsident und das Parlament China aus lauter Verzweiflung den Krieg erklären. Die Vereinigten Staaten gerieten dadurch, was die Wahl der Verbündeten angeht, in eine mehr als heikle Situation.«

»Außerdem bahnen sich weitere Umwälzungen an«, sagte der Präsident. »Die schrittweise Übernahme der russischen Ostgebiete stellt nur die Spitze des Eisbergs dar. Die Chinesen denken langfristig. Neben den verelendeten Bauern, die man kurzerhand zusammentreibt und auf Schiffe verfrachtet, gibt es zahlreiche Einwanderer, die keineswegs arm sind. Viele verfügen über die entsprechenden finanziellen Mittel, um in den Ländern, in denen sie sich niederlassen, Besitz zu erwerben und Unternehmen zu gründen. Im Lauf der Zeit kann dies zu enormen politischen und wirtschaftlichen Verwerfungen führen, vor allem wenn sie kulturell und ideologisch weiterhin dem Mutterland verbunden bleiben.«

»Wenn dieser chinesischen Einwanderungswelle kein Einhalt geboten wird«, sagte Laird, »wird die Welt in den nächsten hundert Jahren Umwälzungen unterworfen sein, deren Ausmaß sich überhaupt nicht abschätzen läßt.«

»Das klingt ja, als unterstellten Sie der Volksrepublik China, daß sie durch List und Tücke die Weltmacht an sich reißen will«, sagte Sandecker.

Monroe nickte. »Die chinesische Regierung steckt da bis über beide Ohren drin. China zählt bereits heute 1,2 Milliarden Menschen – das sind zweiundzwanzig Prozent der Weltbevölkerung –, und jedes Jahr kommen einundzwanzig Millionen hinzu. Chinas Anteil an der gesamten Landmasse macht hingegen nur sieben Prozent aus. Hungersnöte sind an der Tagesordnung. Die Gesetze zur Geburtenregelung, wonach pro Ehepaar nur ein Kind erlaubt ist, sind nur ein Tropfen auf den heißen Stein. Armut führt zu Kinderreichtum, trotz aller Strafandrohungen. Für die chinesische Führung stellt Auswanderung eine ebenso einfache wie kostengünstige Lösung ihres Bevölkerungsproblems dar. Sie profitiert gleich doppelt, wenn sie organisierte Schlepperbanden genehmigt. Die Gewinne sind fast so hoch wie im Drogenhandel, und gleichzeitig entledigt man sich der überzähligen Menschen, die eine immense Belastung für die chinesische Wirtschaft darstellen.«

Gunn blickte die beiden Vertreter der Einwanderungsbehörde INS an, die ihm am Tisch gegenübersaßen. »Ich hatte immer den Eindruck, daß der organisierte Schmuggel von Verbrechersyndikaten betrieben wird.«

Monroe nickte Harper zu. »Darauf soll Peter antworten. Immerhin ist er unser Experte für organisiertes Verbrechen und internationales Bandenwesen im asiatischen Raum.«

»Bei diesem Schlepperunwesen haben wir es mit zwei Seiten zu tun«, erklärte Harper. »Zum einen mit einem Kartell organisierter Banden, die sich nebenbei auch mit Drogengeschäften, Erpressung, Prostitution und dem Verschieben gestohlener Wagen befassen. Auf deren Konto gehen nahezu dreißig Prozent aller Ausländer, die nach Europa und in die Neue Welt geschleust werden. Im zweiten Fall handelt es sich um vermeintlich ehrenwerte Geschäftsleute, zumindest nach außen hin, die mit Billigung und Unterstützung ihrer Regierung an diesen Machenschaften beteiligt sind. Auf ihr Konto gehen etwa siebzig Prozent aller Ausländer, die weltweit eingeschleust werden.

Zwar kommen auch viele chinesische Einwanderer mit dem Flugzeug, aber die große Masse wird per Schiff in fremde Länder verfrachtet. Auf Flughäfen muß man Pässe vorlegen und hohe Schmiergelder zahlen. Daher greift man bei der Beförderung illegaler Ausländer zunehmend auf den Schiffsverkehr zurück. Der Kostenaufwand ist geringer, man kann viel mehr Personen auf einmal transportieren, was wiederum die Planung vereinfacht und den Profit steigert.«

Admiral Ferguson räusperte sich. »Als dieser Zustrom noch ein dünnes Rinnsal war, hat man die Einwanderer auf alten, heruntergelitterten Trampschiffen befördert und sie in lecken Booten und Flößen vor der Küste abgesetzt. Vielen hat man einfach eine Schwimmweste angezogen und sie ins Wasser gestoßen. Hunderte sind ertrunken, bevor sie das Festland erreichen konnten. Heutzutage stellen sich die Schlepper raffinierter an. Sie bringen die Einwanderer immer häufiger auf Handelsschiffen unter, die einfach ihren Zielhafen anlaufen und sie an Land schleusen, bevor die Agenten der Einwanderungsbehörde zur Stelle sind.«

»Wie geht es weiter, wenn die Einwanderer sicher im Inland sind?« fragte Gunn.

»Dann sind die hiesigen asiatischen Banden an der Reihe«, antwortete Harper. »Wenn die Einwanderer genügend Geld haben oder Verwandte, die bereits in den Vereinigten Staaten leben, werden sie direkt an ihren Bestimmungsort gebracht. Die Mehrzahl jedoch kann die Einreisekosten nicht bezahlen. Folglich sind sie gezwungen, auch weiterhin im verborgenen zu leben, hauptsächlich in abgelegenen Lagerhäusern. Dort werden sie wochen- und monatelang eingesperrt, und man droht ihnen, daß man sie beim geringsten Fluchtversuch den amerikanischen Behörden überstellt, die sie wegen illegaler Einreise ins Gefängnis stecken werden. Häufig greifen die Banden auch zu Foltermethoden. Sie schlagen und vergewaltigen die Unglücklichen, bis sie sich zu jeder Sklavenarbeit bereit erklären. Sobald die Einwanderer klein beigeben, werden sie zur Zusammenarbeit mit den Verbrechersyndikaten gezwungen, sei es im Drogenhandel, als Prostituierte, in illegalen Hinterhofbetrieben und anderen, von den Banden kontrollierten Tätigkeiten. Wer bei guter körperlicher Verfassung ist – das gilt normalerweise für die jüngeren Männer –, muß einen Vertrag unterzeichnen, wonach er sich verpflichtet, die Kosten für das Einschleusen mit Zins und Zinseszins zurückzuzahlen. Danach teilt man ihnen eine Arbeit in einer Wäscherei, einem Restaurant oder einem kleinen Industriebetrieb zu, wo sie vierzehn Stunden am Tag schuften müssen, und das sieben Tage die Woche. Es dauert sechs bis acht Jahre, bis ein illegaler Einwanderer seine Schulden abgezahlt hat.«

»Nachdem sie die nötigen Papiere, die natürlich gefälscht sind, erhalten haben, werden viele von ihnen eche Amerikaner«, fuhr Monroe fort. »Solange in den Vereinigten Staaten ein Bedarf an billigen Arbeitskräften besteht, werden geschickte Schlepperorganisationen dies ausnutzen und weiterhin massenhaft illegale Einwanderer einschleusen.«

»Es muß doch jede Menge Möglichkeiten geben, wie sich dieser Zustrom unterbinden läßt«, sagte Sandecker, während er zu einer silbernen Kanne auf einem neben ihm stehenden Servierwagen griff und sich eine Tasse Kaffee eingoß.

»Wie, wenn nicht durch eine internationale Blockade des chinesischen Festlands, kann man dem Einhalt gebieten?« fragte Gunn.

»Die Antwort ist ganz einfach«, erwiderte Laird. »Wir können es nicht, jedenfalls nicht nach den Bestimmungen des Völkerrechts. Uns sind die Hände gebunden. Die betroffenen Staaten, darunter auch die USA, können lediglich zur Kenntnis nehmen, daß sich hier eine Gefahr für den Weltfrieden anbahnt, und alle erforderlichen Maßnahmen zum Schutz ihrer Grenzen treffen.«

»Zum Beispiel die Army und die Marineinfanterie an unseren Küsten in Stellung bringen und sämtliche Eindringlinge verjagen«, schlug Sandecker spöttisch vor.

Der Präsident warf ihm einen scharfen Blick zu. »Sie haben anscheinend nicht verstanden, worum es hier geht, Admiral. Wir haben es in diesem Fall mit einer friedlichen Invasion zu tun. Ich kann nicht mit schwerem Geschütz gegen unbewaffnete Männer, Frauen und Kinder vorgehen.«

Sandecker ließ nicht locker. »Aber was hindert Sie daran, Mr. President, unsere Streitkräfte einzusetzen und die Grenzen hermetisch abriegeln zu lassen? Vermutlich ließe sich dadurch auch der Drogenimport in unser Land ein für alle Male unterbinden.«

Der Präsident zuckte die Achseln. »Auf die Idee sind schon schlauere Köpfe als ich gekommen.«

»Illegale Einwanderer abzufangen ist nicht die Aufgabe des Pentagon«, sagte Laird bestimmt.

»Vielleicht habe ich ja etwas falsch verstanden. Aber ich war immer der Meinung, daß unsere Streitkräfte den Auftrag haben, die Vereinigten Staaten zu schützen und zu verteidigen. Ob friedlich oder nicht, für mich handelt es sich hier um eine Invasion. Ich wüßte nicht, was uns daran hindern sollte, die Army und die Marineinfanterie einzusetzen und Mr. Monroe bei der Überwachung der Grenzen zu helfen, wenn er zuwenig Personal dafür hat. Warum unterstützt die Marine nicht Admiral Fergusons überlastete Küstenwache, und warum zieht man die Luftwaffe nicht zu Aufklärungsflügen heran?«

»Hier geht es um politische Überlegungen, auf die ich keinen Einfluß habe«, sagte der Präsident, der jetzt zunehmend ungehalten klang.

»Weil man zum Beispiel nicht mit einem strengen Handelsembargo reagieren möchte? Weil die Chinesen unserer Industrie und Landwirtschaft Jahr für Jahr Erzeugnisse im Wert von zig Milliarden Dollar abkaufen?«

»Da Sie das Thema schon ansprechen, Admiral«, sagte Laird nachdrücklich, »sollten Sie auch wissen, daß die Chinesen mittlerweile den Japanern den Rang abgelaufen haben, was den Ankauf von US-Staatsanleihen angeht. Wir sollten uns in unser aller Interesse lieber nicht mit ihnen anlegen.«

Gunn sah, daß sein Chef vor Wut allmählich rot anlief, während der Präsident zusehends blasser wurde. »Admiral Sandecker hat sicherlich vollstes Verständnis für die schwierige Lage, in der Sie sich befinden, Mr. President«, warf er ruhig ein. »Aber ich glaube, uns beiden ist nicht recht klar, inwieweit die NUMA hier Hilfestellung leisten kann.«

»Ich erkläre dir gern, welchen Beitrag du leisten kannst, Jim«, sagte Ferguson zu seinem alten Freund.

»Ich bitte darum«, versetzte Sandecker unwirsch.

»Es ist kein Geheimnis, daß die Küstenwache, wie man so schön sagt, strategisch überdehnt ist. Letztes Jahr haben wir vor Hawaii sowie vor der Ost- und der Westküste zweiunddreißig Schiffe aufgebracht und über viertausend illegale chinesische Einwanderer abgefangen. Die NUMA verfügt über eine kleine Flotte von Forschungsschiffen –«

»Einen Moment«, unterbrach ihn Sandecker. »Ich werde auf keinen Fall zulassen, daß meine Schiffe, die im Dienst der Wissenschaft stehen, zur Jagd auf mutmaßliche illegale Einwanderer herangezogen werden.«

»Wir wollen deine Meeresbiologen ja gar nicht zum Dienst an der Waffe verpflichten«, versicherte Ferguson ruhig und gelassen. »Die NUMA soll uns lediglich Auskunft über mögliche Landeplätze geben, über die geologische Beschaffenheit bestimmter Küstenabschnitte, die Strömungsverhältnisse, über Buchten und Fjorde, die sich den Schleppern anbieten. Setz deine besten Leute darauf an, Jim. Sie sollen sich überlegen, wo sie ihre menschliche Fracht anlanden würden, wenn sie die Schlepper wären.«

»Außerdem«, fügte Monroe hinzu, »können Sie uns mit Ihrem Personal und Ihrer Flotte wertvolle Erkenntnisse verschaffen. Die türkis gestrichenen Forschungsschiffe der NUMA sind weltweit bekannt und geachtet. Sie können sich in unmittelbarer Nähe von verdächtigen Frachtern aufhalten, ohne Argwohn zu erregen. Sie können uns berichten, was sie beobachtet haben und gleichzeitig mit ihren Forschungen fortfahren.«

»Damit Ihnen eins klar ist«, sagte der Präsident zu Sandecker. »Ich verlange keineswegs, daß Sie Ihre eigentlichen Aufgaben vernachlässigen. Aber ich möchte, daß sowohl Sie als auch die NUMA Mr. Monroe und Admiral Ferguson jede nur mögliche Unterstützung gewähren, damit wir diesen Zustrom illegaler Einwanderer aus China in die Vereinigten Staaten unterbinden können.«

»Es geht hauptsächlich um zwei Bereiche, in denen wir Ihre Leute ermitteln lassen möchten«, sagte Harper.

»Als da wären?« grummelte Sandecker, der zusehends neugieriger wurde.

»Ist Ihnen ein Mann namens Qin Shang ein Begriff?« fragte Harper.

»Durchaus«, antwortete Sandecker. »Er ist Inhaber einer großen Reederei in Hongkong. Qin Shang Maritime Limited heißt sie, und ihr gehören über hundert Frachter, Öltanker und Kreuzfahrtschiffe. Einmal hat er über einen chinesischen Historiker anfragen lassen, ob er unsere Dateien wegen eines Schiffswracks durchforsten dürfe, das er offenbar suchen wollte. Shang besitzt die vermutlich umfangreichste Handelsflotte der Welt, dazu eigene Kaianlagen und Lagerhäuser in fast allen großen Hafenstädten. Er ist so schlau und durchtrieben, wie es nur geht.«

»Ist Shang nicht dieser chinesische Schiffahrtsmogul, der die riesige Hafenanlage in Louisiana gebaut hat?« fragte Gunn.

»Ganz genau«, antwortete Ferguson. »An der Atchafalaya Bay in der Nähe von Morgan City. Nichts als Marschen und Bayous. Nach Aussage sämtlicher Investoren, die wir gefragt haben, ist es völlig sinnlos, zig hundert Millionen Dollar in einen Hafen zu stecken, der achtzig Meilen von der nächsten größeren Stadt entfernt ist und über keinerlei Verkehrsanschluß verfügt.«

»Hat er einen Namen?« hakte Gunn nach.

»Der Hafen heißt Sungari.«

»Shang hat sich bestimmt etwas dabei gedacht, als er soviel Geld ins Sumpfland gesteckt hat«, sagte Sandecker.

»Wenn er einen Grund dafür hat, haben wir ihn bislang jedenfalls noch nicht erfahren«, gestand Monroe ein. »Das ist einer der beiden Bereiche, in denen uns die NUMA unterstützen kann.«

»Ich nehme an, Sie möchten die technischen Einrichtungen an Bord eines NUMA-Schiffes nutzen und in Shangs neugebautem Hafen herumschnüffeln«, sagte Gunn.

»Sie haben's begriffen, Commander. An Sungari ist mehr dran, als man auf den ersten Blick meinen könnte. Und vermutlich ist ein Gutteil der Anlagen unter Wasser verborgen.«

Der Präsident blickte Sandecker unverblümt an, lächelte aber leicht. »Was Erkundungen unter Wasser angeht, verfügt keine andere Regierungsbehörde über das Wissen und die Technologie der NUMA.«

Sandecker erwiderte seinen Blick. »Sie haben noch nicht erklärt, was Shang mit dem Einschleusen von Ausländern zu tun hat.«

»Laut unserer nachrichtendienstlichen Erkenntnisse ist Shang einer der Hauptverantwortlichen. Auf sein Konto sollen rund fünfzig Prozent aller in die westliche Hemisphäre eingeschleusten Chinesen gehen, und die Zahl nimmt stetig zu.«

»Und Sie meinen, wenn man Shang das Handwerk legt, ist das bereits die halbe Miete?«

Der Präsident nickte kurz. »So in etwa.«

»Sie haben von zwei Bereichen gesprochen, die wir erkunden sollen«, bohrte Sandecker.

Ferguson hob die Hand. »Im zweiten Fall geht es um ein Schiff. Den Ozeandampfer S.S. *United States* genauer gesagt, den Shang gekauft hat. Bislang sind wir nicht dahintergekommen, was er damit bezweckt.«

»Die *United States* wurde doch außer Dienst gestellt und liegt seit dreißig Jahren in Norfolk, Virginia, vor Anker«, wandte Gunn ein.

Monroe schüttelte den Kopf. »Sie wurde vor zehn Jahren an einen türkischen Millionär verkauft, der sie angeblich überholen und als schwimmende Universität nutzen wollte.«

»Das kann nicht sein«, sagte Sandecker geradeheraus. »Nach heutigem Standard ist sie zu groß und, was Wartung und Betriebskosten angeht, viel zu teuer, egal, wie man sie umrüstet.«

»Es handelt sich um ein Täuschungsmanöver.« Monroe grinste zum ersten Mal. »Wie sich herausstellte, handelte es sich bei dem reichen Türken um unseren Freund Qin Shang. Die *United States* wurde von Norfolk aus quer über den Atlantik ins Mittelmeer geschleppt und von dort aus durch die Dardanellen und den Bosporus ins Schwarze Meer, nach Sewastopol. Die Chinesen haben kein Trockendock, das für ein derart großes Schiff geeignet ist. Folglich ließ Shang sie mit Hilfe der Russen zu einem modernen Kreuzfahrtschiff umbauen.«

»Das ergibt keinen Sinn. Es muß doch wissen, daß ihn das ein Vermögen kostet.«

»Es ergibt durchaus einen Sinn, falls Shang vorhat, mittels der *Unites States* seine Geschäfte mit illegalen Ausländern zu tarnen«, sagte Ferguson. »Außerdem glaubt die CIA, daß die Volksrepublik China Shang finanziell unter die Arme gegriffen hat. Die Chinesen haben nur eine kleine Marine. Wenn sie irgendwann wirklich Ernst machen und in Taiwan einmarschieren wollen, brauchen sie Truppentransporter. Die *United States* könnte eine ganze Division samt Waffen und schwerem Gerät befördern.«

»Mir ist völlig klar, daß eine derartig große Gefahr rasche Gegenmaßnahmen erfordert.« Sandecker hielt inne und massierte mit den Fingerspitzen seine Schläfen. »Die NUMA steht zu Ihrer Verfügung. Wir werden sowohl technisch als auch personell unser Bestes geben.«

Der Präsident nickte, als hätte er nichts anderes erwartet. »Vielen Dank, Admiral. Mr. Monroe und Admiral Ferguson werden dies sicher ebenso zu schätzen wissen wie ich.«

Gunn dachte bereits über die bevorstehende Aufgabe nach. »Es wäre überaus hilfreich«, sagte er, an Monroe und Harper gewandt, »wenn Sie Agenten in Shangs Organisation sitzen hätten, die uns die nötigen Erkenntnisse liefern könnten.«

Monroe breitete hilflos die Arme aus. »Shangs Unternehmen ist vollkommen abgeschottet. Er hat einen Trupp Russen engagiert, lauter ehemalige Topagenten des KGB, deren Sicherheitsvorkehrungen so gut sind, daß es bislang nicht einmal der CIA gelungen ist, sie zu unterwandern. Sie haben hochmoderne Computer und erstklassige Personendateien, anhand derer sie jedermann auf Herz und Nieren überprüfen können. Jeder Angestellte von Shang, und das gilt auch für das Management, steht unter ständiger Bewachung.«

»Bislang«, fügte Harper hinzu, »haben wir zwei Agenten verloren, die Shangs Organisation unterwandern wollten. Bis auf eine Ausnahme – eine Agentin, die sich als Einwanderungswillige ausgab und nach Entrichtung der üblichen Kosten auf eins von Shangs Schmugglerschiffen gelangen konnte – sind unsere verdeckten Einsätze kläglich gescheitert. So ungern ich das zugebe, aber das sind die nackten Tatsachen.«

»Sie haben eine Frau dort eingeschleust?« fragte Sandecker.

»Sie stammt aus einer wohlhabenden chinesischen Familie. Ist eine unserer besten Agentinnen.«

»Wissen Sie, wo die Schlepper Ihre Agentin anlanden werden?« fragte Gunn.

Harper schüttelte den Kopf. »Wir haben keinen Kontakt zu ihr. Sie können sie und die übrigen Immigranten an jedem x-beliebigen Küstenabschnitt zwischen Anchorage und San Francisco absetzen.«

»Woher wollen Sie wissen, daß Shangs Sicherheitsdienst sie nicht ebenso geschnappt hat wie Ihre beiden anderen Agenten?«

Harper starrte eine Zeitlang in die Luft. »Wir wissen es nicht«, räumte er schließlich ein. »Wir können lediglich abwarten und hoffen, daß sie sich bei einem unserer Bezirksbüros an der Westküste meldet.«

»Und wenn Sie nichts von ihr hören?«

Harper starrte auf die glänzende Tischplatte, als sähe er dort etwas, an das er gar nicht denken mochte. »Dann schreibe ich einen Brief an ihre Eltern, in denen ich ihnen mein Beileid bekunde, und setze einen anderen Agenten auf die Sache an.«

Um vier Uhr morgens war die Besprechnung endlich vorbei. Sandecker und Gunn wurden aus den geheimen Unterkünften des Präsidenten geleitet und durch die unteridischen Verbindungswege zum Weißen Haus zurückgebracht. Beide hingen düsteren Gedanken nach, als sie in der Limousine nach Hause gefahren wurden. Sandecker war es schließlich, der zuerst das Wort ergriff.

»Die müssen ganz schön verzweifelt sein, wenn sie die Unterstützung der NUMA brauchen.«

»Wenn ich an der Stelle des Präsidenten wäre, würde ich wahrscheinlich alles einsetzen, was sich anbietet. Von der Marineinfanterie bis zu den Pfadfindern«, sagte Gunn.

»Reine Augenwischerei«, knurrte Sandecker. »Laut meinen Quellen im Weißen Haus ist der Präsident gut Freund mit Qin Shang. Und zwar schon seit seiner Amtszeit als Gouverneur von Oklahoma.«

Gunn schaute ihn an. »Aber der Präsident hat gesagt –«

»Ich weiß, was er gesagt hat. Aber gemeint hat er was ganz anderes. Natürlich will er, daß dieser Zustrom illegaler Einwanderer unterbrochen wird, aber er wird keinerlei Maßnahmen anordnen, die Peking vor den Kopf stoßen könnten. Qin Shang ist Präsident Wallaces wichtigster Spendensammler in Asien. Zig Millionen Dollar von der chinesischen Regierung wurden über Hongkong und die Qin Shang Maritime Limited in Wallaces Wahlkampfkassen geleitet. Wir haben es hier mit Korruption auf allerhöchster Ebene zu tun. Deswegen schreckt Wallace vor jeder direkten Auseinandersetzung zurück. In seiner Regierungsmannschaft sitzen lauter Leute, die China in die Hände spielen. Der Mann hat seine Seele verkauft. Zum Schaden des amerikanischen Volkes.«

»Was verspricht er sich dann davon, wenn wir Qin Shang an den Kanthaken nehmen?«

»Soweit wird es nicht kommen«, sagte Sandecker säuerlich. »Qin Shang wird niemals wegen krimineller Umtriebe belangt, geschweige denn verurteilt werden. Jedenfalls nicht in den Vereinigten Staaten.«

»Dann, so nehme ich an, wollen Sie die Ermittlungen vorantreiben«, sagte Gunn. »Und zwar ohne Rücksicht auf die Folgen.«

Sandecker nickte. »Ist derzeit eins unserer Forschungsschiffe im Golf von Mexiko eingesetzt?«

»Die *Marine Denizen*. Die Wissenschaftler an Bord untersuchen das Absterben der Korallenriffe vor der Küste von Yucatán.«

»Sie steht schon lange in Diensten der NUMA«, sagte Sandecker, der das Schiff genau vor Augen hatte.

»Das älteste Schiff unserer Flotte«, bestätigte Gunn. »Es ist ihr letzter Einsatz. Wir hatten vor, sie der Lampack University für ozeanographische Forschungen zu überlassen, sobald sie wieder im Hafen von Norfolk einläuft.«

»Die Universität wird sich noch eine Weile gedulden müssen. Ein altes Forschungsschiff mit Meeresbiologen an Bord könnte die ideale Tarnung zum Ausspähen von Shangs Hafenanlagen sein.«

»Wer soll Ihrer Meinung nach die Untersuchung leiten?«

Sandecker drehte sich zu Gunn um. »Unser Leiter für Spezialprojekte natürlich. Wer denn sonst?«

Gunn zögerte kurz. »Verlangen wir da nicht ein bißchen zuviel von Dirk?«

»Fällt Ihnen ein Besserer ein?«

»Nein. Aber der letzte Einsatz hat ihn ganz schön mitgenommen. Als ich ihm vor ein paar Tagen begegnet bin, hat er ausgesehen wie ein wandelnder Leichnam. Es dauert noch eine Zeitlang, bis er wieder auf der Höhe ist.«

»Pitt erholt sich schnell«, sagte Sandecker voller Zuversicht. »Eine echte Herausforderung ist genau das, was er braucht, um wieder auf die Beine zu kommen. Spüren Sie ihn auf und bestellen Sie ihm, daß er sich unverzüglich mit mir in Verbindung setzen soll.«

»Ich weiß nicht, wo ich ihn erreichen kann«, erwiderte Gunn. »Nachdem Sie ihm einen Monat Urlaub gewährt haben, ist er einfach abgehauen, ohne zu sagen, wohin er geht.«

»Er ist an der Pazifikküste, an einem See namens Orion Lake im Bundesstaat Washington. Treibt wieder seinen üblichen Unsinn.«

Gunn schaute den Admiral argwöhnisch an. »Woher wissen Sie das?«

»Hiram Yeager hat ihm eine Ladung Unterwassergeräte geschickt«, sagte Sandecker mit listig funkelndem Blick. »Hiram hat es ganz schlau angestellt, aber komischerweise dringt so was immer zu mir durch.«

»Es gibt kaum etwas, was Ihnen bei der NUMA entgeht.«

»O doch. Mir ist nach wie vor ein Rätsel, wie Al Giordino an meine teuren nicaraguanischen Zigarren kommt, obwohl mir nie eine fehlt.«

»Ist Ihnen schon mal der Gedanke gekommen, daß er sie vielleicht von der gleichen Quelle bezieht wie Sie?«

»Unmöglich«, knurrte Sandecker. »Meine Zigarren werden von einer Familie in Managua, mit der ich gut befreundet bin, von Hand gerollt. Giordino kann sie gar nicht kennen. Aber da wir schon dabei sind – wo steckt Giordino?«

»Der aalt sich am Strand von Hawaii«, antwortete Gunn. »Er war der Meinung, daß er die Gunst der Stunde nutzen und ebenfalls in Urlaub fahren sollte, bis Pitt wieder auf dem Posten ist.«

»Die zwei glucken doch normalerweise immer zusammen. Kommt selten vor, daß sie nicht gemeinsam irgendwelchen Unsinn anstellen.«

»Soll ich Al die Situation schildern und ihn nach Orion Lake schicken, damit er Dirk nach Washington zurückbringt?«

Sandecker nickte. »Gute Idee. Auf Giordino wird Pitt hören. Sie fahren zur Sicherheit mit. Wie ich Pitt kenne, legt er einfach auf, wenn ich ihn anrufe und zum Dienst zitiere.«

»Da haben Sie völlig recht, Admiral«, sagte Gunn lächelnd. »Genau so würde er reagieren.«

6

Julia Lee war zutiefst niedergeschlagen. Sie konnte kaum einen klaren Gedanken fassen, wußte aber noch, daß sie ihren Auftrag verpatzt hatte. Sie hatte sich falsch verhalten, das Falsche gesagt. Sie empfand nur mehr eine innere Leere, Leere und Verzweiflung. Sie hatte viel über die Vorgehensweise der Schlepper in Erfahrung gebracht. Doch jetzt blieb ihr nur ein schaler Nachgeschmack, als ihr klar wurde, daß alles umsonst gewesen war. Vermutlich war es ihr nicht mehr möglich, die wichtigen Erkenntnisse, die sie gewonnen hatte und aufgrund derer die Schlepper hätten dingfest gemacht werden können, an die Einwanderungsbehörde weiterzugeben.

Sie fühlte sich elend, kraftlos und erniedrigt und hatte am ganzen Körper Schmerzen. Außerdem war sie todmüde und hungrig. Ihre Selbstsicherheit hatte sie Kopf und Kragen gekostet. Sie war gescheitert, weil sie nicht sanft und unterwürfig gewesen war. Wenn sie sich geschickter angestellt, auf Zeitgewinn gespielt und all das Können aufgeboten hätte, das man ihr bei der Agentenausbildung des INS beigebracht hatte, hätte sie ihren Häschern leicht entrinnen können. Jetzt war es zu spät. Julia war zu schwer verletzt, um noch einen letzten Fluchtversuch zu unternehmen. Sie konnte sich mit Mühe und Not aufrecht halten, ohne daß ihr schwindlig wurde.

Julia hatte nur wenige gute Freunde, weil sie schon seit Jahren ganz in ihrer Arbeit aufging. Für Männer hatte sie kaum Zeit gehabt, und wenn, dann waren es lediglich flüchtige Bekanntschaften gewesen. Doch der Gedanke, daß sie ihre Mutter und ihren Vater womöglich nie wiedersehen würde, erfüllte sie mit tiefer Trauer. Seltsamerweise empfand sie keinerlei Angst oder Beklemmung. Was auch immer in den nächsten Stunden passieren mochte, sie konnte nichts daran ändern.

Sie spürte, wie die Maschinen, die sich irgendwo unter dem stählernen Deck befinden mußten, auf dem sie festgehalten wurde, zum Stillstand kamen. Das Schiff, das jetzt keine Fahrt mehr machte, stampfte in der Dünung. Kurz darauf hörte sie, wie die Ankerkette rasselnd durch die Klüse abgelassen wurde. Die *Indigo Star* hatte knapp außerhalb der Hoheitsgewässer der Vereinigten Staaten geankert, so daß die Behörden keinerlei Handhabe gegen sie hatten.

Julia hatte keine Ahnung, wie spät es war, weil man ihr bei dem Verhör die Uhr weggenommen hatte. Sie wußte lediglich, daß es mitten in der Nacht sein mußte. Sie ließ den Blick über die etwa vierzig jämmerlichen Gestalten schweifen, die man nach der Vernehmung in den Frachtraum geworfen hatte. Alle schnatterten jetzt aufgeregt durcheinander, weil sie glaubten, sie wären endlich in Amerika angekommen, wo sie an Land gehen und ein neues Leben anfangen könnten. Julia wäre es vermutlich genauso gegangen, aber sie wußte Bescheid. Die Freude würde von kurzer Dauer sein, denn nur allzu bald würden sie die nackte, bittere Wahrheit erfahren. Sie waren allesamt getäuscht worden. Das hier waren die Intelligenten, die Reichen, die, bei denen etwas zu holen war. Sie waren von den Schleppern betrogen und ausgeplündert worden, und dennoch waren sie voller Hoffnung.

Julia war sich sicher, daß ihnen in der nahen Zukunft nichts als Schrecken, Erpressung und Fronarbeit blühten. Bedrückt betrachtete sie zwei Familien mit kleinen Kindern. Sie betete darum, daß es ihnen gelingen möge, den Schleppern zu entrinnen und nicht in die Gewalt der Verbrecherbanden zu geraten, die sie an der Küste erwarteten.

Es dauerte nur zwei Stunden, bis die Schlepper die illegalen chinesischen Einwanderer auf die Kutter einer Fischereiflotte umgeladen hatten, die sich im Besitz der Qin Shang Maritime Ltd. befand. Die Schiffe waren mit Chinesen bemannt, die allesamt die amerikanische Staatsbürgerschaft besaßen und vom Fischfang lebten, wenn sie nicht gerade illegale Einwanderer vom Mutterschiff zu den Anlandestellen in kleinen Häfen und Buchten entlang der Küste der Olympic-Halbinsel beförderten. Dort standen dann Busse und Lastwagen bereit, die sie zu ihren über das ganze Land verstreuten Bestimmungsorten brachten.

Julia wurde zuletzt aus dem Frachtraum geholt und von einem Aufseher mit roher Gewalt aufs Oberdeck gebracht. Mitunter zerrte er sie einfach hinter sich her, weil sie kaum gehen konnte. Ki Wong stand an der Jakobsleiter. Er hob die Hand und gebot dem Aufseher Einhalt, bevor er sie über die Leiter hinab zu dem seltsamen schwarzen Boot geleiten konnte, das neben dem Schiff in der Dünung schaukelte.

»Ein letztes Wort, Ling T'ai«, sagte er mit leiser, kalter Stimme. »Vielleicht hast du ja inzwischen deine Meinung geändert, nachdem du die Gelegenheit hattest, über mein Angebot nachzudenken.«

»Was ist«, preßte sie zwischen geschwollenen Lippen hervor, »wenn ich mich versklaven lasse?«

Er bedachte sie mit einem grimmigen Grinsen. »Oh, gar nichts.

Ich habe überhaupt nicht vor, dich zu versklaven. Darum geht es gar nicht mehr.«

»Was wollen Sie dann von mir?«

»Ein Geständnis. Ich will wissen, wer deine Helfershelfer an Bord der *Indigo Star* sind.«

»Ich weiß nicht, was Sie meinen«, versetzte sie verächtlich.

Er starrte sie an und zuckte süffisant mit den Schultern. Dann griff er in seine Jackentasche, holte ein Blatt Papier heraus und hielt es ihr vor die Nase. »Lies das. Es beweist, daß ich von Anfang an recht hatte.«

Sie mußte ihren ganzen Trotz aufbieten. »Lesen Sie vor«, erwiderte sie.

Er hielt das Blatt in den Lichtschein einer Deckslampe und kniff die Augen zusammen. »›Wir haben sie anhand der Fingerabdrücke und der Personenbeschreibung identifiziert, die du über Satellit durchgegeben hast. Die Frau, die sich Ling T'ai nennt, ist in Wirklichkeit eine Agentin der amerikanischen Einwanderungsbehörde namens Julia Marie Lee. Meiner Meinung nach solltest du sie schleunigst erledigen.‹«

Julia wurde mit einemmal klar, daß es keine Hoffnung mehr gab. Sie mußten ihre Fingerabdrücke genommen haben, nachdem sie bewußtlos geschlagen worden war. Aber wie war es möglich, daß eine chinesische Schlepperbande innerhalb weniger Stunden ihre wahre Identität herausfand? Sie mußten irgendwie Zugang zu den Datenbanken des FBI in Washington haben. Was wiederum hieß, daß diese Organisation viel raffinierter war und weitaus bessere Verbindungen besaß, als sie und die für den Außendienst verantwortlichen Mitarbeiter des INS ahnten. Aber sie dachte nicht daran, vor Wong zu Kreuz zu kriechen.

»Ich heiße Ling T'ai. Mehr habe ich dazu nicht zu sagen.«

»Dann wollen wir es dabei belassen.« Wong deutete auf das schwarze Boot. »Leben Sie wohl, Miss Lee.«

Als der Aufseher sie am Arm packte und zu der Jakobsleiter zerrte, warf Julia noch einen Blick auf Wong, der nach wie vor ungerührt auf dem Deck des vermeintlichen Kreuzfahrtschiffes stand. Der Mistkerl feixte sie an. Mit haßerfülltem Blick starrte sie zurück.

»Sie werden sterben, Ki Wong«, versetzte sie bissig. »Und zwar bald.«

Er erwiderte ihren Blick, wirkte aber eher belustigt als betroffen. »Nein, Miss Lee. Sie sind es, die bald sterben wird.«

7

Pitt, der immer noch ganz erschüttert war von den Bildern, die der Tauchroboter aufgezeichnet hatte, nutzte die letzten paar Stunden Tageslicht und beobachtete mit dem Fernrohr Qin Shangs Domizil auf der anderen Seite des Sees. Das Hausmädchen, das seine Runden drehte, dieselben beiden Golfspieler, die ein ums andere Mal ihre Bälle über den Fairway droschen – ansonsten sah er keine Menschenseele. Er wunderte sich. Keinerlei Personen- oder Lieferwagen waren auf der Zufahrt zu sehen, und auch die Wachen ließen sich nicht mehr blicken. Pitt konnte kaum glauben, daß sie sich Tag und Nacht in den kleinen, fensterlosen Hütten aufhielten, ohne einmal abgelöst zu werden.

Er rief niemanden an, weder bei der NUMA noch bei den örtlichen Behörden, um von seiner grausigen Entdeckung zu berichten. Er wollte zunächst auf eigene Faust nachforschen, zusehen, ob er das Geheimnis um dieses Leichenfeld am Grund des Sees aufdecken konnte. Allem Anschein nach nutzte Qin Shang das tiefe Gewässer, um sich der Opfer seines mörderischen Treibens zu entledigen. Aber er wollte Genaueres erfahren, bevor er Alarm schlug.

Nachdem er sich davon überzeugt hatte, daß es nichts weiter zu sehen gab, stellte er das Fernrohr beiseite und schaffte den zweiten großen Karton, den Yeager ihm geschickt hatte, ins Bootshaus. Er war so schwer und sperrig, daß er ihn auf einen kleinen Handkarren laden und über den Bootsanleger schleppen mußte. Er schnitt den Deckel auf, holte einen tragbaren elektrischen Kompressor heraus und schloß das Stromkabel an einer Steckdose an der Decke an. Dann befestigte er den Luftschlauch des Kompressors an der Doppelventilkombination auf den beiden 20-Liter-Preßluftflaschen und warf ihn an. Leise wie ein Auto im Leerlauf tuckerte der Motor vor sich hin.

Er kehrte zur Hütte zurück und wartete seelenruhig, bis die Sonne hinter der niedrigen Bergkette zwischen dem See und der Ortschaft Orion Lake unterging. Nach Einbruch der Dunkelheit nahm Pitt ein leichtes Abendessen zu sich und setzte sich dann eine Weile vor den Fernsehapparat. Um zehn Uhr machte er sich bettfertig und schaltete das Licht aus. Jetzt konnte er sich nur noch auf sein Glück verlassen und hoffen, daß in der Hütte keine Infrarotkameras angebracht waren. Er zog sich nackt aus, schlich ins Freie, kroch ins Wasser, hielt die Luft an und schwamm ins Bootshaus.

Das Wasser war eiskalt, aber er war so mit seinen Gedanken beschäftigt, daß er es kaum wahrnahm. Er trocknete sich ab und zog das einteilige Shellpro-Unterzeug aus Nylon und Polyester an. Der Kompressor hatte sich automatisch abgeschaltet, als der erforderliche Luftdruck in den Preßluftflaschen erreicht war. Er brachte den U.S. Divers-Micra-Atemregler am Flaschenventil an und überprüfte die Bänderung der Trageschale. Dann stieg er in einen dunkelgrauen Trockentauchanzug, eine aus vulkanisiertem Gummi bestehende Spezialanfertigung von Viking mit eingearbeiteter Kopfhaube, Handschuhen und Stiefeln mit Profilsohlen. Vor allem wegen der besseren Wärmeisolierung zog er ihn einem Naßtauchanzug vor.

Danach legte er die für Kampftaucher entwickelte U.S. Divers-Tarierweste und einen Sigma-Systems-Tauchcomputer mt Tiefenmesser, Flaschendruck- und Tauchzeitanzeige an. Um den Auftrieb des Tauchanzugs auszugleichen, benutzte er die in die Trageschale für die Preßluftflaschen eingelassenen Gewichte und einen zusätzlichen Bleigurt. Dann schnallte er sich ein Tauchermesser um die Wade und zog eine Unterwasserlampe über seine Kopfhaube.

Zu guter Letzt schlang er sich eine Art Patronengurt, wie ihn die Banditen in den alten Western tragen, um die Schulter. In dem dazugehörigen Holster steckte eine Preßluftpistole, mit der man kurze, mit Widerhaken bewehrte Pfeile verschießen konnte. Insgesamt zwanzig dieser tückisch aussehenden Geschosse steckten in den Gurtschlaufen.

Pitt hatte es eilig, denn er hatte einen langen Weg vor sich, und wollte sich unterwegs umsehen und allerhand erkunden. Er saß am Rande des Bootsstegs, zog die Schwimmflossen an, drehte sich dann um, damit die Preßluftflaschen nicht gegen die Planken schlugen, und ließ sich ins Wasser gleiten. Bevor er untertauchte, blies er die Luft aus dem Anzug ab. Weil er sich weder körperlich verausgaben, noch die kostbare Luft in seinen Flaschen vergeuden wollte, griff er noch einmal nach oben und holte den gedrungenen, batteriebetriebenen Stingray-Scooter vom Bootsanleger. Er stellte ihn auf Höchstgeschwindigkeit ein, hielt sich mit ausgestreckten Armen an den Handgriffen fest und ließ sich unter dem Bootshaus hinaus ins Freie ziehen.

Die Orientierung bereitete ihm selbst in mondloser Nacht keine Mühe, da sein Ziel in gleißendes Licht getaucht war, so daß man jeden einzelnen Baum rund um das Grundstück erkennen konnte. Wozu diese Festbeleuchtung? fragte sich Pitt. Nur am Bootsanleger sah man keinerlei Lampen, was angesichts der rundum strahlenden Flutlichter auch kaum nötig war. Pitt schob seine Tauchbrille auf den Kopf und drehte die Unterwasserlampe nach hinten, damit die Wachposten keinen verdächtigen Lichtschein auf dem Wasser sahen.

Selbst wenn es dort drüben keine Infrarotkameras gab, suchte vermutlich einer der Posten mit einem Nachtglas den See ab, achtete auf Angler, die so spät noch unterwegs waren, vielleicht auch auf Jäger und verirrte Pfadfinder, wenn er nicht sogar den legendären Bigfoot zu entdecken hoffte. Nach den Ringen des Saturn hielten die jedenfalls garantiert nicht Ausschau. Pitt machte sich deswegen keine allzu großen Sorgen. Aus dieser Entfernung entdeckte ihn bestimmt niemand. Fünfhundert Meter weiter dürfte die Sache anders aussehen.

Pitt wußte, daß er so gut wie unsichtbar war. Allenfalls das weiße Kielwasser, das die beiden Motoren des Stingray aufwirbelten, der ihn mit rund drei Knoten durchs Wasser zog, könnte ihn auf dem tiefschwarzen See verraten. Keine fünf Minuten später hatte er die halbe Strecke hinter sich gebracht. Er rückte die Tauchbrille zurecht, steckte den Kopf unter Wasser und atmete durch den

Schnorchel. Nach weiteren fünf Minuten hatte er sich bis auf hundert Meter an den Bootsanleger herangepirscht. Das merkwürdige schwarze Arbeitsboot war noch immer nicht zurück, doch die Jacht schaukelte friedlich an den Belegleinen.

Näher konnte er sich über Wasser nicht vorwagen. Er spie den Schnorchel aus und klemmte das Mundstück des Atemreglers zwischen die Zähne. Nur das leise Surren der Motoren war zu hören, als er den Stingray nach unten drückte und sich in die Tiefe ziehen ließ. Etwa drei Meter über dem Grund ging er wieder in die Horizontale, verharrte einen Moment lang bewegungslos im Wasser, während er seine Tarierweste aufblies, bis er schwerelos im Wasser schwebte. Dann drückte er mit Daumen und Zeigefinger die Nase zusammen und schnaubte einmal, um seine Ohren an den zunehmenden Wasserdruck anzupassen. Die gleißenden Lampen auf dem Grundstück tauchten das Wasser in ein seltsam grünlich schimmerndes Licht, so daß Pitt das Gefühl hatte, er gleite durch flüssiges Glas. Er wandte den Blick von dem grusligen Seegrund ab, den er immer deutlicher erkennen konnte, je näher er dem Bootssteg kam. Das Licht war aus zweierlei Gründen von Vorteil. Erstens bescherte es ihm jetzt gut zehn Meter Sicht, und zum anderen spiegelte es sich derart grell an der Oberfläche, daß garantiert niemand, auch nicht mit optischen Hilfsmitteln, in die Tiefe blicken konnte.

Er drosselte den Stingray und glitt langsam unter den Kiel der Jacht. Der Rumpf war sauber und ohne jeden Muschel- und Algenbewuchs. Nachdem er außer einem Fischschwarm nichts Ungewöhnliches entdeckt hatte, näherte er sich vorsichtig dem Bootshaus, aus dem am Nachmittag die Wachen auf den chinesischen Jet-Skis herausgebrettert waren. Sein Herz schlug einen Takt schneller, als er über seine Fluchtmöglichkeiten nachdachte, falls er entdeckt werden sollte. Es war aussichtslos. Selbst mit dem Scooter hatte er keine Chance gegen zwei Jet-Skis, die bis zu fünfzig Stundenkilometer schnell waren. Wenn sie keine Lust hatten, ihn unter Wasser zu stellen, brauchten sie lediglich oben herumzukurven und abzuwarten, bis sein Luftvorrat zur Neige ging.

Er mußte höllisch aufpassen. In der Hütte spiegelte sich vermutlich kein Licht auf dem Wasser, und wenn da drin jemand im Dunkeln saß und ins Wasser schaute, hatte er einen Blick in die Tiefe wie aus einem Glasbodenboot. Vergebens wartete er auf einen Fischschwarm, der ihn nach oben hin hätte decken können. Heller Wahnsinn ist das, dachte er. Wenn du auch nur noch ein paar heile graue Zellen im Schädel hast, machst du sofort die Biege, ehe dich jemand sieht, schwimmst zu deiner Hütte zurück und rufst von dort aus die Polizei an. Jeder halbwegs vernünftige Mensch würde sich so verhalten.

Pitt hatte keine Angst, ihm war nur ein bißchen bang, weil er nicht wußte, ob ihn da drin jemand mit einem Schnellfeuergewehr in Empfang nahm. Aber er wollte unbedingt herausfinden, warum all diese Menschen hatten sterben müssen, und eine andere Gelegenheit dazu bot sich garantiert nicht. Er zog die Preßluftpistole aus dem Holster und hielt sie senkrecht, so daß der Lauf mit dem Pfeil nach oben wies. Langsam, damit er sich nicht durch eine jähe Bewegung verriet, ließ er den Temporegler des Stingray los und glitt mit ein paar Flossenschlägen unter die Pontons, auf denen die Hütte stand. Er spähte durch das Wasser nach oben und hielt den Atem an, damit ihn keine aufsteigenden Luftblasen verrieten. Aus einem halben Meter Tiefe sah er die Außenwelt wie durch einen dicken Schleier.

Abgesehen von den beiden Jet-Skis, die sich hell auf dem Wasser abzeichneten, war alles dunkel. Offenbar hielt sich niemand in der Hütte auf. Er schaltete die Taucherlampe an seiner Stirn wieder an, tauchte auf und ließ den Lichtstrahl einmal rundum kreisen. Die Fiberglasrümpfe der Jet-Skis dümpelten zwischen zwei Bootsanlegern. Sobald die Hüttentür aufging, konnten die Fahrer in Null Komma nichts aufsitzen und auf den See hinausrasen. Er streckte den Arm aus und klopfte mit den Knöcheln an die Tür. Es klang dumpf und hohl. Das waren gar keine Stämme – lediglich eine dünne Sperrholzplatte, auf die man eine Blockhauswand gepinselt hatte. Mühelos zog sich Pitt mitsamt seiner Ausrüstung auf einen der Bootsanleger. Er legte die Preßluftflaschen, die Flossen und den Bleigurt ab und verstaute sie unter dem Sitz eines Jet-Skis. Den Stingray ließ er neben dem Steg im Wasser dümpeln.

Er nahm die Preßluftpistole in die Hand und schob sich leise zu der geschlossenen Tür an der Rückseite der Hütte vor. Vorsichtig griff er zum Türknauf, drehte ihn langsam um und drückte die Tür einen Spalt weit auf, gerade so viel, daß er den Gang dahinter sehen konnte, der über eine lange Rampe hinabführte. Pitt huschte hinaus. Er bewegte sich so leise wie möglich, aber er hatte das Gefühl, als ob seine Schritte wie Trommelschläge auf dem Betonboden widerhallten. Die Rampe mündete in einen engen, abwärts führenden Tunnel, in dessen Decke Lampen eingelassen waren. Er war so schmal, daß Pitts Schultern kaum durchpaßten, und führte offenbar unter dem Wasser zum Ufer. Vermutlich endete er im Keller des Hauptgebäudes. Deshalb hatte es so lange gedauert, bis die Wachposten auf den Jet-Skis einsatzbereit gewesen waren, als man den Tauchroboter entdeckt hatte. Sie mußten rund zweihundert Meter zu Fuß zurücklegen, weil der enge Gang für Motorräder nicht geeignet war.

Pitt blickte sich einmal kurz um und suchte nach Überwachungskameras. Dann, als er keine sah, rückte er durch den engen Gang vor. Er verfluchte den Architekten, der ihn offenbar nur für kleinwüchsige Chinesen gebaut hatte, während er sich halb verdreht zwischen den Mauern hindurchschob. Der Gang endete vor einer weiteren Rampe, die zu einem breiten Torbogen führte. Dahinter erstreckte sich ein langer Korridor, der links und rechts von Türen gesäumt war.

Er schlich zur ersten Tür, die einen Spaltbreit offenstand. Vorsichtig warf er einen Blick hinein. Er sah ein niedriges Bett, auf dem jemand schlief – ein Mann, der eine Art Käppi auf dem Kopf hatte –, außerdem einen Kleiderschrank, eine Kommode mit etlichen kleinen Schubladen, einen Nachttisch samt Lampe. An der einen Wand befand sich ein Gewehrständer mit diversen Waffen: ein Scharfschützengewehr mit Zielfernrohr, zwei Schnellfeuergewehre und vier automatische Pistolen unterschiedlichen Kalibers. Pitt wurde sofort klar, daß er mitten in der Höhle des Löwen gelandet war. Hier waren die Wohnquartiere der Wachmannschaften.

Aus einem anderen Zimmer, ein Stück den Gang entlang, drangen Stimmen. Stechender Weihrauchduft hing in der Luft. Pitt drückte sich flach an den Boden, riskierte mit einem Auge einen kurzen Blick über die Schwelle und hoffte, daß ihn niemand bemerkte. Vier Asiaten saßen um einen Tisch, spielten Domino und unterhielten sich auf Mandarin. Pitt hatte keine Ahnung, worum es ging – für ihn klang es wie ein mit doppelter Geschwindigkeit rückwärts abgespultes Tonband, auf dem jemand die Werbesprüche eines Gebrauchtwagenhändlers aufgenommen hatte. Aus etlichen anderen Räumen schallten seltsam scheppernde Laute. Offenbar Musik.

Ich sollte lieber schleunigst von hier verschwinden, dachte er. Jeden Moment konnte einer der Wachmänner auf den Korridor kommen und ihn zur Rede stellen. Pitt rückte weiter vor, bis er auf eine eiserne Wendeltreppe stieß. Bislang war alles glatt gegangen – ohne Schreie, Schüsse oder Alarmsirenen. Offenbar achteten Shangs Leute nur darauf, daß die Anlage nach außen hin abgesichert wurde, denn hier drin waren sie zu Pitts großer Erleichterung alles andere als wachsam.

Die Wendeltreppe führte über zwei Stockwerke nach oben, durch zwei riesige, hallenartige Räume, die völlig leer und verlassen wirkten. So als hätten Bauarbeiter unvermittelt die Arbeit niedergelegt. Er stieg einen Absatz höher und stand vor einer schweren Stahltür, die jeder Bank zur Ehre gereicht hätte. Aber es gab weder ein Zeit- noch ein Zahlenkombinationsschloß, nur eine breite, waagerechte Griffstange. Pitt stand einen Moment lang davor und spitzte die Ohren, und als er keinerlei verdächtige Geräusche vernahm, drückte er die Stange langsam, aber stetig nach unten. Er spürte, wie ihm der kalte Schweiß ausbrach, und wünschte, er wäre wieder im Wasser, unterwegs zu seiner Hütte auf der anderen Seite des Sees. Aber vorher wollte er noch einen kurzen Blick in den Haupttrakt dieses Gebäudes werfen. Und dann nichts wie weg.

Die Riegel glitten leicht und lautlos aus der Halterung. Pitt zögerte einen Moment, ehe er die schwere Tür so vorsichtig wie möglich aufzog. Doch bald schon stellte er fest, daß er alle Kraft aufbieten mußte, damit sie auch nur einen Spalt weit aufging. Dahinter sah er eine weitere Tür, doch die war mit Gitterstäben versehen. Pitt kam sich vor wie ein Dieb in der Nacht, der auf Schmuck und Wertsachen aus ist und verdutzt feststellen muß, daß dieses Haus, in das er eingebrochen ist, ein Hochsicherheitsgefängnis ist.

Das hier war kein schickes Domizil, das sich ein Mann mit ausgefallenem architektonischem Geschmack hatte bauen lassen. Mit einem noblen Landsitz hatte das nicht das geringste zu tun. Der gesamte Innenraum von Shangs riesigem Haus war ein einziger Zellenblock, eine Haftanstalt der härtesten Art. Pitt stand da wie vor den Kopf geschlagen. Das gesamte Anwesen, auf dem Shang angeblich seine Kunden und Geschäftsfreunde empfangen wollte, war eine Fassade, nichts als Lug und Trug. Das Dienstmädchen, das so tat, als räumte es die Zimmer auf, die beiden Golfspieler, die ewig ihre Runden drehten – sie waren lediglich Statisten, damit der Schein gewahrt blieb. Die strengen Sicherheitsvorkehrungen dienten nicht nur dazu, eventuelle Eindringlinge fernzuhalten, sondern sollten vor allem einen Ausbruch der Gefangenen verhindern. Jetzt bemerkte er auch, daß sich hinter den kupferrot getönten Sonnenschutzfenstern starke Betonmauern befanden.

Drei Etagen Gefängniszellen lagen einem offenen Raum mit einer Art Käfig auf Säulen gegenüber, in dem zwei Wachposten in grauen Uniformen, aber ohne jedes Abzeichen saßen und etliche Videoschirme überwachten. Die an den oberen Zellen vorbeiführenden Gänge waren zu dem offenen Raum hin mit Maschendraht gesichert. In den massiven Zellentüren war lediglich ein kleines Guckloch, kaum groß genug für ein Tablett mit Essen und einem Glas Wasser. Aus diesem Gelaß wäre selbst den abgebrühtesten Kriminellen die Flucht schwergefallen.

Pitt hatte keine Ahnung, wie viele arme Kerle hinter diesen Türen steckten oder was sie sich hatten zuschulden kommen lassen. Dann erinnerte er sich an die grausigen Bilder, die der Tauchroboter am Seegrund aufgenommen hatte, und allmählich begriff er, daß er es hier weniger mit einer Strafkolonie als vielmehr mit einem Todestrakt zu tun hatte.

Pitt fröstelte, obwohl ihm der Schweiß in Strömen übers Gesicht lief. Er hielt sich schon viel zu lange hier auf. Höchste Zeit, daß er zur Hütte zurückkehrte und Alarm schlug. Vorsichtig schob er die Stahltür wieder zu und legte den Riegel vor. Glück gehabt, verdammtes Glück, dachte er. Anscheinend ging die Alarmanlage nur los, wenn die dahinterliegende Gittertür ohne Erlaubnis der beiden Posten an den Bildschirmen geöffnet wurde. Er war bereits auf der vierten Stufe, als er unten auf der Treppe Schritte hörte.

Es waren zwei Mann, zweifellos die Wachablösung für die beiden Posten, die per Videokameras das Grundstück und die Zellen überwachten. Sie waren völlig ungezwungen, rechneten offenbar nicht mit einem Eindringling. Langsam stiegen sie die Treppe hoch, plaudernd, den Blick auf die eigenen Füße gerichtet, ohne auch nur einmal aufzusehen. Sie waren lediglich mit automatischen Pistolen bewaffnet, die sie im Holster stecken hatten.

Pitt mußte rasch handeln, wenn er sie überraschen und sich einen Vorteil verschaffen wollte. Kurzentschlossen stürmte er die Treppe hinab, hechtete sich tollkühn auf den vorderen Wachmann, ehe der wußte, wie ihm geschah, und schleuderte ihn gegen seinen Hintermann.

Die beiden Chinesen, die es ansonsten nur mit verängstigten, eingeschüchterten Gefangenen zu tun hatten, waren wie erstarrt vor Schreck, als sie von einem wildgewordenen Mann in einem Gummianzug attackiert wurden, der zudem erheblich kräftiger gebaut war als sie. Beide Männer verloren das Gleichgewicht, ruderten mit den Armen, gerieten ins Torkeln und fielen schließlich hinterrücks die Treppe hinab. Pitt sprang auf die Brust des vorderen Postens und rodelte mit den beiden bis zum zweiten Treppenabsatz hinunter, wo sie alle drei vor dem Geländer liegenblieben. Der Hintermann schlug mit dem Kopf auf eine Stufe auf und war auf der Stelle bewußtlos. Sein Kumpan, der zwar kaum verletzt, aber völlig verdutzt und benommen war, tastete fieberhaft nach der Automatik in seinem Holster.

Pitt hätte ihn töten können, alle beide hätte er sie töten können. Er brauchte ihnen nur einen Pfeil in den Kopf zu jagen. Und ihm war auch völlig klar, daß sie ihn gnadenlos abgeknallt hätten, wenn sie an seiner Stelle gewesen wären. Aber er entschied sich dennoch dagegen. Statt dessen ergriff er die Preßluftpistole am Lauf und zog dem Wachmann den Kolben über die Schläfe.

Er zerrte die beiden in die menschenleere zweite Etage und

lehnte sie an die hintere Wand, dort, wo kein Lichtschein hinfiel. Dann zog er ihnen die Uniform aus, zerriß sie in Streifen, fesselte sie damit an Händen und Füßen und knebelte sie. Wenn sie, wie er vermutete, auf dem Weg zur Arbeit waren, würde man sich in spätestens fünf Minuten auf die Suche nach ihnen begeben. Und sobald man sie fand, bewußtlos und mit ihrer eigenen Uniform gefesselt, und Shang oder seinen mörderischen Helfershelfern berichtete, daß jemand auf das Anwesen eingedrungen war, wäre hier die Hölle los. Denen war alles zuzutrauen, wenn ihnen klar wurde, daß Außenstehende ihre Sicherheitsvorkehrungen überwunden hatten. Er mochte gar nicht daran denken, was mit den Unglücklichen geschah, die noch in den Zellen eingesperrt waren. Hoffentlich kam man nicht zu dem Schluß, daß es besser wäre, alle Beweise zu vernichten und sämtliche Zeugen zu töten. Die Leichen am Grunde des Sees jedenfalls deuteten darauf hin, daß diese Drecksbande hier vor keinem Massenmord zurückschreckte.

Wie ein Schwerenöter, der sich aus dem Schlafzimmer einer verheirateten Frau stiehlt, schlich Pitt den Korridor entlang, an dem die Wohnquartiere der Wachen lagen. Das Glück war weiterhin auf seiner Seite. Sobald er den unterirdischen Gang zum Bootshaus erreichte, rannte er los, so schnell es ging, ohne die Schultern seines Gummianzugs zu zerschreddern. Er hatte keine Lust, sich von fuchsteufelswilden Chinesen über den halben See verfolgen zu lassen, daher überlegte er kurz, ob er die Motoren der beiden Jet-Skis lahmlegen sollte, entschied sich aber dann dagegen. Reine Zeitverschwendung. Wenn sie den Tauchroboter bei hellichtem Tag nicht entdeckt hatten, würden sie ihn bei Dunkelheit und in rund zehn Metern Tiefe erst recht nicht aufspüren.

Er legte in aller Eile seine Ausrüstung an, sprang ins Wasser, holte den Stingray und tauchte hinab zum Seegrund. Er war noch keine hundert Meter weiter, als er die Schraubengeräusche eines Bootes hörte, das weit draußen in der Dunkelheit nahte. Vermutlich fuhr es gerade an der Flußmündung in den See ein, aber weil sich der Schall unter Wasser viermal so schnell fortpflanzte wie in der Luft, hatte er den Eindruck, als tuckerte es unmittelbar über ihm dahin. Er ließ sich vom Stingray nach oben ziehen und tauchte auf. Das Boot kam soeben aus der Dunkelheit und geriet in den Schein der Lichter auf dem Anwesen. Pitt stellte fest, daß es sich um den schwarzen Katamaran handelte, den er tagsüber beobachtet hatte.

Er ging davon aus, daß er auf dem dunklen Wasser so gut wie unsichtbar war, selbst wenn die Bootsbesatzung jeden Tag einen Eimer Karotten pro Nase vertilgen und zusätzlich Vitamin A zu sich nehmen sollte, damit sie bei Nacht mehr Durchblick hatten. Mit einemmal wurden die Motorengeräusche leiser. Die Maschine tuckerte nur mehr im Leerlauf, worauf das Boot noch eine Zeitlang dahintrieb, ehe es rund fünfzehn Meter entfernt zum Stillstand kam.

Pitt wußte genau, daß er sich nicht um das Boot scheren, sondern lieber zusehen sollte, daß er schleunigst zur Hütte zurückkam. Noch hatten die Batterien, die den Stingray antrieben, genügend Saft. Er hatte mehr gesehen, als er erwartet hatte. Jetzt sollte er sich besser ranhalten. Er mußte so schnell wie möglich die Behörden verständigen, bevor den Menschen, die auf dem Anwesen gefangengehalten wurden, noch Schlimmeres zugefügt wurde. Er war erschöpft, er fror, und er freute sich auf ein Glas Tequila vor einem warmen Kaminfeuer. Eine innere Stimme sagte ihm, daß er sich verziehen sollte, solange es noch ging. Doch er achtete nicht darauf.

Dieser unheimliche Katamaran übte ein ungeheure Faszination auf ihn aus. Er wirkte irgendwie gespenstisch, wie ein Geisterschiff zu dunkler Nachtstunde. Nirgendwo ein Bordlicht, keine Menschenseele zu sehen.

Richtig gruslig, dachte er. Schwer zu beschreiben, aber dieses Boot strahlte irgend etwas Düsteres aus. Pitt mußte unwillkürlich an die Fähre denken, mit der in der griechischen Sagenwelt die Seelen der Toten über den Styx befördert werden. Er tauchte vornüber ab, richtete den Stingray zunächst nach unten und ließ sich dann schräg nach oben ziehen – ein Kurs, der ihn genau zwischen den Doppelrumpf des merkwürdigen Bootes führen mußte.

8

Die achtundvierzig Männer, Frauen und Kinder waren auf engstem Raum in der viereckigen Kabine des schwarzen Bootes zusammengepfercht, so daß keiner Platz zum Sitzen hatte. Eng aneinandergedrückt, standen sie in dem stickigen, von ihrer Körperwärme aufgeheizten Raum. Nur durch eine kleine, vergitterte Luke im Kabinendach drang gelegentlich etwas frische, kühle Nachtluft herein. Ein paar ihrer Leidensgenossen hatten vor panischer Platzangst bereits das Bewußtsein verloren, wurden aber von der dichtgedrängten Masse weiterhin aufrecht gehalten, so daß ihre Köpfe bei jeder Schaukelbewegung des Schiffes hin und her pendelten. Es herrschte ein eigenartige Stille.

Julia stand da, lauschte dem Klang der Wellen, die um den Bootsrumpf leckten, horchte auf das leise Tuckern des Dieselmotors und fragte sich, wohin man sie wohl brachte. Vor zwanzig Minuten waren sie noch durch hohe Dünung geschaukelt, aber jetzt befanden sie sich in ruhigem Gewässer. Vermutlich in einer geschützten Bucht oder auf einem Fluß. Sie nahm an, daß sie irgendwo in den Vereinigten Staaten waren. In ihrer Heimat. Sie dachte nicht daran, klein beizugeben. Trotz aller Schwäche und Benommenheit war sie fest entschlossen. Sie mußte sich aus dieser Klemme befreien, mußte überleben. Wenn sie entkam und ihren Vorgesetzten beim INS von ihren Erkenntnissen über den Schlepperring berichtete, konnte sie dem grausigen Leidensweg, den Tausende von illegalen Einwanderern gehen mußten, ein Ende bereiten.

Im Ruderhaus über der Kabine schnitten zwei der vier Aufseher der Schlepperbande kurze Seilstücke zurecht, während sich der Kapitän, der am Steuer stand, in der stockdunklen, nur von wenigen Sternen erleuchteten Nacht den Orion River hinauftastete. Er wandte den Blick nicht vom Radargerät. Zehn Minuten später teilte er den anderen mit, daß sie in den See einfuhren. Kurz bevor das schwarze Boot in den Schein der Lichter auf Shangs Grundstück eintauchte, griff der Kapitän zum Schiffstelefon und machte eine kurze Mitteilung auf chinesisch. Kaum hatte er den Hörer wieder aufgelegt, als sämtliche Lichter im Hauptgebäude und am Ufer ausgingen und der See in tiefer Dunkelheit versank. Von einer kleinen, roten Leuchtboje geleitet, lotste der Kapitän den Katamaran gekonnt um das breite Heck von Shangs prächtiger Jacht und legte auf der anderen Seite des Bootssteges an. Zwei Aufseher sprangen von Bord und schlangen die Belegleinen um die Klampen, als der Kapitän die beiden Dieselmotoren auf Leerlauf schaltete.

Drei, vier Minuten lang war von draußen kein Ton zu hören. Julia und die anderen Unglücklichen in dem engen Gelaß hatten zig Fragen auf dem Herzen, standen tausend Ängste aus. Aber nach der alptraumhaften Überfahrt konnten die meisten keinen klaren Gedanken mehr fassen. Dann wurde die Tür an der Rückwand der Kabine geöffnet, und es kam ihnen wie ein Wunder vor, als die frische Bergluft von draußen eindrang. Zunächst konnten sie lediglich erkennen, daß es draußen dunkel war. Dann tauchte einer der Aufseher in der Tür auf.

»Wenn euer Name aufgerufen wird, tretet ihr raus auf den Steg«, befahl er.

Am Anfang konnten sich diejenigen, die in der Mitte oder hinten standen, nur mit knapper Not nach draußen zwängen, doch mit der Zeit wurde es erträglicher, und die Zurückgebliebenen seufzten zunächst erleichtert auf. Es waren zumeist ärmere Einwanderer, die den Wucherpreis nicht aufbringen konnten, den man von ihnen verlangte, bevor sie in ein fremdes Land eingeschleust wurden. Sie hatten sich, ohne es zu wissen, in die Leibeigenschaft der Schlepper begeben, die sie wiederum an die organisierten Banden in den USA weiterverkauften.

Kurz darauf waren nur mehr Julia, eine vom Nahrungsmangel geschwächte Familie mit zwei kleinen, rachitisch aussehenden Kindern und acht ältere Männer und Frauen übrig. Das hier ist der Ausschuß, dachte Julia bitter, Menschen, denen man sämtliche Habseligkeiten abgenommen hat, die kein Geld mehr haben und zu hilflos und gebrechlich sind, als daß man sie zur Fronarbeit schicken kann. Die hier, und damit auch sie, würden keinen Fuß an Land setzen.

Wie zur Bestätigung ihrer schlimmsten Befürchtungen wurde

die Tür zugeschlagen, die Leinen wurden losgeworfen, und die Dieselmotoren tuckerten wieder lauter, als das Boot rückwärts ablegte. Kurz darauf stoppte es bereits wieder. Die Tür wurde aufgerissen, und vier Aufseher traten ein. Wortlos fesselten sie die verbliebenen Illegalen an Händen und Füßen, knebelten sie mit Klebeband und befestigten schwere Eisengewichte an ihren Beinen. Das Elternpaar leistete schwachen Widerstand, versuchte seine Kinder zu verteidigen, doch sie wurden mühelos überwältigt.

Darauf läuft es also hinaus, dachte Julia. Tod durch Ertrinken. Sie bot ihre ganze Willenskraft auf, konzentrierte sich nur mehr auf ein Ziel: Sie mußte hier raus. Sie rannte los, auf die Tür zu, wollte hinaus aufs Deck, sich ins Wasser stürzen und zum nächsten Ufer schwimmen. Der Versuch scheiterte schon im Ansatz. Sie war noch zu sehr geschwächt von den Schlägen, die sie tags zuvor hatte einstecken müssen, sie torkelte eher dahin, als daß sie rannte, und wurde von den Aufsehern mühelos abgefangen und aufs Deck geschleudert. Sie wehrte sich dennoch, schlug wild um sich, kratzte und biß, als sie ihr Arme und Beine fesselten. Dann klebten sie ihr den Mund zu und banden ihr das Eisengewicht um die Knöchel.

Eisiges Entsetzen erfaßte sie, als sie sah, wie mitten in der Kabine eine Bodenluke aufgeklappt wurde und der erste Unglückliche im Wasser versank.

Pitt nahm den Daumen vom Temporegler des Stingray, so daß er rund drei Meter unter der Kabine des Katamarans im Wasser schwebte. Er hatte gerade auftauchen und sich die Unterseite des Bootes genauer ansehen wollen, als er über sich einen Lichtschein sah. Im nächsten Moment ertönte ein lautes Klatschen, und ein schwerer Gegenstand schlug im Wasser auf, dann der nächste, und noch einer.

Herrgott noch mal, was geht hier vor? fragte sich Pitt. Dann sah er die Gestalten, menschliche Gestalten, die von oben herabkamen. Zunächst traute er seinen Augen kaum und war wie erstaunt vor Schreck, doch dann reagierte er blitzschnell. Er ließ den Stingray los, schaltete seine Taucherlampe ein und zog im gleichen Moment das Messer aus der Scheide. In fliegender Hast packte er die nächstbeste Gestalt, schnitt die Arm- und Fußfesseln durch, riß ihr im gleichen Atemzug das Klebeband vom Mund und kappte die Eisengewichte. Sobald er den ersten befreit hatte, stieß er ihn nach oben und schwamm zum nächsten. Er griff blindlings zu, hoffte wider alle Vernunft, daß ihm keiner entging und in den dunklen Tiefen des Sees versank. Zunächst war ihm nicht einmal klar, ob die Menschen, die ihm da entgegentrudelten, nicht schon tot waren. Aber daran durfte er jetzt nicht denken – zunächst einmal mußte er sie retten. Dann hatte er ein kleines Mädchen im Arm, offenbar eine Chinesin, allenfalls zehn Jahre alt, die ihn mit weit aufgerissenen Augen anstarrte. Sie lebten also noch. Er schubste die Kleine nach oben an die Luft und betete, daß sie schwimmen konnte.

Am Anfang konnte er einigermaßen Schritt halten, doch als rundum immer mehr Opfer in die Tiefe sanken, mußte er alles Können aufbieten, damit ihm keiner entging. Seine Verzweiflung wich nackter Wut, als er einen kleinen Jungen barg, der allenfalls vier Jahre alt war. Er verfluchte die Ungeheuer, die zu einer derartigen Unmenschlichkeit fähig waren. Diesmal wollte er kein Risiko eingehen. Mit ein paar Flossenschlägen stieß er nach oben, fand den im Wasser treibenden Stingray und legte die Arme des Jungen um den Scooter. Dann schaltete er die Lampen an seinem Kopf aus und warf einen kurzen Blick zu dem Boot, um festzustellen, ob man die auftauchenden Opfer bemerkt hatte. An Bord war offenbar alles ruhig. Jedenfalls hatte bislang noch niemand Alarm geschlagen. Er tauchte wieder ab und schaltete die Lampe ein. Der Lichtstrahl erfaßte einen weiteren menschlichen Körper, anscheinend das letzte Opfer, das vom Boot geworfen worden war. Es war bereits über fünf Meter tief gesunken, ehe er es zu fassen bekam. Diesmal handelte es sich um eine junge Frau.

Julia hatte mehrmals tief ein- und ausgeatmet, bevor sie an die Reihe kam, und dann die Luft angehalten, als die Aufseher sie durch die Luke ins Wasser warfen. Verzweifelt versuchte sie sich von den Fesseln zu befreien, preßte Luft durch die Nase, um über die Eustachische Röhre den wachsenden Druck auf ihre Ohren auszugleichen, während sie immer tiefer in den schwarzen Fluten versank. Noch eine, allenfalls zwei Minuten, dann war ihre Atemluft verbraucht, und sie würde qualvoll sterben.

Plötzlich schlangen sich zwei Arme um ihre Taille, und sie spürte, wie das Eisengewicht an ihren Füßen gekappt wurde. Im nächsten Moment waren ihre Hände frei, und jemand packte sie am Arm und zerrte sie nach oben. Sie zuckte zusammen, als ihr das Klebeband vom Mund gerissen wurde, kaum daß sie den Kopf über Wasser hatte. Zunächst glaubte sie an eine Geistererscheinung, als sie die dunkle Gestalt mit der grauen Gummikapuze, der Tauchermaske und der Lampe sah, die wie ein Stielauge von der Stirn abstand.

»Können Sie mich verstehen?« fragte die Gestalt auf englisch.

»Ja«, japste sie.

»Können Sie gut schwimmen?«

Sie nickte nur.

»Gut. Wir müssen die Leute einsammeln und eine Gruppe bilden, wenn wir möglichst viele retten wollen. Helfen Sie mir dabei. Sagen Sie ihnen, daß sie dem Schein meiner Lampe folgen sollen. Ich bringe euch ins seichte Wasser am Ufer.«

Pitt ließ sie allein und schwamm zu dem Jungen, der sich verzweifelt am Stingray festklammerte. Er schlang die Arme des Kleinen um seinen Hals und lud ihn sich auf den Rücken. Dann betätigte er mit dem Daumen den Geschwindigkeitsregler und suchte nach dem kleinen Mädchen. Gerade rechtzeitig, denn die Kleine drohte bereits unterzugehen, als er sie fand und im letzten Moment den Arm um ihren Körper schlang.

Unterdessen stiegen zwei Aufseher hinauf zum Ruderhaus des schwarzen Bootes. »Alle ersäuft«, meldete der eine dem Kapitän. »Unser Auftrag ist erledigt.«

Der Kapitän nickte und schob die beiden Gasregler langsam nach vorn. Die Schrauben wirbelten das Wasser auf. Dann setzte sich das Boot in Bewegung und nahm wieder Kurs auf den Anlegesteg. Es war noch keine fünfzig Meter weit gekommen, als das Bordtelefon klingelte.

»Chu Deng?«

»Chu Deng hier«, meldete sich der Kapitän.

»Lo Han, Chef des Sicherheitsdienstes an Land. Warum halten Sie sich nicht an die Anweisungen?«

»Ich habe alles plangemäß erledigt. Sämtliche Emigranten sind beseitigt. Wo liegt das Problem?«

»Sie haben ein Licht gesetzt.«

Chu Deng trat vom Ruder zurück und warf einen Blick über das Boot. »Sie haben zu scharf zu Abend gegessen, Lo Han. Das Szechuan-Huhn ist Ihrem Augenlicht nicht gut bekommen. Dieses Boot hat kein Licht gesetzt.«

»Und was sehe ich dann in Richtung Ostufer?«

Als Kapitän des Bootes, das die Illegalen vom Mutterschiff an Land brachte, war Chu Deng auch für die Beseitigung derer verantwortlich, die für die Fronarbeit nicht geeignet waren. Doch dem Chef des Sicherheitsdienstes, der für die Bewachung der Gefangenen an Land zuständig war, war er nicht unterstellt. Die beiden Männer waren ebenbürtig, auch was ihre Ruchlosigkeit anging, und sie konnten einander nicht ausstehen.

Lo Han war ein bulliger Mann mit einem mächtigen Brustkorb, einem massigen Schädel mit kantigem Kinn und ewig blutunterlaufenen Augen. Nach Dengs Meinung war er kaum besser als ein ungebildeter Hund. Er drehte sich um und spähte gen Osten. Und dann sah er den schwachen Lichtschein dicht über dem Wasser. »Ich sehe es. Etwa hundert Meter nach Steuerbord. Sind wahrscheinlich einheimische Angler«, sagte er zu Lo Han.

»Gehen Sie kein Risiko ein. Schauen Sie nach.«

»Ich werde es mir ansehen.«

»Wenn Sie etwas Verdächtiges sehen«, sagte Lo Han, »setzen Sie sich sofort mit mir in Verbindung. Ich schalte dann wieder das Flutlicht an.«

»Verstanden«, sagte Chu Deng und legte auf. Dann drehte er das Ruder hart nach Steuerbord und nahm mit dem Katamaran Kurs auf das dicht über dem Wasserspiegel tanzende Licht. »Geht nach vorn und behaltet das Licht vor uns auf dem Wasser im Auge«, rief er den beiden Aufsehern zu, die sich noch unten auf dem Hauptdeck aufhielten.

»Was könnte das deiner Meinung nach sein?« fragte ein kleiner Mann mit ausdruckslosen Augen, während er seine Maschinenpistole von der Schulter nahm.

Chu Deng zuckte die Achseln. »Vermutlich Angler. Wäre nicht das erste Mal, daß sie spätnachts noch auf Lachse gehen.«

»Und wenn es keine Angler sind?«

Chu Deng wandte sich vom Ruder ab und grinste übers ganze Gesicht. »Dann befördern wir sie zu den anderen.«

Pitt wußte genau, daß man sie entdeckt hatte, als er das schwarze Boot auf die kleine Gruppe Menschen zukommen sah, die sich mühsam über Wasser hielt. Er hörte Stimmen am Bug. Zweifellos schrie der Ausguck, der sich vorn auf der Plattform zwischen dem Doppelrumpf befand, dem Kapitän zu, daß er Menschen im See schwimmen sah. Und ihm war auch klar, daß er sie mit seiner Taucherlampe angelockt hatte. Selbstverständlich war es seine Schuld, aber wenn er sie nicht eingeschaltet hätte, wären die Menschen, die sich an ihrem Schein orientierten, in alle Richtungen davongetrieben und schließlich ertrunken.

Er hielt den Stingray an und reichte das kleine Mädchen an die junge Frau weiter, die gerade zwei älteren Leutchen beistand. Den Jungen ließ er auf seinem Rücken sitzen. Nun, da er beide Hände frei hatte, schaltete er die Taucherlampe ab und drehte sich zu dem schwarzen Boot um, dessen Aufbauten bereits den Sternenhimmel verdeckten. Er sah, wie zwei dunkle Gestalten über die Außenleiter an der Kabine herabstiegen und sich zu der Plattform am Bug begaben. Einer beugte sich über die Reling, entdeckte Pitt und winkte ihm zu.

Ehe der andere Aufseher den Strahl seiner Taschenlampe auf Pitt richten konnte, zischte ein Pfeil aus dessen Preßluftpistole durch die Dunkelheit und bohrte sich in seine Schläfe. Im nächsten Moment sank sein Kumpan tot vornüber, von einem weiteren Pfeil in die Kehle getroffen. Pitt schoß gezielt und ohne zu zögern. Diese Männer hatten zahllose Menschen umgebracht. Er dachte nicht daran, ihnen auch nur eine Chance zu geben. Ihre Opfer hatten auch keine gehabt.

Beide sanken lautlos auf dem Vordeck zusammen. Pitt lud nach, ging in die Rückenlage und bewegte sich mit ein paar Flossenschlägen weiter. Der kleine Junge vergrub den Kopf an Pitts Schulter und klammerte sich mit aller Kraft an seinen Hals.

Pitt glaubte seinen Augen nicht zu trauen, als das Boot weiterfuhr, abdrehte und Kurs auf den Anlegesteg nahm, als ob nichts geschehen wäre.

Flüchtig nahm er durch die Scheiben des Ruderhauses eine Gestalt wahr. Der Mann am Ruder schien nicht gemerkt zu haben, was mit seinen Männern passiert war.

Pitt bezweifelte nicht, daß das Boot schleunigst umkehren würde, sobald man die beiden Toten am Bug entdeckte. Er hatte ihnen höchstens fünf Minuten Luft verschafft. Er sah dem Katamaran nach, während er in der Dunkelheit verschwand. Plötzlich veränderte sich die Silhouette: Das Boot drehte bei und kehrte um.

Komisch, dachte er, daß noch niemand das Licht eingeschaltet hat. Im nächsten Moment gingen drüben in der Strafkolonie die Lampen an und tauchten den See in gleißendes Licht.

Hier im Wasser waren sie wie auf dem Präsentierteller – das Schlimmste, was ihnen passieren konnte. Und am Ufer war es zunächst kaum besser, jedenfalls nicht, bevor sie Deckung fanden. Im nächsten Augenblick spürte Pitt Boden unter den Füßen, und er stellte fest, daß ihm das Wasser nur mehr bis zur Leiste reichte. Er watete an Land und setzte den Jungen am Ufer ab. Dann kehrte er zurück und half den anderen durch das flache Wasser, bis sie allein zum Ufer waten konnten. Sie waren so erschöpft, daß sie sich kaum noch voranschleppen konnten.

Er winkte der jungen Frau zu, die sich ein paar Schritte entfernt im Wasser aufrichtete. Sie hatte das kleine Mädchen auf der Schulter sitzen und den Arm um eine alte Frau geschlungen, die offenbar dem Tode nahe war. »Nehmen Sie den Jungen!« keuchte er. »Sorgen Sie dafür, daß alle schleunigst im Wald verschwinden und sich flach hinlegen.«

»Wo wollen Sie… denn hin?« fragte sie stockend.

Er warf einen kurzen Blick zu dem Boot. »Hier heißt es standhalten wie Nelson vor Trafalgar und Custer am Little Big Horn«, sagte Pitt. Bevor Julia etwas erwidern konnte, war der Unbekannte, der ihnen allen das Leben gerettet hatte, wieder im Wasser verschwunden.

Chu Deng war mehr als mulmig zumute. Er hatte alle Hände voll zu tun gehabt, damit sein Boot in der Dunkelheit nicht auf Grund lief, so daß er nicht bemerkt hatte, wie die Aufseher umgebracht wurden. Als er die beiden Leichen fand, hatte er kurz die Nerven verloren. Er konnte unmöglich an Land gehen und melden, daß zwei seiner Männer von Unbekannten ermordet worden waren, ohne daß er es mitbekommen hatte. Derlei Ausflüchte ließen seine Auftraggeber nicht gelten. Wenn er jetzt zurückkehrte, würde man ihn garantiert schwer bestrafen.

Er mußte die Angreifer stellen. Daß er es nur mit einem Mann zu tun hatte, kam ihm überhaupt nicht in den Sinn. Seiner Ansicht nach handelte es sich hier um einen minutiös und professionell geplanten Einsatz. Er schickte die beiden verbliebenen Männer auf ihre Posten – einen zum Heck, den anderen auf das Vordeck. Als Lo Hang auf seine Bitte hin das Licht einschaltete, sah er die Menschen, die drüben am Ufer an Land torkelten. Und um alles noch schlimmer zu machen, handelte es sich offenbar um die Emigranten, die er ersäufen sollte. Einen Moment lang war er wie erstarrt. Wieso waren sie entkommen? Jemand mußte ihnen geholfen haben. Vermutlich eine eigens dafür ausgebildete Spezialeinheit, dachte er verzweifelt.

Qin Shang würde garantiert dafür sorgen, daß er ebenfalls am Grund des Sees landete, wenn er die Emigranten nicht einfing, bevor sie sich an die amerikanischen Behörden wenden konnten. Im Lichtschein, der von der anderen Seite des Sees herüberfiel, zählte Chu Deng ein knappes Dutzend Männer und Frauen und dazu zwei Kinder, die sich mühsam an Land schleppten und auf den Waldrand zukrochen. Wenn er überleben wollte, gab es für ihn nur eins. Ohne Rücksicht auf Verluste steuerte Chu Deng den Katamaran auf eine Sandbank am Ufer zu.

»Da sind sie!« schrie er dem Mann auf dem Vordeck zu. »Schieß schon, schieß sie nieder, bevor sie die Bäume erreichen!«

Chu Deng starrte wie gebannt nach vorn, als der Aufseher seine Waffe hochriß. Dann sah er wie in Zeitlupe eine dunkle Gestalt, die unmittelbar vor dem Boot wie ein Meeresungeheuer aus den Fluten stieg, sah, wie der Mann am Bug plötzlich zusammenzuckte, die Maschinenpistole fallen ließ und sich an die Schulter griff. Im nächsten Moment ragte ein häßlich aussehender Pfeil aus seinem linken Auge. Chu Deng erstarrte vor Schreck, als der Aufseher vornüber in das kalte Wasser kippte.

Ein Katamaran hat viele Vorzüge. Aber im Gegensatz zu einem Boot mit nur einem Rumpf, dessen Bordwand steil aufragt und so gut wie keinen Halt bietet, läßt es sich vom Wasser aus leicht entern. Das Vordeck des Katamarans lag allenfalls dreißig bis vierzig Zentimeter über dem Wasserspiegel, so daß man sich an der Vorderkante ohne große Mühe hochziehen konnte.

Pitt nutzte den Schwung des Stingray und schoß aus dem Wasser, als das Boot unmittelbar über ihm war. Beim Timing verließ er sich eher auf sein Glück als auf seine Erfahrung, stieß den Scooter von sich, riß den Arm hoch und umklammerte die Kante des Vordecks. Im ersten Augenblick hatte er das Gefühl, sein Arm sei ausgekugelt, als ihn das Boot mit hoher Fahrt durchs Wasser schleppte. Dann brachte er die Preßluftpistole in Anschlag und schoß auf den Mann, der gerade die Maschinenpistole auf die Menschen am Ufer richten wollte. Innerhalb von drei Sekunden hatte er nachgeladen und einen weiteren Pfeil abgefeuert, der den Maschinenpistolenschützen am Auge traf und sich in sein Gehirn bohrte.

Der Katamaran hielt genau aufs Ufer zu, das mittlerweile keine zehn Meter mehr entfernt war. Pitt stieß sich vom Vordeck ab und ließ sich auf dem Rücken treiben. Er lud in aller Ruhe nach, während die Kabine über ihn hinwegglitt, wartete, bis die beiden Schrauben an ihm vorbei waren, die links und rechts das Wasser aufwühlten, drehte sich dann um und schwamm mit kräftigen Zügen im Kielwasser des Bootes. Im nächsten Moment bohrte sich der Katamaran in die Uferböschung und blieb mit geborstenem Bug liegen, so als wäre er gegen eine stählerne Wand geprallt. Die beiden Motoren liefen noch ein paar Sekunden lang mit voller Kraft, gerieten dann ins Stottern und starben ab. Der Aufseher auf dem Achterdeck war durch die Wucht des Aufpralls gegen die Kabine geschleudert worden und hatte sich das Genick gebrochen.

Pitt löste die Riemen der Trageschale, an der seine Preßluftflaschen angebracht waren, hakte den Bleigurt ab und zog sich auf das Achterdeck. Im Ruderhaus war niemand zu sehen. Er stieg die Leiter hinauf und trat die Tür ein.

Ein Mann kauerte am Boden, stützte sich mit Kopf und Schulter an den Kommandostand und hatte beide Arme um die Brust geschlungen. Vermutlich hatte er sich beim Aufprall die Rippen gebrochen, dachte Pitt. Aber ob verletzt oder nicht, der Mann war ein Mörder. Pitt ging kein Risiko ein. Nicht bei solchen Männern. Im gleichen Moment, in dem er die Preßluftpistole hob, brachte Chu Deng eine .32er Automatik in Anschlag, die er unter seinem Arm versteckt hatte. Die kleine Pistole übertönte das Zischen des Pfeiles, der einen Sekundenbruchteil später aus der Preßluftpistole schoß und sich in Chu Dengs Stirn bohrte, während dessen Kugel Pitt lediglich eine leichte Fleischwunde an der Hüfte zufügte.

Nicht der Rede wert, dachte er. Selbstverständlich blutete die Wunde ein bißchen, und sie tat auch weh, aber sie beeinträchtigte ihn nicht. Er verließ das Ruderhaus, stieg die Leiter hinab und sprang vom Vordeck ans Ufer. Dort stieß er auf die verängstigten Einwanderer, die hinter einem Gebüsch kauerten.

»Wo ist die Frau, die Englisch kann?« stieß er keuchend hervor.

»Hier«, antwortete Julia. Sie stand auf, trat nach vorn und blieb vor ihm stehen.

Er sah nur ihre Umrisse. »Wie viele fehlen?« fragte er mit banger Stimme.

»Drei, soweit ich bislang zählen konnte«, antwortete sie.

»Verdammt!« stieß Pitt frustriert aus. »Ich dachte, ich hätte sie alle erwischt.«

»Haben Sie auch«, sagte Julia. »Sie haben es nicht mehr ans Ufer geschafft.«

»Tut mir leid«, sagte Pitt.

»Das braucht es nicht. Es ist ohnehin ein Wunder, daß Sie uns überhaupt gerettet haben.«

»Können Sie laufen?«

»Ich glaube schon.«

»Geht links am Seeufer entlang«, wies er sie an. »Nach etwa dreihundert Metern stoßt ihr auf eine Hütte. Versteckt euch dort im Wald, aber geht nicht hinein. Ich wiederhole: Geht nicht hinein. Ich komme nach, sobald ich kann.«

»Wo wollen Sie hin?« fragte sie.

»Wir haben es mit Leuten zu tun, die sich nicht gern zum Narren halten lassen. Die fragen sich vermutlich, was aus ihrem Boot geworden ist. Innerhalb der nächsten zehn Minuten tauchen die hier auf und erkunden das Ufer. Ich will sie ein bißchen ablenken. Besser gesagt, ich will es demjenigen heimzahlen, der für euer Elend verantwortlich ist.«

Es war zu dunkel, als daß er ihre besorgte Miene hätte erkennen können. »Seien Sie bitte vorsichtig, Mr....?«

»Pitt. Dirk Pitt heiße ich.«

»Julia Lee.«

Er wollte etwas sagen, ließ es aber sein, rannte statt dessen zum Katamaran und kletterte aufs Oberdeck. Er war kaum im Ruderhaus, als das Telefon surrte. Er tastete in der Dunkelheit herum, fand schließlich den Apparat und nahm den Hörer ab. Am anderen Ende redete ihn jemand auf chinesisch an. Als sein Gesprächspartner einen Moment lang innehielt, grummelte er ein paar unverständliche Laute, unterbrach die Verbindung und legte den Hörer auf den Kommandostand. Er schaltete die Taucherlampe an und fand nach kurzer Suche die Zündschalter und die Gasregler. Er betätigte die beiden Starterhebel und schob die Gasregler vor und zurück, bis die beiden Motoren hustend und spuckend ansprangen.

Der Bug des Katamaran saß im Erdreich fest. Pitt schaltete auf Rückwärtsfahrt, gab Vollgas, drehte gleichzeitig das Ruder hin und her und versuchte das festgefahrene Boot freizubekommen. Zunächst ging es nur zentimeterweise, aber dann löste sich der Bug, und das Boot setzte ruckartig zurück. Pitt zog den geborstenen Bug herum, schaltete auf volle Fahrt voraus und hielt auf den Bootssteg zu. Und auf Qin Shangs hell erleuchtete Jacht, in deren eleganten Salons sich offenbar keine Menschenseele aufhielt.

Er rammte die Spitze seines Tauchermessers in das hölzerne Kompaßgehäuse und verklemmte die Speichen des Ruderrades mit dem Griff, damit das Boot auf Kurs blieb. Dann stellte er die Gasregler auf langsame Fahrt, und stürmte über die Leiter hinab zum Maschinenraum im Steuerbordrumpf. Er hatte keine Zeit für große Raffinessen. Deshalb schraubte er kurzerhand die Tankstutzen ab, schnappte sich etliche ölige Lappen, die normalerweise zum Maschinenputzen dienten, und band sie zusammen. Dann stopfte er sie ein Stück weit in den Tankstutzen hinein, tränkte sie mit Dieselöl und zog das andere Ende an Deck. Dort rollte er das verbliebene Stück zusammen, so daß eine Mulde entstand, die er mit Dieselöl füllte. Pitt war zwar nicht allzu begeistert von seinem Werk, aber nachdem er sich davon überzeugt hatte, daß unter den gegebenen Umständen nichts Besseres zu bewerkstelligen war, kehrte er ins Ruderhaus zurück und wühlte herum, bis er das Gesuchte endlich fand. Er lud die Leuchtfeuerpistole und legte sie vor sich hin. Erst dann löste er das Messer und nahm das Ruder in die Hand.

Die Jacht und der Bootssteg waren jetzt nur noch zweihundert Meter entfernt.

Durch den aufgerissenen Bug drang Wasser ein, überflutete die vorderen Segmente des Doppelrumpfes und drückte sie nach unten. Pitt schob die Gasregler bis zum Anschlag vor. Die Schrauben wirbelten weißen Schaum auf, trieben das Boot an, bis sich der Bug aus dem Wasser hob. Und dann nahm der so plump aussehende Katamaran Fahrt auf – erst fünfzehn Knoten, dann achtzehn, schließlich zwanzig. Größer und immer größer ragte die Jacht vor Pitt auf, der das rüttelnde und vibrierende Ruder mit aller Kraft festhalten mußte. Schließlich zog er das Boot herum und richtete den Doppelrumpf genau auf die Backbordseite der Jacht aus.

Pitt wartete, bis er nur mehr sechzig, fünfundsechzig Meter entfernt war, stürmte dann aus dem Ruderhaus, sprang hinab aufs Achterdeck, richtete die Signalpistole durch die offene Luke des Maschinenraums auf die mit Treibstoff getränkten Lappen und drückte ab. Er vertraute auf seine Zielsicherheit und sprang bei voller Fahrt ins Wasser, wo er so heftig aufprallte, daß ihm die Tarierweste vom Leib gerissen wurde.

Vier Sekunden später bohrte sich der Katamaran krachend und splitternd in den Rumpf der Jacht. Im nächsten Moment schoß eine Stichflamme in den Nachthimmel, und das schwarze Boot, das so vielen Menschen den Tod gebracht hatte, explodierte in einem grellen Feuerball. Unmittelbar darauf züngelten die ersten Flammen aus den hölzernen Luken und Pforten der Jacht. Pitt, der in Rückenlage auf Qin Shangs Bootshaus am Ende des Anlegestegs zupaddelte, beobachtete ungläubig, wie rasch die Jacht Feuer fing. Gebannt sah er zu, wie der elegante offene Salon am Oberdeck lichterloh abbrannte und mitsamt dem darunter liegenden Speisesaal in einem sprühenden Funkenmeer zusammenkrachte, wie die Jacht schließlich langsam, ganz langsam in einer zischenden Dampfwolke im See versank, bis nur mehr der oberste Teil der Radarantenne aus dem Wasser ragte.

Wie Pitt vorausgesehen hatte, dauerte es eine ganze Weile, ehe die Wachmannschaften reagierten. Er war längst bei dem Bootshaus angelangt, als er die Geländemaschinen hörte, die vom Hauptgebäude aus in Richtung Anlegesteg rasten. Der hatte mittlerweile ebenfalls Feuer gefangen und würde in Kürze in hellen Flammen stehen. Im Schutz des Bootshauses tauchte er ein weiteres Mal auf. Er hörte hallende Schritte aus dem Verbindungsgang und schlug die Tür zu, sah aber nirgendwo ein Schloß, daher rammte er sein Messer in den Rahmen und blockierte sie damit.

Mit Jet-Skis kannte er sich aus, daher schwang er sich rittlings auf das erstbeste Gefährt, betätigte den Anlasser und gab mit dem Daumen langsam Gas, bis der Motor ansprang. Er spürte den jähen Schub, als der Antrieb einsetzte, und raste dann mitten durch die dünne Sperrholztür, die hinter ihm in tausend Stücke zersplitterte, hinaus auf den See. Pitt fror, er war erschöpft, naß bis auf die Knochen, er hatte einen Streifschuß an der Hüfte davongetragen und vermutlich viel Blut verloren, aber er kam sich vor, als hätte er gleichzeitig im Lotto und im Pferderennen gewonnen und anschließend noch die Spielbank von Monte Carlo gesprengt. Doch das Hochgefühl verflog, sobald er am Steg vor seiner Hütte anlegte.

Mit einemmal wurde ihm klar, daß ihm das Schwerste erst noch bevorstand.

9

Lo Han saß in seinem mobilen Kommandostand und starrte wie benommen auf die Bildschirme, auf denen er mitverfolgen konnte, wie der schwarze Katamaran plötzlich in weitem Bogen über den See fuhr, auf die Jacht zuhielt und das herrliche Boot mittschiffs rammte. Die anschließende Explosion war so heftig, daß die Überwachungselektronik vorübergehend ausfiel. Lo Han stürmte hinaus und rannte hinunter zum Seeufer, um sich die Katastrophe aus der Nähe anzusehen.

Dafür wird jemand büßen müssen, dachte er, als er auf die Jacht starrte, die soeben inmitten einer Rauchwolke im See versank. Qin Shang war alles andere als nachsichtig. Vermutlich wäre er überaus ungehalten, wenn er erfuhr, daß eine seiner vier Jachten zerstört worden war. Lo Han überlegte bereits, wie er dem dämlichen Chu Deng sämtliche Schuld in die Schuhe schieben konnte.

Seit Chu Deng ihn gebeten hatte, das Licht einzuschalten, war keine vernünftige Verbindung mehr zustande gekommen. Waren die etwa alle besoffen? Das war die einzige Erklärung. Warum sollten sie sonst Selbstmord begehen? Daß ein Außenstehender hinter dieser Katastrophe stecken könnte, kam ihm zuallerletzt in den Sinn.

Zwei Wachen rannten auf ihn zu. Als sie näher kamen, erkannte Lo Han, daß es sich um die beiden Männer von seiner Seepatrouille handelte.

»Lo Han«, keuchte einer der Männer atemlos, nachdem sie fast vierhundert Meter bis zum Bootshaus und wieder zurück gerannt waren.

Wütend funkelte er sie an. »Wang Hui, Li San, warum sitzt ihr nicht auf euren Jet-Skis und sucht das Wasser ab?«

»Wir sind nicht rangekommen«, erklärte Wang Hui. »Die Tür war verschlossen. Bevor wir sie aufbrechen konnten, stand die Hütte in Flammen. Wir mußten uns wieder zurückziehen, sonst wären wir verbrannt.«

»Die Tür war verschlossen?« brüllte Lo Han. »Unmöglich. Ich persönlich habe befohlen, daß kein Schloß angebracht wird.«

»Ich kann es bezeugen, Lo Han«, sagte Li San. »Die Tür war von innen verriegelt.«

»Vielleicht hat sie sich bei der Explosion verklemmt«, meinte Wang Hui.

»Unsinn –« Lo Han verstummte, als sich jemand über Walkietalkie meldete. »Ja, was gibt's?« blaffte er.

Aus seinen Kopfhörern tönte die ruhige, besonnene Stimme von Kung Chong, seinem Stellvertreter. »Die beiden Männer, die nicht zur Wachablösung im Zellenblock erschienen sind ...«

»Ja, was ist mit ihnen?«

»Man hat sie in einer abgelegenen Ecke im zweiten Stock entdeckt. Gefesselt und bewußtlos.«

»Gefesselt und bewußtlos«, stieß Lo Han aus. »Kein Irrtum möglich?«

»Es sieht so aus, als wäre da ein Profi am Werk gewesen«, versetzte Kung Chong.

»Soll das heißen, daß jemand in unsere Sicherheitszone eingedrungen ist?«

»Es sieht ganz so aus.«

»Lassen Sie unverzüglich das Gelände absuchen«, herrschte Lo Han ihn an.

»Ich habe bereits den Befehl dazu erteilt.«

Lo Han schob das Funkgerät wieder in seine Tasche und starrte auf den Bootssteg, der immer noch in hellen Flammen stand. Irgendwie, dachte er, muß es einen Zusammenhang geben zwischen den beiden Männern, die im Zellentrakt überwältigt worden waren, und dem wahnwitzigen Rammanöver des Katamarans. Er hatte keine Ahnung, daß die zum Tode verurteilten Einwanderer gerettet waren. An einen verdeckten Einsatz amerikanischer Sicherheitsbehörden, die Qin Shangs Organisation zerschlagen wollten, mochte er nicht recht glauben. In Anbetracht der Umstände war das mehr als unwahrscheinlich: Chu Deng und seine Besatzung waren eiskalt ermordet worden, und so etwas taten Agenten des FBI oder INS nicht. Nein, wenn die amerikanische Polizei auch nur den leisesten Verdacht hegte, daß am Orion Lake nicht alles mit rechten Dingen zuging, wären längst schwerbewaffnete Spezialeinheiten auf dem Gelände ausgeschwärmt. Es war völlig offensichtlich, daß es sich hier nicht um einen minutiös geplanten Angriff durch einen Trupp bestens ausgebildeter Bundesagenten handelte. Diese Schweinerei war von einem, allenfalls zwei Männern angerichtet worden.

Aber in wessen Diensten standen sie? Wer bezahlte sie? Gewiß keine der konkurrierenden Schlepperbanden und mit Sicherheit auch keins der hier niedergelassenen Syndikate. Die waren nicht so dumm und zettelten einen Revierkrieg an, nicht solange Qin Shang Rückendeckung von der Regierung der Volksrepublik China hatte.

Han ließ den Blick über den brennenden Pier schweifen, über die Öllache auf dem Wasser, wo die beiden Schiffe gesunken waren. Dann schaute er hinaus über den See. Wie gebannt stand er da, als er an die Hütte auf der anderen Seite und an den eingebildeten Angler dachte, der gestern mit seinem Fang geprotzt hatte. Vielleicht war er gar kein unbedarfter Geschäftsmann auf Angelurlaub. Wie ein Agent der Einwanderungsbehörde oder des FBI hatte er sich aber auch nicht verhalten. Welche Gründe der Angler auch haben mochte, für Lo Han war er jedenfalls der einzige Verdächtige weit und breit.

Nun, da er zu der Überzeugung gelangt war, daß es sich nicht um den großen Ernstfall handelte, atmete Lo Han allmählich wieder ruhiger. Er nahm das Funkgerät zur Hand und rief seinen Stellvertreter. Kung Chong meldete sich.

»Wurden verdächtige Fahrzeuge gesichtet?« fragte Lo Han.

»Die Straßen sind frei. Auch am Himmel tut sich nichts«, beruhigte ihn Kung Chong.

»Irgend etwas Verdächtiges am anderen Seeufer?«

»Unsere Außenkameras zeigen, daß sich zwischen den Bäumen hinter der Hütte etwas bewegt. Aber im Inneren ist nichts zu sehen. Keine Spur vom derzeitigen Bewohner.«

»Ich will, daß ein Stoßtrupp zu der Hütte geschickt wird. Ich muß wissen, mit wem ich es zu tun habe.«

»Es dauert aber eine Weile, bis ein Stoßtrupp aufgestellt ist«, sagte Kung Chong.

»Schicken Sie unterdessen einen Mann rüber und lassen Sie sein Auto stillegen, damit er sich nicht absetzen kann.«

»Wenn dabei irgend etwas schiefgeht, geraten wir dann nicht mit den hiesigen Behörden in Konflikt?«

»Darum mache ich mir die geringsten Sorgen. Wenn mich mein Gefühl nicht trügt, haben wir es hier mit einer Gefahr für unseren Dienstherrn zu tun, der uns guten Lohn zahlt.«

»Soll er liquidiert werden?«

»Ich glaube, das ist die sicherste Lösung«, sagte Lo Han nickend. »Aber seid vorsichtig. Keine weiteren Fehler. Es wäre nicht klug, wenn wir uns Qin Shangs Zorn zuziehen würden.«

»Mr. Pitt?« Julia Lees Flüstern war in der Dunkelheit kaum zu hören.

»Ja.« Pitt hatte den Jet-Ski an einer kleinen Bucht neben der Hütte zurückgelassen und sich Julia und ihren Schutzbefohlenen vom Wald aus genähert. Schwerfällig ließ er sich auf einen umgestürzten Baum sinken und zog seinen Trockentauchanzug aus. »Wie steht's um die Leute.«

»Sie leben«, antwortete sie leise. Ihre Stimme klang leicht heiser. »Aber gut geht es ihnen nicht. Sie sind naß bis auf die Haut und völlig ausgefroren. Sie brauchen allesamt trockene Kleidung und müssen dringend in medizinische Behandlung.«

Pitt strich vorsichtig über die Schußverletzung an seiner Hüfte. »Ganz meine Meinung.«

»Warum lassen wir sie nicht in Ihre Hütte? Dort ist es warm, und sie könnten etwas essen.«

Er schüttelte den Kopf. »Kein guter Vorschlag. Ich bin seit zwei Tagen nicht mehr im Ort gewesen und habe kaum noch Vorräte. Schaffen wir sie lieber ins Bootshaus, und ich bringe sämtliche Decken und Nahrungsmittel, die ich finden kann, runter.«

»Das ist doch Unsinn«, versetzte sie. »In der Hütte hätten sie es viel bequemer als in einem stinkenden alten Bootshaus.«

Ziemlich starrköpfig, diese Frau, dachte Pitt, und außerdem sehr selbständig. »Habe ich Ihnen etwa nichts von den Überwachungskameras und den Abhörmikrofonen erzählt, mit denen die ganze Hütte verwanzt ist? Meiner Meinung nach wäre es besser, wenn unsere Freunde am anderen Ufer niemanden außer mir zu Gesicht bekämen. Wenn sie sehen, daß die Leute, die sie tot geglaubt haben, bei mir vor dem Fernseher sitzen und meinen Tequila trinken, rücken die hier mit voller Feuerkraft an, ehe unsere Hilfstruppen eintreffen. Wir sollten sie lieber nicht zu früh herausfordern.«

»Die überwachen Sie vom anderen Ufer des Sees aus?« fragte sie verdutzt.

»Da drüben meint offenbar jemand, ich sei nicht vertrauenswürdig, weil ich so einen stechenden Blick habe.«

Sie schaute ihn an, doch in der Dunkelheit konnte sie sein Gesicht nur in groben Umrissen erkennen. »Wer sind Sie, Mr. Pitt?«

»Ich?« sagte er, während er aus dem Anzug stieg. »Ich bin bloß ein ganz gewöhnlicher Zeitgenosse, der hier am See ein bißchen angeln und ausspannen wollte.«

»Sie sind alles andere als gewöhnlich«, sagte sie leise, drehte sich um und blickte zu den qualmenden Überresten des Bootssteges, aus dem immer noch Flammen züngelten. »Was Sie heute nacht vollbracht haben, hätte kein gewöhnlicher Mensch geschafft.«

»Und Sie, Ms. Lee? Wie kommt es, daß eine offenbar hochintelligente Frau, die fließend Englisch spricht, an einen Haufen illegaler Einwanderer gerät und mit einem Eisengewicht an den Füßen in einem See versenkt wird?«

»Woher wissen Sie, daß es Illegale sind?«

»Das ist doch offensichtlich.«

Sie zuckte die Achseln. »Vermutlich ist es sinnlos, daß ich mich noch weiter verstelle. Ich kann Ihnen leider meine Dienstmarke nicht zeigen, aber ich bin Undercoveragentin der amerikanischen Einwanderungsbehörde. Und ich wäre Ihnen sehr verbunden, wenn Sie ein Telefon für mich hätten.

»Der Damenwelt stets zu Diensten.« Er ging zu einem Baum, griff zwischen die Zweige und kehrte zurück. Er reichte ihr das Iridium-Satellitentelefon. »Rufen Sie Ihre Vorgesetzten an und berichten Sie ihnen, was hier vorgeht«, sagte er. »Teilen Sie ihnen mit, daß in dem Gebäude am See illegale Einwanderer gefangengehalten werden. Weshalb, weiß ich nicht. Sagen Sie ihnen, daß Hunderte, wenn nicht Tausende von Leichen am Grunde des Sees liegen. Sagen Sie ihnen, daß das Gelände erstklassig abgesichert ist und von schwerbewaffneten Männern bewacht wird. Und sagen Sie ihnen, daß sie sich beeilen sollen, wenn sie ihr Belastungsmaterial und die Augenzeugen retten wollen. Danach bestellen Sie ihnen, daß sie Admiral James Sandecker bei der National Underwater and Marine Agency anrufen und ihm ausrichten sollen, daß sein Leiter für Spezialprojekte nach Hause möchte und ein Taxi braucht.«

Julia schaute Pitt prüfend und mit weit aufgerissenen Augen an, versuchte im trüben Licht der Sterne sein Gesicht zu erkennen. »Sie erstaunen mich immer mehr, Dirk Pitt«, sagte sie langsam. »Ein Projektleiter der NUMA. Darauf wäre ich nie gekommen. Seit wann bildet man bei uns Meeresforscher zu Profikillern und Brandstiftern aus?«

»Seit Mitternacht«, sagte er kurzerhand, drehte sich um und brach zur Hütte auf. »Außerdem bin ich kein Forscher. Ich bin Techniker. Nun rufen Sie schon an, und zwar schleunigst. Ich bin hundertprozentig überzeugt, daß wir bald Besuch bekommen.«

Pitt zog sich in aller Eile um und begab sich mit einem kleinen Karton voller Lebensmittel und zehn Decken zum Bootshaus. Die beiden aus einer schallgedämpften Pistole abgegebenen Kugeln, die in den Kühler seines Mietwagens schlugen, hörte er nicht, aber er sah die große Kühlwasserlache unter der vorderen Stoßstange, die das Licht der Lampen auf der Veranda spiegelte.

»Wegfahren können wir nicht mehr«, sagte er leise zu Julia, als sie die wenigen Nahrungsmittel und Decken aus der Hütte an die bibbernden Chinesen verteilten.

»Was meinen Sie damit?« fragte sie.

»Ihre Freunde haben meinen Kühler durchlöchert. Bevor wir auf der Hauptstraße sind, läuft der Motor heiß, und wir bleiben mit einem Kolbenfresser liegen.«

»Ich wünschte, Sie würden diese Leute nicht als meine Freunde bezeichnen«, versetzte sie schnoddrig.

»Ist lediglich eine Floskel.«

»Ich sehe trotzdem keine Schwierigkeiten. In spätestens einer Stunde wimmelt es hier von INS- und FBI-Agenten.«

»Zu spät«, erwiderte Pitt. »Bevor die eintreffen, sind Shangs Männer längst über uns hergefallen. Sie haben meinen Wagen außer Gefecht gesetzt, weil sie Zeit gewinnen wollen, bis sie einen Stoßtrupp aufgestellt haben. Während wir hier rumstehen, riegeln die vermutlich die Straße ab und umstellen die Hütte.«

»Sie können nicht erwarten, daß diese Menschen hier kilometerweit im Dunkeln durch den Wald marschieren«, sagte Julia entschieden. »Das stehen sie nicht mehr durch. Es muß eine andere Möglichkeit geben, wie man sie in Sicherheit bringen kann. Sie müssen sich etwas einfallen lassen.«

»Warum muß immer ich derjenige sein?«

»Weil Sie der einzige sind, den wir haben.«

Weibliche Logik, dachte Pitt. »Haben Sie Sinn für Romantik?«

»Romantik?« Sie war völlig verdutzt. »In einem solchen Augenblick? Sind Sie verrückt?«

»Eigentlich nicht«, versetzte Pitt ungerührt. »Aber Sie müssen zugeben, daß es eine zauberhafte Sternennacht für eine Bootsfahrt ist.«

Kurz vor der Morgendämmerung kamen sie, um Pitt zu töten. Sie näherten sich leise und bedacht, umstellten die Hütte und rückten dann von allen Seiten gleichzeitig vor. Kung Chong, der den Vorstoß leitete, sprach leise in ein Walkie-talkie. Er hatte mit so etwas Erfahrung, denn als Agent des chinesischen Geheimdienstes hatte er so manche Razzia auf die Häuser von Dissidenten durchgeführt. Doch der Anblick der Hütte gefiel ihm ganz und gar nicht. Die Flutlichter rund um die Veranda waren eingeschaltet und raubten seinen Männern jegliche Nachtsicht. Außerdem brannte in sämtlichen Zimmern Licht, und aus einem Radiogerät dröhnte Countrymusik.

Sein zwanzigköpfiger Trupp hatte sich im Wald und entlang der Straße gesammelt und war zur Hütte vorgestoßen, nachdem sein vorgeschobener Kundschafter per Funk gemeldet hatte, daß der Kühler am Wagen des Bewohners zerschossen war. Kung Chong war davon überzeugt, daß sämtliche Fluchtwege abgeriegelt waren und niemand an seinen Männern vorbeikam. Der Bewohner dieser Hütte mußte irgendwo in der Nähe sein. Und doch hatte Kung Chong das Gefühl, daß nicht alles nach Plan verlief.

Eine helle Außenbeleuchtung rund um ein ansonsten dunkles Haus deutete normalerweise auf einen Hinterhalt hin. Denn wegen des grellen Lichts konnte man keine Nachtgläser einsetzen und feststellen, ob im Innern jemand mit schußbereiter Waffe lauerte. Aber danach sah es nicht aus. Kung Chong wunderte sich über die hell erleuchteten Räume und die laute Musik. Ein Überraschungsangriff war offenbar unmöglich. Wenn seine Männer über das offene Gelände vorrückten, waren sie schutzlos dem Feuer automatischer Waffen ausgesetzt, ehe sie hinter den Hüttenwänden Deckung fanden und die Türen aufbrechen konnten. Vorsichtig ging er um die Hütte herum und spähte mit einem Fernglas durch die Fenster. Er sah einen Mann, der an einem Tisch in der Küche saß, dem einzigen Raum, der nicht von Kameras überwacht wurde. Er trug eine Baseballkappe und eine Brille, war über den Tisch gebeugt und las offenbar ein Buch. Eine hellerleuchtete Hütte? Ein Radiogerät, das auf volle Lautstärke gedreht war? Ein Mann, der um halb sechs Uhr morgens am Küchentisch saß und ein Buch las? Kung Chong witterte förmlich, daß es sich um eine Falle handelte.

Er zitierte einen seiner Männer zu sich, der mit einem Scharfschützengewehr mit Zielfernrohr und einem langen Schalldämpfer am Lauf bewaffnet war. »Siehst du den Mann da in der Küche sitzen?« fragte er leise.

Der Scharfschütze nickte wortlos.

»Erschieß ihn.«

Bis zu einer Entfernung von hundert Metern war das ein Kinderspiel. Ein guter Schütze hätte das Ziel sogar mit einer Pistole getroffen. Der Scharfschütze visierte den Mann am Tisch über Kimme und Korn an, ohne das Zielfernrohr zu benutzen. Ein kurzer, trockener Knall ertönte, so als hätte jemand in die Hände geklatscht, gefolgt vom Klirren des Glases. Kung Chong schaute durch sein Fernglas. Die Kugel hatte ein kleines Loch in die Fensterscheibe geschlagen, doch die Gestalt saß nach wie vor aufrecht am Tisch, so als wäre nichts geschehen.

»Du Trottel«, knurrte er. »Du hast ihn verfehlt.«

Der Scharfschütze schüttelte den Kopf. »Auf diese Entfernung kann ich ihn gar nicht verfehlen.«

»Schieß noch mal.«

Der Scharfschütze zuckte die Achseln, zielte und drückte ab. Der Mann am Tisch rührte sich nicht. »Der ist entweder schon tot oder bewußtlos. Ich habe ihn genau über der Nase erwischt. Schauen Sie sich das Loch an.«

Kung Chong richtete das Glas auf das Gesicht des Mannes in der Küche. In der Tat, an der Nasenwurzel, unmittelbar über dem Brillensteg, war ein kleines rundes Loch. Aber er sah kein Blut.

»Verflucht sei dieser Teufel!« knurrte Kung Chong. Schluß mit der Anschleicherei, Schluß mit diesem Geflüster über Funk. Er drehte sich um und schrie lauthals: »Vorrücken! Vorrücken!«

Schwarzgekleidete Männer lösten sich aus dem Schatten unter den Bäumen, rannten über die Lichtung, an dem Auto vorbei, und stürmten durch die Vordertür der Hütte. Sie schwärmten sofort in sämtliche Zimmer aus, die Waffen im Anschlag und bereit, beim geringsten Widerstand das Feuer zu eröffnen. Kung Chong sah, daß bereits vier Mann vor ihm im Wohnzimmer waren, und rannte sofort in die Küche.

»Was ist das bloß für ein Teufel?« murmelte Kung Chong vor sich hin, als er die Puppe vom Stuhl riß und zu Boden schleuderte. Die Baseballkappe flog weg, die Brille zersplitterte, und ein notdürftig aus nassem Zeitungspapier geformtes und in aller Eile mit Gemüsesaft bemaltes Gesicht kam zum Vorschein.

Kung Chongs Unterführer tauchte auf. »Die Hütte ist leer. Keine Spur vom Bewohner.«

Er nickte mit verkniffenem Mund – er war alles andere als überrascht. Er drückte die Sendetaste an seinem Funkgerät und nannte einen Namen. Lo Han meldete sich auf der Stelle.

»Berichten Sie.«

»Er ist entkommen«, sagte Kung Chong nur.

Einen Moment lang herrschte Schweigen, dann versetzte Lo Han aufgebracht: »Wie konnte er an Ihren Männern vorbeikommen?«

»Er kann nicht weit weg sein. Wir haben die Hütte so dicht umstellt, daß kaum eine Ratte durchgekommen wäre.«

»Höchst seltsam. Er ist nicht in der Hütte, im Wald auch nicht. Wo könnte er stecken?«

Kung Chong schaute durch das Fenster hinunter zum Bootshaus, das seine Männer soeben durchsuchen wollten. »Der See«, erwiderte er. »Er kann nur auf dem See sein.«

Er sprang über die Puppe am Boden hinweg, rannte aus der Hintertür und über die Veranda hinunter zum Anlegesteg. Er schubste seine Männer beiseite und stürmte in das Bootshaus. Das Segelboot hing unter der Decke, und die Kajaks und das Kanu ruhten in den Ständern an der Wand. Wie benommen stand er da, als ihm allmählich klar wurde, wie leicht er sich hatte täuschen lassen. Er hatte auf ganzer Linie versagt. Er hätte wissen müssen, hätte es sich zumindest denken können, auf welche Weise der Mann in der Hütte zu entkommen gedachte.

Das alte Motorboot fehlte. Das Chris-Craft, das Kung Chong aufgefallen war, als er bei der Ankunft des Fremden höchstpersönlich die Hütte und das Bootshaus durchsucht hatte.

Knapp drei Kilometer entfernt bot sich ein Anblick, bei dem jedem, der etwas für die technischen Wunderwerke vergangener Zeiten übrig hatte, das Herz höher geschlagen hätte. Der herrliche Mahagonirumpf, der achtern in einem einstmals so genannten Kanuheck auslief, war nach vorn, zum Maschinenraum hin, der sich zwischen dem vorderen und dem hinteren Cockpit befand, elegant geschwungen. Trotz der Last von zwölf Erwachsenen und zwei Kindern, die sich in den beiden Cockpits drängten, hob sich der Bug unter der Kraft des 125 PS starken Chrysler-Motors aus dem Wasser, so daß links und rechts hohe Gischtfontänen aufspritzten. Pitt, der den kleinen chinesischen Jungen auf dem Schoß hatte, saß am Steuer von Foleys 1933er Chris-Craft und pflügte mit fünfzig Stundenkilometern den Orion River hinunter in Richtung Grapevine Bay.

Nachdem er Julia sein Vorhaben erklärt hatte, hatte Pitt kurzerhand zwei ältere Chinesen abgestellt, die das Benzin aus dem Wagen abpumpen und damit das Motorboot auftanken sollten. Da der schwere Chrysler-Motor vermutlich seit Monaten nicht mehr gelaufen war, hatte er die Batterie des Chris-Craft aus- und statt dessen seine Autobatterie eingebaut. Mit Julias Hilfe, die ihm als Dolmetscherin zur Seite stand, wies Pitt die Erwachsenen an, die Paddel der Kajaks und des Kanus zur Hand zu nehmen, und zeigte ihnen, wie sie das Boot damit fortbewegen konnten, ohne dabei allzu großen Lärm zu machen. Das Unternehmen ging erstaunlich glatt vonstatten, wenn man bedachte, wie erschöpft gerade die älteren Immigranten waren und wie mühselig dieses Rudern in der Dunkelheit war.

Plötzlich drehte Pitt sich um und stürmte aus dem Bootshaus.

»Wo wollen Sie hin?« rief Julia.

»Beinah hätte ich meinen besten Freund vergessen«, rief er zurück und rannte über den Bootssteg in Richtung Hütte. Zwei Minuten später kehrte er mit einem kleinen, in ein Handtuch eingeschlagenen Bündel unter dem Arm zurück.

»Ist das etwa Ihr bester Freund?« fragte Julia.

»Ohne ihn gehe ich nie außer Haus«, sagte er.

Dann ging er ohne weitere Erklärung zum Boot und half allen beim Einsteigen. Als die ausgemergelten, hohläugigen Immigranten in die beiden engen Cockpits gezwängt waren, öffnete Pitt die Tür des Bootshauses und gab leise den Befehl zum Lospaddeln. Sie waren noch keine fünfhundert Meter weit gekommen, als die völlig erschöpften Chinesen nach und nach aufgaben. Pitt paddelte weiter im Uferschatten entlang, bis das Boot von der Strömung des Flusses erfaßt wurde. Erst dann legte er das Paddel beiseite und holte einen Moment lang Luft. Sie hatten Glück gehabt; bislang hatte man sie noch nicht entdeckt. Er wartete, bis sie ein Stück flußabwärts getrieben waren, wo sie niemand mehr hören konnte, ehe er den Motor anwarf. Zunächst schaltete er die Zündung an und damit die Benzinpumpe, die den Doppelvergaser, den Foley des besseren Wirkungsgrades wegen eingebaut hatte, mit Sprit versorgte. Dann schickte er ein kurzes Stoßgebet zu den Sternen empor und drückte den Anlasserknopf am Armaturenbrett.

Mahlend sprang der Achtzylinder-Reihenmotor an, geriet langsam in Schwung und drehte dann, als das Motoröl geschmeidiger wurde, allmählich höher. Pitt drückte den Anlasserknopf etliche Sekunden lang durch, dann ließ er wieder los. Beim nächsten Versuch sprang ein weiteres Kolbenpaar an, dann noch eins, bis die Maschine schließlich auf allen acht Zylindern lief. Er griff zu dem Schalthebel am Boden, legte den Vorwärtsgang ein und ließ das Boot im Leerlauf dahintreiben. Nach wie vor keinerlei Geschrei vom Ufer, kein Suchscheinwerfer, der den See abtastete. Er warf einen Blick zur Hütte zurück. Er sah gerade noch, wie im Schein der Lampen, die er angelassen hatte, winzige Gestalten auftauchten und auf das Haus zurannten.

Die ersten Sonnenstrahlen drangen bereits über die Berge, als Pitt sich an Julia wandte, die neben ihm saß und den Arm um das kleine Mädchen geschlungen hatte. Er schaute sie an und erschrak, als er ihr Gesicht zum erstenmal bei Licht sah, die fein geschnittenen Züge, die so fürchterlich zugerichtet waren. Um so mehr wußte er ihren Mut und ihr Stehvermögen zu schätzen.

Die kalte Wut packte ihn. »Mein Gott, diese Mistkerle haben Ihnen wirklich übel mitgespielt.«

»Ich habe noch nicht in den Spiegel geguckt, aber ich nehme an, daß ich mein Gesicht eine Zeitlang lieber nicht öffentlich vorzeigen sollte«, versetzte sie tapfer.

»Ich weiß nicht, ob es beim INS Orden gibt, aber Sie hätten ein paar verdient.«

»Eine Belobigung in meiner Personalakte ist das Höchste, was ich erwarten darf.«

»Sagen Sie den Leuten, daß sie sich festhalten sollen«, forderte er sie auf. »Vor uns sind Stromschnellen.«

»Wie geht's weiter, wenn wir an der Mündung des Flusses angelangt sind?« fragte sie.

»Meiner Schätzung nach müßte es an einem Ort namens Grapevine Bay Trauben geben, und wo es Trauben gibt, gibt es Wein, und wo's Wein gibt, sind auch Menschen. Wein, Weib und Gesang. Shangs Schergen werden uns gewiß nicht angreifen, wenn hundert Amerikaner dabei zuschauen.«

»Ich glaube, ich rufe lieber noch mal die Außendienstagenten an, teile ihnen mit, daß wir die Gegend verlassen haben, und nenne ihnen unser Ziel.«

»Gute Idee«, sagte Pitt, der mit der einen Hand den Gasregler bis zum Anschlag vorschob und ihr mit der anderen das Telefon reichte. »Dann brauchen Sie sich keine Sorgen mehr um uns zu machen und können alle Kräfte auf Shangs Domizil konzentrieren.«

»Haben Sie etwas von Ihren Leuten bei der NUMA gehört?« rief Julia ihm über das Röhren des Motors zu.

»Die sollten eigentlich an der Grapevine Bay sein und mich dort auflesen.«

»Haben sie kleine, offene Flugzeuge, die gelb bemalt sind?«

Er schüttelte den Kopf. »Sämtliche Jets, Motorflugzeuge und Helikopter in Diensten der NUMA sind in Türkis gehalten. Warum fragen Sie?«

Julia tippte Pitt auf die Schulter und deutete nach hinten auf ein gelbes Ultraleichtflugzeug, das sie über dem Fluß verfolgte. »Wenn das nicht Ihre Freunde sind, kann es sich nur um den Feind handeln.«

10

Pitt warf einen kurzen Blick über die Schulter auf das Flugzeug, das über dem Kielwasser des Chris-Craft hing und rasch aufholte. Er stellte fest, daß es sich um ein Ultralight handelte, einen einmotorigen Hochdecker mit Druckschraube, der mit zwei Personen bemannt war. Der Pilot saß vorne, sein Begleiter leicht erhöht hinter ihm. Der Rahmen bestand aus Aluminiumrohren, die mit Spanndrähten verstrebt waren. Das von einem leichten, nur fünfzig PS starken Motor mit Untersetzungsantrieb ausgestattete Fluggerät war schnell. Pitt schätzte, daß es fast zweihundert Stundenkilometer schaffte.

Der Pilot flog genau in der Flußmitte rund zehn Meter über dem Wasser. Er war gut, das mußte Pitt ihm lassen. In der schmalen

Schlucht herrschten tückische Luftströmungen mit heftigen Böen, doch der Pilot steuerte geschickt dagegen und hielt das Ultralight schnurgerade auf Kurs. Zielsicher und entschlossen verfolgte er das Motorboot, so als wüßte er genau, wie er sich zu verhalten hatte. Der Verlierer dieses ungleichen Wettkampfes stand für ihn von vornherein fest. Und auch Pitt hatte nicht den geringsten Zweifel, als er den Mann sah, der auf dem Sitz hinter dem Piloten angeschnallt war und eine gedrungene Maschinenpistole in der Hand hatte.

»Sagen Sie allen, sie sollen sich so flach wie möglich hinlegen«, trug Pitt Julia auf.

Sie gab Pitts Befehl auf chinesisch weiter, doch die beiden Cockpits waren so überfüllt, daß sich die Menschen kaum bewegen konnten. Sie konnten sich lediglich so tief wie möglich zusammenkauern und die Köpfe einziehen.

»Ach, du lieber Gott«, stieß Julia aus. »Einen Kilometer hinter dem ersten kommen noch zwei.«

»Ich wünschte, Sie hätten mir das nicht gesagt«, versetzte Pitt, der tief über das Ruderrad gebeugt war, so als könnte er das Boot mit schierer Willenskraft zu größerer Leistung anspornen. »Die denken nicht dran, uns entkommen zu lassen, damit wir von ihren Schandtaten erzählen können.«

Das vordere Ultraleichtflugzeug donnerte so tief über das dahinrasende Chris-Craft dahin, daß die von dem Propeller aufgewirbelte Gischtwolke auf die Insassen niederging. Pitt wartete auf die Schüsse, rechnete jeden Moment mit, daß Kugeln in den matt lackierten Mahagonirumpf einschlugen, doch die Maschine flog weiter, ohne sie anzugreifen. Das dreirädrige Fahrgestell verfehlte die Windschutzscheibe des Motorboots um allenfalls anderthalb Meter.

Kung Chong saß angeschnallt auf dem Rücksitz des hintersten Ultralight und blickte voller Genugtuung auf das Motorboot hinab. Er sprach in das an seinem Helm angebrachte Mikrofon. »Wir haben das Boot in Sicht«, meldete er.

»Haben Sie bereits zum Angriff angesetzt?« fragte Lo Han, der in seinem mobilen Kommandostand saß.

»Noch nicht. Die vordere Maschine berichtet, daß der Gesuchte nicht allein ist.«

»Dann waren sie also doch zu zweit. Wie wir vermutet haben.«

»Nicht zu zweit«, sagte Kung Chong. »Es sind eher zehn bis zwölf. Das Boot ist offenbar voller älterer Leute und kleiner Kinder.«

»Dieser Teufel muß ein paar Camper, vielleicht eine Familie, die am Fluß gezeltet hat, als Geiseln genommen haben. Unser Gegner schreckt vor nichts zurück, wenn es um sein Leben geht.«

Kung Chong hob mit einer Hand das Fernglas und spähte auf die zusammengedrängten Insassen des Bootes. »Ich glaube, wir haben es hier mit einer unvorhergesehenen Schwierigkeit zu tun, Lo Han.«

»Wir hatten in den letzten zwölf Stunden nichts als Schwierigkeiten. Was gibt's denn jetzt schon wieder?«

»Ich bin mir nicht ganz sicher, aber offenbar handelt es sich bei den Bootsinsassen um Emigranten.«

»Unmöglich. Sämtliche Emigranten, die hierhergebracht wurden, sind entweder auf dem Weg ins Inland, in sicherem Gewahrsam oder tot.«

»Vielleicht irre ich mich.«

»Wollen wir es hoffen«, sagte Lo Han. »Können Sie so nahe heranfliegen, daß Sie ihre Herkunft erkennen können?«

»Aus welchem Grund? Wenn ich diesen Teufel liquidiere, der Qin Shangs Jacht zerstört hat und in unser Hauptgebäude eingedrungen ist, müssen auch all die sterben, die bei ihm sind. Was macht es schon, ob es Chinesen oder Amerikaner sind?«

»Sie haben recht, Kung Chong«, entgegnete Lo Han. »Dieses Unternehmen darf auf keinen Fall auffliegen. Verhalten Sie sich entsprechend.«

»Ich gebe jetzt Befehl zum Angriff.«

»Überzeugen Sie sich, daß niemand zusieht.«

»Auf dem Fluß ist nicht ein einziges Boot, und am Ufer ist weit und breit kein Mensch.«

»Sehr gut, aber passen Sie genau auf. Wir können keine Zeugen gebrauchen.«

»Ganz wie Sie befehlen«, versetzte Kung Chong. »Aber die Zeit wird knapp. Wenn wir das Boot mitsamt den Insassen nicht innerhalb der nächsten paar Minuten zerstören, ist die Gelegenheit vertan.«

»Warum haben die nicht geschossen?« fragte Julia, die blinzelnd in das gleißende Licht der Morgensonne schaute, das sich auf dem Fluß spiegelte.

»Ihr Mordplan haut nicht hin. Die dachten, ich wäre allein. Jetzt meldet er seinem Boß, daß das Boot randvoll mit Passagieren beladen ist.«

»Wie weit ist es noch bis zur Grapevine Bay?«

»Etwa zwanzig Kilometer.«

»Können wir nicht irgendwo anlegen und zwischen den Bäumen und Felsen Deckung suchen?«

»Würde ich nicht empfehlen«, sagte er. »Die brauchen bloß auf der nächstbesten Lichtung zu landen, dann haben sie uns. Der Fluß ist unsere einzige Rettung, auch wenn es eng wird. Sie und die anderen ziehen den Kopf so weit wie möglich ein. Sollen die sich doch erst mal fragen, wo ich die Passagiere aufgelesen habe. Wenn sie genau hinsehen, werden sie eure Lidfalte bemerken. Spätestens dann wird ihnen klarwerden, daß sie es nicht mit Menschen europäischer Herkunft auf einem Ausflug zu tun haben.«

Das gute alte Chris-Craft war rund drei Kilometer weiter flußabwärts gefahren, als das vordere Ultralight tief auf das Wasser herabstieß, beschleunigte und unmittelbar auf das Motorboot zuhielt.

»Jetzt ist es vorbei mit dem Frieden«, sagte Pitt ruhig. »Diesmal meint er's ernst. Wie gut sind Ihre Schießkünste?«

»Auf dem Schießstand hatte ich immer eine höhere Trefferquote als die meisten meiner männlichen Kollegen«, sagte sie wie selbstverständlich.

Er holte das kleine Bündel unter seinem Sitz hervor, wickelte die automatische Pistole aus dem Handtuch und reichte sie ihr. »Schon mal mit einem .45er Colt geschossen?«

»Nein«, antwortete sie. »Wir beim INS benutzen meistens eine .40er Beretta Automatik.«

»Hier sind zwei Reservemagazine. Vergeuden Sie keine Munition. Schießen Sie nicht auf den Motor oder den Benzintank. Bei einer Maschine, die mit rund achtzig Stundenkilometern über einen hinwegfliegt, sind die nur schwer zu treffen. Zielen Sie auf den Piloten oder den Bordschützen. Ein guter Treffer, und die schmieren entweder ab oder fliegen nach Hause.«

Sie nahm den Colt, drehte ihren Sitz nach hinten, entsicherte die Waffe und spannte den Hahn. »Er hat uns gleich«, warnte sie Pitt.

»Der Pilot wird vermutlich leicht zur Seite überziehen, damit sein Hintermann freies Schußfeld nach unten hat«, erwiderte Pitt gelassen. »Sobald er die Waffe anlegt, rufen Sie mir zu, auf welcher Seite er vorbeifliegt, ob links oder rechts. Ich gehe dann auf Zickzackkurs und versuche ihm auszuweichen.«

Ohne Widerwort folgte Julia Pitts Anweisungen. Mit beiden Händen ergriff sie den alten Colt, hob die Waffe und zielte auf die beiden Männer, die vor der Tragfläche und dem Motor saßen, als die Maschine auf den Fluß herabstieß. Sie wirkte eher konzentriert als furchtsam, als sie den Finger um den Abzug legte.

»Links!« rief sie.

Pitt zog das Motorboot scharf nach links und folgte dem Ultralight. Er hörte das leise Rattern einer Maschinenpistole mit Schalldämpfer, dazwischen das laute Donnern des alten Colt, und er sah, wie knapp einen Meter neben dem Bootsrumpf das Wasser unter den Kugeln aufspritzte. Dann war er wieder unmittelbar unter der Maschine, so daß dem Schützen die Sicht genommen war.

Als das Ultraleichtflugzeug über sie hinwegzog, warf Pitt einen kurzen Blick auf den Piloten und seinen Begleiter. Beide waren offenbar unverletzt und anscheinend bester Dinge. »Sie haben vorbeigeschossen!« herrschte er sie an.

»Ich hätte schwören können, daß ich getroffen habe«, versetzte sie gereizt.

»Schon mal was von Seitenabweichung gehört?« belehrte Pitt sie. »Sie müssen vorhalten, wenn Sie auf ein bewegliches Ziel schießen. Sind Sie noch nie auf der Entenjagd gewesen?«

»Ich schieße doch nicht auf wehrlose Vögel!« entgegnete sie

hochmütig, warf das leere Magazin aus und setzte mit einem Griff ein volles ein.

Wieder mal typisch Frau, dachte Pitt. Einem Tier, einem harmlosen Vogel, kann sie nichts zuleide tun, aber einem Mann ballert sie, ohne zu zögern, die Birne weg. »Wenn er mit der gleichen Geschwindigkeit in derselben Höhe ankommt, zielen Sie auf einen Punkt rund drei Meter vor dem Piloten.«

Das Ultralight setzte zum nächsten Angriff an. Das Dröhnen des Motors hallte von den Felswänden wider, als der Pilot so tief über das Ufer hinwegzog, daß der Propellerdruck die Wipfel der Bäume niederdrückte. Pitt warf einen kurzen Blick auf die malerische Landschaft, die so ganz und gar nicht zu einem Kampf auf Leben und Tod passen mochte, und auf den friedlich dahinströmenden Fluß, der zu beiden Seiten von dichtbewaldeten Hängen gesäumt wurde. Grell wie ein mexikanischer Feueropal hob sich das gelbe Flugzeug vor dem klaren, smaragdgrünen Wasser, den schroffen Felsen oberhalb der Baumgrenze und dem saphirblauen Himmel ab. Alles in allem, dachte Pitt, ist das weiß Gott kein schlechter Platz zum Sterben.

Das Ultralight drehte bei und kam direkt auf den Bug des Chris-Craft zu. Diesmal konnte Pitt genau sehen, von welcher Seite der Schütze das Feuer eröffnen wollte. Wenn der Pilot kein Volltrottel ist, dachte Pitt, wird er nicht noch mal auf das gleiche Manöver hereinfallen. Diesmal mußte er tiefer in seine Trickkiste greifen und sich etwas anderes einfallen lassen. Pitt kam sich vor wie ein Hering, der den Hai foppen will, als er bis zum letzten Moment auf Kurs blieb.

Julia zielte über die Windschutzscheibe hinweg. Es wirkte regelrecht komisch, wie sie den Kopf leicht zur Seite neigte und mit dem nicht zugeschwollenen Auge ihr Ziel anvisierte. Der Pilot zog die Maschine in eine leichte Kurve flußaufwärts, damit der Schütze ein größeres Schußfeld und mehr Zeit zum Zielen hatte. Er war gut und wollte sich nicht ein zweites Mal austricksen lassen. Diesmal hielt er sich über dem Flußufer, damit Pitt sich nicht wieder unter ihm verstecken konnte. Außerdem ging er vorsichtiger zu Werk. Er wußte mittlerweile, daß sein Opfer nicht ungefährlich war, denn beim letzten Angriff hatte er einige Treffer in den Tragflächen einstecken müssen.

Pitt war mittlerweile sicher, daß sie nicht ungeschoren davonkommen würden. Diesmal konnte sie weder geschicktes Steuern noch ein abrupter Tempowechsel retten. Wenn Julia keinen Volltreffer landete, waren sie alle tot. Wie gebannt blickte er durch die Windschutzscheibe, als das Ultralight immer größer wurde. Er kam sich vor, als stünde er mitten auf einer Brücke über eine dreihundert Meter tiefe Schlucht und ein D-Zug käme ihm entgegen.

Es war zum Verzweifeln. Selbst wenn sie das erste Ultralight abschossen, hatten sie es noch lange nicht geschafft. Die zweite und dritte Maschine lauerten weiter hinten, außer Schußweite, und warteten nur darauf, daß sie zum Zuge kamen. Doch als die Einschläge der Kugeln auf dem Wasser immer näher kamen, vergaß Pitt jede Angst.

Er riß das Ruder herum und driftete mit dem Motorboot nach rechts weg. Der Schütze folgte der Bewegung, aber er reagierte zu spät. Pitt zog das Boot nach links und tauchte in den toten Winkel. Er setzte zur nächsten Finte an, doch der Schütze schwenkte seine Waffe lediglich hin und her und stanzte ein Zickzackmuster ins Wasser. Plötzlich eröffnete Julia wie auf Kommando das Feuer.

Genau im richtigen Moment. Als die ersten Kugeln in den schimmernden Mahagonibug des Chris-Craft einschlugen, ergriff Pitt mit beiden Händen den Schalthebel und riß ihn in voller Fahrt zurück. Das Getriebe kreischte, der Drehzahlmesser schlug in den roten Bereich aus, und das Boot kam jäh zum Stillstand. Dann setzte es in engem Bogen zurück. Etliche Kugeln durchschlugen die Windschutzscheibe, aber wie durch ein Wunder wurde niemand getroffen. Und dann fegte der Kugelhagel über das Boot hinweg und prasselte unmittelbar dahinter aufs Wasser. Julia verfolgte ihr Ziel und feuerte, bis die letzte Hülse ausgeworfen wurde.

Pitt warf einen Blick nach hinten. Das Ultraleichtflugzeug war offensichtlich getroffen. Der Motor heulte auf. Er sah die Bruchstücke des Propellers nach allen Seiten davonfliegen, sah, wie der Pilot verzweifelt am Steuerknüppel riß. Dann kippte die Maschine vornüber und stürzte in den Fluß, hielt sich nach dem Aufprall noch einen Moment lang über Wasser und ging dann endgültig unter.

»Prima Schuß«, sagte Pitt zu Julia. »Wyatt Earp wäre stolz auf Sie.«

»Reines Glück«, erwiderte Julia bescheiden. Sie hatte eigentlich auf den Piloten gezielt.

»Damit haben Sie den anderen beiden einen Höllenrespekt eingejagt. Die werden den gleichen Fehler nicht noch einmal machen. Die werden schön außer Reichweite bleiben, sich Zeit lassen und uns dann aus sicherer Entfernung unter Beschuß nehmen.«

»Wie weit ist es noch bis zur Bucht?«

»Etwa sieben, acht Kilometer.«

Sie schauten einander an. Er wirkte wild entschlossen, aber ihr sah man an, daß sie körperlich wie geistig am Ende war und jeden Moment zusammenbrechen konnte. Julia war völlig übermüdet. Sie hatte durchgehalten, solange es ging, aber jetzt konnte sie nicht mehr. Müde drehte sie sich um und musterte die Einschußlöcher im Bug.

»Wir schaffen es nicht, stimmt's?« murmelte sie teilnahmslos.

»Aber selbstverständlich schaffen wir es«, erwiderte er im Brustton der Überzeugung. »Ich habe doch nicht meinen Urlaub abgebrochen und mir all die Mühe gemacht, nur um jetzt aufzugeben.«

Sie musterte sein braunes, wettergegerbtes Gesicht. Dann schüttelte sie verzweifelt den Kopf. »Ich kann keinen gezielten Schuß abgeben, wenn die Ultralights mehr als hundert Meter entfernt sind, jedenfalls nicht bei dem Gerüttel und Geschüttel im Boot.«

»Geben Sie Ihr Bestes.« Nicht gerade eine großartige Ermunterung, dachte Pitt, während er eine Reihe großer Felsblöcke umsteuerte, die aus dem Wasser ragten. Aber im Augenblick war er mit anderen Dingen beschäftigt. »Noch zehn Minuten, dann sind wir in Sicherheit.«

»Was ist, wenn sie beide gleichzeitig angreifen?«

»Das kommt bestimmt noch. Lassen Sie sich Zeit, und nehmen Sie beide abwechselnd unter Feuer, zwei Schüsse auf den einen, danach zwei auf den anderen. Zeigen Sie Ihnen, daß wir uns zu wehren wissen, damit sie nicht übermütig werden und uns zu nahe kommen. Je weiter weg sie sind, desto schwerer können sie uns treffen. Ich kurve derweil im Zickzackkurs über den Fluß und erschwere ihnen das Zielen.«

Pitt hatte Kung Chongs Überlegungen richtig vorhergesagt. Der Chinese befahl seinen Piloten, den nächsten Angriff aus größerer Höhe zu fliegen. »Ich habe eine Maschine und zwei Männer verloren«, meldete er Lo Han.

»Wie das?« fragte Lo Han lediglich.

»Durch Schüsse vom Boot.«

»War doch anzunehmen, daß Profis wie die mit automatischen Waffen ausgerüstet sind.«

»Ich schäme mich, es zu sagen, Lo Han, aber das Abwehrfeuer kommt von einer Frau mit einer automatischen Pistole.«

»Eine Frau!« Lo Han, dessen Stimme lautstark aus Kung Chongs Kopfhörer schallte, klang so aufgebracht wie selten zuvor. »Wir haben unser Gesicht verloren, Sie und ich. Ziehen Sie einen Schlußstrich unter diese unglückselige Angelegenheit, und zwar sofort.«

»Ja, Lo Han. Ich werde Ihre Befehle pflichtgetreu ausführen.«

»Ich kann Ihre Vollzugsmeldung kaum erwarten.«

»Bald, sehr bald wird es soweit sein. Das verspreche ich Ihnen«, erwiderte Kung Chong zuversichtlich. »Entweder wir haben Erfolg, oder wir sterben.«

Auf den nächsten fünf Kilometern funktionierte die Taktik. Die beiden verbliebenen Ultraleichtflugzeuge griffen an, mußten aber immer wieder jäh zur Seite ausweichen, um den auf sie abgefeuerten Kugeln zu entgehen, so daß die Bordschützen kaum eine Möglichkeit fanden, ihre Maschinenpistolen in Anschlag zu bringen. Zweihundert Meter vom Chris-Craft entfernt teilten sie sich auf und näherten sich dem Motorboot von zwei Seiten. Ein schlaues Manöver, denn jetzt konnten sie ihre Opfer unter Kreuzfeuer nehmen.

Julia ließ sich Zeit. Sie schoß, sobald sie auch nur die geringste Chance sah, einen Treffer zu landen, während Pitt wie ein Wahnsinniger das Ruder hin und her riß, in wildem Zickzackkurs von einem Flußufer zum anderen kurvte und gelegentlich einem Kugelhagel auswich, der ringsum das Wasser aufspritzen ließ. Er zuckte zusammen, als der nächste Feuerstoß kam und er die dumpfen Einschläge der Kugeln hörte, die sich hinter ihm in die Luke über dem Maschinenraum bohrten. Doch der schwere Chrysler-Motor röhrte weiter, ohne auch nur einmal auszusetzen. Aber ein kurzer Blick auf das Armaturenbrett bestätigte seine schlimmsten Befürchtungen. Die Nadel der Öldruckanzeige fiel plötzlich in den roten Bereich.

Sam Foley wird stinksauer sein, wenn er sein Boot zurückbekommt, dachte Pitt.

Noch drei Kilometer. Aus dem Maschinenraum drang der Gestank nach verbranntem Öl. Die Drehzahl sank allmählich, und Pitt konnte sich bildlich vorstellen, wie die Metallteile knirschten, als der Schmierfilm abriß. Es konnte nur noch Minuten dauern, bis die Kolben fraßen und der Motor stehenblieb. Pitt war klar, daß die Piloten der Ultralights jetzt nur noch über dem Boot zu kreisen und sie zusammenzuschießen brauchten. Voller Wut und Verzweiflung schlug er auf das Steuerrad ein, als er sie Flügelspitze an Flügelspitze auf sich zukommen sah.

Sie flogen geradewegs auf ihn zu, viel tiefer diesmal – die wußten genau, daß die Zeit knapp wurde. Denn sobald das Boot die Bucht erreichte, mußten sie mit Augenzeugen rechnen, die den Mordanschlag melden würden.

Plötzlich, wie durch ein Wunder, sank der Pilot des Ultralight, das links an dem Chris-Craft vorbeizog, in seinem Sitz zusammen. Eine von Julias Kugeln hatte ihn an der Brust erwischt und das Herz durchschlagen. Die Maschine schmierte mit einemmal ab, streifte mit der Flügelspitze das Wasser, überschlug sich mehrmals und versank schließlich im Fluß.

Doch sie hatten keine Zeit, diesen phänomenalen Treffer zu feiern. Ihre Lage verschlechterte sich noch. Julia hatte die letzte Patrone verschossen, und als der Pilot des letzten Ultralight feststellte, daß das Abwehrfeuer nachließ und das Chris-Craft deutlich langsamer wurde, als er den Qualm sah, der aus dem Maschinenraum aufstieg, vergaß er jegliche Vorsicht und steuerte tief über dem Wasser auf das Boot zu.

Das Chris-Craft schleppte sich nur mehr im Schrittempo dahin. Das Rennen auf Leben und Tod war so gut wie gelaufen. Pitt konnte den chinesischen Bordschützen genau erkennen. Eine schicke Sonnenbrille verdeckte seine Augen, aber er sah, daß er den Mund zu einem schmalen Grinsen verzogen hatte. Er winkte ihm zu, hob die Waffe und legte den Finger um den Abzug.

Pitt packte ein letztes Mal der Trotz. Er drohte ihm mit geballter Faust und zeigte ihm den ausgestreckten Mittelfinger. Dann warf er sich über Julia und die beiden Kinder und schirmte sie mit seinem Körper ab. Doch er wußte genau, daß es vergebens war. Er spannte jeden Muskel an und wartete darauf, daß die Kugeln in seinen Rücken einschlugen.

11

Der alte Mann mit der Sense war zu Pitts großer Erleichterung entweder anderweitig beschäftigt, vielleicht bei irgendeiner Katastrophe, oder er befand ihn für seiner nicht würdig. Die Kugeln, auf die er sich gefaßt gemacht hatte, kamen nicht.

Er war fest davon überzeugt, daß das leise Rattern der gedämpften Maschinenpistolen das letzte Geräusch sein würde, das er zu hören bekam. Statt dessen dröhnte plötzlich lautes Rotorengeknatter durch die Luft – Rotoren, die auf höchster Drehzahl liefen – und übertönte das rasselnde Husten und Mahlen des schweren Chrysler-Motors. Mit donnerndem Röhren, begleitet von einem heftigen Windstoß, der ihnen allen die Haare zerzauste, huschte ein großer Schatten über das Chris-Craft dahin. Im nächsten Moment stieß ein großer türkisfarbener Hubschrauber, an dessen Heck die Buchstaben NUMA prangten, auf den Fluß herab und stürzte sich wie ein Jagdfalke auf das gelbe Ultralight.

»O Gott, nein!« stöhnte Julia auf.

»Keine Angst«, rief Pitt jubelnd. »Der steht auf unserer Seite.«

Er erkannte den McDonnell Douglas Explorer, einen schnellen, von zwei Turbinen angetriebenen Hubschrauber ohne Heckrotor, der eine Spitzengeschwindigkeit von bis zu 270 Stundenkilometern erreichte. Er hatte ihn schon oft geflogen. Cockpit und Zelle sahen so ähnlich aus wie bei den meisten anderen Helikoptern auch, nicht aber der Heckausleger mit den beiden senkrechten Stabilisatoren, der wie eine dünne Zigarre nach hinten ragte.

»Wo kommt der plötzlich her?«

»Mein Taxi ist zu früh dran«, sagte Pitt, während er insgeheim gelobte, daß er den Piloten in seinem Testament bedenken wollte.

Aller Augen waren jetzt auf den Angreifer gerichtet, der auf seine Beute zuschoß. In der Plexiglaskanzel waren zwei Gestalten zu erkennen. Der Copilot hatte eine nach hinten gekehrte Baseballkappe und eine Hornbrille auf. Der Pilot trug einen Strohhut, der offensichtlich an einem tropischen Strand geflochten worden war, und ein leuchtend geblümtes Hawaiihemd. Eine riesige Zigarre klemmte zwischen seinen Zähnen.

Kung Chong war das Grinsen vergangen. Er wirkte jetzt entsetzt, außer sich vor Schreck, als begreife er mit einemmal, daß der neue Widersacher nicht nachgeben würde. Er blickte sich kurz um und stellte fest, daß das Motorboot, auch wenn es kaum noch Fahrt machte, in Kürze die Mündung des Flusses in die Grapevine Bay erreichen würde. Von oben konnte er bereits die kleine Fischfangflotte sehen, die hinter der letzten Flußbiegung ins offene Meer hinaus steuerte. Dazu die Häuser entlang der Küste, die ersten Randbezirke der Stadt. Menschen, die am Strand spazierengingen. Damit war jede Chance dahin. Hier konnte er die entflohenen Emigranten und den fremden Teufel, der das Chaos am Orion Lake angerichtet hatte, nicht mehr liquidieren. Kung Chong blieb keine andere Wahl – er befahl seinem Piloten, den Angriff abzubrechen. Der wiederum versuchte dem angreifenden Hubschrauber auszuweichen. Er riß das Ultralight jäh nach oben und zog es so scharf in die Kurve, daß die Tragflächen senkrecht standen.

Der Pilot des NUMA-Helikopters war mit allen Wassern gewaschen. Er erriet sofort, was sein Gegenspieler vorhatte. Gnadenlos hängte er sich an ihn, holte ihn mühelos ein und erwischte ihn, als er gerade steil nach unten wegkippen wollte. Dann ertönte ein lautes Knacken und Knirschen, als die Landekufen des Hubschraubers die dünnen Tragflächen des Ultraleichtflugzeuges zerfetzten.

Die Männer in der offenen Maschine erstarrten vor Schreck, als ihr Flugzeug plötzlich ins Trudeln geriet, und suchten verzweifelt nach einem Ausweg. Dann knickte die zerfetzte Tragfläche mitten durch, und die kleine Maschine stürzte ab und zerbarst zwischen den großen Felsblöcken an der Küste. Es gab keine Explosion, nur eine Wolke aus Staub und umherfliegenden Trümmern. Lediglich verbogene Wrackteile blieben übrig und zwei Leichen, die inmitten der zerfetzten Stangen und Streben lagen.

Als der Hubschrauber über dem beschädigten Chris-Craft schwebte, beugten sich der Pilot und der Mann neben ihm aus dem Fenster und winkten.

Julia winkte zurück und warf Ihnen Handküsse zu. »Ich weiß nicht, wer diese Männer sind, aber sie haben uns das Leben gerettet.«

»Sie heißen Al Giordino und Rudi Gunn.«

»Freunde von Ihnen?«

»Seit vielen, vielen Jahren«, sagte Pitt und strahlte übers ganze Gesicht.

Die alte Chrysler-Maschine hielt fast bis zum Ziel ihrer halsbrecherischen Flußfahrt durch. Aber nicht ganz. Knapp zweihundert Meter vor dem Anlegesteg, der von der Hauptstraße des Küstenortes Grapevine in die gleichnamige Bucht hinausragte, fraßen mangels Schmierung die Kolben fest, und der Motor gab endgültig den Geist auf. Ein Teenager, der ein Boot mit Außenbordmotor fuhr, schleppte das zerschossene Chris-Craft mitsamt seinen erschöpften Insassen zur Anlegestelle, wo sie von zwei Männern und einer Frau erwartet wurden. Weder die Touristen, die am Strand vorbeischlenderten, noch die Einheimischen, die ihre Angelruten über das Geländer ausgelegt hatten, wären auf die Idee gekommen, daß es sich bei den drei leger gekleideten Menschen am Ende des Piers um INS-Agenten handelte, die einen Trupp illegaler Einwanderer abfangen wollten.

»Ihre Leute?« fragte Pitt Julia.

Sie nickte. »Ich kenne keinen persönlich, aber einer davon ist vermutlich der Leiter des zuständigen Bezirksbüros.«

Pitt stemmte den kleinen Jungen hoch, schnitt eine Grimasse und brachte ihn damit zum Lachen. »Was wird jetzt aus diesen Leuten hier?«

»Sie sind Illegale. Von Rechts wegen müssen sie nach China zurückgebracht werden.«

Er schaute sie stirnrunzelnd an. »Nach allem, was die durchgemacht haben, wäre es geradezu ein Verbrechen, sie zurückzuschicken.«

»Da bin ich ganz Ihrer Meinung«, sagte Julia. »Aber darauf habe ich keinen Einfluß. Ich muß mich an den Dienstweg halten – ich kann nur empfehlen, daß man ihnen eine Aufenthaltserlaubnis erteilt. Aber was letztlich mit ihnen geschieht, das steht nicht in meiner Macht.«

»Den Dienstweg«, versetzte Pitt geringschätzig. »Sie können doch mehr bewirken. In dem Augenblick, wo diese Menschen zurückkehren, werden sie von Shangs Leuten umgebracht. Das wissen Sie doch ganz genau. Wenn Sie die Ultralights nicht abgeschossen hätten, wären sie nicht mehr am Leben. Kennen Sie nicht die alte Regel? Wenn man jemandem das Leben rettet, ist man fortan für ihn verantwortlich. Sie können nicht einfach Ihre Hände in Unschuld waschen und so tun, als ob sie Ihnen egal wären.«

»Sie sind mir nicht egal«, erwiderte Julia entschieden. Pitt kannte den Blick, den sie ihm zuwarf. So schauten einen Frauen an, wenn sie das Gefühl hatten, sie redeten mit dem Dorftrottel. »Und ich werde meine Hände auch nicht in Unschuld waschen. Und weil es durchaus möglich ist, daß man sie ermordet, sobald sie in die Heimat zurückkehren, wird man ihnen die Gelegenheit geben, politisches Asyl zu beantragen. Es gibt Gesetze, an die wir uns halten müssen, Mr. Pitt, ob sie uns nun passen oder nicht. Sie haben einen Sinn und müssen eingehalten werden. Aber ich verspreche Ihnen, daß ich alles menschenmögliche tun werde, damit diese Menschen Bürger der Vereinigten Staaten werden.«

»Ich werde Sie beim Wort nehmen«, sagte Pitt leise.

»Glauben Sie mir«, erwiderte sie ernst. »Ich werde alles tun, was in meiner Macht steht, um ihnen zu helfen.«

»Sollten Sie auf irgendwelche Schwierigkeiten stoßen, dann setzen Sie sich bitte über die NUMA mit mir in Verbindung. Ich habe politisch ein paar Beziehungen und könnte vielleicht dafür sorgen, daß der Senat ihr Anliegen unterstützt.«

Sie schaute ihn zweifelnd an. »Woher sollte ein Ingenieur der NUMA Beziehungen zum Senat haben?«

»Vielleicht hilft es Ihnen weiter, wenn ich Ihnen sage, daß Senator George Pitt aus Kalifornien mein Vater ist.«

»Ja«, murmelte sie beeindruckt. »Ich sehe durchaus ein, daß Sie sich als nützlich erweisen könnten.«

Der Junge in dem Boot mit dem Außenbordmotor warf die Schleppleine los, und das Chris-Craft stieß an die Dalben des Piers. Die Chinesen strahlten. Sie waren froh und glücklich, daß sie nicht mehr beschossen wurden und endlich sicher in Amerika gelandet waren. Vorerst brauchten sie sich keine Sorgen um ihr weiteres Schicksal zu machen. Pitt reichte den kleinen Jungen und das Mädchen zu den oben wartenden INS-Agenten, drehte sich dann um und half den Eltern beim Hinaufklettern.

Ein großer, leutselig wirkender Mann trat zu Julia und legte den Arm um sie. Mitfühlend betrachtete er sie, als er ihr blau verfärbtes, geschwollenes Gesicht und das verkrustete Blut um die aufgeplatzten Lippen sah. »Ms. Lee, ich bin George Simmons.«

»Ah, der stellvertretende Leiter des Bezirksbüros. Ich habe von der Hütte aus mit Ihnen telefoniert.«

»Sie können sich gar nicht vorstellen, wie froh und dankbar wir sind, daß wir Sie lebend wiedersehen und uns Ihre Erkenntnisse zunutze machen können.«

»Bestimmt nicht so froh wie ich«, erwiderte sie und zuckte vor Schmerz zusammen, als sie zu lächeln versuchte.

»Jack Farrar, unser Bezirksdirektor, hätte Sie gern persönlich begrüßt, aber er leitet den Einsatz droben am Orion Lake.«

»Hat er schon losgeschlagen?«

»Unsere Agenten wurden vor genau acht Minuten per Hubschrauber auf dem Anwesen abgesetzt.«

»Was ist mit den Gefangenen im Hauptgebäude?«

»Alle am Leben, aber sie brauchen medizinische Betreuung.«

»Und die Wachmannschaften?«

»Wurden kampflos überwältigt. Laut letztem Bericht ist lediglich ihr Vorgesetzter noch nicht dingfest gemacht. Aber in Kürze dürften wir auch ihn in Gewahrsam haben.«

Julia drehte sich zu Pitt um, der gerade den letzten Einwanderern aus dem Boot half. »Mr. Simmons, darf ich vorstellen: Dirk Pitt von der NUMA. Er hat diese Razzia ermöglicht.«

Simmons streckte Pitt die Hand entgegen. »Ms. Lee hatte keine Zeit, mir sämtliche Einzelheiten mitzuteilen, Mr. Pitt, aber mir scheint, Sie haben Bemerkenswertes vollbracht.«

»So was nennt man für gewöhnlich zur rechten Zeit am richtigen Ort sein«, sagte Pitt und ergriff die Hand des INS-Agenten.

»Kommt mir eher so vor, als wäre der richtige Mann zur Stelle gewesen, als es darauf ankam«, erwiderte Simmons. »Wenn es Ihnen nichts ausmacht, würde ich gern aus Ihrem Mund erfahren, was sich in den letzten zwei Tagen da oben zugetragen hat.«

Pitt nickte und deutete dann auf die Chinesen, die von den anderen INS-Agenten zu einem am hinteren Ende des Piers bereitstehenden Bus geleitet wurden. »Diese Menschen haben Schlimmes durchgemacht, schlimmer, als man es sich überhaupt vorstellen kann. Ich hoffe, man läßt ihnen eine menschenwürdige Behandlung zukommen.«

»Ich kann Ihnen versichern, Mr. Pitt, daß in jeder Beziehung Rücksicht darauf genommen werden wird.«

»Vielen Dank, Mr. Simmons. Ihr Engagement ehrt Sie.«

Simmons nickte Julia zu. »Ms. Lee, unser Chef wünscht Ihre Anwesenheit droben am See, wenn Sie sich dazu in der Lage fühlen. Er möchte Sie als Dolmetscherin einsetzen.«

»Ich glaube, ich kann mich noch ein bißchen auf den Beinen halten«, erwiderte sie tapfer. Sie wandte sich um und blickte zu Pitt auf, der neben ihr stand. »Tja, jetzt heißt's wohl Abschied nehmen.«

Er grinste. »Tut mir leid, daß ich Ihnen nicht mehr bieten konnte.«

Sie lächelte trotz aller Schmerzen, »Romantisch war's nicht gerade, aber es war aufregend.«

»Ich verspreche, daß ich beim nächsten Mal mehr Savoir-faire beweisen werde.«

»Fliegen Sie zurück nach Washington?«

»Ich habe meinen Marschbefehl noch nicht erhalten«, erwiderte er. »Aber ich vermute, daß meine Freunde Giordino und Gunn ihn im Gepäck haben. Und Sie? Wohin wird der Dienst Sie verschlagen?«

»Ich bin in San Francisco stationiert. Vermutlich werden die mich auch nicht hergeben wollen.«

Er trat einen Schritt vor, nahm sie in die Arme und küßte sie sanft auf die Stirn. »Wenn wir uns das nächste Mal begegnen«, sagte er leise und berührte vorsichtig mit den Fingerspitzen ihre aufgeplatzten und geschwollenen Lippen, »küsse ich Sie auf den Mund.«

»Können Sie denn küssen?«

»Die Mädchen kommen von weit her für einen Kuß von mir.«

»Wenn es ein nächstes Mal geben sollte«, murmelte sie, »werde ich Ihren Kuß erwidern.«

Dann ging sie mit Simmons zu einem bereitstehenden Wagen. Pitt blieb bei dem kaputten Chris-Craft stehen und schaute dem Auto hinterher, bis es um die nächste Ecke bog. Er stand immer noch einsam auf dem Pier, als Giordino und Gunn auf ihn zugestürmt kamen und wie die Wahnsinnigen losbrüllten.

Sie waren in der Luft geblieben, bis das Motorboot sicher am Anlegesteg vertäut war. Dann hatte sich Giordino schlichtweg geweigert, neben dem INS-Helikopter auf einem etwa anderthalb Kilometer nördlich der Stadt gelegenen Feld zu landen. Er hatte mit dem NUMA-Hubschrauber auf einem Parkplatz aufgesetzt, der allenfalls einen Straßenzug vom Anlegesteg entfernt war – sehr zum Verdruß eines Deputy Sheriffs, der ihm mit der Festnahme gedroht hatte. Giordino hatte ihn beruhigt. Er hatte behauptet, sie seien im Auftrag einer Filmgesellschaft aus Hollywood auf der Suche nach geeigneten Drehorten und hätten vor, Grapevine als Schauplatz für den neuesten Horrorfilm mit Riesenbudget zu empfehlen. Der Deputy hatte sich durch diese Hochstapelei derart einwickeln lassen, daß er Giordino und Gunn anschließend unbedingt zum Anlegesteg hatte fahren wollen.

Giordino, der nur einsfünfundsechzig maß, aber einen fast ebenso großen Schulterumfang hatte, hob Pitt hoch und drückte ihn an sich. »Was ist bloß mit dir los?« fragte er, glücklich, daß er Pitt lebend vorfand. »Jedesmal, wenn ich dich aus den Augen lasse, gerätst du in einen Schlamassel.«

»Muß Veranlagung sein«, stieß Pitt aus, ehe ihm die Luft aus dem Leib gedrückt wurde.

Gunn benahm sich gesetzter. »Schön, dich wiederzusehen«, sagte er lediglich und legte Pitt die Hand auf die Schulter.

»Du hast mir gefehlt, Rudi«, sagte Pitt und holte tief Luft, als Giordino ihn losließ.

»Wer waren die Jungs in den Ultralights?« fragte Giordino.

»Schlepper, die illegale Ausländer einschleusen.«

Giordino schaute hinab auf die Einschußlöcher im Rumpf des Chris-Craft. »Du hast ein erstklassiges Motorboot zuschanden gefahren.«

Pitt blickte ebenfalls hinab. Er betrachtete die zersplitterte Windschutzscheibe, die durchlöcherte Luke über dem Motor, die Einschußlöcher am Bug, den dunklen Rauchfaden, der aus dem Maschinenraum aufstieg. »Wenn ihr auch nur zwei Sekunden später aufgetaucht wärt, hätte Admiral Sandecker einen Nachruf auf mich schreiben können.«

»Wir sind zuerst zu Foleys Hütte geflogen und haben dort lauter Jungs in schwarzen Ninja-Anzügen rumwimmeln sehen. Ich habe natürlich gleich das Schlimmste befürchtet, Vollstoff gegeben und bin hinter dir her. Als ich dich dann gefunden hatte und gesehen habe, daß du von ein paar höchst zwielichtigen Gestalten unter Beschuß genommen wirst, mußten wir selbstverständlich dazwischengehen.«

»Und habt damit etlichen Menschen das Leben gerettet«, versetzte Pitt. »Aber wie, zum Teufel, kommt ihr hierher? Soweit ich weiß, wolltest du nach Hawaii, und Rudi müßte eigentlich in Washington sein.«

»Glück gehabt«, sagte Gunn. »Admiral Sandecker erhielt vom

Präsidenten einen dringlichen Auftrag. Er weiß zwar genau, daß du die Erholung dringend brauchst, und wollte dich nur ungern im Urlaub stören, aber trotzdem hat er mich und Al nach Seattle geschickt. Wir beide sind letzte Nacht dort eingetroffen, haben uns im meereswissenschaftlichen Institut der NUMA in Bremerton einen Helikopter ausgeborgt und wollten dich abholen. Nachdem du den Admiral heute morgen angerufen hast und ihm von deiner Entdeckung berichtet und ihm mitgeteilt hast, daß du dich über den Fluß absetzen willst, haben Al und ich uns auf die Socken gemacht und sind in vierzig Minuten quer über die Olympic-Halbinsel hergeflogen.«

»Dieser durchtriebene alte Seebär hat euch Tausende von Kilometern weit geschickt, bloß damit ihr mich zur Arbeit zurückholt?« fragte Pitt erstaunt.

Gunn lächelte. »Er hat mir gestanden, daß er Angst hat, du könntest auflegen, wenn er dich selbst anruft.«

»Der Alte kennt mich ganz gut«, erwiderte Pitt.

»Du hast einiges durchgemacht«, sagte Gunn. »Vielleicht kann ich ihn dazu überreden, daß er dich noch ein paar Tage in Ruhe läßt.«

»Keine schlechte Idee«, warf Giordino ein. »Du siehst aus wie durch den Wolf gedreht.«

»Ein schöner Urlaub war das«, versetzte Pitt. »Ich hoffe, so was passiert mir nicht noch mal. Ich glaube, mir ist es ganz recht, daß er vorbei ist.«

Gunn deutete zum anderen Ende des Bootssteges. »Der Hubschrauber steht um die Ecke. Meinst du, du schaffst das?«

»Bevor ihr mich von hier wegbringt, muß ich noch ein paar Sachen erledigen«, sagte Pitt und warf den beiden einen empörten Blick zu. »Erstens möchte ich Sam Foleys Chris-Craft zur nächsten Werft bringen und die Schäden an Rumpf und Motor reparieren lassen. Zweitens wäre es nicht schlecht, wenn wir irgendwo einen Arzt auftreiben könnten, der sich um die Schußverletzung an meiner Hüfte kümmert, ohne allzu viele Fragen zu stellen. Und außerdem sterbe ich vor Hunger. Ohne Frühstück gehe ich nirgendwohin.«

»Du bist verletzt?« riefen beide Männer wie aus einem Mund.

»Nur ein Kratzer, nicht weiter gefährlich. Aber ich habe keine Lust auf eine Blutvergiftung.«

Pitts Empörung zeitigte prompte Wirkung. Giordino nickte Gunn zu. »Du treibst für Dirk einen Arzt auf, und ich kümmere mich um das Boot. Danach suchen wir das nächstbeste Restaurant auf. Sieht so aus, als ob's hier gekochte Krabben gibt.«

»Da wäre noch was«, sagte Pitt.

Die beiden Männer schauten ihn erwartungsvoll an.

»Was ist das überhaupt für eine dringliche Sache, wegen der ich alles stehen- und liegenlassen soll?«

»Es geht um eine Erkundungsaktion unter Wasser. Wir sollen uns eine seltsame Hafenanlage in der Nähe von Morgan City, Louisiana, von unten ansehen«, antwortete Gunn.

»Was soll an diesem Hafen so seltsam sein?«

»Zum einen liegt er mitten im Sumpf. Und außerdem soll es sich beim Bauherrn um den Chef eines weltweiten Menschenschleppersyndikats handeln.«

»Herr im Himmel«, versetzte Pitt und hob schicksalsergeben die Hände. »Das darf doch nicht wahr sein.«

»Hast du was dagegen?« fragte Giordino.

»Ich habe gar nichts dagegen, abgesehen davon, daß ich in den letzten zwölf Stunden mehr als genug mit Schlepperbanden und illegalen Einwanderern erlebt habe.«

»Ist doch immer wieder erstaunlich, wie bequem sich mitunter Berufserfahrung sammeln läßt.«

Pitt warf seinem Freund einen eisigen Blick zu. »Ich nehme an, unsere hochwohllöbliche Regierung vermutet, daß über diesen Hafen illegale Einwanderer eingeschleust werden.«

»Es kann nicht nur darum gehen. Dafür ist der Hafen zu aufwendig gebaut«, erwiderte Gunn. »Wir haben den Auftrag erhalten, uns dort unten umzusehen und festzustellen, was es mit diesem Hafen wirklich auf sich hat.«

»Wer ist der Bauherr und Betreiber?«

»Eine Firma namens Qin Shang Maritime Limited mit Hauptsitz in Hongkong.«

Pitt ließ sich nichts anmerken, zuckte nicht einmal mit der Wimper, aber er kam sich vor, als hätte ihm jemand einen Schlag in die Magengrube versetzt. Seine Finger gruben sich tief in Gunns Arm. »Hast du Qin Shang gesagt?«

»Ganz genau«, antwortete Gunn, der sich gerade fragte, wie er den Bluterguß erklären sollte, wenn er das nächste Mal zum Fitneßtraining ging. »Er ist Herr eines Firmenimperiums, das in allerlei dunkle Machenschaften verwickelt ist. Gilt als der viertreichste Mann der Welt. Darf ich deiner Reaktion entnehmen, daß du ihn kennst?«

»Nicht persönlich, aber ich glaube, daß er mich nicht ausstehen kann.«

»Spinnst du?« fragte Giordino.

Gunn schaute verdutzt drein. »Warum sollte ein Mann, der mehr Geld hat als manch ein New Yorker Banker, einen dahergelaufenen Tunichtgut wie dich nicht ausstehen können?«

»Weil ich«, versetzte Pitt mit breitem Grinsen, »seine Jacht abgefackelt habe.«

Als Kung Chong sich nicht zurückmeldete, um von der Zerstörung des Motorboots zu berichten, und er keinerlei Verbindung zu ihm bekam, wußte Lo Han, daß sein bewährter Stellvertreter und die fünf Männer, die ihn begleiteten, tot waren. Zugleich wurde ihm in aller Deutlichkeit bewußt, daß der fremde Teufel, der soviel Schaden angerichtet hatte, entkommen war.

Er war allein in dem mobilen Kommandostand und versuchte zu begreifen, wie es zu dieser Katastrophe hatte kommen können. Mit starrer, verkniffener Miene saß er da und stierte geistesabwesend vor sich hin. Kung Chong hatte berichtet, daß er Emigranten in dem Boot gesehen habe. Woher die kamen, war ihm ein Rätsel, denn sämtliche Gefangenen befanden sich nachweislich in den Zellen. Dann fiel es ihm wie Schuppen von den Augen. Chu Deng. Der Trottel, der den Katamaran gesteuert hatte, mußte die zur Liquidierung vorgesehenen Emigranten irgendwie entkommen haben lassen. Eine andere Möglichkeit gab es nicht. Und der Mann, der sie in Sicherheit gebracht hatte, mußte in Diensten der amerikanischen Regierung stehen.

Dann schweifte sein Blick zu den Videoschirmen, und er sah zu allem Überdruß, wie zwei große Helikopter neben dem Hauptgebäude landeten. Zugleich durchbrachen gepanzerte Wagen die Sperren an der Zufahrt zur Hauptstraße. Männer sprangen aus den Maschinen und Fahrzeugen und stürmten unverzüglich das Gebäude, ohne die Wachen, die sich darin aufhielten, vorher aufzufordern, daß sie die Waffen strecken und sich ergeben sollten.

Die Angreifer drangen in den Zellenblock ein, ehe Lo Hans Männer begriffen, was da vor sich ging. Es war, als wüßten die INS-Agenten, daß die Gefangenen im Falle einer Razzia getötet werden sollten. Offensichtlich waren sie von jemandem, der das Gelände zuvor erkundet hatte, genauestens eingewiesen worden.

Lo Hans Wachmannschaften begriffen rasch, daß gegen so viele gutbewaffnete Ordnungshüter jeder Widerstand zwecklos war, und ergaben sich scharenweise. Benommen lehnte sich Lo Han zurück, gab eine codierte Ziffernfolge in sein Satellitenfunkgerät ein und wartete darauf, daß in Hongkong jemand antwortete.

Eine Stimme meldete sich auf chinesisch. »Sie sprechen mit Lotus zwei.«

»Hier spricht Bambus sechs«, sagte Lo Han. »Die Operation Orion ist aufgeflogen.«

»Sagen Sie das noch mal.«

»Operation Orion wird gerade von amerikanischen Bundesagenten zerschlagen.«

»Das sind keine guten Nachrichten«, erwiderte der andere.

»Ich bedaure, daß wir den Betrieb nicht weiterführen konnten, bis Operation Iberville steht.«

»Wurden die Gefangenen liquidiert, damit sie nichts ausplaudern können?«

»Nein, die Razzia kam zu überraschend und wurde blitzschnell durchgeführt.«

»Unser Vorsitzender wird höchst ungehalten über Ihr Versagen sein.«

»Ich bin bereit, die Schuld für meine Fehler auf mich zu nehmen.«

»Können Sie sich noch absetzen?«

»Nein, dafür ist es zu spät«, erklärte Lo Han ernst.

»Sie dürfen sich nicht festnehmen lassen, Bambus sechs. Das wissen Sie doch. Das gleiche gilt für Ihre Untergebenen. Den Amerikanern dürfen keinerlei Hinweise auf die Hintermänner in die Hände fallen.«

»Alle, die um die genauen Zusammenhänge wußten, sind tot. Meine Wachmänner sind lediglich gedungene Söldner, nicht mehr. Sie haben keine Ahnung, in wessen Lohn sie standen.«

»Dann sind Sie also das einzige Verbindungsglied«, erwiderte der andere ohne jede Gefühlsregung.

»Ich habe mein Gesicht verloren und bin bereit, dafür zu büßen.«

»Dann ist dies unser letztes Gespräch.«

»Ich habe nur noch eins zu erledigen«, sagte Lo Han leise.

»Versagen Sie nicht«, versetzte der andere kühl.

»Leben Sie wohl, Lotus zwei.«

»Leben Sie wohl, Bambus sechs.«

Lo Han betrachtete die Videoschirme, auf denen jetzt ein Trupp Männer zu sehen war, die auf den mobilen Kommandostand zustürmten. Als sie sich an der Tür zu schaffen machten, holte er einen kleinen vernickelten Revolver aus seiner Schreibtischschublade, schob sich den Lauf in den Mund, richtete ihn nach oben und legte den Finger an den Abzug. Der erste Agent, der mit erhobener Waffe durch die Tür stürmte, blieb wie angewurzelt stehen, als der Schuß fiel. Verdutzt blickte er auf Lo Han, der gegen die Stuhllehne geschleudert wurde, dann vornüber kippte, den Revolver zu Boden fallen ließ und mit Kopf und Schulter auf den Schreibtisch sackte.

ZWEITER TEIL

Das letzte der großen Schiffe

United States

20. April 2000
Hongkong, China

12

Qin Shang wirkte nicht wie ein skrupelloser, gemeingefährlicher Psychopath, der wahllos Tausende von Menschen ermorden ließ. Er war kein monströses Ungeheuer, das pure Bosheit und Gemeinheit ausstrahlte. Wenn er an seinem Schreibtisch im prunkvollen, weitläufigen Penthaus des mit Spiegelglas verkleideten Bürohochhauses der Qin Shang Maritime Limited saß, sah er nicht anders aus als jeder andere chinesische Geschäftsmann in Hongkong, einem der großen Finanzzentren der Welt. Qin Shang war eher unauffällig – wie viele Massenmörder im Laufe der Geschichte.

Mit knapp einsachtzig war er groß für einen Asiaten und zudem ziemlich ausladend, vor allem um den Bauch. Er wog rund zwei Zentner, wirkte dabei aber nicht etwa stramm, sondern eher feist – eine Folge seiner Vorliebe für die gute chinesische Küche. Die dichten schwarzen Haare waren in der Mitte gescheitelt und kurz geschnitten. Kopf und Gesicht waren nicht etwa rund, sondern eher schmal, fast katzenartig, passend zu den langen, schlanken Händen. Ein ständiges Lächeln schien um seinen Mund zu spielen. Rein äußerlich wirkte Qin Shang nicht gefährlicher als ein Schuhverkäufer.

Wenn da nicht die Augen gewesen wären, die seine vermeintliche Liebenswürdigkeit Lügen straften. Sie waren grün wie feinste Jade und unendlich tiefgründig, boshaft funkelnd und so durchdringend, daß man das Gefühl hatte, er könne einem die neuesten Aktienkurse an den Gedanken ablesen. Diesen Blick, so schworen alle, die ihn näher kannten, konnte man nie wieder vergessen. Die Augen verrieten sein wahres Wesen: Qin Shang kannte weder Skrupel noch Bedenken. Er blühte förmlich auf, wenn er durch Lug und Trug zu immer mehr Macht und Reichtum gelangen konnte. Als armer Waisenjunge, der drüben in Kaulun, wo man nur den Lichterglanz vom Hafen in Victoria auf der Insel Hongkong über die Bucht scheinen sah, auf der Straße betteln gegangen war, hatte er gelernt, wie man den Leuten das Geld aus der Tasche zog. Mit zehn Jahren hatte er so viel gespart, daß er sich einen Sampan kaufen konnte, mit dem er Menschen übersetzte und jede Fracht beförderte, die man ihm nach langem Überreden anvertrauen mochte.

Innerhalb von zwei Jahren besaß er zehn Sampans. Er war noch keine achtzehn, als er seine einträgliche kleine Flotte verkaufte und mit dem Erlös einen ausgedienten Trampdampfer erstand, der zwischen den Hafenstädten entlang der Küste verkehrte. Mit diesem alten Rostkübel begründete er sein Schiffahrtsimperium. Das Frachtgeschäft lief blendend. Zumal Qin Shangs Konkurrenten im Lauf der nächsten zehn Jahre offenbar von einer rätselhaften Unglücksserie heimgesucht wurden. Viele ihrer Schiffe gingen unter geheimnisvollen Umständen mit Mann und Maus auf See verloren. Und jedesmal, wenn eine Reederei aufgrund der hohen Verluste in die roten Zahlen geriet und ihre Flotte samt aller Liegenschaften abstoßen mußte, fand sich prompt ein Käufer. Es handelte sich immer um die gleiche Firma, ein in Japan ansässiges Unternehmen namens Yokohama Ship Sales & Scrap Corporation, hinter dem niemand anders als die Qin Shang Maritime Limited steckte.

Bald steuerte Qin Shang einen anderen Kurs als seine Geschäftsfreunde in Hongkong, die hauptsächlich Verbindungen mit europäischen Finanzinstituten und westlichen Ex- und Importeuren eingingen. Er stellte es schlauer an, richtete sein Hauptaugenmerk auf die Volksrepublik China, versicherte sich der Freundschaft hoher Regierungsbeamter und bereitete sich auf den Tag vor, da die britische Kronkolonie Hongkong an China zurückfallen sollte. So führte er in aller Heimlichkeit Verhandlungen mit Yin Tsang, dem mit schier uneingeschränkter Machtfülle ausgestatteten Chef der Kommission für Innere Angelegenheiten der Volksrepublik, zu dessen ebenso vielfältigen wie undurchsichtigen Aufgaben unter anderem die Industrie- und Wissenschaftsspionage sowie das Einschleusen chinesischer Immigranten in andere Länder zählte, eine Maßnahme, mit der man dem gewaltigen Bevölkerungsüberschuß des Landes begegnen wollte. Im Gegenzug durfte Qin Shang seine Schiffe in der Volksrepublik registrieren lassen, ohne daß er die dafür üblichen enormen Gebühren bezahlen mußte.

Die Zusammenarbeit erwies sich als unglaublich einträglich für Qin Shang. Durch den heimlichen Handel mit illegalen Einwanderern sowie den ganz legalen Transport von chinesischen Industrieerzeugnissen und Erdöl flossen über mehrere Jahre hinweg Hunderte von Millionen Dollar auf die zahlreichen, gutgetarnten Bankkonten, über die das Unternehmen weltweit verfügte.

Binnen kurzer Zeit hatte Qin Shang mehr Geld angehäuft, als er selbst in tausend Lebensjahren ausgeben könnte. Doch er war fest entschlossen, noch mehr Reichtum und Macht zu erringen. Das alltägliche, rechtlich einwandfreie Reedereigeschäft verlor für ihn jeden Reiz, sobald er eine der größten Fracht- und Passagierschifflotten der Welt aufgebaut hatte, aber die heimlichen Aktivitäten seiner Firma lockten ihn nach wie vor. Er brauchte die Herausforderung und das Risiko, an dem er sich berauschen konnte wie ein erfahrener Skifahrer an einer Buckelpiste. Seine Mitverschworenen in der Volksrepublik hatten keine Ahnung, daß er neben illegalen Ausländern auch Drogen und Waffen schmuggelte. Es war ein überaus einträgliches Nebengeschäft, dessen Gewinne er für den Bau einer einzigartigen Hafenanlage in Louisiana verwendete. Und außerdem genoß er das Hochgefühl, das sich regelmäßig einstellte, wenn er wieder einmal alle Beteiligten zu seinem Vorteil ausgespielt hatte.

Qin Shang war felsenfest von sich überzeugt und geradezu krankhaft optimistisch. Daß man ihn eines Tages zur Rechenschaft ziehen könnte, war für ihn undenkbar. Und selbst wenn es dazu kommen sollte, war er zu reich und zu mächtig, als daß man ihn vernichten könnte. Er bezahlte bereits enorme Bestechungsgelder an hohe Regierungsbeamte auf der halben Welt. Allein in den Vereinigten Staaten standen über hundert Angestellte in fast allen Bundesbehörden in seinem Lohn. Qin Shang machte sich keine Sorgen wegen seiner Zukunft, was sie auch bringen mochte. Aber sicherheitshalber hielt er sich eine kleine Armee aus Leibwächtern und professionellen Mördern, die er bei den besten Geheimdiensten in Europa, dem Nahen Osten und Amerika abgeworben hatte.

Die Stimme seiner Empfangsdame ertönte aus einem kleinen Lautsprecher auf seinem Schreibtisch. »Sie haben einen Besucher, der jeden Moment mit Ihrem privaten Fahrstuhl bei Ihnen eintreffen wird.«

Qin Shang erhob sich von seinem riesigen Rosenholzschreibtisch, dessen Beine kunstvoll geschnitzte Tiger darstellten, und ging zum Fahrstuhl an der gegenüberliegenden Wand des riesigen Raumes. Das Büro wirkte wie eine übergroße Kapitänskajüte auf einem alten Segelschiff. Der Fußboden bestand aus schweren Eichenplanken. Starke Eichenbalken stützten die mit Oberlichtern versehene Decke, die wie die Wände rundum mit Teakholz getäfelt war. Auf der einen Seite des Zimmers befanden sich zahlreiche Glasvitrinen, in denen großformatige Modelle von Schiffen der Qin Shang Maritime Limited durch Wogen aus bemaltem Gips pflügten. Die gegenüberliegende Wand zierte eine Sammlung alter Taucheranzüge mit Bleistiefeln und Messinghelmen. Sie waren an den Luftschläuchen aufgehängt, so daß sie aussahen, als ob die einstigen Besitzer immer noch darin steckten. Qin Shang wartete vor dem Fahrstuhl, bis die Tür aufging, und begrüßte seinen Besucher, einen gedrungenen Mann mit dichtem grauem Haar, vorstehenden Augen und schweren Tränensäcken. Lächelnd trat er einen Schritt vor und schüttelte Qin Shang die Hand.

»Seien Sie gegrüßt, Qin Shang«, sagte er mit einem knappen Grinsen.

»Yin Tsang, es ist mir stets eine Ehre, Sie zu empfangen«, erwiderte Qin Shang freundlich. »Ich hatte Sie nicht vor nächstem Donnerstag erwartet.«

»Ich hoffe, Sie vergeben mir die Störung«, sagte Yin Tsang, seines Zeichens Leiter der Kommission für Innere Angelegenheiten der Volksrepublik China. »Aber ich muß Sie wegen einer heiklen Angelegenheit dringend persönlich sprechen.«

»Ihnen, mein alter Freund, stehe ich jederzeit zur Verfügung. Kommen Sie, nehmen Sie Platz. Möchten Sie eine Tasse Tee?«

Yin Tsang nickte. »Ihre Privatmischung? Nichts wäre mir lieber.«

Qin Shang rief seine Privatsekretärin und bestellte den Tee. »Nun denn, welch heikle Angelegenheit führt Sie eine Woche vor Ihrem angekündigten Besuch nach Hongkong?«

»In Peking sind beunruhigende Nachrichten über Ihr Unternehmen am Orion Lake im amerikanischen Bundesstaat Washington eingegangen.«

Qin Shang zuckte unbekümmert die Achseln. »Ja. Ein unglücklicher Zwischenfall, auf den ich leider keinen Einfluß hatte.«

»Meine Quellen berichten, daß die amerikanische Einwanderungsbehörde eine Razzia auf dem Anwesen durchgeführt hat, auf dem Sie die Einwanderer verwahren.«

»So ist es«, räumte Qin Shang freimütig ein. »Meine besten Männer wurden getötet und die Wachmannschaften festgenommen. Es handelte sich um einen Blitzeinsatz, der völlig unerwartet kam.«

Yin Tsang schaute ihn an. »Wie konnte das geschehen? Ich kann kaum glauben, daß Sie keine Vorsorge für einen derartigen Fall getroffen haben. Wurden Sie von Ihren Mittelsmännern in Washington, D.C., nicht gewarnt?«

Qin Shang schüttelte den Kopf. »Wie ich mittlerweile erfahren habe, wurde die Razzia nicht in der Zentrale des INS geplant. Es war ein spontaner Einsatz unter Leitung des zuständigen Bezirksdirektors, der ohne Rücksprache mit seinen Vorgesetzten handelte. Keiner meiner Mittelsmänner in der amerikanischen Regierung konnte mir im voraus eine Warnung zukommen lassen.«

»Damit sind Ihre sämtlichen Unternehmungen in Nordamerika gefährdet. Die Amerikaner haben ein Glied in Ihrer Kette zerschlagen. Und Sie werden mit Sicherheit Spuren finden, die unmittelbar zu Ihnen führen.«

»Keine Sorge, Yin Tsang«, erwiderte Qin Shang ruhig. »Die amerikanischen Ermittler haben keinerlei Beweise für eine Verbindung zwischen mir und diesen Schlepperorganisationen. Sie mögen mich vielleicht verdächtigen, aber etwas Handfestes haben sie nicht vorzuweisen. Meine anderen Sammelstellen entlang der amerikanischen Küste sind nach wie vor in Betrieb und können jederzeit die ursprünglich für Orion Lake vorgesehene Fracht aufnehmen.«

»Präsident Lin Loyang und meine Kollegen in den anderen Kommissionen werden nur zu gerne hören, daß Sie alles im Griff haben«, sagte Yin Tsang. »Aber ich habe noch immer Vorbehalte. Sobald die Amerikaner einen Schwachpunkt in Ihrer Organisation wittern, werden sie Sie gnadenlos verfolgen.«

»Haben Sie Angst?«

»Ich bin besorgt. Es steht zuviel auf dem Spiel, als daß man jemanden, dem eher an seinem Profit als an den Zielen der Partei gelegen ist, weiter gewähren lassen dürfte.«

»Was wollen Sie damit andeuten?«

Yin Tsang schaute Qin Shang mit festem Blick an. »Ich werde Präsident Lin Loyang empfehlen, daß man Ihnen diese Schleppergeschäfte entzieht und Sie durch jemand anderen ersetzt.«

»Und was ist mit dem Vertrag, der mir quasi die Exklusivrechte auf die Beförderung chinesischer Handelsgüter und Passagiere garantiert?«

»Widerrufen.«

Die erwartete Reaktion blieb aus. Qin Shang wirkte nicht im geringsten überrascht oder gar verärgert. Er zuckte lediglich gleichmütig mit den Schultern. »Meinen Sie, daß ich so leicht zu ersetzen bin?«

»Wir haben bereits jemanden ausgesucht, der über die gleichen Fähigkeiten verfügt wie Sie.«

»Jemand, den ich kenne?«

»Einer Ihrer Konkurrenten, Quan Ting, der Vorstandsvorsitzende der China & Pacific Lines, hat sich bereit erklärt, Ihre Nachfolge anzutreten.«

»Quan Ting?« Qin Shang zog die Augenbrauen hoch. »Dessen Schiffe sind doch bestenfalls alte Rostkähne.«

»Er wird bald in der Lage sein, neue Schiffe auf Kiel zu legen.« Dahinter steckte die kaum verhohlene Andeutung, daß Quan Ting die notwendigen Mittel von der chinesischen Regierung erhalten würde, und zwar mit Billigung und auf Betreiben von Yin Tsang.

»Sie wollen mich für dumm verkaufen. Sie benutzen das Mißgeschick am Orion Lake als Vorwand, um meine Zusammenarbeit mit der Volksrepublik China aufzukündigen, damit Sie heimlich in das Geschäft einsteigen und persönlich am Gewinn teilhaben können.«

»Habgier ist Ihnen doch nicht fremd, Qin Shang. Sie würden sich an meiner Stelle ebenso verhalten.«

»Und was wird aus meiner neuen Niederlassung in Louisiana?« fragte Qin Shang. »Werde ich die ebenfalls verlieren?«

»Selbstverständlich wird man Ihnen Ihren Anteil an der Investition ersetzen.«

»Selbstverständlich«, wiederholte Qin Shang säuerlich. Er wußte genau, daß er keinen Pfennig erhalten würde. »Die Anlage wird natürlich an meinen Nachfolger fallen und an Sie, seinen stillen Teilhaber.«

»Diesen Vorschlag werde ich bei der nächsten Parteikonferenz in Peking einbringen.«

»Darf ich fragen, mit wem Sie sonst noch über meine Entlassung gesprochen haben?«

»Nur mit Quan Ting«, antwortete Yin Tsang. »Ich hielt es für besser, die Angelegenheit vertraulich zu behandeln, bis die Zeit reif ist.«

Qin Shangs Privatsekretärin trat ins Zimmer und schritt anmutig wie eine balinesische Tänzerin zu der Sitzecke – was sie auch gewesen war, bevor sie von Qin Shang eingestellt und ausgebildet worden war. Sie war nur eine von mehreren Schönheiten, die in Shangs Diensten standen. Er vertraute Frauen mehr als jedem Mann. Shang war ledig und hielt sich fast ein Dutzend Geliebte – drei davon wohnten in seinem Penthaus –, aber er ließ sich niemals mit Frauen ein, mit denen er beruflich eng zusammenarbeitete. Er nickte anerkennend, als seine Sekretärin ein Tablett mit zwei Tassen und zwei Teekannen auf dem niedrigen Tischchen zwischen den beiden Männern abstellte.

»In der grünen Teekanne ist Ihre Spezialmischung«, sagte sie leise zu Qin Shang. »In der blauen ist Jasmintee.«

»Jasmin!« versetzte Yin Tsang. »Wie können Sie nur einen Tee trinken, der wie Frauenparfüm schmeckt, wenn Sie eine derart edle Privatmischung haben?«

»Zur Abwechslung.« Qin Shang lächelte. Betont höflich goß er den Tee ein. Dann lehnte er sich zurück, hielt die dampfende Tasse in beiden Händen und sah zu, wie Yin Tsang seinen Tee trank.

»Ihnen ist natürlich klar, daß Quan Ting über kein Kreuzfahrtschiff verfügt, das zur Beförderung von Passagieren geeignet ist.«

»So etwas kann man kaufen oder von einer anderen Reederei leasen«, erwiderte Yin Tsang leichthin. »Betrachten wir die Sache doch einmal im rechten Licht. Sie haben im Lauf der letzten Jahre gewaltige Gewinne eingestrichen. Es steht nicht zu befürchten, daß Sie bankrott gehen werden. Für Sie dürfte es doch ein leichtes sein, mit der Qin Shang Maritime Limited auf die westlichen Märkte auszuweichen. Sie sind ein kluger Geschäftsmann, Qin Shang. Sie werden auch ohne die Unterstützung der Volksrepublik China überleben können.«

»Der Flug des Falken läßt sich nicht mit Sperlingsflügeln vollbringen«, erwiderte Qin Shang versonnen.

Yin Tsang stellte seine Tasse ab und erhob sich. »Ich muß Sie jetzt verlassen. Meine Maschine nach Peking wartet schon.«

»Ich verstehe«, erwiderte Qin Shang trocken. »Sie sind ein vielbeschäftigter Mann, der zahlreiche Entscheidungen treffen muß.«

Yin Tsang nahm die Spitze sehr wohl war, doch er ging nicht darauf ein. Er verbeugte sich kurz und knapp, sobald seine unangenehme Aufgabe erfüllt war, und trat in den Fahrstuhl. Kaum hatte sich die Tür geschlossen, kehrte Qin Shang an seinen Schreibtisch zurück und betätigte die Gegensprechanlage. »Schicken Sie mir Pawel Gawrowitsch.«

Fünf Minuten später trat ein großer, von der Statur her eher durchschnittlich wirkender Mann mit slawischen Zügen und dichtem schwarzem Haar, das gut eingeölt und ohne Scheitel glatt nach hinten gekämmt war, aus dem Fahrstuhl. Er schritt durch das Zimmer und blieb vor Qin Shangs Schreibtisch stehen.

Qin Shang blickte zum Chef seines Sicherheitsdienstes auf, der einst einer der besten und rücksichtslosesten Geheimagenten von ganz Rußland gewesen war. Man hatte Pawel Gawrowitsch, einem Killer von Berufs wegen, dem in Sachen Kampfsport kaum jemand das Wasser reichen konnte, ein Spitzengehalt geboten, wenn er sich bereit erklärte, seinen hohen Posten im russischen Verteidigungsministerium aufzugeben und für Qin Shang zu arbeiten. Gawrowitsch hatte nicht einmal eine Minute lang überlegen müssen, ehe er darauf eingegangen war.

»Einer meiner Konkurrenten, ein kleiner Reeder, der ein paar wenige Schiffe besitzt, hat sich als großes Ärgernis erwiesen. Sein Name ist Quan Ting. Sorgen Sie bitte dafür, daß er einen Unfall erleidet.«

Gawrowitsch nickte schweigend, machte auf dem Absatz kehrt und stieg wieder in den Fahrstuhl, ohne auch nur ein Wort zu sagen.

Am Morgen darauf saß Qin Shang allein im Eßzimmer seines Penthauses und überflog wie üblich zahlreiche Zeitungen aus dem In- und Ausland. Im *Hongkong Journal* stieß er auf zwei Artikel, die er mit Freuden las. Der erste stand im Polizeibericht:

Einem tragischen Verkehrsunfall fielen gestern abend der Vorstandsvorsitzende und Geschäftsführer der China & Pacific Lines, Quan Ting, und seine Ehefrau zum Opfer, als ihre Limousine von einem mit Stromkabeln beladenen Schwertransporter erfaßt wurde. Neben Mr. Quan und seiner Frau, die sich auf der Heimfahrt von einem Diner mit Freunden im Mandarin-Hotel befanden, kam auch deren Chauffeur ums Leben. Der Lastwagenfahrer, der sich vom Unfallort entfernte, konnte von der Polizei bislang nicht ermittelt werden.

Der zweite Artikel stand unter den Inlandsnachrichten:

Wie heute von seiten der Regierung in Peking bekanntgegeben wurde, ist der Leiter der Kommission für Innere Angelegenheiten Yin Tsang plötzlich und unerwartet verstorben. Auf einem Inlandsflug von Hongkong nach Peking erlag er den Folgen eines Herzinfarkts. Trotz aller Wiederbelebungsversuche konnte bei der Ankuft am Flughafen Peking nur mehr der Tod des Kommissionsleiters festgestellt werden, der zuvor niemals unter Herzbeschwerden gelitten hatte. Sein Stellvertreter Lei Chau wird voraussichtlich die Nachfolge von Yin Tsang antreten.

Wie bedauerlich, dachte Qin Shang schadenfroh. Yin Tsang hat anscheinend meine Privatmischung nicht vertragen. Er mußte seiner Sekretärin Bescheid sagen, daß sie Präsident Lin Loyang sein Beileid bestellte und zugleich einen Termin mit Lei Chau vereinbarte, den er frühzeitig mit den nötigen Schmiergeldern versorgt hatte und der angeblich nicht halb so habgierig war wie sein Vorgänger.

Qin Shang legte die Zeitung beiseite und trank einen letzten Schluck Kaffee. In der Öffentlichkeit trank er nur Tee, aber in seinen eigenen vier Wänden zog er Kaffee vor, vor allem den Zichorienkaffee, wie man ihn im Süden der Vereinigten Staaten kochte. Ein leiser Glockenton ertönte, worauf seine Privatsekretärin das Eßzimmer betrat, zu ihm kam und einen ledergebundenen Aktenordner auf den Beistelltisch neben ihn legte.

»Hier sind die Auskünfte, um die Sie unseren Mittelsmann beim FBI gebeten haben.«

»Einen Moment bitte, Su Zhong. Ich möchte gern Ihre Meinung wissen.«

Qin Shang schlug den Ordner auf und ging ihn durch. Er entnahm ihm ein Foto und hielt es hoch. Ein Mann, der eher leger in eine weite Hose, Golfhemd und Sportsakko gekleidet war, stand neben einem Auto, offenbar einem Oldtimer, und schaute mit einem schiefen, beinahe scheuen Grinsen in die Kamera. Das Gesicht war gebräunt und wettergegerbt, und die von tausend Lachfältchen umgebenen Augen waren unverwandt auf den Betrachter gerichtet, als wollten sie abschätzen, wer sich das Bild anschaute. Ein Eindruck, den die dunklen, dichten Augenbrauen nur noch verstärkten. Es war ein Schwarzweißfoto, so daß man die Augenfarbe nicht erkennen konnte. Vermutlich blau, dachte Qin Shang.

Das dichte, wellige schwarze Haar war offensichtlich ungekämmt. Der Mann war gut gebaut – breitschultrig, um die Hüfte eher schmal. Laut der Unterlagen war er einsneunzig groß und wog 84 Kilogramm. Er hatte große, schwielige Hände, die mit zahlreichen kleinen Narben übersät waren, und lange kräftige Finger. Offenbar konnte er zupacken. Die Augen, so stand hier jedenfalls, waren grün, nicht blau.

»Sie haben doch ein Gespür für Männer, Su Zhong. Sie haben ein

Auge für Dinge, die andere, darunter auch ich, nicht sehen. Schauen Sie sich dieses Bild an. Betrachten Sie diesen Mann und verraten Sie mir, was Sie von ihm halten.«

Su Zhong strich sich die langen, schwarzen Haare aus dem Gesicht, beugte sich über Qin Shang und blickte auf das Foto. »Gutaussehend, auch wenn er ein bißchen ruppig wirkt. Ich spüre eine eigenartige Anziehungskraft. Er sieht aus wie ein Abenteurer, so als reize es ihn, das Unbekannte zu erkunden. Er trägt keinerlei Ringe, neigt also eher zu Schlichtheit. Die Frauen fliegen förmlich auf ihn. Sie kommen sich durch ihn nicht bedrängt vor. Haben das Gefühl, daß er ihre Gesellschaft genießt. Er strahlt etwas Zuvorkommendes, eine gewisse Zärtlichkeit aus. Ein Mann, dem man trauen kann. Allem Anschein nach ein guter Liebhaber. Er hat viel für Altertümer übrig, sammelt sie vermutlich sogar. Er ist ehrgeizig, will etwas erreichen im Leben, aber nicht um seiner selbst willen. Er sucht die Herausforderung. Hier handelt es sich um einen Mann, der nicht gern verliert, sich aber mit einer Niederlage abfinden kann, wenn er der Meinung ist, daß er sein Bestes gegeben hat. Diese Augen lassen außerdem auf eine gewisse Kühle und Härte schließen. Er ist durchaus fähig zu töten. Zu seinen Freunden steht er in unverbrüchlicher Treue. Seine Feinde haben es mit einem äußerst gefährlichen Gegner zu tun. Alles in allem ein höchst ungewöhnlicher Mann, der so gar nicht in die heutige Welt passen will.«

»Wollen sie damit sagen, daß er ein Relikt aus der Vergangenheit ist?«

Su Zhong nickte. »Er könnte durchaus auf ein Piratenschiff passen, als Kreuzfahrer durchs Heilige Land ziehen oder eine Postkutsche durch die Wüsten des alten amerikanischen Westens fahren.«

»Ich danke Ihnen für ihre außerordentlichen Erkenntnisse, meine Liebe.«

»Es ist mir eine Freude, Ihnen zu Diensten zu sein.« Su Zhong verbeugte sich, verließ leise das Zimmer und zog die Tür hinter sich zu.

Qin Shang drehte das Foto um und vertiefte sich in den Text, wobei er zu seiner Erheiterung feststellte, daß er und das Objekt seiner Neugier am gleichen Tag des gleichen Jahres geboren waren. Doch damit erschöpften sich die Gemeinsamkeiten. Die Person auf dem Foto war der Sohn des Senators George Pitt aus Kalifornien. Barbara Knight war seine Mutter. Er hatte die Newport Beach High School in Kalifornien besucht und anschließend die Luftwaffenakademie in Colorado. Ein überdurchschnittlicher Abschluß als fünfunddreißigster seines Jahrgangs. Hatte Football gespielt und etliche Pokale gewonnen. Nach der Pilotenausbildung hatte er sich in der Endphase des Vietnamkrieges wiederholt durch Tapferkeit ausgezeichnet. Hatte es bis zum Major gebracht, ehe er sich zur National Underwater and Marine Agency versetzen ließ. Wurde später zum Oberstleutnant befördert.

Er sammelte alte Automobile und Flugzeuge, die er in einem alten Hangar am Rande des National Airport von Washington aufbewahrte. Wohnte unmittelbar über seinen Schätzen. War unter Admiral James Sandecker Leiter für Spezialprojekte bei der NUMA. Die Auflistung seiner Erfolge las sich wie ein Abenteuerroman. Er hatte die Arbeiten zur Bergung der *Titanic* geleitet, längst verloren geglaubte Schätze aus der Bibliothek von Alexandria entdeckt, die berüchtigte rote Flut aufgehalten, die sämtliches Leben auf Erden gefährdet hatte – kurzum, diese Person hatte in den letzten fünfzehn Jahren zahllose Menschenleben gerettet und sich unschätzbare Verdienste um die Archäologie und den Umweltschutz erworben. Alles in allem waren es über zwanzig Seiten, auf denen all die erfolgreichen Unternehmungen aufgeführt wurden, die er geleitet hatte.

Qin Shangs Mittelsmann hatte außerdem eine Auflistung der Menschen beigelegt, die Pitt nachweislich getötet hatte. Es war eine beachtliche Zahl. Erstaunt las er die Namen. Es waren sowohl reiche und mächtige Leute darunter als auch gewöhnliche Kriminelle und gedungene Mörder. Su Zhongs Einschätzung war richtig. Dieser Mann konnte äußerst gefährlich werden, wenn man ihn sich zum Feind machte.

Es dauerte fast eine Stunde, bis Qin Shang die Aufzeichnungen beiseite legte und sich wieder das Bild vornahm. Eingehend musterte er die Gestalt, die neben dem alten Automobil stand, und fragte sich, was in diesem Mann vorgehen mochte. Denn je mehr er darüber nachdachte, desto überzeugter war er davon, daß sich ihre Wege eines Tages kreuzen würden.

»Soso, Mr. Pitt, Sie sind also für die Katastrophe am Orion Lake verantwortlich«, sagte Qin Shang. Er sprach zu dem Foto, als ob Pitt leibhaftig vor ihm stünde. »Es ist mir nach wie vor ein Rätsel, aus welchem Grund Sie meine Emigrantensammelstelle und meine Jacht zerstört haben. Aber eins lassen Sie sich gesagt sein: Bei aller Hochachtung, die ich vor Ihren Fähigkeiten habe, weitere Erfolge werden Sie nicht vorweisen können. Der nächste Eintrag in Ihre Personalakte wird auch der letzte sein. Ein Nachruf auf Sie.

13

Auf ausdrückliche Anweisung aus Washington hin wurde Agentin Julia Lee unverzüglich von Seattle nach San Francisco geflogen, wo man sie zur ärztlichen Behandlung und Beobachtung in einem Krankenhaus unterbrachte. Die diensttuende Schwester keuchte hörbar auf, als Julia das Krankenhaushemd ablegte, damit der Arzt sie untersuchen konnte. Es gab kaum eine Stelle an ihrem Körper, die nicht blutunterlaufen oder von roten Striemen gezeichnet war. Und an der Miene der Schwester erkannte sie auch, daß ihr Gesicht nach wie vor völlig verschwollen und verfärbt war. Was sie einmal mehr in ihrem Entschluß bestärkte, mindestens eine Woche lang nicht in den Spiegel zu gucken.

»Ist Ihnen klar, daß Sie sich drei Rippen gebrochen haben?« fragte der Arzt, ein rundum fröhlich wirkender, untersetzter Mann mit kahlem Kopf und kurz gestutztem grauem Bart.

»Ich habe es vermutet, weil es immer so gestochen hat, wenn ich auf die Toilette mußte«, erwiderte sie flachsend. »Kriege ich jetzt einen Gips um die Brust?«

Der Arzt lachte. »Das gehört der Vergangenheit an. Genauso wie Blutegel und Aderlässe. Heutzutage lassen wir so etwas aus eigener Kraft verheilen. Sie werden ein paar Wochen lang bei bestimmten Bewegungen leichte Beschwerden haben, aber das legt sich rasch.«

»Was ist mit den anderen Verletzungen? Lassen die sich wieder beheben?«

»Ihre Nase habe ich bereits gerichtet. Mit der entsprechenden Behandlung dürften die Blutergüsse und Schwellungen rasch abklingen. In einem Monat können Sie wieder zum Schönheitswettbewerb antreten. Das verspreche ich Ihnen.«

»Einen Arzt wie Sie kann man sich als Frau nur wünschen«, sagte Julia.

»Komisch«, erwiderte er lächelnd, »aber meine Frau sagt so was nie.« Beruhigend drückte er ihre Hand. »Von mir aus können Sie übermorgen nach Hause. Unten am Empfang haben Ihretwegen übrigens zwei hohe Herren aus Washington vorgesprochen. Sie müßten demnächst hier oben eintreffen. In alten Filmen werden Besucher immer aufgefordert, nicht zu lange zu bleiben. Ich hingegen bin der Meinung, daß die Heilung schneller vonstatten geht, wenn man beruflich wieder gefordert wird. Sie dürfen es nur nicht übertreiben.«

»Keine Angst, und vielen Dank für Ihre Fürsorge.«

»Keine Ursache. Ich werde heute abend wieder bei Ihnen vorbeischauen.«

»Soll ich hierbleiben?« fragte die Schwester.

Der Arzt schüttelte den Kopf. Kurz darauf betraten zwei dienstbeflissen wirkende Männer das Krankenzimmer. »Hier geht es um Staatsgeschäfte. Sie wollen Ms. Lee vertraulich sprechen. Habe ich recht, meine Herren?«

»Ganz recht, Doktor«, sagte Arthur Russell, der Leiter des INS-Bezirksbüros in San Francisco und Julias unmittelbarer Vorgesetzter. Er war grauhaarig und wirkte einigermaßen durchtrainiert – immerhin übte er tagtäglich in dem privaten Fitneßraum, den er sich zu Hause eingerichtet hatte. Er lächelte und musterte Julia voller Mitgefühl.

Der andere Mann hatte schüttere blonde Haare, graue Augen und trug eine randlose Brille. Julia kannte ihn nicht. Er betrachtete sie mit ausdruckslosem Blick. Abschätzig allenfalls, so als wollte er ihr eine Versicherungspolice andrehen.

»Julia«, sagte Russell, »wenn ich vorstellen darf: Peter Harper. Er ist eigens von Washington hierhergeflogen, weil er Ihren Bericht persönlich hören will.«

»Ja, natürlich«, sagte Julia, die mehrmals vor Schmerzen zusammenzuckte, als sie sich mühsam aufsetzte. »Sie sind der Amtsleiter des Außendienstes. Mein höchster Vorgesetzter. Freut mich, Sie kennenzulernen. Für unsereinen genießen Sie einen geradezu legendären Ruf.«

»Ich fühle mich geschmeichelt.« Harper schüttelte Julia die Hand und war überrascht, wie fest sie zupacken konnte. »Sie haben Schlimmes durchgemacht«, sagte er. »Direktor Monroe hat mich gebeten, Ihnen seinen Glückwunsch und Dank auszusprechen und Ihnen auszurichten, daß wir alle sehr stolz auf Sie sind.«

Klingt fast so, als ob ich auf der Bühne stünde und auf den nächsten Applaus wartete, dachte Julia. »Sosehr mich das Kompliment freut, aber ohne fremde Hilfe hätte ich das nicht geschafft.«

»Darauf kommen wir später noch zurück. Aber zunächst einmal möchte ich aus Ihrem Mund hören, welche Eindrücke und Erkenntnisse Sie von dieser Schlepperorganisation gewonnen haben.«

»Wir haben keineswegs vor, Sie schon wieder in die Pflicht zu nehmen«, beruhigte sie Russell. »Mit dem schriftlichen Bericht können Sie sich Zeit lassen, bis Sie wieder halbwegs auf die Beine gekommen sind. Wir möchten nur, daß Sie uns jetzt kurz und mündlich berichten, was Sie über diese Schlepper und ihre Vorgehensweise in Erfahrung gebracht haben.«

»Von dem Zeitpunkt an, als ich mich in Ling T'ai verwandelt und bei der Schlepperbande die Kosten für die Überfahrt bezahlt habe?« fragte Julia.

»Von Anfang an«, sagte Harper. Er klappte seinen Aktenkoffer auf, holte einen kleinen Kassettenrecorder heraus und stellte ihn auf das Bett. »Fangen Sie mit der Einreise nach China an. Wir möchten es ganz genau wissen.«

Julia schaute Harper an. »Wie Arthur Ihnen bestätigen kann«, fing sie an, »bin ich mit einer kanadischen Reisegruppe nach China geflogen. In Peking angekommen, habe ich mich bei einem Rundgang durch die Innenstadt von der Gruppe abgesetzt. Da ich chinesischer Herkunft bin und die Sprache beherrsche, hatte ich keinerlei Schwierigkeiten, mich unter die Bevölkerung zu mischen. Nachdem ich mir die passende Kleidung besorgt hatte, erkundigte ich mich zunächst vorsichtig nach Möglichkeiten, wie man ins Ausland gelangen könnte. Wie sich herausstellte, standen in den Zeitungen allerlei Artikel und Anzeigen, in denen für eine Auswanderung aus China geworben wurde. Ich meldete mich auf die Annonce eines Unternehmens namens Jingzi International Passages. Wie es der Zufall wollte, befanden sich die Büroräume im zweiten Stock eines modernen Hochhauses, das der Qin Shang Maritime Limited gehört. Die Kosten für das Einschleusen in die Vereinigten Staaten betrugen umgerechnet etwa dreißigtausend Dollar. Als ich feilschen wollte, erklärte man mir unmißverständlich, ich solle entweder zahlen oder wieder gehen. Ich habe bezahlt.«

Dann berichtete Julia von den schrecklichen Leiden, die sie durchmachen mußte, soald sie an Bord des nach außen hin so luxuriös wirkenden Kreuzfahrtschiffes gelandet war, das sich binnen kurzer Zeit als Hölle auf Erden entpuppt hatte. Sie erzählte von den unmenschlichen Grausamkeiten, dem Mangel an Nahrung und sanitären Einrichtungen, von der Brutalität der Aufseher, die sie verhörten und zusammenschlugen. Sie berichtete, daß man die Gesunden und Kräftigen in Boote verladen und an Land gebracht habe, wo sie, ohne daß sie es wußten, ein trostloses Leben als Sklavenarbeiter erwartete. Die etwas Wohlhabenderen wiederum habe man zu dem Anwesen am Orion Lake geschafft, wo sie so lange eingesperrt würden, bis man ihnen das letzte Geld abgepreßt habe. Die kleinen Kinder, die Alten und die Schwächeren, die für schwere körperliche Arbeit nicht geeignet seien, würden hingegen in aller Stille ausgesondert und heimlich im See ertränkt.

Ruhig und sachlich schilderte sie den genauen Ablauf des Schlepperunternehmens, beschrieb das Mutterschiff bis in die kleinsten Einzelheiten und fertigte Zeichnungen von dem Boot an, mit dem die Illegalen auf amerikanischen Boden gebracht worden waren. Sie griff auf sämtliche Fertigkeiten zurück, die sie während der Ausbildung gelernt hatte, beschrieb das Aussehen, die ungefähre Körpergröße und Statur der Schlepper, mit denen sie in Berührung gekommen war, und lieferte auch die Namen, soweit sie diese in Erfahrung hatte bringen können.

Sie schilderte, wie sie, die älteren Illegalen und eine Familie mit zwei Kindern in die enge Kabine des schwarzen Katamarans gepfercht worden waren, wie man sie gefesselt, ihnen Eisengewichte an die Füße gebunden und sie dann durch die offene Luke in den See geworfen hatte. Sie berichtete von dem Taucher, der ihnen plötzlich zu Hilfe gekommen war und sie kurz vor dem Ertrinken befreit hatte. Sie schilderte, wie er sie zum sicheren Ufer geleitet, sie getröstet, mit den Vorräten aus seiner Hütte verpflegt und ihnen im letzten Moment zur Flucht verholfen hatte, bevor die Sicherheitskräfte des Schlepperunternehmens eintrafen. Sie erzählte von den fünf Wachmännern, die dieser Unbeugsame getötet hatte, als sie die flüchtenden Einwanderer hatten ermorden wollen. Daß er dabei eine Schußverletzung an der Hüfte erlitten hatte, aber so getan habe, als sei nichts geschehen. Sie berichtete, daß er den zum Anwesen gehörenden Anlegesteg und die daran vertäute Jacht in die Luft gejagt hatte, schilderte die schreckliche Flußfahrt zur Grapevine Bay, erklärte, wie sie die beiden Ultraleichtflugzeuge abgeschossen hatte, und schwärmte vom ungebrochenen Mut ihres Retters, der das Motorboot gesteuert und sich über die Kinder geworfen hatte, als es so ausgesehen hatte, als würden sie jeden Moment zusammengeschossen.

Julia berichtete alles, was sie seit der Abreise aus China erlebt hatte. Aber sie konnte nicht erklären, wieso der Mann genau in dem Augenblick, als sie und die anderen in das kalte Wasser gestoßen worden waren, unter dem Katamaran aufgetaucht war, oder warum er von sich aus das Gebäude auf dem Anwesen erkundet hatte, in dem die Immigranten in Gewahrsam gehalten wurden. Sie wußte nicht, was ihn dazu getrieben hatte. Im nachhinein kam ihr das Ganze vor wie ein Traum. Wie sonst ließen sich seine Anwesenheit und sein beherztes Eingreifen am Orion Lake erklären? Zu guter Letzt nannte sie seinen Namen und brach dann ab.

»Dirk Pitt, der Leiter für Spezialprojekte bei der NUMA?« platzte Harper heraus.

Russell wandte sich an Harper, der Julia ungläubig anstarrte. »Es stimmt. Pitt war derjenige, der herausfand, daß dieses Anwesen als Gefängnis dient, und unserem Bezirksbüro in Seattle die entscheidenden Hinweise lieferte, aufgrund derer die Razzia durchgeführt werden konnte. Wenn er nicht rechtzeitig zur Stelle gewesen wäre und so mutig und entschlossen eingegriffen hätte, wäre Agentin Lee tot und die Massenmorde am Orion Lake würden ungehindert weitergehen. Ihm haben wir es zu verdanken, daß dieses grausige Unternehmen aufgeflogen ist und von den Mitarbeitern unserer Bezirksbüros in Seattle ausgehoben werden konnte.«

Harper schaute Julia unverwandt an. »Ein Mann, der weder ausgebildeter Geheimagent ist noch einer Spezialeinheit angehört, ein Meeresingenieur in Diensten der NUMA, taucht mitten in der Nacht auf, tötet ganz allein die Besatzung eines Bootes, lauter kaltblütige Mörder, und zerstört eine Jacht samt dem dazugehörigen Anlegesteg. Dann bringt er Sie und eine Schar Illegaler in einem siebzig Jahre alten Boot in Sicherheit, obwohl die Schlepper die ganze Gegend abgeriegelt haben und Sie mit einem Ultraleichtflugzeug verfolgen. Eine unglaubliche Geschichte, um es gelinde auszudrücken, Ms. Lee.«

»Und doch ist jedes Wort wahr«, erwiderte Julia entschieden.

»Direktor Monroe und ich haben uns erst vor ein paar Tagen mit Admiral Sandecker von der NUMA getroffen und ihn um seine Hilfe im Kampf gegen Qin Shangs Schlepperorganisation gebeten. Daß sie so schnell reagiert haben, kommt mir unwahrscheinlich vor.«

»Wir hatten zwar keine Zeit, uns näher darüber zu unterhalten, aber ich bin davon überzeugt, daß Mr. Pitt von sich aus eingegriffen hat, ohne daß ihm ein Vorgesetzter den Auftrag dazu erteilt hat.«

Harper und Russell fragten Julia weiter aus und nahmen insgesamt vier Kassetten auf. Mittlerweile kämpfte Julia vergebens gegen die Müdigkeit an. Sie hatte weit mehr als nur ihre Pflicht erfüllt, und jetzt wollte sie nur noch schlafen. Und ihre Familie wiedersehen, sobald ihr Gesicht wieder halbwegs verheilt war, aber nicht vorher.

Benommen fragte sie sich, wie Pitt wohl die Ereignisse geschildert hätte, wenn er hier wäre. Sie lächelte beim Gedanken daran, daß er das ganze Abenteuer vermutlich mit einem Scherz abgetan und seine Rolle heruntergespielt hätte. Komisch, dachte sie, daß ich seine Reaktionen und Gedanken voraussagen kann, obwohl ich ihn erst seit ein paar Stunden kenne.

»Sie haben mehr durchgemacht, als man von einem Menschen guten Gewissens erwarten kann«, sagte Russell, als er sah, daß Julia kaum noch die Augen offenhalten konnte.

»Sie haben sich großartig verhalten«, sagte Harper voller Hochachtung, als er schließlich den Recorder abstellte. »Ein hervorragender Bericht. Ihrem Einsatz ist es zu verdanken, daß ein wichtiges Glied dieser internationalen Schlepperorganisation zerschlagen werden konnte.«

»Die bauen sich einfach woanders etwas Neues auf«, sagte Julia und unterdrückte ein Gähnen.

Russell zuckte die Achseln. »Zu schade, daß wir nicht genug Beweise haben, um Qin Shang vor einen internationalen Gerichtshof zu zitieren.«

Plötzlich war Julia wieder hellwach. »Was sagen Sie da? Nicht genug Beweise? Ich kann beweisen, daß dieses angebliche Kreuzfahrtschiff voll illegaler Ausländer in Diensten der Qin Shang Maritime Limited fährt. Das und die Leichen, die im Orion Lake liegen, sollten reichen, um Qin Shang anzuklagen und zu verurteilen.«

Harper schüttelte den Kopf. »Wir haben es nachgeprüft. Das Schiff steht offiziell in Diensten einer dubiosen koreanischen Reederei. Und was das Anwesen am Orion Lake angeht, so haben Shangs Vertreter zwar sämtliche Verträge ausgehandelt, aber laut Grundbucheintragung befindet es sich im Besitz einer in Vancouver, Kanada, ansässigen Beteiligungsgesellschaft namens Nanchang Investments. Daß ausländische Unternehmen diverse Briefkastenfirmen in verschiedenen Ländern gründen, ist durchaus nichts Ungewöhnliches, aber dadurch ist es sehr schwer, die Spur zur Mutterfirma und ihren Besitzer, die Direktoren und die Anteilseigner zu verfolgen. Auch wenn es sich wie eine faule Ausrede anhören mag, aber aufgrund der Beweislage würde Qin Shang von keinem internationalen Gerichtshof schuldig gesprochen werden.«

Julia schaute geistesabwesend aus dem Fenster. Zwischen zwei Häusern hindurch konnte sie das düstere Gemäuer von Alcatraz sehen, dem einstmals berüchtigten, aber jetzt stillgelegten Gefängnis. »Dann war also alles umsonst«, versetzte sie empört. »Der Tod der vielen unschuldigen Menschen im See, all die Qualen, die ich auf mich genommen habe, Pitts tollkühner Einsatz, die Razzia auf das Anwesen. Qin Shang wird sich ins Fäustchen lachen und weitermachen wie bisher, so als wäre das Ganze nur eine kleine Unannehmlichkeit gewesen.«

»Ganz im Gegenteil«, beruhigte sie Harper. »Ihre Erkenntnisse sind unschätzbar wertvoll. Leicht wird es nicht werden, und es wird noch viel Zeit kosten, aber früher oder später werden wir Qin Shang und seinesgleichen das Handwerk legen.«

»Peter hat recht«, fügte Russell hinzu. »Wir haben bislang nur ein kleines Scharmützel gewonnen, aber immerhin haben wir dem Kraken dabei einen Arm abgehauen. Und wir haben neue Erkenntnisse über die Verbindungen zwischen der chinesischen Politik und diesen Schlepperorganisationen gewonnen. Unsere Aufgabe ist etwas einfacher geworden, nachdem wir nun wissen, auf welch verschlungene Wege wir unser Augenmerk richten müssen.«

Harper ergriff seinen Aktenkoffer und ging zur Tür. »Wir brechen jetzt auf, damit Sie sich endlich ausruhen können.«

Russell tätschelte ihr sanft die Schulter. »Ich wünschte, ich könnte Sie für längere Zeit in Urlaub schicken, aber Sie werden in unserer Zentrale in Washington erwartet, sobald Sie wieder auf die Beine kommen.«

»Ich möchte Sie um einen Gefallen bitten«, sagte Julia.

Beide Männer blieben bei der Tür stehen. »Heraus damit«, sagte Russell.

»Ich möchte meinen Eltern hier in San Francisco einen kurzen Besuch abstatten, aber ansonsten würde ich nächste Woche gern wieder zum Dienst antreten. Ich bitte hiermit offiziell darum, daß ich auch künftig zu den Ermittlungen gegen Qin Shang herangezogen werde.«

Russell schaute Harper an, doch der lächelte lediglich. »Das versteht sich wohl von selbst«, sagte Russell. »Was glauben Sie denn, weshalb man Sie in Washington braucht? Weil Sie besser über Shangs Schlepperorganisation Bescheid wissen als jeder andere Mitarbeiter des INS.«

Als die beiden gegangen waren, kämpfte Julia ein letztes Mal gegen die bleierne Müdigkeit an. Sie griff zu dem auf dem Nachttisch stehenden Telefon und wählte die Fernsprechauskunft. Nachdem sie die gewünschte Nummer erfahren hatte, rief sie in der NUMA-Zentrale in Washington an und erkundigte sich nach Dirk Pitt.

Sie wurde zu seiner Sekretärin durchgestellt, die ihr mitteilte, daß Pitt in Urlaub sei und seinen Dienst bislang noch nicht wieder angetreten habe. Julia legte auf und ließ den Kopf auf das Kissen sinken. Sie kam sich eigenartig vor, wie verwandelt. Ich führe mich auf wie ein billiges Flittchen, dachte sie, stelle einem Mann nach, den ich kaum kenne. Warum um alles auf der Welt, fragte sie sich, muß mir ausgerechnet jemand wie Dirk Pitt über den Weg laufen?

14

Pitt und Giordino kamen nicht bis nach Washington. Als sie den Hubschrauber bei strömendem Regen zum meereswissenschaftlichen Institut der NUMA in Bremerton zurückbrachten, wurden sie dort von Admiral Sandecker erwartet. Die meisten anderen Männer in seiner Position wären in ihrem warmen Büro geblieben, hätten es sich auf dem Sofa bequem gemacht, eine Tasse Kaffee getrunken und ihre Untergebenen zu sich kommen lassen. Aber Sandecker hatte seine eigenen Vorstellungen. Mit erhobenem Arm stand er im dichten Regen und schirmte das Gesicht vor dem Dunstschleier ab, den die Rotorblätter aufwirbelten. Nachdem sie zum Stillstand gekommen waren, begab er sich dann zur Einstiegsluke. Er wartete geduldig, bis Gunn sie aufstieß und, gefolgt von Giordino, zu Boden sprang.

»Ich habe euch schon vor über einer Stunde erwartet«, knurrte Sandecker.

»Niemand hat uns vorgewarnt, daß Sie hier sind, Admiral«, sagte Gunn. »Als wir das letztemal miteinander gesprochen haben, hatten Sie beschlossen, in Washington zu bleiben.«

»Ich habe meine Meinung geändert«, versetzte Sandecker barsch. Als er niemanden mehr im Cockpit sah, wandte er sich an Giordino. »Habt ihr Dirk nicht mitgebracht?«

»Der hat von Grapevine Bay bis hierher geschlafen wie ein Murmeltier«, antwortete Giordino ohne sein sonst übliches Grinsen. »Er ist nicht in bester Verfassung. Er war ja schon ziemlich fertig, als er zum Orion Lake gefahren ist, und dann geht er auch noch hin und fängt sich schon wieder eine Kugel ein.«

»Eine Kugel?« Sandecker zog eine finstere Miene. »Keiner hat mir gesagt, daß er angeschossen ist. Wie schlimm hat's ihn erwischt?«

»Nichts Ernstes. Die Kugel hat glücklicherweise den Beckenknochen verfehlt und ist rechts über dem Hintern ein- und wieder ausgetreten. Ein Arzt in Grapevine hat die Wunde untersucht und versorgt. Er hat gemeint, daß er eigentlich nicht in der Weltgeschichte rumlaufen sollte, aber unser Freund hat bloß gelacht und verlangt, daß wir uns auf die Suche nach der nächsten Bar machen. Hat behauptet, er bräuchte lediglich zwei Gläser Tequila, dann wäre er wieder wie neugeboren.«

»Und, haben zwei Gläser Tequila gereicht?« fragte Sandecker spöttisch.

»Es waren eher vier.« Giordino drehte sich um, als Pitt aus dem Hubschrauber stieg. »Überzeugen Sie sich selbst.«

Sandecker blickte auf und sah einen Mann vor sich, der wie ein Bergwanderer gekleidet war. Er wirkte dünn und ausgemergelt, so als hätte er sich in letzter Zeit überwiegend von wilden Beeren im Wald ernährt. Die Haare waren zerzaust und standen in alle Richtungen ab, das Gesicht war hager und abgespannt, aber die Augen leuchteten so hell und klar wie eh und je, und er grinste über das ganze Gesicht.

»Mein Gott, der Admiral«, brüllte Pitt. »Sie hätte ich hier draußen im Regen zuallerletzt erwartet.«

Sandecker hätte am liebsten gelacht, doch er schaute weiter finster drein und gab sich unwirsch. »Ich dachte, ich stelle zur Abwechslung einmal meine Menschenfreundlichkeit unter Beweis und erspare euch einen Umweg von achttausend Kilometern.«

»Ich soll also nicht gleich an meinen Schreibtisch?«

»Nein. Sie und Al fliegen nach Manila.«

»Manila«, erwiderte Pitt verdutzt. »Das ist doch auf den Philippinen.«

»Daran hat sich meines Wissens nichts geändert«, versetzte Sandecker.

»Wann?«

»In einer Stunde.«

»In einer Stunde?« Pitt starrte ihn an.

»Ich habe für euch zwei Plätze in einer Linienmaschine reservieren lassen. Sie und Al werden damit über den Pazifik fliegen.«

»Und was sollen wir machen, wenn wir in Manila sind?«

»Wenn ihr mit reinkommt, bevor wir in dem Regen alle ersaufen, erkläre ich's euch.«

Nachdem er Pitt zwei Tassen Kaffee aufgenötigt hatte, scharte Sandecker seine Mannen in einem abgeschiedenen Aquarium um sich. Als sie zwischen den großen Tanks Platz genommen hatten, in denen die Meeresbiologen der NUMA zu Forschungszwecken allerlei Getier aus dem Nordpazifik hielten, berichtete der Admiral Pitt und Giordino von der Besprechung mit dem Präsidenten und den Vertretern der Einwanderungsbehörde, an der er und Gunn teilgenommen hatten.

»Der Mann, auf dessen kriminelle Machenschaften Sie droben am Orion Lake gestoßen sind, leitet eine riesige Schlepperorganisation, die illegale Einwanderer in aller Herren Länder befördert. Er schleust buchstäblich Millionen von Chinesen nach Europa, Nord- und Südamerika, ja sogar nach Afrika ein. Insgeheim wird er von der chinesischen Regierung unterstützt und finanziert. Denn je mehr Menschen er aus dem übervölkerten Land herausschafft, desto besser für Chinas Wirtschaft. Zumal viele davon in der Fremde in einflußreiche Stellungen aufrücken, aber nach wie vor den Anweisungen aus der Heimat gehorchen. International gesehen, verfügt China damit über eine ungeheure Macht. Wir haben es hier mit einem weltweiten Komplott zu tun, dessen Folgen überhaupt nicht abzusehen sind, wenn Qin Shang ungestört weitermachen kann.«

»Der Mann hat Hunderte von Menschen auf dem Gewissen, deren Leichen am Grund des Orion Lake liegen«, warf Pitt wütend ein. »Wollen Sie mir etwa sagen, daß man ihn nicht wegen Massenmordes anklagen und zur Rechenschaft ziehen kann?«

»Anklagen können wir ihn schon, aber ob es zu einem Urteil reicht, steht auf einem anderen Blatt«, antwortete Sandecker. »Qin Shang verschanzt sich hinter zahllosen Schein-, Briefkasten- und Tochterfirmen. Nach Auskunft von Duncan Monroe, dem Direktor des INS, ist Qin Shang sowohl politisch als auch finanziell so gut abgesichert, daß es keinerlei handfeste Beweise für seine Mitschuld an den Massenmorden am Orion Lake gibt.«

»Der Mann ist offenbar unantastbar«, meinte Gunn.

»Niemand ist unantastbar«, sagte Pitt bedächtig. »Wir haben alle unseren wunden Punkt.«

»Wie wollen wir den Mistkerl drankriegen?« fragte Giordino geradeheraus.

Sandecker beantwortete die Frage nur zum Teil. Er erklärte ihnen, welche Aufgaben der Präsident der NUMA zugedacht hatte, und verwies darauf, daß sie den alten Ozeandampfer *United States* und den Hafen Sungari in Louisiana genauer unter die Lupe nehmen sollten. »Rudi wird das Team leiten, das die Unterwassererkundungen in Sungari vornimmt«, sagte er abschließend. »Dirk und Al untersuchen den Ozeandampfer.«

»Und wo finden wir die *United States*?« fragte Pitt.

»Bis vor drei Tagen lag sie in Sewastopol am Schwarzen Meer, wo sie umgerüstet wurde. Aber laut unseren Satellitenfotos ist sie mittlerweile aus dem Trockendock ausgelaufen, hat die Dardanellen passiert und ist in Richtung Suezkanal unterwegs.«

»Eine ganz schöne Strecke für ein fünfzig Jahre altes Schiff«, sagte Giordino.

»Aber nicht außergewöhnlich«, sagte Pitt und starrte zur Decke, als ob er dort den Text ablesen könnte, den er frei aus dem Gedächtnis zitierte. »Die *United States* konnte sie alle abhängen, selbst die Besten. Auf ihrer Jungfernfahrt von New York nach England hat sie den bis dahin von der *Queen Mary* gehaltenen Rekord für die schnellste Atlantiküberquerung um glatte zehn Stunden unterboten. Sie ist seinerzeit mit einer Durchschnittsgeschwindigkeit von fünfunddreißig Knoten gelaufen. Das ist seither unübertroffen.«

»Dann muß sie ganz schön schnell gewesen sein«, warf Gunn ein. »Das sind umgerechnet rund fünfundsechzig Stundenkilometer.«

Sandecker nickte. »Sie ist nach wie vor schneller als jedes zivile Schiff, das vor oder nach ihr gebaut wurde.«

»Wie ist sie in Qin Shangs Hände geraten?« fragte Pitt. »Meines Wissens wollte sie die U.S. Maritime Administration doch nicht verkaufen, es sei denn, sie bleibt unter amerikanischer Flagge.«

»Qin Shang hat sie einfach ausgespielt. Er hat das Schiff über eine amerikanische Firma erstanden, die es wiederum an einen Käufer aus einem befreundeten Land weiterveräußerte, einen türkischen Geschäftsmann. Als unsere Aufsichtsbehörden feststellten, daß sich hinter dem türkischen Aufkäufer ein Chinese verbirgt, war es bereits zu spät.«

»Und was will Qin Shang mit der *United States* anfangen?« fragte Pitt, der nach wie vor nicht recht durchblickte.

»Er steckt mit der chinesischen Volksbefreiungsarmee unter einer Decke«, erwiderte Gunn. »Durch den Kauf schlägt er zwei Fliegen mit einer Klappe. Er kann sie als Kreuzfahrtschiff tarnen und damit illegale Einwanderer einschleusen. Den chinesischen Militärs wiederum steht ein Schiff zur Verfügung, das sie binnen kürzester Zeit zum Truppentransporter umrüsten können.«

»Meiner Meinung nach hätte da unser Verteidigungsministerium längst draufkommen können und sie schon vor Jahren zum Truppentransporter umbauen lassen sollen«, sagte Giordino. »Im Golfkrieg hätte sie eine ganze Infanteriedivision in knapp fünf Tagen von den Vereinigten Staaten nach Saudi-Arabien transportieren können.«

Sandecker strich sich gedankenverloren über den Bart. »Heutzutage transportiert man Truppen per Luftbrücke. Mit Schiffen schafft man hauptsächlich den Nachschub und das schwere Gerät heran. Egal, wie man dazu steht, aber der einstmals so stolze Transatlantikdampfer hatte seine beste Zeit längst hinter sich.«

»Und wie lautet nun unser Auftrag?« fragte Pitt sichtlich ungeduldig. »Wenn der Präsident unbedingt verhindern will, daß mit der *United States* illegale Einwanderer eingeschleust werden, warum schickt er dann kein Atom-U-Boot los und läßt sie kurzerhand torpedieren?«

»Und was ist, wenn sich die chinesischen Militärs revanchieren und ein Kreuzfahrtschiff voller amerikanischer Touristen versenken?« versetzte Sandecker. »Davon halte ich gar nichts. Es muß bessere und weniger gefährliche Möglichkeiten geben, diesen Qin Shang in die Knie zu zwingen.«

»Zum Beispiel?« fragte Giordino vorsichtig nach.

»Erkenntnisse!« blaffte Sandecker ihn an. »Wir müssen noch allerhand in Erfahrung bringen, bevor der INS zugreifen kann.«

»Wir sind aber keine Spezialisten für verdeckte Einsätze«, erwiderte Pitt ungerührt. »Was erwartet man von uns? Daß wir uns einschiffen, eine Luxuskabine beziehen und Fragebogen an den Kapitän und die Besatzung verteilen?«

»Mir ist durchaus klar, daß Sie der Sache wenig abgewinnen können«, sagte Sandecker, als er sah, daß Pitt und Giordino wenig begeistert auf den Auftrag reagierten. »Aber ich meine es ernst, wenn ich sage, daß Ihre Erkenntnisse von großer Bedeutung für das Wohl dieses Landes wären. Dieser ungebremste Zustrom illegaler Einwanderer muß unterbunden werden. Menschen vom Schlage eines Qin Shang sind der pure Abschaum, nichts anderes als moderne Sklavenhändler.« Sandecker hielt einen Moment inne und musterte Pitt. »Soweit ich weiß, haben Sie mit eigenen Augen gesehen, zu welcher Unmenschlichkeit dieses Pack fähig ist.«

Pitt nickte kaum merklich. »Ja, ich weiß Bescheid.«

»Unsere Regierung muß doch irgend etwas tun können, um diese Menschen aus ihrer Fron zu befreien«, sagte Gunn.

»Wenn jemand illegal einreist und anschließend untertaucht, kann man ihn schlecht beschützen«, erwiderte Sandecker.

»Wäre es nicht eine lohnenswerte Aufgabe, sie aufzuspüren, zu befreien und in die Gesellschaft einzugliedern?« hakte Gunn nach.

»Der INS hat sechzehnhundert Ermittler für insgesamt fünfzig Bundesstaaten – diejenigen, die im Ausland eingesetzt sind, nicht mitgezählt. Diese Ermittler haben alles in allem über dreihunderttausend illegale Ausländer festgenommen, die sich hierzulande etwas haben zuschulden kommen lassen. Sie bräuchten doppelt soviel Personal, um ihrer Aufgabe auch nur halbwegs gerecht zu werden.«

»Wie viele Illegale reisen jedes Jahr in die Vereinigten Staaten ein?« fragte Pitt.

»Genaue Zahlen weiß keiner«, antwortete Sandecker. »Aber letztes Jahr sind allein aus Asien und Lateinamerika schätzungsweise zwei Millionen Menschen eingewandert.«

Pitt schaute durch das Fenster hinaus auf das ruhige Wasser des Puget-Sund. Der Schauer war vorübergezogen, und die Wolkendecke riß auf. Über den Hafenanlagen stand ein Regenbogen. »Kann sich jemand vorstellen, worauf das hinausläuft?«

»Auf eine gewaltige Menschenmasse«, sagte Sandecker. »Bei der letzten Volkszählung hatten die Vereinigten Staaten rund zweihundertfünfzig Millionen Einwohner. Wenn man die steigende Geburtenrate bei gleichzeitig zunehmenden Einwandererzahlen bedenkt, ob legal oder illegal, dann wird die Bevölkerung bis zum Jahr 2050 auf dreihundertfünzig Millionen anwachsen.«

»In den nächsten fünfzig Jahren hundert Millionen mehr«, warf Giordino düster ein. »Ich hoffe, daß ich bis dahin nicht mehr da bin.«

»Kaum vorzustellen, was damit auf dieses Land zukommt«, sagte Gunn nachdenklich.

»Jede Hochkultur ist entweder an inneren Unruhen zugrunde gegangen oder wurde unter äußerem Einfluß, durch Völkerwanderungen etwa, von Grund auf verändert«, sagte Sandecker.

Giordino kümmerte das nicht – um die Zukunft machte er sich wenig Sorgen. Im Gegensatz zu Pitt, der viel für die Vergangenheit übrig hatte, lebte Giordino nur im Jetzt und Hier. Gunn starrte gedankenverloren zu Boden und versuchte sich auszumalen, welche

Probleme ein Bevölkerungszuwachs von fünfzig Prozent mit sich bringen mochte.

»Und der Präsident in seiner unendlichen Weisheit erwartet also, daß wir das Leck von Hand abdichten«, versetzte Pitt trocken.

»Und wie genau sollen wir unseren Kreuzzug führen?« fragte Giordino, während er vorsichtig eine riesige Zigarre aus der Holzumhüllung schälte und das Ende langsam, ganz langsam, über der Feuerzeugflamme hin und her drehte.

Sandecker starrte auf die Zigarre. Sein Gesicht lief rot an, als er feststellte, daß es sich um eine seiner Spezialanfertigungen handelte. »Am Flughafen in Manila werdet ihr von einem gewissen John Smith abgeholt –«

»Das hat doch was«, sagte Giordino. »Ich wollte schon immer mal den Kerl kennenlernen, der sich vor mir im Hotelgästebuch eingetragen hat.«

Für einen Außenstehenden mochte es den Eindruck erwecken, als hätten die Männer der NUMA keinerlei Respekt voreinander, aber um so mehr Vorbehalte. Doch der Schein trog. Pitt und Giordino verehrten Sandecker, der für sie eine Art Vaterfigur war. Mehr als einmal hatten sie, ohne zu zögern, ihr Leben riskiert, um ihn zu retten. Der Schlagabtausch, den sie sich lieferten, war ein Spiel, das ihnen im Laufe der Jahre in Fleisch und Blut übergegangen war und an dem sie alle ihren Spaß hatten. Die Gleichgültigkeit, die Pitt und Giordino zur Schau stellten, war nur vorgetäuscht. Aber die beiden waren viel zu rebellisch, als daß sie sich widerstandslos in eine Anweisung gefügt hätten. Außerdem war es nicht ihre Art, aufzuspringen, die Hacken zusammenzuschlagen und sich dienstbeflissen auf die nächste Aufgabe zu stürzen.

»Wir landen also in Manila und warten, bis sich ein gewisser John Smith bei uns vorstellt«, sagte Pitt. »Ich hoffe doch, daß da noch ein bißchen mehr dahinter ist?«

»Smith wird euch zum Hafen bringen«, fuhr Sandecker fort. »Dort begebt ihr euch an Bord eines Küstenfrachters. Ein ungewöhnliches, geradezu einzigartiges Schiff, wie ihr feststellen werdet. Wenn ihr den Fuß an Bord setzt, wird die *Sea Dog II,* ein Tauchboot der NUMA, bereits an Deck vertäut sein. Ihr habt die

Aufgabe, wenn es denn möglich ist, den Rumpf der *United States* unterhalb der Wasserlinie zu untersuchen und abzulichten.«

Pitt schüttelte ungläubig den Kopf. »Wir sollen also um das Schiff herumkurven und den Rumpf untersuchen? Der ist etwa dreimal so lang wie ein Fußballplatz. Müßte in rund achtundvierzig Stunden zu schaffen sein, falls das Boot so lange tauchen kann. Vorausgesetzt natürlich auch, daß Qin Shangs Sicherheitsdienst keine Sensoren am Rumpf angebracht hat, um eine derartige Annäherung zu verhindern.« Er blickte zu Giordino. »Was meinst du?«

»Ist doch kinderleicht«, ließ sich Giordino vernehmen. »Ich frag' mich nur, wie ein Tauchboot, das höchstens vier Knoten läuft, mit einem fünfunddreißig Knoten schnellen Schiff mithalten soll.«

Sandecker warf Giordino einen langen, säuerlichen Blick zu, ehe er antwortete. »Ihr führt eure Unterwassererkundung durch, wenn das Schiff im Hafen liegt. Das versteht sich wohl von selbst.«

»An welchen Hafen denken Sie dabei?« fragte Pitt.

»Nach Auskunft von CIA-Informanten in Sewastopol ist das Schiff in Richtung Hongkong unterwegs. Dort soll es endgültig ausgerüstet und mit der entsprechenden Innenausstattung versehen werden, bevor es Passagiere an Bord nimmt und auf Kreuzfahrt zu den großen Hafenstädten in den USA ausläuft.«

»Ist die CIA etwa mit von der Partie?«

»Sämtliche Nachrichtendienste arbeiten dem INS zu, bis wir die Sache unter Aufbietung aller Kräfte in den Griff bekommen haben.«

»Dieser Küstenfrachter«, sagte Pitt. »Wem gehört der?«

»Ich weiß, woran Sie denken«, erwiderte Sandecker. »Aber unsere Nachrichtendienste haben damit nichts zu tun. Das Schiff befindet sich in Privatbesitz. Mehr kann ich Ihnen dazu nicht sagen.«

Giordino stieß eine mächtige blaue Rauchwolke aus und blies sie zu einem der Fischtanks. »Von Manila bis Hongkong sind es auf dem Wasserweg gut tausend Meilen. Ein alter Trampdampfer schafft meines Wissens kaum mehr als acht bis neun Knoten. Wir sind also fast fünf Tage unterwegs. Können wir uns soviel Zeit leisten?«

»Von den Philippinen aus wird es keine achtundvierzig Stunden dauern, bis Sie in Hongkong vor Anker gehen und sich den Kiel der *United States* von unten werden ansehen können«, antwortete Sandecker.

»Das«, erwiderte Giordino, der skeptisch die Augenbrauen hochgezogen hatte, »könnte spannend werden.«

15

Um elf Uhr abends philippinischer Zeit stiegen Pitt und Giordino aus der Linienmaschine aus Seattle, passierten die Zollkontrolle und betraten die Haupthalle des Ninoy Aquino International Airport. Etwas abseits des Menschengedränges entdeckten sie einen Mann, der ein mit ungelenken Buchstaben beschriftetes Stück Pappkarton hochhielt. Normalerweise werden auf diesen Schildern stets die Namen der ankommenden Fluggäste genannt. Auf diesem aber stand lediglich SMITH.

Es war ein Riesenkerl; er sah aus wie ein ehemaliger Gewichtheber, der mittlerweile in die Breite gegangen war und einen mächtigen Bauch angesetzt hatte, der sich wie eine Wassermelone nach vorne wölbte. Er hing über eine fleckige Hose herab, die mühsam von einem viel zu kurzen Gürtel gehalten wurde. Das Gesicht war mit Narben übersät, die von einem guten Dutzend Schlägereien stammen mußten, und die große Hakennase war so oft gebrochen, daß die Spitze schräg nach links wies. Kinn und Wangen waren voller Bartstoppeln. Die blutunterlaufenen Augen deuteten darauf hin, daß er entweder zuviel trank oder zuwenig schlief. Die schwarzen Haare klebten wie eine schmierige Kappe am Schädel, und zwischen den schiefen gelben Zähnen klafften etliche Lücken. Auf seinem Kopf thronte eine schmuddelige Seglermütze. »Ich fress' einen Besen«, murmelte Giordino, »wenn das nicht der alte Blackbeard persönlich ist.«

Pitt ging zu der verlotterten Gestalt hin und sagte: »Schön, daß Sie uns abholen, Mr. Smith.«

»Willkommen an Bord«, sagte Smith mit einem freundlichen Lächeln. »Der Kapitän erwartet euch schon.«

Da sie nur Unterwäsche zum Wechseln, Toilettenartikel sowie Arbeitshemden und -hosen dabeihatten, die sie sich in einem Resteladen auf dem Weg zum Flughaften von Seattle besorgt und kurzerhand in zwei kleine Reisetaschen gestopft hatten, brauchten sie nicht am Gepäckband zu warten. Sie folgten Smith aus dem Flughafengebäude auf den Parkplatz. Smith blieb neben einem Toyota-Kleinbus stehen, der aussah, als wäre er bislang hauptsächlich bei Ralleys durch den Himalaja eingesetzt worden. Die Fenster waren größtenteils zerbrochen und notdürftig mit Sperrholz und Klebeband geflickt. Der Lack war verblichen und zerschrammt, die Trittbretter waren weggerostet. Doch Pitt bemerkte auch die erstklassigen, für schweres Gelände geeigneten Reifen, und er horchte auf, als der starke Motor losröhrte, sobald Smith den Zündschlüssel umdrehte.

Kaum hatten Pitt und Giordino auf den abgewetzten und zerschlissenen Vinylsitzen Platz genommen, als der Wagen auch schon losfuhr. Pitt versetzte seinem Freund einen leichten Stups mit dem Ellbogen: »Verraten Sie mir eins, Mr. Giordino«, sagte er so laut, daß es der Fahrer hören konnte. »Stimmt es, daß Sie ein sehr aufmerksamer Mensch sind?«

»Das bin ich wirklich«, entgegnete Giordino, der sofort begriff, worauf Pitt hinauswollte. »Mir entgeht nichts. Aber eins wollen wir nicht vergessen, Mr. Pitt. Auch Sie sind weltweit berühmt für Ihre Urteilskraft. Wollen Sie Ihre Fähigkeiten unter Beweis stellen?«

»Das will ich in der Tat.«

»Dann möchte ich Sie zunächst etwas fragen: Was halten Sie von diesem Gefährt?«

»Ich muß leider sagen, daß es wie eine Requisite aus einem Hollywoodfilm aussieht, in der sich kein Hippie mit auch nur einem Funken Selbstachtung erwischen lassen möchte. Andererseits wiederum ist es mit teuren Reifen bestückt, und der Motor dürfte um die vierhundert PS leisten. Höchst merkwürdig, meinen Sie nicht auch?«

»Sehr scharfsinnig, Mr. Pitt. Genau mein Eindruck.«

»Und Sie, Mr. Giordino? Sie besitzen doch so eine bemerkenswerte Menschenkenntnis. Was halten Sie von unserem handverlesenen Fahrer?«

»Ein Mann, dem keinerlei List, Tücke und Roßtäuscherei fremd ist, kurzum, ein Bauernfänger.« Giordino war jetzt in seinem Element und geriet immer mehr in Fahrt. »Haben Sie seinen ausladenden Bauch bemerkt?«

»Ein armseliger Kissentrick womöglich?«

»Genau«, rief Giordino, als handle es sich um eine große Offenbarung. »Dann wären da noch die Narben in seinem Gesicht und die zerschlagene Nase.«

»Ein schlechter Maskenbildner?« fragte Pitt unschuldig.

»Euch zwei kann man wohl nicht täuschen, was?« Mit finsterer Miene schaute der Fahrer in den Rückspiegel, aber Giordino war nicht mehr zu bremsen. »Selbstverständlich ist Ihnen auch das pomadige Haarteil aufgefallen.«

»Aber gewiß doch.«

»Was halten Sie von seiner Tätowierung?«

»Mit dem Füllfederhalter aufgetragen?« ließ Pitt sich vernehmen.

Giordino schüttelte den Kopf. »Sie enttäuschen mich, Mr. Pitt. Abziehbilder. Jeder Anfänger sieht doch schon von weitem, daß er Abziehbilder auf der Haut hat.«

»Asche über mein Haupt.«

Der Fahrer mochte nicht mehr länger schweigen. »Ihr zwei Hübschen haltet euch wohl für besonders schlau?« blaffte er nach hinten.

»Wir geben unser Bestes«, erwiderte Pitt leichthin.

Nachdem sie solcherart kundgetan hatten, daß sie nicht auf den Kopf gefallen waren, schwiegen Pitt und Giordino. Der Bus war unterdessen auf das Hafengelände gefahren. Smith kurvte um etliche hohe Kräne und Frachtgutstapel herum und hielt schließlich am Rand eines Piers, genau gegenüber von einem Anlegeplatz.

Wortlos stieg er aus dem Wagen und begab sich über eine Gangway auf eine Barkasse, die an einem kleinen Schwimmdock vertäut war. Die beiden Männer von der NUMA folgten ihm gehorsam. Der Matrose, der am Heck der Barkasse stand und das Ruder bediente, war ganz in Schwarz gekleidet – schwarze Hose, schwarzes T-Shirt und schwarze Strickmütze, die er trotz der schwülen Tropenhitze bis über beide Ohren heruntergezogen hatte.

Die Barkasse legte ab und nahm Kurs auf ein Schiff, das etwa fünfhundert Meter vom Frachtterminal entfernt vor Anker lag. Rundherum sah man die Lichter anderer Schiffe, die darauf warteten, daß sie unter den Kränen anlegen und ihre Fracht löschen konnten. Die Luft war kristallklar, und die bunten Positionslampen der Fischerboote draußen auf der Manila Bay funkelten wie Edelsteine vor dem dunklen Himmel.

Vor ihnen zeichneten sich die Umrisse des Schiffes ab. Pitt erkannte sofort, daß es sich nicht um einen typischen Trampdampfer handelte, wie sie zwischen den Inseln der Südsee verkehrten, sondern um einen Holzfrachter von der Pazifikküste, allerdings ohne Ladung. Mittschiffs waren keinerlei Aufbauten zu sehen. Der Maschinenraum befand sich unter den Mannschaftsunterkünften am Achterdeck. Unmittelbar hinter dem Ruderhaus am Heck ragten der Schornstein und ein hoher Mast auf. Ein zweiter, kleinerer Mast stand an der Back. Pitts Schätzung nach war das Schiff knapp neunzig Meter lang, etwa fünfzehn Meter breit und hatte zwischen vier- und fünftausend Bruttoregistertonnen. Ein Frachter dieser Größe konnte annähernd drei Millionen Kubikfuß Holz transportieren. Doch seine Zeit war längst abgelaufen. Seine Kollegen, die einst die Bretter und Balken von den großen Sägemühlen zu den Verbrauchern befördert hatten, waren schon vor fünfzig Jahren auf den Abwrackwerften gelandet und durch modernere Schlepp- und Schubkähne ersetzt worden.

»Wie heißt das Schiff?« fragte Pitt Smith.

»Das ist die *Oregon.*«

»Meiner Meinung nach hat sie einst jede Menge Holz transportiert.«

Smith schaute Pitt von der anderen Seite der Barkasse aus an und musterte ihn eingehend. »Woher willst du das denn wissen, mein Hübscher?«

»Mein Vater hat als junger Mann auf einem Holzfrachter angeheuert. Bis er mit dem Studium fertig war, ist er zehnmal zwischen San Diego und Portland hin- und hergefahren. In seinem Büro hängt ein Bild von dem Schiff.«

»Die *Oregon* ist fast fünfundzwanzig Jahre lang zwischen Vancouver und San Francisco verkehrt, bis sie ausgemustert wurde.«

»Ich frage mich, wann sie gebaut wurde.«

»Lange bevor ich zur Welt gekommen bin«, sagte Smith.

Der Rudergänger steuerte die Barkasse längsseits neben den Rumpf des großen Schiffes. Im Schein der Lichter am Mast und der Positionslampe an Steuerbord war zu erkennen, daß es einst dunkelorange gestrichen, jetzt aber vom Rost verfärbt war. Nur eine Strickleiter mit Holzsprossen hing herab.

»Nach euch, ihr Hübschen«, sagte Smith und deutete nach oben.

Pitt kletterte zuerst los, gefolgt von Giordino. Unterwegs strich Pitt mit den Fingern über eine Roststelle. Sie fühlte sich erstaunlich glatt und sauber an. Sämtliche Luken an Deck waren verschlossen und die Ladebäume nachlässig vertäut. Etliche Holzkisten standen kreuz und quer in der Gegend herum. Allem Anschein nach nahm es die Besatzung mit ihren Pflichten nicht allzu genau. Weit und breit war niemand zu sehen, aber irgendwo lief über Radio ein Strauß-Walzer, der ganz und gar nicht zum äußeren Eindruck des Schiffes paßte. Die *Sea Dog II* konnte Pitt nirgendwo entdecken.

»Ist unser Tauchboot schon eingetroffen?« fragte er Smith.

»Das ist in der großen Kiste unmittelbar hinter der Back verstaut.«

»Wo geht's zur Kapitänskajüte?«

Ihr verlotterter Führer hob einen Lukendeckel, unter dem eine Leiter zum Vorschein kam, die offenbar in einen Frachtraum führte. »Den findet ihr da unten.«

»Schiffskapitäne sind normalerweise aber nicht in Geheimkammern untergebracht.« Pitt blickte zu dem Aufbau am Heck. »Bei sämtlichen Schiffen, die ich bislang kennengelernt habe, ist die Kapitänskajüte unter dem Ruderhaus.«

»Da runter, mein Hübscher«, wiederholte Smith.

»Was, zum Teufel, hat uns Sandecker da eingebrockt?« murmelte

Giordino argwöhnisch, wandte Pitt den Rücken zu und ging instinktiv in Kampfstellung.

Seelenruhig, so als wäre es das Natürlichste auf der Welt, stellte Pitt seine Reisetasche ab, zog den Reißverschluß an einem Außenfach auf und holte seinen alten .45er Colt heraus. Bevor Smith wußte, wie ihm geschah, hielt er ihm die Mündung unter das Kinn. »Bitte um Entschuldigung, daß ich's nicht erwähnt habe, aber dem letzten Trottel, der mich Hübscher genannt hat, hab' ich die Birne weggeballert.«

»Okay, mein Bester«, sagte Smith, ohne die geringste Angst zu zeigen. »Mit Knarren kenn' ich mich aus. Nicht gerade in bestem Zustand, aber offensichtlich viel benutzt. Ziel bitte woandershin. Du willst doch nicht, daß dir was zustößt, oder?«

»Ich glaube nicht, daß ich derjenige bin, dem was zustößt«, sagte Pitt ungerührt.

»Könnte nichts schaden, wenn du dich mal umdrehst.«

Es war der älteste Trick der Welt, aber Pitt hatte nichts zu verlieren. Er warf einen kurzen Blick über das Deck und sah die Männer, die aus dem Schatten traten. Es waren insgesamt sechs – große, schweigsame Männer, alle genauso verlottert wie Smith, und jeder hatte eine automatische Waffe auf Pitt und Giordino gerichtet.

Pitt spannte den Hahn und drückte den Colt ein Stück tiefer in das weiche Fleisch unter Smiths Kinn. »Nützt es was, wenn ich sage, daß Sie auch dran sind, wenn es mich erwischt?«

»Willst du etwa, daß dein Freund mit draufgeht?« fragte Smith mit einem teuflischen Grinsen. »So wenig ich über Sie weiß, Pitt, aber so blöd sind Sie nicht.«

»Und was wissen Sie über mich?«

»Legen Sie die Knarre weg, dann reden wir miteinander.«

»Ich verstehe Sie auch jetzt sehr gut.«

»Ganz ruhig, Jungs«, sagte Smith zu seinen Männern. »Wir müssen ein bißchen Stil beweisen und unsere Gäste anständig behandeln.«

So unglaublich es war, aber die Männer der *Oregon* senkten die Waffen und brachen in Gelächter aus. »Geschieht Ihnen ganz recht, Skipper«, sagte einer von Ihnen. »Sie haben gesagt, die beiden sind vermutlich zwei Streber von der NUMA, die bloß Milch und Müsli essen.«

Giordino mischte sich sofort ins Geschehen ein. »Habt ihr auf diesem Rostkübel vielleicht ein Bier?«

»Zehn verschiedene Sorten«, sagte ein Besatzungsmitglied und schlug ihm auf den Rücken. »Schön, daß wir endlich mal Passagiere mit ein bißchen Mumm an Bord haben.«

Pitt senkte seine Waffe, schlug vorsichtig den Hahn ab und sicherte sie. »Ich habe das Gefühl, man hat uns vorgeführt.«

»Bitte um Entschuldigung für die Umstände«, sagte Smith herzlich, »aber wir müssen ständig auf der Hut sein.« Er wandte sich an seine Männer. »Lichtet den Anker, Jungs, und seht zu, daß wir nach Hongkong auslaufen.«

»Admiral Sandecker hat zwar gesagt, daß es ein ungewöhnliches Schiff ist«, sagte Pitt, während er seine Automatik wieder in die Reisetasche steckte. »Aber von der Besatzung hat er nichts erwähnt.«

»Wenn wir die Mätzchen jetzt mal seinlassen könnten«, sagte Smith, »führ' ich euch nach unten.« Er zwängte sich durch die enge Luke, stieg die Leiter hinab und verschwand. Pitt und Giordino folgten ihm und fanden sich in einem hell erleuchteten, mit Teppichboden ausgelegtem Gang wieder, dessen Wände in Pastellfarben gestrichen waren. Smith öffnete eine tadellos lackierte Tür und deutete mit dem Kopf nach innen. »Diese Kabine ist für euch zwei. Verstaut euer Zeug, richtet euch ein, macht's euch gemütlich, und danach stell' ich euch dem Kapitän vor. Seine Kajüte ist hinter der vierten Tür achteraus an Backbord.«

Pitt trat ein und schaltete das Licht an. Das hier war keine spartanisch eingerichtete Kabine auf einem heruntergekommenen Frachter. Sie war bestens ausgestattet und mindestens ebenso elegant wie ein Salon auf einem luxuriösen Kreuzfahrtschiff. Lediglich die Schiebetüren zur privaten Veranda fehlten. Von der Außenwelt sah man nichts, denn das einzige Bullauge war schwarz gestrichen.

»Was denn«, rief Giordino. »Keine Schale mit Obst auf dem Zimmer?«

Pitt schaute sich fasziniert um. »Ich frage mich, ob wir Abendgarderobe anlegen müssen, wenn wir mit dem Kapitän speisen.«

Sie hörten, wie die Ankerkette rasselnd eingeholt wurde, und spürten dann das leise Pochen der Maschinen unter ihren Füßen, als die *Oregon* aus der Manila Bay auslief und Kurs auf ihren Bestimmungsort Hongkong nahm. Ein paar Minuten später klopften sie an der Tür zur Kapitänskajüte. »Treten Sie bitte ein.«

Ihre Kabine war bereits mehr als prachtvoll, aber die hier konnte es mit jeder Penthaussuite aufnehmen. Sie sah aus wie der Ausstellungsraum eines Innenarchitekten in der besten Gegend von Beverly Hills. Das Mobiliar war teuer, aber geschmackvoll. Die Wände, beziehungsweise die Schotten, wie es in der Seemannssprache heißt, waren entweder mit kostbaren Hölzern getäfelt oder mit Gobelins verhängt. Der Teppich war dick und flauschig. An den beiden holzgetäfelten Wänden hingen etliche Ölgemälde, allem Anschein nach Originale. Pitt trat näher und betrachtete eins der prunkvoll gerahmten Bilder. Es war ein Seestück. Ein Schwarzer lag an Deck einer kleinen Schaluppe, die den Mast verloren hatte, während rundum Haie kreisten.

»Winslow Homers *Gulf Stream*«, sagte Pitt. »Ich dachte, das hängt in einem New Yorker Museum.«

»Das Original ja«, sagte der Mann, der neben einem wuchtigen alten Rollpult stand. »Das hier sind Fälschungen. Für die Originale käme in meinem Gewerbe keine Versicherung auf.« Der Mann, ein gutaussehender Mittvierziger mit blauen Augen und kurzgeschnittenen blonden Haaren, kam ihnen entgegen und bot ihnen die Hand zum Gruß. »Vorsitzender Juan Rodriguez Cabrillo. Zu Ihren Diensten.«

»Vorsitzender wie in Vorstandsvorsitzender?«

»In der Seefahrt nicht unbedingt üblich«, erklärte er. »Aber dieses Schiff wird wie ein Betrieb geführt, wie ein Unternehmen, wenn Sie so wollen. Daher auch die entsprechenden Rangordnungen für das Personal.«

»Mal was anderes«, sagte Giordino ungerührt. »Sagen Sie nichts, ich will raten. Ihr Erster Offizier ist vermutlich der Direktor.«

Cabrillo schüttelte den Kopf. »Mein, mein Chefingenieur ist der

Direktor. Mein Erster Offizier ist Geschäftsführer und stellvertretender Direktor.«

Giordino zog eine Augenbraue hoch. »Das kommt mir alles höchst spanisch vor.«

»Sie werden sich dran gewöhnen«, sagte Cabrillo.

»Soweit ich aus dem Geschichtsunterricht weiß«, versetzte Pitt, »haben Sie Anfang des sechzehnten Jahrhunderts Kalifornien entdeckt.«

Cabrillo lachte. »Mein Vater hat immer behauptet, daß Cabrillo, der Entdecker, ein Vorfahr von uns sei. Aber ich habe da meine Zweifel. Meine Großeltern stammen aus Sonora, Mexiko. Sie sind 1931 bei Nogales in die Vereinigten Staaten eingewandert und erwarben fünfzehn Jahre später die amerikanische Staatsbürgerschaft. Als ich zur Welt kam, bestanden sie darauf, daß ich den Namen eines berühmten Mannes tragen sollte.«

»Ich glaube, wir haben uns bereits kennengelernt«, sagte Pitt.

»Vor etwa zwanzig Minuten«, fügte Giordino hinzu.

»Wie Sie diesen abgehalfterten Seemann dargestellt haben, Vorsitzender Cabrillo, alias Mr. Smith, das war schon gekonnt.«

Cabrillo lachte schallend. »Ihr seid die ersten, die mich durchschaut haben.« Cabrillo war, im Gegensatz zu dem versoffenen Seebären, der sie am Flughafen abgeholt hatte, gut gebaut und eher schlank. Die schiefe Nase war ebenso verschwunden wie die Tätowierungen und der ausgestopfte Bauch.

»Ich muß zugeben, daß Sie mich getäuscht haben. Bis ich den Bus gesehen habe.«

»Ja, unser Landfahrzeug ist mehr, als es scheint.«

»Dieses Schiff«, sagte Pitt, »die Schauspielerei und das ganze Getue – worum geht's da überhaupt?«

Cabrillo bedeutete ihnen, daß sie auf einem Ledersofa Platz nehmen sollten. Er ging zu einer Teakholztür. »Ein Glas Wein?«

»Ein Bier wär' mir lieber«, sagte Giordino.

Cabrillo goß eins ein und reichte Giordino den Krug. »Ein philippinisches San Miguel.« Dann gab er Pitt ein Weinglas. »Ein Wattle Creek Chardonnay aus dem Alexander Valley in Kalifornien.«

»Sie haben einen hervorragenden Geschmack«, sagte Pitt anerkennend. »Ich habe das Gefühl, das gilt auch für Ihre Küche.«

Cabrillo lächelte. »Meine Küchenchefin habe ich einem noblen Restaurant in Brüssel abgeworben. Falls Sie vor lauter Völlerei unter Sodbrennen oder Magenverstimmung leiden sollten, steht Ihnen übrigens unsere ausgezeichnete Krankenstation zur Verfügung. Sie wird von einem hervorragenden Marinearzt geleitet, der nebenbei auch als Zahnarzt tätig ist.«

»Eins würde ich zu gern wissen, Mr. Cabrillo. In welchem Gewerbe ist die *Oregon* tätig, und für wen genau arbeiten Sie?«

»Die *Oregon* ist ein mit allen technischen Raffinessen ausgerüstetes Schiff, das in erster Linie der Beschaffung von nachrichtendienstlichen Informationen dient«, erwiderte Cabrillo, ohne zu zögern. »Wir fahren dorthin, wo kein Kriegsschiff der US Navy hingelangt, laufen Häfen an, die selbst für die meisten Handelsschiffe gesperrt sind, und befördern streng geheime Fracht, ohne den geringsten Verdacht zu erregen. Wir arbeiten für jede Regierungsbehörde der Vereinigten Staaten, die unser einzigartiges Angebot an Dienstleistungen in Anspruch nimmt.«

»Dann unterstehen Sie also nicht der CIA?«

Cabrillo schüttelte den Kopf. »Zu unserem Personal gehören zwar auch ein paar ehemalige Geheimagenten, aber dieses Schiff fährt ansonsten unter einer Elitebesatzung aus altgedienten Marineinfanteristen und Marineoffizieren, die allesamt den Dienst quittiert haben.«

»Und unter welcher Flagge fahren Sie? Ich konnte es in der Dunkelheit nicht erkennen.«

»Unter der iranischen«, erwiderte Cabrillo mit einem verschmitzten Lächeln. »Ein Land, das man zuallerletzt mit den Vereinigten Staaten in Verbindung bringen würde.«

»Gehe ich recht in der Annahme«, sagte Pitt, »daß Sie allesamt Söldner sind?«

»Ich gebe offen zu, daß wir mit unseren Geschäften Profit machen wollen, ja. Und wir werden fürstlich für die geheimen Dienste entlohnt, die wir für unser Land leisten.«

»Wem gehört dieses Schiff?« fragte Giordino.

»Wir sind sozusagen Aktionäre. Jeder an Bord besitzt einen Anteil an dem Unternehmen«, antwortete Cabrillo. »Manche etwas mehr, andere weniger, aber es gibt kein Besatzungsmitglied, das nicht mindestens fünf Millionen Dollar gewinnbringend im Ausland angelegt hat.«

»Weiß das Finanzamt darüber Bescheid?«

»Die Regierung hat einen Reptilienfonds für Unternehmen wie das unsrige«, erklärte Cabrillo. »Wir haben eine Vereinbarung getroffen, wonach unser Honorar über eine Reihe von Banken in Ländern ausbezahlt wird, die unseren Finanzbehörden keinerlei Auskunft erteilen.«

Pitt trank einen Schluck Wein. »Ist ja lieblich.«

»Dafür riskieren wir aber auch allerhand, mitunter sogar unser Leben. Die *Oregon* ist unser drittes Schiff. Ihre Vorgängerinnen wurden allesamt zerstört. Und in den dreizehn Jahren, die wir nun schon im Geschäft sind, haben wir zwanzig Mann verloren.«

»Weil ausländische Agenten auf Sie aufmerksam wurden?«

»Nein, bislang sind wir noch nicht enttarnt worden. Es hatte andere Gründe.« Offenbar wollte Cabrillo nicht näher darauf eingehen.

»Woher kam der Auftrag für diese Fahrt?« erkundigte sich Giordino.

»Das muß aber unter uns bleiben. Unser Einsatzbefehl kam aus dem Weißen Haus.«

»Höher geht's ja wohl kaum.«

Pitt schaute den Kapitän an. »Halten Sie es für machbar, daß wir einigermaßen nahe an die *United States* rankommen? Wir müssen einen riesigen Schiffsrumpf untersuchen, aber die *Sea Dog* wird über Batterien gespeist, und die halten nicht ewig. Wenn die *Oregon* allzuweit entfernt anlegen muß, verlieren wir zuviel Zeit bei der An- und Abfahrt.«

Cabrillo strahlte vor Zuversicht. »Ich bring' euch so nah ran, daß ihr einen Drachen über dem Schornstein steigen lassen könnt.« Dann schenkte er sich ein weiteres Glas Chardonnay ein und prostete ihnen zu. »Auf eine erfolgreiche Fahrt.«

16

Pitt ging an Deck und betrachtete die hin- und herschaukelnden Lichter an den Masten, über denen die Milliarden Sterne der Milchstraße standen. Er stützte die Arme auf die Reling und blickte über die Manila Bay hinweg zur Insel Corregidor. Still wie ein riesiges schwarzes Grabmal ragte die einstige Festung, die die Zufahrt zur Bucht beherrschte, aus der dunklen See. Ein paar vereinzelte Lichter funkelten auf dem Eiland, dazu die rote Warnbeleuchtung eines Sendeturms. Schwer vorzustellen, dachte Pitt, daß dieser Fels im Zweiten Weltkrieg heftig umkämpft worden ist. Tausende von Männern – Amerikaner im Jahre 1942 und Japaner bei der Rückeroberung 1945 – hatten hier den Tod gefunden. Etliche Hütten standen in der Nähe des verfallenden Kais, an dem sich General Douglas MacArthur einst an Bord von Commander Buckleys Torpedoboot begeben und sich nach Australien abgesetzt hatte, um später zurückzukehren.

Stechender Zigarrenqualm stieg Pitt in die Nase. Er drehte sich um und stellte fest, daß sich eins der Besatzungsmitglieder zu ihm an die Reling gesellt hatte. Der Mann war Ende Fünfzig, hatte hellwache Augen, eine Knollennase und leicht gerötete Haut ohne jede Sonnenbräune. Eine dünne rotbraune Haarsträhne zog sich über den ansonsten kahlen Kopf. Es war Max Hanley, der ihm vor dem Auslaufen vorgestellt worden war – nicht etwa als Chefingenieur, sondern als Direktor und technischer Betriebsleiter, wie es sich für ein Wirtschaftsunternehmen gehörte.

Seit das Schiff in See gestochen war, wirkte die Besatzung wie verwandelt. Auch Hanley trug jetzt, wie die anderen, legere Sportkleidung, die eher auf einen Golfplatz gepaßt hätte – Turnschuhe, weiße Shorts und ein kastanienbraunes Polohemd. Er hatte eine Tasse Kaffee in der Hand.

»Dieser alte Felsen hat allerhand erlebt«, sagte Hanley. »Ich komm' immer nach oben, wenn wir dran vorbeifahren.«

»Sieht jetzt ziemlich ruhig aus«, erwiderte Pitt.

»Mein Vater ist da drüben gefallen. Zweiundvierzig, bei einem japanischen Bombenangriff. Das Geschütz, das er bediente, hat einen Volltreffer abgekriegt.«

»Viele tapfere Männer sind da drüben gestorben.«

»Ganz recht.« Hanley schaute Pitt in die Augen. »Ich bin für den Einsatz Ihres Tauchbootes zuständig, vom Ausfieren bis zur Bergung. Wenn es hinsichtlich der Technik oder Elektronik irgend etwas gibt, bei dem ich oder meine Ingenieure Ihnen behilflich sein können, müssen Sie es nur sagen.«

»Da wäre schon was.«

»Raus damit.«

»Die *Sea Dog* müßte dringend umgespritzt werden. In seichtem Wasser ist das NUMA-Türkis zu auffällig. Man könnte uns von oben sehen.«

»Welche Farbe möchten Sie denn?« fragte Hanley.

»Einen Grünton«, erklärte Pitt, »der zur Farbe des Wassers im Hafen paßt.«

»Ich setz' meine Jungs sofort drauf an.« Hanley drehte sich um, lehnte sich mit dem Rücken an die Reling und blickte zu der dünnen Rauchfahne auf, die aus dem Schornstein des Schiffes aufstieg. »Meiner Meinung nach wär's viel einfacher, wenn man ein ferngesteuertes Tauchboot einsetzen würde.«

»Oder einen Tauchroboter«, sagte Pitt lächelnd. »Aber für die Untersuchung eines Schiffes von der Größe der *United States* ist ein bemanntes Tauchboot viel besser geeignet. Möglicherweise brauchen wir den Greifarm der *Sea Dog.* Außerdem sieht das menschliche Auge mehr als jede Videokamera.«

Hanley zückte eine alte Taschenuhr, die er an seinem Hosengürtel hängen hatte. »Wird Zeit, daß ich die Maschinen und die Navigationsanlage programmiere. Der Kapitän will sicher dreifache Fahrt voraus, sobald wir auf offener See sind.«

»Wir dürften derzeit mit etwa neun bis zehn Knoten laufen«, sagte Pitt neugierig.

»Reine Schau«, versetzte Hanley. »Sobald die *Oregon* in Hafennähe oder in Sichtweite anderer Schiffe kommt, tun wir so, als ob sie fast auseinanderbricht und mit ihren alten Maschinen kaum noch Fahrt macht. Weil sie nämlich wie ein alter Seelenverkäufer wirken soll. In Wirklichkeit hat sie zwei von Turbodieselmotoren getriebene Doppelschrauben und schafft über vierzig Knoten.«

»Aber wenn sie voll beladen ist, liegt sie ziemlich tief. Das hält auf.«

Hanley deutete mit dem Kopf zu den Frachtraumluken und den an Deck vertäuten Holzkisten. »Alles leer. Wir liegen nur deshalb so tief, weil wir Ballasttanks eingebaut haben, damit das Schiff so wirkt, als wäre es schwer beladen. Sobald wir die abpumpen, verringert sich der Tiefgang um fast zwei Meter und sie läuft viermal so schnell wie einst auf ihrer Jungfernfahrt.«

»Ein Wolf im Schafspelz sozusagen.«

»Und auch genauso bissig. Lassen Sie sich von Cabrillo mal zeigen, wie wir uns zu wehren wissen, wenn wir angegriffen werden.«

»Ganz bestimmt.«

»Gute Nacht, Mr. Pitt.«

»Gute Nacht, Mr. Hanley.«

Keine zehn Minuten später nahm das Schiff Fahrt auf. Pitt spürte, wie die Maschinen immer höher drehten. Er sah das kochende Kielwasser, bemerkte, daß sich das Heck um gut einen Meter absenkte, während der Bug sich gleichzeitig hob. Gischtend schnitt sie durch das Wasser, das brodelnd am Rumpf entlangströmte. Am Horizont zeichneten sich vereinzelte Gewitterwolken vor dem Sternenzelt ab, doch im Westen stand immer noch ein orangeroter Lichtstreifen am Himmel. Abendstimmung auf dem chinesischen Meer, dachte Pitt. Schöner als auf jeder Ansichtskarte.

Zwei Tage später näherte sich die *Oregon* der Einfahrt zum Hafen von Hongkong und lief bei Sonnenuntergang ein. Eine erstaunlich kurze Zeit für die Überfahrt von Manila zur chinesischen Küste. Unterwegs waren sie zweimal anderen Frachtern begegnet, worauf Cabrillo sofort den Befehl gegeben hatte, die Maschinen zu drosseln. Die Besatzung hatte wieder die schmuddeligen Overalls übergezogen, war an Deck getreten und hatte teilnahmslos zu dem anderen Schiff hinübergeblickt, wie es unter Seeleuten üblich ist, wenn man sich auf hoher See begegnet. Den Affen machen, nannte es Cabrillo. Auf Passagierschiffen winkt man einander zu, aber bei der Handelsmarine gönnt man sich allenfalls einen kurzen Blick, einen Augenaufschlag, hebt einmal kurz die Hand, die ansonsten reglos auf der Reling liegt, und verzieht sich dann wieder unter Deck. Sobald das andere Schiff weit genug weg war, befahl Cabrillo wieder volle Kraft voraus.

Pitt und Giordino waren unterdessen durch das Schiff geführt worden. Das Ruderhaus über den Heckaufbauten und die unmittelbar darunterliegenden Offiziers- und Mannschaftsquartiere, die allerdings nicht benutzt wurden, waren in einem grauenhaften Zustand. Die Schlamperei hatte indes Methode, wollte man dadurch doch die Hafenbeamten und Lotsen, die gelegentlich an Bord kamen, in die Irre führen. Der Maschinenraum jedoch wirkte alles andere als schrottreif. Das ließ Max Hanley nicht zu. Wenn Zoll- oder Hafeninspektoren die Maschinen in Augenschein nehmen wollten, ließ Hanley so viel Öl und Schmutz am Boden und an den Schotten des Zugangs verteilen, daß selbst der eifrigste Beamte nicht weiter vordringen wollte. Keiner kam auf die Idee, daß der Maschinenraum, der sich hinter der Luke am anderen Ende des schmuddeligen Ganges befand, so tadellos gepflegt war wie der Operationssaal eines Krankenhauses.

Die eigentlichen Unterkünfte für die Offiziere und Mannschaften waren unter den Frachträumen verborgen. Zudem verfügte die *Oregon* über ein umfangreiches Waffenarsenal. Genau wie einst die deutschen Blockadebrecher oder die britischen Q-Schiffe im Ersten Weltkrieg, hinter deren aufklappbaren Bordwänden schwere 15cm-Geschütze und Torpedorohre verborgen waren, besaß auch die *Oregon* eine Reihe gut getarnter Raketenwerfer, mit denen sie sich sowohl gegen andere Schiffe als auch gegen Luftangriffe zur Wehr setzen konnte. Das Schiff unterschied sich ganz erheblich von allen anderen, die Pitt bisher betreten hatte. Es war ein Meisterwerk, was Tarnung und Täuschung anging, und er vermutete, daß es auf sämtlichen Weltmeeren kein zweites seiner Art gab.

Er speiste mit Giordino zeitig zu Abend, bevor sie sich zu einer Besprechung mit Cabrillo ins Ruderhaus begaben. Er lernte dabei Marie du Gard kennen, die belgische Köchin, deren Referenzen so hervorragend waren, daß sie jeder Hotelier oder Restaurantbesitzer auf Knien angefleht hätte, als *chef du cuisine* in seine Dienste zu treten. Sie war an Bord der *Oregon* gelandet, weil Cabrillo ihr ein Angebot gemacht hatte, das sie nicht hatte ausschlagen können. Ihr stattliches Gehalt war klug angelegt, so daß sie nach zwei weiteren Einsätzen ihren Abschied nehmen und ein eigenes Restaurant in Manhattan eröffnen wollte.

Die Karte war hervorragend. Giordino, der eher schlichte Speisen bevorzugte, wählte das *boeuf à la mode,* Rinderschmorbraten in Rotweinsauce mit glasiertem Gemüse. Pitt entschied sich für *ris de veau au beurre noir,* Kalbsbries in gebräunter Butter sowie mit Krabbenfleisch gefüllte Pilze und eine gedünstete Artischocke mit einer Sauce hollandaise. Auf Anraten der Köchin trank er dazu einen ausgezeichneten 1992er Ferrari-Carano Siena aus dem Sonoma County. Pitt, der durchaus etwas von guter Küche verstand, hatte noch nie ein köstlicheres Mahl zu sich genommen, mit Sicherheit nicht auf einem Schiff wie der *Oregon.*

Nach einem Espresso stiegen Pitt und Giordino hinauf zum Ruderhaus. Die Rohre und Eisenbeschläge waren mit Rost überzogen. Von den Schotten und den Rahmen der Bullaugen blätterte die Farbe ab. Der Boden lag voller Schmutz und Zigarettenkippen. Nur wenige Geräte entsprachen dem neuesten Stand der Technik. Lediglich die Messingteile an dem altmodischen Kompaßgehäuse und am Maschinentelegraphen glänzten im Schein der uralten, nach wie vor mit 60-Watt-Birnen bestückten Lampen.

Vorstandsvorsitzender Cabrillo stand auf der Brückennock und hatte eine Pfeife zwischen die Zähne geklemmt. Das Schiff war mittlerweile in den West Lamma Channel eingelaufen, die Zufahrt zum Hafen von Hongkong. Es herrschte starker Verkehr, so daß Cabrillo in Vorbereitung auf die Übernahme des Hafenlotsen die Maschinen drosseln ließ. Nachdem man dreißig Kilometer weiter draußen die Ballasttanks geflutet hatte, wirkte die *Oregon* wieder wie Hunderte andere schwerbeladene alte Frachter, die den Hafen von Hongkong ansteuerten. Pitt sah die blinkenden roten Lichter auf dem Mount Victoria, mit denen die tief einschwebenden Flugzeuge vor den Fernseh- und Satellitenfunkantennen dort oben gewarnt wurden. Der Schein der zahllosen Lampen auf dem prachtvollen, bei Aberdeen auf Hongkong vertäuten Jumbo Floating Restaurant spiegelte sich wie ein Schwarm Glühwürmchen auf dem Wasser.

Die Offiziere und Mannschaften, die sich im Ruderhaus versammelt hatten, wirkten gelassen, so als wären mit dem geplanten Einsatz nicht die geringsten Gefahren verbunden. Der Navigationsraum und der Bereich um das Ruder dienten ihnen offenbar als Sitzungssaal, in dem sie sich nach Herzenslust über die Vor- und Nachteile der verschiedenen asiatischen Aktien und Anlagen auslassen konnten. Sie waren ausgebuffte Investoren, die das Geschehen auf den Finanzmärkten weit mehr zu interessieren schien als der bevorstehende Spionageauftrag.

Cabrillo trat von der Brückennock herein, bemerkte Pitt und Giordino und kam auf sie zu. »Meine Freunde in Hongkong haben mir mitgeteilt, daß die *United States* am Kai der Qin Shang Maritime bei Kwai Chung, nördlich von Kaulun, vertäut ist. Die zuständigen Hafenbeamten wurden bestochen, worauf man uns einen Liegeplatz zugewiesen hat, der nur rund fünfhundert Meter von dem Dampfer entfernt ist.«

»Hin und zurück tausend Meter«, sagte Pitt, während er kurz überschlug, wieviel Tauchzeit ihnen vor Ort zur Verfügung stand.

»Wie lange halten die Batterien der *Sea Dog* im äußersten Fall?« fragte Cabrillo.

»Vierzehn Stunden, wenn wir sparsam damit umgehen«, erwiderte Giordino.

»Wir könnten euch mit einer Barkasse hinschleppen. Ginge das, wenn ihr dabei unter Wasser bleibt, damit euch niemand sieht?«

Pitt nickte. »Wenn wir hin und zurück geschleppt werden, haben wir gut eine Stunde mehr Zeit zum Untersuchen des Rumpfes. Ich muß Sie aber darauf hinweisen, daß unser Tauchboot alles andere als leicht ist. Der Strömungswiderstand unter Wasser dürfte so hoch sein, daß eine kleine Barkasse kaum noch vorankommt.«

Cabrillo lächelte ungerührt. »Sie haben keine Ahnung, mit welchen Motoren unsere Barkasse und die Rettungsboote bestückt sind.«

»Ich habe auch nicht vor, mich danach zu erkundigen«, sagte

Pitt. »Aber ich nehme an, daß sie bei jedem Bootsrennen gut mithalten könnten.«

»Ihr habt bereits so viele technische Geheimnisse der *Oregon* erfahren, daß ihr ein Buch darüber schreiben könnt.« Cabrillo drehte sich um und spähte durch das Brückenfenster hinaus zu dem Lotsenboot, das vom Hafen aus auf sie zuhielt, eine Kehrtwendung machte und längsseits ging. Die Leiter wurde heruntergelassen, worauf der Lotse in voller Fahrt sein Boot verließ und an Bord kletterte. Er begab sich sofort zur Brücke, begrüßte Cabrillo und übernahm das Ruder.

Pitt ging hinaus auf die Brückennock und betrachtete das bunte Lichtermeer von Hongkong und Kaulun, während das Schiff durch den Kanal fuhr und den ihm zugewiesenen Ankerplatz nordwestlich des zentralen Hafenbeckens anlief. Die Wolkenkratzer am Rand des Hafens von Victoria strahlten wie ein Wald aus riesigen Christbäumen. Äußerlich hatte sich die Stadt kaum verändert, seit sie 1997 an die Volksrepublik China gefallen war. Für die meisten Bewohner ging das Leben weiter wie zuvor. Vor allem die Reichen, darunter auch viele große Unternehmen, waren seither jedoch weggezogen, hauptsächlich an die Westküste der Vereinigten Staaten.

Giordino gesellte sich zu ihm, als das Schiff sich Qin Shangs Kaianlage näherte. Der Transatlantikliner, einst der Stolz der amerikanischen Flotte, kam in Sicht und wurde immer größer.

Auf dem Flug nach Manila hatten er und Giordino einen langen Bericht über die *United States* gelesen. Sie war von dem berühmten Schiffskonstrukteur William Francis Gibbs entworfen und 1950 bei der Newport News Ship Building & Dry Dock Company auf Kiel gelegt worden. Gibbs, ein Genie sondergleichen, war, was den Schiffsbau anging, ebenso bahnbrechend wie Frank Lloyd Wright auf dem Gebiet der Architektur. Sein Traum war es, den bis dahin schnellsten und schönsten Ozeandampfer aller Zeiten zu bauen. Mit der *United States* setzte er ihn in die Tat um. Sie wurde sein Meisterwerk, und zur Glanzzeit der großen Ozeandampfer war ganz Amerika stolz auf sie. Kein anderes Schiff war auch nur annähernd so elegant und schnell.

Gibbs wollte um jeden Preis Gewicht sparen, und er achtete geradezu fanatisch auf die Verwendung feuerfester Materialien. Daher bestand er darauf, daß beim Bau soweit wie möglich Leichtmetall verarbeitet wurde. Die 1,2 Millionen Nieten, die den Rumpf zusammenhielten, die Ruderboote samt der Riemen, die Innenausstattung der Salons und Kabinen, die Badezimmerinstallationen, alles mußte aus Aluminium sein, selbst Kinderstühle, Kleiderbügel und Bilderrahmen. Die einzigen hölzernen Teile an Bord des gesamten Schiffes waren der Hackblock des Küchenchefs und ein feuerfester Steinway-Flügel. Am Ende hatte Gibbs das Gewicht der Aufbauten um zweieinhalbtausend Tonnen reduziert und trotzdem ein erstaunlich stabiles Schiff gebaut.

Mit 53 329 Bruttoregistertonnen bei einer Länge von dreihundert Metern und einer Breite von dreißig Metern galt sie damals wie heute als groß, aber sie war nicht der größte Dampfer der Welt. Die *Queen Mary* war seinerzeit fast dreißigtausend Tonnen schwerer und die *Queen Elizabeth* gut vierzehn Meter länger. Die schmucken Schiffe der Cunard Steamship Company mit ihren kostbaren Holztäfelungen und dem üppigen Dekor boten möglicherweise eine prachtvollere Atmosphäre, aber gerade durch ihre betonte Schlichtheit, ihre Geschwindigkeit und Sicherheit unterschied sich die *United States* von allen anderen Luxuslinern ihrer Zeit. Den Passagieren auf der *Big U*, wie sie von ihrer Besatzung liebevoll genannt wurde, standen 694 überwiegend geräumige und mit Klimaanlage ausgestattete Kabinen zur Verfügung. Neunzehn Fahrstühle verkehrten zwischen den einzelnen Decks. An Bord gab es nicht nur die üblichen Geschenkläden, sondern auch drei Bibliotheken, zwei Kinos und eine Kapelle.

Ihre beiden größten Trümpfe jedoch waren zu der Zeit, da sie in Dienst gestellt wurde, ein militärisches Geheimnis. Erst sieben Jahre später erfuhr man, daß sie innerhalb von wenigen Wochen zum Truppentransporter umgebaut werden und bis zu vierzehntausend Mann befördern konnte. Die vier Westinghouse-Dampfturbinen, die von acht mächtigen Kesseln gespeist wurden, leisteten bis zu zweihundertvierzigtausend PS – sechzigtausend für jede der vier Schrauben – und verliehen ihr eine Spitzengeschwindigkeit von knapp achtzig Kilometern pro Stunde. Als einer von wenigen Ozeandampfern konnte sie durch den Panamakanal, quer über den Pazifik und wieder zurück nach San Francisco fahren, ohne unterwegs auftanken zu müssen. Im Jahre 1952 gewann die *United States* das berühmte Blaue Band, das für die schnellste Atlantiküberquerung verliehen wird. Kein anderer Dampfer hat es seither errungen.

Ein Jahrzehnt nach dem Stapellauf galt sie als nicht mehr zeitgemäß. Verkehrsflugzeuge, mit denen man innerhalb kürzester Zeit zum Ziel gelangte, wurden allmählich zu einer ernsthaften Konkurrenz für die großen Passagierdampfer, die berühmten Greyhounds, die Windhunde der Meere, wie sie genannt wurden. Steigende Betriebskosten bei gleichzeitig sinkendem Passagieraufkommen bedeuteten schließlich das Ende für Amerikas größten Transatlantikliner. 1969 wurde die *United States* außer Dienst gestellt und lag anschließend dreißig Jahre lang in Norfolk, Virginia, vor Anker, bevor es sie schließlich nach China verschlug.

Pitt lieh sich ein Fernglas und betrachtete von der Brücke der *Oregon* aus das riesige Schiff. Der Anstrich war nach wie vor unverändert – schwarzer Rumpf, weiße Aufbauten, dazu das typische Rot-Weiß-Blau, die amerikanischen Nationalfarben, an den schnittigen Schornsteinen. Sie sah noch genauso großartig aus wie an dem Tag, an dem sie den Transatlantikrekord gebrochen hatte.

Verdutzt stellte er fest, daß das Schiff in voller Festbeleuchtung dalag. Laute Rufe und Hammerschläge hallten über das Wasser. Komisch, dachte er, daß Qin Shangs Leute rund um die Uhr arbeiten und sich offenbar keinen Deut um Geheimhaltung scheren. Dann, mit einemmal, brachen sämtliche Geräusche ab.

Der Lotse nickte Cabrillo zu, worauf der den betagten Maschinentelegraphen auf STOP stellte. Der Lotse hatte keine Ahnung, daß der Telegraph nicht in Betrieb war und Cabrillo den Befehl über ein kleines Handfunkgerät weitergab. Das Maschinengeräusch riß ab, und das Schiff glitt jetzt lautlos dahin. Dann befahl Cabrillo langsame Fahrt zurück, und kurz darauf ließ er alle Maschinen anhalten.

Cabrillo gab den Befehl, den Anker auszuwerfen. Pitt hörte die Kette rasseln, gefolgt von einem lauten Aufklatschen. Danach füllte Cabrillo die erforderlichen Papiere aus, trug die Anlegezeit ins

Logbuch ein und schüttelte dem Lotsen die Hand. Er wartete, bis er wieder an Bord des Lotsenbootes war, und winkte dann Pitt und Giordino zu sich. »Kommen Sie mit in den Navigationsraum. Dort können wir unser morgiges Programm besprechen.«

»Warum vierundzwanzig Stunden warten?« fragte Giordino.

Cabrillo schüttelte den Kopf. »Morgen nach Einbruch der Dunkelheit. Soviel Zeit muß sein. Außerdem kommen noch die Zollinspektoren an Bord. Wir sollten jedes Aufsehen vermeiden.«

»Ich glaube, es gibt da ein paar Unklarheiten«, sagte Pitt.

Cabrillo schaute ihn an. »Als da wären?«

»Wir brauchen Tageslicht. Bei Nacht können wir nichts erkennen.«

»Haben Sie keine Unterwasserleuchten?«

»Die sind bei Dunkelheit viel zu auffällig. Wenn wir die Strahler einschalten, dauert es keine zehn Sekunden, bis man uns entdeckt.«

»Wenn wir erst mal unter dem Kiel sind, bemerkt uns keiner mehr«, fügte Giordino hinzu. »Die größte Gefahr – daß uns einer von oben sieht – besteht dann, wenn wir uns den Rumpf von der Seite anschauen wollen.«

»Was macht ihr, wenn es unter dem Rumpf zu dunkel ist?« fragte Cabrillo. »Was ist, wenn die Sicht schlecht ist? Was dann?«

»Dann sind wir auf unsere Lampen angewiesen. Aber wenn sich die Sonne im Wasser spiegelt, dürfte man sie kaum wahrnehmen.«

Cabrillo nickte. »Das sehe ich ein. Angeblich soll es kurz vor der Morgendämmerung am dunkelsten sein. Folglich werden wir euer Tauchboot in aller Frühe zu Wasser lassen, euch so nah wie möglich zur *United States* rüberschleppen und noch vor Sonnenaufgang in Position bringen.«

»Klingt nicht schlecht«, erwiderte Pitt.

»Darf ich Sie was fragen, Mr. Cabrillo?« sagte Giordino.

»Schießen Sie los.«

»Mit welcher Begründung laufen Sie einen fremden Hafen an, wenn Sie keine Fracht befördern?«

Cabrillo warf Giordino einen verschmitzten Blick zu. »Sie haben doch sicher die leeren Holzkisten gesehen, die an Deck und in den Frachträumen über den Kabinen und der Kombüse herumstehen.

Das sind Attrappen. Sie werden ordnungsgemäß gelöscht und dann von einem Agenten, der für mich arbeitet und die entsprechenden Frachtpapiere ausstellt, in Empfang genommen und zu einem Lagerhaus gebracht. Nach einer gewissen Anstandsfrist werden sie mit vermeintlich neuem Inhalt und unter Angabe eines anderen Bestimmungsortes wieder zum Kai gebracht und verladen. Offiziell löschen wir also Fracht und nehmen neue an Bord.«

»Ihr Unternehmen erstaunt mich stets aufs neue«, sagte Pitt.

»Wir haben Sie doch durch den Computerraum im Bug des Schiffes geführt«, sagte Cabrillo. »Sie wissen also, daß die *Oregon* zu neunzig Prozent elektronisch gesteuert wird. Nur in Hafennähe, beim Ein- und Auslaufen, schalten wir auf Handbetrieb.«

Pitt reichte Cabrillo das Fernglas. »Sie sind doch ein alter Profi, was Tarnung und Täuschungsmanöver angeht. Kommt es Ihnen nicht komisch vor, daß Qin Shang die *United States* in aller Öffentlichkeit zu einem Schmugglerschiff umbauen läßt? Trotz der vielen Frachter, Fähren und Ausflugsboote, die hier vorbeifahren?«

»Merkwürdig ist das schon«, räumte Cabrillo ein. Er senkte kurz das Glas, zog an seiner Pfeife und musterte dann wieder das andere Schiff. »Daß offenbar alle Mann an Bord mit einemmal die Arbeit niedergelegt haben, ist aber auch merkwürdig. Außerdem kann ich keinerlei Sicherheitsvorkehrungen erkennen.«

»Was sagt Ihnen das?« fragte Giordino.

»Daß Qin Shang entweder ungewöhnlich sorglos ist oder daß er unsere Geheimdienste allesamt ausgetrickst hat«, sagte Cabrillo ruhig.

»Wenn wir den Schiffsrumpf untersucht haben, wissen wir mehr«, sagte Pitt. »Falls er tatsächlich vorhat, illegale Ausländer an der Einwanderungsbehörde vorbei ins Inland zu schmuggeln, muß er bestimmte technische Vorkehrungen treffen, damit er die Leute ungesehen ausschiffen kann. Es kann sich nur um eine Art Unterwasserschleuse handeln. Vielleicht will er sie per U-Boot an Land schaffen.«

Cabrillo klopfte seine Pfeife an der Reling aus und schaute den ins Wasser rieselnden Ascheresten hinterher. Dann blickte er nachdenklich zu dem alten Passagierschiff hinüber, das einst das

Schmuckstück der amerikanischen Handelsflotte gewesen war, betrachtete die hell erleuchteten Aufbauten und die beiden schnittigen, im Licht der Scheinwerfer gleißenden Schornsteine. »Euch ist doch hoffentlich klar«, sagte er schließlich bedächtig, »daß ihr euch nicht den geringsten Fehler erlauben dürft. Falls irgend etwas schiefgeht, sei es durch technisches Versagen, Schlamperei oder schieres Mißgeschick, und ihr werdet ertappt, wird man euch wegen Spionage wider die Volksrepublik China festnehmen und dementsprechend behandeln.«

»Foltern und Füsilieren«, sagte Giordino.

Cabrillo nickte. »Und was unsere Regierung angeht – da könnt ihr getrost davon ausgehen, daß niemand auch nur einen Finger für euch rührt.«

»Al und ich wissen sehr wohl, worauf wir uns einlassen«, sagte Pitt. »Aber Sie setzen dabei Ihr Schiff mitsamt der Besatzung aufs Spiel. Ich würde es Ihnen nicht verübeln, wenn Sie uns kurzerhand unserem Schicksal überlassen und sich davonmachen würden.«

Cabrillo schaute ihn an und lächelte versonnen. »Meinen Sie das ernst? Daß ich euch im Stich lassen würde? Ich denke nicht daran. Ganz bestimmt nicht. Dafür ist das Honorar, das man mir und meiner Besatzung geboten hat, viel zu hoch. Jeder Banküberfall ist gefährlicher, bringt aber nicht annähernd soviel ein.«

»Mehr als eine Million Dollar?« fragte Pitt.

»Deutlich über zehn«, erwiderte Cabrillo.

Giordino warf Pitt einen betrübten Blick zu. »Wenn ich bedenke, für welch kümmerlichen Lohn wir uns Monat für Monat bei der NUMA abschuften, frag' ich mich doch, was wir eigentlich falsch gemacht haben.«

17

Im ersten Morgengrauen wurde das Tauchboot *Sea Dog II* mit Pitt und Giordino an Bord per Ladekran aus der Transportkiste gehievt und langsam neben dem Schiff zu Wasser gelassen. Ein auf dem

Tauchboot stehendes Besatzungsmitglied löste die Trosse und wurde anschließend wieder an Bord gehievt. Dann ging die Barkasse der *Oregon* längsseits, und die Schleppleine wurde befestigt. Giordino stand in der offenen Luke, die rund anderthalb Meter aus dem Wasser ragte, während Pitt anhand einer Checkliste die Instrumente und die Bordtechnik überprüfte.

»Von uns aus kann's losgehen«, meldete Max Hanley von der Barkasse.

»Wir gehen auf drei Meter runter«, sagte Giordino. »Sobald wir die entsprechende Tiefe erreicht haben, könnt ihr loslegen.«

»Verstanden.«

Giordino schloß die Luke und legte sich neben Pitt in das Cockpit des Tauchbootes, das aussah wie eine dicke Sumatrazigarre mit zwei Stummelflügeln auf beiden Seiten, die zur Spitze hin nach oben gekrümmt waren. Das sechs Meter lange, zweieinhalb Meter breite und knapp anderthalb Tonnen schwere Boot mochte über Wasser unbeholfen wirken, aber auf Tauchfahrt war es wendig wie ein junger Wal. Es wurde von drei im Doppelheck untergebrachten Strahlturbinen angetrieben, die vorne durch die Einlaßstutzen Wasser ansaugten und es hinten wieder ausstießen. Die beiden Handgriffe – einer für die Neigungsbewegung beim Auf- und Abtauchen, der andere für Seitenbewegungen und Kurvenfahrt – sowie der Geschwindigkeitsregler sprachen auf die geringste Berührung an, so daß die *Sea Dog II* mühelos wenige Meter unter dem Wasserspiegel dahingleiten, aber auch binnen weniger Minuten auf sechshundert Meter Tiefe tauchen konnte. Die beiden Piloten, die auf dem Bauch lagen, hatten durch den verglasten Bug ein weitaus größeres Gesichtsfeld, als es bei den meisten anderen, nur mit kleinen Gucklöchern ausgestatteten Tauchbooten der Fall war.

Im Augenblick allerdings hatten sie unter Wasser so gut wie keine Sicht. Vor und über sich konnten sie mit Müh und Not die dunklen Umrisse der Barkasse erkennen. Dann ertönte ein tiefes Grollen, als Cabrillo die Drehzahl des schweren Rodeck-Motors steigerte, der das Doppelenderboot antrieb und bei einem Hubraum von achttausendachthundert Kubikzentimetern rund fünfzehnhundert PS leistete. Die Schraube wühlte das Wasser auf, das

Heck senkte sich ein Stück, und dann setzte sich die Barkasse mit dem sperrigen Tauchboot im Schlepptau in Bewegung. Mühsam wie eine Diesellokomotive, die sich mit einer langen Reihe Waggons eine Steigung hinaufkämpft, nahm die Barkasse allmählich Fahrt auf, wurde dann aber immer schneller, bis sie schließlich ihre schwere Last mit beachtlichen acht Knoten durch das Wasser zog. Daß Cabrillo den starken Motor erst mit einem Drittel seiner Leistungskraft laufen ließ, wußten Pitt und Giordino nicht.

Während der kurzen Anfahrt von der *Oregon* zur *United States* programmierte Pitt den Bordcomputer, der die Sauerstoffversorgung, die Elektronik und die Tiefensteuerung automatisch regelte und überwachte. Giordino aktivierte unterdessen den Greifarm und führte eine Reihe von Übungen durch.

»Ist die Funkantenne raus?« fragte Pitt.

Giordino, der neben ihm lag, nickte kurz. »Sobald wir zu Wasser gelassen wurden, habe ich das Kabel auf die volle Länge von achtzehn Metern ausgefahren. Wir ziehen sie an der Wasseroberfläche hinter uns her.«

»Wie hast du sie getarnt?«

Giordino zuckte die Achseln. »Der große Albert Giordino hat sich mal wieder einen ganz schlauen Trick einfallen lassen. Ich hab' sie mit einer ausgehöhlten Melone verkleidet.«

»Zweifellos aus der Küche gestohlen.«

Giordino warf Pitt einen beleidigten Blick zu. »Man muß es nehmen, wie es kommt. Sie war überreif, und die Chefin wollte sie in den Müllschlucker werfen.«

Pitt sprach in ein kleines Mikrofon. »Vorsitzender Cabrillo, können Sie mich hören?«

»Als ob Sie neben mir säßen, Mr. Pitt«, meldete sich Cabrillo sofort. Er und die anderen fünf Männer in der Barkasse hatten sich als einheimische Fischer verkleidet.

»Sobald wir das Einsatzgebiet erreichen, löse ich die Relaisantenne, damit wir über Funk weiter in Verbindung bleiben können, wenn Sie zur *Oregon* zurückkehren. Die Schleppleine ist beschwert und sinkt zu Boden, so daß die Antenne wie eine Boje funktioniert.«

»Wie groß ist die Reichweite?«

»Unter Wasser können wir auf eine Entfernung von bis zu fünfzehnhundert Metern senden und empfangen.«

»Verstanden«, sagte Cabrillo. »Haltet euch bereit, wir sind nur noch ein kurzes Stück vom Heck des Dampfers entfernt. Näher als fünfzig Meter kann ich nicht rangehen.«

»Sind irgendwelche Sicherheitskräfte zu sehen?«

»Das ganze Schiff und der Kai sind so leer und verlassen wie ein Grabmal im Winter.«

»Halten uns bereit.«

Cabrillo übertraf sich selbst. Er ließ den Motor der Barkasse drosseln, bis sie nur noch langsam dahinglitt, und steuerte sie direkt unter das Heck der *United States*. Die Sonne ging gerade auf, als ein Taucher über Bord sprang und sich an der Schleppleine nach unten hangelte. »Taucher unterwegs«, meldete Cabrillo.

»Wir sehen ihn«, antwortete Pitt, der durch den verglasten Bug nach oben blickte. Er sah, wie der Taucher den auf dem Boot angebrachten Kupplungsmechanismus löste und mit der Hand das bekannte »Okay«-Zeichen gab, ehe er mitsamt der Schleppleine nach oben verschwand. »Wir sind frei.«

»Geht vierzig Grad nach Steuerbord«, wies Cabrillo sie an. »Ihr seid nur zwoeinhalb Meter westlich vom Heck des Dampfers.«

Giordino deutete zu dem gewaltigen dunklen Schiffskörper hinauf, der im trüben Wasser über sie hinwegzugleiten schien. »Wir haben sie.«

»Jetzt seid ihr auf euch allein gestellt. Um halb fünf sehen wir uns wieder. Ich lass' einen Taucher bei eurer Antenne zurück.«

»Besten Dank, Juan«, sagte Pitt. Er war der Meinung, daß er den Vorstandsvorsitzenden jetzt ruhig mit dem Vornamen anreden konnte. »Ohne Sie und Ihre hervorragende Mannschaft hätten wir das nicht geschafft.«

»So ist es recht«, versetzte Cabrillo aufgeräumt.

Giordino blickte ehrfürchtig zu dem gigantischen Ruder auf, das über ihnen dräute, und betätigte dann den Hebel, mit dem die Antenne abgeworfen wurde. Aus ihrem Blickwinkel sah es so aus, als ob sich der Rumpf unendlich weit erstreckte. »Sie scheint mir ziemlich hoch zu liegen. Kannst du dich erinnern, wieviel Tiefgang sie hat?«

»Da muß ich raten«, sagte Pitt. »Um die zwölf Meter, würde ich meinen.«

»Allem Anschein nach hast du dich um gut anderthalb Meter verschätzt.«

Pitt nahm die von Cabrillo vorgeschlagene Kursänderung vor, drückte dann den Bug der *Sea Dog II* nach unten und ging tiefer. »Wir sollten lieber vorsichtig sein, sonst schlagen wir uns noch den Kopf an.«

Pitt und Giordino waren ein eingespieltes Team. Sie hatten in den Diensten der NUMA schon manche Meerestiefen erkundet und etliche Tauchboote gesteuert. Jeder wußte, was er zu tun hatte, ohne daß man sich absprechen mußte. Pitt war in diesem Fall der Pilot, während Giordino die Instrumente im Auge behielt und die Videokamera und den Greifarm bediente.

Pitt schob den Gasregler langsam nach vorn, lotste das Boot mit Hilfe der beiden Steuerknüppel unter dem riesigen Ruder hindurch und umkurvte die beiden Steuerbordschrauben mit ihren drei elegant geschwungenen Bronzeblättern, die im Zwielicht wie übergroße Ventilatoren wirkten. Lautlos wie ein Flugzeug am nächtlichen Himmel glitt die *Sea Dog II* durch das trübe Wasser, das mit zunehmendem Tageslicht immer grüner wurde.

Wie durch einen Nebelschleier zeichnete sich der Grund ab. Abfälle, die im Laufe der Jahre vom Kai und den vor Anker liegenden Schiffen geworfen worden waren, lagen im Schlick. Pitt und Giordino glitten über eine verrostete Gräting dahin, in der ein kleiner Schwarm Tintenfische hauste, die sich ab und an zwischen den Gitterstäben herauswagten und sofort wieder zurückzogen. Pitt vermutete, daß Hafenarbeiter den Gitterrost vor einiger Zeit einfach ins Wasser geworfen hatten. Er stoppte die Strahldüsen und ließ das Tauchboot auf den weichen Grund unter dem Heck des Dampfers sinken. Eine Schlickwolke stieg auf, legte sich wie brauner Dunst über die Bugkanzel und nahm ihnen vorübergehend jede Sicht.

Über ihnen zeichnete sich düster und bedrohlich der riesige Rumpf der *United States* ab, der wie ein schwerer schwarzer Vorhang im trüben Wasser hing. Sie kamen sich hier unten ziemlich einsam und verlassen vor. Wie abgeschnitten von der Außenwelt.

»Ich glaube, wir sollten uns ein paar Minuten Zeit nehmen und uns die Sache gründlich überlegen«, sagte Pitt.

»Frag mich nicht, warum«, sagte Giordino, »aber mir ist gerade ein blöder Witz aus meiner Kindheit eingefallen.«

»Was für ein Witz?«

»Der mit dem Goldfisch, der rot wird, als er die *Queen Mary* von unten sieht.«

Pitt zog eine säuerliche Miene. »Ziemlich dumpf, wie man's von einem Dumpfbeutel gewohnt ist. Für den Kalauer solltest du im Fegefeuer schmoren.«

Giordino tat, als hätte er ihn nicht gehört. »Nicht, daß ich unbedingt das Thema wechseln möchte, aber ich frage mich, ob die Pfeifen da oben nicht Schallsensoren am Rumpf angebracht haben.«

»Keine Ahnung. Solange wir keinen rammen, werden wir's wohl nicht erfahren.«

»Es ist immer noch ziemlich dunkel. Man kann kaum was erkennen.«

»Ich bin der Meinung, wir sollten die Strahler einschalten, sie soweit wie möglich runterfahren und dann den Kiel untersuchen. Daß uns unter dem Kiel jemand entdeckt, ist mehr als unwahrscheinlich.«

»Und wenn die Sonne höher steht, können wir uns allmählich nach oben vorarbeiten.«

Pitt nickte. »Nicht gerade brillant. Aber was Schlaueres fällt mir unter den gegebenen Umständen nicht ein. «

»Dann sollten wir uns lieber ranhalten«, sagte Giordino. »Sonst brauchen wir noch unseren Sauerstoff auf.«

Pitt betätigte den Antrieb, worauf das Tauchboot langsam aufstieg, bis es sich nur mehr gut einen Meter unter dem Kiel des Ozeanliners befand. Er konzentrierte sich darauf, die *Sea Dog II* auf gleicher Tiefe zu halten, warf alle paar Sekunden einen Blick auf den Positionsmonitor und achtete darauf, daß er auf geradem Kurs blieb, während Giordino nach oben spähte, den Rumpf auf Unebenheiten absuchte, die auf nachträglich eingebaute Ein- oder

Ausstiegsluken hindeuten könnten, und jede verdächtige Stelle mit der Videokamera aufnahm. Nach ein paar Minuten stellte Pitt fest, daß er besser zurechtkam, wenn er den Monitor nicht beachtete und sich einfach an den Schweißnähten orientierte.

Mit zunehmendem Sonnenlicht wurde die Sicht immer besser. Pitt schaltete die Scheinwerfer aus. Jetzt konnte er erkennen, daß die Stahlplatten, die kurz zuvor noch tiefschwarz gewirkt hatten, mit dunkelroter Rostschutzfarbe gestrichen waren. Pitt spürte den leichten Sog des Ebbstroms, doch er hielt das Tauchboot weiter auf Kurs. Zwei Stunden lang fuhren sie schweigend auf und ab, ganz auf ihre Aufgabe konzentriert.

Plötzlich ertönte Cabrillos Stimme. »Können die Herren schon einen Zwischenbericht erstatten?«

»Bislang gibt's nichts zu berichten«, antwortete Pitt. »Mit dem Kiel sind wir gleich fertig. Dann sind die Seiten dran, bis rauf zur Wasserlinie.«

»Hoffentlich erfüllt der neue Anstrich seinen Zweck.«

»Max Hanley und seine Männer haben einen etwas dunkleren Ton aufgetragen, als ich mir vorgestellt hatte«, sagte Pitt. »Aber solange niemand runter ins Wasser schaut, sollte alles klargehen.«

»Auf dem Schiff ist nach wie vor keine Menschenseele zu sehen.«

»Das läßt sich doch gut an.«

»Alsdann«, erwiderte Cabrillo aufgeräumt. »Bis in zwei Stunden und achtzehn Minuten. Seht zu, daß ihr nicht zu spät kommt.«

»Al und ich werden pünktlich dasein. Wir haben keine Lust, uns länger als nötig da unten rumzutreiben.«

»Halten uns bereit. Verstanden und Ende.«

Pitt beugte sich zu Giordino hinüber, ohne ihn anzuschauen. »Wie steht's mit unserem Sauerstoffvorrat?« fragte er.

»Passabel«, erwiderte Giordino kurz angebunden. »Batteriestromanzeige ist noch beständig, bewegt sich aber langsam auf den roten Bereich zu.«

Sie beendeten die letzte Runde und fuhren dann unter dem Kiel hervor. Pitt steuerte das kleine Boot seitlich an dem elegant geschwungenen Rumpf entlang. Die nächste Stunde verstrich quälend langsam, ohne daß sie irgend etwas Ungewöhnliches entdeckten. Die

Flut setzte ein und spülte klareres Wasser ins Hafenbecken, so daß sie fast zehn Meter Sicht hatten. Sie umkurvten den Bug und nahmen sich die Steuerbordseite vor, mit der das Schiff am Kai lag, achteten aber darauf, daß sie mindestens drei Meter unter Wasser blieben.

»Wieviel Zeit bleibt uns noch?« fragte Pitt kurz. Er war so konzentriert, daß er nicht auf seine Doxa-Taucheruhr blicken wollte.

»Noch fünfundsiebzig Minuten bis zum Rendezvous mit der Barkasse der *Oregon*«, erwiderte Giordino.

»Diese Tour war die Mühe bestimmt nicht wert. Falls Qin Shang heimlich Illegale an Bord der *United States* schleust, dann bestimmt nicht unter Wasser und mit Hilfe eines U-Boots.«

»Aber oben kann er's auch nicht machen, nicht in aller Öffentlichkeit«, sagte Giordino. »Jedenfalls nicht so viele, daß es sich rentiert. Spätestens zehn Minuten nach dem Einlaufen in den Hafen würden die Agenten der Einwanderungsbehörde das Unternehmen auffliegen lassen.«

»Hier gibt's nichts mehr zu tun. Brechen wir's ab und fahren zurück.«

»Das könnte schwierig werden.«

Pitt warf Giordino einen Blick zu. »Wie das?«

Giordino deutete mit dem Kopf durch die Kanzelverglasung. »Wir kriegen Besuch.«

Unmittelbar vor ihnen erschienen drei Taucher in schwarzen Gummianzügen, die wie böse Dämonen durch das grüne Wasser auf sie zuschwammen.

»Was meinst du, was in diesen Breitengraden auf Hausfriedensbruch steht?«

»Keine Ahnung, aber mit einem leichten Klaps kommen wir bestimmt nicht davon.«

Giordino musterte die Taucher, die immer näher kamen – einer in der Mitte, während die anderen die Flanken sicherten. »Höchst merkwürdig, daß sie uns nicht schon früher entdeckt haben, lange bevor wir die letzte Runde am Rumpf entlang gedreht haben.«

»Jemand muß einen Blick über die Bordwand geworfen und gemeldet haben, daß sich da unten ein komisches grünes Monster rumtreibt«, wandte Pitt scherzend ein.

»Ich mein's ernst. Kommt mir fast so vor, als hätten sie uns beobachtet und bis zum letzten Moment gewartet.«

»Sehen sie aus, als ob sie sauer wären?«

»Blumen und Pralinen haben sie jedenfalls nicht dabei.«

»Waffen?«

»Sieht nach Mosby-Unterwassergewehren aus.«

Das Mosby war eine tückische Waffe, mit dem man kleine Unterwassergeschosse mit einem Sprengkopf abfeuern konnte. Die Wirkung war verheerend, wenn sie einen Menschen trafen, aber Pitt glaubte nicht, daß sie das Tauchboot ernsthaft beschädigen konnten, jedenfalls nicht so sehr, daß es dem Wasserdruck nicht mehr standhielt. »Schlimmstenfalls müssen wir mit ein paar Kratzern und Dellen rechnen.«

»Werd jetzt bloß nicht leichtsinnig«, sagte Giordino, während er die näher kommenden Taucher musterte wie ein Arzt, der eine Röntgenaufnahme betrachtet. »Die Jungs ziehen einen koordinierten Angriff durch. Die müssen Minifunkgeräte im Helm eingebaut haben. Unser Rumpf mag zwar einiges aushalten, aber wenn sie einen Glückstreffer in die Ansaugstutzen unserer Strahldüsen landen, ist Sense.«

»Wir können sie abhängen«, sagte Pitt zuversichtlich. Er zog die *Sea Dog II* in eine enge Kurve, schob den Geschwindigkeitsregler bis zum Anschlag nach vorn und steuerte das Heck des Dampfers an. »Dieses Boot ist gut und gerne sechs Knoten schneller als jeder Taucher mit Preßluftflaschen.«

»Das Leben ist ungerecht«, grummelte Giordino eher mißmutig denn ängstlich, als sie feststellten, daß sie von sieben weiteren Tauchern erwartet wurden, die im Halbkreis unter den mächtigen Schiffsschrauben schwebten. »Kommt mir fast so vor, als zeigt uns die Glücksgöttin die kalte Schulter.«

Pitt stellte sein Mikrofon an und meldete sich über Funk bei Cabrillo. »Hier *Sea Dog II*. Zehn böse Buben sind hinter uns her.«

»Habe verstanden, *Sea Dog*. Werde die entsprechenden Maßnahmen ergreifen. Ihr braucht euch nicht mehr zu melden, Ende.«

»Gefällt mir gar nicht«, sagte Pitt grimmig. »An einem oder zwei könnten wir uns vielleicht vorbeimogeln, aber die anderen kommen uns dabei so nah, daß sie schweren Schaden anrichten können.« Dann kam ihm eine Idee. »Es sei denn...«

»Was?«

Pitt antwortete nicht. Er ergriff die Steuerknüppel mit beiden Händen, drückte die *Sea Dog II* nach unten, brachte sie knapp einen halben Meter über dem Grund wieder in die Horizontale und suchte den Boden ab. Es dauerte keine zehn Sekunden, dann hatte er das Gesuchte gefunden. Vor ihnen ragte die Gräting, die ihm zuvor schon aufgefallen war, aus dem Schlick.

»Kannst du das Ding mit dem Greifarm fassen und hochheben?« fragte er Giordino.

»Vom Gewicht her schon, aber wir wissen nicht, wie fest sie sitzt. Kommt ganz drauf an, wie tief sie im Schlick steckt.«

»Probier's.«

Giordino nickte wortlos, legte die Hände über die kugelrunden Steuerregler für den Greifarm und faßte mit spitzen Fingern zu. Behutsam und mit viel Gefühl drehte er die Kugeln, ganz ähnlich, wie man eine Computermaus bewegt. Er fuhr den Greifer aus, der genau wie der menschliche Arm über ein Ellbogen- und ein Handgelenk verfügte. Dann führte er die Greifhand über die Gräting und ließ die drei Klauenfinger zupacken.

»Gräting ist gefaßt«, meldete er. »Gib so viel vertikalen Schub wie möglich.«

Pitt kippte die Strahldüsen senkrecht und schaltete sie auf volle Kraft, soweit das mit dem verbliebenen Batteriestrom noch möglich war. Qin Shangs Männer hatten sich unterdessen bis auf fünf Meter genähert. Zunächst tat sich überhaupt nichts. Dann löste sich die Gräting langsam aus dem Schlick, und eine große Schlammwolke stieg auf, als das Tauchboot sie schließlich freibekam.

»Dreh den Arm so, daß die Gräting waagerecht liegt«, befahl Pitt. »Dann hältst du sie über die Ansaugstutzen der Strahler.«

»Den Schwanz können sie uns trotzdem noch wegschießen.«

»Aber nur, wenn sie Radar haben. Sonst sehen sie in der Schlammbrühe nämlich nichts«, sagte Pitt, während er die Strahldüsen auf den Grund richtete, so daß riesige Schlickwolken aufgewirbelt wurden. »Und schon sind wir unsichtbar.«

Giordino grinste beifällig. »Wir haben eine Panzerung, wir können uns einnebeln – was will man mehr? Jetzt aber nichts wie weg.«

Pitt ließ sich das nicht zweimal sagen. Er steuerte das Tauchboot dicht über den Grund und wirbelte so viel Schlamm auf wie möglich. Er konnte in dem aufgewühlten Schmutz ebensowenig sehen wie die Taucher, war aber nicht annähernd so orientierungslos, da die abgeworfene Antenne einen Peilton ausstrahlte, an den er sich halten konnte. Im nächsten Moment tat es einen dumpfen Schlag.

»Sind wir getroffen?« fragte Pitt.

Giordino schüttelte den Kopf. »Nein, aber ich glaube, wir haben einen Angreifer überfahren. Du hast ihm mit dem Steuerbordflügel fast den Kopf abgerissen.«

»Er dürfte nicht das einzige Opfer bleiben, wenn sie blindlings drauflos schießen und sich gegenseitig –«

Pitt verstummte, als die *Sea Dog II* von einer Explosion erschüttert wurde. Kurz darauf ertönten zwei weitere. Das Tauchboot wurde deutlich langsamer.

»Das war der Glückstreffer, den ich gemeint habe«, sagte Giordino nüchtern. »Offenbar ist ein Schuß unter der Gräting durchgegangen.«

Pitt warf einen Blick auf die Instrumente. »Sie haben den Backbordstrahler erwischt.«

Giordino legte die Hand auf die Bugverglasung, die an der Außenseite etliche kleine Risse und Sprünge aufwies. »Die Windschutzscheibe haben sie uns ebenfalls zerballert.«

»Wo haben sie uns getroffen?«

»Kann ich bei der Suppe nicht erkennen, aber ich vermute, daß der Stabilisator am Steuerbordflügel abgerissen ist.«

»Da bin ich auch schon draufgekommen«, versetzte Pitt. »Sie zieht nach Backbord.«

Sie wußten nicht, daß mittlerweile nur mehr sechs Taucher übrig waren. Einen hatte Pitt mit dem Tauchboot erfaßt, und drei weitere waren umgekommen, als sie im aufgewirbelten Schlick von den eigenen Leuten getroffen worden waren. Die Taucher waren so mit dem Schießen und Nachladen beschäftigt, daß sie gar nicht wahrnahmen, wie sehr sie sich gegenseitig gefährdeten. Dann wurde einer von dem vorbeiziehenden Tauchboot gestreift und feuerte aus nächster Nähe.

»Wieder ein Treffer«, meldete Giordino. Er wälzte sich in dem engen Innenraum herum und warf einen Blick nach Steuerbord. »Diesmal haben sie das Batteriegehäuse erwischt.«

»Die Sprengköpfe der Mosbys sind offenbar stärker, als ich angenommen habe.«

Giordino verdrehte die Augen, als das Tauchboot von einer weiteren Explosion erschüttert wurde. Nun hatten sie die Naht zwischen dem Rumpf und der Kanzelverglasung an Steuerbord getroffen. Wasser drang zwischen dem Metallrahmen und dem Panzerglas ein. »Von wegen ein paar Kratzer und Dellen«, sagte Giordino. »Die Dinger haben eine ganz schöne Wucht.«

»Wir verlieren Schub«, meldete Pitt ruhig und nüchtern. »Der letzte Treffer muß einen Kurzschluß verursacht haben. Laß die Gräting fallen. Die bremst uns zu sehr.«

Giordino bediente die Steuerung des Greifarms und ließ die Gräting los. Durch die Schlammwolken konnte er die Löcher sehen, die die Geschosse in das rostige Eisengitter gerissen hatten. Er sah zu, wie es zu Boden sank. »Mach's gut, du hast deinen Zweck erfüllt.«

Pitt warf einen kurzen Blick auf den Navigationsmonitor. »Noch fünfzig Meter bis zur Antenne. Ich halte auf die Schrauben des Dampfers zu und fahre drunter durch.«

»In der letzten Minute gab's keine Treffer mehr«, sagte Giordino. »Offenbar haben wir unsere Freunde in der trüben Brühe abgehängt. Ich schlage vor, daß du Gas wegnimmst und die Batterien ein bißchen schonst.«

»Da gibt's nichts mehr zu schonen«, erwiderte Pitt und deutete auf die Batteriestromanzeige. »Wir machen kaum noch einen Knoten Fahrt, und die Nadel steht im roten Bereich.«

Giordino rang sich ein Lächeln ab. »Hätte nichts dagegen, wenn Qin Shangs Taucher die Orientierung verloren und die Verfolgung aufgegeben hätten.«

»Bald werden wir's wissen«, sagte Pitt. »Ich gehe jetzt nach oben, raus aus der Wolke. Sobald wir in klareres Wasser kommen, schaust du nach hinten und sagst mir Bescheid.«

»Wenn sie noch in der Nähe sind«, versetzte Giordino, »und sehen, daß wir uns mit letzter Kraft dahinschleppen, stürzen sie sich wie ein Schwarm wildgewordener Wespen auf uns.«

Pitt sagte nichts. Er steuerte die *Sea Dog II* aus der aufgewirbelten Schlammwolke heraus, kniff die Augen zusammen und versuchte im grünen Wasser die Antenne und den Taucher zu erkennen, den Cabrillo dort postiert hatte. Dann sah er rund fünfundzwanzig Meter steuerbord voraus eine dunkle Silhouette, und als sie sich langsam näherten, erkannte er, daß es der Kiel der Barkasse war, die sanft in der Dünung schaukelte.

Pitt faßte neuen Mut. »Wir sind gleich da!« rief er.

»Diese verdammten Sturköpfe«, versetzte Giordino düster. »Fünf Mann haben sich wie Haie an unser Heck gehängt.«

»Die sind ganz schön schlau. Hätte ich nicht gedacht, daß sie uns so schnell wieder aufspüren. Offenbar hat einer im klaren Wasser Ausschau gehalten. Und sobald er gesehen hat, daß wir aus der Brühe rauskommen, hat er seine Kameraden per Funk verständigt.«

Ein Geschoß traf einen der Heckstabilisatoren der *Sea Dog II* und riß ihn ab. Ein zweites verfehlte um Haaresbreite den halbrunden Glasbug. Pitt kämpfte mit der Steuerung, versuchte das Tauchboot verzweifelt auf Kurs zu halten. Doch als er aus dem Augenwinkel wahrnahm, wie einer von Qin Shangs Tauchern sie überholte und zu einem Flankenangriff ansetzte, wußte er, daß es so gut wie vorbei war. Ohne Cabrillos Unterstützung gab es kein Entrinnen mehr.

»So nahe, aber trotzdem unerreichbar«, murmelte Giordino, während er ohnmächtig zum Kiel der Barkasse hinaufstarrte und sich auf den letzten Angriff gefaßt machte.

Mit einemmal dröhnten etliche Donnerschläge durch das Wasser. Pitt und Giordino wurden herumgeschleudert wie nasse Ratten. Rundum war nichts als weißer Schaum und Gischt zu erkennen. Die Taucher, die das Boot gerade umzingeln wollten, wurden durch die gewaltigen Druckwellen förmlich zermalmt. Sie starben auf der Stelle. Pitt und Giordino waren völlig taub und benommen. Nur dem robusten, für hohen Unterwasserdruck gebauten Rumpf ihres Bootes hatten sie es zu verdanken, daß sie ohne schwere Verletzungen davonkamen.

Es dauerte eine ganze Weile, bis Pitt klar wurde, daß Cabrillo dahinterstecken mußte. Nachdem er erfahren hatte, daß sie angegriffen wurden, hatte er offenbar gewartet, bis das Tauchboot und seine Verfolger in Reichweite der Barkasse kamen, und dann Wasserbomben auswerfen lassen. Pitt hörte vor lauter Ohrenklingeln kaum, daß ihn jemand über Funk rief.

»Ist bei euch da unten alles in Ordnung?« ertönte Cabrillos Stimme.

»Meine Nieren erholen sich davon nie wieder«, antwortete Pitt. »Aber ansonsten halten wir uns wacker.«

»Was ist mit dem Verfolgertrupp?«

»Die sehen aus wie Matschbrei«, erwiderte Giordino.

»Wenn wir unter Wasser angegriffen werden«, wandte Pitt ein, »steht zu befürchten, daß ihr da oben ebenfalls Ärger kriegt.«

»Komisch, daß Sie das ansprechen«, versetzte Cabrillo leichthin. »Aber grade in dem Moment kommt ein kleiner Kabinenkreuzer auf uns zu. Selbstverständlich nichts, womit wir nicht fertig werden. Nur die Ruhe. Sobald wir die Besucher begrüßt haben, nimmt euch mein Taucher an den Haken.«

»Die meinen es ernst«, sagte Cabrillo zu Eddie Seng, dem ehemaligen CIA-Agenten, der fast zwanzig Jahre lang in Peking stationiert gewesen war, ehe er Hals über Kopf in die Vereinigten Staaten zurückkehren mußte und in den vorzeitigen Ruhestand versetzt worden war. Cabrillo spähte durch ein kleines Fernrohr auf das rasch näher kommende Boot. Rein äußerlich erinnerte es ihn an einen Seenotrettungskreuzer der amerikanischen Küstenwache, aber hier ging es um keine Rettungsaktion. »Als sie das Tauchboot entdeckt haben, sind sie wahrscheinlich draufgekommen, was hier gespielt wird. Aber sie wissen nicht genau, ob wir dahinterstecken, deshalb wollen sie sich erst mal umsehen.«

»Wie viele sind es?« fragte Seng.

»Fünf Mann. Bis auf den Rudergänger alle bewaffnet.«

»Irgendwelche schwere Waffen auf dem Boot?«

»Ich kann keine erkennen. Die wollen sich nur umsehen, ohne Zoff zu machen. Vermutlich bleiben zwei Mann drüben und halten uns in Schach, während uns die anderen drei entern.« Cabrillo wandte sich an Seng. »Sagen Sie Pete James und Bob Meadows Bescheid, daß sie drüben auf der anderen Seite, wo sie keiner sieht, über Bord gehen sollen. Die beiden sind gute Schwimmer. Wenn das Boot längsseits kommt, sollen sie unter uns durchtauchen und zwischen den beiden Rümpfen im Wasser warten. Wenn mein Plan funktioniert, werden die beiden Posten, die auf dem Boot zurückbleiben, instinktiv auf die neue Situation reagieren. Wir müssen alle fünf aus dem Verkehr ziehen, ohne daß geschossen wird. Es muß möglichst lautlos vor sich gehen. Vom Schiff und vom Kai aus wird man uns ohnehin genau beobachten. Wir müssen uns da rauswursteln, und zwar am besten ohne großes Trara.«

James und Meadows ließen sich im Schutz der Persenning über die Bordwand gleiten und warteten im Wasser auf das Zeichen, daß sie unter der Barkasse hindurchschwimmen sollten. Cabrillos übrige Männer lungerten an Deck herum und taten so, als dösten sie vor sich hin. Zwei Mann saßen am Heck und gaben vor zu angeln.

Cabrillo konnte die Männer vom Sicherheitsdienst der Qin Shang Maritime jetzt deutlich erkennen. Sie trugen protzige braune Uniformen, die eher in eine Operette gepaßt hätten. Vier hatten hochmoderne Maschinenpistolen in der Hand, offenbar ein chinesisches Fabrikat. Der Kapitän des Bootes schaute mit undurchdringlicher, herrischer Miene herüber.

»Bleiben Sie, wo Sie sind!« rief er auf Mandarin. »Wir kommen an Bord!«

»Was wollen Sie?« schrie Seng zurück.

»Hafensicherheitsdienst. Wir möchten Ihr Boot untersuchen.«

»Ihr seid nicht von der Hafenpatrouille«, erwiderte Seng ungehalten. »Ihr habt uns gar nichts zu befehlen.«

»Wenn Sie unseren Anweisungen nicht innerhalb von dreißig Sekunden nachkommen, eröffnen wir das Feuer«, versetzte der Kapitän eisig.

»Ihr wollt auf arme Fischer schießen«, sagte Seng mit bitterem

Unterton. »Ihr seid wohl verrückt.« Achselzuckend drehte er sich zu den anderen um. »Wir sollten ihren Befehlen lieber Folge leisten. Denen ist zuzutrauen, daß sie ihre Drohung wahr machen.«

»In Ordnung«, sagte er zum Kapitän des anderen Bootes. »Ihr könnt an Bord kommen. Aber Sie können davon ausgehen, daß ich Sie bei den Hafenbehörden der Volksrepublik China melden werde.«

Cabrillo beugte sich über das Ruder und verdeckte sein Gesicht mit einem Strohhut, damit die Männer von Qin Shangs Sicherheitsdienst nicht sahen, daß er Europäer war. Beiläufig warf er einige Münzen über Bord – das Zeichen für James und Meadows, daß sie unter der Barkasse hindurchschwimmen sollten. Langsam legte er die Hand um den Gashebel. Dann, als der Kapitän und seine Männer gerade herüberspringen wollten, schob er ihn bis zum Anschlag vor und riß ihn ebenso rasch wieder zurück, so daß plötzlich eine breite Lücke zwischen den beiden Booten klaffte.

Schreiend und wild um sich schlagend, landeten der Kapitän und seine beiden Männer im Wasser. Die zwei im Boot zurückgebliebenen Männer reagierten genauso, wie Cabrillo es vorausgesehen hatte: Sie ließen auf der Stelle ihre Waffen fallen, gingen in die Knie, streckten ihrem Vorgesetzten die Arme entgegen und versuchten ihn aus dem Wasser zu ziehen. Der Rettungsversuch endete unverhofft, als plötzlich zwei Paar Hände aus dem Wasser auftauchten, sie an der Kehle packten und über Bord zerrten. Dann ergriffen James und Meadows jeweils einen Mann an den Füßen und zogen ihn unter dem Rumpf hindurch zur anderen Seite der Barkasse, wo alle fünf mit einem nicht allzu sanften Hieb auf den Hinterkopf bewußtlos geschlagen wurden. Dann wurden sie an Bord gehievt und kurzerhand in einen kleinen Frachtraum geworfen.

Cabrillo suchte den Kai und das Heck der *United States* nach möglichen Augenzeugen ab. Er entdeckte lediglich drei, vier Werftarbeiter, die ihre Arbeit unterbrochen hatten und zu den beiden Booten herüberschauten. Aber offenbar hatte keiner etwas bemerkt. Vermutlich war ihnen durch die Kabine des Kreuzers weitestgehend die Sicht verstellt. Ihrer Meinung nach handelte es sich lediglich um eine Routineprüfung durch den Sicherheitsdienst, zumal sie sahen, daß Cabrillos Männer nach wie vor an Deck dösten, soweit sie nicht am Heck saßen und ihre Angeln ausgelegt hatten. Kurz darauf widmeten sie sich wieder ihrer Arbeit.

James und Meadows kletterten wieder an Bord. Gemeinsam mit Eddie Seng zogen sie den Kommandeur des Sicherheitsdienstes und zwei seiner Männer in aller Eile aus. Ein paar Minuten später kamen sie in den Uniformen der Wachmänner wieder an Deck.

»Sitzt nicht schlecht«, sagte Eddie, als er Cabrillo seine feuchte Kluft präsentierte, »wenn man bedenkt, daß der Anzug klatschnaß ist.«

»Meiner ist etwa vier Nummern zu klein«, grummelte Meadows, der groß und breitschultrig war.

»Da bist du nicht der einzige«, versetzte James, streckte den Arm aus und zeigte, daß ihm der Ärmel nur knapp über den Ellbogen reichte.

»Ihr seid hier nicht bei einer Modenschau«, sagte Cabrillo, während er die Barkasse unmittelbar neben den Kabinenkreuzer steuerte. »Springt rüber und übernehmt das Ruder. Sobald wir das Tauchboot im Schlepptau haben, folgt ihr uns und tut so, als ob ihr uns zum Pier der Hafenpatrouille geleitet. Wenn wir außer Sichtweite von Qin Shangs Arbeitern sind, kurven wir bis Einbruch der Dunkelheit herum. Dann fahren wir zur *Oregon* zurück und versenken das Boot vom Sicherheitsdienst.

»Was machen wir mit den fünf nassen Ratten im Frachtraum?« fragte Seng.

Cabrillo wandte sich grinsend vom Ruder ab. »Deren Miene möchte ich sehen, wenn sie aufwachen und feststellen, daß man sie auf einer Insel vor den Philippinen ausgesetzt hat.«

Da in der *Sea Dog II* der Sauerstoff knapp wurde, wurde sie mit offener Einstiegsluke über Wasser abgeschleppt. Pitt und Giordino harrten weiter darin aus, während das Boot des Sicherheitsdienstes neben ihnen herfuhr und sie vor neugierigen Blicken abschirmte. Eine halbe Stunde später wurde die *Sea Dog II* in aller Eile wieder an Bord der *Oregon* gehievt. Cabrillo half Pitt und Giordino aus dem Tauchboot, was sich die beiden dankbar gefallen ließen, da ihre

Glieder nach dem stundenlangen Aufenthalt in der engen Kabine steif und gefühllos waren.

»Bitte um Entschuldigung, daß wir euch da unten haben hocken lassen. Aber wie ihr wißt, hatten wir ein paar Schwierigkeiten.«

»Und Sie sind bestens damit fertig geworden«, beglückwünschte ihn Pitt.

»Ihr habt euch ebenfalls ziemlich wacker zur Wehr gesetzt.«

»Wenn Sie die Bomben nicht geworfen hätten, würden wir immer noch da unten sitzen.«

»Was habt ihr herausgefunden?« fragte Cabrillo.

Pitt schüttelte müde den Kopf. »Nichts, nicht das geringste. Der Rumpf unterhalb der Wasserlinie ist sauber. Keinerlei Veränderungen, weder versteckte Luken noch Druckschleusen. Der Schiffskörper ist abgekratzt, mit frischer Rostschutzfarbe gestrichen und sieht genau so aus wie an dem Tag, an dem sie vom Stapel gelaufen ist. Keine Ahnung, wie Qin Shang die illegalen Einwanderer in fremden Häfen an Land schafft – auf dem Unterwasserweg macht er's jedenfalls nicht.«

»Und was bedeutet das für uns?«

Pitt schaute Cabrillo ruhig an. »Wir müssen auf das Schiff. Können Sie das einrichten?«

»Ich bin doch der Pfiffikus vom Dienst. Ja, ich glaube, ich kann für euch eine Besichtigungstour durch das Schiff arrangieren. Aber eins müßt ihr bedenken: Wir haben von jetzt an allenfalls ein, zwei Stunden Zeit. Dann wird man die Männer, die wir gekidnappt haben, allmählich vermissen. Wenn der Chef von Qin Shangs Sicherheitsdienst zwei und zwei zusammenzählt, wird er sich denken können, daß die *Oregon* dahintersteckt. Höchstwahrscheinlich fragt er sich bereits, wo seine zehn Taucher geblieben sind. Und sobald er die chinesische Marine alarmiert, nimmt die garantiert die Verfolgung auf. Mit etwas Vorsprung kann die *Oregon* die meisten Schiffe der chinesischen Flotte abhängen. Aber wenn sie Flugzeuge hinter uns herschicken, ehe wir die chinesischen Hoheitsgewässer verlassen haben, sind wir erledigt.«

»Sie sind gut bewaffnet«, sagte Giordino.

Cabrillo kniff den Mund zusammen. »Aber nicht unverwundbar, wenn wir von Kriegsschiffen und Flugzeugen mit schwerem Geschütz und Raketen angegriffen werden. Je früher wir aus Hongkong verschwinden, desto besser.«

»Dann haben Sie also vor, den Anker zu lichten und in See zu stechen«, sagte Pitt.

»Das habe ich nicht gesagt.« Cabrillo blickte auf Seng, der froh war, daß er wieder trockene Kleidung anhatte. »Was meinen Sie, Eddie? Haben Sie Lust, noch mal die Uniform von Qin Shangs Käpt'n anzulegen und am Kai den großen Max zu markieren?«

Seng grinste. »Ich wollte schon immer mal umsonst ein großes Kreuzfahrtschiff besichtigen.«

»Damit wäre alles klar«, sagte Cabrillo zu Pitt. »Zieht los. Schaut euch alles an und seht zu, daß ihr schleunigst zurückkommt, sonst wird es uns noch leid tun.«

18

»Meinen Sie nicht, daß wir ein bißchen übertreiben?« sagte Pitt knapp eine Stunde später.

Seng, der am Lenkrad des rechts gesteuerten Wagens saß, zuckte die Achseln. »Wer verdächtigt schon jemanden, der in einem Rolls-Royce vorfährt?« fragte er unschuldig.

»Jeder, der nicht mit Blind- und Blödheit geschlagen ist«, erwiderte Giordino.

Pitt, der als Oldtimer-Sammler etwas von alten Autos verstand, bewunderte unterdessen die hervorragende Verarbeitung des Rolls. »Vorstandsvorsitzender Cabrillo ist wirklich ein erstaunlicher Mann.«

»Der größte Schnorrer, den es weit und breit gibt«, sagte Seng, als er neben dem Wachhäuschen am Haupttor zur Werft der Qin Shang Maritime Limited hielt. »Er hat einen Deal mit dem Chefportier des besten Fünf-Sterne-Hotels in Hongkong gemacht. Normalerweise werden damit prominente Gäste am Flughafen abgeholt und wieder zurückgebracht.«

Die Spätnachmittagssonne stand tief am Horizont, als zwei Wachmänner aus dem Häuschen kamen und den 1955er Rolls-Royce Silver Dawn mit der typischen Hooper-Karosserie musterten. Die elegante Linienführung war ein Musterbeispiel für den schnittigen Limousinenbaustil, der bei den britischen Karosserieschneidern der fünfziger Jahre so beliebt war. Die vorderen Kotflügel des viertürigen Wagens waren anmutig nach unten geschwungen und gingen in die tief herabgezogenen hinteren Kotflügel über. Entsprechend elegant war das schräg abfallende Heck mit dem integrierten Kofferraum, die sogenannte »französische Linie«, die Anfang der Achtziger von Cadillac imitiert worden war.

Seng zeigte den Ausweis vor, den er dem Kapitän des Patrouillenbootes abgenommen hatte. Der Mann auf dem Foto hätte sein Cousin sein können, aber trotzdem achtete er darauf, daß die Posten nicht zu genau hinguckten. »Han Wan-Tsu, Chef des Sicherheitsdienstes am Kai«, erklärte er auf chinesisch.

Einer der beiden Wachmänner beugte sich durch das hintere Fenster und betrachtete die beiden Fahrgäste im Fond, die konservative Nadelstreifenanzüge trugen. »Wer sind Ihre Begleiter?«

»Das sind Karl Mahler und Erich Grosse, zwei bekannte Schiffsbauingenieure von Voss und Heibert, einer berühmten deutschen Werft. Sie möchten einen Blick auf die Turbinen des großen Ozeandampfers werfen und den Maschinisten mit Rat und Tat zur Seite stehen.«

»Auf meiner Liste stehen sie nicht«, sagte der Wachmann, während er die Namen auf einem Klemmbrett überflog.

»Die Herren sind auf persönlichen Wunsch von Qin Shang hierhergekommen. Rufen Sie ihn an, falls es irgendwelche Schwierigkeiten geben sollte. Soll ich Ihnen seine Durchwahl geben? Oder die Privatnummer?«

»Nein, nein«, stammelte der Wachmann. »In Ihrer Begleitung dürfen sie selbstverständlich passieren.«

»Und keine Rückfragen«, herrschte Seng ihn an. »Die Dienste dieser beiden Männer werden dringend benötigt, aber ihre Anwesenheit muß streng geheim bleiben. Haben Sie verstanden?«

Der Wachmann nickte ein paarmal, trat zwei Schritte zurück, öffnete die Schranke und winkte sie hindurch. Seng steuerte die alte Luxuslimousine über die Zufahrtsstraße zum Kai, vorbei an etlichen Lagerhäusern und Werkzeugschuppen und unter riesigen Kranbrücken hindurch, die hoch über den Stahlskeletten der noch im Bau befindlichen Schiffe aufragten. Die *United States*, deren Schornsteine deutlich höher waren als die umliegenden Hafengebäude, war leicht zu finden. Der Rolls hielt neben einer der zahlreichen Gangways, die an Bord führten. Das Schiff wirkte wie ausgestorben. Rundum waren weder Besatzungsmitglieder noch Werftarbeiter zu sehen, nicht einmal Wachmänner an den Gangways.

»Komisch«, murmelte Pitt. »Sämtliche Rettungsboote sind entfernt.«

Giordino blickte zu den dünnen Rauchwolken auf, die aus den Schornsteinen stiegen. »Meiner Meinung nach läuft die jeden Moment aus.«

»Ohne Rettungsboote darf sie keine Passagiere befördern.«

»Die Sache wird allmählich spannend«, sagte Giordino, während er zu dem verwaisten Schiff aufblickte.

Pitt nickte. »Das sieht alles ganz anders aus, als ich erwartet habe.«

Seng kam um den Wagen herum und öffnete die Tür. »Hier ist für mich Schluß. Jetzt müßt ihr alleine klarkommen. Viel Glück. In einer halben Stunde bin ich wieder da.«

»Dreißig Minuten«, maulte Giordino. »Das soll wohl ein Witz sein?«

»Eine halbe Stunde reicht nicht mal annähernd«, protestierte Pitt. »Wir müssen schließlich einen Ozeandampfer vom Ausmaß einer Kleinstadt untersuchen.«

»Mehr geht nicht. Befehl vom Vorsitzenden Cabrillo. Je früher wir uns abseilen, desto geringer die Gefahr, daß man uns auf die Schliche kommt. Außerdem wird es bald dunkel.«

Pitt und Giordino stiegen eine Gangway hinauf, die durch zwei offene Luken ins Schiffsinnere führte. Sie betraten das ehemalige Zahlmeisterbüro. Die Einrichtung war offenbar komplett ausgebaut worden.

»Habe ich eigentlich erwähnt«, sagte Giordino, »daß ich keinen deutschen Akzent hinkriege?«

Pitt schaute ihn an. »Du bist doch Italiener, oder?«

»Meine Großeltern stammen aus Italien, stimmt. Was hat das denn damit zu tun?«

»Rede mit Händen und Füßen, wenn dich jemand aufhält. Hier merkt eh keiner den Unterschied.«

»Und du? Wie gedenkst du dich als Deutscher zu tarnen?«

Pitt zuckte die Achseln. »Ich sag' einfach immer ›Ja‹, wenn mich jemand irgendwas fragt.«

»Wir haben nicht viel Zeit. Wenn jeder für sich loszieht, sind wir schneller.«

»Einverstanden. Ich nehme mir die Oberdecks vor, du untersuchst den Maschinenraum. Und wenn du schon mal da unten bist, kannst du auch einen Blick in die Kombüse werfen.«

Giordino schaute ihn verdutzt an. »Die Kombüse?«

Pitt lächelte auf ihn herunter. »An der Küche erkennt man, wie ein Haushalt geführt wird.« Dann stieg er mit raschen Schritten eine Wendeltreppe zum Oberdeck hinauf, in dem sich einst die Speise- und Cocktailsalons der ersten Klasse sowie die Geschenkläden und das Kino befunden hatten.

Die Milchglastüren zum Speisesaal der ersten Klasse waren ausgehängt. Der weitläufige Raum mit seiner gewölbten Decke und den im spartanischen Dekor der fünfziger Jahre gehaltenen Wänden war kahl und leer. Und anderswo war es genauso. Ein ums andere Mal hallten seine Schritte durch leere Salons. Selbst die Teppichböden hatte man entfernt. Die Sitze im Kino waren ausgebaut. Desgleichen die Vitrinen und Regale in den Geschäften sowie die gesamte Ausstattung der beiden Cocktailsalons. Im Ballsaal, in dem einst die Prominenten jener Zeit das Tanzbein geschwungen hatten, waren nur mehr die blanken Wände geblieben.

Er stürmte eine Treppe hinauf, die zu den Mannschaftskabinen und zum Ruderhaus führte. Wieder bot sich ihm das gleiche Bild. In den Kabinen für die Besatzung war keinerlei Mobiliar, geschweige denn eine Menschenseele. »Eine Hülse«, murmelte Pitt leise vor sich hin. »Das ganze Schiff ist nichts als eine leere Hülse.«

Ganz anders sah es im Ruderhaus aus, das vom Boden bis zur Decke mit grün, rot oder gelb blinkenden elektronischen Geräten vollgestopft war. Pitt blieb einen Moment lang stehen und betrachtete die hochmoderne automatische Navigationsanlage des Schiffes. Komisch, dachte er, als er das Rad mit den Messingspeichen sah, daß von der ursprünglichen Ausstattung nur noch das Ruder übriggeblieben ist.

Er warf einen Blick auf die Uhr. Nur noch zehn Minuten. Kaum zu glauben, dachte er. Bislang hatte er weder einen Arbeiter noch ein Besatzungsmitglied gesehen. Das Schiff war wie ausgestorben. Er stieg hinab zu den Kabinen der ersten Klasse und stürmte den Gang entlang. Das gleiche wie oben. Die Luxuskabinen, in denen man einst bequem von New York nach Southampton und wieder zurück reisen konnte, waren ausgeräumt. Selbst die Türen hatte man ausgehängt. Dabei wirkte das ganze Schiff eigenartig aufgeräumt, so als sei jemand mit einem riesigen Staubsauger durchgegangen.

Giordino erwartete ihn bereits an der Tür zum Zahlmeisterbüro. »Was hast du entdeckt?« fragte ihn Pitt.

»Herzlich wenig«, entgegnete Giordino. »Frachträume und sämtliche Kabinen der zweiten Klasse sind restlos ausgeschlachtet. Der Maschinenraum sieht noch genauso aus wie seinerzeit, als sie auf Jungfernfahrt gegangen ist. Wunderbar in Schuß, Kessel voll unter Dampf und jederzeit betriebsbereit. Aber ansonsten ist das Schiff ausgeräumt.«

»Bist du auch im Gepäckraum gewesen? Und im vorderen Frachtraum, wo einst die Autos der Passagiere verstaut wurden?«

Giordino schüttelte den Kopf. »Die Zugänge waren verschweißt. Desgleichen die Türen zu den Mannschaftsunterkünften im Unterdeck. Außerdem muß hier irgendeiner gründlich saubergemacht haben.«

»Genau mein Eindruck«, sagte Pitt. »Gab's irgendwelchen Ärger?«

»Das ist ja das Merkwürdige. Ich bin keiner Menschenseele begegnet. Wenn da unten im Maschinenraum einer gewesen ist, dann war er entweder stumm oder unsichtbar. Hast du jemand gesehen?«

»Weit und breit niemanden.«

Plötzlich begann das Deck unter ihren Füßen zu beben. Die großen Schiffsmaschinen waren zum Leben erwacht. Pitt und Giordino liefen rasch über die Gangway hinab zu dem wartenden Rolls-Royce. Eddie Seng stand neben der offenen Tür zum Fond. »Hat's euch gefallen?« empfing er sie.

»Sie wissen gar nicht, was Ihnen entgangen ist«, sagte Giordino. »Das Essen, das Unterhaltungsangebot, die Mädchen.«

Pitt deutete auf die Hafenarbeiter, die die schweren Stahltrossen von den eisernen Pollern am Kai lösten. Die großen, auf Schienen laufenden Kräne hievten die Gangways hoch und legten sie am Kai ab.

»Gerade noch rechtzeitig. Sie legt ab.«

»Wie kann das sein?« brummte Giordino. »Ohne einen Mann an Bord?«

»Wir sollten uns lieber verziehen, solange es noch geht«, sagte Seng, scheuchte sie in den Wagen und schlug die Tür zu. Er lief an der geflügelten Kühlerfigur des Rolls-Royce vorbei und schwang sich hinter das Lenkrad. Diesmal wurden sie von den Wachposten mit einem bloßen Kopfnicken durchgewinkt. Rund drei Kilometer vom Werftgelände entfernt bog Seng, der ständig in den Rückspiegel blickte und Ausschau nach Verfolgern hielt, in eine Straße und fuhr zu einem offenen Feld hinter einer verlassenen Schule. Mitten auf dem Spielplatz stand ein lila und silbern lackierter Hubschrauber ohne Kennzeichen, dessen Rotorblätter sich im Leerlauf drehten.

»Kehren wir denn nicht per Boot zur *Oregon* zurück?« erkundigte sich Pitt.

»Zu spät«, erwiderte Seng. »Vorsitzender Cabrillo hielt es für klüger, den Anker zu lichten und schleunigst auszulaufen, damit das Schiff so weit wie möglich von Hongkong entfernt ist, wenn hier der Tanz losgeht. Die *Oregon* müßte inzwischen den West Lamma Channel passiert und Kurs aufs offene Meer genommen haben. Deshalb der Helikopter.«

»Hat Cabrillo den Hubschrauber ebenfalls durch einen Deal gekriegt?« fragte Giordino.

»Der Freund eines Freundes betreibt ein Charter-Unternehmen.«

»Von Werbung hält er offenbar nichts«, stellte Pitt fest, der vergebens nach einem Namenszug am Heckausleger suchte.

Seng verzog den Mund zu einem breiten Grinsen. »Seine Kundschaft reist lieber inkognito.«

»Wenn seine Kunden so wie wir sind, überrascht mich das nicht.«

Ein junger Mann in Chauffeursuniform kam zum Rolls und öffnete die Tür. Seng dankte ihm und steckte einen Briefumschlag in seine Brusttasche. Dann winkte er Pitt und Giordino zum Hubschrauber. Sie schnallten sich gerade an, als der Pilot abhob und in etwa fünf Meter Höhe unter einem Gewirr von Hochspannungsleitungen hindurchflog, als wäre das für ihn etwas Alltägliches. Dann ging er auf Südkurs, steuerte hinaus auf den Hafen und flog knapp dreißig Meter über den Schornstein eines Öltankers hinweg.

Sehnsüchtig blickte Pitt zu der einstigen Kronkolonie zurück, die allmählich in der Ferne verschwand. Er hätte ein Monatsgehalt dafür gegeben, wenn er durch die gewundenen Straßen spazieren und die zahllosen Läden hätte aufsuchen können, in denen es buchstäblich alles zu kaufen gab, vom Tee bis zu kunstvoll geschnitzten Möbeln. Oder wenn er mit einer schönen Frau bei einer Flasche Veuve Clicquot-Ponsardin brut und einem exotischen chinesischen Menü in einer Suite des Peninsula-Hotels sitzen und auf die Lichter im Hafen blicken könnte...

Er wurde unsanft aus seinen Tagträumen gerissen, als Giordino mit einemmal ausrief: »Herrgott, was würde ich jetzt für einen Taco und ein Bier geben.«

Die Sonne war bereits untergegangen, und der Himmel im Westen war blaugrau, als der Helikopter die *Oregon* einholte und auf einer der Frachtraumluken landete. Cabrillo erwartete sie in der Kombüse. Er reichte Pitt ein Glas Wein und Giordino eine Flasche Bier. »Ihr zwei habt einen harten Tag hinter euch«, sagte er. »Daher bereitet unsere Küchenchefin etwas ganz Besonderes zu.«

Pitt legte das geborgte Sakko ab und lockerte die Krawatte. »Nicht nur hart, sondern auch denkbar unergiebig.«

»Habt ihr an Bord der *United States* irgendwas Interessantes entdeckt?« fragte Cabrillo.

»Wir haben lediglich herausgefunden, daß das Schiff von vorne bis hinten restlos ausgeschlachtet wurde«, antwortete Pitt. »Die Innenräume sind völlig leer, vom Maschinenraum und dem mit automatischen Navigations- und Steuergeräten vollgestopften Ruderhaus mal abgesehen.«

»Das Schiff ist bereits ausgelaufen. Offenbar fährt es mit einer Notbesatzung.«

Pitt schüttelte den Kopf. »Es gibt keine Besatzung. Wenn sie, wie Sie sagen, den Hafen verlassen hat, dann hat sie ihre Fahrt ohne eine Menschenseele an Bord angetreten. Das ganze Schiff läuft nur über Computer und Fernsteuerung.«

»Ich kann nur bestätigen, daß keinerlei Lebensmittel in der Kombüse waren«, warf Giordino ein. »Kein Herd, kein Kühlschrank, nicht mal Messer und Gabeln. Wer mit diesem Schiff auf große Fahrt geht, muß elendiglich verhungern.«

»Ohne eine Besatzung, die sich um die Maschinen kümmert und die Navigationsanlage überwacht, kann doch kein Schiff in See stechen«, versetzte Cabrillo.

»Ich habe gehört, daß unsere Marine mit unbemannten Schiffen experimentiert«, sagte Giordino.

»Ein Schiff ohne Besatzung wäre möglicherweise in der Lage, den Pazifik zu überqueren. Aber dennoch braucht es einen Kapitän, der den Lotsen an Bord nimmt und bei den panamaischen Behörden die Gebühr für die Fahrt durch den Kanal bezahlt.«

»Könnte aber auch sein, daß der Kapitän und eine provisorische Besatzung erst kurz vor der Ankunft in Panama an Bord gehen –« Pitt verstummte plötzlich und starrte Cabrillo an. »Woher wissen Sie, daß die *United States* Kurs auf den Panamakanal nimmt?«

»Das war die letzte Nachricht von meinem hiesigen Informanten.«

»Gut zu wissen, daß Sie jemanden in Qin Shangs Organisation sitzen haben, der Sie auf dem laufenden hält«, warf Giordino bissig ein. »Leider hat er uns nicht erzählt, daß das Schiff zu einem ferngesteuerten Spielzeug umgebaut worden ist. Er hätte uns 'ne Menge Umstände ersparen können.«

»Ich habe niemanden in der Organisation sitzen«, erklärte Cabrillo. »Ich wünschte, es wäre so. Die Auskunft stammt vom Agenten der Qin Shang Maritime in Hongkong. Um ankommende und auslaufende Schiffe macht man kein großes Geheimnis.«

»Was ist der Bestimmungsort der *United States*?« fragte Pitt.

»Sungari, Qin Shangs neuer Hafen.«

Pitt musterte eine Zeitlang schweigend sein Weinglas, dann sagte er langsam: »Und zu welchem Zweck? Warum sollte Qin Shang ein ausgeschlachtetes vollautomatisches Schiff quer über den Ozean schicken und einen völlig fehlgeplanten Hafen in Louisiana anlaufen lassen? Was beabsichtigt er damit?«

Giordino trank sein Bier aus und tunkte einen Tortilla-Chip in eine Schüssel mit Salsa. »Er könnte das Schiff ja auch unterwegs umleiten.«

»Möglich. Aber verstecken kann er es nicht. Nicht bei der Größe. Jeder Aufklärungssatellit würde es sofort aufspüren.«

»Vielleicht packt er es voller Sprengstoff und jagt irgendwas in die Luft«, wandte Cabrillo ein. »Zum Beispiel den Panamakanal.«

»Den Panamakanal bestimmt nicht. Und auch keinen anderen Schiffahrtsweg«, sagte Pitt. »Damit würde er sich ins eigene Fleisch schneiden. Er ist genau wie jeder andere Reeder darauf angewiesen, daß seine Schiffe sämtliche Häfen anlaufen können. Nein, Qin Shang muß etwas anderes im Sinn haben. Etwas, was genauso gefährlich und verheerend ist.«

19

Der Vollmond stand so hell am Himmel, daß man in seinem Licht die Zeitung hätte lesen können, während das Schiff mühelos durch die leichte Dünung pflügte. Doch der friedliche Eindruck täuschte.

Die *Oregon* lief derzeit nur etwa acht Knoten, da Cabrillo warten wollte, bis sie weit genug vom chinesischen Festland entfernt waren, ehe er volle Kraft voraus befahl. Das leise Zischen, mit dem der Bug durch das Wasser schnitt, und der aus der Kombüse dringende Duft nach frischgebackenem Brot hätten vermutlich die Besatzung eines jeden anderen Frachters eingelullt, nicht jedoch die hervorragend ausgebildete Mannschaft der *Oregon*.

Pitt und Giordino standen in der Radar- und Feuerleitzentrale, die sich in der erhöhten Back des Schiffes befand. Sie waren nur stille Beobachter, während Cabrillo und seine Techniker sich auf die Radarsichtgeräte und Computerbildschirme konzentrierten.

»Die lassen sich viel Zeit«, sagte die Überwachungsanalytikerin, eine Frau namens Linda Ross, die vor einem Computermonitor saß, auf dem die dreidimensionale Abbildung eines Kriegsschiffes zu sehen war. Ross war Feuerleitoffizier auf einem Aegis-Lenkwaffenkreuzer der U.S. Navy gewesen, als Cabrillo bei seiner steten Suche nach erstklassigem Personal auf sie aufmerksam geworden war und ihr ein geradezu unglaubliches Gehalt geboten hatte, mehr als sie bei der Marine je verdienen konnte. »Bei einer Höchstgeschwindigkeit von vierunddreißig Knoten haben sie uns in einer halben Stunde eingeholt.«

»Womit haben wir es Ihrer Meinung nach zu tun?« fragte Cabrillo.

»Die Aufbauten deuten auf einen schweren Zerstörer vom Typ 052 der Luhu-Klasse hin, wie sie Ende der neunziger Jahre in Dienst gestellt wurden. Hat eine Wasserverdrängung von viertausendzwohundert Tonnen. Wird von zwei Gasturbinen angetrieben, die eine Leistung von 55 000 PS bringen. Führt zwei Harbine-Helikopter mit, die am Heck starten und landen können. Insgesamt zweihundertdreißig Mann Besatzung, darunter vierzig Offiziere.«

»Raketen?«

»Acht Anti-Schiffsraketen und ein Luftzielraketenstarter, ein Achtling.«

»Wenn ich der Kapitän wäre, würde ich wegen einem hilflos wirkenden alten Kahn wie der *Oregon* keine Raketen einsetzen. Geschütze?«

»Ein Geschützturm mit zwei 100-Millimeter-Kanonen am Bug«, sagte die Analytikerin. »Dazu acht 37-Millimeter-Zwillingskanonen. Außerdem sechs Torpedos in zwei Drillingsrohren und zwölf Granatwerfer zur U-Boot-Bekämpfung.«

Cabrillo wischte sich mit einem Taschentuch über die Stirn. »Für chinesische Verhältnisse ist das ein mächtiges Kriegsschiff.«

»Wo kommt es her?« fragte Pitt.

»Wir haben Pech gehabt«, sagte Cabrillo. »Es war zufällig in der Nähe, als Alarm geschlagen wurde und die Hafenbehörden die Marine verständigt haben. Ich habe mich beim Auslaufen an einen australischen Frachter und einen bolivianischen Erztransporter gehängt, um die chinesische Radarüberwachung zu foppen. Die beiden anderen Schiffe sind vermutlich von Schnellbooten angehalten und durchsucht worden, ehe sie weiterfahren durften. Und ausgerechnet wir bekommen es jetzt mit einem schweren Zerstörer zu tun.«

»Qin Shang muß einen langen Arm haben, wenn ihm seine Regierung so viel Beistand leistet.«

»Ich wünschte jedenfalls, ich hätte so gute Beziehungen zum Kongreß.«

»Verstößt es nicht gegen das Völkerrecht, wenn man fremde Schiffe außerhalb der Hoheitsgewässer mit Waffengewalt anhält und durchsucht?«

»Seit 1996 nicht mehr. Damals hat China in Anlehnung an ein UN-Seehandelsgesetz seine Hoheitsgewässer von zwölf auf zweihundert Meilen erweitert.«

»Womit wir also noch innerhalb ihrer Hoheitsgewässer wären.«

»Gut hundertvierzig Meilen«, sagte Cabrillo.

»Wenn Sie ebenfalls Raketen haben«, sagte Pitt, »warum brennen Sie dem Zerstörer dann nicht ein paar auf den Pelz, bevor wir in Reichweite seiner Kanonen kommen?«

»Wir führen zwar eine kleinere und ältere Version der Harpoon-Anti-Schiffsraketen mit, mit der man ein leichtes Schnell- oder Patrouillenboot versenken könnte, aber wir bräuchten unglaubliches Glück, wenn wir mit dem ersten Schuß einen schweren Zerstörer ausschalten wollten, dessen Feuerkraft ausreicht, um eine ganze Flotte zu vernichten. Diesmal sind wir unterlegen. Unsere ersten

Raketen könnten möglicherweise deren Werfer aus dem Verkehr ziehen, und wir können ihnen ein Paar Mark-Sechsundvierziger Torpedos in den Rumpf jagen. Aber dann haben sie immer noch die Siebenunddreißiger und die 100-Millimeter-Kanonen, mit denen sie uns zu Schrott schießen können.«

Pitt schaute Cabrillo unverwandt an. »Innerhalb der nächsten Stunden werden viele Menschen sterben. Läßt sich dieses Gemetzel nicht vermeiden?«

»Ein Prisenkommando der Marine können wir nicht täuschen«, erwiderte Cabrillo ernst. »Wenn sie erst mal an Bord sind, dauert es keine zwei Minuten, bis sie unsere Tarnung durchschaut haben. Sie scheinen zu vergessen, Mr. Pitt, daß Sie und ich und alle anderen an Bord nach Ansicht der Chinesen Spione sind. Und als solche kann man uns kurzerhand erschießen. Außerdem darf die *Oregon* mit ihrer Technologie nicht in die Hände der Chinesen fallen. Sobald denen klar wird, wozu dieses Schiff fähig ist, werden sie nicht zögern, es ihrerseits für nachrichtendienstliche Einsätze gegen andere Nationen zu verwenden. Sobald der erste chinesische Soldat den Fuß an Deck setzt, ist der Würfel gefallen. Entweder kämpfen wir, oder wir sterben.«

»Dann bleibt uns nur das Überraschungsmoment.«

»Das Entscheidende ist, daß wir nach Ansicht des Kapitäns kaum eine Gefahr für den chinesischen Zerstörer darstellen«, erklärte Cabrillo. »Würden Sie etwa vor Angst schlottern, wenn Sie an seiner Stelle wären und uns von der Brücke aus mit dem Nachtglas beobachten würden? Ich bezweifle es. Womöglich läßt er die 100-Millimeter-Kanonen auf unsere Brücke richten, vielleicht zielt auch eins der 37-Millimeter-Zwillingsgeschütze auf jedes Besatzungsmitglied, das sich an Deck blicken läßt. Aber sobald er sieht, daß seine Leute an Bord kommen und sich das Schiff vornehmen, wird er die Alarmbereitschaft aufheben. Wenn er überhaupt den Befehl dazu erteilt hat.«

»Sie tun ja so, als ging's hier um eine Schneeballschlacht«, ließ sich Giordino vernehmen.

Cabrillo bedachte ihn mit einem müden Blick. »Was für eine Schlacht?«

»Sie müssen Als Kindereien entschuldigen«, sagte Pitt. »Er verliert schon mal den Verstand, wenn etwas nicht so läuft, wie er will.«

»Sie sind genauso irre«, knurrte Cabrillo Pitt an. »Euch zwei kratzt wohl überhaupt nichts?«

»Das ist nur eine Schutzreaktion«, versetzte Pitt. »Sie und Ihre Besatzung sind auf eine Auseinandersetzung vorbereitet. Wir sind lediglich hilflose Zuschauer.«

»Heute nacht wird von jedem Mann und jeder Frau an Bord voller Einsatz verlangt.«

Pitt blickte über Linda Ross' Schulter und musterte das Bild auf dem Monitor. »Und wie, wenn ich fragen darf, wollen Sie einen schweren Zerstörer zerschroten?«

»Mein Plan ist denkbar einfach. Die *Oregon* wird ihre Maschinen stoppen, sobald sie dazu aufgefordert wird. Dann wird man von uns verlangen, daß wir ein Prisenkommando an Bord nehmen und uns überprüfen lassen. Wenn wir sie so weit an uns rangelockt haben, daß sie uns aus der Nähe beobachten können, tun wir so, als wären wir unschuldige, schlechtgelaunte Seeleute. Sobald das Prisenkommando an Bord kommt, holen wir die iranische Flagge ein und setzen die Farben der Volksrepublik China. Das sollte den Kapitän endgültig einlullen.«

»Haben Sie eine chinesische Flagge?« fragte Girodino.

»Wir führen die Flaggen sämtlicher Nationen mit, die über eine Flotte verfügen«, antwortete Cabrillo.

»Und nachdem Sie die Flagge gestrichen haben?« sagte Pitt. »Was dann?«

»Dann eröffnen wir aus allen Rohren das Feuer und hoffen, daß sie hinterher nicht mehr zurückschlagen können.«

»Jedenfalls besser als ein aussichtsloses Ferngefecht mit Raketen«, sagte Max Hanley, der neben einem Elektronikspezialisten saß und per Computer die taktischen Vorgaben berechnen ließ.

Wie ein Fußballtrainer, der vor dem Anstoß mit seiner Mannschaft noch einmal sämtliche Spielzüge durchgeht, besprach Cabrillo seinen Plan mit seinen Leuten. Man feilte an jeder Kleinigkeit, überließ nichts dem Zufall. Niemand wirkte dabei verkrampft oder angespannt, geschweige denn ängstlich oder gar gehetzt. Die

Männer und Frauen an Bord der *Oregon* widmeten sich ihrer Aufgabe, als handelte es sich um gewöhnliche Büroarbeit.

»Irgendwelche Fragen?« erkundigte sich Cabrillo anschließend. Er sprach mit tiefem, ruhigem Tonfall, in dem ein kaum wahrnehmbarer spanischer Akzent durchklang. Auch er hatte Angst – immerhin war er ein erfahrener und intelligenter Mann –, aber er ließ es sich nicht anmerken. Als sich niemand zu Wort meldete, nickte er. »Okay, das wär's dann. Ich wünsche Ihnen allen viel Glück. Und wenn wir das Ganze hinter uns haben, schmeißen wir die größte Party, die die *Oregon* je erlebt hat.«

Pitt hob die Hand. »Sie haben gesagt, daß Sie jeden einzelnen brauchen. Wie können Al und ich uns nützlich machen?«

Cabrillo nickte. »Ihr zwei habt neulich gezeigt, daß ihr euch zu wehren wißt. Geht in die Waffenkammer und sucht euch zwei Schnellfeuergewehre aus. Mit dem alten Fünfundvierziger kommt ihr nicht weit. Besorgt euch außerdem kugelsichere Westen. Anschließend schaut ihr in der Kleiderkammer vorbei und zieht ein paar dreckige Klamotten über. Danach begebt ihr euch an Deck und mischt euch unter die Besatzung. Sobald das chinesische Prisenkommando an Bord kommt, können wir euch gut gebrauchen. Ihr müßt sie aufhalten, auch wenn sie leicht in der Überzahl sind, weil ich nur ein paar Mann abstellen kann. Aber aller Wahrscheinlichkeit nach schicken die nicht mehr als zehn Leute rüber. Da sie auf nichts Schlimmes gefaßt sind, sollte das nicht allzu schwer sein. Wenn ihr das geschafft habt – und davon gehe ich aus –, könnt ihr uns anderweitig helfen. Denn unbeschadet kommen wir da garantiert nicht raus.«

»Meinen Sie wirklich, daß wir das Prisenkommando ohne jede Vorwarnung niederschießen müssen?« fragte Linda Ross.

»Eins sollten Sie bedenken«, versetzte Cabrillo ungerührt. »Die wollen unter allen Umständen verhindern, daß wir den nächsten Hafen anlaufen. Weil sie nämlich genau wissen, daß wir etwas mit diesem Tauchboot zu tun haben, das die *United States* untersucht hat. Meiner Meinung nach wollen die uns den Fischen zum Fraß vorwerfen.«

Pitt musterte Cabrillo. Er wollte wissen, ob ihn keine Zweifel plagten, ob er nicht meinte, daß sie eventuell einen schweren Fehler begingen. Doch der ließ sich nichts dergleichen anmerken. »Was ist, wenn wir uns irren und sie ohne Grund angreifen?«

Cabrillo zog seine Pfeife aus der Brusttasche und kratzte den Kopf aus. »Das macht mir, ehrlich gesagt, auch ein bißchen zu schaffen. Aber da wir der chinesischen Luftwaffe nicht entkommen können, bleibt uns nichts anderes übrig, als uns durchzumogeln. Und wenn das nicht hinhaut, müssen wir kämpfen.«

Wie ein gefräßiger Mörderwal, der sich an eine friedliche Seekuh heranpirscht, glitt der schwere chinesische Zerstörer durch die vom Vollmond beschienene nächtliche See auf die langsam dahinfahrende *Oregon* zu. Ohne die plumpen Aufbauten, die zahlreichen Antennen zur See- und Luftüberwachung, die Radardome und die häßlichen Gefechtstürme hätte das graue Schiff durchaus schnittig wirken können. So aber sah es aus, als wäre es von einem Kleinkind zusammengeklebt worden, das nicht genau wußte, wo die einzelnen Teile hingehörten.

Hali Kasim, der für den Funkverkehr zuständige stellvertretende Direktor der *Oregon*, meldete sich über die Bordsprechanlage bei Cabrillo, der auf der Brückennock stand und den Zerstörer durch sein Nachtglas beobachtete.

»Mr. Cabrillo, sie haben uns aufgefordert beizudrehen.«

»In welcher Sprache?«

»Englisch«, antwortete Kasim.

»Ein armseliger Versuch, uns aus der Reserve zu locken. Antworten Sie auf arabisch.«

Kurz darauf meldete sich Kasim zurück. »Die haben uns durchschaut, Sir. Sie haben jemand an Bord, der Arabisch spricht.«

»Halten Sie sie noch ein bißchen hin. Wir wollen doch nicht allzu nachgiebig wirken. Fragen Sie, warum wir ihren Befehlen in internationalen Gewässern Folge leisten sollten.«

Cabrillo zündete seine Pfeife an und wartete. Er blickte hinunter auf das Deck, wo Pitt, Giordino und drei Mann seiner Besatzung angetreten waren, alle bewaffnet und für das große Hauen und Stechen gerüstet.

»Die lassen sich auf nichts ein«, meldete sich Hali Kasim wieder. »Sie sagen, wenn wir nicht unverzüglich die Maschinen stoppen, eröffnen sie das Feuer.«

»Meinen Sie, die stören unseren Funk, wenn wir einen Notruf absetzen?«

»Mit Sicherheit. Jeder Funkspruch, den wir aussenden, wird nur verstümmelt ankommen.«

»Könnte sich eins unserer Kriegsschiffe in der Gegend aufhalten, ein Atom-U-Boot zum Beispiel?«

»Nein«, meldete sich Linda Ross aus der Radar- und Feuerleitzentrale. »Das einzige Schiff im Umkreis von hundert Meilen ist ein japanischer Autotransporter.«

»Na schön«, sagte Cabrillo seufzend. »Teilen Sie ihnen mit, daß wir dem Befehl Folge leisten und beidrehen. Aber erklären Sie ihnen auch, daß wir gegen dieses skandalöse Verhalten bei der Welthandelskammer und beim Internationalen Schiffahrtskomitee Beschwerde einlegen werden.«

Danach konnte Cabrillo nichts weiter tun, als abzuwarten und den chinesischen Zerstörer zu beobachten, der sich im Zwielicht näherte. Ruhigen Blickes musterte er das große Kriegsschiff, auf das sowohl die beiden mittschiffs im Rumpf der *Oregon* verborgenen Harpoon-Raketen als auch die Mark-sechsundvierziger-Torpedos in ihren Unterwasserrohren und das 30-Millimeter-Oerlikon-Zwillingsgeschütz gerichtet waren, das pro Lauf siebenhundert Schuß in der Minute abgeben konnte.

Alle notwendigen Vorkehrungen waren getroffen. Cabrillo war stolz auf seine Mannschaft. Keiner ließ sich die geringste Angst oder Nervosität anmerken. Ihre Gesichter wirkten vielmehr entschlossen, so als empfänden sie eine grimmige Vorfreude bei dem Gedanken daran, daß sie sich mit einem Gegner anlegten, der doppelt so groß und zehnmal so stark war wie sie selbst. Sie mußten die Sache durchstehen, und zwar ohne Gnade und Pardon. Jetzt gab es kein Zurück mehr, und sie wollten den ersten Schlag austeilen.

Der Zerstörer stoppte seine Maschinen und trieb keine zweihundert Meter von der *Oregon* entfernt dahin. Durch das Nachtglas konnte Cabrillo die großen, weißen Ziffern am Bug erkennen.

»Können Sie einen chinesischen Zerstörer mit der Nummer 116 identifizieren? Ich wiederhole: eins-sechzehn«, fragte er über die Bordsprechanlage bei Ross an.

Während er auf die Rückmeldung wartete, beobachtete er, wie drüben auf dem Zerstörer ein Boot klargemacht und mittschiffs zu Wasser gelassen wurde. Dann legte es von dem Kriegsschiff ab, hielt auf den harmlos wirkenden alten Frachter zu und ging keine zwölf Minuten später längsseits. Voller Genugtuung stellte er fest, daß lediglich der Geschützturm mit den beiden 100-Millimeter-Kanonen auf die *Oregon* gerichtet war. Die Raketenwerfer waren unbemannt und gesichert. Die Läufe der 37-Millimeter-Geschütze waren nach vorn und achteraus gerichtet.

»Schiff ist identifiziert«, meldete sich Ross zurück. »Nummer eins-sechzehn ist die *Chengdo*. Das größte und beste Schiff der chinesischen Marine. Sie steht unter dem Befehl von Kapitän Yu Tien. Wenn ich genügend Zeit habe, besorge ich Ihnen seinen Lebenslauf.«

»Besten Dank, Ross, nicht nötig. Es ist immer gut, wenn man den Namen des Feindes kennt. Halten Sie sich bitte feuerbereit.«

»Sämtliche Waffen sind feuerbereit, Herr Vorsitzender«, antwortete Ross ruhig und gelassen.

Die Jakobsleiter wurde über die Bordwand geworfen, worauf die chinesischen Seesoldaten, die von einem Marineleutnant und einem Hauptmann der Marineinfanterie befehligt wurden, eilig an Bord kletterten. Die Männer des Prisenkommandos wirkten vergnügt, beinahe ausgelassen, eher wie auf einer Campingtour als bei einem militärischen Einsatz.

»Verdammt!« fluchte Cabrillo. Es waren mehr als doppelt so viele, als er gedacht hatte, und alle waren bis an die Zähne bewaffnet. Um so mehr bedauerte er es, daß er nicht mehr Männer für den bevorstehenden Kampf auf dem Hauptdeck hatte abstellen können. Er schaute hinab zu Pete James und Bob Meadows, den beiden Schiffstauchern und ehemaligen Marineeinzelkämpfern, die mit Eddie Seng an der Reling standen. Alle trugen schwere Mäntel, unter denen sie ihre Maschinenpistolen verborgen hatten. Dann entdeckte er Pitt und Giordino, die mit hocherhobenen Händen vor die beiden chinesischen Offiziere traten.

Cabrillo packte die helle Wut. Wenn sich Pitt und Giordino kampflos ergaben, hatten die anderen keine Chance – nicht gegen mehr als zwanzig kampferprobte Seesoldaten. Die Chinesen würden sie im Handumdrehen überwältigen und das Schiff in ihre Gewalt bringen. »Ihr elenden Feiglinge!« brüllte er und drohte Pitt und Giordino mit der Faust. »Ihr dreckigen Verräter!«

»Wie viele hast du gezählt?« fragte Pitt Giordino, als der letzte chinesische Soldat über die Reling stieg.

»Einundzwanzig«, antwortete Giordino. »Vier auf jeden von uns. Als ›leicht in der Überzahl‹ würde ich das nicht mehr bezeichnen.«

»Da gebe ich dir recht.«

Betreten standen sie in ihren langen Wintermänteln da, hatten die Hände erhoben und wollten sich offenbar ergeben. Eddie Seng, James und Meadows blickten die Chinesen mit mürrischer Miene an – wie ganz normale Matrosen, die sauer über die Störung des Bordbetriebes sind. Die Chinesen reagierten, wie Pitt gehofft hatte. Die Seesoldaten wirkten sichtlich gelöster, als sie das schlampige Empfangskomitee sahen, und senkten die Waffen, da sie auf einem derart heruntergekommenen Schiff mit keinerlei Widerstand rechneten.

Der Marineoffizier betrachtete die verlotterte Mannschaft mit angewiderter Miene, baute sich dann vor Pitt auf und verlangte auf englisch zu wissen, wo er den Kapitän finden könne.

Pitt wirkte wie die Unschuld in Person, als er erst den Leutnant und dann den Hauptmann anschaute und sich höflich erkundigte: »Wer von euch ist Beavis und wer Butt-head?«

»Was haben Sie da gesagt?« herrschte ihn der Leutnant an. »Bring mich sofort zu deinem Kapitän, wenn du nicht erschossen werden willst.«

Pitt zog ein erschrecktes Gesicht. »Wie? Zum Käpt'n wollen Sie? Das hätten Sie doch gleich sagen können.« Er drehte sich zur Seite und nickte zu Cabrillo hinüber, der auf der Brückennock stand und vor Wut schäumte.

Unwillkürlich folgten alle Pitts Kopfbewegung und blickten hinauf zu dem brüllenden Mann auf der Brücke.

Im gleichen Moment wurde Cabrillo klar, was die beiden Männer von der NUMA vorhatten. Wie gebannt schaute er nach unten, wo jetzt ein blutiger Kampf ausbrach. Er traute seinen Augen kaum, als sowohl Pitt als auch Giordino plötzlich ein weiteres Paar Hände unter dem Mantel hervorstießen, in jeder Hand eine schußbereite Maschinenpistole. Die völlig überraschten Seesoldaten wurden förmlich niedergemäht. Die beiden Offiziere fielen zuerst, anschließend die sechs Männer, die unmittelbar hinter ihnen standen. Innerhalb weniger Sekunden war fast das halbe Prisenkommando ausgeschaltet.

Seng, James und Meadows, die in den Trick mit den künstlichen Armen eingeweiht gewesen waren, rissen sofort die Waffen hoch und eröffneten keine Sekunde nach Pitt und Giordino das Feuer. Es war die reinste Hölle. Rundum gingen Männer zu Boden, andere schwärmten aus, schossen wie wild aufeinander. Doch die chinesischen Seesoldaten waren tapfer und wußten sich ihrer Haut zu wehren. Sie fingen sich rasch, hielten inmitten ihrer gefallenen Kameraden die Stellung und erwiderten das Feuer. In kürzester Zeit waren sämtliche Magazine leer geschossen. Seng hatte einen Treffer abbekommen und kniete am Boden. Meadows war an der Schulter verletzt, schwang aber seine Waffe wie eine Keule. Pitt und Giordino hatten keine Zeit zum Nachladen. Sie schleuderten ihre Waffen auf die acht Chinesen, die sich nach wie vor zur Wehr setzten, und gingen in den Nahkampf. Mitten im Eifer des Gefechts, als beide Seiten fluchend und wild um sich dreschend übereinander herfielen, hörte Pitt noch Cabrillos Schrei auf der Brücke.

»Feuer, um Himmels willen, gebt Feuer!«

Ein Rumpfsegment der *Oregon* klappte auf, und die beiden Harpoon-Raketen schossen von den Startrampen. Im gleichen Augenblick jagten die Mark-sechsundvierziger-Torpedos aus den Rohren, und eine Sekunde später eröffnete das Oerlikon-Zwillingsgeschütz das Feuer, deckte die Raketenwerfer der *Chengdo* mit einem Kugelhagel ein und beschädigte sie so schwer, daß sie nicht mehr eingesetzt werden konnten. Die Zeit schien stehenzubleiben, als sich die erste Rakete der *Oregon* unterhalb des Schornsteins in den Rumpf des schweren Zerstörers bohrte und im Maschinenraum explodierte. Die zweite Harpoon traf den Turm, in dem sich die Funkanlage der *Chengdo* befand, so daß sie sich nicht mehr mit dem Flottenkommando in Verbindung setzen konnte.

Danach waren die langsameren Torpedos an der Reihe, die nur knapp zehn Meter voneinander entfernt explodierten, zwei gewaltige Fontänen aufschleuderten und die *Chengdo* fast zum Kentern brachten. Im nächsten Moment richtete sie sich wieder auf, krängte dann nach Steuerbord und bekam zusehends Schlagseite, als das Wasser durch die beiden scheunentorgroßen Löcher in den Rumpf strömte.

Kapitän Yu Tien, normalerweise ein vorsichtiger Mann, fiel ebenfalls auf das Täuschungsmanöver herein, als er durch das Fernglas verfolgte, wie seine Seesoldaten das offenbar harmlose alte Schiff ohne den geringsten Widerstand enterten. Dann sah er, wie die grünweißrote iranische Fahne eingeholt und die rote Flagge mit den fünf goldenen Sternen, das Hoheitszeichen der Volksrepublik China, gehißt wurde. Um so größer war sein Entsetzen, als der rostige alte Kahn plötzlich losschlug, auf sein vermeintlich unbezwingbares Schiff nahezu gleichzeitig Raketen, Torpedos und Geschützfeuer niedergehen ließ und ihm verheerende Schäden zufügte. Unmöglich, dachte er wie gelähmt, daß ein harmloses Handelsschiff über eine derartige Feuerkraft verfügt.

Yu Tien zuckte zusammen, als er die weißen Dampfwolken sah, die aus den Lüftungsschächten, Luken und Niedergängen drangen, die in den Bauch seines Schiffes führten. Kurz darauf stieg schwarzer Qualm auf, und Flammenzungen schlugen aus dem zerstörten Maschinenraum, in dem seine Männer jämmerlich verbrannt waren.

»Feuer!« schrie er lauthals. »Vernichtet diese hinterlistigen Hunde!«

»Nachladen!« brüllte Cabrillo in die Bordsprechanlage. »Schleunigst nachladen –«

Seine Befehle wurden von einem gewaltigen Donnerschlag übertönt, auf den eine heftige Druckwelle folgte. Die schweren Kanonen im unbeschädigten Geschützturm des Zerstörers hatten das Feuer eröffnet und deckten die *Oregon* mit ihren Granaten ein.

Die erste schlug jaulend zwischen den Ladekränen ein und explodierte am Fuß des Achtermastes, der umstürzte und krachend auf dem Frachtdeck landete. Weißglühende Splitter und Trümmer flogen herum, die etliche kleinere Brände auslösten, aber kaum schwere Schäden anrichteten. Die nächste Granate traf den Hecküberhang der *Oregon*, riß ihn ab und hinterließ ein klaffendes Loch über dem Ruderstock. Ein schwerer Treffer, aber kein vernichtender.

Cabrillo duckte sich unwillkürlich, als die leichteren Geschütze der *Chengdo* losratterten und die *Oregon* von der Back bis zum Heck mit einem Geschoßhagel überzogen. Im gleichen Augenblick meldete sich Linda Ross, die im Feuerleitstand des Schiffes saß.

»Sir, die leichten Geschütze der Chinesen haben den Feuermechanismus der Raketenwerfer beschädigt. Ich überbringe ungern schlechte Nachrichten, aber wir können jetzt nur noch mit halber Kraft zurückschlagen.«

»Was ist mit den Torpedos?«

»In drei Minuten sind sie wieder feuerbereit.«

»Sagen Sie dem Ladetrupp, daß er's in einer Minute schaffen soll.«

»Hanley!« rief Cabrillo in die Bordsprechanlage.

»Hier«, meldete sich Hanley seelenruhig aus dem Maschinenraum.

»Irgendwelche Schäden an den Maschinen?«

»Ein paar Rohre lecken. Aber damit kommen wir klar.«

»Geben Sie volle Fahrt voraus. Holen Sie aus den Maschinen raus, was Sie können. Wir müssen schleunigst von hier weg, bevor uns der Zerstörer in Stücke zerlegt.«

»Wird gemacht.«

In diesem Augenblick bemerkte Cabrillo, daß die Oerlikons verstummt waren. Er stand reglos da und starrte auf das Zwillingsgeschütz, das mitten in einer großen, hölzernen Frachtkiste stand, die jetzt nach allen vier Seiten offen war. Die beiden Läufe waren auf den Zerstörer gerichtet, bewegten sich aber nicht mehr. Offenbar war die elektronische Steuerung durch die 37-Millimeter-Geschosse beschädigt worden. Ihm war völlig klar, daß sie ohne ihren Feuerschutz kaum eine Überlebenschance hatten. Viel zu spät, dachte er, als er spürte, wie das Heck tiefer sank und der Bug sich unter dem Schub von Hanleys schweren Maschinen hob. Zum erstenmal bekam er es mit der Angst zu tun, als er zu den beiden 100-Millimeter-Geschützen des Zerstörers hinüberblickte und darauf wartete, daß sie sein Schiff mitsamt der Besatzung zusammenschossen.

An den Kampf, der drunten auf dem mit Trümmern übersäten Deck tobte, hatte er eine Zeitlang überhaupt nicht mehr gedacht. Er kniff die Augen zusammen, warf einen Blick hinab und spürte, wie ihm die Galle hochstieg. Rundum lagen blutige Leichen, teils übereinandergehäuft, teils auf dem Deck verstreut. Das Gemetzel hatte keine zwei Minuten gedauert, aber offenbar waren da unten alle tot oder schwer verletzt.

Dann sah er, wie sich jemand torkelnd aufrichtete und schwankend wie ein Betrunkener auf die Oerlikons zustolperte.

James und Meadows hatten zwar kugelsichere Westen getragen, die ihren Oberkörper schützten, lagen aber beide mit Beinverletzungen am Boden. Seng war von zwei Kugeln am rechten Arm getroffen worden. Er saß am Deck, hatte sich mit dem Rücken an die Reling gelehnt, riß einen Hemdsärmel ab, knüllte ihn zusammen und drückte ihn auf die Wunden, um die Blutung zu stillen. Giordino lag neben ihm. Als er einem chinesischen Seesoldaten mit voller Wucht die Faust in den Bauch gerammt hatte, hatte er ihm den Kolben seines Schnellfeuergewehrs über den Schädel gezogen. Beide waren gleichzeitig zu Boden gegangen, der Chinese vor Schmerzen zusammengekrümmt und nach Luft japsend, Giordino halb bewußtlos.

Als Pitt sah, daß sein Freund nicht ernsthaft verletzt war, warf er den Mantel mit den beiden künstlichen Armen ab und schleppte sich zu dem Oerlikon. »Schon wieder. Ist das zu fassen? Zweimal an derselben Stelle«, murmelte er vor sich hin. Er drückte die Hand auf die Wunde, die nur zwei Zentimeter über dem Verband lag, den der Arzt in Orion Lake angebracht hatte, nachdem er sich dort ein Loch in den Hintern hatte schießen lassen. In der anderen Hand hielt er eine Maschinenpistole, die er einem toten Chinesen abgenommen hatte.

Cabrillo stand wie angewurzelt auf der Brücke, als er sah, wie Pitt quer über das Frachtdeck der *Oregon* stürmte, mitten durch den verheerenden Hagel der 37-Millimeter-Geschosse der *Chengdo*, die rundum einschlugen und die an Deck vertäuten Holzkisten zerfetzten. Pitt spürte den Luftzug, als sie haarscharf an seinem Kopf vorbeipfiffen, aber wie durch ein Wunder wurde er nicht getroffen.

Pitts Gesicht war vor Wut verzerrt, die leuchtendgrünen Augen glühten förmlich vor wilder Entschlossenheit. Es war ein Anblick, den Cabrillo nicht vergessen würde. Noch nie hatte er einen Mann gesehen, der eine derartige Todesverachtung an den Tag legte.

Und er schaffte das scheinbar Unmögliche. Sobald er sich zu dem Oerlikon durchgeschlagen hatte, hob er die Maschinenpistole und zerschoß die zerfetzten Überreste der zum Feuerleitstand führenden Kabel, so daß er die Kanone von Hand bedienen konnte. Dann schwang er sich hinter das Zwillingsgeschütz und griff mit der rechten Hand zum Abzug, der bislang noch nie benutzt worden war. Es war, als ob die alte *Oregon* noch einmal ihre ganze Kraft aufbot – wie ein übel zugerichteter Boxer, der plötzlich wieder zurückschlägt, nachdem er schon fast ausgezählt worden war. Doch Pitt richtete das Oerlikon nicht wie erwartet auf die 37-Millimeter-Geschütze und die Brücke der *Chengdo*, sondern feuerte mit beiden Läufen auf den Turm des Zerstörers, dessen 100-Millimeter-Kanonen nach wie vor auf den Frachter zielten und ihn jeden Moment versenken konnten.

Zunächst sah es aus wie eine reine Trotzreaktion, ein sinnloses Unterfangen, denn der Geschoßhagel prallte wirkungslos von dem schwer gepanzerten Turm ab. Doch dann begriff Cabrillo, was Pitt bezweckte. Trotzdem Wahnsinn, dachte er, der helle, reinste Wahnsinn. Von einem in der Dünung rollenden Schiff aus konnte nicht einmal ein ausgezeichneter Scharfschütze die Mündung einer Kanone treffen. Aber Cabrillo bedachte nicht die fürchterliche Feuerkraft des Oerlikon, dessen beide Läufe zusammen immerhin vierzehnhundert Schuß pro Minute abgeben konnten, so daß Pitt durchaus eine Chance hatte. Drei Geschosse drangen unmittelbar hintereinander in die Mündung des mittleren Geschützes ein und trafen eine frisch nachgeladene Granate, die prompt im Rohr krepierte.

Es war ein einziges Inferno. Kaum war das schwere 100-Millimeter-Geschoß im Lauf hochgegangen, als eine weitere Explosion den Turm erschütterte und ihn von innen zerfetzte wie eine Blechbüchse. Übrig blieb nur mehr ein Haufen schartiger Trümmer. Im gleichen Moment trafen die letzten beiden Torpedos der *Oregon* den Rumpf der *Chengdo*, wobei der eine wie durch ein Wunder durch ein bereits zuvor gerissenes Loch in den Schiffsbauch eindrang. Der Zerstörer erbebte unter einem gewaltigen Donnerschlag, dessen Wucht ihn fast aus dem Wasser hob. Ein Feuerball hüllte das getroffene Schiff ein, das sich jetzt wie ein tödlich verwundetes Tier zur Seite legte. Drei Minuten später versank es zischend in den Wogen. Zurück blieb nur eine riesige schwarze Qualmwolke, die zum Nachthimmel aufstieg und die Sterne verdunkelte.

Die Druckwelle fegte über die *Oregon* hinweg, und die durch den sinkenden Zerstörer aufgewühlten Wogen schaukelten sie durch, als wäre sie in ein Seebeben geraten. Cabrillo hatte den Untergang der *Chengdo* nicht mehr verfolgen können. Nur Sekunden vor Pitts verheerendem Treffer hatten die leichten Geschütze des Zerstörers ihr Feuer auf die Brücke konzentriert und sie in einen Haufen aus Trümmern und zersplittertem Glas verwandelt. Cabrillo hatte das Gefühl, als schlügen rundum Schmiedehämmer ein. Dann wurde er getroffen und von der Brückennock rücklings ins Ruderhaus geschleudert. Er landete am Boden, schloß die Augen, schlang die Arme um das Kompaßgehäuse und hielt sich mit aller Kraft fest. Ein Geschoß hatte sein rechtes Bein knapp unterhalb des Knies durchschlagen, aber Cabrillo spürte keinen Schmerz. Und dann hörte er eine gewaltige Explosion und spürte die Druckwelle, auf die eine fast gespenstische Stille folgte.

Pitt hatte unterdessen das Feuer eingestellt und war quer über das mit Trümmern übersäte Frachtdeck zu Giordino geeilt, um ihm auf die Beine zu helfen. Giordino legte den Arm um Pitts Taille und hielt sich einen Moment lang an ihm fest, dann zog er ihn zurück und starrte auf die roten Flecken an seiner Hand. »Sieht so aus, als ob du schon wieder ein Loch hättest.«

Pitt grinste ihn etwas verkniffen an. »Ich kann's ja mit dem Finger abdichten.«

Nachdem Giordino nun klar war, daß Pitt nicht ernsthaft verletzt war, deutete er auf Seng und die anderen. »Die Jungs hat's schwer erwischt. Wir müssen ihnen helfen.«

»Kümmere dich um sie, so gut es geht, bis der Schiffsarzt sie versorgen kann«, sagte Pitt, während er zu den Überresten der zerschossenen Brücke hinaufblickte. »Ich seh' zu, was ich für Cabrillo tun kann. Falls er noch am Leben ist.«

Die Leiter, die vom Frachtdeck zur Brückennock führte, war verbogen und zerfetzt, so daß Pitt an den von Geschossen durchsiebten Heckaufbauten zum Ruderhaus hinaufklettern mußte. Auf der Brücke herrschte Totenstille. Lediglich das dumpfe Dröhnen der auf Hochtouren laufenden Maschinen und das Rauschen des am Rumpf vorbeiströmenden Wassers waren zu hören. Langsam stieg Pitt über die Trümmer hinweg und trat in das völlig zerstörte Innere.

Vom Rudergänger und vom Ersten Offizier war nichts zu sehen – sämtliche Waffensysteme waren von der unter der Back gelegenen Feuerleitzentrale aus gesteuert worden. Cabrillo hatte allein auf der selten benutzten Brücke gestanden und von dort aus die Schlacht beobachtet und geleitet. Er war kaum noch bei Bewußtsein, als er undeutlich eine Gestalt sah, die die Überreste der zersplitterten Tür aus dem Weg räumte und auf ihn zukam. Mühsam versuchte er sich aufzurichten. Das eine Bein gehorchte ihm, aber im anderen hatte er keinerlei Gefühl. Wie durch einen Nebel nahm er wahr, daß sich jemand neben ihn kniete.

»Ihr Bein hat's bös erwischt«, sagte Pitt, während er sein Hemd herunterriß und zu einem Notverband zusammendrehte, den er unmittelbar über der Wunde anlegte, um die Blutung zu stillen.

Cabrillo hielt seine zertrümmerte Pfeife hoch. »Die Mistkerle haben meine beste Bruyère ruiniert.«

»Sie können von Glück sprechen, daß es nicht Ihr Schädel ist.«

Cabrillo streckte die Hand aus und packte Pitt am Arm. »Sie haben es geschafft. Und ich hab' gedacht, Sie gehen vor die Hunde.«

»Hat Ihnen noch keiner gesagt«, versetzte Pitt lächelnd, »daß ich nicht totzukriegen bin? Hauptsächlich dank der kugelsicheren Weste, zu der Sie mir geraten haben.«

»Und die *Chengdo*?«

»Die müßte mittlerweile am Grund des Südchinesischen Meeres liegen.«

»Gibt es Überlebende?«

»Hanley holt alles raus, was die Maschinen hergeben. Ich glaube nicht, daß er Lust hat, umzukehren und nachzusehen.«

»Wie schlimm ist das Schiff zugerichtet?« fragte Cabrillo, der allmählich wieder klarer sehen konnte.

»Sieht aus, als wäre Godzilla drübergetrampelt. Aber das läßt sich alles in ein paar Wochen auf der Werft reparieren.«

»Verluste?«

»Mit Ihnen etwa fünf, sechs Verwundete«, antwortete Pitt. »Meines Wissens keinerlei Tote oder Verletzte unter Deck.«

»Ich möchte mich bei Ihnen bedanken«, sagte Cabrillo. Er spürte, daß er aufgrund des Blutverlustes immer schwächer wurde, und er wollte es hinter sich bringen. »Ich habe mich von Ihrer Hände-hoch-Masche genauso täuschen lassen wie die Chinesen. Wenn Sie sie nicht ausgeschaltet hätten, wäre das Ganze anders ausgegangen.«

»Ich hatte tüchtige Männer, die mich unterstützt haben«, sagte Pitt, während er die Aderpresse fester anzog.

»Es hat eine Menge Mut dazugehört, mitten durch den schweren Beschuß zu den Oerlikons zu rennen.«

»Ich glaube, so was nennt man einen Anfall von Irrsinn«, sagte Pitt und schaute den Vorstandsvorsitzenden an. Er hatte alles in seiner Macht Stehende für ihn getan und konnte jetzt nur noch abwarten, bis man Cabrillo in die Krankenstation des Schiffes brachte.

»Trotzdem«, versetzte Cabrillo mit schwacher Stimme, »haben Sie das Schiff und die gesamte Besatzung gerettet.«

Pitt schaute ihn mit einem müden Lächeln an. »Meinen Sie, daß man mir bei der nächsten Vorstandssitzung eine Prämie bewilligt?«

Cabrillo wollte noch etwas sagen, doch er kam nicht mehr dazu. Kurz bevor Giordino, gefolgt von zwei Männern und einer Frau, ins Ruderhaus stürmte, verlor er das Bewußtsein. »Wie steht's um ihn?« fragte Giordino.

»Sein Unterschenkel hängt nur noch an einem Fetzen Fleisch«, sagte Pitt. »Aber wenn der Schiffsarzt genauso gut ist wie alle anderen an Bord, kann er ihn garantiert wieder dranflicken.«

Giordino blickte auf den Blutfleck, der sich auf Pitts Hose ausbreitete. »Hast du schon mal dran gedacht, dir 'ne Zielscheibe auf den Arsch zu pinseln?«

»Wozu?« versetzte Pitt augenzwinkernd. »Die treffen doch auch so.«

20

Nur die wenigsten Touristen kennen die zweihundertfünfunddreißig kleinen Inseln rund um Hongkong. Hier, abseits vom hektischen Treiben der Metropole, findet man verträumte Fischerdörfer, alte Tempel und malerische Bauernhöfe inmitten einer bezaubernden Landschaft. Der Großteil der Inseln ist nicht leicht zu erreichen, von Cheung Chau, Lamma und Lantau einmal abgesehen, auf denen acht- bis fünfundzwanzigtausend Menschen leben, und viele sind noch immer unbewohnt.

Mitten im East Lamma Channel, etwa acht Kilometer südwestlich von der Stadt Aberdeen und unmittelbar gegenüber der Halbinsel Stanley, liegt die kleine, nur knapp anderthalb Kilometer breite Insel Tia Nan. An ihrer höchsten Stelle, einer Bergkuppe, die etwa sechzig Meter über dem Meeresspiegel aufragt, befindet sich ein in seiner Pracht und Herrlichkeit nahezu einmaliges Herrenhaus.

Ursprünglich hatte hier ein Kloster mit einem Haupt- und drei kleineren Nebentempeln gestanden, das 1789 gegründet worden war und Ho Hsien-Ku, einer der Unsterblichen des Taoismus, geweiht war. 1949 wurde das Kloster aufgelöst, und 1990 hatte Qin Shang die Anlage erworben, der hier ein palastartiges Anwesen schaffen wollte, um das ihn jeder wohlhabende Geschäftsmann und Politiker in ganz Ostasien beneiden sollten.

Die von hohen Mauern mit gut bewachten Toren umgebenen Gärten waren kunstvoll angelegt und mit den seltensten Bäumen, Sträuchern und Blumen bepflanzt. Kunsthandwerker aus ganz China waren hinzugezogen worden. Sie hatten aus dem einstigen Kloster ein Schmuckstück chinesischer Kultur geschaffen. Die harmonischen Bauten waren erhalten, allerdings etwas erweitert worden, damit sie Platz für Qin Shangs riesige Sammlung an Kunstschätzen boten, die er in vielen Jahren zusammengetragen hatte und die Meisterwerke aus allen Epochen der chinesischen Kultur enthielt, von der prähistorischen Zeit bis zum Ende der Ming-Dynastie im Jahr 1644. Durch Bitten und Betteln und notfalls auch durch Bestechung hatte er den Bürokraten der Volksrepublik jedes Meisterwerk abschwatzen können, das er in seinen Besitz bringen wollte.

Nach wie vor suchten seine Mittelsmänner in sämtlichen großen Auktionshäusern Europas und Asiens und weltweit in jeder Privatsammlung nach auserlesenen Werken chinesischer Kunst. Qin Shang kaufte mit einer Besessenheit, über die seine wenigen Freunde nur staunen konnten. Und was er nicht käuflich erwerben konnte, ließ er nach einer angemessenen Frist stehlen und auf sein Anwesen schmuggeln. Alles, was er nicht zur Schau stellen konnte, sei es aus Platzmangel oder weil es als gestohlen gemeldet war, bewahrte er in Lagerhäusern in Singapur auf, nicht jedoch in Hongkong, da er den Bürokraten der Volksrepublik nicht traute. Bei denen stand zu befürchten, daß sie seine Schätze eines Tages beschlagnahmen ließen, um sich selbst daran zu bereichern.

Im Gegensatz zu vielen seiner reichen Zeitgenossen hatte Qin Shang noch nie viel für ein Leben in Saus und Braus übriggehabt. Seit der Zeit, da er seine erste Münze erbettelt hatte, hatte er unermüdlich gearbeitet, und auch als mehrfacher Milliardär baute er seine Reedereiunternehmen immer weiter aus. Ebenso unermüdlich trug er Kunstschätze aus dem alten China zusammen.

Gleich nach dem Kauf des Klosters hatte Qin Shang den verschlungenen Fußweg, der von dem kleinen Hafen hinauf zu den Tempeln führte, verbreitern und asphaltieren lassen, damit die Baumaterialien und später seine Sammlungsstücke per Fahrzeug den steilen Berg hinaufbefördert werden konnten. Er wollte mehr, als nur die Tempel renovieren und umbauen lassen, viel mehr: Er wollte ein überwältigendes Gesamtkunstwerk schaffen, wie es auf der ganzen Welt nichts seinesgleichen hatte, ausgenommen vielleicht das Hearst Castle in San Simeon, Kalifornien.

Es dauerte fünf Jahre, bis das Grundstück gestaltet war und die Tempel wieder in alter Pracht erstrahlten. Weitere sechs Monate gingen ins Land, ehe die Kunstwerke und das Mobiliar an Ort und Stelle waren. Im Haupttempel befanden sich Qin Shangs Wohnräume sowie die Sport- und Freizeiteinrichtungen. Hier standen ihm und seinen Gästen unter anderem ein prachtvoller Billardsalon und ein riesiger beheizter Swimmingpool zur Verfügung, der sich vom Innenraum aus in einem fast hundert Meter weiten Bogen in zahlreichen Windungen durch den Garten erstreckte. Des weiteren waren zwei Tennisplätze und ein kleiner Golfplatz mit neun Löchern vorhanden. Die drei kleineren Tempel wurden zu noblen Gästehäusern umgebaut. Schließlich taufte Qin Shang sein Anwesen nach der Schutzpatronin und chinesischen Göttin der Seefahrer auf den Namen Haus der Tin Hau.

Qin Shang war ein Perfektionist sondergleichen. Unermüdlich ließ er kleine Veränderungen vornehmen und kostbare Verzierungen anbringen, die seinem Werk noch größere Pracht verliehen. Der Aufwand war immens, aber er besaß mehr als genug Geld, um seiner Leidenschaft ungehemmt frönen zu können. Um seine vierzehntausend Kunstwerke beneideten ihn sämtliche Museen der Welt, und fortwährend lagen ihm Galeristen und Sammler in den Ohren, die ihm Höchstsummen für seine Schätze boten. Aber Qin Shang kaufte nur. Er stieß nie etwas ab.

Als das Haus der Tin Hau in all seiner Pracht und Herrlichkeit vollendet war, wirkte es wie eine Geistererscheinung, die hoch über dem Meer thronte und Shangs Geheimnisse hütete.

Eine Einladung ins Haus der Tin Hau wurde von den Angehörigen europäischer und asiatischer Fürsten- und Königshäuser sowie von allerlei Prominenz aus Politik, Gesellschaft und Finanzwesen stets mit Freuden angenommen. Die Gäste, die für gewöhnlich am Flughafen in Hongkong eintrafen, wurden unverzüglich in einem großen Privathubschrauber zu einem Landeplatz außerhalb des Tempelkomplexes geflogen. Hohe Würdenträger und auserwählte Besucher reisten auf Qin Shangs Boot an, einer schwimmenden Villa, die mit sechzig Metern Länge fast die Ausmaße eines kleinen Kreuzfahrtschiffes hatte und auf seiner eigenen Werft entworfen und gebaut worden war. Bei ihrer Ankunft wurden die Gäste von einer Dienerschar in Empfang genommen, zu luxuriösen Kleinbussen geleitet und die kurze Strecke zu ihren Unterkünften gebracht, wo ihnen für die Dauer ihres Aufenthalts private Zofen und Kammerdiener zur Verfügung standen. Zugleich teilte man ihnen mit, wann man sie zu Tisch erwartete, und fragte sie, ob sie spezielle Speisen und Getränke wünschten.

Die von den Ausmaßen und der Pracht der umgestalteten Tempel gebührend beeindruckten Gäste konnten in den Gärten lustwandeln, am Swimmingpool ausspannen oder in der Bibliothek arbeiten, wo sie von einem hervorragend geschulten Personal betreut wurden. Zudem standen ihnen hier die neuesten Publikationen sowie modernste Computer und Kommunikationseinrichtungen zur Verfügung, damit die Geschäftsleute und Regierungsvertreter jederzeit mit ihren Büros und Dienststellen in Verbindung treten konnten.

Die abendlichen Diners fanden stets in feierlichem Rahmen statt. Die Gäste versammelten sich in einem Vorraum, der wie ein tropischer Garten gestaltet war, mit Wasserfällen und spiegelglatten Teichen voller leuchtendbunter Zierkarpfen, während aus feinen Düsen unter der Decke ein feiner, leicht parfümierter Nebel versprüht wurde. Die Frauen saßen unter kunstvoll bemalten Seidenschirmen, damit ihre Frisuren vor der Feuchtigkeit geschützt waren. Nach dem Aperitif begaben sie sich in die große Halle des Tempels, die als Speiseraum diente, und nahmen auf wuchtigen Holzstühlen Platz, deren Beine und Armlehnen mit exotischen Drachenschnitzereien verziert waren. Je nach Wunsch konnte man mit Stäbchen oder, wenn es sich um Gäste aus dem Westen handelte, mit vergoldetem Besteck speisen. Die Gäste ließen sich auch nicht, wie im Westen üblich, an einer langen Tafel nieder, an deren Kopfende der Gastgeber thront, sondern saßen um einen riesigen runden Tisch. An der einen Seite befand sich ein schmaler Durchgang, so daß die hinreißend grazilen Chinesinnen, die bezaubernde enge Seidenkleider mit schenkelhohen Schlitzen trugen, die zahllosen Gerichte von innen auftischen konnten. Qin Shang hielt dies für weitaus praktischer als die althergebrachte europäische Art.

Wenn alle Platz genommen hatten, erfolgte Qin Shangs Auftritt, der sich mittels eines im Boden eingelassenen Aufzugs zu seinen Gästen gesellte. Er trug für gewöhnlich die kostbaren Seidengewänder eines Mandarins und saß auf einem alten Thron, der rund fünf Zentimeter höher war als die übrigen Stühle. Ohne Rücksicht auf Rang und Herkunft benahm er sich, als wäre jedes Mahl ein feierliches Zeremoniell, dem er als Kaiser beiwohnte.

Selbstverständlich genossen die hohen Gäste diese Mahlzeiten, die eher an einen sorgsam inszenierten Festakt erinnerten. Anschließend wurden sie von Qin Shang in einen nicht minder prachtvollen Kinosaal geleitet, wo man ihnen die neuesten Spielfilme vorführte, die aus aller Welt eingeflogen wurden. Sie saßen in weichen Samtsesseln und trugen Kopfhörer, über die sie die Dialoge in ihrer jeweiligen Muttersprache hörten. Kurz vor Mitternacht wurde schließlich ein kaltes Büfett aufgetragen, worauf die Gäste sich selbst überlassen blieben, während Qin Shang sich mit einem oder zwei Auserwählten in seine Privatgemächer zurückzog, um neueste Entwicklungen auf dem Weltmarkt zu besprechen oder Geschäfte auszuhandeln.

An diesem Abend hatte er Zhu Kwan zu sich gebeten, einen siebzig Jahre alten Gelehrten, der als der beste Historiker von ganz China galt. Zhu Kwan war klein, hatte schmale, braune Augen mit schweren Lidern und lächelte stets. Er nahm auf einem weich gepolsterten, mit Löwenmotiven verzierten Holzstuhl Platz und ließ sich eine kleine, aus der Zeit der Ming-Dynastie stammende Porzellanschale mit Pfirsichlikör reichen.

Quin Shang lächelte. »Ich möchte mich für Ihr Kommen bedanken, Zhu Kwan.«

»Ich bedanke mich für die Einladung«, erwiderte Zhu Kwan gewandt. »Es ist mir eine große Ehre, als Gast in Ihrem prachtvollen Hause weilen zu dürfen.«

»Sie sind die größte Kapazität auf dem Gebiet der chinesischen Geschichte und Kultur. Ich habe Sie hergebeten, weil ich mit Ihnen über ein Unternehmen sprechen möchte, das möglicherweise für uns beide von Nutzen ist.«

»Ich nehme an, daß ich Nachforschungen für Sie anstellen soll.«

Qin Shang nickte. »In der Tat.«

»Womit kann ich Ihnen zu Diensten sein?«

»Haben Sie meine Schätze genauer in Augenschein genommen?«

»Ganz gewiß«, antwortete Zhu Kwan. »Für einen Historiker ist es stets eine besondere Freude, wenn er die größten Kunstwerke seines Landes mit eigenen Augen betrachten kann. Ich wußte nicht, daß so viele kostbare Stücke aus unserer Vergangenheit erhalten sind. Ich dachte, viele davon seien für immer verschollen. Das prachtvolle, aus der Chou-Dynastie stammende Räuchergefäß aus Bronze mit Gold- und Edelsteinintarsien zum Beispiel oder der lebensgroße Streitwagen samt Fahrer und vier Pferden aus der Han-Dynastie, ebenfalls aus Bronze –«

»Fälschungen, Imitationen«, versetzte Qin Shang ungehalten. »All diese vermeintlichen Meisterwerke unserer Vorfahren wurden anhand von Fotografien der Originale kopiert.«

Zhu Kwan war sowohl erstaunt als auch betroffen. »Sie wirken so echt, daß sogar ich mich habe täuschen lassen.«

»Nicht, wenn Sie sie in Ihrem Labor hätten untersuchen können.«

»Ihre Kunsthandwerker müssen über außerordentliche Fertigkeiten verfügen. Sie sind nicht minder geschickt als ihre Vorgänger vor tausend Jahren. Auf dem heutigen Weltmarkt müssen die von Ihnen in Auftrag gegebenen Werke ein Vermögen wert sein.«

Qin Shang ließ sich gegenüber Zhu Kwan auf einem Stuhl nieder. »Wohl wahr, aber Imitationen sind nicht so unschätzbar wertvoll wie die Originale. Um so mehr freut es mich, daß Sie meine Einladung angenommen haben. Ich möchte, daß Sie all die Kunstschätze auflisten, deren Existenz bis 1948 verbürgt ist, die aber seither verschwunden sind.«

Zhu Kwan musterte ihn ruhigen Blickes. »Sind Sie bereit, für diese Liste viel Geld auszugeben?«

»Das bin ich.«

»Dann werden Sie bis Ende dieser Woche eine vollständige Auflistung sämtlicher bekannten Kunstwerke erhalten, die in den letzten fünfzig Jahren verschollen sind. Soll ich sie Ihnen hierher schicken oder an Ihr Büro in Hongkong?«

Qin Shang blickte ihn zweifelnd an. »Das ist eine außerordentlich schwere Aufgabe. Sind Sie sicher, daß Sie meiner Bitte in so kurzer Zeit nachkommen können?«

»Ich habe dreißig Jahre lang genaue Beschreibungen verschollener Kunstschätze zusammengetragen«, erklärte Zhu Kwan. »Eine Arbeit, die ich zu meinem Privatvergnügen gemacht habe. Ich bitte lediglich um ein paar Tage Zeit, damit ich meine Unterlagen auswerten und die entsprechende Aufstellung abfassen kann. Danach steht sie kostenlos zu Ihrer Verfügung.«

»Das ist überaus großzügig von Ihnen, aber es ist nicht meine Art, jemanden um einen Gefallen zu bitten, ohne ihn gebührend zu honorieren.«

»Geld werde ich nicht annehmen, aber ich hätte einen Wunsch.«

»Sie brauchen ihn nur zu nennen.«

»Ich möchte Sie in aller Bescheidenheit darum bitten, daß Sie alle Ihnen zur Verfügung stehenden Möglichkeiten ausschöpfen, um die verschollenen Kunstschätze aufzuspüren, damit sie wieder in den Besitz des chinesischen Volkes übergehen.«

Qin Shang nickte nachdrücklich. »Ich verspreche Ihnen, daß ich tun werde, was in meiner Macht steht. Ich beschäftige mich zwar noch nicht so lange wie Sie mit dieser Suche, aber es betrübt mich doch, daß ich bislang kaum vorangekommen bin. Der Verbleib dieser Kunstschätze ist ebenso rätselhaft wie das Verschwinden der Knochen des Pekingmenschen.«

»Und Sie haben auch noch keinerlei Hinweise gefunden?« fragte Zhu Kwan.

»Der einzige Anhaltspunkt, auf den meine Mittelsmänner bislang gestoßen sind, ist ein Schiff namens *Princess Dou Wan*.«

»Ich kann mich gut an sie erinnern. Als kleiner Junge bin ich mit meinen Eltern auf ihr nach Singapur gefahren. Ein schönes Schiff. Soweit ich mich entsinne, war sie im Besitz der Canton Lines. Ich selbst habe mich vor einigen Jahren mit ihrem Verschwinden befaßt. In welchem Zusammenhang steht sie mit den verschollenen Kunstschätzen?«

»Kurz nachdem Tschiang Kai-schek unsere Nationalmuseen geplündert und die in Privatbesitz befindlichen Kunstschätze unserer Vorfahren geraubt hat, ist die *Princess Dou Wan* mit unkanntem Ziel in See gestochen. Sie ist nie wiederaufgetaucht. Meine Mittelsmänner haben keinerlei Zeugen aufspüren können. Wie es scheint, sind viele von ihnen ebenfalls unter mysteriösen Umständen verschwunden. Zweifellos hat man sie irgendwo verscharrt, vermutlich auf Anweisung von Tschiang Kai-schek, der nicht wollte, daß die Kommunisten etwas von diesem geheimnisvollen Schiff erfahren.«

»Meinen Sie, Tschiang Kai-schek wollte die Kunstschätze auf der *Princess Dou Wan* außer Landes schaffen?«

»Aufgrund etlicher merkwürdiger Zufälle und seltsamer Begebenheiten bin ich davon überzeugt.«

»Das würde vieles erklären. Die einzigen Unterlagen, die ich über die *Princess Dou Wan* ausfindig machen konnte, deuten darauf hin, daß sie zum Abwracken nach Singapur unterwegs war, als sie verschollen ist.«

»Meines Wissens verliert sich ihre Spur westlich von Chile, wo man den Notruf eines Schiffes namens *Princess Dou Wan* auffing, bevor es in einem schweren Sturm mit der gesamten Besatzung unterging.«

»Sie haben gute Arbeit geleistet, Qin Shang«, sagte Zhu Kwan. »Vielleicht können Sie das Rätsel jetzt lösen.«

Qin Shang schüttelte den Kopf. »Das ist leichter gesagt, als getan. Es handelt sich um ein vierhundert Quadratmeilen großes Gebiet. Das ist, als suche man eine Stecknadel in einem Heuhaufen, wie man im Westen sagt.«

»Diese Suche ist jede Mühe wert. Man sollte sie auf jeden Fall durchführen. Die kostbarsten Kunstschätze unseres Volkes müssen geborgen werden.«

»Ich pflichte Ihnen bei. Genau zu diesem Zweck habe ich ein Forschungs- und Vermessungsschiff bauen lassen. Meine Bergungsmannschaft kreuzt seit sechs Monaten in dieser Gegend, hat aber bislang noch keine Spur von einem Schiffskörper am Meeresgrund entdeckt, bei dem es sich aufgrund der Größe und der äußeren Merkmale um die *Princess Dou Wan* handeln könnte.«

»Bitte geben Sie die Suche nicht auf«, sagte Zhu Kwan eindringlich. »Wenn Sie diese Schätze finden und unserem Volk zurückgeben, wäre Ihnen ewiger Ruhm und Unsterblichkeit gewiß.«

»Deshalb habe ich Sie heute abend hergebeten. Ich möchte, daß Sie sich nach besten Kräften darum bemühen, einen Hinweis auf den Verbleib des Schiffes zu finden. Ich werde Sie für jede neue Spur, die Sie entdecken, reich belohnen.«

»Sie sind ein wahrer Patriot, Qin Shang.«

Doch im nächsten Moment wurde Zhu Kwan eines Besseren belehrt. Qin Shang schaute ihn an und lächelte. »Ich habe es zu großem Reichtum und hohem Ansehen gebracht. Ich sehne mich nicht nach ewigem Ruhm und Unsterblichkeit. Mir geht es um die Erfüllung, ohne die ich nicht sterben kann. Ich werde niemals Frieden finden, solange diese Kunstschätze nicht gefunden und geborgen sind.«

Als ob ein Seidenschleier reißt, dachte der Historiker, als er Qin Shangs wahre Absichten erkannte. Der reiche Mann war bar jeder Moral. Falls ihm das Glück hold war und er die *Princess Dou Wan* fand, wollte er alles für sich behalten. Jedes einzelne Stück gedachte er seiner privaten Sammlung einzuverleiben, an der sich nur Qin Shang ergötzen konnte.

Qin Shang lag im Bett und war in die Bilanzberichte seines weitverzweigten Wirtschaftsimperiums vertieft, als das Telefon neben seinem Bett leise klingelte. Im Gegensatz zu vielen anderen ledigen Männern seines Standes schlief er für gewöhnlich allein. Er hatte durchaus etwas für Frauen übrig, und wenn es ihn danach verlangte, besorgte er sich eine, aber seine wahre Leidenschaft galt dem Geld und den Geschäften. Geselliges Beisammensein hielt er für reine Zeitverschwendung, Annäherungsversuche ebenso. Gewöhnliche

Liebesbeziehungen entsprachen nicht seiner Vorstellung von Disziplin. Für all die Reichen und Mächtigen, die sich hemmungslos ihren Lüsten und Leidenschaften hingaben, empfand er nur Verachtung.

Er griff zum Hörer. »Ja?«

»Sie haben mich aufgefordert, Sie zu jeder Tages- und Nachtzeit anzurufen«, meldete sich Su Zhong, seine Sekretärin.

»Ja, ja«, versetzte er, unwirsch ob der Störung. »Wie lauten die neuesten Nachrichten von der *United States*?«

»Sie ist heute abend um sieben Uhr ausgelaufen. Die gesamte Bordelektronik funktioniert ausgezeichnet. Wenn sie unterwegs nicht in einen schweren Sturm gerät, schafft sie die Überfahrt nach Panama in neuer Rekordzeit.«

»Eine Besatzung, die sie durch den Panamakanal steuert, steht bereit?«

»Ist alles schon veranlaßt«, antwortete Su Zhon. »Sobald das Schiff die Karibik erreicht, wird die Besatzung wieder auf Computersteuerung umschalten«.

»Irgend etwas Neues über den Zwischenfall auf der Werft?«

»Offenbar waren da Spezialisten am Werk. Sie haben ein hochmodernes Tauchboot eingesetzt.«

»Und was ist mit meinem Unterwassersicherungstrupp?«

»Man konnte nur die Leichen bergen. Keine Überlebenden. Der Großteil starb offenbar durch Druckeinwirkung. Das Patrouillenboot wurde ebenfalls gefunden. Es lag beim Hafenmeister vor Anker, aber die Besatzung ist verschwunden.

»Und der iranische Frachter, der in der Nähe der Werft vor Anker lag – hat man den aufgebracht und überprüft?«

»Es handelt sich um ein Schiff namens *Oregon*. Sie ist kurz vor der *United States* ausgelaufen. Wie wir vom Marineoberkommando erfahren haben, wurde sie auf unseren ausdrücklichen Wunsch hin vom Zerstörer *Chengdo* unter Kapitän Yu Tien aufgehalten. Als er sich zuletzt meldete, berichtete er, daß der Frachter beigedreht habe und er ihn von einem Prisenkommando überprüfen lassen wolle.«

»Und seither keinerlei Nachricht von Yu Tieng?« fragte Qin Shang.

»Völlige Funkstille.«

»Vielleicht hat sein Prisenkommando eindeutige Beweise gefunden, und er hat das Schiff beschlagnahmt und die Besatzung unter strengster Geheimhaltung beseitigt.«

»So muß es wohl sein«, erwiderte Su Zhong.

»Was gibt es sonst noch?«

»Ihre Sicherheitskräfte haben mittlerweile auch den Wachposten am Hauptquartier verhört. Er behauptet, daß die drei Männer in einem Rolls-Royce vorgefahren seien und daß der Chauffeur die Uniform unseres Sicherheitsdienstes getragen habe. Seiner Ansicht nach sind sie zur *United States* gefahren, aber das läßt sich nicht überprüfen, weil sämtliche Sicherheitskräfte vor dem Ablegen des Schiffes vom Kai abgezogen wurden.«

»Ich will Informationen, keine Ausflüchte«, versetzte Qin Shang ungehalten. »Ich möchte wissen, wer mich ausspionieren will. Wer meine Männer umgebracht hat. Und wer hinter diesem Unternehmen steckt.«

»Möchten Sie, daß sich Pawel Gawrowitsch um die Sache kümmert?« fragte Su Zhong.

Qin Shang dachte kurz nach. »Nein, er soll sich um diesen Dirk Pitt kümmern.«

»Neuesten Meldungen zufolge war er zuletzt in Manila.«

»Auf den Philippinen?« sagte Qin Shang, der zusehends die Fassung verlor. »Pitt war auf den Philippinen? Von dort aus ist man mit dem Flugzeug in zwei Stunden in Hongkong. Warum hat man mir das nicht mitgeteilt?«

»Gawrowitsch hat uns erst vor einer Stunde Bescheid gegeben. Er hat Pitt bis zum Hafen von Manila verfolgt, wo er und sein Partner Albert Giordino sich an Bord eines iranischen Frachters begaben.«

»Handelt es sich etwa um den gleichen iranischen Frachter, der unweit der *United States* vor Anker lag?« fragte Qin Shang leise, aber böse.

»Eindeutig konnte das noch nicht bestätigt werden«, erwiderte Su Zhong. »Aber alle Anzeichen deuten darauf hin, daß es sich um ein und dasselbe Schiff handelt.«

»Pitt muß irgend etwas mit dieser Sache zu tun haben. Er leitet die Spezialprojekte der NUMA. Vermutlich kann er ein Tauchboot steuern. Aber weshalb sollte mich die Meeresforschungsbehörde ausspähen?«

»Am Orion Lake hat er sich offenbar rein zufällig eingemischt«, sagte Su Zhong. »Aber vielleicht arbeitet er mittlerweile für einen amerikanischen Geheimdienst, zum Beispiel für die CIA.«

»Durchaus möglich« versetzte Qin Shang, der immer aufgebrachter klang. »Dieser fremde Teufel ist weitaus gefährlicher, als ich angenommen habe.« Er schwieg einen Moment. »Teilen Sie Gawrowitsch mit, daß er sich ab sofort um diese verdeckten Einsätze gegen die Qin Shang Maritime kümmern soll. Er soll herausfinden, wer dahintersteckt, und dafür sorgen, daß sie aufhören. Er hat völlig freie Hand und bekommt unbegrenzte Mittel zur Verfügung gestellt.«

»Und was ist mit Dirk Pitt?«

»Sagen Sie Gawrowitsch, daß er die Liquidierung dieses Pitt aufschieben soll, bis er zurückkehrt.«

»Nach Manila?«

Qin Shangs Atem ging rascher, und sein Mund war zu einem schmalen Strich zusammengekniffen. »Nein, wenn er nach Washington zurückkehrt.«

»Woher wollen Sie wissen, daß er sich anschließend wieder in die amerikanische Hauptstadt begibt?«

»Ich kann die Eigenschaften eines Menschen nicht anhand eines Fotos erkennen wie Sie, Su Zhong, aber ich habe mich mit der Lebensgeschichte dieses Mannes befaßt, vom Tag seiner Geburt bis zu der Nacht, in der er mein Unternehmen am Orion Lake ruiniert hat. Glauben Sie mir, er wird nach Hause zurückkehren, so schnell er kann.«

Su Zhong erschauderte leicht. Sie wußte, was jetzt kam. »Sprechen Sie von diesem Flugzeughangar, in dem er wohnt und seine Oldtimer-Sammlung stehen hat?«

»Ganz recht«, zischte Qin Shang. »Ich möchte Pitts entsetztes Gesicht sehen, wenn seine kostbaren Automobile vor seinen Augen in Flammen aufgehen. Vielleicht nehme ich mir sogar die Zeit und schaue zu, wie er mit ihnen verbrennt.«

»Ihr Terminkalender erlaubt keine Reise nach Washington. Für nächste Woche sind eine Konferenz mit Ihren Direktoren in Hongkong und eine Besprechung mit Regierungsvertretern in Peking angesetzt.«

»Sagen Sie ab«, versetzte er kurzerhand. »Vereinbaren Sie Termine mit meinen Freunden im Kongreß. Und sorgen Sie dafür, daß ich den Präsidenten sprechen kann. Es wird Zeit, daß ich die Bedenken zerstreue, die sie möglicherweise gegen Sungari hegen.« Er schwieg einen Moment und rang sich ein finsteres Lächeln ab. »Außerdem möchte ich es mir nicht nehmen lassen, persönlich zur Stelle zu sein, wenn Sungari zum wichtigsten Seehafen von Nordamerika wird.«

21

Als die Sonne aufging, dampfte die *Oregon* bei klarem Himmel und ruhiger See mit flotten dreißig Knoten dahin. Sie lag jetzt viel höher, nachdem die Ballasttanks abgepumpt worden waren, und bot weit weniger Strömungswiderstand, zumal das Heck durch die auf Hochtouren drehenden Schrauben tief ins Wasser gedrückt wurde. Über Nacht waren die Trümmer vom Frachtdeck geräumt worden, während der Schiffsarzt pausenlos Wunden versorgt und die Schwerverletzten operiert hatte. Die *Oregon* hatte nur einen Mann verloren, der unglücklicherweise von einem Splitter am Kopf getroffen worden war, als eine 100-Millimeter-Granate den Hecküberhang weggerissen hatte. Keiner der Verletzten schwebte in Lebensgefahr. Auch die meisten chinesischen Seesoldaten hatte der Arzt retten können. Die beiden toten Offiziere und vier weitere Männer, die nicht mit dem Leben davongekommen waren, hatte man über Bord geworfen.

Die Frauen, die auf der *Oregon* dienten, sprangen kurzerhand als Krankenschwestern ein, assistierten dem Arzt und kümmerten sich um die Verwundeten. Pitt hatte wieder einmal Pech. Als er die Wunde an seiner Hüfte verbinden lassen wollte, geriet er ausgerechnet an die Quartiersmeisterin des Schiffes (ihre offizielle Berufsbezeichnung in Cabrillos Betrieb lautete Abteilungsleiterin für Nachschub und Logistik), die gut einsachtzig groß war und mindestens neunzig Kilo auf die Waage brachte. Sie hieß Monica Crabtree und war mit allen Wassern gewaschen.

Als sie fertig war, gab sie Pitt einen Klaps aufs blanke Hinterteil. »Alles erledigt. Sie haben einen hübschen Knackarsch, wenn ich das mal sagen darf.«

»Wie kommt es bloß«, versetzte Pitt, der sich die Boxershorts hochzog »daß Frauen jede Schwäche von mir sofort ausnutzen?«

»Weil wir schlau sind und sehen, daß hinter dieser harten Schale ein ziemlich gefühlsbetonter Kerl steckt.«

Pitt schaute sie an. »Können Sie etwa aus der Hand lesen oder, besser gesagt, am Hintern?«

»Nein, aber mit Tarot kenn' ich mich aus.« Crabtree lächelte ihn einladend an. »Wenn Sie irgendwann mal in mein Quartier kommen, leg' ich Ihnen die Karten.«

Pitt hätte sich eher einen Zahn ziehen lassen. »Tut mir leid, aber ich will nicht wissen, wie es weitergeht. Zuviel Zukunft schlägt mir auf den Magen.«

Pitt humpelte durch die offene Tür in die Kabine des Vorstandsvorsitzenden. Der Vorsitzende geruhte nicht schlecht zu lagern. Cabrillo saß, Pfeife rauchend und ringsum von Kissen abgestützt, auf einem riesigen, mit frischen, grünen Laken bezogenen Bett, dessen Kopfteil mit balinesischen Schnitzereien verziert war, und las die Schadensmeldungen. Das verletzte Bein war unterhalb des Knies amputiert, wie Pitt bestürzt feststellte. Der Stumpf ruhte auf einem Kissen. Ein roter Fleck hatte sich auf dem Verband ausgebreitet.

»Das mit Ihrem Bein tut mir leid«, sagte Pitt. »Ich hatte gehofft, der Arzt könnte es wieder anflicken.«

»Schön wär's gewesen«, versetzte Cabrillo mit zusammengebissenen Zähnen. »Der Knochen war so zertrümmert, daß ihn der Doc nicht mehr dranleimen konnte.«

»Ich frage lieber nicht, wie es Ihnen geht. Davon abgesehen, sind Sie aber offenbar wieder voll auf dem Damm.«

Cabrillo deutete mit dem Kopf auf sein verletztes Bein. »So schlimm ist das gar nicht. Wenigstens ist es nur der Unterschenkel. Was meinen Sie, wie ich mich mit einem Holzbein mache?«

Pitt zuckte die Achseln. »Irgendwie kann ich mir nicht recht vorstellen, daß der Vorstandsvorsitzende wie ein verwegener Freibeuter übers Deck humpelt.«

»Warum nicht? Genau das bin ich doch.«

»Eins ist klar«, sagte Pitt lächelnd. »Bemitleidet werden wollen Sie nicht.«

»Ich will lieber eine Flasche Beaujolais. Das hilft gegen den Blutverlust.«

Pitt nahm auf einem Stuhl neben dem Bett Platz. »Ich habe gehört, daß Sie befohlen haben, die Philippinen weiträumig zu umfahren.«

Cabrillo nickte. »Stimmt genau. Bei den Chinesen ist bestimmt der Teufel los, seit sie erfahren haben, daß wir einen ihrer Zerstörer samt Besatzung versenkt haben. Vermutlich setzen sie diplomatisch alle Hebel in Bewegung und drängen darauf, daß man uns festnimmt und das Schiff beschlagnahmt, sobald wir Manila anlaufen.«

»Und was ist unser Ziel?«

»Guam«, antwortete Cabrillo. »Auf amerikanischem Boden sind wir sicher.«

»Es tut mir leid, daß es unter der Besatzung einen Toten und Verwundete gegeben hat und daß Ihr Schiff beschädigt wurde«, sagte Pitt. »Ich bin daran schuld. Wenn ich nicht darauf bestanden hätte, die *United States* zu durchsuchen, hätten Sie Hongkong rechtzeitig verlassen können, so daß die *Oregon* vielleicht heil davongekommen wäre.«

»Schuld?« versetzte Cabrillo unwirsch. »Meinen Sie etwa, das ist alles bloß ihretwegen passiert? Bilden Sie sich bloß nichts ein. Mir hat kein Dirk Pitt befohlen, daß ich heimlich die *United States* auskundschaften soll. Ich habe für die amerikanische Regierung einen Auftrag ausgeführt. Sämtliche diesbezüglichen Entscheidungen habe ich, und nur ich allein getroffen.«

»Sie und Ihre Leute haben einen hohen Preis dafür bezahlt.«

»Das mag sein, aber für unsere Firma lohnt es sich dennoch. Genaugenommen steht uns jetzt schon eine dicke Prämie zu.«

»Trotzdem –«

»Nichts da. Der Einsatz wäre doch ein Fehlschlag geworden, wenn Sie und Giordino nicht auf dem Schiff gewesen wären. Irgendwo in diesen heiligen Hallen, in denen unsere Geheimdienste hausen, gibt es bestimmt jemanden, der das, was ihr herausgefunden habt, für höchst wichtig hält.«

»Wir haben lediglich herausgefunden«, sagte Pitt, »daß ein ehemaliger Ozeandampfer, der sich im Besitz eines Finsterlings befindet, restlos ausgeschlachtet wurde und ohne jede Besatzung zu einem Hafen in den Vereinigten Staaten unterwegs ist, der ebenfalls diesem Finsterling gehört.«

»Meiner Meinung nach ist das eine ganze Menge.«

»Aber was nützt uns das, solange wir den Grund nicht kennen?«

»Ich bin davon überzeugt, daß Sie dahinterkommen werden, wenn Sie wieder in den Staaten sind.«

»Möglicherweise erfahren wir es erst, wenn Qin Shang seine Karten aufdeckt.«

»Der Fliegende Holländer war auch ein Geisterschiff.«

»Ja, aber den gibt's nur in der Phantasie.«

Cabrillo legte seine Pfeife in den Aschenbecher; er wirkte jetzt zusehends müder. »Wenn ihr im Bauch der *United States* Sprengstoff gefunden hättet, hätte vielleicht was dransein können an meiner Vermutung, daß der Panamakanal in die Luft gejagt werden soll.«

»So wie mit dem alten Leihpacht-Zerstörer bei dem Kommandounternehmen in St. Nazaire in Frankreich während des Zweiten Weltkriegs«, sagte Pitt.

»Die *Campbeltown*. Jetzt erinnere ich mich wieder. Die Briten haben etliche Tonnen Sprengstoff in sie reingepackt und das Trockendock von St. Nazaire gerammt, damit es die Nazis nicht zur Instandsetzung der *Tirpitz* benutzen konnten. Sie war mit einem Zeitzünder versehen und ist einige Stunden später hochgegangen, hat das Dock zerstört und über hundert Deutsche getötet, die hingelaufen sind und sie angeglotzt haben.«

»Man bräuchte aber etliche Güterzüge voller Sprengstoff, um ein Schiff von der Größe der *United States* in die Luft zu jagen.«

»Qin Shang ist zu fast allem fähig. Könnte doch sein, daß er eine Atombombe in die Finger gekriegt hat.«

»Angenommen, das stimmt«, wandte Pitt ein. »Worauf soll er es abgesehen haben? Eine Atombombe vergeudet man nicht ohne weiteres. Und angenommen, er will San Francisco, New York oder Boston platt machen – was bringt ihm das? Warum gibt er einen Haufen Geld aus und läßt einen dreihundert Meter langen Ozeanriesen zu einer schwimmenden Bombe umbauen, wenn ihm dafür tausend alte Pötte zur Verfügung stehen? Nein. Qin Shang ist kein fanatischer Terrorist. Der glaubt nur an die Macht des Geldes. Er muß etwas vorhaben, was so genial und teuflisch ist, daß Sie und ich nie und nimmer draufkommen.«

»Sie haben recht«, sagte Cabrillo. »Für einen Mann, der so reich ist, springt nichts dabei heraus, wenn er eine Stadt zerstört und Tausende von Menschen umbringt. Zumal man bedenken muß, daß alle Spuren zur Qin Shang Maritime führen würden.«

»Es sei denn …«, sagte Pitt.

»Was denn?«

Pitt schaute Cabrillo versonnen an. »Es sei denn, es geht um etwas, wobei man nur eine geringe Menge Sprengstoff braucht.«

»Zu welchem Zweck?«

»Um den Boden der *United States* wegzusprengen und sie zu versenken.«

»Das könnte durchaus möglich sein.« Cabrillos Lider wurden immer schwerer. »Ich glaube, Sie sind da möglicherweise auf was gestoßen.«

»Das würde auch erklären, weshalb sämtliche Zugänge zu den Mannschaftsunterkünften und den Frachträumen im Unterdeck verschweißt wurden.«

»Jetzt brauchen Sie bloß noch eine Kristallkugel, damit Sie rauskriegen, wo Qin Shang sie versenken will …«, murmelte Cabrillo leise. Im nächsten Moment war er eingeschlafen.

Pitt wollte noch etwas sagen, bemerkte dann aber, daß ihm niemand mehr zuhörte. Leise verließ er Cabrillos Kabine.

Drei Tage später nahm die *Oregon* den Lotsen an Bord, der sie durch die Fahrrinne in den Hafen von Guam steuerte, und legte am Frachtkai an. Von dem zerfetzten Heck und dem Maststummel einmal abgesehen, wirkte das Schiff wieder ganz passabel.

Eine Reihe Krankenwagen wartete am Kai, um die Verletzten in Empfang zu nehmen und sie zum Lazarett des Marinestützpunkts zu bringen. Die chinesischen Seesoldaten wurden zuerst von Bord gebracht, gefolgt von den verwundeten Besatzungsmitgliedern. Zuletzt war Cabrillo an der Reihe. Pitt und Giordino schoben die Sanitäter aus dem Weg und trugen ihn persönlich die Gangway hinab.

»Ich komme mir vor wie der Kalif von Bagdad«, sagte Cabrillo.

»Unsere Rechnung kommt per Post«, versetzte Giordino.

Beim Krankenwagen angelangt, setzten sie die Trage zunächst am Kai ab. Pitt kniete sich hin und schaute Cabrillo in die Augen. »Es war mir eine Ehre, Ihre Bekanntschaft zu machen, verehrter Vorstandsvorsitzender.«

»Und für mich war es eine Auszeichnung, verehrter Leiter für Spezialprojekte, mit Ihnen zusammenarbeiten zu dürfen. Schicken Sie mir Ihren Lebenslauf, falls Sie mal Lust haben, die NUMA zu verlassen, und einen Job suchen, bei dem sie sämtliche sieben Meere befahren und exotische Häfen kennenlernen können.«

»Das ist nicht als Kritik gemeint, aber ich fand die Reise auf ihrem Schiff nicht gerade gesundheitsfördernd.« Pitt schwieg einen Moment und blickte zu der rostigen Bordwand der *Oregon* auf. »So komisch es klingen mag, aber der alte Pott wird mir fehlen.«

»Mir auch«, erwiderte Cabrillo.

Pitt schaute ihn fragend an. »Sie werden bald wieder gesund und munter und an Bord Ihres Schiffes sein.«

Cabrillo schüttelte den Kopf. »Nicht nach dieser Fahrt. Die nächste Reise der *Oregon* führt zum Abwrackdock.«

»Warum?« fragte Giordino. »Sind die Aschenbecher voll?«

»Sie ist nicht mehr einsatzfähig.«

»Das begreife ich nicht«, sagte Pitt. »Sie ist doch tadellos in Ordnung.«

»Sie ist enttarnt«, erklärte Cabrillo. »Die Chinesen wissen jetzt über sie Bescheid. In ein paar Tagen wird jeder Geheimdienst auf der Welt nach ihr Ausschau halten. Nein, ich fürchte, ihre Tage sind gezählt.«

»Heißt das, daß Sie die Firma auflösen wollen?«

Cabrillo setzte sich mit funkelnden Augen auf. »Nie und nimmer. Unsere werte Regierung hat mir bereits angeboten, ein neues Schiff mit modernster Technik, stärkeren Maschinen und schwererer Bewaffnung auszurüsten. Es mag eine Weile dauern, bis wir den Kredit getilgt haben, aber die Aktionäre und ich denken nicht daran, das Unternehmen abzuwickeln.«

Pitt schüttelte Cabrillo die Hand. »Ich wünsche Ihnen viel Glück. Vielleicht kommen wir irgendwann mal wieder zusammen.«

Cabrillo verdrehte die Augen. »Mein Gott, hoffentlich nicht.«

Giordino zückte eine seiner hervorragenden Zigarren und steckte sie in Cabrillos Hemdtasche. »Nur für den Fall, daß Sie Ihre stinkende alte Pfeife mal satt haben sollten.«

Sie warteten, bis die Sanitäter Cabrillo auf eine Rollbahre umbetteten und in den Krankenwagen luden. Dann wurde die Tür zugeschlagen, und der Wagen fuhr davon. Sie standen da und blickten ihm nach, bis er auf einer von Palmen gesäumten Straße in der Ferne verschwand, als ein Mann von hinten auf sie zukam.

»Mr. Pitt und Mr. Giordino?«

Pitt drehte sich um. »Ja?«

Der Mann war Mitte Sechzig, hatte einen grauen Bart und graue Haare und hielt ein Lederetui mit Ausweis und Dienstmarke hoch. Er trug weiße Shorts, ein geblümtes Seidenhemd und Sandalen. »Meine Vorgesetzten haben mich gebeten, Sie zum Flughafen zu bringen. Eine Maschine nach Washington steht für Sie bereit.«

»Sind Sie nicht ein bißchen zu alt, um den Geheimagenten zu spielen?« sagte Giordino, während er den Ausweis musterte.

»Als alter Knabe fällt man nicht so leicht auf wie ihr jungen Hüpfer.«

»Wo steht Ihr Auto?« fragte Pitt.

Der alte Herr deutete auf einen Toyota-Kleinbus, der genauso kunterbunt bemalt war wie die hiesigen Taxis. »Ihr Wagen wartet schon.«

»Ich hatte keine Ahnung, daß man der CIA die Mittel so radikal gekürzt hat«, sagte Giordino spöttisch.

»Wir kommen schon zurecht.«

Sie stiegen in den Bus, und zwanzig Minuten später saßen sie bereits in einem Militärfrachter. Als die Maschine über die Rollbahn des Luftwaffenstützpunktes von Guam raste, schaute Pitt noch einmal aus dem Fenster und sah, daß der angegraute Geheimagent nach wir vor an seinem Kleinbus lehnte, so als wollte er sich persönlich davon überzeugen, daß er und Giordino die Insel tatsächlich verließen. Eine Minute später flogen sie über ein pazifisches Inselparadies mit Vulkanbergen, üppigen Tropenwäldern, Wasserfällen und kilometerlangen Sandstränden, an denen sich Kokospalmen im Winde wiegten. In den Hotels und an den Stränden von Guam wimmelte es von Japanern, aber offenbar zog es nur wenige Amerikaner hierher. Er blickte immer noch nach unten, während die Maschine über das türkisblaue Wasser in der von einem Riff umgebenen Lagune hinwegflog und Kurs auf die offene See nahm.

Als Giordino eindöste, mußte er wieder an die *United States* denken, die irgendwo da unten auf dem Ozean fuhr. Irgend etwas Furchtbares bahnte sich an, eine schreckliche Gefahr, die nur ein Mann auf dieser Welt verhindern konnte. Aber Pitt war sich vollkommen darüber im klaren, daß sich Qin Shang durch nichts, es sei denn durch vorzeitigen Tod, von seinem Vorhaben würde abbringen lassen.

Ehrliche Politiker, weiße Büffel, saubere Flüsse, Heilige und Wunder hatten auf dieser Welt Seltenheitswert, aber skrupellose Gauner gab es wahrlich genug. Manche, die Serienmörder zum Beispiel, brachten zwanzig, fünfundzwanzig Menschen um. Aber wenn sie die entsprechenden finanziellen Mittel hätten, brächten sie vielleicht noch viel mehr um. Wer wie Qin Shang über Macht und Einfluß verfügte, war von Gesetzes wegen nicht zu belangen, weil er sich eine gedungene Mörderbande hielt, die für ihn die Dreckarbeit erledigte. Der finstere Milliardär kannte keine Rücksicht auf Verluste, wenn er seine Ziele erreichen wollte. Qin Shang war ein mörderischer Psychopath, der zum Champagnerglas griff und sich das Essen schmecken ließ, nachdem er Hunderte von illegalen Einwanderern, darunter viele Frauen und Kinder, zu einem grausigen Tod im eisigen Wasser des Orion Lake verurteilt hatte.

Pitt war fest entschlossen, Qin Shang das Handwerk zu legen, koste es, was es wolle, ohne Rücksicht auf die Folgen. Er war sogar bereit, ihn umzubringen, wenn sich die Gelegenheit dazu bieten sollte. Immer mehr steigerte er sich in seine Phantasien hinein. Er stellte sich vor, wie es wohl sein würde, falls sie einander jemals begegnen sollten. Aber unter welchen Umständen? Und was würde er zu einem Massenmörder sagen?

Pitt saß eine ganze Zeitlang da und starrte die Decke der Flugzeugkabine an. Alles Unsinn, dachte er. Wenn Qin Shang irgend etwas ausgeheckt hat, dann ist es bestimmt etwas Aberwitziges. Und jetzt fange ich selber an zu spinnen. Da gibt's nur eines, dachte er schließlich: Ausschlafen und hoffen, daß du wieder halbwegs bei klarem Verstand bist, wenn wir in Washington landen.

DRITTER TEIL

Ein toter Kanal

Sungari

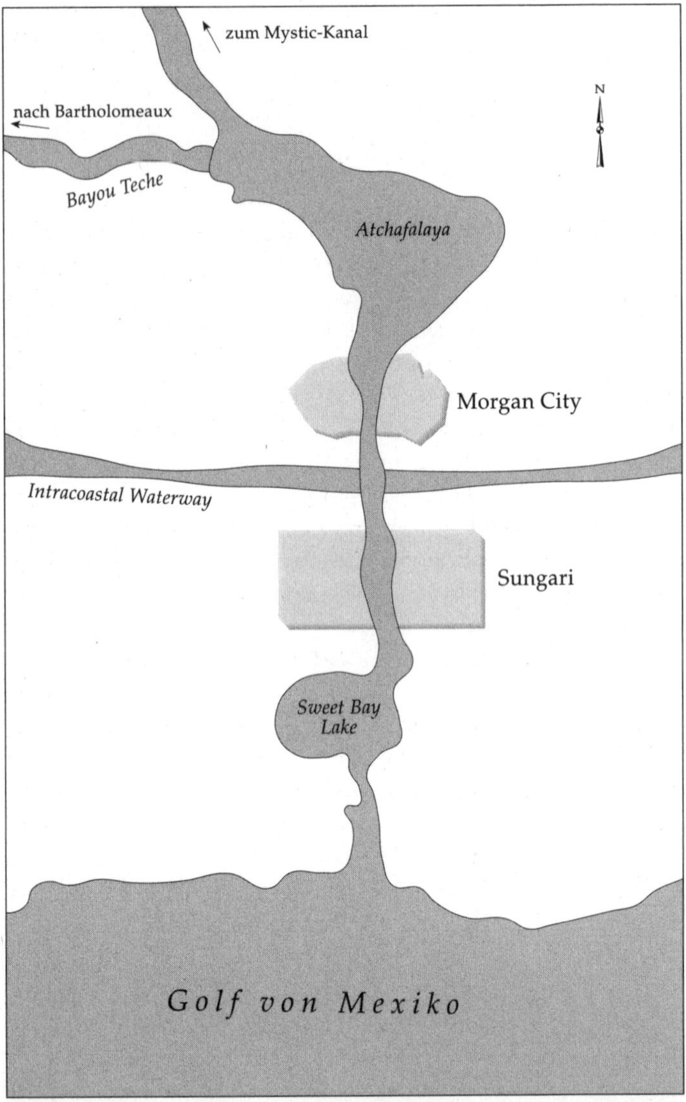
zum Mystic-Kanal
N
nach Bartholomeaux
Bayou Teche
Atchafalaya
Morgan City
Intracoastal Waterway
Sungari
Sweet Bay Lake
Golf von Mexiko

23. April 2000
Atchafalaya River, Louisiana

22

Jeder der großen Ströme dieser Welt übt seinen ureigenen Zauber auf die Menschen aus. Am Nil schlagen uns die Zeugen einer uralten Kultur in ihren Bann, den Amazonas verbinden wir stets mit Abenteuer und Gefahren, der Jangtse wiederum lockt mit den betörenden Geheimnissen Ostasiens. Bilder kommen uns in den Sinn ... ein Pharao auf einer königlichen Barke, die, von hundert Ruderern fortbewegt, an Papyrusfeldern und Pyramiden vorübergleitet ... spanische Konquistadoren, die auf der Suche nach dem sagenhaften Eldorado in einer grünen Hölle zugrunde gehen ... chinesische Dschunken und Sampans, die dicht an dicht auf dem lehmigen, gelbbraun und träge dahinfließenden Wasser liegen. Kein anderer Strom indes fasziniert die Menschen der westlichen Welt so sehr wie der Mississippi.

Wir denken dabei an die Erzählungen eines Mark Twain, an Huck Finn und Tom Sawyer, die auf ihrem Floß sitzen und die großen Raddampfer begaffen, die pfeifend um die Flußbiegung kommen. Aber auch an die Gefechte während des Bürgerkriegs, als die Kanonenboote der Union und der Konföderation erbitterte Schlachten um diesen Fluß austrugen. Hier am Mississippi scheint die Vergangenheit zum Greifen nah.

Der Mississippi, »der Vater der Ströme«, wie ihn die Indianer nannten, ist der größte Fluß in Nordamerika und von seiner Länge und dem Einzugsgebiet her der drittgrößte, von seinem Wasserreichtum her der fünftgrößte der Welt. Von Montana aus, wo der Missouri entspringt, sein längster Nebenfluß, strömt er über 6020 Kilometer nach Süden, bis zum Golf von Mexiko.

Er war seit jeher ein unberechenbarer Fluß, der stets den Weg des geringsten Widerstands nahm und sich im Laufe der letzten fünftausend Jahre, vor allem seit dem Ende der letzten Eiszeit, als die Meere ihren jetzigen Stand erreichten, mehrmals ein neues Bett grub. Von 1900 bis 700 vor Christus zum Beispiel lag der Flußlauf rund sechzig Kilometer weiter westlich als heute. Vor allem am Unterlauf, der durch den US-Bundesstaat Louisiana führt, suchte er sich immer neue Wege zum Meer, bildete Seitenarme und Altwasser und lagerte dabei Unmengen von Lehm und Erde ab, die er von Montana und Minnesota nach Süden beförderte. Halb Louisiana besteht aus diesem Schwemmland.

»Das Wasser sieht heute ruhig aus«, sagte ein Mann, der auf einem erhöhten Stuhl saß und vom Ruderhaus der *George B. Larson* aus, eines Vermessungsboots des Army Corps of Engineers, den Fluß betrachtete.

Lucas Giraud, der Kapitän des Bootes, der am Ruder stand, nickte lediglich, während er das Boot an den Kühen vorbeisteuerte, die an den Uferdämmen am Unterlauf des Mississippi grasten.

Das hier war das Land der Cajuns, die letzte Heimstatt der französisch-akadischen Kultur in Südlouisiana. Pick-ups parkten neben den aus Dachpappe und Brettern zusammengezimmerten, auf Pfählen ruhenden Hütten. Ab und zu sah man eine kleine Baptistenkirche, von deren Holzwänden die Farbe abblätterte, im Sumpfland stehen und über die verwitterten oberirdischen Grabmäler wachen. Auf den fruchtbaren Feldern rundum wuchsen Sojabohnen und Mais, in den künstlich angelegten Teichen der Fischfarmen wurde der berühmte Catfish gezogen, der als Speisefisch begehrte Flußwels des Mississippi. Kleine Eisenwarenläden und Lebensmittelgeschäfte standen an den schmalen Landstraßen, gelegentlich auch eine von rostigen, halb überwucherten Autowracks umgebene Reparaturwerkstatt.

Generalmajor Frank Montaigne betrachtete die vorbeiziehende Landschaft, während das Vermessungsboot durch den leichten Morgennebel flußabwärts fuhr. Er war Ende Fünfzig, trug einen hellgrauen Anzug, ein gestreiftes blaues Hemd und eine burgunderrote Fliege. Unter der offenen Jacke war die goldene Uhrkette zu sehen, die an seiner Weste prangte. Ein teurer Panamahut, den er keck zurückgeschoben hatte, saß auf den stahlgrauen, wellig nach hinten gekämmten Haaren. Die Augenbrauen waren nach wie vor schwarz, die Augen graublau. Er wirkte wie aus dem Ei gepellt, strahlte dabei aber auch eine gewisse Härte aus, die sich nicht auf den ersten Blick kundtat. Sein Erkennungszeichen – ein Spazierstock mit einem geschnitzten Frosch als Griff – hatte er quer über dem Schoß liegen.

Montaigne kannte die Launen des Mississippi aus eigener Erfahrung. Für ihn war der Fluß ein Monster, das für alle Ewigkeit dazu verdammt war, durch ein viel zu schmales Bett zu strömen. Meistens gab es Ruhe, aber gelegentlich geriet es in Rage, trat über die Ufer und richtete verheerende Überschwemmungen an. General Montaigne und das Army Corps of Engineers, die Pioniere der US-Armee, hatten die Aufgabe, dieses Ungeheuer im Zaum zu halten und die Millionen von Menschen zu schützen, die an seinen Ufern lebten.

Als Präsident der Mississippi River Commission mußte er einmal im Jahr auf einem Pionierschlepper, der fast so protzig ausgestattet war wie ein Kreuzfahrtschiff, die Schutzdeiche und Flutwälle in Augenschein nehmen. Begleitet von einer Schar hoher Offiziere sowie seinen zivilen Mitarbeitern, machte er in vielen Städten entlang des Flusses halt, unterhielt sich mit den Bewohnern und hörte sich ihre Vorschläge und Beschwerden an.

Montaigne hielt nicht viel von öffentlichen Auftritten und offiziellen Festgelagen mit den Vertretern der betreffenden Kommunen. Er unternahm seine Inspektionstouren lieber unangekündigt und mit einem gewöhnlichen Vermessungsboot, auf dem sich außer ihm lediglich Captain Giraud und seine Besatzung befanden. Auf diese Weise konnte er, ohne abgelenkt zu werden, die Haltbarkeit der Futtermauern überprüfen, die ein Abrutschen der Dämme verhinderten, und sich in aller Ruhe vom Zustand der Deiche, der steinernen Uferbefestigungen und der Schleusen überzeugen.

Und warum obliegt dieser stete Kampf wider die Fluten des Mississippi ausgerechnet dem Army Corps of Engineers? Weil es die Pioniere der US-Armee waren, die zu Beginn des neunzehnten Jahrhunderts die ersten Vorstöße unternahmen, den Mississippi zu zähmen. Nachdem sie im amerikanisch-englischen Krieg von 1812 etliche Forts entlang des Flusses gebaut hatten, um ein Vordringen der Briten zu verhindern, bot es sich an, ihre dabei gewonnenen Erfahrungen auch zu zivilen Zwecken zu nutzen. Zumal die Militärakademie in West Point die einzige Ausbildungsstätte im Land war, an der man das entsprechende technische Wissen erwerben konnte. Diese Tradition blieb bislang gewahrt, auch wenn sie ein wenig anachronistisch wirkt, wenn man bedenkt, daß bei den Pionieren heutzutage auf hundertvierzig Zivilangestellte nur mehr ein Armeeoffizier kommt.

Frank (laut seiner Geburtsurkunde François) Montaigne war ein Cajun, geboren und aufgewachsen im südwestlich von Baton Rouge gelegenen Plaquemines Parish, wo sich, wie einst in ganz Südlouisiana, seine Vorfahren, die Akadier, niedergelassen hatten, nachdem sie aus den französischen Provinzen Kanadas vertrieben worden waren. Sein Vater war Fischer gewesen, genauer gesagt Krebsfischer, der eigenhändig einen Pfahlbau mitten im Sumpf errichtet und im Lauf der Jahre viel Geld verdient hatte, weil er jeden Tag nach New Orleans gefahren war und die Restaurants direkt mit den frisch gefangenen Tieren beliefert hatte. Und weil er wie die meisten Cajuns so gut wie nichts ausgegeben hatte, war er als reicher Mann gestorben.

Montaignes Muttersprache war Französisch. Englisch hatte er erst später gelernt, und weil er die beiden Sprachen gelegentlich durcheinanderbrachte, hatten ihn seine Kameraden auf der Militärakademie Potpourri genannt. Montaigne, der sich sowohl im Vietnam- als auch im Golfkrieg als Pionier an vorderster Front bewährt hatte, machte beim Militär rasch Karriere, zumal er in seiner Freizeit weiter studierte und mehrere akademische Titel errang – unter anderem war er auch Doktor der Hydrologie. Mit fünfundfünfzig wurde ihm der Oberbefehl über das ganze Mississippi-Tal übertragen, von der Mündung in den Golf bis hinauf nach St. Louis, wo er sich mit dem Missouri vereint. Eine Aufgabe, für die er wie geschaffen war. Montaigne liebte den großen Strom fast ebensosehr wie seine Frau, die auch eine Cajun war, die Schwester seines besten Jugendfreundes, und seine drei Töchter. Aber zugleich hatte er einen tiefen Respekt vor den Wassermassen, die der Fluß mit sich führte, und ihm war bewußt, daß er jederzeit über die Ufer treten und Hunderttausende Hektar Land überfluten konnte, wenn er sich ein neues Bett zum Golf bahnte.

Kurz vor der Morgendämmerung war die *George B. Larson* in eine der Schleusen eingelaufen, die die Strömungsgeschwindigkeit verminderten und dadurch verhindern sollten, daß sich der Mississippi mit dem Atchafalaya vereinte. An einer alten Flußbiegung achtzig Kilometer nördlich von Baton Rouge, wo bis vor hundertsiebzig Jahren noch der Red River in den Mississippi mündete und der Atchafalaya nach Süden abfloß, wurde der Strom durch riesige Betondämme mit Ablaßschleusen reguliert. Hier hatte 1831 der Dampfschiffunternehmer Henry Shreve die Flußbiegung durchstechen lassen, so daß der Red River über das verbliebene Altwasser, den sogenannten Old River, am Mississippi vorbeigeleitet wurde. Das war die kritische Stelle. Denn der Atchafalaya hatte sich von hier aus ein nur rund zweihundertzwanzig Kilometer langes Bett zum Meer gebahnt, während sich der Mississippi noch rund fünfhundert Kilometer weiter windet, ehe er in den Golf von Mexiko mündet.

Montaigne war zum Deck hinabgestiegen und hatte zugesehen, wie sich die großen Tore schlossen und das Wasser langsam absank, als das Schiff vom Mississippi in den rund viereinhalb Meter tiefer liegenden Atchafalaya geschleust worden war. Er hatte dem Schleusenmeister zugewinkt, der seinerseits zurückgrüßte. Keine zehn Minuten später waren die westlichen Schleusentore geöffnet worden, und die *Larson* hatte sich Richtung Süden gewendet, nach Morgan City und zum Golf von Mexiko.

»Wie lange dauert es Ihrer Meinung nach, bis wir auf das Forschungsschiff der NUMA stoßen?« fragte er jetzt den Kapitän der *Larson*.

»Bis drei Uhr müßten wir dasein«, erwiderte Giraud, ohne einen Moment zu zögern.

Montaigne nickte zu einem großen Bugsierschlepper hinüber, der eine Reihe Frachtkähne flußabwärts beförderte. »Sieht aus, als ob die Holz geladen haben«, sagte er zu Giraud.

»Bestimmt für das neue Industriegebiet bei Melville.« Giraud hatte ein scharf geschnittenes Gesicht, dem man die französische Herkunft ansah, und mit seinem schwungvoll zurückgebürsteten und hochgezwirbelten Schnurrbart wirkte er wie einer der drei Musketiere. Auch er war ein Cajun, aber im Gegensatz zu Montaigne hatte er die Gegend nie verlassen. Er war groß und stämmig, trank für sein Leben gern Dixie-Bier und war flußauf, flußab für seinen trockenen Humor bekannt.

Montaigne sah zu, wie vier Teenager in einem Motorboot, gefolgt von vier Freunden auf Jet-Skis, haarscharf an dem Vermessungsboot vorüberrasten und unmittelbar vor den Schleppkähnen einscherten.

»Blöde Bälger«, brummte Giraud. »Da braucht bloß einmal der Motor auszusetzen, und schon werden sie von den Kähnen in Grund und Boden gebügelt.«

»Ich hab' das früher auch gemacht. Mit dem alten Fischerkahn von meinem Vater. Ein fünfeinhalb Meter langer Aluminiumrumpf mit einem kleinen Außenbordmotor, der kaum zwanzig PS geleistet hat.«

»Entschuldigen Sie bitte, General, aber dann waren Sie ja noch blöder als die.«

Montaigne fühlte sich keineswegs in seiner Ehre gekränkt. Er wußte, daß sein Steuermann in all den Jahren, in denen er Dampfer und Schleppkähne über den Mississippi gelotst hatte, manches Unglück miterlebt hatte. Und daß er wie alle Flußschiffer, die mit angesehen hatten, wie andere auf Grund liefen oder einander in der tückischen Strömung rammten, zu übergroßer Vorsicht neigte. Kaum jemand kannte den Mississippi mit all seinen Gefahren so gut wie Giraud.

»Mal ehrlich, Lucas«, sagte Montaigne. »Glauben Sie, daß der Mississippi eines Tages über den Atchafalaya zum Meer fließt?«

»Selbstverständlich. Mehr als eine große Überschwemmung braucht es nicht. Die Pioniere können noch so viele Dämme und Schleusen anlegen, aber eines Tages wird der Mississippi alle Deiche überfluten und über den Atchafalaya zum Meer strömen, fernab von New Orleans. Das ist nur eine Frage der Zeit.«

»Aber bislang halten ihn die Pioniere doch halbwegs im Zaum.«

»Der Mensch kann der Natur nicht ewig Einhalt gebieten. Ich hoffe nur, daß ich das noch miterleben darf.«

»Da kann ich mir Schöneres denken«, versetzte Montaigne. »Zig Tote, schwere Überschwemmungen, Verwüstungen so weit das Auge reicht. Wieso wollen Sie das miterleben?«

Giraud drehte sich um und schaute den General mit versonnenem Blick an. »In diesem Bett fließen bereits der Red River und der Atchafalaya zum Meer. Stellen Sie sich doch mal vor, was hier los ist, wenn sich auch noch die gewaltigen Wassermassen des Mississippi in dieses schmale Flußbett ergießen. Das ist bestimmt ein sehenswerter Anblick.«

»Ja«, entgegnete Montaigne. »Sehenswert ist das bestimmt, aber ich möchte es mir trotzdem nicht anschauen müssen.«

23

Um fünf vor drei drosselte Lucas Giraud die schweren Caterpillar-Dieselmotoren und steuerte die *Larson* mit viertel Fahrt an Morgan City vorbei in den Unterlauf des Atchafalaya. Danach durchquerte das Boot den Intracoastal Waterway – den parallel zur Küste verlaufenden Kanal –, passierte den von der Qin Shang Maritime Limited gebauten Hafen Sungari und fuhr schließlich in das kristallklare Wasser des Sweet Bay Lake ein. Von hier aus waren es nur noch knapp zehn Kilometer bis zum Golf von Mexiko. Giraud drehte bei und steuerte ein türkisgestrichenes Schiff an, an dessen Rumpf mittschiffs in großen Blockbuchstaben die Aufschrift NUMA prangte. Ein ziemlich spartanisches Schiff, stellte er fest, dem man anmerkt, daß es im Dienst der Forschung steht. Als die *Larson* näher kam, konnte er den Namenszug am Bug lesen: *Marine Denizen.* Sie sah aus, als hätte sie schon etliche Dienstjahre auf dem Buckel. Mindestens fünfundzwanzig, schätzte Giraud. Ziemlich viel für ein Forschungsschiff.

Der Wind blies mit rund fünfundzwanzig Stundenkilometern

aus Südost, und das Wasser war leicht kabbelig. Giraud befahl einem Besatzungsmitglied, die Fender auszubringen. Dann steuerte er die *Larson* langsam neben die *Marine Denizen* und legte mit einem kleinen Stoß längsseits an. Er hielt das Vermessungsboot gerade so lange in Position, daß sein Passagier über eine ausgelegte Rampe auf das Forschungsschiff umsteigen konnte.

Rudi Gunn, der sich an Bord der *Denizen* befand, hielt seine Brille in das Licht, das durch ein Bullauge einfiel, kniff die Augen zusammen und musterte die Gläser. Als er keinerlei Schmutzflecken entdeckte, setzte er sie wieder auf und rückte sie zurecht. Dann blickte er wieder auf das dreidimensionale Diorama der Hafenanlagen von Sungari, das von einem holographischen Overheadprojektor auf den Konferenztisch geworfen wurde. Das Bild war aus über vierzig Einzelfotos zusammengesetzt, die von einem NUMA-Helikopter aus geringer Höhe aufgenommen worden waren.

Der Hafen, für den man das Sumpfland zu beiden Seiten des Atchafalaya kurz vor dessen Mündung in den Golf von Mexiko aufgeschüttet hatte, galt als die weltweit modernste und leistungsfähigste Anlage ihrer Art. Er nahm eine Fläche von rund achthundert Hektar ein und erstreckte sich auf einer Länge von gut eineinhalb Kilometern links und rechts des Flusses, den man hier zehn Meter tief ausgebaggert hatte. Der Hafen Sungari verfügte über eine Lagerhausfläche von rund hunderttausend Quadratmetern, zwei Getreideaufzüge mit den entsprechenden Laderutschen, ein Flüssiglager mit einer Kapazität von sechshunderttausend Barrel sowie drei weitere Frachtterminals, in denen gleichzeitig zwanzig Containerschiffe be- und entladen werden konnten. An den insgesamt dreieinhalb Kilometer langen Kais beiderseits des Flusses konnten sämtliche hochseetauglichen Schiffe anlegen, ausgenommen schwerbeladene Supertanker.

Vor allem aber durch seine Architektur unterschied sich Sungari von den meisten anderen Häfen der Welt. Hier gab es keine grauen, streng rechteckigen Betonklötze. Sämtliche Lagerhäuser und Verwaltungsgebäude sahen aus wie Pyramiden, die man mit einem golden glänzenden, galvanisierten Material verkleidet hatte, so daß sie in der Sonne feurig funkelten. Ein hinreißender Anblick, vor allem, wenn man darüber hinwegflog. Aber auch vierzig Meilen weit draußen im Golf konnte man vom Schiff aus das helle Gleißen noch erkennen.

Jemand klopfte leise an die Tür. Gunn ging durch den Konferenzraum, in dem die Besprechungen der Wissenschaftler und Techniker an Bord des Schiffes stattfanden, und öffnete. Draußen stand General Frank Montaigne in seinem schmucken grauen Anzug samt Weste und Uhrkette und stützte sich auf seinen Stock.

»Danke, daß Sie gekommen sind, General. Ich bin Rudi Gunn.«

»Commander Gunn«, erwiderte General Montaigne freundlich. »Ich habe mich auf diese Begegnung gefreut. Nachdem mir Vertreter des Weißen Hauses und der INS mitgeteilt haben, worum es geht, bin ich doch sehr erleichtert, daß es noch andere gibt, die von Qin Shangs Gefährlichkeit überzeugt sind.«

»Allem Anschein nach werden es immer mehr.«

Gunn geleitete den General zu einem Stuhl neben der dreidimensionalen Projektion von Sungari. Montaigne beugte sich über das Diorama und stützte das Kinn auf die Hand, die über dem geschnitzten Frosch am Griff seines Stockes lag. »Wie ich sehe, verwendet man auch bei der NUMA holographische Abbildungen.«

»Ich habe gehört, daß man sich bei den Pionieren die gleiche Technik zunutze macht.«

»Sie bietet sich an, wenn man den Kongreß dazu bringen will, die Mittel aufzustocken. Der einzige Unterschied besteht darin, daß wir mit unserem Gerät Wasserbewegungen darstellen können. Wenn wir bei den diversen Ausschüssen in Washington vorsprechen, führen wir ihnen immer vor, was eine verheerende Flut alles anrichten kann. Das beeindruckt sie mächtig.«

»Was halten Sie von Sungari?« fragte Gunn.

Versonnen betrachtete Montaigne das Diorama. »Kommt mir so vor, als ob Außerirdische gelandet wären und mitten in der Wüste Gobi eine Stadt gebaut hätten. Das Ganze ist absolut sinnlos und überflüssig. Viel Aufwand für nichts und wieder nichts.«

»Sie sind offenbar nicht vom Nutzen dieser Anlage überzeugt.«

»Meiner Meinung nach ist dieser Hafen so überflüssig wie ein Kropf.«

»Schwer zu glauben, daß Qin Shang die Baugenehmigungen für ein derart gewaltiges Projekt bekommen hat, das keinerlei Gewinn verspricht.«

»Er hat einen umfangreichen Erschließungsplan eingereicht, der vom Staat Louisiana gebilligt wurde. Natürlich kommt den Politikern jede Industrieansiedlung gelegen, weil sie sich davon einen Rückgang der Arbeitslosenzahlen und ein höheres Steueraufkommen versprechen. Wer will es ihnen verübeln? Auch wir haben den Auftrag zum Ausbaggern des Flusses genehmigt, weil der natürliche Lauf des Atchafalaya unserer Meinung nach nicht beeinträchtigt wird. Die Umweltschützer haben selbstverständlich Zeter und Mordio geschrien, weil dadurch ein riesiges Marschengebiet unwiederbringlich zerstört würde. Aber man hat sich kurzerhand über ihre Einwände hinweggesetzt – übrigens auch über die Vorbehalte meiner Ingenieure, die Auswirkungen auf das Atchafalaya-Delta befürchteten – und das ganze Projekt genehmigt, nachdem Qin Shangs Lobbyisten den Abgeordneten Honig ums Maul geschmiert haben. Trotzdem ist mir bislang noch kein Finanzfachmann oder Hafenmeister begegnet, der Sungari nicht von Anfang an für eine Fehlplanung hielt.«

»Und trotzdem wurden sämtliche Genehmigungen erteilt«, sagte Gunn.

»Die Sache wurde von hochrangigen Regierungsvertretern in Washington abgesegnet, unter anderem auch von Präsident Wallace, der sich persönlich dafür eingesetzt hat«, erklärte Montaigne. »Die Zustimmung erfolgte größtenteils aufgrund des neuen Handelsabkommens mit China. Die chinesische Abordnung brachte Sungari immer wieder ins Spiel, und der Kongreß wollte das Abkommen nicht gefährden. Und selbstverständlich ist davon auszugehen, daß von seiten der Qin Shang Maritime hohe Schmiergelder an sämtliche Beteiligten geflossen sind.«

Gunn ging um die dreidimensionale Projektion herum und schaute durch ein Bullauge zu dem rund drei Kilometer flußaufwärts gelegenen Hafenkomplex. Die goldenen Gebäude färbten sich in der untergehenden Sonne orangerot. Bis auf zwei Schiffe waren die langen Kaianlagen leer. »Der Mann, mit dem wir es hier zu tun haben, setzt nicht einfach über eine Milliarde Dollar in den Sand. So wahnwitzig es auch scheint, aber Qin Shang muß sich etwas dabei gedacht haben, als er an einer derart ungeeigneten Stelle einen Überseehafen bauen ließ.«

»Ich wünschte, jemand könnte mir sagen, was«, versetzte Montaigne. »Ich habe nämlich keine Ahnung.«

»Immerhin ist Sungari an den Highway Nummer neunzig und an die Gleisanlagen der Southern Pacific angebunden«, erwiderte Gunn.

»Irrtum«, knurrte Montaigne. »Derzeit gibt es keinen Anschluß. Qin Shang hat sich geweigert, die notwendigen Gleis- und Straßenverbindungen zu bauen. Er besteht darauf, daß der Staat und die Bundesregierung für die Verkehrsanbindung zuständig sind. Aber weil man den Unmut der Wähler fürchtet und außerdem keine Haushaltsmittel zur Verfügung stehen, sind die Bürokraten bisher davor zurückgeschreckt.«

Gunn drehte sich um und schaute Montaigne verdutzt an. »Sungari besitzt keinerlei Schienen- oder Straßenanschluß? Das ist ja Irrsinn.«

Montaigne deutete mit dem Kopf auf das Diorama. »Schauen Sie sich Ihre tolle Projektion mal genau an. Sehen Sie da irgendwo eine Stichstraße, die nach Norden zum Highway führt? Oder einen Anschluß an die Trasse der Southern Pacific? Der Intracoastal Waterway führt ein paar Kilometer weiter nördlich vorbei, aber der wird lediglich von Ausflugsbooten und ein paar wenigen Lastkähnen benutzt.«

Gunn betrachtete das Bild eingehend und stellte fest, daß Sungari von Norden aus lediglich über den Fluß zu erreichen war, was wiederum hieß, daß sämtliche Frachten auf Schleppkähnen befördert werden mußten. »Das ist verrückt. Wie hat er denn diese riesige Anlage gebaut, wenn er keinerlei Baumaterial auf Lastwagen oder per Eisenbahn heranschaffen konnte?«

»Das Material kam nicht aus den Vereinigten Staaten. Alles, was Sie da oben sehen, wurde von Schiffen der Qin Shang Maritime aus Übersee angeliefert. Das Baumaterial, die Maschinen, alles stammt aus China, desgleichen die Ingenieure, die Bauleiter und die Arbeitskräfte. Am Bau von Sungari waren weder Amerikaner, noch Japaner, noch Europäer beteiligt. Lediglich das Erdreich, mit dem er den Sumpf aufschütten ließ, stammt nicht aus China. Das hat er sich etwa hundert Kilometer flußaufwärts besorgt.«

»Hat er denn keine näher gelegene Stelle gefunden?« fragte Gunn.

»Ein weiteres Rätsel«, erwiderte Montaigne. »Qin Shangs Bauleute haben mitten im Sumpfland einen Kanal gegraben, der nirgendwo hinführt, und Millionen Kubikmeter Aushub auf Lastkähnen nach Süden geschafft.«

Gunn seufzte unwillig auf. »Wie, um alles in der Welt, will er damit jemals einen Gewinn einfahren?«

»Das Frachtgut von den wenigen chinesischen Handelsschiffen, die Sungari anlaufen, wurde bislang auf Schleppkähnen ins Inland weiterbefördert«, erklärte Montaigne. »Aber selbst wenn er klein beigeben und einen ordentlichen Verkehrsanschluß bauen lassen würde – wer außer den Chinesen käme denn hierher? Die Hafenanlagen am Mississippi sind doch weitaus besser an den Verkehr angebunden. Kein Reeder, der auch nur halbwegs bei Verstand ist, würde seine Handelsflotte von New Orleans nach Sungari umleiten.«

»Könnte es sein, daß er die Fracht über den Atchafalaya und den Red River zu einem zentralen Lager weiter oben im Norden schafft und sie von dort aus weiterbefördern läßt?«

»Das haut nicht hin«, erwiderte Montaigne. »Der Atchafalaya ist zwar auch weiter nördlich noch schiffbar, aber er führt nicht halb soviel Wasser wie der Mississippi. Er ist ein relativ seichter Wasserweg, der selbst für Kähne nur begrenzt befahrbar ist. Ganz im Gegensatz zum Mississippi, auf dem riesige, zehntausend PS starke Schlepper verkehren, die bis zu fünfzig Frachtkähne auf einmal fortbewegen. Der Atchafalaya hat seine Tücken. Der ruhige, friedliche Eindruck, den er macht, täuscht. Manchmal kommt er mir vor wie ein Alligator, der ständig auf der Lauer liegt und geduldig abwartet, bis ihm ein unvorsichtiger Flußschiffer oder Freizeitkapitän zu nahe kommt. Wenn Qin Shang gedacht hat, er könnte über den Atchafalaya oder den Intracoastal Waterway ein großes

Frachtgutaufkommen abwickeln, hat er sich gründlich getäuscht. Für schwere Lastkähne sind sie beide nicht geeignet.«

»Sowohl im Weißen Haus als auch bei der Einwanderungsbehörde mutmaßt man, daß Sungari in erster Linie dazu dient, illegale Einwanderer sowie Drogen und verbotene Schußwaffen ins Land zu schmuggeln.«

Montaigne zuckte die Achseln. »Das hat man mir auch gesagt. Aber warum sollte er haufenweise Geld in eine Hafenanlage stecken, die Millionen Tonnen Schiffsfracht umsetzen kann, und sie dann lediglich als Umschlagplatz für Schmuggelware nutzen? Das will mir nicht recht einleuchten.«

»Mit Schmuggel läßt sich eine Menge Geld verdienen«, sagte Gunn. »Eine große Menge Geld sogar, wenn man bedenkt, daß jeder Illegale dreißigtausend Dollar berappen muß und er mit einem Schiff etwa tausend Mann befördern und ins Binnenland schleusen kann.«

»Na schön«, sagte Montaigne. »Selbst wenn Sungari tatsächlich dazu dient, Illegale und Schmuggelware an Land zu schaffen, möchte ich immer noch wissen, wie er die Einwanderer und die Kontrabande von A nach B bringen will, ohne daß es jemand mitbekommt. Unser Zoll und die Einwanderungsbehörde durchsuchen jedes Schiff, das in Sungari anlegt. Sämtliche Frachtkähne, die in Richtung Norden fahren, werden überwacht. Da kommt kein illegaler Ausländer durch.«

»Deswegen ist die NUMA hier.« Gunn ergriff einen Zeigestab aus Metall, beugte sich über das Diorama und deutete auf das Flußbett des Atchafalaya, der den Ost- und den Westteil des Hafens voneinander trennte. »Denn wenn er seine menschliche Fracht und seine Schmuggelware nicht über Land und Wasser weiterbefördern kann, muß er sie unter Wasser wegschaffen.«

Montaigne richtete sich kerzengerade auf und musterte Gunn skeptisch. »Mit U-Booten?«

»Unterseeboote, die eine große Anzahl Passagiere und Frachtgut befördern können, kämen durchaus in Frage. Ausschließen sollten wir das nicht.«

»Entschuldigen Sie bitte, aber mit einem U-Boot kann man nie und nimmer auf dem Atchafalaya flußaufwärts fahren. Selbst für erfahrene Flußschiffer sind die Untiefen und Biegungen der reinste Alptraum. Aber unter Wasser gegen die Strömung zu steuern ist schlichtweg unmöglich.«

»Dann haben Shangs Ingenieure unter Wasser vielleicht ein Tunnelsystem angelegt, von dem wir nichts wissen.«

Montaigne schüttelte den Kopf. »Nie im Leben hätten die heimlich einen Gang graben können. Die Bauaufsicht war ständig zugegen und hat die Arbeiten genauestens unter die Lupe genommen, um sicherzugehen, daß man sich an die Planvorgaben hält. Qin Shangs Bauleiter waren ausgesprochen entgegenkommend. Sie sind auf jede Anregung unsererseits eingegangen und haben jeden Änderungswunsch anstandslos befolgt. Letzten Endes war es fast so, als ob wir von Anfang an in die Planung einbezogen gewesen wären. Wenn er unter den Augen dieser Männer und Frauen, die ich für die besten Ingenieure und Bauinspekteure im ganzen Süden halte, einen geheimen Tunnel hat graben lassen, fress' ich einen Besen.«

Gunn nahm einen Krug und ein Glas zur Hand. »Darf ich Ihnen ein Glas Eistee anbieten?«

»Eine Flasche Bourbon haben Sie nicht zufällig?«

Gunn lächelte. »Admiral Sandecker hält sich an die Gepflogenheiten der Marine. Alkohol ist auf den Forschungsschiffen der NUMA nicht erlaubt. Meines Wissens hat sich jedoch zu Ehren Ihres Besuches eine Flasche Jack Daniel's Black Label an Bord verirrt.«

»Sie sind ein Schatz, Sir«, sagte Montaigne, dessen Augen vor Vorfreude funkelten.

Gunn goß ihm ein Glas ein. »Eis?«

»Nicht doch!« Montaigne hielt das Glas hoch und betrachtete die bernsteinfarbene Flüssigkeit, dann roch er daran, als kostete er die feine Blume eines erlesenen Weines. »Man hat mir mitgeteilt, daß Sie Ihr Glück unter Wasser versuchen wollen, nachdem man an Land nichts Verdächtiges entdeckt hat.«

Gunn nickte. »Morgen in aller Frühe will ich mit einem Tauchroboter das Hafenbecken erkunden. Wenn die Videokameras etwas erfassen, das uns nicht ganz koscher vorkommt, lassen wir es von Tauchern genauer untersuchen.«

»Das Wasser ist ziemlich trüb und schlammig. Ich glaube nicht, daß Sie da viel erkennen können.«

»Wir arbeiten mit digitalen Kameras, die eine so hohe Auflösung haben, daß sie selbst in trübem Wasser noch Gegenstände erfassen können, die bis zu sechs Meter entfernt sind. Das einzige, was mir Kopfzerbrechen bereitet, sind die Sicherheitsvorkehrungen. Möglicherweise wird der Hafen unter Wasser überwacht.«

Montaigne lachte. »Den Sicherheitsdienst in diesem Hafen können Sie getrost vergessen«, versetzte er. »Die Anlage ist zwar mit einem drei Meter hohen Zaun umgeben, aber das einzige Tor führt mitten in den Sumpf, und bewacht ist es auch nicht. Jedes durchfahrende Schiff – und das sind vor allem die Fischerboote aus Morgan City – darf jederzeit anlegen. Und im Norden gibt es einen hervorragenden Hubschrauberlandeplatz mit einem kleinen Nebengebäude. Ich habe noch nie gehört, daß Shangs Sicherheitsdienst jemanden abgewiesen hat, der den Hafen besichtigen wollte. Die überschlagen sich förmlich vor Freundlichkeit, wenn jemand vorbeikommt.«

»Für ein Unternehmen von Qin Shang ist das alles andere als normal.«

»Das hat man mir auch gesagt.«

»Wenn Sungari ein ordnungsgemäßer Hafen ist«, sagte Gunn, »muß es dort auch eine Dienststelle für den Zoll und die Einwanderungsbehörde geben.«

Montaigne lachte. »Das sind die einsamsten Menschen weit und breit.«

»Verdammt noch mal!« stieß Gunn lauthals aus. »Das Ganze muß einfach ein Riesenschwindel sein. Qin Shang hat Sungari nur gebaut, damit er seinen kriminellen Machenschaften nachgehen kann. Darauf verwette ich meinen Pensionsanspruch.«

»Wenn ich ungestört meine zwielichtigen Geschäfte durchziehen wollte, würde ich keinen Hafen bauen, der mindestens so auffällig ist wie ein Casino in Las Vegas.«

»Ich auch nicht«, räumte Gunn ein.

»Da fällt mir etwas ein«, sagte Montaigne. »Eine Kleinigkeit nur, aber die Bauaufsicht fand das seinerzeit merkwürdig.«

»Was denn?«

»Shang hat die Kais gut zehn Meter höher bauen lassen als notwendig. Wenn man dort anlegt und an Land gehen will, muß man die Gangway hinauf- statt hinuntersteigen.«

»Könnte es sich nicht einfach um eine Sicherheitsvorkehrung im Falle einer Sturmflut oder einer schweren Überschwemmung handeln?«

»Ja, aber trotzdem ist das maßlos übertrieben«, erklärte Montaigne. »Klar, der Mississippi führt gelegentlich starkes Hochwasser, aber der Atchafalaya nie. Und so hoch, wie die den Hafen gebaut haben, kann gar keine Flutwelle sein.«

»Qin Shang geht eben kein Risiko ein. Sonst wäre er nicht so weit gekommen.«

»Vermutlich haben Sie recht.« Montaigne trank den Jack Daniels' aus. Dann deutete er mit einer kurzen, wegwerfenden Handbewegung auf das Diorama. »Da hat sich jemand ein Denkmal bauen wollen. Schauen Sie es sich an. Ganze zwei Schiffe liegen in dem Hafen, der Platz für hundert bietet. Wie soll sich das jemals rentieren?«

»Keine Ahnung«, sagte Gunn.

Der General stand auf. »Ich muß mich ranhalten. Es wird bald dunkel. Ich glaube, ich sag' meinem Käpt'n, daß er flußaufwärts nach Morgan City fahren und dort über Nacht anlegen soll, bevor wir nach New Orleans zurückkehren.«

»Vielen Dank, General«, sagte Gunn, »daß Sie sich herbemüht haben. Sie sind jederzeit herzlich willkommen.«

»Keine Ursache«, erwiderte Montaigne. »Nachdem ich jetzt weiß, wo es umsonst einen guten Whisky gibt, lass' ich mich bestimmt wieder blicken. Und viel Glück bei Ihrer Erkundung. Rufen Sie einfach an, wann immer Sie uns brauchen.«

»Danke. Ich werde darauf zurückkommen.«

Lange nachdem General Montaigne gegangen war, saß Gunn immer noch da und betrachtete das Diorama von Sungari. Er überlegte angestrengt, was dahinterstecken mochte, ohne daß ihm etwas Gescheites einfiel.

»Falls Sie sich wegen dem Sicherheitsdienst Sorgen machen«, sagte Frank Stewart, der Kapitän der *Marine Denizen,* »können wir mit unserer Erkundung auch in der Flußmitte anfangen. Denen gehören zwar die Häuser und das Land links und rechts vom Atchafalaya, aber der Schiffahrtsweg zwischen dem Golf und Morgan City fällt unter das Seerecht.«

Stewart war ein Seemann alter Schule. Er peilte nach wie vor die Sonne mit dem Sextanten an und berechnete die Längen- und Breitengrade nach althergebrachter Art, obwohl er die Position eines Schiffes mit einem Blick auf das Satellitenleitsystem auf den Meter genau hätte feststellen können. Er war schlank, hoch aufgeschossen, hatte tiefliegende blaue Augen und kurzgeschnittene, stets tadellos gekämmte Haare mit einem schnurgeraden Scheitel auf der rechten Seite. Geheiratet hatte er nie, denn seine ganze Liebe galt der See.

Gunn stand neben dem Ruder und schaute durch das Brückenfenster auf den wie ausgestorben wirkenden Hafen. »Wenn wir zwischen den Kais und den Lagerhäusern vor Anker gehen, fällt das zu sehr auf. Laut General Montaigne sind die Sicherheitsvorkehrungen nicht strenger als in jedem anderen Hafen. Wenn er recht hat, können wir uns das Versteckspielen schenken. Ich schlage vor, daß wir uns einfach beim Hafenmeister melden, ihm erklären, daß wir wegen dringender Reparaturen eine Weile im Hafen liegen müssen, und uns unmittelbar vor ihrer Nase an die Arbeit machen.«

Stewart nickte und meldete sich über Satellitentelefon, das den guten alten Schiffsfunk weitgehend abgelöst hatte, beim Hafenmeister. »Hier ist das NUMA-Forschungsschiff *Marine Denizen.* Erbitten wegen dringender Reparaturarbeiten am Ruder die Erlaubnis zum Anlegen.«

Der Hafenmeister, ein sehr zuvorkommender Mann, der sich als Henry Pang vorstellte, erteilte sofort die Erlaubnis. »Selbstverständlich. Bleiben Sie, wo Sie sind. Ich schicke Ihnen ein Boot vorbei, das Sie zu Kai siebzehn bringt. Dort können Sie anlegen. Genug freie Liegeplätze haben wir ja.«

»Besten Dank, Mr. Pang«, antwortete Stewart.

»Sucht ihr etwa seltene Fische?« fragte Pang.

»Nein, wir haben die Strömungsverhältnisse im Golf untersucht. Dabei sind wir auf eine nicht in den Karten vermerkte Untiefe gelaufen und haben unser Ruder beschädigt. Es reagiert zwar noch, läßt sich aber nicht mehr voll einschlagen.«

»Ich wünsche einen angenehmen Aufenthalt«, sagte Pang höflich. »Melden Sie sich einfach, falls Sie einen Schlosser oder Ersatzteile brauchen sollten.«

»Vielen Dank«, erwiderte Stewart. »Wir warten auf Ihr Lotsenboot.«

»General Montaigne hatte recht«, sagte Gunn. »Soviel zum Thema strenge Sicherheitsvorkehrungen.«

Über Nacht war eine Schlechtwetterfront durchgezogen, so daß die Decks der *Marine Denizen* in der aufgehenden Sonne glänzten und glitzerten. Stewart hatte zwei Mann von seiner Besatzung auf einer Arbeitsbühne zum Ruder hinabgelassen. Sie taten so, als ob sie da unten Reparaturen vornähmen. Notwendig war das Theater allem Anschein nach nicht. Die von hohen Kränen gesäumten Kais wirkten so einsam und verlassen wie ein Fußballstadion mitten in der Woche. Die beiden chinesischen Frachter, die Gunn am Abend zuvor gesehen hatte, waren über Nacht ausgelaufen. Die *Marine Denizen* hatte den ganzen Hafen für sich.

Tief im Bauch der *Denizen* befand sich ein großer, offener Raum, der das eigentliche Herzstück des Forschungsschiffes beherbergte, den sogenannten Moon-Pool. Im Grunde genommen handelte es sich um eine Art Wasserschleuse – zwei Bodenplatten, die wie Fahrstuhltüren auseinanderglitten, wurden aufgefahren, so daß Wasser eindrang, bis es etwa fünf Meter hoch stand. Von hier aus konnte man auch bei starkem Seegang Taucher aussetzen, Tauchboote ausbringen, Meßgeräte bergen und die Apparaturen einholen, mit denen die Wissenschaftler das Meeresgetier fingen, das sie später im Labor untersuchen wollten.

Die Besatzung und die Wissenschaftler frühstückten in aller Ruhe, bevor sie sich auf den Arbeitsbühnen rund um den Moon-Pool einfanden. Ein Benthos-Tauchroboter, der etwa dreimal so groß war wie das kompakte AUV, das Pitt am Orion Lake eingesetzt hatte, hing an einem Ablaufgerüst über dem Wasser. Es war ein robustes, stromlinienförmiges Gerät, das von zwei Strahldüsen getrieben wurde und bis zu fünf Knoten schnell war. Im Bug war eine Benthos-Videokamera mit Restlichtverstärker und hoher Bildauflösung eingebaut. Darüber hinaus war das AUV mit einer digitalen Fotokamera und einem Bodenradar ausgestattet, das jeden Hohlraum unter dem Stahlbeton feststellen konnte. Ein Taucher, der nur der Quallen wegen einen Neoprenanzug trug, paddelte lässig auf dem Rücken und wartete darauf, daß der Tauchroboter abgelassen wurde.

Stewart wandte sich an Gunn, der in einem Nebenraum vor einem Computermonitor saß, über dem ein großer Bildschirm angebracht war. »Von uns aus kann's losgehen, Rudi.«

»Laßt ihn runter«, sagte Gunn mit einer knappen Handbewegung.

Leise surrend ließ die Winde das AUV in das schimmernde, dunkle Wasser hinab. Der Taucher löste das Ablaufgerüst, schwamm zu einer Leiter und kletterte auf eine Arbeitsbühne.

Stewart begab sich in den kleinen Nebenraum, der von oben bis unten mit Elektronik vollgepackt war. Er setzte sich neben Gunn, der unverwandt auf den Bildschirm blickte, während er das AUV per Computer steuerte. Man sah nichts als eine lange graue Stahlbetonwand, die sich irgendwo im Dämmerlicht verlor. »Mir kommt das, ehrlich gesagt, so vor, als ob da jemand viel Lärm um nichts macht.«

»Kann ich nicht widersprechen«, sagte Gunn. »Aber wir haben nun mal vom Weißen Haus den Auftrag erhalten, uns Sungari von unten anzusehen.«

»Ist man dort etwa wirklich der Meinung, daß Qin Shang illegale Einwanderer über geheime Tunnelanlagen von Bord seiner Schiffe schmuggelt?«

»Irgendein hohes Tier in Washington nimmt das offenbar an. Deswegen sind wir hier.«

»Soll ich uns aus der Kombüse einen Kaffee bringen lassen?« fragte Stewart.

»Ich könnte eine Tasse gebrauchen.«

Kurz darauf stellte der Smutje das Tablett mit den Tassen und der vollen Kaffeekanne vor ihnen ab. Drei Stunden später war die Kanne leer, aber entdeckt hatten sie bislang nichts. Auf dem Bildschirm waren immer nur die gleichen Stahlbetonmauern zu sehen, die tief im Boden verankert waren und ein Abrutschen des aufgeschütteten Erdreichs verhindern sollten. Es war schon fast zwölf Uhr mittags, als Gunn sich zu Stewart umwandte.

»Damit hätten wir den westlichen Teil des Hafens durch«, sagte er. Er klang müde und rieb sich die Augen. »Wird mit der Zeit ganz schön anstrengend, wenn man sich stundenlang Stahlbeton anschauen muß.«

»Haben Sie irgendwas entdeckt, was auf eine Tür oder einen Tunnel hindeuten könnte?«

»Nicht das geringste.«

»Wenn wir uns ranhalten, können wir bis Einbruch der Dunkelheit auch die andere Seite untersucht haben«, sagte Stewart.

»Je früher wir damit fertig sind, desto besser.« Gunn gab einen kurzen Befehl in den Computer ein, worauf der Tauchroboter sofort die Ostseite des Hafens ansteuerte. Dann lehnte er sich zurück und wartete ab.

»Und Sie wollen auch bestimmt kein Sandwich haben?« fragte Stewart.

Gunn schüttelte den Kopf. »Ich ziehe das jetzt durch und schlage mir dann beim Abendessen tüchtig den Bauch voll.«

Es dauerte nur zehn Minuten, bis der Tauchroboter auf der anderen Seite des Hafens angelangt war. Gunn steuerte ihn zur nördlichsten Stelle, programmierte ihn auf Südkurs und gab ihm den Befehl, sämtliche Stahlbetonmauern abzusuchen. Das AUV hatte kaum zweihundert Meter zurückgelegt, als das Telefon neben ihm summte. »Können Sie bitte rangehen?« fragte er Stewart.

Der Kapitän der *Marine Denizen* nahm ab, meldete sich und gab den Hörer an Gunn weiter. »Es ist Dirk Pitt.«

»Pitt?« Gunn zog erstaunt die Augenbrauen hoch und wandte sich vom Bildschirm ab. Er übernahm den Hörer. »Dirk?«

»Hallo, Rudi«, meldete sich die nur allzu bekannte Stimme. »Ich rufe aus einem Flugzeug an, das sich gerade irgendwo über der Wüste von Nevada befindet.«

»Wie ist die Erkundung der *United States* gelaufen?«

»Eine Zeitlang war's ein bißchen haarig. Aber Al und ich haben keinerlei Öffnungen entdeckt. Rumpf und Kiel sind so glatt wie ein Babypopo.«

»Ich glaube, uns geht's da nicht anders, es sei denn, wir finden in den nächsten paar Stunden noch etwas.«

»Setzt du ein Tauchboot ein?« fragte Pitt.

»Nicht nötig«, erwiderte Gunn. »Ein AUV tut's hier genausogut.«

»Paß gut drauf auf, sonst kommen die Jungs von Qin Shangs Unterwasserpatrouille und klauen es vor deiner Nase. Das sind hinterlistige Kerle.«

Gunn zögerte einen Moment, bevor er antwortete. Er fragte sich, was Pitt damit meinte. Er wollte gerade nachhaken, als Pitt sich wieder vernehmen ließ. »Die fahren hier gerade das Mittagessen auf, Rudi. Alles Weitere bereden wir, wenn wir in Washington sind. Viel Glück und beste Grüße an Frank Stewart.« Dann war die Leitung tot.

»Wie geht's Dirk?« fragte Stewart. »Ich hab' ihn das letzte Mal gesehen, als wir ihn vor der peruanischen Küste aus dem Wasser gefischt haben.«

»Eigensinnig wie eh und je. Er hat mir eine seltsame Warnung zukommen lassen.«

»Eine Warnung?«

»Er hat gesagt, daß Qin Shangs Unterwasserpatrouille unser AUV stehlen könnte«, antwortete Gunn, der sichtlich verdutzt war.

»Was für eine Unterwasserpatrouille?« versetzte Stewart spöttisch.

Gunn antwortete nicht. Plötzlich riß er die Augen auf und deutete auf den Bildschirm. »Mein Gott, schau dir das an!«

Stewart schaute hin und erstarrte.

Ein Gesicht mit einer Taucherbrille füllte den Bildschirm aus. Fassungslos sahen sie zu, wie der Taucher die Brille abnahm, so daß man die Schlitzaugen und die schmale Nase sehen konnte. Dann grinste er breit und winkte ausgelassen wie ein kleines Kind.

Danach erlosch das Bild, und über den Schirm flackerten nur mehr grauweiße Streifen. Gunn tippte hektisch auf den Computer ein, gab dem AUV immer wieder den Befehl, zur *Marine Denizen* zurückzukehren, doch der Tauchroboter war spurlos verschwunden.

24

Pitt wußte sofort, daß etwas faul war. Er witterte es förmlich, sobald der NUMA-Fahrer, der ihn nach Hause brachte, den Dienstwagen anhielt. Irgend etwas war hier nicht in Ordnung.

Auf der Fahrt von der Andrews Air Force Base, wo der Frachtjet gelandet war, zu seiner Unterkunft in einem abgelegenen Winkel des Washington National Airport, hatte er an nichts Böses gedacht. Mittlerweile war es dunkel geworden, aber er achtete weder auf das Lichtermeer noch auf die hell angestrahlten Gebäude. Er versuchte sich zu entspannen und seinen Gedanken freien Lauf zu lassen, doch die Ereignisse am Orion Lake ließen ihm keine Ruhe. Merkwürdig, dachte er, daß die Presse bislang nicht darüber berichtet hat.

Von außen wirkte der einstige Flugzeughangar, der 1937 gebaut worden war, im gleichen Jahr, in dem die Pilotin Amelia Earhart verschollen war, einsam und verlassen. Unkraut wucherte entlang der rostigen Blechwände, deren Anstrich im Lauf der Jahrzehnte verblichen und von Wind und Wetter abgeschmirgelt worden war. Das heruntergekommene Gebäude galt als Schandfleck und hätte vor einigen Jahren abgerissen werden sollen, doch dann war Pitt darauf aufmerksam geworden. Er hatte sofort erkannt, was sich aus dem alten Hangar machen ließe, und in letzter Minute eingegriffen, den Bürokraten der Flugaufsichtsbehörde ein Schnippchen geschlagen und durchgesetzt, daß die verwitterte Halle unter Denkmalschutz gestellt wurde. Nachdem er den Abriß verhindert hatte, hatte er das Gebäude samt Grundstück gekauft, von Grund auf renoviert und den Innenraum umgebaut, so daß er dort wohnen und gleichzeitig seine Sammlung klassischer Automobile darin unterstellen konnte.

Pitts Großvater hatte in Südkalifornien Bauland erschlossen und damit ein kleines Vermögen erworben. Bei seinem Tod hatte er seinem Enkel eine beachtliche Summe hinterlassen. Nachdem die Erbschaftssteuer bezahlt war, hatte Pitt beschlossen, das Geld lieber in alte Autos und Flugzeuge zu investieren als in Aktien und Anlagen. Innerhalb von zwanzig Jahren hatte er sich eine einzigartige Sammlung zugelegt.

Pitt hielt nicht viel von Flutlicht und gleißenden Strahlern. Seiner Ansicht nach war es besser, wenn der Hangar leer und verlassen wirkte. Lediglich der schummrige gelbe Schein einer an einem Strommast angebrachten Laterne fiel auf den unbefestigten Fahrweg, der vor dem Hangar endete. Pitt drehte sich um und musterte den Mast durch das Wagenfenster. Normalerweise hätte das rote Lämpchen der Überwachungskamera aufleuchten müssen. Doch es war dunkel.

Ein eindeutiger Hinweis, daß hier etwas oberfaul war.

Pitts Alarmanlage war von einem Freund konstruiert und eingebaut worden, der beim Nachrichtendienst arbeitete und ein Meister seines Faches war. Den Code, mit dem die Anlage gesichert war, konnten allenfalls ausgebuffte Profis knacken. Er blickte in die Einöde hinaus, und dann entdeckte er etwa fünfzig Meter entfernt die kaum erkennbaren Umrisse eines Kleinbusses, die sich dunkel von den Lichtern auf der anderen Seite des Potomac abzeichneten. Pitt war augenblicklich klar, daß sich jemand Zugang zum Hangar verschafft hatte und ihm einen heißen Empfang bereiten wollte.

»Wie heißen Sie?« fragte Pitt den Fahrer.

»Sam Greenberg.«

»Sam, haben Sie ein Satellitentelefon dabei?«

»Ja, Sir, hab' ich«, erwiderte Greenberg.

»Setzen Sie sich mit Admiral Sandecker in Verbindung und sagen Sie ihm, daß ich ungebetene Gäste habe. Er soll so rasch wie möglich seine Truppen vorbeischicken.«

Greenberg war jung, höchstens zwanzig, studierte an der hiesigen Universität Ozeanographie und verdiente sich im Rahmen eines von Sandecker ins Leben gerufenen meereswissenschaftlichen Ausbildungsprogrammes in Diensten der NUMA ein kleines Zubrot. »Soll ich nicht lieber die Polizei rufen?«

Der Junge ist pfiffig, dachte Pitt. Er hat die Situation sofort erfaßt. »Das ist nichts für die hiesige Polizei. Rufen Sie bitte sofort an, sobald Sie ein Stück vom Hangar weg sind. Der Admiral weiß, was er zu tun hat.«

»Wollen Sie da etwa allein reingehen?« fragte der Student, als Pitt ausstieg und seine Reisetasche aus dem Kofferraum holte.

Pitt schaute den jungen Mann an und lächelte. »Ein guter Gastgeber kümmert sich um seine Gäste.« Er stand da und wartete, bis die Rücklichter des NUMA-Wagens in einer großen Staubwolke verschwunden waren. Dann bückte er sich, öffnete die Reisetasche und wollte seinen alten .45er Colt herausholen. Im gleichen Augenblick fiel ihm ein, daß er vergessen hatte, sich neue Munition zu besorgen, nachdem Julia Lee im Kampf gegen die Ultraleichtflugzeuge am Orion River beide Magazine aufgebraucht hatte.

»Leer!« stieß er mit zusammengebissenen Zähnen aus. Hab' ich etwa einen Dachschaden? dachte er, während er allein in der Dunkelheit stand. Jetzt blieb ihm nichts anderes übrig, als sich dumm zu stellen, einfach hineinzugehen, so als rechne er mit nichts Bösem, und sich dann zu einem seiner Oldtimer durchzuschlagen, wo er in einem Behältnis aus Walnußholz, in dem einst ein Regenschirm verstaut war, eine Schrotflinte versteckt hatte.

Er zog eine kleine Fernbedienung aus der Hosentasche und pfiff die ersten Takte des »Yankee Doodle«. Auf dieses Erkennungszeichen hin wurde die Alarmanlage automatisch abgestellt, und eine unscheinbare Tür, die aussah, als wäre sie seit 1945 nicht mehr geöffnet worden, wurde entriegelt. Auf der Fernbedienung blinkte dreimal hintereinander ein grünes Lämpchen. Eigentlich hätte es viermal aufleuchten müssen. Jemand, der sich sehr gut mit Alarmanlagen auskennen mußte, hatte seinen Code geknackt. Er schloß die Augen, konzentrierte sich einen Moment lang und atmete tief durch. Sobald die Tür einen Spalt auf war, ging er auf alle viere, griff um den Rahmen herum und schaltete die Innenbeleuchtung ein.

Die Wände, der Boden und das gebogene Dach waren innen glänzendweiß gestrichen, so daß sich rundum die leuchtendbunten Farben der dreißig lackierten Wagen spiegelten, die über den ganzen Hangar verteilt waren. Es wurde gleißend hell, und genau darauf baute Pitt. Er wollte, daß die Eindringlinge, die dort im Dunkeln auf ihn lauerten, geblendet würden. Das 1929er Duesenberg-Kabriolett mit der orangefarbenen Karosserie und den braunen Kotflügeln, in dem er die Schrotflinte aufbewahrte, war, soweit er sich entsann, von der Tür aus gesehen das dritte Auto.

Die Schüsse, die ihm endgültig bestätigten, daß die Eindringlinge ihm keinen Höflichkeitsbesuch abstatten wollten, waren kaum wahrzunehmen. Er hörte lediglich ein mehrfaches leises Ploppen und spürte, wie die Kugeln in die Tür einschlugen. Sie benutzten also Schalldämpfer, obwohl sich weit und breit keine Menschenseele aufhielt. Wieder griff er um die Tür herum und schaltete das Licht aus. Dann warf er sich flach zu Boden, robbte blitzschnell von der Tür weg und kroch unter die ersten beiden Oldtimer, einen 1932er Stutz und einen 1931er Cord L-29, die gottlob viel Bodenfreiheit hatten. Er gelangte ungeschoren bis zu dem Duesenberg, sprang über die hintere Tür, warf sich im Fond zu Boden, griff im gleichen Augenblick zum Drehknauf des kleinen, hinter dem Vordersitz angebrachten Staufachs und öffnete es. Dann holte er die großkalibrige, elfschüssige Aserma Bulldog heraus. Die gedrungene Waffe hatte keinen Kolben, war aber dafür mit Mündungsfeuerdämpfer und Mündungsbremse ausgerüstet. Sie war eine der vier Schußwaffen, die Pitt eigens für einen solchen Fall an diversen Stellen des Hangars versteckt hatte.

Im Hangar war es jetzt wieder stockdunkel. Wenn es wirklich Profis sind, dachte Pitt, und daran gibt es kaum einen Zweifel, dann benutzen sie Nachtsichtgeräte, Infrarot und Laservisiere. Der Flugbahn der auf die Tür abgefeuerten Kugeln nach zu urteilen, waren es zwei Männer, vermutlich beide mit Maschinenpistolen bewaffnet. Der eine hielt sich irgendwo im Erdgeschoß auf, der andere war auf dem Balkon vor seiner Wohnung, etwa zehn Meter über der einen Ecke des Hangars.

Zur Tür zu stürmen kam nicht in Frage. Die Killer wußten jetzt, daß Pitt sich irgendwo am Boden des Hangars versteckte. Wenn ihnen klar wurde, daß ihr vermeintliches Opfer mit offenen Augen in die Falle gegangen war, wurden sie garantiert mißtrauisch und vorsichtig.

Da er vorerst nichts weiter unternehmen konnte, drückte er leise die beiden Hintertüren des Duesenberg auf, spähte in die Dunkelheit und wartete darauf, daß die Angreifer den nächsten Zug machten.

Er versuchte so langsam und flach wie möglich zu atmen, lauschte auf leise Schritte, doch er hörte nur sein eigenes Herz schlagen. Hoffnungslos war die Lage nicht, und auch seine Angst hielt sich in Grenzen, aber ein bißchen Bammel hatte er schon. Immerhin lauerten da draußen zwei Profikiller auf ihn. Aber er war hier zu Hause, befand sich auf vertrautem Terrain und kannte sich im Gegensatz zu den Killern bestens aus. Wenn sie ihren Auftrag ausführen wollten, mußten sie ihn erst einmal finden, und das bei Dunkelheit und inmitten von dreißig alten Autos und Flugzeugen. Von einem Vorteil konnte da nicht mehr die Rede sein. Zumal sie nicht wußten, daß er ebenfalls bewaffnet war. Pitt mußte lediglich im Fond des Duesenberg ausharren und abwarten, bis sie einen Fehler begingen.

Er fragte sich, wer die beiden sein mochten und wer sie geschickt hatte. Der einzige, der ihm in den Sinn kam, war Qin Shang, ein Mann, den er sich in den letzten paar Wochen in mehrfacher Hinsicht zum Feind gemacht hatte. Offenbar wollte sich der chinesische Milliardär jetzt an ihm rächen.

Er hielt die Flinte vor die Brust, spitzte die Ohren und lauschte. Im Hangar war es so still wie in einer Gruft um Mitternacht. Die Jungs waren gut. Nicht der leiseste Schritt, keinerlei Scharren oder Tapsen. Vermutlich warteten sie ebenfalls, lauschten ihrerseits auf jedes Geräusch. Vielleicht sollte er etwas an die Wand werfen, sie zum Schießen verleiten – doch er verwarf den alten Kinotrick. Profikiller waren zu gewitzt. Die wußten, daß sie ihren Standort verrieten, wenn sie wild in der Gegend herumschossen.

Eine Minute verging, eine weitere, dann eine dritte – aber es kam ihm viel länger vor. Unendlich träge zog sich die Zeit dahin. Dann sah er einen roten Laserstrahl, der über die Windschutzscheibe des Duesenberg strich und weiterwanderte. Höchstwahrscheinlich fragten sich die Angreifer mittlerweile, ob er sich nicht wieder davongeschlichen hatte und ihnen entkommen war. Pitt hatte keine Ahnung, wie lange es noch dauern mochte, bis Admiral Sandecker und seine Mannen – vermutlich ein Trupp Bundesmarshals – hier eintrafen. Aber notfalls war Pitt auch bereit, die ganze Nacht lang zu warten, auf jedes Geräusch zu lauschen und Ausschau nach verräterischen Schatten zu halten.

Nach und nach legte er sich einen Plan zurecht. Normalerweise waren sämtliche Batterien aus seinen Oldtimern ausgebaut, weil er nicht wollte, daß es zu einem Kurzschluß kam und ihm die ganze Hütte abbrannte. Aber da Pitt den Duesenberg nach seiner Rückkehr vom Orion Lake hatte fahren wollen, hatte er den Chefmechaniker des NUMA-Fuhrparks beauftragt, eine Batterie aufzuladen und in den Wagen einzubauen. Was wiederum hieß, daß er, wenn sich die Gelegenheit bot, die Scheinwerfer einschalten und das Obergeschoß anstrahlen konnte.

Ohne die feinen roten Laserstrahlen aus den Augen zu lassen, die durch den Hangar wanderten wie die Suchscheinwerfer in einem alten Gefängnisfilm, wälzte er sich leise über die Rückenlehne und legte sich flach auf den Vordersitz. Der nächste Schritt war nicht unriskant, aber er verließ sich auf sein Glück und Einschätzungsvermögen. Er richtete den vor dem Lenkrad an der Motorhaube angebrachten Suchscheinwerfer nach oben, bis er ungefähr auf den Balkon vor seiner Wohnung wies. Dann legte er mit der Schrotflinte über die Oberkante der Windschutzscheibe an und schaltete das Licht ein.

Der helle Strahl erfaßte eine maskierte Gestalt in einem schwarzen Ninja-Anzug, die auf dem Balkon kauerte und eine Maschinenpistole im Anschlag hatte. Der Killer riß unwillkürlich die Hand hoch, als ihn der grelle Lichtstrahl traf. Pitt gab zwei Schüsse ab, ohne sich Zeit zum Zielen zu nehmen, und schaltete das Licht im nächsten Moment wieder aus. Die beiden Schrotflintenschüsse hallten wie Kanonendonner von den Blechwänden wider. Dann schlug irgendwo vor ihm etwas Schweres auf dem Betonboden auf.

Pitt konnte sich eine gewisse Genugtuung nicht verkneifen. Da der zweite Killer seiner Meinung nach damit rechnete, daß er sich unter dem Auto versteckte, legte er sich flach auf das breite Trittbrett und wartete darauf, daß er das Feuer eröffnete.

Doch nichts tat sich.

Der andere Killer konnte nicht eingreifen, weil er gerade einen alten Pullmann-Wagen durchsuchte, der auf einem kurzen Gleisstück auf der anderen Seite des Hangars stand. Dieser Waggon stammte von einem der schnellsten D-Züge seiner Zeit, dem *Manhattan Limited,* der von 1912 bis 1914 zwischen New York und Quebec verkehrt war. Er nahm den kurzen Mündungsblitz kaum wahr, stürmte aber sofort zur hinteren Plattform, als er die donnernden Flintenschüsse vernahm. Doch inzwischen war es im Hangar wieder stockdunkel. Er hörte nicht mehr, wie der Leichnam seines Komplizen am Boden aufschlug, und er wußte auch nicht, woher die Schüsse gekommen waren. Er ging hinter einem wuchtigen Daimler-Kabriolett in Deckung und suchte den Boden um die und unter den Autos ab. Er hatte ein Nachtsichtgerät auf, durch das der dunkle Hangar wie in hellgrünes Licht getaucht wirkte, so daß er jede Einzelheit erkennen konnte. Fünf Meter vor sich sah er den Leichnam seines Komplizen in einer großen Blutlache auf dem Betonboden liegen. Jetzt war alles klar: Ihr Opfer hatte sich wissentlich in die vermeintliche Falle begeben. Und offenbar war er gut bewaffnet. Man hatte sie zwar vorgewarnt, daß ihr Opfer gefährlich sei, aber sie hatten ihn trotzdem unterschätzt.

Pitt mußte losschlagen, solange er im Vorteil war. Und zwar so schnell wie möglich, bevor der andere Killer ihn ausmachen konnte. Jetzt kam es nicht auf Lautlosigkeit an, sondern auf Tempo. Er rannte vorne an den Autos vorbei in Richtung Tür, duckte sich und suchte immer wieder Deckung hinter den Reifen und Rädern. Dann stieß er die Tür auf und warf sich hinter einen Wagen, als die Kugeln in die Nacht hinauspfiffen. Pitt kroch an der Wand entlang und versteckte sich schließlich hinter dem Rad eines 1939er Mercedes-Benz 540-K.

Pitt war sich durchaus darüber im klaren, daß sein Vorstoß tollkühn und leichtsinnig gewesen war. Aber er war einigermaßen heil davongekommen. Lediglich der Streifschuß an seinem Unterarm blutete ziemlich heftig. Immerhin hatte er den anderen Killer auf eine falsche Fährte gelockt: Der Mann stürmte Hals über Kopf zur Tür, weil er annahm, daß sein Opfer flüchten wollte.

Pitt hörte, wie er auf weichen Gummisohlen losrannte. Dann sah er eine von Kopf bis Fuß schwarzgekleidete Gestalt, die im schummrigen Licht der gelben Laterne draußen unter der Tür stand. Im Krieg und in der Liebe ist alles erlaubt, dachte Pitt, als er auf den Rücken des Killers anlegte und ihm eine Schrotladung knapp unterhalb der rechten Schulter verpaßte.

Der warf die Arme hoch und ließ seine Maschinenpistole fallen. Er stand einen Moment lang da, riß dann das Nachtsichtgerät herunter und drehte sich langsam um. Ungläubig starrte er Pitt an, der langsam auf ihn zukam und die Mündung der Schrotflinte auf seine Brust gerichtet hatte. Pitt fröstelte, als er seine Augen von nahem sah. Der Mann war fassungslos, weil ihm klar wurde, daß er versagt hatte und jeden Moment sterben würde. Aber er hatte keine Angst vor dem Tod, er war nur außer sich, weil er seinen Auftrag nicht hatte ausführen können. Pitt sah den blutigen Schaum vor seinem Mund, der durch den schmalen Schlitz der Gesichtsmaske kaum zu erkennen war, hörte das gruslige Röcheln. Aber er bot seine letzte Kraft auf und torkelte weiter auf ihn zu, so als könnte er nicht von ihm ablassen.

Pitt drückte nicht noch einmal ab. Er schlug ihn auch nicht nieder. Er trat nur einen Schritt vor, holte mit dem Fuß aus und zog ihm die Beine unter dem Leib weg. Der Killer fiel vornüber zu Boden.

Er nahm die Waffe des Killers an sich. Unglaublich, dachte er, als er sie näher in Augenschein nahm, daß so was aus China stammt. Es war ein hochmodernes Schießgerät – ein Plastikgehäuse mit integriertem elektronischem Visier, dazu ein direkt in den Lauf eingesetztes fünfzigschüssiges Magazin, geladen mit komprimierten Stahlmantelgeschossen, die so treffsicher waren wie eine Gewehrkugel. Wahrlich eine Feuerwaffe für das einundzwanzigste Jahrhundert.

Pitt ging in den Hangar zurück und schaltete das Licht an. Trotz aller Strapazen fühlte er sich seltsam gelöst. Er ging zwischen den alten Wagen hindurch, bis er unmittelbar unter dem Balkon stand. Dann betrachtete er die Leiche des anderen Killers. Er war ebenso mausetot wie der Mann, den er unter der Tür erwischt hatte. Ein Schuß war offenbar danebengegangen, aber der andere hatte ihm den halben Kopf weggerissen.

Müde stieg Pitt die Wendeltreppe hinauf und betrat seine Wohnung. Einen Anruf bei der Polizei konnte er sich schenken. Die Bundesmarshals mußten jeden Moment eintreffen. Er spülte ein Glas ab, schüttelte es kurz trocken und drückte den Rand in ein Salzfaß. Dann schaufelte er eine ordentliche Portion zerstoßenes Eis hinein und goß einen doppelten Don-Julio-Tequila darüber. Er lehnte sich zurück, machte es sich auf seinem Ledersofa bequem und genoß den Schnaps in vollen Zügen.

Fünf Minuten später und nachdem er sich einen weiteren Tequila gegönnt hatte, rückte Admiral Sandecker mit den Bundesmarshals an. Pitt nahm sein Glas, stieg die Treppe hinab und ging ihnen entgegen. »Guten Abend, Admiral, freut mich, Sie zu sehen.«

Sandecker grunzte irgend etwas und deutete mit dem Kopf zu der Leiche hinab. »Sie sollten hier endlich mal für Ordnung sorgen.« Er gab sich abgebrüht, musterte Pitt aber mit besorgtem Blick.

Pitt grinste ihn an und zuckte die Achseln. »Auf dieses Gesocks kann die Welt gern verzichten.«

Sandecker bemerkte das Blut an Pitts Arm. »Sind Sie verletzt?«

»Da muß bloß ein Pflaster drauf.«

»Nun erzählen Sie schon«, verlangte Sandecker ungeduldig. »Wo kommen die her?«

»Ich habe keine Ahnung. Sie haben mich abgepaßt.«

»Ein Wunder, daß Sie mit dem Leben davongekommen sind.«

»Die haben nicht damit gerechnet, daß ich den Braten rieche. Aber ich habe sofort bemerkt, daß sich jemand an meiner Alarmanlage zu schaffen gemacht hat.«

Sandecker musterte Pitt von Kopf bis Fuß. »Sie hätten auf mich und die Bundesmarshals warten können.«

Pitt deutete durch die Tür auf die weite Einöde und den unbefestigten Fahrweg. »Wenn ich weggelaufen wäre, hätten sie mich nach spätestens fünfzig Meilen umgenietet. Ich habe mich für die Offensive entschieden. Meiner Meinung nach hatte ich nur eine einzige Chance – ich mußte so schnell wie möglich losschlagen und sie auf dem falschen Fuß erwischen.«

Sandecker warf Pitt einen verschmitzten Blick zu. Er wußte, daß sein Leiter für Spezialprojekte kein unnötiges Risiko einging. Dann betrachtete er die von Kugeln zersiebte Tür. »Hoffentlich kennen Sie einen guten Handwerker.«

In diesem Augenblick kam ein sportlich gekleideter Mann in einer Windjacke, unter der er eine kugelsichere Weste und ein Schulterholster mit einer .38er Smith & Wesson, Modell 442, trug, auf sie zu. In der einen Hand hatte er die Maske des Killers, den Pitt unter der Tür erwischt hatte. »Die dürften nicht leicht zu identifizieren sein. Vermutlich sind sie extra wegen dieses Auftrags eingeflogen worden.«

Sandecker stellte sie einander vor. »Dirk, das ist Peter Harper, der Amtsleiter für den Außendienst des INS und verantwortlich für sämtliche Ermittlungstätigkeit im In- und Ausland.«

Harper schüttelte Pitt die Hand. »Freut mich, Sie kennenzulernen, Pitt. Offenbar hatten Sie nicht gerade den besten Empfang.«

»Eher eine unliebsame Überraschung.« Pitt bezweifelte, daß er mit Harper jemals warm werden würde. Der INS-Mann sah so aus, als ob er in seiner Freizeit mathematische Probleme löste. Trotz der Waffe, die er trug, wirkte er wie ein Weichei, ein ewiger Student. »Ein paar Meter vom Hangar entfernt steht ein Kleinbus.«

»Wir haben ihn bereits überprüft«, sagte Harper. »Er stammt von einer Mietwagenfirma. Der Kunde hat einen falschen Namen angegeben.«

»Wer steckt Ihrer Meinung nach dahinter?« fragte Sandecker.

»Mir fällt da nur Qin Shang ein«, sagte Pitt. »Angeblich soll er ziemlich rachsüchtig sein.«

»Durchaus möglich«, versetzte Sandecker.

»Der dürfte ganz schön sauer sein, wenn er erfährt, daß seine Killer versagt haben«, warf Harper ein.

Sandecker grinste vor sich hin. »Meiner Meinung nach sollte Pitt ihm das persönlich erzählen.«

Pitt schüttelte den Kopf. »Das haut nicht hin. In Hongkong darf ich mich so schnell nicht wieder blicken lassen.«

Sandecker und Harper warfen sich einen kurzen Blick zu. »Qin Shang ist hier«, sagte Sandecker schließlich. »Er ist vor kurzem in Washington eingetroffen und versucht die Gemüter zu beruhigen. Heute abend gibt er in seinem Haus in Chevy Chase eine Party. Will anscheinend ein paar Kongreßabgeordnete samt deren Anhang besänftigen. Wenn Sie sich ranhalten und sich rasch umziehen, schaffen Sie es noch.«

Pitt schaute ihn verständnislos an. »Sie machen wohl Witze.«

»Ich meine es todernst.«

»Ich finde, der Admiral hat vollkommen recht«, sagte Harper. »Es wird Zeit, daß Sie Qin Shang persönlich kennenlernen.«

»Warum? Damit er seinem nächsten Killertrupp genau beschreiben kann, wie ich aussehe, ehe er mich umlegen läßt?«

»Nein«, erwiderte Harper. »Damit ihm klar wird, daß er die amerikanische Regierung trotz seines Reichtums und seiner Macht nicht an der Nase herumführen kann. Vermutlich hat er noch nicht erfahren, daß der Mordanschlag auf Sie fehlgeschlagen ist. Um so mehr dürfte er erschrecken, wenn er Sie vor sich sieht. Vielleicht bringt ihn das so aus der Fassung, daß er sich zu einem Fehler hinreißen läßt. Und dann schlagen wir zu.«

»Ich soll ihn also dazu verleiten, daß er sich eine Blöße gibt?«

Harper nickte. »Genau.«

»Ihnen ist hoffentlich klar«, sagte Pitt, »daß ich danach für weitere Ermittlungen gegen Qin Shang kaum noch in Frage komme.«

»Sie sollen ihn gewissermaßen ablenken«, sagte Sandecker. »Seine ganze Aufmerksamkeit auf sich ziehen. Je mehr er sich um Sie kümmert, desto weniger schert er sich um den INS und andere Dienste.«

»Von wegen ablenken. Den Lockvogel soll ich spielen.«

Harper zuckte die Achseln. »Nennen Sie es, wie Sie wollen.«

Pitt tat nach wie vor so, als hielte er überhaupt nichts von dem Vorschlag, doch insgeheim faszinierte er ihn. Wenn er an die vielen Toten am Grund des Orion Lake dachte, war er zu allem bereit, Hauptsache, er konnte es Qin Shang heimzahlen. »Von mir aus.

Wenn Sie der Meinung sind, daß wir den Dreckskerl damit drankriegen können.«

Harper seufzte erleichtert auf. Sandecker indessen hatte keinen Moment daran gezweifelt, daß Pitt mitspielen würde. Er kannte ihn wie kaum einen zweiten, Giordino vielleicht ausgenommen. Und er wußte, daß ihn jede Herausforderung reizte. Er kannte auch die zwei Gesichter des Dirk Pitt – hier der kluge, geistreiche und einfühlsame Mensch, auf den die Frauen flogen, weil er so wild und romantisch wirkte, dort der blitzgescheite Planer, der ebenso kaltblütig wie rücksichtslos sein konnte. Ein Mann, der sich keinen Fehler leistete und der, wenn trotzdem etwas schiefging, immer einen Ausweg wußte.

Harper kannte Pitt nicht. Für ihn war er lediglich ein Meerestechniker, der wie durch ein Wunder zwei Profikiller ausgeschaltet hatte. »Dann spielen Sie also mit?«

»Ich bin dabei. Aber ich möchte gern wissen, wie ich ohne Einladungskarte zu Qin Shangs Party komme.«

»Dafür ist bereits gesorgt«, erklärte Harper. »Unsereins weiß immer, wo die Einladungskarten gedruckt werden.«

»Sie waren sich Ihrer Sache wohl ziemlich sicher?«

»Keineswegs, aber der Admiral hat mir versichert, daß Sie niemals nein sagen, wenn es Speis und Trank umsonst gibt.«

Pitt warf Sandecker einen beleidigten Blick zu. »Der Admiral weiß genau, wie er jemanden breitschlagen kann.«

»Ich habe mir erlaubt, Ihnen eine Begleiterin zu besorgen«, fuhr Harper fort. »Eine überaus attraktive Frau, die Ihnen beistehen kann, falls es Ärger geben sollte.«

»Eine Aufpasserin« murmelte Pitt. »Ich will ja nicht quengeln, aber dürfte ich vielleicht fragen, ob die Dame auch die entsprechende Erfahrung besitzt?«

»Soweit ich weiß, hat sie zwei Flugzeuge abgeschossen und Ihnen das Leben gerettet.«

»Julia Lee.«

»Genau die.«

Pitt grinste breit. »Könnte vielleicht doch noch ein ganz lustiger Abend werden.«

25

Pitt klopfte an die Tür des Hauses, dessen Adresse Harper ihm gegeben hatte. Nach kurzem Warten wurde sie von Julia Lee geöffnet. Sie sah hinreißend aus in ihrem schulterfreien weißen Kleid aus Kaschmir und Seide, das knapp die Knie bedeckte, am Rücken fast bis zur Taille ausgeschnitten war und nur von einem schmalen Träger um den Hals gehalten wurde. Ihre schwarzen Haare waren zu einem Pferdeschwanz zusammengebunden und hochgesteckt. Sie trug ein dünnes Goldkettchen um die Taille und eine goldene Gliederkette um den Hals. Ihre Beine waren bloß, die Füße steckten in goldenen Spangenpumps.

Mit weit aufgerissenen Augen starrte sie ihn an. »Dirk, Dirk Pitt!« murmelte sie.

»Na, das will ich doch hoffen«, versetzte er mit einem Grinsen.

Nachdem sie sich von ihrem ersten Schreck erholt hatte, rannte sie auf den in Frack, Weste und eine goldene Uhrkette gewandeten Pitt zu und schlang ihm die Arme um den Hals. Er war so überrascht, daß er beinahe rückwärts die Treppe hinuntergefallen wäre. Ungestüm küßte sie ihn auf den Mund. Jetzt war es Pitt, der überrascht die Augen aufriß. Mit einem derart stürmischen Empfang hatte er nicht gerechnet.

»Meines Wissens war ich derjenige, der gesagt hat, daß er dich beim nächsten Mal auf den Mund küssen will.« Er ergriff ihre Oberarme und schob sie sanft von sich. »Begrüßt du unbekannte Verehrer immer auf diese Weise?«

Verschämt senkte sie den Blick. »Ich weiß nicht, was über mich gekommen ist. Aber als ich dich gesehen habe, war das wie ein Schock. Ich habe nicht gewußt, wer mich zu Qin Shangs Party begleiten soll. Peter Harper hat lediglich gesagt, daß er einen großen, dunkelhaarigen, gutaussehenden Mann besorgt hat, der mir notfalls beistehen kann.«

»Dieser dreckige Lügner. Mir hat er weisgemacht, daß du mich beschützen sollst. Der sollte sich beim Theater bewerben. Ich wette, er fiebert schon beim Gedanken an Qin Shangs Reaktion, wenn ausgerechnet die zwei Leute, die sein Unternehmen am Orion Lake haben auffliegen lassen, als ungeladene Gäste bei seiner Party aufkreuzen.«

»Ich hoffe, du bist nicht enttäuscht darüber, daß du mich begleiten mußt. Unter dem dicken Make-up sehe ich immer noch ziemlich scheußlich aus.«

Er hob sanft ihr Kinn und blickte in ihre blaugrauen Augen. Er wußte, daß dies nicht der richtige Moment für Scherze und Frotzeleien war. »Etwa so enttäuscht, als ob ich eine Diamantenmine entdeckt hätte.«

»Ich habe gar nicht gewußt, daß du so ein Schmeichler sein kannst.«

»Du wirst es nicht glauben, aber ich habe schon scharenweise Frauen mit meiner Silberzunge betört.«

»Lügner«, sagte sie leise und lächelte ihn an.

»Genug des Liebesgeflüsters«, sagte er und gab sie frei. »Wir sollten uns lieber ranhalten, bevor das Essen alle ist.«

Nachdem Julia kurz im Haus verschwunden war, um ihre Handtasche und einen Mantel zu holen, geleitete Pitt sie zu dem prachtvollen Wagen am Straßenrand vor dem kleinen Haus, in dem sie mit einer ehemaligen Kommilitonin vom College wohnte. Erstaunt starrte sie auf das riesige Fahrzeug mit den großen, verchromten Speichenrädern und den breiten Weißwandreifen.

»Gute Güte!« rief sie. »Was ist denn das für ein Auto?«

»Ein 1929er Duesenberg«, antwortete Pitt. »Wenn man uns schon uneingeladen zu einer Party schickt, die von einem der reichsten Männer der Welt gegeben wird, sollten wir uns wenigstens einen Auftritt mit Stil gönnen.«

»Ich bin noch nie mit so einem großen Auto gefahren«, sagte Julia bewundernd, als sie auf dem weichen Ledersitz Platz nahm. Staunend betrachtete sie die schier endlos lange Haube, als Pitt die Tür schloß, vorne um den Wagen herumging und sich ans Lenkrad setzte. »Von einem Duesenberg habe ich noch nie gehört.«

»Der Duesenberg J ist das beste Beispiel für die hohe Kunst des Automobilbaus in Amerika«, erklärte Pitt. »Er wurde von 1928 bis

1936 gebaut und gilt unter Liebhabern als das schönste Auto aller Zeiten. Nur etwa vierhundertachtzig Motoren und Fahrgestelle verließen das Werk und wurden von den angesehensten Karosseriebauern Amerikas mit einem individuellen Aufbau versehen. Das hier ist eine Spezialanfertigung der Walter M. Murphy Company in Pasadena in Kalifornien, eine Limousine mit Kabrioverdeck. Die Duesenbergs waren teure Autos. Schon damals, als man einen Ford A für vierhundert Dollar bekam, kosteten sie bis zu zwanzigtausend Dollar. Sie wurden von den Reichen und Prominenten dieser Zeit gekauft, vor allem von der Hollywood-Schickeria, für die der Duesenberg ein Statussymbol war. Wer einen Duesy fuhr, hatte es geschafft.«

»Er ist wunderschön«, sagte Julia, während sie die elegant und kunstvoll geschnittene Karosserie bewunderte. »Sieht ziemlich schnell aus.«

»Der Motor ist eine Weiterentwicklung des Duesenbergschen Rennwagenmotors. Ein Reihenachtzylinder mit 6850 Kubikzentimetern Hubraum, der bei 4250 Umdrehungen pro Minute bis zu 265 PS leistet. Der Motor ist zwar nicht mit einem Kompressor ausgerüstet wie bei der späteren SJ-Version, aber ich habe ihn aufgemotzt, als ich ihn restauriert habe. Unter idealen Bedingungen schafft er bis zu zweihundertzwanzig Kilometer pro Stunde.«

»Das glaube ich sofort, auch ohne Beweis.«

»Schade, daß wir nicht mit offenem Verdeck fahren können. Aber ich habe es hochgeklappt, weil es ziemlich kühl ist. Außerdem wollte ich die Frisur der Dame schonen.«

»Frauen mögen aufmerksame Männer.«

»Stets zu Diensten.«

Sie blickte auf die Windschutzscheibe und bemerkte in der einen Ecke ein kleines Loch, von dem etliche Sprünge ausgingen. »Ist das etwa ein Einschußloch?«

»Ein Andenken von zwei von Qin Shangs Handlangern.«

»Er hat Killer auf dich angesetzt?« fragte Julia und starrte auf das Loch. »Wann und wo ist das passiert?«

»Sie sind heute abend in dem Flugzeughangar aufgekreuzt, in dem ich wohne«, antwortete Pitt seelenruhig.

»Und wie ging's weiter?«

»Da sie sich nicht an die geringsten Anstandsregeln hielten, mußte ich sie leider wieder wegschicken.«

Pitt betätigte den Anlasser, worauf der Motor leise schnurrend ansprang, ehe er mit allen acht Zylindern satt aufröhrte. Ein gedämpftes Surren drang aus dem Getriebe, als Pitt vom ersten bis zum dritten Gang hochschaltete. Ruhig und majestätisch rollte der großartige Wagen durch die Straßen von Washington.

Julia sah ein, daß sie Pitt keine weiteren Erklärungen entlocken konnte. Sie ließ sich in den breiten Ledersitz zurücksinken und genoß die Fahrt und die verdutzten Blicke der Passanten.

Kurz nachdem er auf der Wisconsin Avenue den District of Columbia verlassen hatte, bog Pitt in eine kurvenreiche Wohnstraße ab, die von hohen, im frischen Frühlingslaub stehenden Bäumen gesäumt war, und hielt vor einem monströsen, mit ineinander verschlungenen Drachenleibern verzierten Eisentor. Die zwei chinesischen Wachposten in den schmucken Uniformen bestaunten einen Moment lang den riesigen Wagen, dann traten sie vor und verlangten die Einladungskarten zu sehen. Pitt reichte sie durch das Fenster und wartete, während die Posten die Gästeliste durchgingen. Sobald sie sich davon überzeugt hatten, daß Pitt und Julia zu den geladenen Gästen zählten, öffneten sie mittels einer Fernbedienung das Tor. Pitt steuerte den Duesenberg über die lange Auffahrt und hielt unter einem Portikus vor dem Eingang zu dem hell erleuchteten Herrenhaus.

»Ich muß Harper unbedingt mein Lob aussprechen«, sagte Pitt. »Er hat uns nicht nur die Einladungskarten besorgt, sondern auch noch unsere Namen auf die Gästeliste geschmuggelt.«

Julia wirkte plötzlich verschüchtert wie ein junges Mädchen, das sich zum ersten Mal dem Tadsch Mahal nähert. »Ich bin noch nie auf einer großen Washingtoner Party gewesen. Hoffentlich blamiere ich dich nicht.«

»Bestimmt nicht«, versetzte Pitt. »Du mußt dir einfach nur sagen, daß es sich um ein großes gesellschaftliches Tamtam handelt, bei dem sich jeder nach besten Kräften verkaufen will. Denn genau deswegen schmeißen die Reichen und Mächtigen in Washington diese Feten. Letztlich läuft's darauf hinaus, daß alle zusammengluk-ken, sich besaufen, mächtig wichtig tun und sich allerlei Tratsch und Klatsch erzählen, dazwischen auch das eine oder andere Interessante. Meistens sind das ziemlich dröge Veranstaltungen, die von der sogenannten Washingtoner Gesellschaft nur wahrgenommen werden, weil sie eine Abwechslung zum mickrigen politischen Alltagsgeschäft bieten.«

»Du tust ja so, als ob du schon mal bei einer gewesen wärst.«

»Ich habe dir doch in der Grapevine Bay erzählt, daß mein Vater Senator ist. In meiner ungestümen Jugend bin ich da immer hingegangen und habe versucht, die Mätressen der Abgeordneten aufzureißen.«

»Mit Erfolg?«

»So gut wie nie.«

Hinter ihnen hielt eine große Limousine und lud mehrere Gäste ab, die alle bewundernd zu dem Duesenberg schauten. Wie auf Kommando tauchten zwei Parkpagen auf. Schwere Limousinen und teure ausländische Autos nahmen sie normalerweise gar nicht mehr wahr, doch der hier beeindruckte sie. Fast ehrfürchtig öffneten sie die Türen.

Pitt bemerkte einen etwas abseits stehenden Mann, der sich die Neuankömmlinge samt ihrem Fahrzeug genauestens ansah. Dann drehte er sich um und begab sich eilends ins Haus. Ohne Zweifel ein Späher, dachte Pitt, der seinem Boß jetzt petzt, daß Gäste eingetroffen sind, die ein bißchen aus dem Rahmen fallen.

»Hoffentlich verliere ich nicht die Beherrschung, wenn ich Qin Shang gegenüberstehe«, flüsterte Julia, als sie Arm in Arm durch das von Säulen gesäumte Portal schritten. »Ich würde ihm am liebsten ins Gesicht spucken.«

»Sag ihm doch einfach, daß du die Reise auf seinem Schiff genossen hast und dich schon jetzt auf die nächste freust.«

Ihre grauen Augen funkelten wütend. »Den Teufel werde ich tun.«

»Vergiß nicht, daß du dienstlich hier bist«, mahnte Pitt, »als Agentin des INS.«

»Und du?«

Pitt lachte. »Ich habe dich bloß hergefahren.«

»Du tust ja so, als ob dich das alles nichts anginge«, versetzte sie. »Dabei können wir froh sein, wenn wir hier mit heiler Haut davonkommen.«

»Solange wir uns unter die Gäste mischen, kann uns nichts passieren. Problematisch wird's, wenn wir aufbrechen.«

»Keine Angst«, beruhigte sie ihn. »Peter hat dafür gesorgt, daß ein Sicherheitstrupp bereit steht, falls es Ärger geben sollte.«

»Sollen wir etwa Leuchtraketen abschießen, wenn Qin Shang uns ans Leder will?«

»Wir stehen ständig miteinander in Verbindung. Ich habe ein Funkgerät in der Handtasche.«

Skeptisch musterte Pitt die Tasche. »Hast du auch eine Knarre drin?«

Sie schüttelte den Kopf. »Keine Waffe.« Dann lächelte sie verschmitzt. »Denk dran, daß ich dich schon mal in Aktion erlebt habe. Ich verlasse mich darauf, daß du mich beschützt.«

»Mein Schatz, du steckst schwer in der Bredouille.«

Sie traten in eine weitläufige Vorhalle voller chinesischer Kunstschätze. Im Mittelpunkt stand ein gut zwei Meter hohes Räuchergefäß aus Bronze mit Goldintarsien. Um den oberen Rand züngelten kunstvoll geschmiedete Flammen auf, zwischen denen Frauengestalten aufopferungsvoll die Hände gen Himmel reckten. Dicke Weihrauchschwaden waberten um die Bronzeflammen und zogen durch das ganze Haus. Pitt trat näher, betrachtete das Bronzegefäß und musterte die Goldintarsien an seinem Fuß.

»Herrlich, nicht wahr?« sagte Julia.

»Ja«, erwiderte Pitt leise. »Handwerklich wirklich einmalig.«

»Mein Vater hat auch so ein Räuchergefäß, aber ein viel kleineres, das nicht annähernd so alt ist.«

»Der Geruch ist ein bißchen aufdringlich.«

»Nicht für mich. Ich bin in einer chinesischen Familie aufgewachsen.«

Pitt nahm Julia am Arm und führte sie in einen riesigen Raum, in dem sich alles tummelte, was in Washington Rang und Namen hatte. Der Anblick erinnerte ihn an ein römisches Festgelage aus einem alten Stummfilm von Cecil B. DeMille: gertenschlanke Frauen in raffinierten Kleidern, Senatoren, Abgeordnete und die Anwaltsaristokratie der Stadt, dazu diverse Lobbyisten und Makler der Macht, alle in feiner Abendgarderobe, alle darum bemüht, so wichtig und auffällig wie möglich zu wirken. Obwohl alle durcheinanderredeten, war die Geräuschkulisse seltsam gedämpft.

Pitt sah sich um. Die Einrichtung mußte mindestens zwanzig Millionen Dollar gekostet haben, es sei denn, Qin Shang hatte sie irgendwo billig auf einer Auktion ersteigert. Die mit Redwood getäfelten Wände und die Decke waren mit kunstvollen Schnitzereien verziert, desgleichen der Großteil des Mobiliars. Allein an dem herrlichen, blau und golden fließenden Teppich, der aussah wie das Meer bei Sonnenuntergang und so tief war, daß man das Gefühl hatte, man wate hindurch, mußten mindestens zwanzig Mädchen einen Gutteil ihrer Jungfernjahre geknüpft haben. Die Vorhänge waren eine wahre Pracht. Julia hatte noch nie soviel Seide auf einmal gesehen. Die prunkvollen Polstersessel und Sofas sahen aus, als gehörten sie eher ins Museum als in ein Privathaus.

Nicht weniger als zwanzig Kellner standen an einem langen Büfett, auf dem der Fang einer ganzen Fischereiflotte angerichtet war: Berge von Hummern, Krabben und anderen Meeresfrüchten. Nur der beste französische Champagner wurde gereicht, dazu edle Weine, von denen keiner später als 1950 gekeltert war. In einer Ecke des verschwenderisch ausgestatteten Raumes saß ein Streichorchester, das beliebte Filmmelodien spielte. Julia stammte zwar aus einer wohlhabenden Familie aus San Francisco, doch eine derartige Pracht hatte sie noch nie gesehen. Sie stand geradezu ehrfürchtig da und ließ den Blick durch den Raum schweifen. »Jetzt verstehe ich, was Peter gemeint hat, als er sagte, eine Einladung bei Qin Shang sei in Washington fast ebenso begehrt wie ein Empfang im Weißen Haus«, sagte sie schließlich, als sie sich wieder halbwegs gefaßt hatte.

»Ich ziehe, ehrlich gesagt, die Partys in der französischen Botschaft vor. Die sind eleganter, feiner.«

»Ich komme mir so ... so gewöhnlich vor inmitten all dieser wunderbar gekleideten Frauen.«

Pitt warf Julia einen bewundernden Blick zu und legte ihr den Arm um die Taille. »Hör auf, an dir herumzukritisieren. Du siehst klasse aus. Du mußt mit Blindheit geschlagen sein, wenn du nicht merkst, daß dich jeder Mann in diesem Raum mit Blicken verschlingt.«

Julia errötete. Betreten stellte sie fest, daß er recht hatte. Die Männer starrten sie unverhohlen an, viele Frauen ebenfalls. Außerdem bemerkte sie ein rundes Dutzend eleganter Chinesinnen in engen Seidenkleidern, die sich unter die männlichen Gäste mischten. »Anscheinend bin ich hier nicht die einzige Frau chinesischer Abstammung.«

Pitt warf einen kurzen Blick auf die Frauen, die Julia meinte. »Töchter der Lust.«

»Wie bitte?«

»Nutten.«

»Was willst du damit andeuten?«

»Qin Shang engagiert sie eigens für die Männer, die ohne ihre Ehefrauen gekommen sind. Man könnte es auch als eine raffinierte Form politischer Einflußnahme bezeichnen. Was er mit Bestechung nicht schafft, erreicht er mittels sexueller Gunstbezeugungen sozusagen durch die Hintertür.«

Julia blickte ihn verblüfft an. »Über das politische Alltagsgeschäft muß ich offenbar noch viel lernen.«

»Sie sind niedlich, stimmt's? Gut, daß ich jemanden dabeihabe, der sie in den Schatten stellt, sonst könnte ich der Versuchung vielleicht nicht widerstehen.«

»Von dir will Qin Shang aber nichts«, versetzte Julia spitz. »Apropos, vielleicht sollten wir ihn suchen und uns vorstellen.«

Pitt schaute sie erschrocken an. »Was denn, und uns das Essen und die edlen Getränke entgehen lassen? Nie und nimmer. Immer schön der Reihe nach. Erst gehen wir zur Bar und besorgen uns Champagner, dann stürmen wir das Büfett. Und hinterher genehmigen wir uns einen Cognac, bevor wir dem größten Schurken Asiens unsere Aufwartung machen.«

»Ich glaube, du bist der verrückteste, schwierigste und verwegenste Mann, den ich jemals kennengelernt habe.«

»Du hast bezaubernd und knuddlig vergessen.«

»Ich kann mir nicht vorstellen, daß es irgendeine Frau länger als vierundzwanzig Stunden mit dir aushält.«

»Wer mich kennt, kommt nicht mehr von mir los.« Sie sah die Lachfältchen um seine Augen, als er sie angrinste und mit dem Kopf zur Bar deutete. »Genug der langen Reden. Mich dürstet.«

Sie spazierten zwischen den Menschentrauben hindurch zur Bar und tranken den Champagner, den man ihnen reichte. Dann zogen sie zum Büfett und beluden ihre Teller. Pitt staunte nicht schlecht, als er eine große Platte voller gebratener Abalonen sah, einer vom Aussterben bedrohten Muschelart. Dann entdeckte er einen freien Tisch neben dem Kamin und nahm ihn in Beschlag. Julia konnte den Blick nicht von den dicht beisammenstehenden Gästen wenden. »Ich sehe zwar etliche Chinesen, weiß aber nicht, wer Qin Shang ist. Peter hat mir nicht gesagt, wie er aussieht.«

»Für eine Agentin«, sagte Pitt, während er ein Stück Hummerfleisch vertilgte, »hast du eine ziemlich schlechte Beobachtungsgabe.«

»Weißt du, wie er aussieht?«

»Ich habe ihn nie zu Gesicht bekommen. Aber wenn du einen Blick zu der Wand im Westen wirfst, auf die Tür, die von einem riesigen Kerl in einem Kostüm aus der chinesischen Kaiserzeit bewacht wird, entdeckst du Qin Shangs privates Audienzzimmer. Ich nehme an, er sitzt dort und hält hof.«

Julia erhob sich. »Bringen wir's hinter uns.«

Pitt streckte die Hand aus und hielt sie zurück. »Nicht so schnell. Ich hatte meinen Verdauungscognac noch nicht.«

»Du bist unmöglich.«

»Das sagen mir die Frauen ständig.« Ein Kellner trug ihre Teller ab, worauf sich Pitt und Julia kurz zur Bar begaben und anschließend mit zwei Kristallschwenkern, die einen fünfzig Jahre alten Cognac enthielten, zu ihrem Tisch zurückkehrten. Langsam und genüßlich, so als gäbe es nichts Wichtigeres auf der Welt, kostete Pitt die weiche, fruchtige Blume. Als er den Schwenker an den Mund setzen wollte, bemerkte er durch das spiegelnde Kristallglas einen Mann, der sich ihrem Tisch näherte.

»Guten Abend«, sagte er mit ruhiger, angenehmer Stimme. »Ich hoffe, Sie amüsieren sich. Ich bin Ihr Gastgeber.«

Julia erstarrte, als sie aufblickte und in Qin Shangs lächelndes Gesicht sah. Er war ganz anders, als sie ihn sich vorgestellt hatte. Sie hatte nicht gedacht, daß er so groß und kräftig war. Er wirkte nicht wie ein grausamer, kaltblütiger Mörder und rücksichtsloser Machtmensch. Sein Tonfall war eher freundlich und bescheiden, und dennoch spürte sie eine gewisse Kälte. In seinem herrlich geschnittenen und mit goldenen Tigern bestickten Frack war er eine stattliche Erscheinung.

»Ja, besten Dank«, sagte Julia, die nur mühsam die Form wahren konnte. »Es ist wirklich ein großartiger Empfang.«

Pitt stand langsam auf. Er wollte bewußt nicht besitzergreifend wirken. »Darf ich vorstellen: Ms. Julia Lee.«

»Und wer sind Sie, Sir?« fragte Qin Shang.

»Ich bin Dirk Pitt.«

Nichts tat sich. Kein Feuerwerk, kein Trommelwirbel. Der Kerl hatte Klasse, das mußte Pitt ihm lassen. Er lächelte nach wie vor. Bis auf ein kurzes Augenzucken zeigte er keinerlei Reaktion. Wenn er überrascht war, daß Pitt noch lebte, ließ er es sich nicht anmerken. Eine ganze Zeitlang schaute er Pitt mit seinen jadegrünen Augen an, doch der hielt seinem Blick eisern stand. Pitt wußte verdammt genau, daß dieses gegenseitige Anstarren dumm und unsinnig war und allenfalls dem Sieger in seiner Eitelkeit schmeichelte. Langsam hob er den Blick, musterte Qin Shangs Augenbrauen, dann die Stirn und schließlich die Haare. Pitt riß kurz die Augen auf, so als habe er etwas entdeckt, und verzog den Mund zu einem leichten Grinsen.

Der Trick funktionierte. Qin Shang ließ sich aus der Ruhe bringen. Unwillkürlich blickte er nach oben. »Darf ich fragen, was Sie so komisch finden, Mr. Pitt?«

»Ich habe mich bloß gefragt, wer Ihnen wohl die Haare geschnitten hat«, erwiderte Pitt unschuldig.

»Eine Chinesin, die mich einmal am Tag frisiert. Ich nenne Ihnen gern den Namen, aber sie steht nur mir persönlich zur Verfügung.«

»Ich beneide Sie. Mein Friseur ist ein verrückter Ungar, der an einer Lähmung leidet.«

Er handelte sich einen eisigen Blick ein. »Das Foto, das Ihrem Dossier beiliegt, wird Ihnen nicht gerecht.«

»Meinen Glückwunsch. Sie haben Ihre Hausaufgaben gemacht.«

»Könnte ich Sie unter vier Augen sprechen, Mr. Pitt?«

Pitt nickte zu Julia hin. »Nur wenn Ms. Lee dabei ist.«

»Ich fürchte, unser Gespräch wird die bezaubernde junge Dame nicht interessieren.«

Pitt wurde klar, daß Qin Shang nicht wußte, wer Julia war. »Im Gegenteil. Entschuldigen Sie meine Unhöflichkeit. Ich hätte erwähnen sollen, daß Ms. Lee Agentin bei der amerikanischen Einwanderungsbehörde ist. Außerdem ist sie auf einem Ihrer Viehtransporter mitgefahren und hatte das zweifelhafte Vergnügen, Ihre Gastfreundschaft am Orion Lake genießen zu dürfen. Sie kennen doch sicher den Orion Lake? Er liegt im Staate Washington.«

Einen Moment lang funkelten die jadegrünen Augen wütend, dann hatte sich Qin Shang wieder gefaßt. »Wenn Sie mir bitte folgen wollen«, sagte er ruhig und gelassen. Er wandte sich um und entfernte sich gemessenen Schrittes, so als wüßte er genau, daß Pitt und Julia hinterherkamen.

»Ich glaube, der Zeitpunkt ist gekommen«, sagte Pitt, als er Julia aufhalf.

»Du durchtriebener Kerl«, murmelte sie. »Du hast von Anfang an gewußt, daß er nach uns Ausschau hält.«

»Ohne eine gesunde Portion Neugier wäre Shang nicht so weit gekommen.«

Gehorsam folgten sie Shang durch das Gedränge zu dem Durchgang, wo ihm der kostümierte Riese die Tür aufhielt. Der Nebenraum, den sie betraten, war eher schlicht und bescheiden, ganz anders als der überladene Festsaal. Die Wände waren hellblau gestrichen, aber ohne Schmuck und Zierat. Ein Sofa, zwei Sessel und ein Schreibtisch, auf dem lediglich ein Telefon stand, waren das einzige Mobiliar. Shang winkte sie zu dem Sofa und nahm am Schreibtisch Platz. Belustigt stellte Pitt fest, daß der Schreibtisch und der Sessel leicht erhöht standen, damit Qin Shang auf seine Gäste herabblicken konnte.

»Entschuldigen Sie, daß ich es anspreche«, sagte Pitt leichthin.

»Aber es geht um das bronzene Räuchergefäß in Ihrer Vorhalle. Stammt aus der Liao-Dynastie, glaube ich.«

»O ja, ganz recht.«

»Ich nehme an, Sie wissen, daß es eine Fälschung ist.«

»Sie sind sehr aufmerksam, Mr. Pitt«, sagte Qin Shang, der keineswegs gekränkt wirkte. »Aber es handelt sich nicht um eine Fälschung, sondern um eine ausgezeichnete Replik. Das Original ist seit den Kriegswirren des Jahres 1948 verschollen, als Mao Tsetungs Volksbefreiungsarmee Tschiang Kai-scheks Truppen zerschlug.«

»Ist das Gefäß etwa noch in China?«

»Nein, Tschiang hat es meinem Volk geraubt und zusammen mit vielen anderen Kunstschätzen auf ein Schiff verladen lassen, das auf hoher See verschollen ist.«

»Und keiner weiß, wo das Schiff liegen könnte?«

»Ich habe mich viele Jahre lang darum bemüht, dieses Geheimnis zu lüften. Dieses Schiff und seine Fracht zu finden ist der sehnlichste Wunsch meines Lebens.«

»Ich habe die Erfahrung gemacht, daß man ein Schiffswrack nur dann findet, wenn es gefunden werden will.«

»Sehr poetisch«, versetzte Shang und warf einen kurzen Blick auf seine Uhr. »Ich muß zurückkehren und mich um meine Gäste kümmern. Daher werde ich mich kurz fassen, bevor ich Sie von meinem Sicherheitsdienst zur Tür begleiten lasse. Verraten Sie mir bitte den Grund Ihres unerwünschten Besuchs.«

»Ich dachte, das wäre klar«, erwiderte Pitt ungerührt. »Ms. Lee und ich wollten den Mann kennenlernen, dem wir den Garaus machen werden.«

»Sie machen nicht viele Worte, Mr. Pitt. Ich schätze das bei einem Widersacher. Aber in diesem Krieg werden Sie das Opfer sein.«

»Und was für ein Krieg soll das sein?«

»Ein Wirtschaftskrieg zwischen der Volksrepublik China und den Vereinigten Staaten. Ein Krieg, bei dem es für den Sieger um außerordentliche Macht und gewaltigen Reichtum geht.«

»Damit kann man mich nicht reizen.«

»Mich schon. Das ist der Unterschied zwischen uns und zwischen unseren Landsleuten. Wie den meisten Amerikanern mangelt es Ihnen an Ehrgeiz und Entschlossenheit.«

Pitt zuckte die Achseln. »Wenn Habgier Ihr Gott ist, besitzen Sie sehr wenige wahre Werte.«

»Halten Sie mich etwa für einen habgierigen Menschen?« fragte Qin Shang freundlich.

»Was ich bislang von Ihnen mitbekommen habe, hat mich nicht gerade vom Gegenteil überzeugt.«

»Alle großen Männer der Geschichte wurden von Ehrgeiz getrieben. Ohne Ehrgeiz keine Macht. Die Welt läßt sich nicht in Gut und Böse unterteilen, auch wenn das viele glauben, sondern in Menschen, die handeln, und solche, die das nicht tun, Visionäre und Verblendete, Realisten und Romantiker. Nicht Rührseligkeit und gute Taten zählen auf dieser Welt, Mr. Pitt, sondern Leistung.«

»Und was, außer einem bombastischen Mausoleum für Ihren Sarg, versprechen Sie sich letzten Endes?«

»Sie mißverstehen mich. Mein Ziel ist es, aus China die größte Weltmacht aller Zeiten zu machen.«

»Während Sie noch reicher werden, als Sie bereits sind. Wo soll das enden, Mr. Shang?«

»Es wird nicht enden, Mr. Pitt.«

»Wenn Sie glauben, daß China die Vereinigten Staaten überholen kann, haben Sie aber ein hartes Stück Arbeit vor sich.«

»Oh, aber der Anfang ist bereits gemacht«, versetzte Qin Shang nüchtern. »Ihr Land ist bereits im Niedergang begriffen, während meines auf dem Weg zum Aufstieg ist. Wir sind bereits die stärkste Wirtschaftsmacht in der Geschichte der Menschheit und haben die USA längst hinter uns gelassen. Unser Außenhandelsdefizit gegenüber Japan haben wir ebenfalls ausgeglichen. Ihre Regierung ist trotz ihres Kernwaffenarsenals machtlos. Bald wird nicht mehr daran zu denken sein, daß man uns Einhalt gebietet, wenn wir uns Taiwan und andere asiatische Länder einverleiben wollen.«

»Kommt es denn darauf wirklich an?« fragte Pitt. »Was den Lebensstandard angeht, werdet ihr trotzdem noch die nächsten hundert Jahre hinterherhinken.«

»Die Zeit spricht für uns. Wir werden Amerika nicht nur von

außen zersetzen, sondern mit Hilfe Ihrer Landsleute auch dafür sorgen, daß es von innen zerfällt. Innere Unruhen und Rassenkriege werden das Schicksal Ihres Landes besiegeln.«

Allmählich erkannte Pitt, worauf es Qin Shang anlegte. »Begünstigt und beschleunigt durch die von Ihnen organisierte illegale Einwanderung, habe ich recht?«

Qin Shang wandte sich an Julia. »Ihre Einwanderungsbehörde schätzt, daß jedes Jahr knapp eine Million Chinesen legal und illegal in die Vereinigten Staaten und nach Kananda einwandern. Genaugenommen sind es eher zwei Millionen. Während Sie und Ihre Kollegen Ihre Kräfte darauf konzentriert haben, die Grenze zu Ihren südlichen Nachbarn abzuriegeln, haben wir Unmassen meiner Landsleute über See verfrachtet und an Land gebracht. Eines Tages – und viel früher, als Sie denken – werden Ihre Küstenstaaten und die kanadischen Westprovinzen in chinesischer Hand sein.«

Für Pitt war das schlichtweg undenkbar. »Von mir kriegen Sie eine Eins in Wunschdenken, aber eine Sechs in Gesundem Menschenverstand.«

»Das ist nicht so lächerlich, wie Sie meinen«, sagte Qin Shang gleichmütig. »Bedenken Sie doch, wie sehr sich in den letzten hundert Jahren die Grenzen in Europa verändert haben. Durch Völkerwanderungen wurden im Laufe der Jahrhunderte immer wieder alte Großreiche zerstört und neue begründet.«

»Ein interessanter Ansatz«, versetzte Pitt. »Aber trotzdem nur graue Theorie. In die Wirklichkeit läßt sich das nur umsetzen, wenn die Amerikaner stillhalten und toter Mann spielen.«

»Ihre Landsleute haben die ganzen neunziger Jahre über geschlafen«, erwiderte Qin Shang, der einen deutlich schärferen, geradezu bedrohlichen Ton anschlug. »Wenn sie aufgewacht sind, wird es bereits zu spät sein.«

»Das sind ja gräßliche Aussichten«, sagte Julia sichtlich erschüttert.

Pitt schwieg. Er wußte nicht, was er darauf antworten sollte, und ein Prophet war er auch nicht. Sein Verstand sagte ihm, daß es durchaus so kommen könnte, wie Qin Shang vorausgesagt hatte. Aber insgeheim wollte er die Hoffnung nicht aufgeben. Er stand auf und nickte Julia zu. »Ich glaube, wir haben uns Mr. Shangs unsinniges Geschwätz lange genug angehört. Offensichtlich hört er sich gern reden. Los, nichts wie raus aus diesem protzigen Bombast und falschen Prunk. Ich brauche frische Luft.«

Qin Shang sprang auf. »Wagen Sie es nicht, mich zu verspotten«, knurrte er.

Pitt ging zum Schreibtisch und beugte sich darüber, bis er nur mehr wenige Zentimeter von Qin Shangs Gesicht entfernt war. »Sie verspotten, Mr. Shang? Das ist sehr mild ausgedrückt. Ich lass' mir lieber den Weihnachtsstrumpf voller Kuhmist füllen, als daß ich mir noch länger Ihr schwachsinniges Geschwafel über künftige Entwicklungen anhöre.« Dann ergriff er Julias Hand. »Komm, wir hauen ab.«

Julia machte keine Anstalten zu gehen. Sie wirkte wie benommen. Pitt mußte sie förmlich mit sich ziehen. In der Tür hielt er inne und blickte noch einmal zurück.

»Vielen Dank für einen höchst anregenden Abend, Mr. Shang. Ihr Champagner und die Meeresfrüchte waren hervorragend, vor allem die Abalonen.«

Der Chinese blickte ihn mit versteinerter Miene an. »Niemand spricht so mit Qin Shang.«

»Sie tun mir leid, Shang. Nach außen hin sind sie zwar stinkreich und allmächtig, aber im Grunde genommen sind Sie doch nur ein Neureicher, der in seinen Tand vernarrt ist.«

Qin Shang konnte sich nur mühsam beherrschen. »Sie haben einen tödlichen Fehler begangen, Mr. Pitt«, sagte er schließlich mit eisiger Stimme.

Pitt rang sich ein Lächeln ab. »Die beiden Killer, die Sie mir heute abend auf den Hals gehetzt haben, ebenfalls.«

»Beim nächsten Mal werden Sie nicht soviel Glück haben.«

»Lassen Sie sich eins gesagt sein, nur damit hier alles klar ist«, erwiderte Pitt ruhig. »Ich habe ebenfalls einen Killertrupp auf Sie angesetzt, Mr. Shang. Mit etwas Glück werden wir uns nie wiedersehen.«

Ehe Qin Shang noch etwas sagen konnte, gingen Pitt und Julia weg und drängten sich zwischen den Gästen hindurch zur Haustür. Julia öffnete unauffällig ihre Tasche, hielt sie hoch, als suchte sie ihren Lippenstift, und sprach leise in das kleine Funkgerät.

»Hier Drachenlady. Wir kommen raus.«

»Drachenlady«, sagte Pitt. »Ein besserer Codename ist dir wohl nicht eingefallen.«

Sie musterte ihn mit ihren blaugrauen Augen, als wäre er nicht recht bei Trost. »Er paßt«, sagte sie nur.

Falls Qin Shangs gedungene Killer vorgehabt hatten, den Duesenberg zu verfolgen und die Insassen an der ersten Ampel abzuknallen, mußten sie schleunigst davon Abstand nehmen, als sich zwei dunkle Kleinbusse ohne Aufschrift hinter dem großen Wagen einordneten und ihm Geleitschutz gaben.

»Hoffentlich sind die auf unserer Seite«, sagte Pitt.

»Auf Peter Harper ist Verlaß. Wenn der INS seine Leute schützen läßt, engagiert er Spezialisten von außerhalb. Die Leute in den beiden Bussen gehören einem kaum bekannten Sicherheitsdienst an, der bei Bedarf Leibwächter für sämtliche Regierungsstellen besorgen kann.«

»So ein Jammer.«

Sie blickte ihn fragend an. »Was meinst du damit?«

»Wenn uns diese schwerbewaffneten Anstandswauwaus auf Schritt und Tritt bewachen, kann ich dich schlecht auf einen Schlummertrunk zu mir nach Hause mitnehmen.«

»Bist du sicher, daß du nicht noch was anderes im Sinn hattest?« erwiderte Julia mit belegter Stimme.

Pitt nahm eine Hand vom Lenkrad und tätschelte ihr bloßes Knie. »Frauen werden mir immer ein Rätsel bleiben. Ich hatte gehofft, daß du vielleicht jede Vorsicht fahren läßt und einfach mal vergißt, daß du eine Agentin in Diensten der Regierung bist.«

Sie rutschte über die Sitzbank, bis sich dicht neben ihm saß, und ergriff seinen Arm. Sie fand das leise Röhren des Motors und den Ledergeruch sehr erregend. »Seit wir das Haus von diesem Drecksack verlassen haben, bin ich nicht mehr im Dienst«, sagte sie. »Ich kann tun und lassen, was ich will.«

»Wie werden wir deine Freunde los?«

»Gar nicht. Die sind ständig bei uns.«

»Wenn das so ist – meinst du, die stört es, wenn ich einen kleinen Umweg mache?«

»Vermutlich«, sagte sie lächelnd. »Aber ich nehme an, du machst ihn trotzdem.«

Pitt schaltete schweigend hoch, steuerte den Duesenberg lässig durch den Verkehr, schaute gelegentlich in den Rückspiegel und stellte nicht ohne Stolz fest, daß die beiden Busse Mühe hatten mitzukommen. »Hoffentlich zerschießen sie mir nicht die Reifen. Bei so einem Wagen sind die nicht billig.«

»War das ernst gemeint, als du zu Qin Shang gesagt hast, du hättest einen Killertrupp auf ihn angesetzt?«

Pitt grinste bösartig. »Nur ein Bluff, aber das weiß er ja nicht. Nichts macht mir mehr Spaß, als Männer wie Qin Shang, die daran gewöhnt sind, daß alle nach ihrer Pfeife tanzen, ein bißchen zu quälen. Der soll ruhig nachts die Decke anstarren und sich fragen, ob jemand draußen lauert und nur darauf wartet, daß er ihm eine Kugel in den Leib jagen kann.«

»Und was hat es mit diesem Umweg auf sich?«

»Ich glaube, ich habe Qin Shangs wunden Punkt gefunden, seine Achillesferse, wenn du das Klischee verzeihst. So unnahbar er auch wirkt, aber es gibt da eine schwache Stelle. Und genau da muß man ansetzen.«

Julia schlug den Mantel über ihre bloßen Beine. Jetzt, am späten Abend, war es empfindlich kühl. »Offenbar hast du aus seinen Worten irgendwas herausgehört, was mir entgangen ist.«

»Seine Worte lauteten, soweit ich mich entsinne: ›Der sehnlichste Wunsch meines Lebens‹.«

Neugierig schaute sie ihn an, doch er wandte den Blick nicht von der Straße. »Er hat es im Zusammenhang mit einer riesigen Ladung chinesischer Kunstschätze gesagt, die auf einem Schiff verschwunden sind.«

»Genau.«

»Er besitzt mehr chinesische Kunstschätze als jeder andere Mensch auf dieser Welt. Was reizt ihn so an einem Schiff, auf dem sich ein paar weitere Artefakte aus dem alten China befinden?«

»Es reizt ihn nicht nur, du Schönste unter den Weibern. Qin Shang ist besessen, wie alle Männer, die einen verlorenen Schatz suchen. Egal, wieviel Macht und Reichtum er erringen wird, er wird keinen Frieden finden, solange er nicht jede seiner kostbaren Repliken gegen das Original ausgetauscht hat. Etwas zu besitzen, das kein anderer Mensch auf der Welt besitzt, das ist für Qin Shang die höchste Erfüllung seines Lebens. Ich habe Männer wie ihn kennengelernt. Der gibt notfalls dreißig Jahre seines Lebens dran, bis er das Schiff und seinen Schatz gefunden hat.«

»Aber wie geht man die Suche nach einem Schiff an, das vor fünfzig Jahren verschwunden ist?« fragte Julia. »Wo beginnt man?«

»Zuerst«, sagte Pitt lässig, »fährt man sechs Straßen weiter und klopft an eine Tür.«

26

Pitt steuerte den Duesenberg über die schmale Zufahrt zwischen den efeuüberwucherten Ziegelmauern zweier Häuser. Er hielt vor einer großem Remise, an die sich ein weitläufiger, überdachter Innenhof anschloß.

»Wer wohnt hier?« fragte Julia.

»Ein höchst interessanter Typ«, erwiderte Pitt. Er deutete auf einen großen, bronzenen Türklopfer in Form eines Segelschiffs. »Los, klopf mal, wenn du's schaffst.«

»Wenn du's schaffst?« Zögernd streckte sie die Hand nach dem Türklopfer aus. »Ist da ein Trick dabei?«

»Nicht das, was du meinst. Nur zu, versuch ihn hochzuheben.«

Doch bevor Julia den Klopfer berühren konnte, wurde die Tür aufgerissen, und ein mächtiger, kugelrunder Mann in einem burgunderroten Seidenpyjama mit Paisley-Muster und passendem Morgenmantel stand im Eingang. Julia keuchte, trat einen Schritt zurück und stieß gegen Pitt, der hell auflachte.

»Er schafft es immer wieder.«

»Schafft was?« fragte der Fette.

»Die Tür zu öffnen, bevor die Gäste klopfen können.«

»Ach, das meinst du.« Der Schwergewichtige winkte ab. »Sobald jemand über die Auffahrt kommt, schellt eine Glocke.«

»St. Julien«, sagte Pitt. »Entschuldige den Besuch zu so später Stunde.«

»Unsinn!« rief der Mann, der an die vier Zentner wiegen mochte. »Wer ist die bezaubernde Dame?«

»Julia Lee, darf ich vorstellen: St. Julien Perlmutter, Gourmet, Sammler edler Weine und Besitzer der weltweit größten Bibliothek über Schiffswracks.«

Perlmutter verbeugte sich so tief, wie es sein Bauch zuließ, und küßte Julia die Hand. »Ist mir stets ein Vergnügen, wenn ich eine Freundin von Dirk kennenlernen darf.« Er trat zurück und deutete mit schwungvoller Geste hinter sich, so daß der Ärmel seines seidenen Morgenmantels knatterte wie eine Flagge bei steifer Brise. »Steht nicht da draußen in der Kälte herum. Kommt rein, kommt rein. Ich wollte gerade eine Flasche vierzigjährigen Barros-Port aufmachen. Leistet mir bitte Gesellschaft.«

Julia trat aus dem umfriedeten Innenhof, in dem einst die Kutschen angespannt worden waren, in die Remise und betrachtete ungläubig die Tausende von Büchern, die buchstäblich jeden Quadratzentimeter ausfüllten. Viele standen ordentlich auf schier endlosen Regalen. Andere waren entlang der Wände, auf Treppenstufen und Balkonen übereinandergestapelt. Stellenweise lagerten sie so dicht, daß man kaum durchkam.

Im Laufe von fünfzig Jahren hatte St. Julien Perlmutter die beste und umfangreichste Literatursammlung zusammengetragen, die es über alte Schiffe und die Geschichte der Seefahrt gab. Um seine einzigartige Bibliothek beneideten ihn sämtliche Seefahrtsarchive der Welt. Was er nicht in seinen Besitz bringen konnte, seien es Logbücher oder Frachtpapiere, kopierte er peinlich genau. Seine Forscherkollegen hatten auf die Feuergefahr verwiesen und ihn angefleht, er möge sein gewaltiges Archiv per Computer erfassen, doch er legte Wert darauf, daß alles so blieb, wie es war. Er wollte Bücher haben, keine On-Line-Texte.

Großzügig stellte er sie jedem kostenlos zur Verfügung, der bei ihm vorsprach und Auskunft über ein bestimmtes Schiffswrack haben wollte. In all den Jahren, die er ihn nun schon kannte, hatte Pitt nie erlebt, daß Perlmutter jemanden abwies, der sich sein umfassendes Wissen zunutze machen wollte.

Aber nicht nur die krumm und schief stehenden Bücherstapel waren ein denkwürdiger Anblick, sondern auch ihr Besitzer. Julia starrte ihn unverhohlen an. Sein Gesicht, gerötet vom übermäßigen Genuß edler Speisen und Getränke, dem er ein Leben lang gefrönt hatte, war unter den wild wuchernden, lockigen grauen Haaren und dem dichten, mächtigen Bart kaum zu sehen. Er hatte himmelblaue Augen und eine kleine rote Stupsnase. Der Mund war unter dem dicken Schnurrbart mit den hochgezwirbelten Spitzen versteckt. Er war zwar dick, aber nicht wabbelig. Eher massig gebaut. Die meisten Menschen, die ihn kennenlernten, hielten ihn für jünger, als er aussah. Aber St. Julien Perlmutter war einundsiebzig Jahre alt und kerngesund.

Perlmutter war ein guter Freund von Senator George Pitt und kannte Pitt quasi von Geburt an. Im Lauf der Jahre hatten sich daraus fast familiäre Bande entwickelt, so daß Perlmutter für Pitt eine Art Lieblingsonkel war. Er bat Pitt und Julia zu einer großen, vergitterten Lukenabdeckung, die restauriert, lackiert und auf Hochglanz poliert war und ihm als Eßtisch diente. Dann trug er drei Kristallgläser auf, die einst auf dem italienischen Luxusliner *Andrea Doria* den Speisesaal Erster Klasse geziert hatten.

Julia musterte das auf dem Glas eingravierte Schiff, als Perlmutter den alten Portwein einschenkte. »Ich dachte, die *Andrea Doria* liegt am Meeresgrund.«

»So ist es«, sagte Perlmutter und zwirbelte die eine Schnurrbartspitze hoch. »Dirk ist vor fünf Jahren zum Wrack getaucht und hat eine Kiste Weingläser mitgebracht, die er mir großzügigerweise überließ. Sagen Sie mir bitte, was Sie von dem Port halten.«

Julia, die sich geschmeichelt fühlte, weil ein Kenner seines Schlages ihre Meinung hören wollte, trank einen Schluck von dem rubinroten Naß. Entzückt verzog sie den Mund. »Er schmeckt wunderbar.«

»Gut, gut.« Perlmutter schaute Pitt an, als habe er einen Penner vor sich. »Dich frage ich gar nicht erst, da du ja eher eine Vorliebe fürs Profane hast.«

Pitt tat beleidigt. »Du würdest doch einen guten Port nicht mal erkennen, wenn du darin ersäufst. Ich hingegen habe ihn schon im Babyfläschchen bekommen.«

»Wieso habe ich dich überhaupt reingelassen?« ächzte Perlmutter.

Julia grinste über das Getue. »Geht ihr zwei immer so miteinander um?«

»Nur, wenn wir uns begegnen«, sagte Pitt lachend.

»Was führt dich mitten in der Nacht hierher?« fragte Perlmutter, während er Julia zuzwinkerte. »Vermutlich bist du nicht meiner klugen Witze wegen gekommen.«

»Nein«, erwiderte Pitt. »Ich möchte wissen, ob du schon jemals von einem Schiff gehört hast, das um das Jahr 1948 mit einer Ladung Kunstschätze von China aus in See gestochen und seither verschollen ist.«

Perlmutter hielt das Weinglas vor seine Augen und drehte es leicht im Licht. Er saß eine Zeitlang versonnen da und durchforstete sein Gedächtnis. »Ich meine mich zu entsinnen, daß es sich bei dem Schiff um die *Princess Dou Wan* handelte. Sie ging irgendwo vor der südamerikanischen Küste mit Mann und Maus unter. Weder vom Schiff noch von der Besatzung wurde jemals eine Spur gefunden.«

»Gab es Unterlagen über die Fracht?«

Perlmutter schüttelte den Kopf. »Es hieß, daß sie wertvolle Antiquitäten befördert haben soll, doch die Auskunft stammte leider aus unzuverlässiger Quelle. Kaum mehr als ein Gerücht. Und es gab auch keinerlei weitere Hinweise, die das hätten bestätigen können.«

»Wie nennst du so was?« fragte Pitt.

»Ein weiteres Geheimnis der See. Es gibt herzlich wenig, was ich dir über die *Princess Dou Wan* erzählen kann, abgesehen davon, daß sie ein Passagierschiff war, das seine beste Zeit hinter sich hatte und abgewrackt werden sollte. Aber einstmals galt sie als Königin des Südchinesischen Meeres.«

»Und wie kommt es dann, daß sie vor der südamerikanischen Küste verschollen ist?«

Perlmutter zuckte die Achseln. »Wie gesagt, ein weiteres Geheimnis der See.«

Pitt schüttelte heftig den Kopf. »Einspruch. Wenn hier etwas rätselhaft ist, dann steckt jemand dahinter. Ein Schiff verschwindet nicht einfach fünftausend Meilen fernab von seiner Route.«

»Moment, ich suche den Bericht über die *Princess* heraus. Ich glaube, er ist in einem der Bücherstapel unter dem Flügel.« Er stemmte sich aus seinem Stuhl und trottete aus dem Eßzimmer. Keine zwei Minuten später hörten Pitt und Julia seine dröhnende Stimme aus einem anderen Zimmer schallen. »Ah, hier ist es!«

»Wie weiß er bei den Unmassen von Büchern, die hier herumliegen, wo er etwas Bestimmtes suchen muß?« fragte sie verwundert.

»Er kann dir jeden einzelnen Titel aufzählen, den er im Haus hat«, sagte Pit. »Er weiß genau, wo sie liegen und in welcher Reihenfolge er sie im Regal eingeordnet oder am Boden gestapelt hat.«

Pitt hatte kaum ausgesprochen, als sich Perlmutter durch die Tür zwängte. Er hielt ein dickes, in Leder gebundenes Buch hoch, auf dem in goldenen Lettern *History of the Orient Shipping Lines* stand. »Hier steht der einzige offizielle Bericht drin, auf den ich in Zusammenhang mit der *Princess Dou Wan* gestoßen bin.« Perlmutter setzte sich an den Tisch, schlug das Buch auf und las laut vor.

»Sie wurde im Jahr 1913 im Auftrag der Singapore Pacific Steamship Lines bei Harland & Wolff in Belfast auf Kiel gelegt und lief noch im gleichen Jahr vom Stapel. Ursprünglich war sie auf den Namen *Lanei* getauft. Mit knapp unter elftausend Bruttoregistertonnen, einer Gesamtlänge von 151 Metern bei einer höchsten Breite von achtzehn Metern war sie für ihre Zeit ein ziemlich schmuckes Schiff.« Er hielt das Buch hoch und zeigte ihnen ein Foto von einem Dampfschiff, das bei ruhiger See dahinfuhr und eine Rauchfahne aus dem Schornstein hinter sich herzog. »Sie konnte fünfhundertundzehn Passagiere befördern, davon fünfundfünfzig in der Ersten Klasse«, fuhr Perlmutter fort. »Sie wurde ursprünglich mit Kohle befeuert, aber im Jahr 1920 wurde sie auf Öl umgestellt. Höchstgeschwindigkeit siebzehn Knoten. Ihre Jungfernfahrt fand im Dezember 1913 statt, als sie von Southampton aus in Richtung Singapur in See stach. Bis 1931 ist sie hauptsächlich zwischen Singapur und Honolulu verkehrt.«

»Es muß ein herrliches Gefühl gewesen sein, damals mit dem Schiff durch die Südsee zu fahren«, sagte Julie.

»Vor achtzig Jahren wurden die Passagiere bei weitem nicht so herumgescheucht und mit allerlei Unterhaltungsangeboten bedrängt«, pflichtete Pitt bei. Er wandte sich an Perlmutter. »Wann ist aus der *Lanei* die *Princess Dou Wan* geworden?«

»Sie wurde 1931 an die in Schanghai ansässige Canton Lines verkauft«, antwortete Perlmutter. »Danach beförderte sie bis Kriegsausbruch Passagiere und Frachtgut zu den diversen Häfen am Südchinesischen Meer. Im Krieg diente sie den Australiern als Truppentransporter. 1942 wurde sie von japanischen Flugzeugen angegriffen und schwer beschädigt, als sie vor Neuguinea Truppen und schweres Gerät löschte, konnte sich aber aus eigener Kraft nach Sidney zurückschleppen, wo sie wieder instand gesetzt wurde. Hat sich im Krieg wacker gehalten. Zwischen 1941 und 1945 beförderte sie über achtzigtausend Männer zur Front und in die Etappe, schüttelte feindliche Flugzeuge, U-Boote und Kriegsschiffe ab und wurde bei mehreren schweren Angriffen erheblich beschädigt.«

»Vier Jahre lang in Gewässern im Einsatz, in denen es von Japanern nur so wimmelte«, sagte Pitt. »Ein Wunder, daß sie nicht versenkt wurde.«

»Als der Krieg zu Ende war, wurde die *Princess Dou Wan* an die Canton Lines zurückgegeben und wieder zum Passagierdampfer umgebaut. Danach verkehrte sie zwischen Hongkong und Schanghai. Im Spätherbst 1948 wurde sie schließlich außer Dienst gestellt und sollte zum Abwracken nach Singapur auslaufen.«

»Nach Singapur?« rief Pitt. »Du hast doch gesagt, daß sie vor der südamerikanischen Küste gesunken ist.«

»Ihr weiteres Schicksal ist ungewiß«, sagte Perlmutter, während er etliche lose Blätter aus dem Buch zog. »Ich habe alle Auskünfte, die ich finden konnte, zusammengetragen und ein kurzes Resümee verfaßt. Als gesichert gilt lediglich, daß sie niemals zum Abwracken in Singapur eintraf. Die letzte Meldung über sie stammt vom Funker eines Marinestützpunktes in Valparaiso in Chile. In dem Bericht des Funkers heißt es, daß ein Schiff, das sich als *Princess Dou Wan* zu erkennen gab, mehrere Notrufe abgesetzt habe, denen zufolge es zweihundert Meilen weiter westlich in einen heftigen Sturm geraten war, Wasser machte und immer mehr Schlagseite bekam. Dann brach die Verbindung ab, und man hat nie wieder etwas von ihr gehört. Sie reagierte auf keinen Funkspruch, und auch bei der anschließenden Suche fand man keine Spur von ihr.«

»Könnte es noch eine andere *Princess Dou Wan* gegeben haben?« fragte Julie.

Perlmutter schüttelte den Kopf. »Im *Internationalen Schifffahrtsregister* von 1850 bis heute ist nur eine *Princess Dou Wan* aufgeführt. Möglicherweise wurde der Funkspruch von einem anderen chinesischen Schiff abgesetzt, das eine falsche Fährte legen wollte.«

»Woher stammt das Gerücht, daß Antiquitäten an Bord gewesen sein sollen?« fragte Pitt.

Perlmutter breitete die Arme aus, die Handteller nach oben gewandt. »Ein Mythos, eine Legende, wie es sie rund um die See zuhauf gibt. Meines Wissens stammt diese Aussage lediglich von Hafenarbeitern und nationalchinesischen Soldaten, die mit dem Beladen des Schiffes betraut waren. Sie wurden später von den Kommunisten aufgegriffen und verhört. Einer behauptete, eine Kiste sei aufgebrochen, als man sie an Bord gehievt habe, und darin habe sich ein lebensgroßes Bronzepferd befunden.«

»Wie, um alles auf der Welt, sind Sie an dieses Material gekommen?« sagte Julia, die geradezu überwältigt war von Perlmutters marinehistorischem Wissen.

Er lächelte. »Über Forscherkollegen aus China. Ich habe überall auf der Welt meine Informanten, die mir sämtliche Bücher und Auskünfte über Schiffsunglücke schicken, die sie finden. Sie wissen, daß ich sie fürstlich entlohne, wenn sie mir Berichte zukommen lassen, die Neues oder bislang Unbekanntes enthalten. Die Geschichte der *Princess Dou Wan* stammt von einem alten Freund namens Zhu Kwan, dem führenden Historiker Chinas. Wir schreiben uns seit vielen Jahren und tauschen unsere Erkenntnisse aus. Er war es, der mich auf ein geheimnisvolles, angeblich mit sagenhaften Schätzen beladenes Schiff aufmerksam machte.«

»Hat er dir mitgeteilt, um was für Schätze es sich handelt?«

»Nein, er meinte nur, er sei aufgrund seiner Forschungen zu der Überzeugung gelangt, daß Tschiang Kai-schek vor dem Einmarsch von Maos Truppen in Schanghai sämtliche alten chinesischen Kunstschätze aus Museen, Palästen und Villen rauben ließ. Die Auflistungen chinesischer Kunstschätze sind, bis zum Zweiten Weltkrieg jedenfalls, eher lückenhaft. Aber man weiß, daß nach der Machtübernahme durch die Kommunisten nur wenige alte Kulturgüter gefunden wurden. Alles, was man heutzutage in China besichtigen kann, wurde erst nach 1948 entdeckt und ausgegraben.«

»Und kein einziges Stück ist je wiederaufgetaucht?«

»Meines Wissens nach nicht«, erwiderte Perlmutter. »Und auch Zhu Kwan hat mir bisher nichts Gegenteiliges berichtet.«

Pitt genoß den letzten Schluck von dem vierzig Jahre alten Portwein in seinem Glas. »Womöglich liegt also das ganze gewaltige Erbe der chinesischen Kultur am Meeresgrund.«

Julia blickte ihn verwundert an. »Das ist ja alles ganz faszinierend, aber ich verstehe nicht recht, was es mit Qin Shang und seinen Schleusergeschäften zu tun hat.«

Pitt nahm ihre Hand und hielt sie fest. »Die Einwanderungsbehörde, von mir aus auch die CIA und das FBI können Qin Shang und seine verfluchte Firma frontal und von der Flanke angehen. Aber was seine Gier auf die veschollenen Kunstschätze Chinas angeht – dafür ist die NUMA zuständig, und wir können ihn damit von hinten packen, dort, wo er am wenigsten damit rechnet. St. Julien und ich müssen uns mächtig ranhalten. Aber wir verstehen unser Handwerk recht gut. Wir zwei sind besser als alle Forscher, die Qin Shang aufbieten kann.« Pitt schwieg einen Moment, dann grinste er. »Jetzt müssen wir nur noch zusehen, daß wir die *Princess Dou Wan* vor Qin Shang finden.«

27

Die Nacht war noch jung, als Pitt und Julia St. Julien Perlmutters Haus verließen. Pitt wendete und steuerte den Duesenberg über die Einfahrt zur Straße zurück. Er hielt an, bevor er sich in den Verkehr einfädelte. Die beiden Ford-Busse mit den von Peter Harper engagierten Leibwächtern standen nicht am Straßenrand und warteten auf sie. Sie waren nirgendwo zu sehen.

»Anscheinend hat man uns allein gelassen«, sagte Pitt, ohne den Fuß von der Bremse des Duesenberg zu nehmen.

Julia blickte sich verdutzt um. »Ich verstehe das nicht. Weshalb sollten sie uns denn im Stich lassen?«

»Vielleicht waren wir ihnen zu langweilig, und sie sind zu einer Sportkneipe gefahren und ziehen sich ein Basketballspiel rein.«

»Kein guter Witz«, versetzte Julia grimmig.

»Dann fängt also alles wieder von vorne an«, stellte Pitt mit trügerischer Ruhe fest. Er beugte sich über Julia hinweg, griff in die Seitentasche der Tür, holte den alten .45er Colt heraus, den er mittlerweile wieder geladen hatte, und reichte ihn ihr. »Ich hoffe, du hast seit unserer Bootsfahrt auf dem Orion River nichts verlernt.«

Sie schüttelte energisch den Kopf. »Du siehst zu schwarz.«

»Nein, auf keinen Fall«, entgegnete er. »Irgendwas ist mächtig faul. Nimm die Knarre, und wenn's sein muß, benutzt du sie auch.«

»Es gibt bestimmt eine ganz einfache Erklärung für das Verschwinden der Busse.«

»Eine weitere Prophezeiung des weisen Pitt. Das Säckel der Einwanderungsbehörde ist bei weitem nicht so gut gefüllt wie die Kriegskasse der Qin Shang Maritime. Ich vermute mal, daß man Harpers privaten Sicherheitsleuten einfach doppelt soviel dafür bezahlt hat, daß sie ihre Sachen packen und nach Hause fahren.«

Julia holte das Funkgerät aus ihrer Handtasche. »Hier spricht Drachenlady. Kommen, Schatten, und nennen Sie Ihren Standort.« Geduldig wartete sie auf eine Antwort, aber sie empfing nur statisches Rauschen. Sie wiederholte die Durchsage noch viermal, ohne daß sich jemand meldete. »Dafür gibt es keine Entschuldigung!« stieß sie aus.

»Kannst du mit dem Quasselkasten auch noch jemand anders erreichen?« fragte Pitt spöttisch.

»Nein, das Gerät hat nur eine Reichweite von rund drei Kilometern.«

»Dann wird's Zeit, daß –« Pitt brach mitten im Satz ab, als die beiden Busse unverhofft aus der nächsten Querstraße bogen und links und rechts der Zufahrt am Straßenrand hielten, so daß der Duesenberg mit seinen breiten, geschwungenen Kotflügeln kaum zwischen ihnen hindurchpaßte. Sie hatten keine Scheinwerfer an, nur das Standlicht. Die Gestalten hinter den dunkel getönten Fenstern waren nur undeutlich zu erkennen.

»Ich hab' doch gewußt, daß alles in Ordnung ist«, sagte Julia und zwinkerte Pitt verschmitzt zu. Sie griff wieder zum Funkgerät. »Schatten, hier spricht Drachenlady. Wieso habt ihr euren Standort vor dem Haus verlassen?«

Diesmal kam die Rückmeldung fast unverzüglich. »Sorry, Drachenlady. Wir waren der Meinung, daß es sinnvoller ist, wenn wir um den Block fahren und Ausschau nach verdächtigen Fahrzeugen halten. Nennen Sie uns bitte Ihr Ziel, wenn Sie bereit zum Aufbruch sind.«

»Das kauf' ich denen nicht ab«, sagte Pitt, während er den Abstand zwischen den beiden Bussen abschätzte und zugleich auf eine Lücke im vorüberfließenden Verkehr wartete. »Ein Wagen hätte am Standort bleiben müssen, während der andere um den Block fährt. Du bist Agentin. Das muß ich dir doch nicht erzählen.«

»Peter hätte keine unzuverlässigen Leute engagiert«, sagte Julia entschieden. »Das ist nicht seine Art.«

»Gib ihnen bloß keine Antwort!« versetzte Pitt barsch. Ihm war mit einemmal klargeworden, daß sie in höchster Gefahr schwebten. »Wir sind ausgetrickst worden. Jede Wette, daß das nicht die Männer sind, die Harper engagiert hat.«

Allmählich verstand Julia, und zum erstenmal warf sie ihm einen bangen Blick zu. »Falls du recht hast – was soll ich ihnen sagen?«

Pitt ließ sich keinerlei Besorgnis anmerken. Er wirkte ruhig, gefaßt und konzentriert. »Sag, daß wir zu mir nach Hause fahren, zum Washington National Airport.«

»Du wohnst im Flughafen?« fragte Julia verdutzt.

»Seit fast zwanzig Jahren. Genaugenommen wohne ich am Rand.«

Julia zuckte verwundert die Achseln und erklärte den Männern den Weg, während Pitt unter den Sitz griff und ein Mobiltelefon hervorholte. »Sieh zu, daß du Harper erreichst. Erklär ihm die Lage und sag, daß wir in Richtung Lincoln Memorial unterwegs sind. Sag ihm, daß ich unsere Verfolger hinzuhalten versuche, bis er einen Abfangtrupp beisammen hat.«

Julia wählte und wartete, bis sich am anderen Ende jemand meldete. Nachdem sie Namen und Dienstnummer genannt hatte, wurde sie mit Peter Harper verbunden, der zu Hause bei seiner Familie weilte. Sie gab ihm einen Lagebericht, saß dann eine Weile da und hörte schweigend zu, ehe sie den Apparat abschaltete. Mit ausdrucksloser Miene blickte sie Pitt an. »Für Hilfe ist gesorgt. Peter läßt dir bestellen, daß er es bedauert, nicht wachsamer gewesen zu sein. Vor allem nach dem Vorfall in deinem Hangar.«

»Schickt er Einsatzkräfte zum Lincoln Memorial?«

»Er trommelt sie gerade zusammen. Du hast mir immer noch nicht erzählt, was in deinem Hangar vorgefallen ist.«

»Jetzt nicht.«

Julia wollte etwas sagen, überlegte es sich aber anders. »Sollten wir nicht warten, bis Hilfe kommt?« sagte sie schließlich.

Pitt musterte die am Straßenrand stehenden dunklen Kleinbusse. »Ich kann hier nicht mehr länger rumstehen und so tun, als ob ich auf eine Lücke im Verkehr warte, sonst meinen unsere Freunde noch, wir hätten sie durchschaut. Sobald wir auf die Massachusetts Avenue kommen und uns unter den Verkehr mischen können, sind wir einigermaßen sicher. Vor hundert Augenzeugen trauen die sich bestimmt nicht loszuschlagen.«

»Du könntest doch mit deinem Handy den Notruf anwählen und darum bitten, daß sie einen Streifenwagen in die Gegend schicken.«

»Angenommen, du sitzt in der Notrufzentrale und jemand erzählt dir eine wilde Geschichte von wegen, daß ein orange-brauner 1929er Duesenberg von einer Horde Killer verfolgt wird, würdest du da auch nur einen Streifenwagen losschicken?«

»Vermutlich nicht«, sagte Julia.

»Wir sollten das Aufstellen der Hilfstruppen lieber Harper überlassen.«

Er ergriff den langen Schaltknüppel, legte den ersten Gang ein, stieß auf die Straße und bog nach links ab, so daß die beiden Busse erst wenden mußten, bevor sie die Verfolgung aufnehmen konnten. Er gewann dadurch fast hundert Meter Vorsprung, ehe er die Scheinwerfer des ersten Busses von hinten nahen sah. Zwei Querstraßen weiter steuerte er den schweren Duesenberg auf die Massachusetts Avenue und schlängelte sich durch den nächtlichen Verkehrsstrom.

Julia verkrampfte sich innerlich, als sie einen Blick durch die Speichen des Lenkrads warf und sah, daß sich die Tachonadel bei siebzig Meilen oder rund einhundertzehn Kilometern pro Stunde einpendelte. »In diesem Auto gibt's keine Sicherheitsgurte.«

»1929 hat man noch nichts davon gehalten.«

»Du fährst viel zu schnell.«

»Nichts erregt mehr Aufmerksamkeit als ein siebzig Jahre alter und fast vier Tonnen schwerer Wagen, der sich um keine Geschwindigkeitsbeschränkung schert.«

»Hoffentlich sind die Bremsen gut.« Julia ergab sich in ihr Schicksal, aber ihr war alles andere als wohl zumute.

»Sie sprechen nicht so leicht an wie die modernen mit ihren Bremskraftverstärkern, aber wenn ich tüchtig drauflatsche, funktionieren sie bestens.«

Julia ergriff den Colt, machte aber keine Anstalten, ihn zu entsichern oder anzulegen. Sie mochte noch immer nicht glauben, daß ihr Leben in Gefahr war. Ihrer Meinung nach war es undenkbar, daß sich ihre Leibwächter gegen sie gewendet hatten.

»Warum immer ich?« ächzte Pitt, als er den wuchtigen Wagen mit quietschenden Reifen um den Mount Vernon Square herumzog, so daß sich die Passanten umdrehten und ihm ungläubig hinterherglotzten. »Du wirst es nicht glauben, aber das ist schon das zweite Mal in einem Jahr, daß ich an der Seite einer hübschen jungen Frau den Haien zu entrinnen versuche, die mich durch die Straßen von Washington hetzen.«

»Das ist dir schon mal passiert?«

»Seinerzeit habe ich einen Sportwagen gefahren, was die Sache sehr erleichtert hat.«

Pitt bog über die New Jersey Avenue rechts in die First Street ab und raste in Richtung Kapitol und Mall. Wenn ihm ein anderes Auto in die Quere kam, verscheuchte er es mit einem kurzen Warnton aus den beiden Hörnern, die zwischen den wuchtigen Scheinwerfern am Kühlergrill prangten. Trotzdem mußte er wie wild am Lenkrad kurbeln, als sie durch die belebte Straße bretterten.

Die Busse hingen immer noch hinter ihnen. Und aufgrund ihrer besseren Beschleunigung hatten sie sogar aufgeholt, wie Pitt mit einem Blick in den oben an der Windschutzscheibe montierten Rückspiegel feststellte. Auf einer langen Geraden mochte sie der Duesenberg zwar abhängen können, aber sein Drehmoment war eher träge. Das Getriebe jaulte auf, wie von tausend Scheitanen der Hölle gequält, als Pitt in den dritten Gang schaltete.

Nahezu mühelos kam der schwere Motor mit den beiden obenliegenden Nockenwellen auf Touren. Der Verkehr wurde allmählich schwächer, so daß Pitt den Duesenberg hochjagen konnte. Er zog ihn durch den Kreisverkehr um das hinter dem Kapitol gelegene Peace Monument, riß das Lenkrad ein weiteres Mal herum und driftete auf allen vier Rädern um das Garfield Monument, schoß am Reflecting Pool vorbei und heizte die Maryland Avenue hinab, auf das Air & Space Museum zu.

Hinter sich hörten sie einen kurzen Feuerstoß, der das Röhren des Duesenberg übertönte. Der Spiegel, der auf dem am linken Kotflügel montierten Ersatzreifen angebracht war, war plötzlich verschwunden. Beim nächsten Mal zielte der Schütze besser. Ein Kugelhagel schlug durch den oberen Teil der Windschutzscheibe und zertrümmerte das Glas. Pitt duckte sich dicht über das Lenkrad, packte mit der rechten Hand Julias Haare und zog sie flach auf den Sitz herab.

»Damit ist der unterhaltsame Teil des Abends vorbei«, murmelte er. »Jetzt legen sie richtig los.«

»O Gott, du hast recht gehabt!« schrie Julia ihm zu. »Die wollen uns wirklich umbringen.«

»Ich fahr' jetzt ein Stück geradeaus, damit du das Feuer erwidern kannst.«

»Nicht bei dem Verkehr, nicht mitten auf der Straße«, versetzte sie. »Ich würde es mir nie verzeihen, wenn ich einen Unbeteiligten treffe.«

Im nächsten Moment wurde sie zur Seite geschleudert, als der Wagen quer über die Third Street schoß. Statt sich in den Verkehr einzufädeln, zog Pitt den Wagen über den Gehsteig und die Betonumgrenzung auf den Rasen der Capitol Mall. Die großen Speichenräder nahmen die Hürde so mühelos, als handelte es sich um ein kleines Schlagloch. Dann griffen die Hinterreifen und rissen die Grasnarbe auf, daß die Erde prasselnd an die Kotflügel geschleudert wurde.

Julia schrie auf. »Du kannst doch nicht mitten über die Mall fahren«, rief sie.

»Ich kann und ich werde es tun«, schrie Pitt zurück. »Hauptsache, wir können es hinterher noch jemandem erzählen.«

Das Manöver zeigte offenbar den gewünschten Erfolg. Der vordere Bus raste über den Bürgersteig, prallte auf die Betonschwellen und blieb mit vier geplatzten Reifen liegen.

Der zweite war vorgewarnt und machte es besser. Der Fahrer bremste gleichzeitig ab und fuhr vorsichtig über die Bordsteinkante. Unterdessen sprangen die beiden Insassen des ersten Busses heraus und hängten sich an die offene Schiebetür des zweiten. Dann nahmen sie wieder die Verfolgung auf und rasten mitten auf der Mall hinter dem Duesenberg her. Erschrocken blickten die Passanten auf, die gerade von einem Freiluftkonzert der Kapelle des Marineinfanteriekorps am Navy Memorial kamen, und blickten hinter dem schweren Wagen her, der mitten auf der Mall zwischen dem National Air & Space Museum und der National Gallery of Art hindurchbretterte.

Pitt trat das Gaspedal bis zum Anschlag durch. Der ellenlange Wagen schlitterte quer über die Seventh Street und schrammte haarscharf an vorbeifahrenden Autos vorbei, aber dann fing er sich wieder. Je schneller Pitt fuhr, desto besser lag der Wagen. Und er reagierte auf jede Lenkradbewegung. Erleichtert seufzte Pitt auf, als er sah, daß die Fourteenth Street, die nächste Querstraße der Mall, frei war. Sowohl der Außen- als auch der Rückspiegel waren von den Kugeln weggerissen worden, so daß er hinten nichts mehr sah, und umdrehen konnte er sich jetzt nicht.

»Wirf mal einen Blick nach hinten und sag mir, ob sie schon in Schußweite sind«, brüllte er Julia zu.

Sie hatte gerade den Colt entsichert, stützte ihn auf die Rückenlehne und legte an. »Sie sind langsamer geworden, als sie über die Bordsteinkanten der beiden Querstraßen fahren mußten«, antwortete sie. »Aber jetzt holen sie wieder auf. Ich kann schon fast die Augen des Fahrers erkennen.«

»Dann solltest du allmählich zurückschießen.«

»Wir sind hier nicht am Orion River. Rundum sind überall Passanten. Ich möchte nicht, daß jemand aus Versehen getroffen wird.«

»Dann mußt du warten, bis du freies Schußfeld hast.«

Die beiden Männer, die sich seitlich an den Bus gehängt hatten, hatten weniger Skrupel. Sie eröffneten erneut das Feuer auf den Duesenberg. Diesmal schlugen die Kugeln in den schweren Koffer am Heck des Wagens. Pitt riß das Lenkrad herum, so daß der nächste Feuerstoß rechts vorbeiging.

»Die sind nicht so rücksichtsvoll wie du«, sagte er, während er im letzten Moment einem Auto auswich, das ihm plötzlich in die Quere kam.

Pitt überquerte die Fifteenth Street, wich im letzten Moment einem Zeitungsauslieferungswagen aus und mußte den Duesenberg quer stellen, als ein schwarzer Ford Crown Victory, eine vorzugsweise von Politikern und Ministeriellen als Dienstwagen benutzte Limousine, vor ihm auftauchte. Einen Moment lang überlegte er, welcher hohe Regierungsvertreter wohl darin sitzen mochte, dann dachte er wieder an die Verfolger. Durch die Bordsteinkanten hatten sie glücklicherweise viel Zeit verloren.

Vor ihnen ragte das Washington Memorial auf. Pitt steuerte den Wagen um den hell angestrahlten Obelisken und raste das leicht abschüssige Straßenstück auf der anderen Seite hinunter. Julia wartete nach wie vor auf freies Schußfeld, während Pitt sich darum bemühte, den Duesenberg um das Denkmal herumzuziehen, ohne daß der Wagen auf dem glitschigen Rasen ins Schleudern geriet. Und dann kam am anderen Ende der Mall das Lincoln Memorial in Sicht.

Im nächsten Moment geriet Pitt auf die Seventeenth Street, wo er wie durch ein Wunder eine Lücke im vorbeiströmenden Verkehr fand, durch die er schräg zur anderen Seite stoßen konnte. Pitt wunderte sich ein wenig. Obwohl sie mit einem Affenzahn durch die Stadt gedonnert und quer über die Mall hinweggerast waren, hörte er nirgendwo Polizeisirenen. Normalerweise, dachte er, wird man wegen so was nach spätestens hundert Metern angehalten und festgenommen.

Er fluchte kurz, als sie zwischen dem Reflecting Pool und den Constitution Gardens dahinrasten. Unmittelbar vor ihnen war das hell angestrahlte Lincoln Memorial, dahinter der Potomac. Er drehte sich um und warf einen kurzen Blick auf den Kleinbus, der wieder rasch an Boden gewann. Sie hatten keine Chance. Der Duesenberg war zwar ein wunderbarer Wagen, aber im Augenblick ging es ihm wie einem Elefanten, der von Großwildjägern zu Tode gehetzt wird. Und der Vorsprung schmolz zusehends zusammen. Wenn er nach rechts, zur Constitution Avenue steuerte, konnten sie ihm jederzeit den Weg abschneiden. Zu seiner Linken aber lag der Reflecting Pool, hinter dem das großartige, aus weißem Marmor gehauene Denkmal aufragte.

Er packte Julia an der Schulter und zerrte sie kurzerhand auf den Wagenboden. »Zieh den Kopf ein und halt dich fest!«

»Was hast du vor?«

»Wir machen eine Bootsfahrt.«

»Du bist nicht nur verrückt, du bist völlig übergeschnappt.«

»Eine seltene Mischung«, erwiderte Pitt seelenruhig. Julia, die von unten zu ihm aufblickte, sah, wie entschlossen er wirkte, wie konzentriert, als könne ihn nichts von seinem Ziel abbringen. Dann riß er das Lenkrad nach links, so daß der Duesenberg mit fast hundertvierzig Sachen quer über den Rasen schlitterte, rundum die

Erde aufschleuderte und um Haaresbreite an den hohen Bäumen rund um das Wasserbecken vorbeischrammte.

Dann endlich griffen die Reifen wieder, und der Wagen schoß nach vorn, direkt auf den Reflecting Pool zu.

Eine mächtige weiße Wasserfontäne stieg auf, als der schwere Wagen in voller Fahrt im Becken landete. Der Duesenberg wurde tüchtig durchgestaucht und sank dann langsam ab, bis die Räder auf den Betonboden stießen und wieder griffen.

Das Wasser schwappte über den chromblitzenden Kühlerdeckel und die lange Motorhaube hinweg und ergoß sich durch die gesprungene Windschutzscheibe ins Wageninnere. Julia, die nicht wußte, was Pitt vorhatte, saß da wie versteinert, als die Flut jählings über sie hereinbrach. Pitt hingegen kam sich vor wie ein Surfer, der sein Brett mitten durch die aufbrandenden Wogen reitet.

Am Boden des Reflecting Pool wuchsen keinerlei Algen oder Wasserpflanzen. Er wurde vom Park Service regelmäßig abgelassen und gereinigt. Das Wasser war nicht tief – vom Beckenrand bis zum Grund war es knapp ein halber Meter, aber der Boden fiel zur Mitte hin schräg ab, und dort stand das Wasser gut einen dreiviertel Meter hoch.

Pitt konnte nur hoffen, daß der Motor nicht absoff. Der Verteiler lag über einem Meter hoch. Da drohte keine Gefahr. Ebensowenig bei den Vergasern, die ebenfalls gut einen Meter Bodenfreiheit hatten. Aber er machte sich Sorgen wegen der Zündkerzen, die sich zwischen den beiden obenliegenden Nockenwellen und damit genau neunzig Zentimeter über dem Grund befanden.

Der Reflecting Pool war knapp fünfzig Meter breit. Ein schier unüberwindliches Hindernis. Doch der schwere Duesenberg pflügte durch das Gewässer, ohne daß der Motor auch nur einmal ins Stottern geriet. Sie waren keine zehn Meter von der gegenüberliegenden Seite des Beckens entfernt, als plötzlich rundum das Wasser aufspritzte.

»Die lassen nicht locker«, murmelte Pitt vor sich hin, während er das Lenkrad mit aller Kraft festhielt.

Der Kleinbus war am Rand des Reflecting Pool stehengeblieben. Die Insassen waren herausgesprungen und schossen wie wild auf den großen Wagen, der sich durchs Wasser arbeitete. Aber Pitt hatte durch sein Überraschungsmanöver gut eine Minute Vorsprung gewonnen und war mittlerweile fast auf der anderen Seite. Doch die Verfolger wußten genau, daß dies ihre letzte Chance war, und daher feuerten sie aus allen Rohren, ohne auf die Polizeisirenen zu achten, die sich von der Twentythird Street und der Constitution Avenue näherten. Viel zu spät begriffen sie den Ernst der Lage. Aufgrund ihrer modernen kleinen Reifen konnten sie Pitt nicht über das Wasser folgen, daher blieb ihnen nichts anderes übrig, als umzukehren und zuzusehen, daß sie sich irgendwie durchschlugen. Sie stürmten zu ihrem Wagen, machten kurzerhand kehrt und rasten in Richtung Washington Monument.

Der Duesenberg hatte unterdessen die andere Seite des Gewässers erreicht. Pitt ging vom Gas und steuerte vorsichtig den Beckenrand an. Dann schaltete er herunter und legte den ersten Gang ein. Das Getriebe knirschte und kreischte zwar, gehorchte aber schließlich. Etwa drei Meter vor dem Rand trat Pitt das Gaspedal bis zum Boden durch und vertraute darauf, daß er durch den aufsteigenden Beckenboden genügend Schwung bekam. »Komm schon!« beschwor er den Duesenberg. »Die Mauer schaffst du!«

Und der alte Duesenberg gehorchte. Die Stoßstange schrammte haarscharf über die Mauer hinweg, dann rollten die Vorderräder darüber und landeten auf festem Boden.

Der Duesenberg hatte zwar gut dreißig Zentimeter Bodenfreiheit, doch dieses Hindernis war fast zu hoch. Einen Moment lang stand er schräg, ein ohrenbetäubendes Krachen und Knirschen ertönte, und dann schrappte er mit letztem Schwung über die Mauer, bis er mit allen vier Rädern auf festem Boden stand.

Erst jetzt geriet der Motor ins Stottern. Doch der Duesenberg benahm sich wie ein guter Vorstehhund, der sich einmal kurz schüttelt, wenn er aus dem Wasser kommt, und seinem Herrchen dann die Beute bringt. Nach knapp hundert Metern waren die vier feuchten Zündkerzen soweit abgetrocknet, daß der Motor wieder auf allen acht Zylindern lief.

Julia rappelte sich vom Boden auf und blickte nach hinten zu dem dunklen Kleinbus, der, von mehreren Polizeiwagen verfolgt, das Weite suchte. Sie wrang ihr Kleid aus und raufte sich die Haare. »Ich sehe furchtbar aus. Das Kleid kann ich wegschmeißen.« Wutentbrannt blickte sie Pitt an. »Sei froh, daß du mir grade zum zweiten Mal das Leben gerettet hast, sonst würde ich dich nämlich zur Kasse bitten.«

Lächelnd drehte er sich zu ihr um. Dann fuhr er die Independence Avenue entlang, überquerte die Memorial Bridge und steuerte seinen Hangar am Rand des Washington National Airport an. »Ich schlage dir was vor. Wenn du brav bist, nehm' ich dich mit zu mir, hänge deine Sachen auf und koche dir einen heißen Kaffee.«

Sie schaute ihn mit ihren grauen Augen an. »Und wenn ich nicht brav bin?«

Pitt lachte auf. Teils aus Erleichterung darüber, daß er wieder einmal mit heiler Haut davongekommen war, teils über die tropfnasse Julia, die vergeblich versuchte, ihren Körper unter dem durchweichten Kleid zu verbergen.

»Wenn du so weitermachst, lass' ich den Kaffee aus.«

28

Die ersten Sonnenstrahlen fielen bereits durch die Oberlichter, als Julia aus tiefem Schlaf erwachte. Im ersten Moment meinte sie zu schweben, so als sei ihr Körper völlig schwerelos. Es war ein angenehmes Gefühl, wie ein Nachklang der nächtlichen Lust und Leidenschaft. Sie schlug die Augen auf, kam langsam zu sich und betrachtete ihre Umgebung. Sie stellte fest, daß sie allein in dem riesigen Bett mitten in einem mit Mahagoni getäfelten Raum lag, der aussah wie die Kapitänskajüte auf einem alten Segelschiff. Sogar ein kleiner Kamin war vorhanden. Die Kommoden und Wandschränke, sämtliches Mobiliar stammte offenbar ebenfalls aus der hohen Zeit der Seefahrt.

Julia war, wie fast alle Frauen, neugierig und gespannt, wenn sie in die Wohnung eines Junggesellen kam. Nichts verriet ihrer Ansicht nach mehr über das andere Geschlecht als ihre unmittelbare

Umgebung. Manche Männer hausten, wie man als Frau nur allzuoft feststellen mußte, buchstäblich wie die Kanalratten. Sie putzten nicht, räumten nicht auf, und in ihren Badezimmern und Kühlschränken wucherten mitunter seltsame Lebensformen. Vom Bettenmachen hatten sie offenbar noch nie etwas gehört, an der Waschmaschine, die halb unter den Wäschebergen begraben war, hing noch die Gebrauchsanleitung.

Daneben gab es die Sauberkeitsfanatiker, in deren Umfeld sich nur ein Sterilisationsforscher wohl fühlen konnte. Jedes Staubkorn, jeder Brotkrümel oder Zahnpastaspritzer wurde augenblicklich beseitigt. Sämtliche Möbelstücke, Bilder und Vasen eingeschlossen, befanden sich an ihrem angestammten Platz und durften unter keinen Umständen verrückt werden. An der Küche hätte selbst der pedantischste Kontrolleur vom Ordnungsamt nichts auszusetzen gehabt.

Pitts Wohnung war eine Mischung aus beidem. Sie war sauber und ordentlich, strahlte aber auch eine gewisse maskuline Lässigkeit aus, die den Frauen durchaus zusagte, die gelegentlich hier zu Besuch weilten. Julia fiel auf, daß Pitt offenbar eine Vorliebe für vergangene Zeiten hatte. In der ganzen Wohnung gab es nicht ein modernes Stück. Selbst die Bronzeschellen an den Wasserrohren in Küche und Bad sahen aus, als stammten sie von einem alten Passagierdampfer.

Sie rollte sich auf die andere Seite und blickte durch die offene Tür ins Wohnzimmer, wo zwei Regalwände voller liebevoll gebastelter Schiffsmodelle standen, Nachbauten der Wracks, die Pitt und seine Kollegen von der NUMA entdeckt und erkundet hatten. Die beiden übrigen Wände zierten sogenannte Werftmodelle, wie sie einstmals vor dem Bau eines großen Segelschiffes angefertigt wurden, sowie vier Seestücke – Dampfschiffe aus dem neunzehnten Jahrhundert – von Richard DeRossett, einem zeitgenössischen amerikanischen Künstler. Die Wohnung strahlte eine gewisse Behaglichkeit aus, ohne allzu gediegen und schick zu wirken.

In Pitts Wohnung, auch das wurde ihr sehr rasch klar, gab es keinerlei weibliche Note. Das hier war das ganz persönliche Reich eines Mannes, der seine Unabhängigkeit schätzte, der Frauen zwar verehrte und bewunderte, sich von ihnen aber niemals gänzlich würde beherrschen lassen. Er war ein Mann, auf den die Frauen flogen, mit dem sie Abenteuer jedweder Art erleben konnten, aber heiraten würde er nie.

Sie roch den Kaffeeduft, der aus der Küche drang, Pitt jedoch war nirgendwo zu sehen. Sie setzte sich auf und stellte die bloßen Füße auf den Holzboden. Ihr Kleid und ihre Unterwäsche hingen ordentlich in einem offenen Kleiderschrank, trocken und gebügelt. Sie tappte über die Bodenplanken zum Badezimmer und lächelte sich im Spiegel an, als sie ein Tablett mit einer noch verpackten Zahnbürste, Feuchtigkeitscreme, Duschgel, Badeöl, Schminksachen und mehreren Haarbürsten sah. Unwillkürlich fragte sie sich, wie viele Frauen vor ihr schon so dagestanden und in ebendiesen Spiegel geblickt haben mochten. Sie duschte sich in einer Art aufrecht stehendem Kupfertank, trocknete sich ab und fönte ihre Haare. Nachdem sie sich angezogen hatte, ging sie in die Küche, nahm sich eine Tasse Kaffee und trat dann hinaus auf den Balkon.

Pitt war unten im Erdgeschoß. Er trug einen Overall und tauschte gerade die zertrümmerte Windschutzscheibe des Duesenberg aus. Bevor sie ihn begrüßte, ließ sie den Blick kurz über den blitzenden und funkelnden Maschinenpark in der großen Halle schweifen.

Sie kannte die Autos nicht, die da in Reih und Glied standen, ebensowenig das Ford-Trimotor-Flugzeug und den Düsenjäger vom Typ Messerschmitt 262, die nebeneinander am hinteren Ende des Hangars standen. Da drüben war ein großer, altmodischer Pullmann-Wagen, der auf einem kurzen Schienenstück ruhte, auf einem Podest dahinter stand eine kleine Badewanne mit einem Außenbordmotor, unmittelbar daneben ein absonderliches Wasserfahrzeug, das so aussah, als habe man die obere Hälfte eines Segelboots am Schwimmkörper eines Schlauchbootes vertäut. Die Segel, die an dem aus der Mitte aufragenden Mast hingen, waren offenbar aus Blattwerk geflochten.

»Guten Morgen«, rief sie nach unten.

Er blickte auf und schenkte ihr sein strahlendstes Lächeln. »Schön, dich zu sehen, Faulpelz.«

»Ich hätte den ganzen Tag im Bett bleiben können.«

»Kommt nicht in Frage«, sagte er. »Admiral Sandecker hat angerufen, als du noch im Land der Träume warst. Er und dein Boß erwarten uns in einer Stunde zu einer Konferenz.«

»Bei dir oder bei mir?« fragte sie scherzend.

»Bei dir. In der Zentrale des INS.«

»Wie hast du denn mein Seidenkleid wieder so gut hingekriegt?«

»Ich hab's gestern abend in kaltem Wasser eingeweicht, nachdem du eingeschlafen warst, und zum Trocknen aufgehängt. Heute morgen habe ich es mit Hilfe eines Baumwolltuches vorsichtig gebügelt. Meiner Meinung nach sieht's wieder aus wie neu.«

»Du bist mir ja einer, Dirk Pitt«, sagte sie. »Ich habe noch nie einen Mann kennengelernt, der so findig und aufmerksam ist. Ist das dein üblicher Zimmerservice für die Mädchen, die hier schlafen?«

»Nur für die Exotinnen. Vor allem, wenn sie chinesischer Herkunft sind«, erwiderte er.

»Soll ich uns Frühstück machen?«

»Keine schlechte Ideee. Im Kühlschrank und auf dem Wandregal rechts darüber findest du alles, was du brauchst. Kaffee habe ich schon gekocht.«

Sie zögerte einen Moment, als sie sah, wie Pitt den zerbrochenen Rückspiegel auf dem Reserverad abmontierte. »Schade um dein Auto«, sagte sie schließlich.

Pitt zuckte lediglich die Achseln. »Das läßt sich alles wieder reparieren.«

»Es ist wirklich ein zauberhafter Wagen.«

»Die Kugeln haben glücklicherweise keine wichtigen Teile getroffen.«

»Meinst du, Qin Shangs Killer...«

»Keine Sorge. Da draußen patrouillieren mehr Sicherheitskräfte, als man in manchem Drittweltland für einen Militärputsch braucht.«

»O wie peinlich.«

Pitt blickte zu Julia auf, die sich über das Balkongeländer beugte, und sah, daß sie einen roten Kopf hatte und offenbar wirklich verlegen war. »Warum?«

»Weil meine Vorgesetzten und meine Kollegen jetzt wissen, daß ich die Nacht hier verbracht habe. Vermutlich zerreißen sie sich hinter meinem Rücken bereits den Mund.«

Pitt grinste sie an. »Ich erzähle jedem, der mich fragt, daß ich die ganze Nacht an einer Heckpartie gebastelt habe, während du geschlafen hast.«

»Das ist nicht komisch«, sagte sie tadelnd.

»'tschuldigung, ich wollte sagen, an einem Differential.«

»Schon besser«, versetzte Julia, warf keß die Haare zurück, drehte sich um und stolzierte in die Küche. Insgeheim genoß sie Pitts Neckerei.

Von zwei Leibwächtern begleitet, wurden Pitt und Julia mit einer gepanzerten Limousine zu dem kleinen Stadthaus chauffiert, in dem Julia mit ihrer Ex-Kommilitonin wohnte. Nachdem sie sich umgezogen hatte, brachte man sie zu dem streng wirkenden Chester Arthur Building an der Northwest I Street, in dem sich die Zentrale des U.S. Immigration & Naturalization Service befand. Sie betraten das ockergelbe sechsstöckige Steingebäude von einem unterirdischen Parkhaus aus und wurden mit dem Fahrstuhl hinauf zur Ermittlungsabteilung gebracht. Dort nahm sie Peter Harpers Sekretärin in Empfang und führte sie in einen Konferenzraum.

Sechs Männer saßen bereits um den Tisch: Admiral Sandecker, Duncan Monroe und Peter Harper vom INS, dazu Wilbur Hill, Abteilungsleiter bei der CIA, Charles Davis, seines Zeichens Stellvertreter des FBI-Direktors, und Al Giordino. Alle erhoben sich, als Pitt und Julia das Zimmer betraten, alle außer Giordino, der nur schweigend nickte und Julia mit seinem breiten Lächeln bedachte. Nachdem sie kurz vorgestellt worden waren, nahmen alle wieder an dem langen Eichentisch Platz.

»Nun«, sagte Monroe zu Pitt, »wie ich höre, hatten Sie und Ms. Monroe Lee einen unterhaltsamen Abend.« Sein Tonfall klang durchaus zweideutig.

»Eigentlich war er eher gräßlich«, erwiderte Julia rasch, die in ihrer weißen Bluse und dem blauen, knapp knielangen Kostüm sittsam und züchtig wirkte.

Pitt schaute Harper offen an. »Die Sache wäre vielleicht besser gelaufen, wenn die von Ihnen engagierten Leibwächter nicht versucht hätten, uns um die Ecke zu bringen.«

»Ich bedaure diesen Vorfall zutiefst«, sagte Harper. »Doch unter den gegebenen Umständen hatten wir darauf keinen Einfluß.«

Pitt stellte fest, daß Harper alles andere als verlegen wirkte. »Mich würde interessieren, was das für Umstände waren«, versetzte er kühl.

»Die vier Männer, die Peter zu Ihrem und zu Ms. Lees Schutz engagiert hatte, wurden ermordet«, erklärte Davis vom FBI. Er war groß, überragte alle anderen Männer am Tisch um gut einen halben Kopf und sah aus wie ein Bernhardiner, der gerade auf die Mülltonne hinter einem Steakhaus gestoßen ist.

»O Gott«, murmelte Julia. »Alle vier?«

»Sie hatten sich offenbar ganz auf Mr. Perlmutters Haus konzentriert und dabei ihre eigene Sicherheit vernachlässigt.«

»Das tut mir leid«, sagte Pitt. »Aber nach professionellem Personenschutz klingt das nicht gerade.«

Monroe räusperte sich. »Selbstverständlich wurden bereits umfassende Ermittlungen in die Wege geleitet. Aber erste Untersuchungsergebnisse deuten darauf hin, daß sie von Qin Shangs Männern ermordet wurden, die offenbar als Polizisten verkleidet waren. Vermutlich sprachen sie unsere Leute an und gaben vor, sie überprüfen zu wollen.«

»Gibt es Zeugen?«

Davis nickte. »Ein auf der gegenüberliegenden Straßenseite wohnender Nachbar von Mr. Perlmutter berichtete, er habe einen Streifenwagen und vier Polizisten in Uniform gesehen, als diese gerade in die Busse gestiegen seien.«

»Nachdem sie die Leibwächter mit schallgedämpften Waffen erschossen hatten«, fügte Harper hinzu.

Pitt wandte sich an Harper. »Hat man die Männer identifizieren können, die mich in meinem Hangar überfallen haben?«

Harper warf einen Blick auf Davis, der betroffen die Hände ausbreitete. »Wie es scheint, sind sie auf dem Weg ins Leichenschauhaus verschwunden.«

»Wie ist denn so was möglich?« entfuhr es Sandecker.

»Sagen Sie's nicht«, warf Giordino spöttisch ein. »Die Ermittlungen sind bereits in die Wege geleitet.«

»Das versteht sich wohl von selbst«, erwiderte Davis. »Wir wissen lediglich, daß sie nach der Ankunft im Leichenschauhaus verschwanden. Allerdings hatten wir Glück. Ein Notarzt zog einem der beiden Killer den Handschuh aus, um seinen Puls zu fühlen. Dabei muß seine Hand mit dem glatten Boden Ihres Hangars in Berührung gekommen sein, so daß wir drei Fingerabdrücke sichern konnten. Die Russen konnten ihn für uns identifizieren. Es handelt sich um einen gewissen Pawel Gawrowitsch, ehemals hochrangiger Agent und Auftragsmörder im Dienste des Verteidigungsministeriums. Einen professionellen Killer auszuschalten, der nach unserer Kenntnis mindestens zweiundzwanzig Menschen getötet hat, das ist eine Glanzleistung, Mr. Pitt – jedenfalls für einen Meeresingenieur in Diensten der NUMA.«

»Professionell hin oder her«, sagte Pitt leise, »Gawrowitsch hat den Fehler gemacht, sein Opfer zu unterschätzen.«

»Ich finde es unerhört, daß Qin Shang den gesamten Behördenapparat der Vereinigten Staaten offenbar mühelos zum Narren halten kann«, sagte Sandecker mit ätzendem Unterton.

Pitt lehnte sich zurück und blickte auf den Konferenztisch, als stünde dort etwas geschrieben. »Kann er nicht. Jedenfalls nicht ohne Unterstützung aus dem Justizministerium und anderer Bundesbehörden.«

Wilbur Hill von der CIA ergriff zum erstenmal das Wort. Er war blond, hatte einen Schnurrbart und hellblaue, weit auseinanderstehende Augen, die aussahen, als entginge ihm links und rechts keine Bewegung. »Wahrscheinlich bekomme ich ziemlichen Ärger, wenn ich das hier sage, aber wir haben Grund zu der Vermutung, daß Qin Shangs Beziehungen bis ins Weiße Haus reichen.«

»In diesem Moment«, sagte Davis, »befassen sich ein Untersuchungsausschuß des Kongresses und Staatsanwälte des Justizministeriums mit einer fragwürdigen Spende in Höhe von zehn Millionen Dollar, die möglicherweise von der Volksrepublik China aufgebracht und über Qin Shang in die Wahlkampfkasse des Präsidenten geleitet wurde.«

»Als wir uns mit dem Präsidenten getroffen haben«, sagte Sandecker, »hat er so getan, als ob China für dieses Land die größte Gefahr seit dem Bürgerkrieg darstellt. Und jetzt erzählen Sie mir, daß er sich von Qin Shang aushalten läßt.«

»Die Moral eines Politikers darf man halt nie unterschätzen«, warf Giordino mit einem spöttischen Grinsen ein.

»Wie dem auch sein mag«, sagte Monroe ernst. »Für die Wahrung des politischen Anstands ist der INS nicht zuständig. Unser Augenmerk gilt im Augenblick hauptsächlich den zahllosen illegalen Chinesen, die von der Qin Shang Maritime in unser Land geschleust und teils ermordet, teilweise aber auch zur Fronarbeit an die hiesigen Verbrechersyndikate überstellt werden.«

»Mr. Monroe hat vollkommen recht«, sagte Harper. »Die INS hat die Aufgabe, diesen Zustrom zu unterbinden. Aber für Mordfälle sind wir nicht zuständig.«

»Ich weiß nicht, was Mr. Hill und die CIA dazu zu sagen haben«, wandte Davis ein, »aber wir vom FBI ermitteln seit drei Jahren wegen diverser Straftaten gegen Qin Shang.«

»Während wir uns wiederum eher um seine ausländischen Unternehmungen kümmern«, ließ sich Hill vernehmen.

»Trotzdem kommen wir damit nicht weiter«, sagte Pitt nachdenklich. »Wenn Shang tatsächlich Verbündete in unserer eigenen Regierung sitzen hat, haben wir ein verdammt hartes Stück Arbeit vor uns.«

»Wir sind uns alle im klaren darüber, daß es kein Kinderspiel werden wird«, sagte Monroe förmlich.

Julia mischte sich ein. »Aber übersehen wir dabei nicht, daß Qin Shang nicht nur ein Schlepper, sondern darüber hinaus auch ein Massenmörder ist? Ich habe seine Skrupellosigkeit am eigenen Leib zu spüren bekommen. Diese Greueltaten, die seine Helfershelfer begehen, geschehen in seinem Auftrag. Niemand weiß, wie viele unschuldige Männer, Frauen und Kinder seiner Gier bereits zum Opfer gefallen sind. Das sind Verbrechen gegen die Menschlichkeit. Wir müssen diesem Gemetzel ein Ende bereiten, und zwar rasch.«

Eine Zeitlang schwiegen alle. Jeder, der hier am Tisch saß, wußte, was Julia gesehen und durchgemacht hatte. Schließlich ergriff Monroe das Wort.

»Wir haben alle vollstes Verständnis dafür, wie Ihnen zumute ist, Ms. Lee. Aber wir sind auch an Gesetze und Dienstvorschriften gebunden. Ich versichere Ihnen, daß wir uns nach besten Kräften darum bemühen werden, Qin Shang Einhalt zu gebieten. Solange ich die Geschicke des INS leite, werden wir nicht ruhen, bis wir sein Unternehmen zerschlagen und ihn dingfest gemacht und hinter Gitter gebracht haben.«

»Dies kann ich, auch im Namen von Mr. Hill, nur unterstreichen«, fügte Davis hinzu.

»Das reicht aber nicht«, sagte Pitt leise, worauf sich ihm alle zuwandten.

»Zweifeln Sie etwa an unserer Entschlossenheit?« fragte Monroe spitz.

»Nein, aber mit der Vorgehensweise bin ich nicht einverstanden.«

»Wir sind an politische Vorgaben gebunden«, sagte Davis. »Jeder von uns muß sich an Richtlinien halten, die ihm der Gesetzgeber auferlegt hat.«

Pitt musterte ihn mit finsterer Miene. »Ich habe die Toten im Orion Lake mit eigenen Augen gesehen. Ich habe die armen Teufel gesehen, die man dort eingesperrt hat. Vier Männer, die Julia und mich beschützen sollten, sind umgekommen –«

»Ich weiß, worauf Sie hinauswollen, Mr. Pitt«, fiel Davis ihm ins Wort. »Aber wir haben keinerlei Beweise dafür, daß Qin Shang etwas mit diesen Morden zu tun hat. Jedenfalls haben wir nicht genug in der Hand, um Anklage erheben zu können.«

»Der Mann ist schlau«, sagte Harper. »Er hält sich geschickt heraus. Und solange wir ihm nicht eindeutig nachweisen können, daß er in irgendeiner Weise dafür verantwortlich ist, können wir ihn auch nicht festnageln.«

»Der führt Sie doch schon die ganze Zeit an der Nase herum«, sagte Pitt. »Warum sollte er sich plötzlich blöd stellen, nur damit Sie ihn drankriegen können?«

»Unsere Ermittlungsbehörden haben zu weitreichende Verbindungen, als daß man ihnen auf Dauer entrinnen könnte«, sagte Hill im Brustton der Überzeugung. »Ich versichere Ihnen, daß er schon in Bälde angeklagt, vor Gericht gestellt und verurteilt werden wird.«

»Der Mann ist Ausländer«, sagte Sandecker. »Wenn Sie ihn in den Vereinigten Staaten festnehmen, setzt die chinesische Regierung beim Außenministerium und im Weißen Haus Himmel und Hölle in Bewegung. Die werden mit Boykotts drohen, mit Wirtschaftssanktionen und was es sonst noch alles gibt. Niemals werden die zulassen, daß Sie ihren Schützling aus dem Verkehr ziehen.«

»Meiner Meinung nach, Mr. Hill«, sagte Giordino, »sollten Sie einen ihrer Killertrupps zusammentrommeln und Qin Shang kurzerhand ausschalten. Schon ist das Problem gelöst.«

»Die CIA begeht keine Mordanschläge, auch wenn viele Menschen gegenteiliger Meinung sind«, versetzte Hill spitz.

»Wahnwitz«, murmelte Pitt. »Angenommen, Qin Shangs Killer hätten Julia und mich letzte Nacht umgebracht. Sie würden deswegen genauso hier sitzen und behaupten, Sie hätten nicht genügend Beweise, um den Mann vor Gericht zu stellen, der den Mord in Auftrag gegeben hat, wie jetzt.«

»So ist es leider«, sagte Monroe.

»Qin Shang wird nicht nachgeben«, warf Julia aufgebracht ein. »Er ist wild entschlossen, Dirk zu töten. Gestern abend, bei seiner Party, hat er sich dazu eindeutig geäußert.«

»Und ich habe ihm mitgeteilt, daß ich Gleiches mit Gleichem vergelte«, sagte Pitt. »Er meint jetzt, ich hätte ebenfalls einen Killertrupp auf ihn angesetzt.«

»Sie haben Qin Shang offen gedroht?« fragte Harper ungläubig. »Wie konnten Sie das wagen?«

»Ganz einfach«, erwiderte Pitt. »Weil er trotz aller Macht und Herrlichkeit genauso in seine Hosen fahren muß wie ich – erst mit dem einen, dann mit dem anderen Bein. Meiner Meinung nach kann es nichts schaden, wenn ihm auch mal der Rücken kribbelt und er sich umguckt, so wie die Menschen, auf die er seine Killer angesetzt hat.«

»Sie belieben selbstverständlich zu scherzen«, sagte Monroe mit abschätzigem Unterton. »Sie haben doch nicht ernsthaft vor, Shang zu ermorden.«

»Aber selbstverständlich«, versetzte Pitt, ohne auch nur einen Moment zu zögern. »Wie heißt es doch in den alten Western immer? Er oder ich. Und ich habe vor, beim nächsten Mal schneller zu ziehen als er.«

Monroe wirkte besorgt. Er blickte zu Hill und Davis, die ihm gegenübersaßen. Dann wandte er sich an Sandecker. »Admiral, ich habe diese Konferenz einberufen, weil ich hoffte, Mr. Pitt für unser Unternehmen gewinnen zu können. Aber meines Erachtens stellt er eher eine Gefahr dar. Da Sie sein Vorgesetzter sind, würde ich Ihnen dringend raten, ihn vorübergehend zu beurlauben. Peter wird dafür sorgen, daß er unter Personenschutz gestellt und in einem sicheren Haus an der Küste von Maine untergebracht wird.«

»Was ist mit Julia?« hakte Pitt nach. »Wie gedenken Sie die in Zukunft zu beschützen?«

»Ms. Lee ist Agentin der INS«, versetzte Harper förmlich. »Sie wird weiterhin an diesem Fall arbeiten. Aber wir werden Agenten abstellen, die sie auf Schritt und Tritt bewachen. Ich garantiere Ihnen, daß ihr nichts passieren wird.«

Pitt blickte quer über den Tisch zu Sandecker. »Was meinen Sie dazu, Admiral?«

Sandecker zupfte an seinem roten Kinnbart. Nur Pitt und Giordino kannten dieses teuflische Glitzern in seinen Augen. »Anscheinend bleibt uns kaum etwas anderes übrig. Vermutlich sind Sie in einem sicheren Haus am besten aufgehoben, bis man diesem Qin Shang das Handwerk gelegt hat.«

»Tja, ich habe da wohl nichts zu sagen«, erwiderte Pitt nüchtern. »Dann also auf zum sicheren Haus.«

Sandecker ließ sich nicht einen Moment lang täuschen. Er wußte genau, daß sein Leiter für Spezialprojekte nicht daran dachte, sich lammfromm zu fügen. »Dann wäre das also geklärt.« Plötzlich lachte er hell auf.

»Darf ich fragen, Admiral, was Sie daran so komisch finden?« fragte Monroe gereizt.

»Entschuldigung, Mr. Monroe. Aber ich bin nur erleichtert, daß der INS, das FBI und die CIA offenbar der Dienste der NUMA nicht länger bedürfen.«

»Das stimmt. Nach den Patzern, die sich Ihre Leute bei der Untersuchung von Qin Shangs Kaianlagen in Hongkong und Sungari geleistet haben, wäre es meiner Meinung nach reine Zeitvergeudung, wenn wir Ihre Behörde weiterhin in Anspruch nähmen.«

Niemand begehrte angesichts dieser scharfen Worte auf, keiner wehrte oder verwahrte sich dagegen. Pitt und Giordino nahmen es ungerührt und ohne eine Miene zu verziehen zur Kenntnis. Sandecker wiederum war so empört, daß er nicht wußte, was er darauf erwidern sollte. Daher ballte er nur heimlich die Fäuste unter dem Tisch und ließ sich keinerlei Gefühlsregung anmerken.

Pitt stand auf, Giordino desgleichen. »Hier sind wir anscheinend unerwünscht.« Grinsend wandte er sich an Sandecker. »Wir warten im Wagen.« Er hielt einen Moment inne, nahm Julias Hand, führte sie an den Mund und küßte sie kurz. »Warst du schon mal am Strand von Mazatlán und hast zugesehen, wie die Sonne über dem Meer des Cortez untergeht?« flüsterte er ihr ins Ohr.

Verlegen blickte sie in die Runde, dann errötete sie. »Ich war noch nie in Mexiko.«

»Ich zeig's dir«, sagte er. »Bestimmt.« Dann ließ er ihre Hand los und verließ seelenruhig den Konferenzraum. Giordino und Sandecker folgten ihm.

Sandecker fuhr am liebsten selbst, ganz im Gegensatz zu den meisten anderen Behördenleitern, die auf einem eigenen Chauffeur bestanden. Nachdem sie die INS-Zentrale verlassen hatten, steuerte er den türkisfarbenen NUMA-Jeep am Ostufer des Potomac entlang. Sie waren längst in Maryland, als er etliche Kilometer südlich der Hauptstadt rechts abbog, auf einen Parkplatz stieß und unmittelbar neben einem Bootsanleger anhielt. Er stieg aus und ging vor ihnen über den Steg, an dem ein Doppelender vertäut war, ein altes Walfangboot, das Admiral Bull Halsey während des Pazifikkrieges als persönliche Barkasse gedient hatte. Es war völlig heruntergekommen gewesen, als Sandecker es in einem Marinedepot entdeckt und liebevoll restauriert hatte. Er drehte am Gasgriff, worauf der Vierzylinder-Buda-Diesel auf Anhieb ansprang, während Pitt und

Giordino die Leinen loswarfen. Kurz bevor das Boot ablegte, begaben sie sich an Bord.

»Ich dachte, wir sollten uns mal unter sechs Augen unterhalten, bevor wir zur NUMA-Zentrale zurückkehren«, rief er über das Tuckern des Diesels hinweg und klemmte sich die lange Ruderpinne unter den Arm. »So lächerlich es klingen mag, aber ich trau' mich nicht mal mehr in meinem eigenen Büro, offen zu reden.«

»Wenn man bedenkt, daß Qin Shang sich offenbar halb Washington gekauft hat, kann einem schon ein bißchen mulmig werden«, sagte Pitt.

»Der Typ hat anscheinend überall seine Finger drin«, warf Giordino ein. »Da würde wahrscheinlich sogar 'nem Tintenfisch schwindlig werden.«

»Zumal er genug Geld hat«, sagte Sandecker. »Was die Russen im Kalten Krieg bezahlt haben, waren Almosen im Vergleich zu den Unsummen, mit denen Qin Shang sich seine Helfershelfer und Informanten kaufen kann.«

»Solange ihn die chinesische Regierung unterstützt«, sagte Pitt, »stehen ihm unbegrenzte Mittel zur Verfügung.«

Giordino schaute Sandecker offen an. »Welchen Zauber wollen Sie heraufbeschwören, Admiral?«

»Zauber?«

»Ich weiß genau, daß Sie nicht so einfach stillhalten und sich zusammenputzen lassen. Sie brüten doch bestimmt irgendwas aus.«

Pitt grinste. »Ich glaube, der Admiral und ich sind einer Meinung. Die NUMA läßt sich nicht so einfach abwimmeln, wenn es darum geht, Qin Shang an den Kanthaken zu kriegen.«

Sandecker grinste kurz, während er das Boot herumzog, um einem flußaufwärts kreuzenden Segler auszuweichen. »Ich kann es auf den Tod nicht ausstehen, wenn meine Untergebenen meinen, sie hätten mich durchschaut.«

»Geht's um Sungari?« fragte Pitt.

Sandecker nickte. »Die *Marine Denizen* mit Rudi Gunn an Bord liegt unmittelbar südlich von Qin Shangs Hafen. Ich möchte, daß ihr zwei Gauner runterfliegt und zu ihm stoßt. Und dann wartet ihr ab, bis die *United States* aufkreuzt.«

»Wo befindet sie sich derzeit?« fragte Giordino.

»Letzten Berichten zufolge etwa zweihundert Meilen östlich von Costa Rica.«

»Dann müßte sie in drei Tagen in Sungari einlaufen«, erwiderte Pitt.

»Sie hatten übrigens recht. Sie hat kurz vor der Durchfahrt durch den Panamakanal eine Besatzung an Bord genommen.«

»Ist sie an Bord geblieben?«

Sandecker schüttelte den Kopf. »Nach der Kanaldurchfahrt ist die Besatzung wieder von Bord gegangen. Derzeit fährt die *United States* ferngesteuert auf die Küste von Louisiana zu.«

»Ein ›Robo-Schiff‹«, murmelte Giordino nachdenklich. »Kaum zu glauben, daß ein Schiff von der Größe der *United States* ohne eine Menschenseele an Bord durchs Meer pflügt.«

»Bei der Navy befaßt man sich schon seit zehn Jahren mit der Entwicklung von ›Robo-Schiffen‹«, erklärte Sandecker. »Schiffsarchitekten und -konstrukteure haben bereits ein Trägerschiff gebaut, das im Grunde genommen nichts anderes ist als eine schwimmende Abschußrampe, von der mittels Fernsteuerung von einem anderen Schiff, einem Flugzeug oder einem tausend Meilen entfernten Stützpunkt aus bis zu fünfhundert Raketen gestartet werden – eine völlige Abkehr von den derzeitigen Flugzeugträgern, für die man eine Besatzung von fünftausend Mann braucht. Es handelt sich um das neueste Konzept der Navy seit der Einführung der mit ballistischen Raketen bestückten Atom-Unterseeboote. Von da aus dürfte es nicht mehr weit sein bis zu völlig unbemannten Kriegsschiffen und Kampfflugzeugen.«

»Was immer auch Qin Shang mit der *United States* vorhat«, sagte Giordino, »als Raketenträger will er sie bestimmt nicht einsetzen. Dirk und ich haben sie vom Maschinenraum bis zum Ruderhaus durchsucht. Wir haben keine Raketenstarter gefunden.«

»Ich habe euren Bericht gelesen«, erwiderte Sandecker. »Ihr habt außerdem keinerlei Hinweise entdeckt, daß sie zum Einschleusen illegaler Einwanderer verwendet werden soll.«

»Das stimmt«, bestätigte Pitt. »Qin Shangs Unternehmungen wirken auf den ersten Blick so, als hätte sie ein Genie mit einem

Hang zur Hexerei ersonnen, aber wenn man genauer hinsieht, stellt man fest, daß immer ein logischer Beweggrund dahintersteckt. Er verfolgt mit diesem Schiff eine bestimmte Absicht, da gehe ich jede Wette ein.«

Sandecker griff zum Gasregler und stellte ihn einen Zacken höher. »Dann sind wir also noch genauso schlau wie vor zwei Wochen.«

»Abgesehen davon, daß er sie meiner Meinung nach versenken will«, sagte Pitt.

Sandecker wirkte nicht überzeugt. »Warum sollte er einen einwandfreien Ozeandampfer versenken, nachdem er ihn gerade für ein paar Millionen Dollar hat umrüsten lassen?«

»Dazu fällt mir auch nichts ein«, mußte Pitt zugeben.

»Genau das sollt ihr aber rausfinden. Regelt eure Angelegenheiten hier, und danach nehmt ihr euch einen NUMA-Jet und fliegt nach Morgan City. Ich rufe Rudi an und sag' ihm Bescheid, daß ihr kommt.«

»Wie weit dürfen wir gehen?« fragte Pitt. »Immerhin können wir uns jetzt nicht mehr darauf berufen, daß wir im Einvernehmen mit dem INS und den anderen Diensten tätig sind.«

»Tut, was ihr für nötig haltet, ohne euch dabei umbringen zu lassen«, erwiderte Sandecker entschieden. »Ich übernehme die Verantwortung und werde für eure Aktionen geradestehen, sobald Monroe und Harper dahinterkommen, daß wir uns nicht einfach haben abwimmeln lassen und brav nach Hause gegangen sind.«

Pitt musterte Sandecker. »Warum machen Sie das, Admiral? Warum setzen Sie wegen Qin Shang Ihren Posten als Leiter der NUMA aufs Spiel?«

Der Admiral schaute Pitt mit verschmitztem Blick an. »Sie und Al hatten doch sowieso vor, hinter meinem Rücken weiter Jagd auf Qin Shang zu machen. Habe ich recht?«

Giordino zuckte die Achseln. »Ja, ich glaube schon.«

»In dem Augenblick, als Dirk klein beigegeben hat und auf Monroes Forderung, sich in ein sicheres Haus zurückzuziehen, eingegangen ist, wußte ich ganz genau, daß ihr heimlich abheuern wollt. Ich füge mich lediglich in das Unvermeidliche.«

Pitt kannte Sandecker viel zu lange und zu gut, als daß er das unwidersprochen hingenommen hätte. »Sie doch nicht, Admiral. Sie fügen sich nichts und niemandem.«

Sandeckers Augen funkelten einen Moment lang auf. »Wenn Sie's genau wissen wollen – diese Schlapphüte am Konferenztisch haben mich einfach angewidert. Ich zähle darauf, daß ihr zwei und Rudi alle Mittel und Möglichkeiten nutzt, die der NUMA zur Verfügung stehen, und Qin Shang aus dem Verkehr zieht, bevor die es schaffen.«

»Da treten wir aber gegen eine ziemlich harte Konkurrenz an«, sagte Pitt.

»Mag sein«, erwiderte Sandecker, dessen Blick jetzt entschlossen und unerbittlich wirkte. »Aber die Qin Shang Maritime übt ihre Geschäfte auf dem Wasser aus, und genau da sind wir im Vorteil.«

Nachdem die Konferenz beendet war, geleitete Harper Julia in sein Büro. Als sie Platz genommen hatte, ließ er sich hinter seinem Schreibtisch nieder. »Julia, ich habe einen schweren Auftrag für Sie. Selbstverständlich auf rein freiwilliger Basis. Ich bin mir nicht sicher, ob Sie schon wieder soweit auf dem Damm sind.«

Julias Interesse war geweckt. »Eine kurze Erklärung, worum es geht, schadet bestimmt nicht.«

Harper reichte ihr einen Aktenordner. Sie schlug ihn auf und betrachtete ein Foto von einer Frau, die etwa in ihrem Alter war und mit ausdrucksloser Miene in die Kamera blickte. Von einer kleinen Narbe am Kinn einmal abgesehen, hätten sie und Julia Schwestern sein können. »Das ist Lin Wan Chu. Sie ist auf einem Bauernhof in der Provinz Jiangsu aufgewachsen und von zu Hause weggelaufen, als ihr Vater sie mit einem Mann verheiraten wollte, der ihr Großvater hätte sein können. Sie arbeitete zunächst als Küchenhilfe in einem Restaurant in der Hafenstadt Qingdao und stieg schließlich zur Chefköchin auf. Vor zwei Jahren heuerte sie bei der Qin Shang Maritime an und fährt seither auf einem Containerschiff namens *Sung Lien Star*.«

Julia blätterte weiter zu dem Dossier über die Frau und stellte fest, daß es von der CIA stammte. Harper lehnte sich zurück und schwieg, während sie den Text durchlas. »Eine gewisse Ähnlichkeit ist auf jeden Fall vorhanden«, sagte Julia. »Wir sind gleich groß und gleich schwer. Ich bin nur vier Monate älter als Lin Wan Chu.« Sie ließ den Ordner aufgeschlagen auf ihrem Schoß liegen und schaute Harper über den Schreibtisch hinweg an. »Soll ich etwa ihren Platz einnehmen? Ist das der Auftrag?«

Er nickte. »Genau.«

»Man hat mich auf der *Indigo Star* enttarnt, was wir einem Verräter in unseren Reihen zu verdanken haben, der von Qin Shang bezahlt wird. Sein Sicherheitsdienst hat eine ellenlange Personalakte über mich.«

»Beim FBI meint man, den Hauptverdächtigen gefunden zu haben. Er wird bereits überwacht.«

»Ich wüßte nicht, wie ich Lin Wan Chus Rolle übernehmen sollte, ohne daß man mich erwischt«, sagte Julia ernst. »Auf einer so langen Reise zumal.«

»Sie müssen sich nur vier, höchstens fünf Stunden lang als Lin Wan Chu ausgeben. Nur so lange, bis Sie sich mit dem Schiff vertraut gemacht und hoffentlich festgestellt haben, wie Qin Shang die illegalen Einwanderer ins Binnenland schleust.«

»Wissen Sie ganz genau, daß an Bord der *Sung Lien Star* Illegale versteckt sind?«

»Ein CIA-Agent in Qingdao berichtete, daß er gesehen hat, wie an die dreihundert Männer, Frauen und Kinder samt Gepäck mitten in der Nacht aus Bussen stiegen und in ein Lagerhaus unmittelbar an dem Kai gebracht wurden, an dem das Schiff lag. Zwei Stunden später lief die *Sung Lien Star* aus. Als sich der Agent bei Tageslicht in dem Lagerhaus umsah, war niemand da. Rund dreihundert Menschen waren wie vom Erdboden verschluckt.«

»Und er glaubt, daß man sie heimlich an Bord des Schiffes gebracht hat?«

»Die *Star* ist ein Containerschiff, auf dem man durchaus dreihundert Menschen verstecken kann, und ihr Bestimmungsort ist der Hafen Sungari in Louisiana. Meiner Meinung nach gibt es kaum einen Zweifel, daß wir es hier mit einem Schiff zu tun haben, auf dem Qin Shang illegale Ausländer befördert.«

»Wenn die mir diesmal auf die Schliche kommen«, sagte Julia, »werfen sie mich auf der Stelle den Haien zum Fraß vor.«

»Das Risiko ist nicht so hoch, wie Sie meinen«, beruhigte sie Harper. »Diesmal sind Sie nicht auf sich gestellt, wie auf der *Indigo Star*. Sie werden ein verstecktes Funkgerät bei sich haben und auf Schritt und Tritt überwacht werden. Die Leute, die wir zu Ihrer Unterstützung bereitstellen, werden allenfalls anderthalb Kilometer entfernt sein.«

Wenn es darauf ankam, war Julia genauso mutig wie ein Mann, sogar mutiger als die meisten. Sie spürte, wie es ihr bereits beim bloßen Gedanken an das Wagnis in den Fingern kribbelte.

»Da wäre noch etwas«, sagte sie leise.

»Und zwar?«

Sie verzog den wohlgeformten roten Mund zu einem leichten Grinsen. »Meine Eltern haben mir die hohe Kunst der feinen Küche beigebracht. Aber ich habe noch nie gewöhnlichen Massenfraß gekocht.«

29

Es war ein strahlend schöner Morgen, und nur ein paar vereinzelte Wölkchen hingen am tiefblauen Himmel, als Pitt das kleine Flugboot vom Typ Lockheed Skyfox abfing und über die Hafengebäude und Kais von Sungari hinwegzog. Er legte die Maschine in die Kurve und kreiste mehrere Male in knapp dreißig Metern Höhe über den riesigen Kränen, die hölzerne Frachtkisten aus dem Bauch des einzigen Frachters am ansonsten leeren Kai hievten. Auf der dem Fluß zugewandten Seite des Handelsschiffes war ein Lastkahn samt Schlepper längsseits gegangen.

»Muß heute ein ruhiger Tag sein«, stellte Giordino vom Sitz des Kopiloten aus fest.

»Ein einziges Schiff in einem Hafen, in dem eine ganze Flotte abgefertigt werden kann«, sagte Pitt.

»Die Qin Shang Maritime muß tiefrote Zahlen schreiben.«

»Was hältst du von dem Lastkahn?« fragte Pitt.

»Sieht offenbar nach Müllabfuhr aus. Die Besatzung des Frachters schmeißt offenbar Plastiksäcke in den Kahn.«

»Siehst du irgendwelche Sicherheitskräfte?«

»Das Teil liegt mitten im Sumpf«, sagte Giordino, während er auf das Marschland rundum hinabblickte. »Hier müssen die Wachmannschaften allenfalls streunende Alligatoren verscheuchen. Übrigens hab' ich gehört, daß die in dieser Gegend noch gejagt werden.«

»Ein Riesengeschäft«, sagte Pitt. »Aus den Häuten werden Schuhe, Stiefel und Taschen gemacht. Bleibt bloß zu hoffen, daß man Gesetze zum Schutz der Alligatoren erläßt, bevor sie vom Aussterben bedroht sind.«

»Der Schlepper und das Müllboot legen vom Frachter ab. Zieh mal drüber weg, wenn sie freies Fahrwasser erreicht haben.«

Pitt legte die Lockheed Skyfox in die Kurve, flog ein paar hundert Meter geradeaus und zog dann mit dem zweisitzigen Düsenflugzeug über den fünf Stockwerke hohen Schlepper hinweg, dessen gerader Bug mit dem Heck des Lastkahns verbunden war. Ein Mann trat aus dem Ruderhaus des Schleppers und winkte die Maschine wütend weg. Giordino sah seine finstere, argwöhnische Miene, als die Skyfox tief über den Schlepper hinwegflog.

»Der Kapitän scheint etwas gegen Neugierige zu haben.«

»Vielleicht sollten wir ihm einen Zettel runterwerfen und ihn fragen, in welcher Richtung Irland liegt«, frotzelte Pitt, während er die Skyfox in die Kurve legte und zum nächsten Anflug ansetzte. Die Maschine, ein ehemaliges Schulflugzeug für Militärpiloten, war von der NUMA gekauft und mit wasserdichtem Rumpf und einziehbaren Schwimmern ausgestattet worden, damit sie auf dem Wasser starten und landen konnte. Von der NUMA wurde die zweistrahlige Skyfox, deren Triebwerke hinter den Tragflächen am Rumpf saßen, häufig für Transportflüge zu Forschungsschiffen vor der Küste eingesetzt. Aber auch im Alltagsbetrieb, wenn man nicht unbedingt einen der größeren Reisejets brauchte, griff man gern auf sie zurück.

Diesmal flog Pitt keine zehn Meter über den Schornstein und das mit allerlei Elektronik gespickte Dach des Ruderhauses hinweg. Als sie über das Boot und den angekoppelten Kahn huschten, entdeckte Giordino zwei Männer, die sich flach zwischen die Müllsäcke warfen und sich möglichst unsichtbar zu machen versuchten.

»Sehe zwei Männer mit Schnellfeuergewehren, die keine Ahnung vom Versteckspielen haben«, meldete Giordino in aller Seelenruhe. »Ich glaube, da drunten läuft ein Bubenstück.«

»Wir haben alles gesehen, was wir sehen wollten«, sagte Pitt. »Wird Zeit, daß wir zu Rudi und zur *Marine Denizen* stoßen.« Er zog die Skyfox in eine weite Schleife und flog den Atchafalaya flußabwärts in Richtung Sweet Bay Lake. Kurz darauf kam das Forschungsschiff in Sicht, worauf er die Schwimmer ausfuhr und zur Landung ansetzte. Er schwebte langsam ein und setzte die Maschine so sanft auf, daß nur ein leichter Gischtschleier von den Schwimmern aufspritzte. Dann steuerte er längsseits neben das Forschungsschiff und stellte die Triebwerke ab.

Giordino klappte das Kanzeldach hoch und winkte zu Rudi Gunn und Kapitän Frank Stewart hinauf, die an der Reling standen. Stewart drehte sich um und rief einen Befehl, worauf der Arm des Schiffskrans ausgeschwenkt wurde, bis er sich genau über der Skyfox befand. Dann wurde die Trosse abgelassen, und Giordino befestigte den Haken und die Leinen an den oben auf den Tragflächen und dem Rumpf angebrachten Heberingen, ehe er sich von der Besatzung die Geitaue zuwerfen ließ. Auf ein Zeichen hin straffte der Kranführer die Trosse und hievte die Skyfox aus dem Wasser. Glitzernde Bäche ergossen sich von Rumpf und Schwimmern, als die Männer der Küstenwache die Maschine mit Hilfe der Geitaue ausbalancierten. Als sie hoch genug war, schwenkte sie der Kran über die Bordwand und setzte sie auf dem Landeplatz am Heck ab, unmittelbar neben dem Hubschrauber des Schiffes. Pitt und Giordino kletterten aus dem Cockpit und schüttelten Gunn und Stewart die Hand.

»Wir haben euch mit dem Fernglas beobachtet«, sagte Stewart. »Wenn ihr noch tiefer über Sungari weggeflogen wärt, hättet ihr 'ne Stadtrundfahrt machen können.«

»Habt ihr von da oben aus irgendwas Interessantes gesehen?« fragte Gunn.

»Komisch, daß du das ansprichst«, sagte Giordino. »Ja, ich glaube, wir haben möglicherweise etwas gesehen, was wir nicht sehen sollten.«

»Dann seid ihr schon weiter als wir«, grummelte Stewart.

Pitt beobachtete einen Pelikan, der die Flügel anlegte, im Sturzflug ins Wasser schoß und kurz darauf mit einem kleinen Fisch im Schnabel wieder auftauchte. »Der Admiral hat uns erzählt, daß man euer AUV geklaut hat und daß ihr vorher keinerlei Öffnungen an den Betonstützmauern unter den Kais entdeckt habt.«

»Nicht einmal den kleinsten Riß«, sagte Gunn. »In Sungari gibt es keine unterirdischen Tunnelverbindungen, über die Qin Shang illegale Einwanderer vom Schiff aus an Land schleusen könnte.«

»Ihr habt uns ja vorgewarnt, daß sie auf der Hut sind«, sagte Stewart. »Und wir haben es schmerzlich erfahren müssen. Jetzt ist die NUMA ein teures Gerät los, und wir trauen uns nicht, es zurückzuverlangen.«

»Wir sind keinen Schritt weitergekommen«, versetzte Gunn mißmutig. »In den letzten achtundvierzig Stunden haben wir nichts weiter gemacht, als die verlassenen Kais und die leerstehenden Gebäude anzuglotzen.«

Pitt legte ihm die Hand auf die Schulter. »Kopf hoch, Rudi. Während wir hier taub, stumm und blind herumstehen und uns selbst bemitleiden, wurde in Sungari eine Ladung illegaler Einwanderer aus China an Land gebracht, die jetzt zum Weitertransport ins Inland unterwegs sind.«

Gunn blickte Pitt verdutzt an, dann sah er, wie seine Augen blitzten. »Nun erzähl schon, was ihr gesehen habt.«

»Auf dem Schleppzug, der Sungari vor kurzem verlassen hat«, erwiderte Pitt, »waren zwei bewaffnete Männer. Sie wollten sich verstecken, als wir drübergeflogen sind, aber Al hat sie entdeckt.«

»Daß die Besatzung eines Schleppzuges bewaffnet ist, will nichts bedeuten«, sagte Stewart. »Das ist durchaus üblich, wenn sie wertvolle Fracht befördern.«

»Wertvolle Fracht?« sagte Pitt lachend. »Der Kahn war mit Müll und Abfällen von dem Schiff beladen, die sich im Laufe einer langen Fahrt angesammelt haben. Auf einem Müllkahn gibt's nichts zu bewachen. Diese Männer bewachen die menschliche Fracht, damit keiner abhaut.

»Woher willst du das wissen?« fragte Gunn.

»Logische Überlegung.« Pitt lebte zusehends auf. Jetzt war er in seinem Element. »Derzeit ist Sungari nur auf dem Wasserweg erreichbar. Die Schiffe, die die Immigranten anlanden, können nicht bis zu den Sammelplätzen fahren, von denen aus sie aufs ganze Land verteilt werden. Und ihr habt festgestellt, daß sie auf keinen Fall durch unterirdische Gänge von den Schiffen heruntergeschafft werden. Folglich müssen sie auf Lastkähnen ins Binnenland gebracht werden.«

»Unmöglich«, versetzte Stewart. »Sobald ein Schiff anlegt, gehen Zöllner und Agenten der Einwanderungsbehörde an Bord und durchsuchen es vom Bug bis zum Deck. Sämtliche Fracht muß gelöscht und zur Überprüfung in ein Lagerhaus gebracht werden. Jeder Müllsack wird untersucht. Wie also sollen Qin Shangs Leute die Inspekteure täuschen?«

»Ich glaube, daß die illegalen Einwanderer in einem Unterwasserfahrzeug unter dem Rumpf des Handelsschiffes versteckt sind, das sie von China hierherbringt. Sobald das Schiff in den Hafen einläuft, wird das Unterseeboot irgendwie unter den Lastkahn manövriert, der längsseits gegangen ist und die Bordabfälle abholt. Unterdessen durchsuchen Zoll und Einwanderungsbehörde Schiff und Ladung, ohne auch nur eine Spur von Illegalen zu finden. Wenn sie die Säcke dann zu einer flußaufwärts gelegenen Müllkippe bringen, machen sie unterwegs an irgendeiner abgelegenen Stelle halt und laden die Einwanderer ab.«

Gunn sah aus wie ein Blinder, der durch wundersame Kräfte sein Augenlicht wiedergefunden hat. »Und das ist dir alles eingefallen, als du den Schleppzug überflogen hast?«

»Ist ja auch allenfalls eine Idee«, erwiderte Pitt bescheiden.

»Aber das läßt sich doch leicht überprüfen«, wandte Stewart ein.

»Wir sollten hier nicht länger herumstehen und reden«, sagte Gunn aufgeregt. »Setzen wir lieber eine Barkasse aus und verfolgen den Schleppzug. Du und Al behaltet sie derweil von der Luft aus im Auge.«

»Das Dümmste, was wir tun könnten«, mischte sich Giordino ein. »Wir haben sie schon genug aufgeschreckt, als wir über sie drübergezischt sind. Der Kapitän merkt es doch sofort, wenn er verfolgt wird. Ich schlage vor, daß wir uns eine Zeitlang bedeckt halten und so tun, als hätten wir nichts gemerkt.«

»Al hat recht«, sagte Pitt. »Qin Shangs Leute sind nicht blöde. Die haben vermutlich für alle Eventualitäten vorgesorgt. Die Mittelsmänner, die sie bei den Nachrichtendiensten in Washington sitzen haben, haben den Sicherheitsdienst von Sungari vermutlich bereits mit Fotos von jedem Mann an Bord der *Marine Denizen* versorgt. Meiner Ansicht nach sollten wir uns Zeit lassen und unser Erkundungsunternehmen so unauffällig wie möglich durchziehen.«

»Sollten wir nicht wenigstens den INS verständigen?« fragte Stewart.

Pitt schüttelte den Kopf. »Nicht, solange wir keine hieb- und stichfesten Beweise vorlegen können.«

»Außerdem gibt's da noch ein anderes Problem«, sagte Giordino. »Eigentlich dürften Dirk und ich euch nämlich gar nicht zuarbeiten.«

Gunn grinste wissend. »Admiral Sandecker hat es mir berichtet. Ihr habt euch unerlaubt von einem Personenschutzprogramm in Maine abgesetzt.«

»Vermutlich werde ich schon steckbrieflich gesucht, weil ich über mehrere Staatsgrenzen geflogen bin«, sagte Giordino lachend.

»Was treiben wir unterdessen?« fragte Stewart. »Und wie lange sollen wir abwarten?«

»Vorerst kann die *Marine Denizen* an Ort und Stelle bleiben«, erwiderte Pitt. »Seit Qin Shangs Sicherheitsdienst euer AUV geklaut hat, ist eure Tarnung als harmloses Forschungsschiff in Diensten der NUMA ohnehin aufgeflogen. Geht so nahe wie möglich vor Anker und behaltet Sungari im Auge.«

»Wäre es nicht besser, wenn wir mit dem Schiff weiter flußabwärts fahren würden?«

Pitt schüttelte den Kopf. »Meiner Meinung nach nicht. Bleibt in der Nähe. Ich gehe jede Wette ein, daß die sich sehr sicher fühlen und felsenfest davon überzeugt sind, daß ihnen keiner auf die Schliche kommt. Qin Shang meint, daß ihm niemand was anhaben kann. Lassen wir ihn ruhig weiter in dem Glauben, daß die Chinesen die Weisheit mit Löffeln gefressen haben, während alle Amerikaner auf die Klippschule gegangen sind. Derweil unternehmen Al und ich heimlich, still und leise eine Erkundungsfahrt flußaufwärts und suchen diese Sammelstelle. Die Einwanderungsbehörde möchte bestimmt wissen, wo die eingeschleusten Illegalen abgeladen und festgehalten werden, bevor man sie mit Bussen und Lastwagen aufs ganze Land verteilt.« Pitt schwieg einen Moment. »Irgendwelche Fragen oder Anmerkungen?«

»Wenn ihr wirklich rausgefunden habt, wie Qin Shang die Sache bewerkstelligt«, sagte Stewart frohgemut, »ist das schon die halbe Miete.«

»Meiner Meinung nach klingt das nicht schlecht«, sagte Gunn. »Wie wollen wir vorgehen?«

»Mittels Hinterlist und Täuschung«, erklärte Pitt. »Al und ich begeben uns nach Morgan City, mischen uns unter die Einheimischen und mieten uns ein Fischerboot. Dann fahren wir den Atchafalaya hinauf und suchen die Sammelstelle.«

»Vermutlich könntet ihr einen Führer gebrauchen«, warf Stewart ein. »Von hier bis rauf zu den Kanalschleusen nördlich von Baton Rouge gibt es Tausende von Buchten, Altwasserarmen und Bayous. Wenn man sich auf dem Fluß nicht auskennt, verliert man einen Haufen Zeit.«

»Guter Vorschlag«, pflichtete Giordino ihm bei. »Ich habe keine Lust, im Sumpf zu landen und so spurlos zu verschwinden wie weiland Amelia Earheart.«

»Die Gefahr besteht wohl kaum«, sagte Stewart lächelnd.

»Eine gute Generalstabskarte sollte vollkommen genügen.« Pitt nickte dem Kapitän der *Marine Denizen* zu. »Wir halten euch über Satellitentelefon auf dem laufenden und teilen euch unsere jeweilige Position mit. Ihr verständigt uns, wenn wieder ein Schiff einläuft und der nächste Schleppzug unterwegs ist.«

»Könnte auch nichts schaden, wenn ihr uns Bescheid sagt, sobald ihr was Neues von der *United States* hört«, fügte Giordino hinzu. »Ich wäre ganz gern in der Nähe, wenn sie in Sungari anlegt.«

Gunn und Stewart blickten sich verdutzt an. »Die *United States* läuft Sungari gar nicht an«, sagte Gunn.

Pitt schaute ihn mit schmalen Augen an. »Ich habe von Admiral Sandecker noch nichts gehört. Woher wißt ihr das?«

»Aus der Lokalzeitung«, antwortete Stewart. »Wir schicken einmal pro Tag eine Barkasse rauf nach Morgan City und holen dort Verpflegung. Die Bootsbesatzung bringt jedesmal die Zeitung mit. Die Nachricht hat in Louisiana ein Riesenaufsehen erregt.«

»Was für eine Nachricht?« wollte Pitt wissen.

»Hat euch das etwa keiner erzählt?« fragte Gunn.

»Was hat uns keiner erzählt?«

»Die *United States*«, erwiderte Gunn leise, »fährt den Mississippi hinauf und legt in New Orleans an, wo sie zu einem schwimmenden Hotel und Spielcasino umgebaut werden soll.«

Pitt und Giordino sahen aus, als hätten sie soeben erfahren, daß sie sämtliche Ersparnisse verloren hatten. Giordino rang sich ein spöttisches Grinsen ab. »Scheint mir fast so, mein Lieber, als ob man uns mächtig an der Nase rumgeführt hätte.«

»Mir auch«, versetzte Pitt mit eisigem Unterton. Dann lächelte er grimmig und bedeutungsvoll. »Aber andererseits trügt der Schein mitunter.«

30

Am gleichen Nachmittag pflügte die *Weehawken*, ein Kutter der Küstenwache, mit flotter Fahrt durch die leicht kabbelige See, als vom Ruderhaus aus der Befehl erteilt wurde, die Maschinen zu drosseln. Captain Duane Lewis richtete das Fernglas auf das große Containerschiff, das sich, knapp eine Seemeile entfernt, von Süden näherte. Er hatte die Mütze, die auf den dichten sandfarbenen Haaren saß, ein Stück nach hinten geschoben und wirkte ruhig und gelassen. Dann senkte er das Glas, so daß man die tiefliegenden braunen Augen sah. Er drehte sich um und schenkte der Frau, die neben ihm auf der Brückennock stand und die Uniform der Küstenwache trug, ein schmales Lächeln.

»Das ist Ihr Schiff«, sagte er mit dröhnendem Baß. »Unschuldig wie der Wolf im Schafspelz. Sieht ziemlich harmlos aus.«

Julia blickte über die Reling hinweg zur *Sung Lien Star*. »Nur nach außen hin. Ich möchte nicht wissen, was die Menschen erdulden müssen, die in ihrem Bauch versteckt sind.«

Sie hatte kein Make-up aufgelegt, und über ihr Kinn zog sich eine aufgeschminkte Narbe. Die herrlichen langen Haare waren abgeschnitten. Sie trug jetzt eine Herrenfrisur, die größtenteils unter einer Seemannsmütze versteckt war. Am Anfang hatte sie Bedenken gehabt, in die Rolle der Lin Wan Chu zu schlüpfen, doch ihr Haß auf Qin Shang war so groß, daß sie es unter allen Umständen versuchen wollte, zumal sie fest an ihren Erfolg glaubte. Außerdem tat es gut zu wissen, daß sie diesmal nicht auf sich allein gestellt war.

Lewis drehte sich um und richtete das Fernglas auf die flache grüne Küste und die nur etwa drei Meilen entfernte Mündung des Atchafalaya. Von ein paar Krabbenkuttern abgesehen, war weit und breit niemand in Sicht. Er winkte einem jungen Offizier zu, der in der Nähe stand. »Lieutenant Stowe, fordern Sie sie auf, die Maschinen zu stoppen und sich für eine Bordinspektion bereitzuhalten.«

»Aye, Sir«, bestätigte Stowe und begab sich in den Funkraum. Jefferson Stowe war groß, blond, braungebrannt wie ein Tennislehrer und sah auf jungenhafte Art gut aus.

Die *Weehawken* krängte leicht, als der Rudergänger den Kutter auf Parallelkurs mit dem großen Containerschiff brachte, das unter der Flagge der Volksrepublik China fuhr. An Deck stapelten sich die Container, und dennoch, so stellte Lewis fest, hatte sie erstaunlich wenig Tiefgang. »Haben Sie bestätigt?« erkundigte er sich so laut, daß man es durch das Ruderhaus hörte.

»Sie haben auf chinesisch geantwortet«, rief Stowe aus dem Funkraum zurück.

»Soll ich dolmetschen?« fragte Julia.

»Das ist bloß ein Hinhaltemanöver«, sagte Lewis grinsend. »Fünfzig Prozent aller ausländischen Schiffe, die wir anhalten, stellen sich zunächst mal dumm. Dabei können die meisten Offiziere besser Englisch als wir.«

Lewis sah geduldig zu, wie die ferngesteuerte 76-Millimeter-Schnellfeuerkanone am Bug herumgeschwenkt und drohend auf das Containerschiff gerichtet wurde. »Teilen Sie dem Kapitän bitte mit, und zwar *auf englisch*, daß er die Maschinen stoppen soll, sonst nehmen wir die Brücke unter Beschuß.«

Stowe grinste über das ganze Gesicht, als er auf die Brückennock zurückkehrte. »Der Kapitän hat auf englisch geantwortet«, sagte er. »Er erklärt, daß er die Maschine stoppen läßt.«

Wie zur Bestätigung sank die weiße Gischtwoge am Bug in sich zusammen, und das große Containerschiff wurde zusehends langsamer. Lewis warf Julia einen besorgten Blick zu. »Bereit, Ms. Lee?«

Sie nickte. »Bereit und fest entschlossen.«

»Ihr Funkgerät haben Sie überprüft.« Es war eher eine Feststellung als eine Frage.

Julia warf einen Blick auf ihre Brust. Dort, im Büstenhalter, war das kleine Funkgerät versteckt. »Funktioniert bestens.« Unauffällig schmiegte sie die Beine aneinander, spürte die kleine .25er Automatik, die sie an der Innenseite des rechten Oberschenkels trug. An ihrem Oberarm, unter der Uniformbluse, war mit Klebeband ein Springmesser vom Typ Smith & Wesson First Response befestigt, dessen Klinge blitzschnell herausschnellte und so stark war, daß man damit Stahlblech durchstoßen konnte.

»Lassen Sie den Sender immer eingeschaltet, damit wir jedes Wort mithören können«, sagte Lewis. »Die *Weehawken* wird sich ständig in Reichweite Ihres Funkgeräts aufhalten, bis die *Sung Lien Star* in Sungari angelegt hat und Sie uns mitteilen, daß wir Sie abholen können. Hoffentlich klappt dieser Rollentausch mit der Köchin. Aber auch wenn Sie hinterher in Schwierigkeiten geraten, brauchen Sie nur Laut zu geben. Wir sind sofort zur Stelle. Unser Hubschrauber samt Besatzung hält sich auf alle Fälle bereit.«

»Ich weiß Ihre Umsicht zu schätzen.« Julia hielt inne, wandte sich kurz um und winkte einem stämmigen Mann mit Walroßschnurrbart und einer Baseballkappe auf dem Kopf zu. »Mr. Cochran ist ein Engel. Es hat mir großen Spaß gemacht, mich von ihm auf meine neue Rolle einstimmen zu lassen.«

»Unser Koch mußte sich zwar schon allerhand anhören«, sagte Lewis, »aber als Engel hat ihn noch niemand bezeichnet.«

»Tut mir leid, daß ich Ihnen so viele Umstände bereite«, sagte Julia leise.

»Alle Mann an Bord der *Weehawken* fühlen sich für Sie verantwortlich. Admiral Ferguson hat mir ausdrücklich befohlen, unter allen Umständen für Ihre Sicherheit zu sorgen. Ich beneide Sie nicht um Ihre Aufgabe, Ms. Lee. Aber ich verspreche Ihnen, daß wir alles in unserer Macht Stehende tun werden, um Sie zu schützen.«

Sie wandte das Gesicht ab, wirkte noch immer sehr gefaßt, auch wenn ihr die Tränen in den Augen standen. »Vielen Dank«, sagte sie nur. »Und bestellen Sie auch Ihren Männern meinen Dank.«

Dann gab Stowe den Befehl, die Barkasse zu Wasser zu lassen. Captain Lewis blickte auf Julia herab. »Es ist soweit«, sagte er. Dann drückte er kurz ihre Hand. »Gott schütze Sie, und viel Glück.«

Kapitän Li Hung-tschang regte sich nicht weiter auf, als die *Sung Lien Star* von der Küstenwache angehalten wurde. Er hatte längst damit gerechnet. Die Geschäftsleitung der Qin Shang Maritime Limited hatte ihn vorgewarnt, daß die amerikanische Einwanderungsbehörde sich neuerdings verstärkt darum bemühte, den Zustrom illegaler Ausländer einzudämmen. Er fühlte sich gegen jedwede Gefahr gefeit. Selbst bei einer peinlich genauen Durchsuchung würde niemand den doppelten Boden zwischen Bilge und Kiel entdecken, in dem dreihundert Emigranten untergebracht waren. Trotz der Enge und der unerträglichen Bedingungen hatte er nicht einen verloren. Li Hung-tschang war davon überzeugt, daß Qin Shang, dessen Großzügigkeit er bereits in der Vergangenheit hatte erleben dürfen, ihm nach seiner Rückkehr nach China eine stattliche Prämie gewähren würde. Dies war seine sechste Fahrt, auf der er sowohl legale Fracht als auch Emigranten und Kontrabande beförderte, und er hatte bereits soviel damit verdient, daß er sich und seiner Familie ein Haus in einer gehobenen Wohngegend von Peking hatte bauen können.

Ruhig und äußerlich gelassen sah er zu, wie die Bugwelle vor dem Kutter in sich zusammensank. Li Hung-tschang war erst Ende Vierzig, doch in der Sonne glitzerten zahllose graue Strähnen in seinen schwarzen Haaren; sein dünner Schnurrbart indessen war nach wie vor schwarz. Seine bernsteinfarbenen Augen wirkten großväterlich gütig, während er schweigend und mit zusammengekniffenen Lippen zu dem Kutter blickte, der langsam näher trieb. Dann wurde ein Boot zu Wasser gelassen und tuckerte auf die *Sung Lien Star* zu. Er nickte seinem Ersten Offizier zu.

»Gehen Sie zur Jakobsleiter und begrüßen Sie unsere Gäste. Zehn Mann, wie es scheint. Seien Sie zuvorkommend und gewähren Sie ihnen Zugang zu allen Bereichen des Schiffes.«

Danach ließ sich Kapitän Li Hung-tschang eine Tasse Tee aus der Kombüse bringen und verfolgte ruhig und gelassen, wie der Inspektionstrupp der *Weehawken* an Bord seines Schiffes kam und mit der Untersuchung begann.

Lieutenant Stowe begab sich auf die Brücke, machte Kapitän Li Hung-tschang seine Aufwartung und verlangte die Schiffspapiere und das Ladungsverzeichnis. Der Trupp der Küstenwache teilte sich unterdessen auf. Vier untersuchten die Frachträume, drei überprüften die Container und drei weitere kümmerten sich um die Mannschaftsunterkünfte. Die Chinesen nahmen diese drei kaum zur Kenntnis, zumals sie sich offenbar eher für die Messe und die Kombüse interessierten als für ihre Kajüten.

Nur zwei Besatzungsmitglieder der *Sung Lien Star* waren in der Messe. Beide trugen weiße Uniformen und Kochmützen. Der eine las eine chinesische Zeitung, während der andere, der bei ihm am Tisch saß, eine Suppenschale auslöffelte. Keiner protestierte, als Mickey Cochran, der Chefkoch der *Weehawken*, sie in Zeichensprache aufforderte, sich auf den Gang zu begeben, damit man ungestört Speisekammern, Kombüse und Messe durchsuchen könne.

Julia, die sich als Mitglied des Inspektionstrupps ausgab, ging schnurstracks in die Kombüse. Lin Wan Chu, die ebenfalls weiße Hosen und eine weiße Bluse trug, war über den Herd gebeugt, hatte einen langen Kochlöffel in der Hand und rührte in einem großen Kupferkessel, in dem sie Krabben kochte. Da der Kapitän ihnen befohlen hatte, zuvorkommend zu den Inspekteuren der Küstenwache zu sein, blickte sie auf und lächelte sie mit blitzenden Zähnen an. Dann widmete sie sich wieder ihrer Arbeit, während Julia hinter sie trat und einen kurzen Blick in die Stauräume und Geschirrschränke warf.

Lin Wan Chu spürte nicht, wie sie ihr die Nadel der Injektionsspritze in den Rücken stieß. Sie wirkte einen Moment lang verdutzt, als die Dampfwolke, die aus dem Kessel stieg, plötzlich dichter und größer zu werden schien, dann wurde ihr schwarz vor Augen. Viel später, als sie an Bord der *Weehawken* wieder zu sich kam, fragte sie sich denn auch zuallererst, ob sie die Krabben hatte überkochen lassen.

Innerhalb von zwei Minuten war Julia, die eifrig für diesen Moment geübt hatte, in Lin Wan Chus weiße Kleidung geschlüpft und hatte der bewußtlosen Köchin die Uniform der amerikanischen Küstenwache übergestreift. Weitere dreißig Sekunden vergingen, bis Julia die Haare der Köchin abgeschnitten und ihr eine Seemannsmütze mit dem Emblem der Küstenwache und der Aufschrift *Weehawken* aufgesetzt hatte. »Bringt sie weg«, sagte sie schließlich zu Cochran, der unterdessen die Tür zum Gang bewacht hatte.

Cochran und ein weiteres Mitglied des Inspektionstrupps hoben die chinesische Köchin auf, nahmen sie zwischen sich und schlangen ihre Arme um die Schulter. Ihr Kopf sackte auf die Brust, so daß man das Gesicht kaum sehen konnte, aber Cochran zog vorsichtshalber die Mütze noch ein Stück tiefer. Schließlich nickte er Julia ein letztes Mal zu und sagte leise, so daß nur sie es hören konnte: »Ich wünsche Ihnen viel Erfolg.« Dann brachten sie Lin Wan Chu, die sie teils schleifen, teils tragen mußten, zur Barkasse der *Weehawken.*

Julia nahm den Holzlöffel und rührte die kochenden Krabben um, als habe sie den ganzen Nachmittag über nichts anderes getan.

»Einer Ihrer Männer scheint sich verletzt zu haben«, sagte Kapitän Li Hung-tschang, als er sah, wie die Inspekteure eine schlaffe Gestalt in die Barkasse hinabließen.

»Der Trottel hat nicht aufgepaßt und sich den Kopf an einem Rohr angeschlagen«, erklärte Stowe. »Vermutlich eine Gehirnerschütterung.«

»Haben Sie etwas zu beanstanden?«

»Nein, Sir, Ihr Schiff ist in Ordnung.«

»Ist mir stets ein Vergnügen, den amerikanischen Behörden zu Diensten zu sein«, sagte Li Hung-tschang herablassend.

»Ihr Zielhafen ist Sungari?«

»So steht es in meinem Fahrauftrag und in den Reedereipapieren der Qin Shang Maritime Limited.«

»Sobald wir von Bord sind, können Sie weiterfahren«, sagte Stowe und salutierte vor dem chinesischen Kapitän. »Ich bedauere, daß wir Sie anhalten mußten.«

Zwanzig Minuten nachdem die Barkasse der Küstenwache abgelegt hatte, ging das Lotsenboot aus Morgan City neben der *Sung Lien Star* längsseits. Der Lotse kletterte an Bord und begab sich auf die Brücke. Kurz darauf steuerte er das Containerschiff durch die tiefe Fahrrinne im Unterlauf des Atchafalaya zum Sweet Bay Lake und weiter zu den Kais von Sungari.

Kapitän Li Hung-tschang stand neben dem einheimischen Lotsen, der das Ruder übernommen hatte und das Schiff gekonnt durch das Marschland steuerte. Aus reiner Neugier richtete der Kapitän sein Fernglas auf ein türkisfarbenes Schiff, das knapp außerhalb der Fahrrinne vor Anker lag. Laut der großen Blockbuchstaben am Rumpf handelte es sich um ein Forschungsschiff der National Underwater and Marine Agency. Li Hung-tschang hatte diese Schiffe bei seinen Reisen rund um die Welt schon des öfteren im Einsatz gesehen. Er fragte sich, was für meereswissenschaftliche Untersuchungen die NUMA im Atchafalaya unterhalb von Sungari wohl durchführen mochte.

Als er mit dem Glas das Deck des Forschungsschiffs absuchte, bemerkte er einen großen Mann mit dichten, lockigen schwarzen Haaren, der ebenfalls ein Fernglas angesetzt hatte. Das Komische war nur, daß er es offenbar nicht auf das Containerschiff selbst gerichtet hatte.

Allem Anschein nach betrachtete er das Kielwasser unmittelbar hinter dem Heck der *Sung Lien Star*.

31

Julia konnte Lin Wan Chus Rezepte und Speisekarten nur mühsam entziffern. Das Chinesische ist zwar die meistgesprochene Sprache der Welt, kennt aber zahlreiche Dialekte, die je nach Region sehr unterschiedlich sein können. Julia hatte von ihrer Mutter schon als kleines Mädchen Mandarin gelernt, das Hochchinesisch, dessen wichtigsten Dialekt, den sogenannten Peking-Dialekt, sie fließend sprechen, lesen und schreiben konnte. Lin Wan Chu indessen, die in der Provinz Jiangsu aufgewachsen war, sprach den Nanking-Dialekt, eine andere Spielart des Mandarin. Glücklicherweise gab es so viele Ähnlichkeiten, daß Julia sich einigermaßen durchmogeln konnte. Aber wenn sie am Herd stand, senkte sie trotzdem den Kopf und blickte vorsichtshalber weg, sobald jemand in ihre Nähe kam.

Ihre beiden Gehilfen, der zweite Koch und der Mann, der das Geschirr abspülte und die Kombüse sauber hielt, schöpften offenbar keinen Verdacht. Sie gingen Ihrer Arbeit nach, klatschten und tratschten nicht und sprachen sie nur an, wenn sie Fragen zum Abendessen hatten. Einmal hatte Julia den Eindruck, als ob der Bäcker sie mit einem eigenartigen Gesichtsausdruck musterte, doch als sie ihn anherrschte, er solle sie nicht so anglotzen und sich lieber um seine gebackenen Wan-Tans kümmern, lachte er, machte eine anzügliche Bemerkung und widmete sich wieder seiner Aufgabe.

Julia schwitzte wie in ihrem ganzen Leben noch nicht. Durch die Hitze, die von den Herden, den Kochtöpfen und den Woks aufstieg, herrschte in der Kombüse binnen kürzester Zeit eine Luft wie in einem türkischen Dampfbad. Sie trank ein Glas Wasser nach dem anderen, nur um ihren Flüssigkeitsbedarf zu decken. Und sie sprach ein kurzes Dankgebet, als der zweite Koch ihr zuvorkam und die Brunnenkressesuppe und das geschnetzelte Huhn mit Sojasprossen zubereitete. Julia wiederum hielt sich beim Schweinebraten mit Nudeln und dem gebratenen Eierreis mit Krabben ganz achtbar.

Kapitän Li Hung-tschang kam kurz in die Küche und gönnte sich ein paar Sesamgebäckstücke, sobald die *Sung Lien Star* am Kai von Sungari vertäut war. Er blickte Julia offen an, aber allem Anschein nach meinte er, Lin Wan Chu vor sich zu haben. Dann kehrte er zur Brücke zurück und empfing die Vertreter von Zoll und Einwanderungsbehörde.

Julia mischte sich unter die anderen Besatzungsmitglieder, als alle an Deck antraten und dem Vertreter der Einwanderungsbehörde ihre Pässe reichten. Normalerweise legte der Kapitän die Papiere seiner Besatzungsmitglieder vor, damit die unterdessen ihrer Arbeit nachgehen konnten, aber wenn Schiffe der Qin Shang Maritime Limited den Hafen anliefen, ließ der INS besondere Strenge walten. Der Beamte studierte Lin Wan Chus Paß, den Julia in der Kabine der Köchin gefunden hatte, betrachtete aber nicht ihr Gesicht. Das läuft ja alles wie geschmiert und sehr professionell, dachte sie. Denn jeder falsche Blick, jedes noch so unauffällige Zeichen, daß er sie erkannte, hätte verräterisch sein können.

Sobald die Einreiseformalitäten erledigt waren, kam die Besatzung zum Abendessen nach unten. Die Kombüse lag zwischen der Offiziers- und der Mannschaftsmesse. Als Chefköchin bediente Julia die Offiziere des Schiffes, während ihre Helfer das Essen an die Matrosen verteilten. Sie wollte sich unbedingt auf dem Schiff umsehen, aber solange die Besatzung zu Tisch saß, mußte sie ihre Rolle spielen.

Schweigend verrichtete Julia ihre Arbeit, während die anderen aßen, wuselte in der Kombüse herum und warf gelegentlich dem einen oder anderen Besatzungsmitglied ein strahlendes Lächeln zu, wenn sie ihr Essen lobten und um einem Nachschlag baten. Sie benahm sich nicht nur wie Lin Wan Chu – für jedermann an Bord *war* sie Lin Wan Chu. Niemand musterte sie mit forschendem Blick, keiner wirkte argwöhnisch. Nicht einem fielen die kaum wahrnehmbaren Unterschiede im Verhalten, im Auftreten und in der Sprache auf. Für sie war sie die Schiffsköchin, die seit der Nacht, da die *Sung Lien Star* von Qingdao aus in See gestochen war, für sie das Essen zubereitete.

Zug um Zug ging sie in Gedanken noch einmal ihren Auftrag durch. Bislang war alles glattgegangen. Und dennoch hatte die Sache einen schweren Haken. Wenn tatsächlich dreihundert Illegale an Bord des Schiffes waren – wie wurden die verpflegt? Jedenfalls nicht von dieser Küche. Aus Lin Wan Chus Rezepten und den Eintragungen in den Küchenbüchern ging eindeutig hervor, daß sie nur für die dreißig Besatzungsmitglieder kochte. Und auch die in den Vorratsräumen und Kühlkammern gelagerten Nahrungsmittel waren von der Menge her genau auf den Bedarf der Mannschaft zugeschnitten. Allmählich fragte sie sich, ob Peter Harpers CIA-Informant in Qingdao sich nicht vielleicht geirrt und die Schiffsnamen verwechselt hatte.

Ruhig saß sie in Lin Wan Chus kleinem Büro und tat so, als sei sie mit dem Speiseplan für den kommenden Tag beschäftigt. Aus den Augenwinkeln sah sie zu, wie der zweite Koch das übriggebliebene Essen abtrug, während der Gehilfe die Tische abwischte und dann das schmutzige Geschirr, die Töpfe und die Woks in Angriff nahm.

Wie beiläufig schlenderte sie zur Offiziersmesse und dann hinaus in den Gang, wo sie sich kurz umdrehte und zufrieden feststellte, daß ihre Gehilfen keine Notiz von ihr nahmen. Sie stieg einen Aufgang hinauf und trat unterhalb der Brücke an Deck. Die großen Kräne am Kai waren bereits in Betrieb und löschten die auf den Frachtdecks gestapelten Container.

Sie warf einen Blick über die Bordwand und sah, wie ein Schleppzug längsseits neben dem Schiff anlegte. Die Besatzung bestand offenbar aus lauter Chinesen. Zwei Mann kamen an Bord und fingen an, prallvolle Müllsäcke in den Frachtraum des Lastkahns hinabzuwerfen. All das geschah unter den aufmerksamen Blicken eines Drogenfahnders, der jeden Sack genauestens überprüfte, ehe er nach unten flog.

Rundum wirkte alles völlig harmlos. Julia konnte nichts Verdächtiges entdecken. Das Schiff war sowohl von der Küstenwache als auch vom Zoll und der Einwanderungsbehörde durchsucht worden, aber man hatte weder Illegale noch Drogen noch andere Kontrabande gefunden. Die Container enthielten Industrie- und Handelsgüter, unter anderem Textilien, Gummi- und Plastikschuhe, Kinderspielzeug sowie Radio- und Fernsehgeräte, alles von billigen Arbeitskräften in der Volksrepublik China hergestellt.

Sie kehrte in die Küche zurück und füllte einen Eimer mit Sesamgebäck (Frühlingszwiebeln und Sesamkörner in Blätterteig), das Kapitän Li Hung-tschang so schätzte. Dann wanderte sie durch den Bauch des Schiffes und sah sich in den unter der Wasserlinie liegenden Stau- und Frachträumen um. Die Besatzung war größtenteils an Deck beschäftigt, wo sie beim Löschen der Container half. Die paar Männer, die sich noch unter Deck aufhielten, freuten sich sichtlich, als sie ihnen im Vorübergehen ein Gebäckstück aus ihrem Eimer anbot. Den Maschinenraum sparte sie aus, denn dort waren mit Sicherheit keine Immigranten versteckt. Kein Chefingenieur, der etwas auf sich hielt, ließ einen Passagier auch nur in die Nähe seiner kostbaren Maschinen.

Nur einmal packte sie kurz die Panik, als sie sich in dem riesigen Raum verlief, in dem sich die Treibstofftanks des Schiffes befanden, und plötzlich von einem Besatzungsmitglied angesprochen wurde, das unverhofft hinter ihr auftauchte und wissen wollte, was sie hier suchte. Julia lächelte, bot ihm ein Stück Sesamgebäck an und erklärte, daß der Kapitän Geburtstag habe und wolle, daß alle Mann an Bord mit ihm feierten. Der Matrose, der keinen Grund hatte, der Schiffsköchin zu mißtrauen, nahm sich eine Handvoll Gebäck und bedankte sich selig lächend.

Nachdem sie sich sämtliche Räume, in denen sich eine größere Anzahl illegaler Einwanderer verstecken ließe, vorgenommen hatte, ohne etwas Verdächtiges zu entdecken, begab sie sich wieder an Deck. Sie beugte sich über die Steuerbordreling, überzeugte sich, daß niemand in ihrer Nähe war, steckte dann den kleinen Kopfhörer ins Ohr und sprach in das zwischen ihren Brüsten versteckte Funkgerät.

»So leid es mir tut, aber das Schiff ist offenbar sauber. Ich habe alle Decks abgesucht, ohne eine Spur von illegalen Einwanderern zu finden.«

Captain Lewis meldete sich unverzüglich. »Wie steht's um Ihre Sicherheit?«

»Gut. Bislang hat niemand etwas bemerkt.«

»Möchten Sie das Schiff verlassen?«

»Noch nicht. Ich würde ganz gern noch eine Weile hierbleiben.«

»Halten Sie mich bitte auf dem laufenden«, sagte Lewis. »Und seien Sie vorsichtig.«

Lewis' letzte Worte waren kaum zu verstehen, denn plötzlich erdröhnte ringsum die Luft, als der Helikopter der *Weehawken* mit knatternden Rotorblättern und heulenden Turbinen über den Kai hinwegflog. Julia hätte ihm am liebsten zugewinkt. Doch sie beherrschte sich, beugte sich weiter über die Reling, als sei nichts geschehen, und warf nur einen beiläufigen Blick auf den Hubschrauber. Aber ihr war mit einemmal erheblich wohler zumute. Es tat gut zu wissen, daß da oben zwei Männer waren, die über sie wachten.

Sie war einerseits erleichtert, daß ihr Auftrag vorüber war, ärgerte sich aber auch, weil sie keinerlei Hinweise auf kriminelle Machenschaften entdeckt hatte. Anscheinend hatte Qin Shang wieder einmal alle ausgetrickst. Eigentlich hätte sie sich jetzt von Lewis abholen lassen oder sich einfach in die Obhut des erstbesten Beamten der Einwanderungsbehörde begeben können. Aber sie wollte sich nicht damit abfinden, daß alles vergebens gewesen sein sollte. Irgend etwas mußte hier zu finden sein, davon war sie überzeugt.

Sie ging langsam am Heck vorbei und schlenderte dann nach Backbord, bis sie zu dem Lastkahn hinabblicken konnte, der jetzt etwa halbvoll war. Sie stand eine Zeitlang an der Reling, musterte den Schleppzug und sah, wie die beiden Schrauben das braune Wasser aufwühlten, als der Kapitän die Maschinen in Gang setzte und langsam von der *Sung Lien Star* ablegte.

Julia haderte mit sich. Eins wußte sie genau: An Bord der *Sung Lien Star* gab es keine illegalen Einwanderer. Andererseits mußte an der Auskunft des CIA-Agenten aus Qingdao etwas Wahres dran sein. Und ihr war auch klar, daß Qin Shang alles zuzutrauen war. Womöglich war ihm etwas eingefallen, worauf sonst niemand kam.

So leicht ließ sich die Sache hier nicht lösen. Vielleicht fand sie auf dem Schleppzug da unten einen Hinweis. Etwas anderes blieb ihr kaum übrig, wenn sie nicht unverrichteter Dinge zurückkehren wollte.

Sie warf einen kurzen Blick nach unten, stellte fest, daß die Frachtluken jetzt geschlossen waren und sich weit und breit kein Besatzungsmitglied aufhielt. Der Kapitän des Schleppers stand am Ruder, ein Mann hielt auf der Brückennock Ausschau und ein dritter stand vorn am Bug. Alle blickten nach vorne, keiner schaute achteraus.

Als sich der Schlepper langsam in Bewegung setzte, sah sie unmittelbar unter sich auf dem Dach des Ruderhauses, direkt hinter dem Schornstein, eine dicke Taurolle. Ein gutes Polster, denn bis da unten waren es gut drei Meter. Sie kletterte kurzentschlossen über die Reling. Lewis konnte sie nicht mehr Bescheid sagen; dazu war keine Zeit. Dann atmete sie einmal tief durch und sprang.

Auf der *Sung Lien Star* bemerkte niemand, wie Julia von Bord sprang, wohl aber auf der *Marine Denizen*, die unmittelbar südlich des Hafens vor Anker lag. Pitt saß seit über einer Stunde im Kapitänssessel auf der Brückennock, ohne sich von der grellen Sonne oder einem gelegentlichen Regenschauer stören zu lassen, und hatte ein starkes Fernglas auf das am Kai liegende Containerschiff gerichtet. Vor allem aber interessierte ihn der Schleppzug, der vor einer Weile längsseits gegangen war. Gespannt verfolgte er, wie die in Müllsäcken verpackten Abfälle, die sich auf der langen Fahrt von China bis hierher angesammelt hatten, über Bord geworfen wurden. Als die Frachtluken des Kahns geschlossen wurden, wollte Pitt sich abwenden und die Container in Augenschein nehmen, die von den Kränen an Land gehievt wurden. Doch plötzlich sah er, wie eine Gestalt über die Reling kletterte und auf das Dach des Schleppers hinabsprang. »Was soll denn das!« rief er aus.

Rudi Gunn, der neben ihm stand, zuckte zusammen. »Hast du etwas entdeckt?«

»Da ist gerade jemand vom Schiff auf den Schlepper gesprungen.«

»Vermutlich ein Matrose, der sich abseilen will.«

»Hat ausgesehen wie der Schiffskoch«, sagte Pitt, während er das Glas weiter auf den Schleppzug richtete.

»Hoffentlich hat er sich nicht verletzt«, sagte Gunn.

»Ich glaube, er ist auf einer Taurolle gelandet. Offenbar ist ihm nichts passiert.«

»Hast du irgendwas entdeckt, was darauf hindeutet, daß die da drüben wirklich eine Art Tauchboot einsetzen, mit dem sie die illegalen Einwanderer vom Mutterschiff zum Schleppzug befördern?«

»Bislang nichts Beweiskräftiges«, versetzte Pitt. Dann schaute er ihn mit seinen funkelnden grünen Augen an. »Aber das kann sich in den nächsten achtundvierzig Stunden ändern.«

32

Das Jetboot der *Marine Denizen* raste quer über den Intracoastal Waterway und wurde erst langsamer, als die Kais von Morgan City in Sicht kamen. Die Stadt war durch zweieinhalb Meter hohe Betondeiche und bis zu sechs Meter hohe Flutwälle zum Golf hin abgesichert. Zwei Autobahnbrücken und eine Eisenbahnbrücke überspannten hier den Atchafalaya, und im Wasser spiegelten sich Lichter der am Ufer stehenden Häuser und die Positionslaternen der vorüberfahrenden Boote. Mit fünfzehntausend Einwohnern war Morgan City die größte Ansiedlung im St. Mary Parish (in Louisiana werden die Landkreise, die »Countys«, wie sie ansonsten in Amerika heißen, nach wie vor als »Parish« bezeichnet, so wie einst die alten Kirchensprengel). Die Stadt lag an der Berwick Bay, einer der breitesten Stellen des Atchafalaya. Im Süden zweigte der Bayou Boeuf ab, der sich wie ein breiter Wassergraben um die Stadt herumzog und schließlich in den Lake Palourde mündete.

Morgan City, die einzige größere Stadt am Ufer des Atchafalaya, lag ziemlich tief. Überschwemmungen, sei es durch Hochwasser, starke Flut oder Wirbelstürme, waren hier keine Seltenheit. Doch die Einwohner achteten gar nicht darauf, wenn dunkle Wolken über dem Golf aufzogen. »In Kalifornien gibt es Erdbeben«, pflegten sie zu sagen, »in Kansas Tornados und in Montana Schneestürme. Was sollen wir uns da Sorgen machen?«

Hier war etwas geboten, jedenfalls mehr als in den anderen Dörfern und Kleinstädten in den Bayous von Louisiana. Immerhin war Morgan City ein Seehafen. Von hier aus liefen die Fischerboote in den Golf aus, hier gab es Werften, und hier hatten sich die großen Ölfirmen niedergelassen, die die Lagerstätten draußen im Golf ausbeuteten. Und dennoch hatte sich die Stadt einen gewissen ländlichen Reiz bewahrt.

Etliche Fischerboote zogen an ihnen vorbei. Die mit dem spitz zugeschnittenen Bug, den hohen Bordwänden, vorne liegenden Kabinen und den Masten mit den hochgezogenen Netzen am Heck fuhren weit in den Golf hinaus. Die anderen, die im seichteren Wasser blieben, hatten einen flachen Kiel, niedrigere Bordwände und einen abgerundeten Bug. Bei ihnen waren die Masten vorn am Bug und die kleinen Kabinen am Heck. Beide Bootstypen waren Krabbenkutter. Ganz anders dagegen die Austernlogger, die zumeist in Binnengewässern eingesetzt werden und daher keine Masten hatten. Einer, auf dessen tief im Wasser liegenden Deck sich die frischgefangenen Austern bis zu zwei Meter hoch auftürmten, tuckerte gerade am Jetboot der NUMA vorbei.

»Wo wollt ihr abgesetzt werden?« fragte Rudi Gunn, der am Steuerrad des leichten, schraubenlosen Bootes saß.

»An der nächstbesten Hafenkneipe«, sagte Pitt. »Dort trifft man bestimmt Flußschiffer.«

Giordino deutete auf eine Reihe von Holzbauten entlang des Kais. Auf einer Neonreklame über einem der Häuser stand CHARLIE'S FISH DOCK, SEAFOOD AND BOOZE. »Sieht aus, als ob das genau das Richtige wäre.

»Nebenan ist eine Konservenfabrik, bei der die Fischer offenbar ihren Fang abliefern«, stellte Pitt fest. »Hier finden wir bestimmt jemanden, den wir nach ungewöhnlichen Vorgängen weiter flußaufwärts fragen können.«

Gunn steuerte das Motorboot langsam zwischen einer kleinen Fischfangflotte hindurch und hielt am Fuß einer Holzleiter an. »Viel Glück«, sagte er lächelnd, als Pitt und Giordino hinauf zum Kai kletterten. »Und vergeßt nicht zu schreiben.«

»Wir melden uns«, versicherte ihm Pitt.

Gunn winkte, legte ab und fuhr mit dem kleinen Jetboot wieder flußabwärts zur *Marine Denizen.*

Am Kai stank es nach Fisch, ein durchdringender Geruch, der durch die feuchte Nachtluft noch verstärkt wurde. Giordino deutete mit dem Kopf auf einen Berg leerer Austernschalen, die fast bis zum Dach der Hafenkneipe aufragten. »Ein Dixie-Bier und ein Dutzend fetter Austern aus dem Golf kämen mir jetzt grade recht«, sagte er voller Vorfreude.

»Ich wette, hier gibt's auch ein erstklassiges Gumbo.«

Als sie durch die Schwingtür in Charlie's Fisch Dock traten, kamen sie sich vor, wie in eine längst vergangene Zeit zurückversetzt. Die uralte Lüftung hatte den Kampf gegen Tabakqualm und menschliche Körperausdünstungen längst aufgegeben. Der Holzboden war von den Stiefeln der Fischer blank geschliffen und von Hunderten von Zigarettenkippen versengt.

Desgleichen die Tische, die aus zurechtgesägten und gefirnißten Lukendeckeln gezimmert waren. Die Kapitänsstühle waren schief und wacklig und sahen aus, als wären sie nach zahllosen Kneipenschlägereien notdürftig geflickt und wieder zusammengeleimt worden. An den Wänden hingen rostige und mit Einschußlöchern übersäte Blechschilder, auf denen für alles mögliche Reklame gemacht wurde, von Aunt Bea's Ginger Ale bis zu Old South Whiskey und Goober's Bait Shack. Aber nirgendwo war eine der modernen Bierreklamen zu sehen, die einem sonst immer zuerst ins Auge fielen. Die Regale hinter der Bar, auf denen nahezu hundert verschiedene Spirituosen standen, darunter auch einige einheimische Marken, sahen aus, als seien sie während des Bürgerkrieges notdürftig an die Wand genagelt worden. Die Bar bestand aus den Decksplanen eines längst ausgedienten Fischerbootes und hätte mal wieder gründlich kalfatert werden müssen.

Die Gäste, eine bunte Mischung aus Fischern, einheimischen

Werft- und Bauarbeitern sowie Männern, die draußen vor der Küste Öl förderten, waren ein derber Haufen. Etliche unterhielten sich auf französisch – immerhin war hier das Land der Cajuns. Zwei große Hunde lagen unter einem freien Tisch und dösten friedlich vor sich hin. Mindestens dreißig Männer drängten sich um die Bar, doch weit und breit war keine Frau zu sehen, nicht einmal eine Bedienung. Sämtliche Getränke wurden vom Barkeeper serviert. Biergläser gab es nicht. Man bekam entweder eine Flasche oder eine Dose. Nur der Schnaps wurde in gesprungenen, ausgezackten Gläsern aufgetischt. Ein Kellner, der aussah, als ob er jeden Donnerstagabend in der hiesigen Turnhalle zum Catchen antrat, brachte das Essen.

»Was meinst du?« fragte Pitt Giordino.

»Jetzt weiß ich, wo alte Kakerlaken zum Sterben hingehen.«

»Denk dran, daß du immer schön lächeln und ›Sir‹ sagen mußt, wenn dich einer dieser Schränke nach der Zeit fragt.«

»Hier möchte ich auf keinen Fall eine Schlägerei vom Zaun brechen«, erwiderte Giordino.

»Gut, daß wir nicht wie Touristen angezogen sind, die frisch von einem Kreuzfahrtschiff kommen«, sagte Pitt, während er die schmutzigen und geflickten Arbeitsklamotten betrachtete, die die Besatzung der *Marine Denizen* für sie zusammengesucht hatte. »Obwohl ich bezweifle, daß es was nützt. Die können riechen, daß wir nicht dazugehören.«

»Ich hab' doch gleich gewußt, daß es ein Fehler war, letzten Monat zu baden«, versetzte Giordino.

Pitt verbeugte sich und deutete auf einen freien Tisch. »Wollen wir speisen?«

»Na klar«, erwiderte Giordino, der sich ebenfalls verbeugte, eine Stuhl herauszog und sich setzte.

Als sie nach zwanzig Minuten immer noch niemand bedient hatte, gähnte Giordino und sagte: »Scheint so, als ob sich der Kellner große Mühe gäbe, unseren Tisch nicht zur Kenntnis zu nehmen.«

»Er muß dich gehört haben«, sagte Pitt grinsend. »Da kommt er.«

Der Kellner trug lediglich abgeschnittene Jeans und ein bedrucktes T-Shirt.

»Kann ich euch was aus der Küche bringen?« fragte er mit überraschend hoher Stimme.

»Wie wär's mit einem Dutzend Austern und 'nem Dixie-Bier?« sagte Giordino.

»Kommt gleich«, antwortete der Kellner. »Und du?«

»Einen Teller von eurem berühmten Gumbo.«

Der Kellner grunzte. »Hab' nicht gewußt, dasses berühmt is, aber gut schmecken tut's. Was willst'n trinken?«

»Gibt's an der Bar auch einen Tequila?«

»Klar, hier kommen haufenweise Fischer aus Mittelamerika her.«

»Tequila mit Eis und Limonensaft.«

»Bin gleich wieder da«, sagte der Kellner, drehte sich um und ging zur Küche.

»Ich hoffe, der hält sich nicht für Arnold Schwarzenegger und fährt mit dem Auto durch die Wand«, grummelte Giordino.

»Nur die Ruhe«, sagte Pitt. »Genieße das Lokalkolorit, das rustikale Ambiente und die verqualmte Umgebung.«

»Die Luft hier drin ist so dick, daß es auf eine mehr auch nicht mehr ankommt«, sagte Giordino und zündete sich eine seiner kostbaren Zigarren an.

Pitt blickte sich in der Kneipe um und hielt Ausschau nach einem passenden Gesprächspartner, von dem sie vielleicht etwas in Erfahrung bringen könnten. Die Ölsucher, die sich am anderen Ende der Bar zusammengerottet hatten und Pool spielten, konnte er getrost ausklammern. Die Werftarbeiter kämen möglicherweise in Frage, aber sie sahen nicht so aus, als ob sie für Fremde viel übrig hätten. Unauffällig musterte er die Fischer. Etliche saßen an zusammengeschobenen Tischen und spielten Poker. Ein älterer Mann, den Pitt auf etwa Mitte Sechzig schätzte, saß rittlings auf einem Stuhl daneben, stieg aber nicht ein. Spielt offenbar den Einzelgänger, dachte Pitt. Doch in seinen freundlichen blaugrünen Augen saß der Schalk. Er hatte graue Haare und einen ebenso grauen Schnurr- und Kinnbart. Während die anderen ihr Geld auf den Tisch warfen, hockte er nur da und beobachtete sie wie ein Psychologe, der das Verhalten von Labormäusen untersucht.

Der Kellner brachte ihre Getränke – ohne Tablett, in der einen Hand ein Glas, in der anderen die Bierflasche. Pitt blickte auf. »Was für einen Tequila schenkt der Barkeeper aus?« fragte er.

»Ich glaub', er heißt Pancho Villa.«

»Soweit ich weiß, wird Pancho Villa in Plastikflaschen verkauft.«

Der Kellner verzog den Mund, als versuchte er sich an etwas zu erinnern, das er vor vielen Jahren mal gesehen hatte. Dann strahlte er auf. »Jo, du hast recht. Der kommt aus 'ner Plastikflasche. Prima Arznei, hilft gegen alles.«

»Mir fehlt im Moment nichts«, sagte Pitt.

Giordino grinste so anzüglich, wie es nur ging. »Wieviel Rückstände sind da drin, und wieviel kostet der?«

»Als wir seinerzeit in der Sonora-Wüste nach dem Inka-Gold gesucht haben, habe ich einen Dollar siebenundsechzig für die Flasche bezahlt«, sagte Pitt.

»Kann man den auch trinken?«

Pitt hielt kurz sein Glas ins Licht, nahm dann einen tüchtigen Schluck und verdrehte die Augen. »In der Not schmeckt alles.«

Der Kellner kehrte aus der Küche zurück und brachte Giordinos Austern und Pitts Gumbo. Die Golfaustern waren so groß, daß Giordino sie zerschneiden mußte wie ein Steak. Von Pitts Gumbo wäre selbst ein hungriger Löwe satt geworden. Als Hauptmahlzeit bestellten sie sich Jambalaya und Catfish. Nachdem sie sich den Bauch mit einer Riesenportion vollgeschlagen hatten, bestellten sie sich ein weiteres Dixie-Bier und einen Pancho Villa, lehnten sich zurück und lockerten ihren Hosengürtel.

Auch während des Essens hatte Pitt den Blick kaum von dem alten Mann gewandt, der den Pokerspielern zusah. »Wer ist der Alte, der da drüben rittlings auf dem Stuhl sitzt?« fragte er den Kellner. »Ich kenne ihn, weiß aber nicht mehr, woher.«

Der Kellner blickte sich kurz in der Kneipe um, bis er den alten Mann entdeckte. »Ach, der. Dem gehört 'ne Fischereiflotte. Fängt hauptsächlich Krabben und Shrimps. Besitzt außerdem 'ne Catfish-Farm. Das is'n reicher Mann, auch wenn man's ihm nicht ansieht.«

»Wissen Sie, ob er Boote vermietet?«

»Keine Ahnung. Da mußt du ihn selber fragen.«

Pitt schaute zu Giordino. »Warum klapperst du nicht die Bar ab und siehst zu, ob du rauskriegst, wo die Schleppzüge der Qin Shang Maritime ihren Müll abladen?«

»Und du?«

»Ich erkundige mich nach diesem Erdaushub weiter flußaufwärts.«

Giordino nickte und stand auf. Kurz darauf stand er lachend inmitten mehrer Fischer und gab allerlei wilde und maßlos übertriebene Geschichten von seinen Angeltouren vor der kalifornischen Küste zum besten. Pitt begab sich zu dem alten Fischer und blieb neben ihm stehen.

»Entschuldigen Sie, Sir, könnte ich Sie vielleicht kurz sprechen?«

Der graubärtige Mann musterte Pitt von der Gürtelschnalle bis zu den lockigen schwarzen Haaren. Dann nickte er bedächtig, erhob sich und winkte Pitt zu einer Sitznische in der anderen Ecke der Kneipe. Nachdem er Platz genommen und sich ein weiteres Bier bestellt hatte, sagte der Fischer: »Womit kann ich Ihnen dienen, Mr....«

»Pitt.«

»Mr. Pitt. Sie stammen nicht aus unserer Gegend.«

»Nein, ich arbeite bei der National Underwater and Marine Agency in Washington.«

»Treiben Sie hier Meeresforschung?«

»Diesmal nicht«, sagte Pitt. »Meine Kollegen und ich arbeiten mit der Einwanderungsbehörde zusammen. Wir versuchen, einem Schlepperring das Handwerk zu legen, der illegale Einwanderer ins Land schleust.«

Der Alte zog einen Zigarrenstumpen aus der Tasche seiner alten Windjacke und zündete ihn an. »Wie kann ich Ihnen dabei behilflich sein?«

»Ich würde gern ein Boot mieten und mir diese Ausschachtungsarbeiten weiter flußaufwärts –«

»Den Kanal, den die Qin Shang Maritime gegraben hat, als sie Erdaushub zum Aufschütten von Sungari gebraucht haben?« unterbrach ihn der Fischer.

»Genau den.«

»Da gibt's nicht viel zu sehen«, sagte der Fischer. »Bloß einen großen Graben, wo früher mal der Mystic Bayou gewesen ist. Die Leute hier haben ihn Mystic-Kanal getauft.«

»Ich kann mir nicht vorstellen, daß man für den Hafen so viel Erdaushub gebraucht hat«, sagte Pitt.

»Allen Schlamm, den sie da oben ausgebaggert, aber nicht zum Aufschütten gebraucht haben, haben sie auf Kähnen raus aufs Meer geschafft und in den Golf gekippt«, antwortete der Fischer.

»Ist eine Ortschaft in der Nähe?« fragte Pitt.

»Es gab da mal ein Städtchen namens Calzas. Lag am Ende vom Bayou, nicht weit vom Mississippi. Aber es ist verschwunden.

»Calzas gibt es nicht mehr?« fragte Pitt.

»Die Chinesen haben verbreiten lassen, daß sie den Einwohnern mit dem Kanal einen Gefallen tun, weil sie dadurch mit dem Boot den Atchafalaya erreichen können. In Wahrheit haben sie sämtliches Land aufgekauft. Haben den Eigentümern dreimal soviel bezahlt, als der Boden wert war. Jetzt ist bloß noch eine Geisterstadt übrig. Alles andere ist plattgewalzt und im Sumpf untergebaggert worden.«

Pitt war verdutzt. »Aber wozu graben die einen toten Kanal? Den Erdaushub hätten sie sich doch genausogut an jeder anderen Stelle im Flußtal beschaffen können.«

»Darüber wundern sich die Leute hier am Fluß auch«, sagte der Fischer. »Das Ärgerliche daran ist, daß Freunde von mir, die seit dreißig Jahren in dem Bayou gefischt haben, nicht mehr dort hinkönnen. Die Chinesen haben eine Kette quer über ihren neuen Kanal gespannt und lassen keinen Fischer mehr rein. Jäger ebenfalls nicht.«

»Nutzen Sie den Kanal mit ihren Kähnen?«

Der Fischer schüttelte den Kopf. »Meinen Sie etwa, die schippern die illegalen Ausländer über den Kanal? Das können Sie vergessen. Sämtliche Schleppzüge, die von Sungari aus flußaufwärts verkehren, fahren nach Nordwesten, in den Bayou Teche, und machen an einer Anlegestelle bei einer alten, stillgelegten Zuckerraffinerie halt, etwa fünfzehn Kilometer von Morgan City entfernt.

Die Qin Shang Maritime hat sie aufgekauft, als sie Sungari gebaut haben. Den Verladebahnhof neben der Fabrik haben die Chinesen wieder aufgebaut.«

»Wo führen die Gleise hin?«

»Zur Haupttrasse der Southern Pacific.«

Allmählich wurde Pitt einiges klar. Er saß eine ganze Zeitlang schweigend da und starrte vor sich hin. Als er das Kielwasser der *Sung Lien Star* beobachtet hatte, war ihm eine ungewöhnliche Unterströmung aufgefallen, wie er sie noch nie bei einem Frachter gesehen hatte. Er hatte den Eindruck, daß das Schiff eine höhere Wasserverdrängung hatte, als es vom Bautyp her hätte haben dürfen. Oder aber es hatte einen doppelten Kiel. Er konnte sich sogar vorstellen, daß ein anderes Boot, ein U-Boot möglicherweise, unter dem Containerschiff hing. »Hat diese Anlegestelle auch einen Namen?« fragte er schließlich.

»Früher hieß sie mal Bartholomeaux, nach dem Mann, der 1909 die Raffinerie gebaut hat.«

»Ich möchte mir Bartholomeaux gern mal näher ansehen. Aber dazu müßte ich eine Art Fischerboot mieten, damit ich kein Aufsehen errege.«

Der alte Fischer blickte Pitt quer über den Tisch an, zuckte kurz die Achseln und lächelte. »Ich weiß was Besseres. Was ihr zwei braucht, ist ein Shantyboot.«

»Ein Shantyboot?«

»Manche sagen auch Campboot dazu. Die Leute hier fahren damit auf den Wasserwegen auf und ab, legen an einem Bayou in der Nähe einer Ortschaft oder einer Farm an und schippern weiter, wenn ihnen danach ist. Oft läßt man sie auch an Ort und Stelle liegen und benutzt sie als Ferienhäuser. Gibt nicht mehr viele, die ständig drauf wohnen.«

»Demnach muß es sich um eine Art Hausboot handeln«, sagte Pitt.

»Nur daß ein Hausboot normalerweise nicht aus eigener Kraft fährt«, versetzte der graubärtige Fischer. »Aber ich habe ein Boot, auf dem es ganz erträglich ist und das einen guten Motor hat. Können Sie gern haben, wenn Sie meinen, daß es dafür geeignet ist. Und da Sie es zum Wohle unseres Landes benutzen wollen, können Sie es umsonst haben. Hauptsache, Sie bringen es genauso heil zurück, wie Sie's bekommen haben.«

»Ich glaube, der Mann hat uns ein Angebot gemacht, das wir nicht ablehnen können«, sagte Giordino, der von der Bar herübergekommen war und die letzten Sätze mitgehört hatte.

»Vielen Dank«, sagte Pitt. »Wir nehmen an.«

»Ihr findet das Shantyboot etwa eine Meile flußaufwärts an einer Anlegestelle am linken Ufer. Wheeler's Landing heißt sie. Unmittelbar daneben sind eine kleine Werft und ein Lebensmittelladen, der meinem alten Freund und Nachbarn Doug Wheeler gehört. Bei ihm könnt ihr euch mit Vorräten eindecken. Ich seh' zu, daß der Tank voll ist. Wenn euch jemand fragt, sagt ihr einfach, ihr seid Freunde vom Bayou Kid. So nennen mich die meisten Leute hier in der Gegend. Bloß mein alter Angelgefährte Tom Straight nicht. Das ist der Barkeeper. Der spricht mich immer mit meinem richtigen Namen an.«

»Ist der Motor so stark, daß wir flußaufwärts gegen die Strömung fahren können?« fragte Pitt.

»Ich glaube, für eure Zwecke dürfte er genügen.«

Pitt und Giordino waren ebenso begeistert wie dankbar. »Wir werden ihr Shantyboot im gleichen Zustand zurückbringen, in dem wir es vorgefunden haben«, versprach Pitt.

Giordino griff über den Tisch und schüttelte dem alten Fischer die Hand. »Vermutlich werden Sie nie erfahren, wie vielen Menschen sie mit Ihrem Großmut helfen«, sagte er in einem für seine Verhältnisse ungewöhnlich ehrerbietigen Tonfall.

Der Fischer strich sich den Bart und winkte ab. »Gern geschehen. Ich wünsche euch beiden viel Glück. Diese Schlepper und Schleuser, die ihr Geld mit dem Elend anderer Menschen machen, sind ein verkommenes Gesindel.«

Nachdenklich blickte er Pitt und Giordino hinterher, als sie Charlie's Fish Dock verließen und draußen in der Dunkelheit verschwanden. Er saß da und trank sein Bier aus. Er hatte einen langen Tag hinter sich und war jetzt müde.

»Hast du an der Bar irgendwas erfahren?« fragte Pitt Giordino, als sie vom Kai aus eine belebte Straße entlangspazierten.

»Die Flußschiffer sind gar nicht gut auf die Qin Shang Maritime zu sprechen«, antwortete Giordino. »Die Chinesen beschäftigen keinerlei einheimische Arbeitskräfte oder Bootsführer. Sämtliche Schlepperzüge, die Sungari verlassen, sind ausschließlich mit Chinesen bemannt, die auf dem Hafengelände wohnen und sich in Morgan City nicht blicken lassen. Da hat sich eine unterschwellige Wut aufgestaut, die leicht zu offener Gewalt ausarten kann, wenn Qin Shang den Einheimischen gegenüber nicht bald ein bißchen mehr Wertschätzung zeigt.«

»Dazu sind ihm die Leute hier sicher viel zu bäurisch«, bemerkte Pitt.

»Wie gehen wir vor?«

»Zunächst mal suchen wir uns hier eine Unterkunft. Nach dem Frühstück, sobald die Sonne aufgeht, begeben wir uns zu dem Shantyboot, fahren flußaufwärts und sehen uns diesen toten Kanal genauer an.«

»Und Bartholomeaux?« hakte Giordino nach. »Oder bist du etwa nicht neugierig, ob sie dort ihre menschliche Fracht abladen?«

»Neugierig schon. Aber das drängt nicht. Wir stehen nicht unter Zeitdruck. Bartholomeaux können wir uns vornehmen, nachdem wir den Kanal erkundet haben.«

»Wenn du dich unter Wasser umsehen willst«, sagte Giordino, »brauchen wir eine Taucherausrüstung.«

»Sobald wir eine Bleibe gefunden haben, rufe ich Rudi an und lass' uns alle nötigen Geräte bringen.«

»Und Bartholomeaux?« beharrte Giordino. »Was ist, wenn sich herausstellt, daß sie die Illegalen von dort aus weitertransportieren?«

»Dann dürfen die Agenten der INS eine Razzia durchführen. Aber zuerst erfährt es Admiral Sandecker. Wird ihm eine große Genugtuung sein, wenn er Peter Harper mitteilen kann, daß die NUMA auch ohne seine Hilfe ein weiteres illegales Unternehmen von Qin Shang ausgehoben hat.«

»Ich glaube, so was nennt man ausgleichende Gerechtigkeit.«

Pitt grinste seinen Freund an. »Und jetzt kommt das Schwerste.«

»Das Schwerste?«

»Wir müssen ein Taxi finden.«

Als sie am Straßenrand standen, drehte sich Giordino noch einmal um und warf einen Blick zu der Hafenkneipe. »Ist dir der alte Fischer auch so bekannt vorgekommen?«

»Jetzt, wo du's sagst. Irgendwie hatte ich auch den Eindruck.«

»Wir wissen nicht mal, wie er heißt.«

»Wenn wir ihn das nächste Mal sehen«, sagte Pitt, »müssen wir ihn fragen, ob wir ihm schon mal irgendwo begegnet sind?«

Der alte Fischer, der nach wie vor an seinem Tisch in Charlie's Fish Dock saß, blickte auf, als der Barkeeper ihm quer durch das ganze Lokal etwas zurief.

»He, Cussler. Willst du noch ein Bier?«

»Warum nicht?« Der Alte nickte. »Ein letzter Trunk zum Abschied kann nichts schaden.«

33

»Unser Zuhause fern der Heimat«, sagte Giordino, sobald er das Shantyboot sah, das der alte Fischer ihnen ausgeliehen hatte. »Kaum größer als ein Außenabort in North Dakota.«

»Nicht elegant, aber praktisch«, sagte Pitt, während er den Taxifahrer bezahlte, und betrachtete das alte Boot, das am Ende eines windschiefen, durchhängenden Bootsstegs vertäut war, der auf Holzpfählen in den Fluß ragte. In Ufernähe schaukelten etliche kleine Aluminiumboote, deren rostige Außenbordmotoren von langen, harten Fischereieinsätzen kündeten, auf dem grünen Wasser.

»Gelobt sei das einfache Leben«, ächzte Giordino, als er ihre Taucherausrüstung aus dem Kofferraum des Taxis lud. »Keine Zentralheizung, keine Klimaanlage. Ich wette, auf dem Kahn gibt es weder fließendes Wasser noch elektrischen Strom, kein Licht und keinen Fernseher.«

»Fließendes Wasser brauchst du nicht«, sagte Pitt. »Du kannst jederzeit im Fluß baden.«

»Und was ist, wenn ich aufs Klo muß?«

Pitt lächelte. »Denk nach, Kumpel.«

Giordino deutete auf eine kleine Schüssel auf dem Dach. »Radar«, murmelte er ungläubig. »Der Kahn hat Radar.«

Der Rumpf des Shantyboots war breit und flach, und mit dem leicht nach außen geneigten Vordersteven wirkte es fast wie ein kleiner Lastkahn. Der schwarze Anstrich war durch zahllose Anlegemanöver an Stegen und anderen Booten zerkratzt, aber vom Boden, soweit man ihn unter Wasser sehen konnte, war anscheinend jeglicher Bewuchs abgekratzt worden. Das Deckshaus, ein etwa zwei Meter hoher Kasten mit verwitterten blauen Wänden, in die Fenster und Türen eingelassen waren, war fast genauso breit wie der Rumpf. Quer über den Bug erstreckte sich eine überdachte Veranda mit Liegestühlen. Mitten auf dem Dach des Deckshauses, so als sei es nachträglich eingebaut worden, befand sich ein gedrungener, brückenartiger Aufbau, der als Oberlicht und Ruderhaus zugleich diente. Außerdem war dort oben ein Kahn samt Rudern kieloben festgezurrt. Auf der hinteren Seite des Hauses ragte das schwarze Abzugsrohr eines Kanonenofens heraus.

Giordino schüttelte bekümmert den Kopf. »Ich habe schon auf manch einer Busbank geschlafen, die schicker war als das hier. Tret mich das nächste Mal, wenn ich mich über mein Hotelzimmer beschwere.«

»O du Kleingläubiger, hör auf zu murren. Du mußt dir einfach immer wieder sagen, daß es uns keinen Cent kostet.«

»Zugegeben, das hat was.«

Pitt schob den aus alter Gewohnheit quengelnden Giordino zum Shantyboot. »Los, verlade die Ausrüstung und überprüfe den Motor. Ich geh' rüber in den Laden und besorg' uns ein paar Lebensmittel.«

»Ich kann's kaum erwarten, unseren Antrieb zu sehen. Jede Wette, daß man damit auch Eischnee schlagen kann.«

Pitt ging auf einem Holzsteg durch eine am Flußufer gelegene Werft, auf der ein Arbeiter Rumpf und Kiel eines auf einem Slipwagen liegenden hölzernen Fischerbootes mit Antifoulingfarbe strich. Unmittelbar daneben stand ein Holzhaus, über dem ein Schild mit der Aufschrift WHEELER'S LANDING aufragte. Eine Veranda zog sich rund um das auf niedrigen Holzpfählen stehende Gebäude. Die Wände waren hellgrün gestrichen, die Fensterläden gelb. Pitt öffnete die Tür und zuckte zunächst zurück. Er konnte kaum glauben, daß sich so viele Waren auf so kleinem Raum unterbringen ließen. Am einen Ende des Ladens stapelten sich allerlei Bootsteile, am anderen Jagd- und Angelzubehör. In der Mitte waren die Lebensmittel, an einer Wand stand ein kleiner Kühlschrank, in dem doppelt soviel Bier wie alkoholfreie Getränke und Milchprodukte lagerten.

Pitt nahm sich einen Korb und suchte allerlei Fressalien aus, mit denen er und Giordino gut und gern drei, vier Tage über die Runden kämen; wie fast alle Männer kaufte er vermutlich mehr ein, als sie essen konnten, vor allem Spezialitäten und scharfe Sachen. Dann stellte er den überladenen Korb neben der Registrierkasse auf den Ladentisch und wandte sich an den untersetzten Inhaber des Ladens, der gerade Konservendosen einräumte.

»Mr. Wheeler. Ich bin Dirk Pitt. Mein Freund und ich haben das Shantyboot von Bayou Kid gemietet.«

Wheeler strich sich mit dem Finger über den dicken Schnurrbart und streckte die Hand aus. »Hab' euch schon erwartet. Kid hat gesagt, daß ihr heut' früh vorbeikommt. Das Boot is' startbereit. Tank voll, Batterien geladen, Ölstand überprüft.«

»Besten Dank für Ihre Mühe. In ein paar Tagen sollten wir wieder zurück sein.«

»Ich hab' gehört, daß ihr rauf zu dem Kanal von den Schlitzaugen wollt.«

Pitt nickte. »Das hat sich ja schnell rumgesprochen.«

»Habt ihr Karten vom Fluß?« fragte Wheeler.

»Ich hatte gehofft, daß Sie uns welche zur Verfügung stellen könnten.«

Wheeler drehte sich um und musterte die Etiketten an einem in viele schmale Fächer unterteilten Hängeschrank, in dem diverse aufgerollte Karten von den hiesigen Wasserwegen und dem umliegenden Sumpfland steckten. Er zog mehrere heraus und breitete sie auf dem Ladentisch aus. »Auf der Karte hier sind die Wassertiefen vermerkt, und das da sind ein paar Meßtischblätter vom Atchafalaya-Tal. Auf dem einen ist auch die Gegend rund um den Kanal eingezeichnet.«

»Das ist doch schon eine große Hilfe«, sagte Pitt. »Vielen Dank.«

»Ich nehm' an, ihr wißt, daß euch die Schlitzaugen nicht in den Kanal reinlassen. Die ham 'ne Kette vorgehängt.«

»Gibt es einen anderen Zugang?« fragte Pitt.

»Klar, wenigstens zwei.« Wheeler nahm einen Stift und malte damit auf den Karten herum. »Ihr könnt entweder über Hooker's oder über Mortimer's Bayou fahren. Beide verlaufen parallel zum Kanal und münden etwa zwölf Kilometer vom Atchafalaya entfernt in ihn. Hooker's Bayou wär' mit dem Shantyboot leichter zu befahren.«

»Gehört der Grund und Boden rund um Hooker's Bayou auch der Qin Shang Maritime?«

Wheeler schüttelte den Kopf. »Denen gehört bloß ein hundert Meter breiter Streifen links und rechts vom Kanal.«

»Was passiert, wenn man die Absperrung mißachtet?«

»Unsere Fischer und Jäger schleichen sich manchmal rein. Meistens werden sie erwischt und von einem Boot voller Schlitzaugen, die alle mit Waffen rumfuchteln und regelmäßig den Kanal kontrollieren, wieder verjagt.«

»Demnach sind die Sicherheitsvorkehrungen also ziemlich streng«, sagte Pitt.

»In der Nacht nicht. Und da wir in den nächsten Tagen abnehmenden Mond haben, könnt ihr wahrscheinlich rein, euch alles anschaun und wieder abhaun, bevor irgendeiner merkt, daß ihr überhaupt dagewesen seid.«

»Hat irgend jemand schon mal von merkwürdigen Vorkommnissen im oder um den Kanal berichtet?«

»Nichts, was der Rede wert wäre. Keiner weiß, warum die so einen Wirbel um 'nen Kanal mitten im Sumpf machen.«

»Verkehren dort Boote oder Lastkähne?«

Wheeler schüttelte den Kopf. »Nichts. Die Kette is' fest verankert. Die kann man allenfalls mit Dynamit in die Luft jagen.«

»Hat der Kanal auch einen Namen?«

»Früher war dort mal der Mystic Bayou«, sagte Wheeler mit wehmütigem Unterton. »Ein schöner Bayou war das, bevor er ausgebaggert und verschandelt worden is'. Jede Menge Wild, Enten und Alligatoren. Dazu Welse, Brassen und Barsche. Der Mystic Bayou war mal ein Paradies für Jäger und Angler. Jetzt is alles kaputt, und das, was übriggeblieben is', is' Sperrzone.«

»Mit etwas Glück finden mein Freund und ich in den nächsten vierundzwanzig Stunden eine Erklärung«, sagte Pitt, während er die Lebensmittel in einem Pappkarton verstaute, den Wheeler ihm gebracht hatte.

Der Ladeninhaber kritzelte etliche Ziffern auf den Rand einer Landkarte. »Wenn ihr Ärger kriegt, ruft mich einfach an. Alles klar? Ich seh' zu, daß euch ganz schnell jemand hilft.«

Pitt war mehr als angetan von den Menschen in Südlouisiana, die ihnen so bereitwillig mit Rat und Tat zur Seite standen. Diese Bekanntschaften mußte man in Ehren halten. Er bedankte sich bei Wheeler und trug die Lebensmittel zum Shantyboot. Als er auf die Veranda trat, stand Giordino in der Tür und schüttelte verwundert den Kopf.

»Du wirst nicht glauben, was du da drin siehst«, sagte er.

»Schlimmer, als du dachtest?«

»Ganz und gar nicht. Der Wohnraum ist spartanisch, aber sauber. Ich bin bloß wegen dem Motor und unserem Begleiter von den Socken.«

»Was für einem Begleiter?«

Giordino reichte Pitt einen Zettel, der an der Tür gehangen hatte. Darauf stand:

Mr. Pitt und Mr. Giordino. Da Sie wie Einheimische auf einer Angeltour aussehen wollen, dachte ich mir, Sie könnten einen Gefährten gebrauchen. Deshalb leihe ich euch Romberg, damit ihr wie richtige Flußfischer wirkt. Werft ihm ab und zu einfach irgendeinen Fisch vor. Er frißt sie alle.

Viel Glück
Bayou Kid

»Wer ist Romberg?« fragte Pitt.

Giordino trat aus der Tür und deutete wortlos auf einen Bluthund, der mit hochgereckten Beinen, weit ausgebreiteten Ohren und heraushängender Zunge rücklings am Boden der Kajüte lag.

»Ist er tot?«

»Könnte gut sein, jedenfalls wenn man nach dem Empfang geht, den er mir bereitet hat«, sagte Giordino. »Der hat noch keinen Muskel geregt, seit ich an Bord bin.«

»Was ist an dem Motor so ungewöhnlich.«

»Das mußt du dir anschauen.« Giordino ging durch den Innenraum, der als Wohnzimmer, Schlafzimmer und Küche zugleich diente, bis er zu einer Bodenluke kam. Er öffnete sie und deutete hinab in den Maschinenraum im Rumpf. »Ein Ford-V-8 Motor mit sieben Litern Hubraum und Doppelvergaser. Alt, aber oho. Der bringt mindestens vierhundert PS.«

»Vermutlich eher vierhundertfünfundzwanzig«, sagte Pitt, während er den schweren Motor bewunderte, der allem Anschein nach in tadellosem Zustand war. »Der Alte hat sich vermutlich krankgelacht, als ich ihn gefragt habe, ob der Motor stark genug ist, damit wir gegen die Strömung ankommen.«

»Trotz der Größe von diesem schwimmenden Schuppen«, sagte Giordino, »müßten wir meiner Schätzung nach fast vierzig Stundenkilometer schaffen, wenn's drauf ankommt.«

»Laß es uns lieber langsam und gemächlich angehen. Es soll doch nicht so aussehen, als ob wir's eilig hätten.«

»Wie weit ist es bis zu dem Kanal?«

»Die genaue Entfernung habe ich noch nicht nachgemessen, aber es müßten knapp hundert Kilometer sein.«

»Und wir wollen vor Sonnenuntergang dort sein«, sagte Giordino und überschlug kurz, mit welcher Reisegeschwindigkeit sie in etwa fahren mußten.

»Ich werf' die Leinen los. Du übernimmst das Ruder und steuerst das Boot ins offene Fahrwasser, während ich unterdessen die Lebensmittel verstaue.«

Giordino ließ sich das nicht zweimal sagen. Er konnte es kaum abwarten, den Sieben-Liter-Motor anzuwerfen und seine unbändige Kraft zu spüren. Er betätigte den Anlasser, worauf er grummelnd und grollend loslegte. Er ließ ihn eine Weile im Leerlauf und genoß den satten Sound. Der Motor drehte nicht rund, sondern eher ruckartig. Fast zu schön, um wahr zu sein, dachte Giordino. Das ist kein serienmäßiger Motor. Der ist mächtig aufgemotzt. »Mein Gott«, murmelte er leise vor sich hin, »die Kiste ist ja viel stärker, als wir dachten.«

Da Pitt ganz genau wußte, daß Giordino der Verlockung nicht lange würde widerstehen können, verstaute er die Lebensmittel sorgfältig, damit hinterher nicht alles auf den Boden flog. Dann stieg er über den schlafenden Romberg hinweg, ging hinaus auf die Veranda und fläzte sich in einen Liegestuhl, stützte aber vorsichtshalber die Füße an der Bordwand ab und schlang die Arme um die Reling.

Giordino wartete, bis er freie Sicht hatte und weit und breit kein Boot in der Nähe war. Er breitete die Navigationskarte vom Atchafalaya vor sich aus und überprüfte die Wassertiefe. Dann gab er, wie nicht anders zu erwarten, langsam Gas, bis der stumpfe Bug des alten Shantyboots gut dreißig Zentimeter aus dem Wasser ragte. Muß ein unglaublicher Anblick sein, dachte er, wenn dieser plumpe Kahn mit fast sechzig Sachen flußaufwärts brettert. Pitts Schaukelstuhl war bis zur Wand zurückgerutscht, als sich der Bug immer höher aus dem Wasser hob, und der Fahrtwind drückte ihn mit solcher Wucht nieder, daß er sich kaum bewegen konnte.

Nachdem er rund drei Kilomter mit Volldampf flußaufwärts gepflügt war, so daß das aufgewühlte Kielwasser gut einen Meter hoch ins Marschland schwappte und die dichten grünen Wasserhyazinthenteppiche entlang der sumpfigen Ufer tüchtig durchschaukelte, bemerkte Giordino zwei kleine Fischerboote mit Kurs auf Morgan City, die ihnen entgegenkamen. Er nahm sofort das Gas weg, bis das Shantyboot wieder gemächlich dahintuckerte. Die Wasserhyazinthe, benannt nach ihren hübschen, zartvioletten Blüten, ist die Geißel der nordamerikanischen Binnengewässer. Die auf luftgefüllten Blattstielen frei schwimmenden Wasserpflanzen vermehren sich so schnell, daß sie innerhalb kurzer Zeit ganze Flüsse und Bayous überwuchern und ersticken können. Und ihre Schönheit trügt: Sobald man sie aus dem Wasser zieht, stinken sie wie ein Fuder Kunstdünger.

Pitt, der sich vorkam wie nach einer Achterbahnfahrt, ging hinein, holte das Meßtischblatt, musterte die zahlreichen Knie und Biegungen des Flusses und machte sich mit dem Labyrinth aus Bayous und Altwasserarmen vertraut, die sich zwischen Wheeler's Landing und dem von der Qin Shang Maritime Limited ausgebaggerten Kanal links und rechts durch das Sumpfland des Atchafalaya wanden. Er notierte sich markante Punkte an den Flußbiegungen und verglich sie mit den Kartenangaben. Es war ein erhebendes Gefühl, gemütlich im Schatten der Veranda zu sitzen und ruhig über dieses Gewässer zu gleiten, auf dem Zeit bedeutungslos schien – ein Erlebnis, wie man es nur auf einem Flußboot genießen konnte. Die Vegetation entlang der Ufer änderte sich fortwährend. Auf dichte Wälder aus Weiden, Pappeln und Zypressen, zwischen denen Beerensträucher und wilde Weinranken wucherten, folgten Sumpfgebiete wie aus Urzeiten. Endlose Schilffelder wiegten sich sanft im leichten Wind, und hier und da ragte eine Zypresse aus dem gräsernen Meer, wie eine Fregatte auf hoher See. Er sah Reiher, die auf ihren Stelzenbeinen durch das seichte Wasser staksten, den Hals S-förmig gebogen.

Jeder Jäger oder Angler, der per Boot oder Kanu durch die Sümpfe von Südlouisiana paddelt, kann ein Lied davon singen, wie schwer es ist, eine trockene Stelle zu finden, an der man über Nacht sein Zelt aufschlagen kann. Ganze Wälder stehen hier in schlammigem Brackwasser, nicht auf festem Boden, und auf fast allen offenen Wasserarmen treiben dichte Teppiche aus Entengrütze und Wasserhyazinthen. Schwer vorzustellen, dachte Pitt, daß all das Wasser von so weit entfernten Orten wie Ontario und Manitoba stammt, von North Dakota, Minnesota und all den anderen Staaten im Einzugsgebiet des Mississippi. Nur im Schutz der zigtausend Kilometer langen Dämme und Deiche konnten die Menschen den Boden urbar machen, Ortschaften und Städte gründen. Eine derartige Landschaft hatte Pitt noch nie zuvor gesehen.

Ein leichter Wind kräuselte das Wasser, und die Luft war angenehm kühl. Gemächlich verstrichen die Stunden, so als seien die

Grenzen von Zeit und Raum aufgehoben. Doch die Idylle trog. Sie befanden sich nicht auf einer gemütlichen Bootsfahrt flußaufwärts, sondern hatten sich etwas vorgenommen, bei dem sie leicht ihr Leben verlieren konnten. Sie durften sich keinen Fehler erlauben, nicht die geringste Nachlässigkeit, wenn sie diesen geheimnisvollen Kanal erkundeten.

Um die Mittagsstunde brachte Pitt eine Salamistulle und eine Flasche Bier hinauf ins Ruderhaus und reichte sie Giordino. Er bot an, ihn abzulösen, doch Giordino wollte nichts davon wissen. Es machte ihm zuviel Spaß. Daher verzog sich Pitt wieder in den Liegestuhl auf der Veranda.

Obwohl die Zeit hier keinerlei Bedeutung zu haben schien, war Pitt nicht müßig. Er breitete ihre Taucherausrüstung aus, dann packte er den kleinen Tauchroboter aus, den er am Orion Lake benutzt hatte, und überprüfte die Steuerung. Schließlich holte er das Nachtsichtgerät aus dem Koffer und legte es auf das alte, abgewetzte Polstersofa.

Kurz nach fünf Uhr nachmittags begab sich Pitt ins Haus und blieb unter der Leiter stehen, die hinauf ins Ruderhaus führte. »Noch knapp einen Kilometer, bis der Kanal abzweigt«, rief er Giordino zu. »Fahr dann noch einen Kilometer weiter, bis zum nächsten Bayou. Dort gehst du hart nach Steuerbord.«

»Wie heißt er?« fragte Giordino.

»Hooker's Bayou, aber auf Hinweisschilder brauchst du gar nicht erst zu achten. Du biegst da ein und fährst etwa zehn Kilometer weiter, bis du zu der Stelle kommst, an der auf der Karte ein verlassener Bootsanleger und daneben ein stillgelegtes Ölbohrloch eingezeichnet sind. Dort legen wir an, essen zu Abend und warten, bis es dunkel wird.«

Giordino steuerte das Shantyboot um etliche Lastkähne herum, die von einem großen Schlepper flußabwärts bugsiert wurden. Der Schlepperkapitän dachte offenbar, der Besitzer des Shantyboots sei an Bord, und trötete im Vorbeifahren mit dem Signalhorn. Pitt, der wieder im Liegestuhl am Bug saß, winkte ihm zu. Dann setzte er das Fernglas an und musterte den Kanal, der an Steuerbord vom Fluß abzweigte. Er war etwa vierhundert Meter breit und zog sich schnurgerade wie ein grüner Teppich zum Horizont. Quer über die Einmündung war eine rostige Kette gespannt, die auf beiden Seiten in Betonpollern verankert war. Hohe Schilder, so groß wie Plakattafeln, ragten am Ufer auf. BETRETEN VERBOTEN: JEDER UNBEFUGTE AUFENTHALT AUF DEM GELÄNDE DER QIN SHANG MARITIME LIMITED WIRD STRAFRECHTLICH VERFOLGT, stand dort in roten Blockbuchstaben auf weißem Grund.

Kein Wunder, daß die Einheimischen Qin Shang hassen, dachte Pitt. Er bezweifelte, daß sich der zuständige Sheriff groß anstrengte, seine Freunde und Nachbarn festzunehmen, nur weil sie auf fremdem Grund und Boden jagen oder fischen gewesen waren.

Vierzig Minuten später nahm Giordino das Gas zurück, steuerte das unförmige Shantyboot aus der schmalen Fahrrinne von Hooker's Bayou, ließ es auf die Überreste eines alten Betonpiers zutreiben und setzte den flachen, breiten Bug sacht an das niedrige Ufer. Auf den Stützpfeilern aus Beton stand in großen weißen Blockbuchstaben CHEROKEE OIL COMPANY, BATON ROUGE, LOUISIANA. Das Boot hatte keinen Anker, daher nahmen sie die langen Pfähle, die zu ebendiesem Zweck an den Laufplanken verzurrt waren, rammten sie in den schlammigen Grund und vertäuten das Boot daran. Zu guter Letzt legten sie ein Laufbrett zum Ufer aus.

»Ich habe ein Objekt auf dem Radarschirm, das sich aus Südosten quer durch das Marschland nähert«, meldete Giordino.

»Vom Mystic-Kanal?«

»Ja, und zwar ziemlich schnell«, erwiderte Giordino versonnen.

»Shangs Sicherheitsdienst hält sich mächtig ran. Die wollen wissen, wer wir sind.« Pitt ging ins Haus und kehrte kurz darauf mit einem großen, viereckigen Netz mit senkrechten Streben zurück, das er auf der Veranda am Heck gefunden hatte. »Schleif Romberg raus und besorg dir 'ne Flasche Bier.«

Giordino musterte das Netz. »Hast du vor, zum Abendessen Krabben zu fangen?«

»Nein«, antwortete Pitt, während er über das Meer aus Schilf und Gräsern blickte. Dort, weit draußen, hatte soeben etwas im

Licht der untergehenden Sonne geglitzert. »Ich will bloß so aussehen, als ob ich damit umgehen könnte.«

»Ein Hubschrauber«, sagte Giordino nachdenklich, »oder ein Ultralight wie droben in Washington.«

»Zu tief, wahrscheinlich eher ein Luftkissenfahrzeug?«

»Befinden wir uns auf Qin Shangs Grund und Boden?«

»Laut Karte sind wir gut dreihundert Meter außerhalb der Grundstücksgrenzen. Vermutlich wollen sie uns nur einen Höflichkeitsbesuch abstatten und uns kurz abchecken.«

»Was stellen wir dar?« fragte Giordino.

»Ich spiele einen Krabbenfischer, du gibst den bierseligen Bauern, und Romberg stellt sich selber dar.«

»Ist für einen Italiener gar nicht so leicht, sich als Cajun auszugeben.«

»Kau einfach ein paar Okraschoten.«

Der Hund ließ sich willig auf die Veranda zerren, wenn auch nicht aus Gehorsam, sondern weil er dringend mußte. Langsam lief er über die Laufplanke und erledigte sein Geschäft. Der Hund muß eine eiserne Blase haben, dachte Giordino, wenn er so lange ausgehalten hat. Dann wurde Romberg plötzlich munter, bellte ein Kaninchen an, das durch das Gras flitzte, und setzte ihm nach. »Dafür kriegst du keine Oscar-Nominierung, Romberg!« brüllte Giordino hinterher, als der Hund über einen Uferpfad davonjagte. Dann ließ er sich in den Liegestuhl fallen, zog seine Turnschuhe und die Socken aus und nahm eine Flasche Bier in die Hand.

Vorhang auf zum ersten Akt, dachte Pitt, dessen alter .45er Colt unter einem Lappen in dem zu seinen Füßen stehenden Eimer lag, während Giordino die großkalibrige Aserma-Schrotflinte aus Pitts Hangar unter dem Polster seines Liegestuhls versteckt hatte. Beide beobachteten den kleinen schwarzen Punkt draußen über dem Marschland, der rasch größer wurde, näher kam, eine Schneise durch das Röhricht pflügte. Es war ein Hovercraft, ein Luftkissenfahrzeug, das aufgrund seiner amphibischen Eigenschaften sowohl zu Wasser als auch auf schwierigem Gelände eingesetzt werden konnte. Es wurde von zwei Flugzeugmotoren mit Heckpropellern angetrieben und schwebte auf einem Unterbau aus robustem

Gummi, in dem mittels eines Gebläses ein Luftkissen erzeugt wurde. Gesteuert wurde es mit Hilfe der von den Luftschrauben angeblasenen Ruder, die dem Seitenruder eines Flugzeugs ähnelten. Scheinbar mühelos fegte es über das Marschland und den Sumpf dahin.

»Ziemlich schnell«, bemerkte Pitt. »Schafft vermutlich gut achtzig Kilometer pro Stunde. Etwa sechs Meter lang. Eine kleine Kabine, in der schätzungsweise fünf Mann Platz haben.«

»Und keiner davon lächelt«, grummelte Giordino, als das Hovercraft kurz vor dem Shantyboot langsamer wurde. Im nächsten Moment kam Romberg aus dem Sumpfgras angesprungen und bellte, was das Zeug hielt.

»Der gute, alte Romberg«, sagte Pitt. »Genau aufs Stichwort.«

Etwa drei Meter neben dem Shantyboot stoppte das Luftkissenfahrzeug und trieb mit leise grummelnden Maschinen auf dem Wasser des Bayou. Die fünf Männer an Bord trugen die gleichen Uniformen wie die Wachmannschaften am Orion Lake, stellte Pitt fest. Alle waren mit Pistolen bewaffnet, doch keiner hatte ein Gewehr. Es waren Chinesen, und keiner lächelte. Ganz im Gegenteil, ihre sonnengebräunten Gesichter wirkten todernst. Offensichtlich sollte das ein Einschüchterungsmanöver sein.

»Was machen Sie hier?« herrschte sie einer der Männer auf dem Hovercraft in fließendem Englisch an. Den Rangabzeichen an seiner Schulter und der Mütze nach zu schließen, hatte er etwas zu sagen, aber er sah aus wie ein Leuteschinder, ein Tierquäler, wie jemand, der es kaum abwarten konnte, auf einen anderen Menschen zu schießen. Er bedachte Romberg mit einem gierigen Blick.

»Wir hängen hier rum«, erwiderte Pitt lässig. »Wo brennt's denn?«

»Sie befinden sich auf privatem Grund und Boden«, versetzte der Kommandant des Hovercraft. »Sie dürfen hier nicht anlegen.«

»Ha, ich weiß ganz genau, daß alles Land rund um Hooker's Bayou der Cherokee Oil Company gehört.« Pitt hatte keine Ahnung, wem hier was gehörte, aber er suchte sich einfach den erstbesten Kandidaten aus.

Der Kommandant wandte sich an seine Männer und beriet sich

eine Zeitlang mit ihnen auf chinesisch. Dann trat er an die Bordwand und rief: »Wir kommen an Bord.«

Pitt wollte bereits zum Colt greifen. Dann wurde ihm klar, daß es sich nur um ein Täuschungsmanöver handelte. Giordino war von Anfang an nicht darauf hereingefallen. »Den Teufel werdet ihr tun«, fuhr er auf. »Ihr habt hier nichts verloren. Und jetzt schwingt euch, sonst holen wir den Sheriff.«

Der Kommandant besah sich das verwitterte Shantyboot, musterte die schäbigen Klamotten, die Pitt und Giordino trugen. »Haben Sie ein Funkgerät oder ein Telefon an Bord?«

»Eine Signalpistole«, antwortete Giordino, der sich genüßlich zwischen den Zehen kratzte. »Wir schießen eine Leuchtkugel, und schon kommen die Hüter des Gesetzes angepest.«

Der Kommandant des Luftkissenfahrzeugs zog skeptisch die Augen zusammen. »Das vermag ich kaum zu glauben.«

»Mit Ihrer anmaßenden Arroganz helfen Sie Ihrer Intelligenz auch nicht auf die Sprünge«, versetzte Pitt mit einemmal.

Der Kommandant erstarrte förmlich. »Wie bitte?« herrschte er ihn an. »Was haben Sie gesagt?«

»Ich hab' gesagt, ihr sollt uns in Ruhe lassen«, erwiderte Pitt mit schleppender Stimme. »Wir tun hier niemand was.«

Wieder beriet sich der Kommandant mit seinen Männern. Dann deutete er mit dem Finger auf Pitt. »Ich warne Sie. Betreten Sie nicht das Gelände der Qin Shang Maritime Limited.«

»Wer will denn da hin?« antwortete Giordino verächtlich. »Eure Scheißfirma hat den Sumpf totgebaggert, sämtliche Fische kaputtgemacht und alles Wild vertrieben. Da gibt' s doch eh nix mehr zu holen.«

Im gleichen Augenblick fielen die ersten schweren Regentropfen auf das Dach des Shantyboots. Unwirsch wandte sich der Kommandant ab, warf dem immer noch bellenden Romberg einen letzten vernichtenden Blick zu und sagte irgend etwas zu seiner Mannschaft. Die Motoren heulten auf, und das Hovercraft entfernte sich in Richtung Kanal. Kurz darauf war es hinter einem dichten Regenschleier verschwunden.

Giordino saß da, hatte die Beine auf die Reling gelegt und ließ sich den Regen auf die bloßen Füße prasseln. Er zuckte kurz zusammen, als sich Romberg hinter ihm schüttelte und rundum alles naß spritzte. »Eine prächtige Vorstellung, bis auf deinen Versuch mit der vornehmen Abfuhr.«

Pitt lachte. »Mit Witz und Dreistigkeit kommt man doch immer wieder weiter.«

»Du hättest uns fast verraten.«

»Das war Absicht. Die sollen sehen, daß wir uns nicht einschüchtern lassen, wenn sie uns denn schon filmen. Hast du die Videokamera oben auf der Kabine bemerkt? Vermutlich werden die Aufnahmen in diesem Augenblick über Satellit an die Zentrale von Qin Shangs Sicherheitsdienst in Hongkong weitergeleitet. Schade, daß wir nicht dabeisein können, wenn Shang erfährt, daß wir wieder einmal eins seiner zwielichtigen Unternehmen unter die Lupe nehmen.«

»Unsere Freunde kommen also wieder?«

»Aber ganz bestimmt.«

»Romberg wird uns beschützen«, sagte Giordino.

Pitt sah sich nach dem Hund um. Er lag wieder neben dem Haus, hatte sich zusammengrollt und wirkte so leblos wie eh und je. *»Das* wage ich zu bezweifeln.«

34

Kurz bevor die Sonne über dem Marschland im Westen unterging, war der Regenschauer vorübergezogen. Pitt und Giordino steuerten das Shantyboot in einen schmalen Seitenarm von Hooker's Bayou und vertäuten es unter einer großen Zypresse, wo es im Radarschatten des Luftkissenfahrzeugs lag. Dann tarnten sie es mit Schilf und dürren Ästen. Romberg regte sich nur einmal, als Pitt ihm eine Schüssel voller Flußwels vorsetzte. Den Hamburger, den Giordino ihm anbot, wollte er partout nicht anrühren, aber den Fisch schlabberte er genüßlich schmatzend auf.

Nachdem sie die Läden geschlossen und Türen und Fenster

verhängt hatten, damit kein Lichtschein nach draußen drang, breitete Pitt das Meßtischblatt auf dem Eßtisch aus und trug seinen Schlachtplan vor. »Wie ich Qin Shangs Sicherheitsdienst kenne, haben sie irgendwo am Ufer des Kanals einen Stützpunkt, vermutlich genau in der Mitte, damit sie sofort nach beiden Seiten ausschwärmen können, falls jemand unbefugt eindringt.«

»Das ist trotz allem nichts weiter als ein Kanal«, sagte Giordino. »Wonach halten wir eigentlich Ausschau?«

Pitt zuckte die Achseln. »Ich weiß auch nicht mehr als du.«

»Leichen etwa, wie im Orion Lake?«

»Hoffentlich nicht«, versetzte Pitt. »Aber wenn Qin Shang über Sungari Illegale ins Land schleust, gibt's hier in der Gegend garantiert auch irgendwo Massengräber. Nirgendwo lassen sich Leichen leichter beseitigen als im Sumpf. Aber Doug Wheeler hat gesagt, daß auf dem Kanal keinerlei Schiffe verkehren.«

»Qin Shang hat doch nicht aus lauter Jux und Tollerei einen dreißig Kilometer langen Kanal stechen lassen.«

»Wohl kaum«, versetzte Pitt. »Genau das ist es ja. Nach drei Kilometern hätte er genug Aushub gehabt, um ganz Sungari damit zu füllen. Wieso also läßt er noch siebenundzwanzig Kilometer weitergraben?«

»Wie gehen wir's an?« fragte Giordino.

»Wir nehmen den Kahn, weil sie den trotz aller Sicherheitsvorkehrungen nicht so leicht entdecken können. Sobald wir unsere Ausrüstung verstaut haben, rudern wir den Bayou entlang, bis er in den Kanal mündet. Dann halten wir uns in Richtung Osten, nach Calzas. Dort sehen wir uns genau um, und danach rudern wir über den Kanal zurück zum Atchafalaya und von da aus zu unserem Boot.«

»Die haben doch bestimmt Bewegungsmelder und Lichtschranken.«

»Ich gehe davon aus, daß sie die gleiche halbgare Elektronik wie am Orion Lake verwenden. Und selbst wenn sie Laserdetektoren einsetzen, haben sie die Lichtschranken vermutlich ziemlich hoch eingestellt, damit sie Jäger erkennen, die mit ihren Propellerbooten durch den Sumpf fahren, und die Fischer, die in ihren Piroggen stehen und die Netze auswerfen. Wenn wir uns dicht am Ufer halten und den Kopf einziehen, entdecken die uns nie und nimmer.«

Giordino hörte sich Pitts Schlachtplan schweigend an. Hinterher saß er eine Zeitlang mit finsterer Miene da. Dann schüttelte er langsam den Kopf.

»Tja«, sagte er schließlich. »Eins weiß ich schon jetzt. Meiner Mutter liebster Sohn wird sich bis morgen früh mächtig Blasen an den Händen holen.«

Doug Wheeler hatte recht, was den abnehmenden Mond anging. Er spendete gerade so viel Licht, daß sie sich auf dem Bayou orientieren konnten, nachdem sie Romberg satt und schlafend zur Bewachung des Shantybootes zurückgelassen hatten. Der Kahn, ein schnittiges Skiff, glitt anstandslos dahin, ohne daß sie sich allzusehr anstrengen mußten. Und wenn der Mond durch eine Wolke verdeckt wurde, setzte Pitt das Nachtsichtgerät auf und lotste sie durch den teilweise kaum anderthalb Meter breiten Wasserarm.

Mit Anbruch der Nacht erwachte das Marschland zum Leben. Scharenweise stürzten sich die Moskitos auf die vermeintlich saftige Beute, doch Pitt und Giordino trugen erstens Tauchanzüge und hatten sich zweitens Hände, Füße, Hals und Gesicht tüchtig mit Mückentod eingerieben. Rundum schallte das Konzert der Baumfrösche, brach jäh ab und setzte unvermittelt wieder ein, so als stünde da draußen ein Dirigent, der die Einsätze und die Klangfarben dieses Nachtkonzerts bestimmte. Zwischen dem Schilfrohr tanzten Leuchtkäfer und Glühwürmchen – Millionen blinkender, funkelnder und leuchtender Punkte, die wie Irrlichter im Röhricht flackerten. Pitt und Giordino ruderten anderthalb Stunden durch die Nacht, bis sie von Hooker's Bayou aus in den Kanal gelangten.

Der Stützpunkt des Sicherheitsdienstes war hell erleuchtet wie ein Fußballstadion. Rund um das knapp einen Hektar große, mit Unkraut überwucherte und zum Kanalufer hin leicht abschüssige Grundstück waren Scheinwerfer aufgestellt, die ein altes, im Schutz immergrüner Eichen stehendes Plantagenhaus anstrahlten. Das zweistöckige Gebäude mit den baufälligen Holzwänden, die nur mehr durch rostige Nägel mit den Stützbalken verbunden waren, sah aus wie das Mordhaus aus dem Film *Psycho,* nur daß es in schlechterem Zustand war. Etliche Fensterläden hingen krumm und schief an den verrosteten Angeln, und die Dachfenster waren zerbrochen. Das breite, schräg abfallende Dach über der vorderen Veranda wurde von hölzernen Stützpfeilern getragen.

Chinesische Musik, für westliche Ohren mehr als gewöhnungsbedürftig, zumal eine Frau mit hoher, schriller Stimme dazu sang, hallte über das Marschland, und die Luft roch nach chinesischem Essen. Durch die nackten, vorhanglosen Fenster konnte man etliche Männer in Uniform sehen, die sich im Haus aufhielten. Im Wohnzimmer stand eine Unzahl von Funk- und Fernmeldegeräten, dazu allerlei Empfänger für die Sensoren und Bewegungsmelder. Doch wie am Orion Lake patrouillierten keine Posten auf dem Gelände. Sie fühlten sich sicher, hatten keine Angst vor einem Angriff und verließen sich ganz auf ihre Überwachungselektronik. Das Luftkissenfahrzeug war an einem kleinen, auf leeren Ölfässern schwimmenden Bootssteg vertäut. Niemand war an Bord.

»Rudere ganz langsam auf das andere Ufer zu«, flüsterte Pitt. »Beweg dich so wenig wie möglich.«

Giordino nickte schweigend, tauchte sein Ruder vorsichtig ins Wasser und zog es wie in Zeitlupe durch. Gespenstern gleich glitten sie durch die Nacht, hielten sich stets im Schatten entlang des Ufers, während sie lautlos an dem Kommandoposten vorbeiruderten. Entdecken durfte man sie auf keinen Fall, denn da das Skiff ohnehin schon schwer beladen war, hatten sie, um Platz und Gewicht zu sparen, ihre Waffen nicht mitgenommen. Etwa hundert Meter weiter ordnete Pitt eine Verschnaufpause an.

»Verglichen mit den Sicherheitsvorkehrungen, die ich am Orion Lake erlebt habe«, sagte Pitt, »sind die hier ziemlich schludrig. Sie haben zwar Sensoren und Bewegungsmelder, aber anscheinend denkt keiner dran, sie auch zu überwachen.«

»Heute nachmittag haben sie uns aber verdammt schnell erwischt«, erinnerte ihn Giordino.

»Ein drei Meter hohes Hausboot ist in diesem flachen Grasland nicht schwer auszumachen. Das sieht man aus zehn Kilometern Entfernung. Am Orion Lake hätten sie uns, gleich nachdem wir in den Kahn gestiegen sind, auf Schritt und Tritt überwacht. Hier paddeln wir mir nichts, dir nichts, an ihrer Nase vorbei.«

»Allmählich kommt mir das vor wie Weihnachten«, entgegnete Giordino. »Kein einziges Geschenk mit finsteren Geheimnissen unter dem Baum. Aber irgendwie muß man sie gern haben, weil sie uns freie Fahrt gewähren.«

»Machen wir weiter«, sagte Pitt. »Hier gibt's nichts zu sehen. Wir haben noch eine lange Strecke vor uns. Bei Nacht mögen die Sicherheitsvorkehrungen zwar lax sein, aber wenn wir bis Sonnenaufgang nicht wieder beim Shantyboot sind, entdecken sie uns garantiert. Die sind ja nicht blind.«

Sie faßten frischen Mut, nachdem sie sich davon überzeugt hatten, daß übertriebene Vorsicht nicht geboten war, und ruderten mit weitausholenden Schlägen durch den Kanal. Das Licht der fahlen Mondsichel spiegelte sich in einem langen, schmalen Silberstreif auf dem Bayou. Das Ende des Kanals schien unendlich weit entfernt zu sein, so unerreichbar wie eine Fata Morgana. Giordino zog sein Ruder scheinbar mühelos mit voller Kraft durch, Pitt hingegen tat sich schwerer. Die Luft war mild, aber sehr feucht. Sie schwitzten in ihren Tauchanzügen wie ein Finne in der Sauna, trauten sich aber nicht, sie auszuziehen. Ihre Haut war trotz aller Sonnenbrände so hell, daß sie selbst im schwachen Licht des abnehmenden Mondes sofort aufgefallen wären. Vor sich sahen sie Wolken, deren Umrisse sich im Schein einer unsichtbaren Lichtquelle abzeichneten. Außerdem Autoscheinwerfer, die in der Ferne vorbeihuschten. Offenbar war dort ein Highway.

An beiden Ufern ragten jetzt die Häuser der Geisterstadt Calzas auf, durch deren Mitte man den Kanal gestochen hatte. Dichtgedrängt standen die Gebäude auf einer leichten Anhöhe über dem umliegenden Sumpfland. Ein unheimlicher Anblick, als wären sie von den einstigen Bewohnern, die nicht mehr zurückkehren konnten, verwunschen worden. Dunkel und verlassen lag das alte Hotel der Stadt da, gegenüber eine Tankstelle, die vollständig erhalten war, samt Kassenhäuschen, Reparaturbox und Zapfsäulen. Eine einsame Kirche ragte inmitten eines Friedhofes auf, dessen steinerne Gräber, auf Podesten über der Erde errichtet, weiß und verwittert waren. Bald darauf lag die verlassene Stadt hinter ihnen.

Und dann, mit einemmal, ging es nicht mehr weiter. Der Kanal endete an einer Böschung, die hinauf zum Highway führte. An ihrem Fuß entdeckten sie eine Betonkonstruktion, die aussah wie der Zugang zu einem großen unterirdischen Bunker. Der Eingang war durch eine massive Stahltür verschlossen, die rundum zugeschweißt war.

»Was die da drin wohl aufbewahren?« fragte Giordino.

»Jedenfalls nichts, an das sie schnell rankommen müssen«, erwiderte Pitt, während er die Tür mit dem Nachtsichtgerät musterte. »Dauert mindestens eine Stunde, bis die aufgeschweißt ist.« Dann entdeckte er ein Stromkabel, das aus der Tür führte und im schlammigen Wasser des Kanals verschwand. Er nahm das Nachtsichtgerät ab und deutete zum Ufer. »Komm, wir ziehen den Kahn an Land und klettern hinauf zur Straße.«

Giordino warf einen nachdenklichen Blick nach oben und nickte. Sie ruderten ans Ufer und zogen das Skiff an Land. Die Böschung war langgezogen, aber nicht steil. Oben angelangt, stiegen sie über eine Leitplanke und wurden fast zurückgeschleudert, als ein riesiger Lastwagen mit Aufleger an ihnen vorüberdonnerte. Ringsum erstreckte sich ein Lichtermeer im fahlen Schein der Mondsichel.

Mit diesem Anblick hatten sie nicht gerechnet. Auf der weiten Wasserfläche vor ihnen spiegelten sich die Lichter der vorbeifahrenden Autos. Während sie noch dastanden, schob ein mächtiger, haushoher Flußschlepper mindestens zwanzig aneinandergekoppelte Lastkähne vorbei – ein Schleppzug, der gut und gerne vierhundert Meter lang war. Am anderen Ufer lag eine große Stadt. Oberhalb und unterhalb davon sahen sie die taghell angestrahlten weißen Tanks der Ölraffinerien und petrochemischen Betriebe.

»Tja«, sagte Giordino mehr oder weniger ungerührt, »sollten wir jetzt nicht ›Ol' Man River‹ anstimmen?«

»Der Mississippi«, murmelte Pitt. »Da droben im Norden, auf der anderen Seite des Flusses, liegt Baton Rouge. Das ist der Endpunkt. Warum sticht man ausgerechnet bis hierher einen Kanal?«

»Weiß der Geier, was in Qin Shangs Oberstübchen vorgeht«, versetzte Giordino gelassen. »Vielleicht will er einen Anschluß zum Highway bauen.«

»Wozu? Hier gibt's keine Auffahrt, und das Bankett ist kaum breit genug für einen Wagen. Es muß einen anderen Grund geben.« Pitt setzte sich auf die Leitplanke und blickte nachdenklich auf den Fluß. »Der Highway verläuft hier schnurgerade«, sagte er schließlich.

Giordino schaute Pitt mit hochgezogenen Augenbrauen an. »Was soll denn an einer geraden Straße so besonders sein?«

»Ist es ein Zufall, oder war es so geplant, daß der Kanal genau an der Stelle endet, an der der Fluß nach Westen abknickt und unmittelbar am Highway vorbeiführt?«

»Spielt denn das eine Rolle? Shangs Ingenieure hätten den Kanal sonstwo enden lassen können.«

»Es spielt eine große Rolle, wie mir allmählich klar wird. Eine sehr große Rolle sogar.«

Giordino wußte immer noch nicht, worauf Pitt anspielte. Er nutzte das Licht eines näher kommenden Autos und warf einen kurzen Blick auf seine Uhr. »Wenn wir fertig werden wollen, solange es dunkel ist, schlage ich vor, wir legen uns in die Riemen und rudern flugs stromab.«

Noch mußten sie den knapp dreißig Kilometer langen Kanal mit ihrem Tauchroboter absuchen. Sobald sie die Böschung hinabgeklettert und wieder bei ihrem Kahn waren, holten sie das AUV aus seiner Kiste, ließen es über die Bordwand zu Wasser und sahen zu, wie es in den dunklen Fluten verschwand. Während Giordino ruderte, schaltete Pitt per Fernsteuerung den Antrieb und die Lampen des AUV ein und hielt den Tauchroboter etwa anderthalb Meter über dem Grund des Kanals. Tiefer wollte er nicht gehen, denn das brackige Wasser war so veralgt und schlammig, daß die Sicht kaum zwei Meter betrug, zu wenig, um einem unverhofften Hindernis rechtzeitig auszuweichen.

Giordino ruderte mit gleichmäßigen, weitausholenden Schlägen, ohne auch nur einmal langsamer zu werden, so daß Pitt das AUV mühelos neben dem Skiff hersteuern konnte. Erst als sie die Lichter der Plantage sahen, die Qin Shangs Sicherheitsdienst als Stützpunkt diente, steuerten sie vorsichtig das andere Ufer an und bewegten sich nur mehr im Schneckentempo vorwärts.

Zu so später Stunde hätte der Großteil der Wachmannschaft eigentlich schlafen müssen. Aber das Gegenteil war der Fall. Pitt und Giordino duckten sich im Schatten, als sie sahen, daß etliche Uniformierte aufgeregt zu dem kleinen Bootsanleger stürmten, an dem das Luftkissenfahrzeug vertäut war, und automatische Waffen an Bord verstauten. Zwei Männer hievten einen länglichen und offenbar ziemlich schweren Gegenstand in das Hovercraft.

»Die fahren ja schweres Geschütz auf«, sagte Giordino leise. »Wenn ich mich nicht irre, ist das ein Raketenwerfer.«

»Du irrst dich nicht«, murmelte Pitt. »Ich glaube, der Chef von Qin Shangs Sicherheitsdienst in Hongkong hat uns erkannt und seinen Leuten hier Bescheid gegeben, daß wir Bösewichter sind, die vermutlich eins von seinen ekelhaften Projekten ausspionieren.«

»Das Shantyboot. Offensichtlich wollen sie es mitsamt den Insassen zu Kleinholz machen.«

»Die Höflichkeit gebietet, daß wir das Eigentum von Bayou Kid schützen. Außerdem müssen wir an Romberg denken. Der Tierschutzverein setzt uns vermutlich lebenslänglich auf die schwarze Liste, wenn wir zulassen, daß der gute, alte Romberg mit einem Raketenwerfer ins Hundeparadies befördert wird.«

»Zwei unbewaffnete Schwerenöter gegen eine Horde bis zu den Zähnen bewaffneter Barbaren«, grummelte Giordino. »Nicht die besten Aussichten für unsere Gesundheit, meinst du nicht auch?«

Pitt setzte seine Tauchmaske auf und ergriff eine Preßluftflasche. »Ich muß auf die andere Seite vom Kanal, bevor sie ablegen. Du übernimmst den Kahn und wartest hundert Meter hinter der Plantage auf mich.«

»Laß mich mal raten. Du willst mit deinem kleinen Tauchermesser die Gummischürze aufschlitzen und das Luftkissen ruinieren.«

Pitt grinste. »Wenn es ein Leck hat, kommt es nicht hoch.«

»Was ist mit dem AUV?«

»Laß es unter Wasser. Ist vielleicht ganz interessant zu sehen, was sie vor ihrer Unterkunft so alles in den Kanal werfen.«

Zehn Sekunden später war Pitt weg. Lautlos glitt er ins Wasser und schnallte die Trageschale mit der Preßluftflasche um. Er war bereits gut fünf Meter vom Boot entfernt, ehe er das Mundstück des Lungenautomaten zwischen die Zähne nahm und unter Wasser atmete. Nachdem er seine Tarierweste angeblasen und sich kurz orientiert hatte, schwamm er quer durch den Kanal auf die Lichter zu, die vor der Plantage auf den Fluten tanzten. Der schlammige Grund wirkte düster und bedrohlich, und das Wasser war brühwarm. Pitt schwamm, so schnell er konnte. Er hatte die Arme nach vorn ausgestreckt, um den Strömungswiderstand zu mindern, bewegte die Beine mit aller Kraft und trieb sich mit raschen Flossenschlägen vorwärts.

Ein guter Taucher entwickelt ein Gespür für Wasser, wie ein Tier einen Wetterumschwung oder eine Gefahr spüren kann. Die brakkige Brühe in dem Kanal fühlte sich warm und angenehm an, ganz anders als die eisigen Tiefen des Orion Lake, dessen düstere, bösartige Ausstrahlung er nur zu deutlich in Erinnerung hatte. Er hatte lediglich ein bißchen Angst, daß einer der Wachmänner auf den Kanal blicken und die Luftblasen sehen könnte, was er jedoch für unwahrscheinlich hielt, da die Sicherheitskräfte vollauf mit den Vorbereitungen für den Angriff auf das Shantyboot beschäftigt waren.

Je näher er kam, desto heller wurde es unter Wasser. Bald darauf tauchten die dunklen Umrisse des Luftkissenfahrzeugs vor ihm auf. Keinerlei Geräusche waren zu hören, was ihm wiederum verriet, daß die Motoren noch nicht liefen. Er strengte sich noch mehr an, da er unter allen Umständen verhindern wollte, daß das Hovercraft ablegte.

Giordino, der vom anderen Ufer aus zusah, bezweifelte allmählich, daß Pitt das Hovercraft rechtzeitig erreichen würde. Er verfluchte sich, weil er sich auf der Rückfahrt nicht mehr ins Zeug gelegt hatte. Aber woher hätte er wissen sollen, daß die Wachmänner das Shantyboot vor Tagesanbruch angreifen wollten? Er hielt sich im Schatten und ruderte langsam weiter, vermied jede jähe Bewegung, die einer der Männer am anderen Ufer hätte bemerken können. »Mach schon!« murmelte er vor sich hin, so als könnte Pitt ihn hören. »Mach schon!«

Pitt spürte, wie seine Arme und Beine zusehends schwächer wurden und er vor lauter Erschöpfung nicht mehr richtig atmete. Er bot noch einmal alle Kraft auf, stieß sich ein letztes Mal mit voller Wucht vor. Unglaublich, dachte er, daß ich mein Leben aufs Spiel setze, bloß um einen Hund zu retten, der aller Wahrscheinlichkeit nach als Welpe von einer Tsetsefliege gestochen wurde und seither an Schlafkrankheit leidet.

Plötzlich wurde das Licht über ihm schwächer, und er schwamm in ein schwarzes Loch. Unmittelbar neben dem gummierten Unterbau, der sogenannten Schürze, in der das Luftkissen erzeugt wurde, tauchte er auf. Er ließ sich einen Moment lang treiben, atmete tief durch und wartete, bis er wieder halbwegs bei Kräften war. Dann sah er sich um. Das hier war eine sogenannte Vollschürze, eine von drei gebräuchlichen Typen. Sie bestand aus einem Gummikörper rund um die Rumpfunterseite des Fahrzeugs, in dem mit einem Gebläse das Luftkissen aufgebaut wurde, auf dem das Hovercraft schwebte. Außerdem stellte er fest, daß der Propeller an dem Gebläse, mit dem das Luftkissen aufgebaut wurde, aus Aluminium war.

Pitt griff gerade nach seinem Messer und wollte es triumphierend in die Gummiwand stoßen, als er plötzlich hörte, wie die Motoren angeworfen wurden. Dann setzten sich die Propeller in Bewegung und drehten immer schneller. Die Schürze blähte sich auf, und das Wasser unter dem Hovercraft geriet ins Brodeln. Zu spät. Jetzt konnte er die Gummischürze nicht mehr zerschlitzen.

Aus lauter Verzweiflung löste er den Schnellabwurfverschluß an seiner Trageschale, spie den Atemregler aus und stieß die Preßluftflasche nach oben, über seinen Kopf, genau auf das surrende Gebläse zu. Dann ging er unter der praller werdenden Schürze in Deckung. Im nächsten Moment schlugen die Propellerblätter auf die Preßluftflasche. Pitt wußte, daß es der reinste Selbstmord war. Und ihm war auch klar, daß er es mit der Tollkühnheit diesmal etwas zu weit getrieben hatte.

Der Propeller zersplitterte in tausend Trümmer, die nach allen Seiten davonwirbelten und die Gummischürze wie Granatsplitter zerfetzten. Kurz darauf gab es einen weiteren, viel lauteren Knall, als die Wände des Treibstofftanks durchschlagen wurden, worauf die unter Hochdruck stehende Luft einströmte und den Tank zum Bersten brachte. Im nächsten Moment schoß eine Stichflamme auf, als der Treibstoff explodierte, und ein Feuersturm erfaßte das Hovercraft, riß glühende Teile in die Luft und wirbelte sie zu dem Plantagenhaus, dessen Holzdach binnen kürzester Zeit in Flammen stand.

Giordino saß da, wie vom Donner gerührt, und sah voller Entsetzen zu, wie sich das Hovercraft aus dem Wasser hob und in glühende Trümmer zerbarst. Leiber wurden durch die Luft geschleudert wie betrunkene Zirkusakrobaten und klatschten leblos auf das Wasser. Die Fenster des Plantagenhauses zersplitterten. Im nächsten Augenblick bekam Giordino die Druckwelle zu spüren, die ihn wie ein Fausthieb im Gesicht traf. Einen Moment lang war das Hovercraft in eine Wand aus brennendem Treibstoff eingehüllt, dann verpuffte der Sprit, und die brennenden Überreste versanken zischend und qualmend in den Fluten des Kanals.

Giordino bekam es mit der Angst zu tun. Wie von Sinnen ruderte er auf das Wrack zu. Sobald die ersten brennenden Trümmer im Wasser vorübertrieben, schnallte er sich seine Preßluftflasche an und rollte sich in den Kanal. Durch die zahllosen Flammen an der Wasseroberfläche wirkte das Wasser seltsam durchscheinend, unheimlich und bedrohend. Fieberhaft und zugleich seltsam beherrscht durchsuchte er die geborstenen Überreste des Luftkissenfahrzeugs, riß die zerfetzte Schürze beiseite und tastete unter dem Gummi herum. Er stieß auf menschliche Gliedmaßen – ein Mann, dem die Explosion die Kleidung vom Leib gerissen hatte, ohne Beine, mit aufgeschlitztem Bauch. Er sah die weit aufgerissenen schwarzen Augen und wußte, daß es nicht Pitt war.

Mühsam unterdrückte er die lähmende Angst, die quälende Gewißheit, daß kein Mensch ein solches Inferno überleben konnte. Er suchte unaufhörlich weiter, ohne die geringste Hoffnung, daß er hier noch ein lebendes Wesen finden würde. Herrgott, wo ist er? schrie er innerlich auf. Dann, als er bereits am Ende seiner Kraft war und gerade aufgeben wollte, packte ihn von unten aus dem Schlamm etwas am Knöchel. Im ersten Moment erfaßte ihn die helle Panik, dann stellte er fest, daß es sich um eine menschliche Hand handelte. Er fuhr herum und sah ein spöttisch grinsendes Gesicht vor sich, zusammengekniffene Augen, die ihm im Zwielicht zublinzelten, einen Blutstrom, der aus der Nase quoll und sich im Wasser auflöste.

Pitt sah aus, als sei er von den Toten wiederauferstanden. Sein Taucheranzug war zerfetzt, und die Maske hatte es ihm vom Kopf gerissen. Aber er lebte. Er deutete nach oben, ließ Giordinos Knöchel los und schoß mit ein paar raschen Flossenschlägen zu der nur anderthalb Meter entfernten Wasseroberfläche. Sie tauchten gleichzeitig auf, worauf Giordino Pitt mit beiden Armen umschlang und ihn erst einmal an sich drückte.

»Verdammt noch mal!« rief Giordino. »Du lebst ja.«

»Verdammt will ich sein, wenn nicht«, versetzte Pitt lachend.

»Wie, in Gottes Namen, hast du das geschafft?«

»Reines Glück. Nachdem ich meine Preßluftflasche ins Gebläse gehalten habe, bin ich unter die Schürze gekrochen. Was übrigens nicht so klug war. Ich war knapp drei Meter weg, als es den Tank zerrissen hat. Glücklicherweise sind zuerst die Seitenwände geplatzt, und als sich der Treibstoff entzündet hat, ist er nach oben verpufft. Ich war völlig unversehrt, bis mich die Druckwelle erwischt hat. Die hat mich auf den Grund geschleudert, wo vermutlich der Schlamm den Aufprall gedämpft hat. Aber mir klingen immer noch die Ohren. Überhaupt ein Wunder, daß mir nicht das Trommelfell geplatzt ist. Außerdem tut mir von Kopf bis Fuß alles weh. Na ja, und danach war ich ziemlich weg vom Fenster. Aber als ich atmen wollte und einen Schwall Sumpfwasser geschluckt habe, weil plötzlich mein Lungenautomat nicht mehr da war, bin ich zu mir gekommen und schleunigst aufgetaucht. Dann habe ich mich eine Weile treiben lassen, bis ich wieder halbwegs bei Sinnen war. Und dann habe ich deine Luftblasen gesehen.«

»Diesmal war ich mir sicher, daß es dich erwischt hat«, sagte Giordino.

»Ich auch«, erwiderte Pitt. Vorsichtig betastete er seine Nase und die aufgeplatzte Lippe. »Irgendwas hat mich anscheinend am Gesicht getroffen, als ich am Grund des Kanals aufgeprallt bin –« Er brach ab und zog eine Grimasse. »Gebrochen. Meine Nase ist gebrochen. Zum allerersten Mal.«

Giordino deutete mit dem Kopf zum Ufer, wo inzwischen auch das Plantagenhaus in hellen Flammen stand. »Hast du schon mal nachgeforscht, von wem du diese umheimliche Zerstörungswut geerbt hast?«

»Soweit ich weiß, war unter meinen Vorfahren kein Pyromane.«

Drei Wachmänner hatten das Inferno überlebt. Einer kroch mit kokelnder Uniform vom Haus weg, ein zweiter, dem das Trommelfell geplatzt war, saß benommen am Ufer, hatte die Hände über die Ohren geschlagen und wiegte sich vor und zurück. Der dritte, dem das Blut aus einer Schnittwunde an der Wange quoll, zum Hals hinunterlief und das Hemd rot färbte, stand fassungslos da und starrte auf die Überreste des Luftkissenfahrzeugs.

Pitt schwamm zum Ufer, stand auf und ging an Land. Mit weit aufgerissenen Augen glotzte der Wachmann die sonderbare Erscheinung in dem schwarzen Anzug an, die aussah wie ein Sumpfungeheuer. Er wollte unwillkürlich nach seiner Waffe greifen, stellte aber fest, daß sie durch die Explosion weggerissen worden war. Er drehte sich um und versuchte wegzulaufen, torkelte ein paar Schritte weiter und fiel dann hin. Die unheimliche Gestalt, der das Blut aus der Nase tropfte, starrte auf ihn herab.

»Verstehst du Englisch, mein Freund?«

»Ja«, krächzte der Wachmann und nickte. »Ich gelernt amerikanische Vokabel.«

»Gut. Dann bestell deinem Boß, dem großen Qin Shang, daß Dirk Pitt wissen möchte, ob er sich immer noch bückt und Bananen aufhebt. Hast du das kapiert?«

Der Wachmann verhaspelte sich mehrere Male, als er den Satz wiederholte, aber mit Pitts tatkräftiger Hilfe bekam er ihn schließlich hin. »Dirk Pitt möchte wissen, ob der ehrenwerte Qin Shang sich immer noch bückt und Bananen aufhebt.«

»Prima gemacht«, sagte Pitt leutselig. »Du bist der Klassenprimus.«

Dann spazierte er zum Kanal zurück und watete hinaus zu Giordino, der im Kahn auf ihn wartete.

35

Julia war heilfroh, als es endlich dunkel wurde. Sie schlich zum Bug des Schleppers, achtete darauf, daß sie im Schatten blieb, kletterte dann über die Bordwand des Lastkahns und landete inmitten der schwarzen Müllsäcke. Das Mondlicht, so schwach es auch war, paßte ihr ganz und gar nicht, aber andererseits hatte sie dadurch auch die Besatzung auf dem Schlepper stets im Auge, und sie konnte die Ufer erkennen und sich markante Punkte merken. Zudem blickte sie alle paar Minuten zum Polarstern auf und verfolgte den Kurs des Schleppzugs.

Hier, am Bayou Teche, sah die Landschaft ganz anders aus als im Atchafalaya-Tal. Mächtige immergrüne Eichen ragten hinter dem Schilfrohr am Ufer auf, dazwischen stattliche Zypressen und wogende Weiden. Ab und zu taten sich Schneisen im Waldland auf, und man sah Farmen im Mondschein liegen und Felder, die in voller Frucht standen. Hinter Weidezäunen machte Julia grasende Rinder aus. Ein Vogel zwitscherte, eine Feldlerche, und einen Moment lang wünschte sie, sie hätte eine Familie, ein Zuhause. Sie wußte, daß der Tag nicht mehr fern war, an dem ihre Vorgesetzten sie aus dem gefährlichen Außendienst abziehen und an den Schreibtisch verbannen würden.

Der Schleppzug fuhr durch ein malerisches Fischerdörfchen. Patterson hieß es, wie Julia später erfahren sollte. An den Piers, die das Ufer säumten, lagen dicht an dicht Fischerboote. Sie prägte sich ein, wie die Häuser entlang des Bayou standen, bis die Ortschaft hinter ihnen in der Ferne verschwand. Der Schlepperkapitän betätigte das Signalhorn, als eine Zugbrücke in Sicht kam. Der Brückenwärter tutete zurück und zog die Brücke so weit hoch, daß sie hindurchfahren konnten.

Ein paar Kilometer oberhalb von Patterson wurde der Schlepper langsamer und hielt auf das westliche Ufer zu. Julia spähte über die Bordwand des Lastkahns und sah einen Ziegelbau, eine Art Lagerhaus, und mehrere Nebengebäude, die hinter einem langen Kai standen. Ein hoher Maschendrahtzaun mit Stacheldrahtkrone umgab die Anlage. Ein paar Scheinwerfer mit trüben, eingestaubten Glühbirnen warfen ein fahles, schummriges Licht auf die Freifläche zwischen Kai und Lagerhaus. Bis auf einen Wachmann, der aus einer kleinen Hütte kam und an einem verschlossenen Tor am Ende des Kais stehenblieb, war keine Menschenseele zu sehen. Sie stellte fest, daß er eine gewöhnliche Uniform trug, wie man sie bei jedem privaten Wachschutzdienst käuflich erwerben konnte. Hinter dem Fenster der Hütte flimmerte ein Fernsehgerät.

Ihr Herz schlug einen Takt schneller, als sie zwei Eisenbahngleise sah, die in einem Betontunnel verschwanden und offenbar in den Keller des großen Lagerhauses führten. Sie war sich jetzt so gut wie sicher, daß sie die Sammelstelle entdeckt hatte, von der aus die Illegalen zu ihren im voraus festgelegten Zielorten gebracht wurden. In die großen Städte vor allem, wo sie mühelos untertauchen konnten, sei es in Freiheit oder als Fronarbeiter.

Sie verbarg sich unter den Müllsäcken, als die chinesische Besatzung an Bord des Lastkahns kam und ihn am Kai vertäute. Sobald er sicher befestigt war, sprangen sie wieder auf den Schlepper. Weder der Kapitän noch die Mannschaft wechselten ein Wort mit dem Wachmann am Tor. Der Kapitän betätigte kurz das Signalhorn, als ein kleiner Krabbenkutter vorbeifuhr, dann legte der Schlepper rückwärts von dem Lastkahn ab und wendete in weitem Bogen, bis der stumpfe Bug flußabwärts gerichtet war. Daraufhin legte der Kapitän den Vorwärtsgang ein, gab Gas und nahm wieder Kurs auf Sungari.

In den nächsten zwanzig Minuten herrschte eine seltsame Stille, die Julia immer unheimlicher wurde. Nicht weil sie es mit der Angst zu tun bekam, sondern weil sie fürchtete, daß sie möglicherweise einen Fehler begangen haben könnte. Der Wachmann war längst zu seiner Hütte zurückgekehrt und saß wieder vor dem Fernseher. Der Lastkahn mit den Müllsäcken lag am Kai, ohne daß sich jemand darum kümmerte.

Kurz nachdem sie auf den Schlepper gesprungen war, hatte sich Julia bei Captain Lewis gemeldet und ihn von ihrem tollkühnen Vorhaben unterrichtet. Lewis war alles andere als begeistert gewesen. Ihm war sofort klar geworden, daß die Frau, für deren Sicherheit er verantwortlich war, ein großes Risiko einging. Doch er hatte seinen Unmut unterdrückt und die entsprechenden Hilfsmaßnahmen eingeleitet. Auf seinen Befehl hin hatte Lieutenant Stowe mit einer Barkasse voller bewaffneter Männer die Verfolgung des Schleppzugs aufgenommen. Er sollte notfalls den Hubschrauber unterstützen, dabei aber stets sicheren Abstand zu dem Schlepper wahren, damit an Bord niemand Verdacht schöpfte.

Julia konnte das Heulen der Turbinen hören, und sie sah auch die Positionslichter des Hubschraubers am nächtlichen Himmel. Sie wußte genau, welches Schicksal sie erwartete, wenn sie Qin Shangs Menschenschleppern in die Hände fiel. Um so tröstlicher war es zu wissen, daß Männer über sie wachten, die bereit waren, ihr Leben für sie einzusetzen, falls es zum Schlimmsten kommen sollte.

Lin Wan Chus Kleidung hatte sie längst abgelegt und in einen Müllsack gestopft. Nicht etwa, weil sie ihr nicht paßte, sondern weil die weißen Sachen zu auffällig waren. Man hätte sie vom Schlepper aus zu leicht erkennen können, wenn sie über die Bordwand spähte. Jetzt trug sie schlichte Shorts und eine Bluse, die sie darunter angehabt hatte.

Zum erstenmal seit über einer Stunde sprach sie wieder in ihr kleines Funkgerät und rief Lieutenant Stowe an. »Der Schlepper hat den Lastkahn abgesetzt. Er liegt jetzt an einem Kai vor einer Art großem Lagerhaus.«

Lieutenant Stowe, der einen mobilen Sender mit Kopfhörer und Mikrofon aufhatte, meldete sich sofort zurück. »Wir bestätigen. Schlepper passiert uns gerade in Gegenrichtung. Wie sieht's bei Ihnen aus?«

»Etwa so aufregend, wie wenn man einem Baum beim Versteinern zuguckt. Bis auf einen Wachmann, der hinter einem hohen Zaun in seiner Hütte vor dem Fernseher sitzt, ist hier weit und breit keine Menschenseele.«

»Wollen Sie damit sagen, daß Ihr Unternehmen ein Reinfall ist?« fragte Stowe.

»Ich brauche mehr Zeit. Ich muß mich umsehen«, antwortete Julia.

»Nicht zu lange, hoffe ich. Captain Lewis ist kein besonders geduldiger Typ, und der Helikopter kann allenfalls noch eine Stunde in der Luft bleiben. Dann ist der Sprit alle. Und das ist noch längst nicht alles.«

»Was gibt's sonst noch?«

»Ihr Entschluß, auf den Schlepper zu springen, kam so überraschend, daß weder meine Männer noch ich zu Abend gegessen haben!«

»Sie scherzen.«

»Niemals! Nicht, wenn es um hungrige junge Männer der Küstenwache geht, die eine Mahlzeit verpaßt haben«, versetzte Stowe frotzelnd.

»Aber Sie werden mich doch nicht allein lassen?«

»Natürlich nicht«, erwiderte Stowe, der sofort wieder ernst wurde. »Ich hoffe nur, daß der Schlepper den Kahn nicht bloß über Nacht abgestellt hat und ihn morgen früh zu einer Müllkippe bugsiert.«

»Das glaube ich nicht«, sagte Julia. »Eins der Gebäude verfügt über einen Gleisanschluß. Diese Anlage hier ist wie geschaffen für den Weitertransport eingeschleuster Immigranten.«

»Ich kann ja Captain Lewis bitten, daß er sich bei der Eisenbahngesellschaft erkundigt, ob Güterzüge hier haltmachen«, bot Stowe ihr an. »Unterdessen fahre ich mit der Barkasse in eine kleine Bucht auf der anderen Seite des Bayou, etwa hundert Meter südlich von Ihnen. Wir halten uns dort bis auf weiteres bereit.« Er schwieg einen Moment. »Ms. Lee.«

»Ja.«

»Machen Sie sich keine zu großen Hoffnungen«, sagte Stowe ruhig. »Ich habe soeben ein halb verfallenes Schild am Ufer des Bayou entdeckt. Wollen Sie wissen, was darauf steht?«

»Ja, verraten Sie's mir«, antwortete Julia, die sich jeden gereizten Unterton verkniff.

»›Felix Bartholomeaux – Erste Rohrzuckerraffinerie. Gegründet 1883‹. Der Kahn ist offenbar vor einer seit langem stillgelegten Zuckerfabrik vertäut. Soweit ich das von hier aus erkennen kann, ist die Anlage so tot wie ein versteinertes Dinosaurierei.«

»Und warum wird sie dann bewacht?«

»Ich weiß es nicht«, erwiderte Stowe.

»Moment mal!« versetzte Julia plötzlich. »Ich habe was gehört.«

Sie verstummte und lauschte gespannt, und auch Stowe stellte keine weiteren Fragen. Irgendwo, wie aus weiter Ferne, hörte sie Metall scheppern. Zuerst dachte sie, das Geräusch käme aus der verlassenen Raffinierie, doch dann wurde ihr klar, daß es vom Wasser unter dem Kahn gedämpft wurde. Wie entfesselt warf sie die Müllsäcke beiseite, bis sie sich einen Gang zum Boden des Kahns gewühlt hatte. Dann legte sie das Ohr an das feuchte, rostige Metall.

Diesmal hörte sie gedämpfte Stimmen, Schwingungen eher, die sich auf den stählernen Kiel übertrugen. Sie verstand die Worte nicht, aber es klang nach barschen Männerrufen. Julia kletterte wieder nach oben, überzeugte sich davon, daß der Wachmann noch vor dem Fernseher saß, beugte sich dann über die Bordwand des Lastkahns und spähte ins Wasser. Es war zu dunkel, als daß sie etwas hätte erkennen können, aber verräterische Lichter sah sie da unten nicht.

»Lieutenant Stowe«, meldete sie sich leise.

»Hier.«

»Können Sie zwischen Kahn und Kai irgend etwas Auffälliges im Wasser erkennen?«

»Von hier aus nicht. Aber ich habe Sie im Blick.«

Julia drehte sich unwillkürlich um und blickte über den Bayou, aber vor ihr lag nur tiefe Dunkelheit. »Sie können mich erkennen?«

»Durch ein Nachtsichtgerät. Ich wollte verhindern, daß sich jemand heimlich an Sie heranschleicht.«

Der treue, alte Lieutenant Stowe. Zu einem anderen Zeitpunkt, an einem anderen Ort, hätte sie ihn vielleicht sogar in ihr Herz schließen können. Doch derzeit hatte sie beim geringsten Gedanken an Liebe und Zärtlichkeit sofort Dirk Pitt vor Augen. Zum erstenmal in ihrem Leben war sie in einen Mann vernarrt, und sie wußte noch nicht recht, wie sich das mit ihrem Drang nach Freiheit und Unabhängigkeit vertrug.

Beinahe widerwillig wandte sie sich wieder ihrem Auftrag zu. Zunächst einmal galt es herauszufinden, wie Qin Shang seine Schleppergeschäfte aufzog.

»Meiner Meinung nach muß unter dem Kahn ein weiterer Frachtraum sein, vielleicht sogar ein Boot«, meldete sie.

»Was deutet darauf hin?« fragte Stowe.

»Ich habe Stimmen durch den Kiel gehört. Das würde auch erklären, warum es den Chinesen immer wieder gelingt, illegale Immigranten an der Einwanderungsbehörde, dem Zoll und der Küstenwache vorbei über Sungari ins Inland zu schleusen.«

»Ich würde Ihnen ja gern glauben, Ms. Lee, aber das ist mir zu weit hergeholt. Ein separates Frachtabteil, das unter Wasser von China aus über den Pazifischen Ozean und das Karibische Meer nach Louisiana gebracht, dort unter einen Schleppkahn verladen und flußaufwärts zu einer stillgelegten Zuckerraffinerie transportiert wird? Dafür kriegen Sie vielleicht einen Literaturpreis, aber kein logisch denkender Mann kauft Ihnen das ab.«

»Ich bin fest davon überzeugt«, versetzte Julia.

»Darf ich fragen, was Sie vorhaben?« Stowe klang jetzt eher förmlich als freundlich.

»Ich habe vor, in die Fabrik einzudringen und sie zu durchsuchen.«

»Halte ich nicht für klug. Warten Sie lieber bis morgen früh.«

»Dann könnte es zu spät sein. Bis dahin hat man die Immigranten vielleicht schon in Güterwaggons verladen und abtransportiert.«

»Ms. Lee«, erwiderte Stowe kühl. »Ich rate Ihnen dringend, sich die Sache noch einmal zu überlegen und den Rückzug anzutreten. Ich komme mit der Barkasse rüber zum Kahn und hole Sie ab.«

Julia dachte nicht daran, jetzt aufzugeben – nicht nachdem sie so weit gekommen war. »Nein. Vielen Dank, Lieutenant Stowe, aber ich werde da reingehen. Wenn ich gefunden habe, was ich dort vorzufinden hoffe, dürfen Sie und Ihre Männer mich herausholen.«

»Ms. Lee, Sie stehen zwar unter dem Schutz der Küstenwache, aber ich muß Sie dennoch daran erinnern, daß wir kein polizeiliches Einsatzkommando sind. Ich schlage vor, daß Sie bis Tagesanbruch warten, sich beim Bezirksrichter einen Durchsuchungsbefehl besorgen und den hiesigen Sheriff herschicken. Damit kommen Sie bei Ihren Vorgesetzten garantiert besser an.«

Julia tat, als habe sie ihn nicht gehört. »Sagen Sie bitte Captain Lewis Bescheid, daß er Peter Harper in Washington und das INS-Büro in New Orleans verständigen soll. Gute Nacht, Lieutenant Stowe. Wir können morgen gemeinsam zu Mittag essen.«

Stowe versuchte Julia etliche Male zu erreichen, aber sie hatte ihr Funkgerät ausgeschaltet. Er blickte mit dem Nachtsichtgerät über den Bayou und sah, wie sie vom Kahn sprang, den Kai entlangrannte und unter einer mächtigen, moosbehangenen Eiche unmittelbar vor dem Maschendrahtzaun verschwand.

Julia blieb stehen, sobald sie bei der Eiche war, und versteckte sich ein paar Minuten lang unter dem Moos, das von den Ästen herabhing. Langsam ließ sie den Blick über die scheinbar verlassenen Gebäude der Zuckerraffinerie schweifen. Nirgendwo ein Licht, nicht der kleinste Strahl fiel durch die rissigen und verwitterten Türen und Fenster nach draußen. So angestrengt sie auch lauschte, sie hörte nur das schrille Zirpen der Zikaden, ein Zeichen dafür, daß der Sommer vor der Tür stand. Die Luft war schwül und stickig, und keinerlei Lüftchen kühlte ihr die schweißnasse Haut.

Das Hauptgebäude der Fabrik war stattliche drei Stockwerke hoch. Der Bauherr hatte sich offenbar von mittelalterlichen Burgen anregen lassen. Zinnen säumten das Dach, und an allen vier Ecken ragten Türme auf, in denen sich einst die Büros der Firma befunden hatten. Die Fenster hatten vielleicht für genügend Licht gesorgt, aber die Männer und Frauen, die einst hinter diesen Mauern gearbeitet hatten, mußten furchtbar unter der stickigen Luft gelitten haben. Die roten Ziegel sahen so aus, als hätten sie der Feuchtigkeit lange getrotzt, doch gegen das grüne Moos und die Kletterranken, die an dem Gemäuer emporwucherten, sich in den Ritzen festsetzten und den Mörtel sprengten, waren sie nicht gefeit. Etliche Mauersteine waren bereits herausgebrochen. Die Fabrik, in der einst reges Treiben geherrscht hatte, in der viele Menschen in Lohn und Brot gestanden hatten, wirkte so trostlos, als warte sie nur noch auf die Abrißbirne.

Julia rückte im Schatten der Bäume und Sträucher, die entlang des Zaunes wuchsen, weiter vor, bis sie auf die Bahngleise stieß. Sie führten durch ein Tor, das mit einem schweren Vorhängeschloss gesichert war, und verschwanden dann in einem Tunnel unter dem Lagerhaus. Sie bückte sich und musterte im Licht einer in der Nähe stehenden Laterne die Gleise. Sie waren blank und ohne Rost. Allmählich war sie immer mehr davon überzeugt, daß sie auf der richtigen Spur war.

Sie setzte ihre Erkundung fort. Geschmeidig wie eine Katze huschte sie durch das Gebüsch, bis sie auf ein Abflußrohr stieß, das gut einen halben Meter durchmaß und von einem Wassergraben aus unter dem Zaun hindurchführte. Sie blickte sich kurz um, überzeugte sich davon, daß sie nach wie vor von niemandem beobachtet wurde, und kroch dann mit den Füßen voran hinein. Falls sie auf der anderen Seite nicht weiterkam, konnte sie dadurch leichter zurückgelangen.

Julia wußte sehr wohl, daß sie nach wie vor auf der Hut sein mußte. Der einsame Wachposten, die schummrige Beleuchtung und der verwahrloste Zustand dieser Fabrik hatten überhaupt nichts zu bedeuten – vielleicht wollte Qin Shang genau diesen Eindruck erzeugen. Und ihr war auch klar, daß man sie möglicherweise die ganze Zeit mit Infrarotkameras beobachtete. Aber jetzt konnte sie nicht mehr zurück. Trotzdem durfte sie Qin Shangs Sicherheitsvorkehrungen nicht unterschätzen, nicht wenn das hier tatsächlich eine Sammelstelle für illegale Einwanderer war.

Ein breitschultriger Mann wäre in dem engen Rohr vermutlich nicht weit gekommen, aber Julia hatte sogar noch ein paar Zentimeter Spielraum. Zunächst war zu ihren Füßen alles schwarz, doch nachdem sie sich um eine Krümmung herumgewunden hatte, sah sie eine Wasserfläche, in der sich Mondlicht spiegelte. Sie landete in der zentimetertiefen Schlammschicht am Grunde eines betonierten Grabens, der rund um das Lagerhaus führte und das vom Dach strömende Regenwasser ableitete.

Sie hielt inne, blickte nach links und rechts. Weder Sirenen noch Wachhunde, auch keinerlei Scheinwerfer. Offenbar hatte man sie bislang noch nicht entdeckt. Sie schlich an dem Gebäude entlang, suchte einen Zugang, drückte sich dicht an die moosbewachsenen Mauern und überlegte, in welche Richtung sie gehen sollte. Bei den

Bahngleisen gab es keinerlei Deckung, und außerdem stand sie dort im Licht. Auf der anderen Seite indessen konnte sie sich im Schutze eines Zypressenhains vorarbeiten. So leise wie möglich schlich sie weiter, stets darauf achtend, daß sie nicht über das Gerümpel stolperte, das ringsum herumlag.

Ein Gebüsch versperrte ihr den Weg. Julia kroch darunter hindurch, tastete sich vorwärts und spürte eine steinerne Stufe, die nach unten führte, dann eine zweite. Sie kniff die Augen zusammen, spähte hinab in die Dunkelheit und stellte schließlich fest, daß hier eine Treppe in den Keller der Fabrik führte. Die Stufen lagen voller Müll und Unrat, über die sie vorsichtig hinwegsteigen mußte. Unten stieß sie auf eine massive Eichentür, die man einstmals vermutlich nicht einmal mit einer Ramme hätte aufbrechen können. Aber mittlerweile waren die Angeln in der feuchten Luft verrostet, so daß sie lediglich kräftig dagegentreten mußte, um sie so weit aufzustoßen, daß sie sich hindurchzwängen konnte.

Julia warf einen prüfenden Blick in den betonierten Gang, bevor sie ihn betrat. Am anderen Ende, schätzungsweise fünfzehn Meter entfernt, schimmerte ein schwacher Lichtschein. Tiefe Lachen, teils Regen-, teils Kondenswasser, standen am Boden des stickigen Ganges. Sie mußte Müllberge und alte Möbel umgehen, die offenbar bei der Stillegung der Fabrik in den Gang geworfen worden waren, und stets darauf achten, daß sie keinen Lärm machte. Noch vorsichtiger wurde sie, als sie in den schummrigen Lichtschein trat, der durch das Fenster einer schweren Eichentür am anderen Ende des Ganges fiel. Vorsichtig drehte sie am Knauf. Wider Erwarten ließ sich die Tür mühelos öffnen, so als sei sie tags zuvor geölt worden. Langsam drückte sie sie eine Spalt weit auf.

Dann trat sie leise und auf alles gefaßt einen Schritt vor. Sie erstarrte zunächst, kam sich vor, wie in ein anderes Zeitalter versetzt, als sie die schweren Eichenmöbel sah und die Büroausstattung, alles tadellos sauber, ohne ein Staubkorn oder eine Spinnwebe – genauso, wie es zu Anfang des zwanzigsten Jahrhunderts ausgesehen haben mochte.

Doch sie war in eine Falle gelaufen. Entsetzt hörte sie, wie die Eichentür hinter ihr ins Schloß fiel. Und dann kamen hinter dem

Raumteiler, der zwischen Arbeitsbereich und Sitzecke stand, drei Männer hervor. Alle drei trugen Anzüge, zwei hatten außerdem Aktenkoffer in der Hand, so als kämen sie soeben von einer Vorstandskonferenz.

Bevor sie das Funkgerät einschalten konnte, hatten sie ihre Arme gepackt und ihr einen Streifen Klebeband über den Mund gepappt.

»Du bist ausgesprochen hartnäckig, meine liebe junge Ling T'ai, oder soll ich Sie lieber Julia Lee nennen?« sagte Ki Wong, Qin Shangs Chefaufseher, und grinste sie an wie der Leibhaftige. »Sie können sich gar nicht vorstellen, wie froh ich bin, Sie wiederzusehen.«

Stowe starrte unverwandt zur anderen Seite des Bayou. Er rückte seine Kopfhörer zurecht, zog das Mikrofon dicht an den Mund. »Ms. Lee. Antworten Sie bitte, wenn Sie mich hören können.«

Einen Moment lang meinte er erstickte Laute zu hören, dann war die Verbindung mit Julia tot. Im ersten Augenblick wäre er am liebsten über den Bayou gebrettert und hätte die Fabrik gestürmt. Aber er wußte nicht genau, ob Julia tatsächlich in Gefahr schwebte, und solange er davon nicht hundertprozentig überzeugt war, durfte er das Leben seiner Männer nicht aufs Spiel setzten. Außerdem war es durchaus möglich, daß er in einen Hinterhalt geriet, zumal er sich auf dem Gelände nicht auskannte. Stowe verhielt sich wie jeder andere pfiffige Offizier, seit die Menschheit zum erstenmal stehende Heere aufgeboten hatte: Er überließ die Entscheidung seinem Vorgesetzten.

»*Weehawken,* hier spricht Lieutenant Stowe.«

»Wir hören Sie«, meldete sich Captain Lewis.«

»Sir, ich glaube, hier gibt es Schwierigkeiten.«

»Was ist los?«

»Wir haben keine Verbindung mehr mit Ms. Lee.«

Einen Moment lang herrschte Schweigen. Dann meldete sich Lewis zurück. »Halten Sie Ihre jetzige Position und beobachten Sie die Raffinerie. Erstatten Sie sofort Bericht, wenn es etwas Neues gibt. Ich melde mich wieder.«

Stowe stand in der Barkasse und blickte über den Bayou hinweg auf die dunkel dräuenden Gebäude am anderen Ufer. »Gott steh dir bei, wenn irgendwas schiefgeht«, murmelte er leise. »Ich kann's nämlich nicht.«

36

Pitt und Giordino ließen sich Zeit, als sie von dem ausgebrannten Stützpunkt aufbrachen. Die Fernmeldeeinrichtungen in dem Plantagenhaus waren mit Sicherheit verglüht – von hier aus konnte sich niemand mehr mit Qin Shangs Hauptquartier in Verbindung setzen. Sie ruderten den Kanal entlang, als sei nichts geschehen, steuerten den Tauchroboter neben dem Skiff her und suchten seelenruhig den Grund ab.

Dann stießen sie wieder auf den Atchafalaya und ruderten ein Stück flußaufwärts bis zu Hooker's Bayou. Der Himmel im Osten färbte sich gerade grau, als sie zu dem Shantyboot zurückkehrten. Romberg begrüßte sie mit einem kurzen Augenaufschlag und versank wieder im Reich der Hundeträume.

Ohne sich lange aufzuhalten, verstauten sie ihre Tauchausrüstung und das AUV. Sobald das Skiff auf dem Dach festgezurrt war, ließ Giordino den schweren Ford-Motor an, während Pitt die Stangen, an denen das Boot vertäut war, aus dem sumpfigen Boden zog. Noch ehe die Sonne aufging, war das Shantyboot flußabwärts auf dem Atchafalaya unterwegs.

»Wohin?« schrie Giordino aus dem Ruderhaus nach unten in die Kabine.

»Bartholomeaux«, brüllte Pitt ihm über den Motorenlärm hinweg zu.

Giordino sagte nichts mehr. Auf dem Fluß herrschte mehr Betrieb, als er um diese Tageszeit erwartet hatte. Zahlreiche Krebs- und Austernboote waren bereits zu ihren Fanggründen unterwegs. Schleppzüge, die droben am Old River Canal Lock, der großen Schleuse oberhalb von Baton Rouge, vom Mississippi in den Atchafalaya gefahren waren, zogen an ihnen vorüber. Vorsichtig umfuhr er die anderen Boote, aber sobald er vorbei war, drehte er den Sieben-Liter-Motor bis auf halbes Gas auf und bretterte mit rund vierzig Stundenkilometern flußabwärts.

Pitt saß unterdessen auf dem kleinen Sofa im Wohnraum und sah sich die Videobilder an, die der Tauchroboter auf seiner Erkundungsfahrt vom Mississippi bis zur Einmündung des Kanals in den Atchafalaya aufgezeichnet hatte. Ein zweifelhaftes Vergnügen. Bis auf ein paar Fische, eine vorüberpaddelnde Schildkröte und einen aufmüpfigen Babyalligator sah er sechs Stunden lang nur trübe Brühe. Er war zwar erleichtert, daß er keine Leichen entdeckte, aber keineswegs überrascht. Zum erstenmal meinte Pitt eine Ahnung zu haben, was Qin Shang beabsichtigte. Der Kanal war der Schlüssel, und allmählich glaubte er auch zu wissen, zu welchem Zweck er gestochen worden war. Aber noch war er sich nicht hundertprozentig sicher. Noch hatte er keine Beweise. Nur eine vage Vorstellung, an die er selbst nicht recht glauben mochte.

Er schaltete das Fernsehgerät ab und lehnte sich auf dem Sofa zurück. Er traute sich nicht, die Augen zu schließen, denn Einschlafen galt nicht; das wäre unfair gegenüber Giordino gewesen. Außerdem gab es noch eine Menge zu tun. Zunächst bereitete er das Frühstück zu, Rühreier mit Schinken, brühte in einer altmodischen Kanne Kaffee auf und stellte eine Packung Orangensaft auf den Tisch. Dann rief er Giordino nach unten und übernahm das Ruder.

Einige Kilometer nördlich von Morgan City steuerte er das Shantyboot in die Berwick Bay, fuhr dann südlich durch den Wax Lake Canal und stieß oberhalb von Patterson, nur drei Kilometer von der alten Zuckerraffinerie entfernt, auf den Bayou Teche. Dort überließ er Giordino wieder das Ruder und setzte sich auf einen Liegestuhl auf der Veranda, neben sich Romberg, der selig zusammengerollt vor sich hin träumte.

Sie hatten sich tüchtig rangehalten. Es war noch nicht einmal zwölf Uhr, als Giordino das Boot um eine Flußbiegung steuerte und den Motor drosselte. Etwa anderthalb Kilometer vor ihnen lag die stillgelegte Raffinerie. Pitt setzte das Fernglas an und betrachtete die Gebäude und den langen Kai mit der steinernen Mole. Er verzog den Mund zu einem knappen Lächeln, als er den mit Müllsäcken beladenen Lastkahn sah. Er beugte sich über die Reling an der Veranda und deutete nach vorn. »Das muß es sein«, rief er zu Giordino hinauf. »Der Kahn, der da drüben vertäut ist, scheint der gleiche zu sein, den wir schon in Sungari gesehen haben.«

Giordino nahm das alte Messingfernrohr zur Hand, das er in einem Schubfach neben dem Ruder gefunden hatte. »Der Kahn ist nach wie vor beladen. Sieht so aus, als ob sie noch nicht bei der Müllkippe gewesen sind.«

»Die Gebäude sind verfallen, ganz im Gegensatz zum Kai. Der sieht aus, als wäre er allenfalls ein, zwei Jahre alt. Kannst du erkennen, ob sich jemand in dem Wachhäuschen beim Tor aufhält?«

Giordino schwenkte das Fernrohr herum und stellte es scharf. »Ich erkenne einen einzigen Wachmann. Sitzt auf seinem fetten Arsch und sieht fern.«

»Irgendein Hinweis, daß wir in einen Hinterhalt geraten könnten?«

»Ich hab' schon Friedhöfe gesehen, auf denen mehr los war als hier«, erwiderte Giordino leichthin. »Anscheinend hat sich die Kunde von unserem Feuerwerk auf dem Kanal noch nicht bis hierher rumgesprochen.«

»Ich gehe über Bord und untersuche den Kiel des Lastkahns«, sagte Pitt. »Meine Tauchausrüstung ist droben bei der Plantage futsch gegangen, aber ich kann mir ja deine pumpen. Mach langsam, tu so, als ob du Schwierigkeiten mit dem Motor hast. Sobald ich im Wasser bin, legst du am Kai an und gibst eine deiner Glanzvorstellungen.«

»Und wenn wir das unfreundliche Publikum für uns eingenommen haben«, versetzte Giordino mit großer Geste, »tun Romberg und ich uns vielleicht zusammen und gehen nach Hollywood.«

»Mach dir keine zu großen Hoffnungen«, erwiderte Pitt säuerlich.

Giordino nahm das Gas zurück, bis es fast auf Leerlauf stand, und drehte den Zündschlüssel hin und her, um Fehlzündungen vorzutäuschen. Sobald er sah, daß Pitt in seinem Tauchanzug auf der dem Kai abgewandten Seite des Shantyboots über die Bordwand stieg, nahm er Kurs auf den Kai. Als er ein paar Sekunden später einen Blick nach unten warf, war Pitt verschwunden.

Er beobachtete die Luftblasen aus Pitts Ausatemventil, sah, wie sie sich dem Kai näherten und allmählich unregelmäßiger wurden, als Pitt unter den Kiel tauchte. Giordino hatte den Eindruck, daß Pitt sich immer tiefer vorarbeitete. Dann verschwanden die Bläschen völlig.

Langsam hob Giordino die Hand, schirmte die Augen vor der Sonne ab und steuerte das Shantyboot gekonnt um den Kahn herum und legte an den Dalben an, ohne daß der Rumpf einen Kratzer davontrug. Dann stieg er über die Leiter zum Deck hinab, sprang auf den Kai und schlang die Belegleinen um zwei rostige Poller.

Der Wachmann kam aus seiner Hütte, schloß das Tor auf und stürmte auf das Shantyboot zu. Vorsichtig beäugte er Romberg, der ihn freudig begrüßte. Dem Aussehen nach zu schließen, war er Asiate, doch er sprach mit Westküstenakzent. Er war gut zehn Zentimeter größer als Giordino, aber viel dünner. Er hatte eine Baseballkappe und eine Sonnenbrille auf, wie sie die Piloten im Zweiten Weltkrieg trugen.

»Sie müssen hier weg. Das ist ein privater Anlegeplatz. Der Eigentümer duldet hier keine fremden Boote.«

»Ich kann's nicht ändern«, maulte Giordino. »Mein Motor hat den Geist aufgegeben. Ich brauch' bloß zwanzig Minuten, dann hab' ich ihn wieder repariert.«

Der Wachmann ließ sich nicht erweichen. Er löste die Belegleinen. »Sie müssen verschwinden.«

Giordino ging zu ihm und packte sein Handgelenk mit eisernem Griff. »Qin Shang wird das nicht gerne hören, wenn ich ihm von deinem unverschämten Benehmen gegenüber einem seiner Inspekteure berichte.«

Der Wachmann schaute ihn verständnislos an. »Qin Shang? Wer, zum Teufel, ist Qin Shang? Ich bin bei der Butterfield Freight Corporation angestellt.«

Jetzt war es Giordino, der verdutzt dreinschaute. Er warf unwillkürlich einen Blick auf die Stelle, wo er Pitts Luftblasen zuletzt gesehen hatte, und fragte sich, ob sie möglicherweise einen schweren Fehler gemacht hatten. »Und wozu bist du hier? Zum Krähenverscheuchen etwa?«

»Nein«, versetzte der Wachmann, der sich nicht aus Giordinos Griff befreien konnte, unwirsch und überlegte, ob er seinen Revolver ziehen sollte. Womöglich hatte er es hier mit einem Irren zu tun. »Die Firma Butterfield lagert in den alten Gebäuden Möbel und Geräte von ihren Niederlassungen im ganzen Land. Ich und meine Kollegen, die sich die anderen Schichten teilen, haben die Aufgabe, dafür zu sorgen, daß keine Unbefugten das Grundstück betreten und etwas beschädigen.«

Giordino ließ den Arm des Wachmanns los. Er fiel nicht auf die Lüge herein, so blöde war er nicht. Am Anfang war er kurz unsicher geworden, aber jetzt war er felsenfest davon überzeugt, daß hinter der stillgelegten Zuckerraffinerie mehr steckte, als es den Anschein hatte.

»Sag mal, mein Freund, könnte ich dich vielleicht mit einer Flasche Jack Daniel's Black Label dazu überreden, mich so lange hier anlegen zu lassen, bis mein Motor repariert ist?«

»Ich glaube nicht«, sagte der Wachmann unfreundlich, während er sein Handgelenk rieb.

Giordino schlug wieder seinen Hinterwäldlerakzent an. »Schau, ich sitz' hier in der Klemme. Wenn ich draußen an meinem Motor rumbastel' und in den Fluß treib', komm' ich vielleicht unter'n Schlepper.«

»Das ist mir egal.«

»Zwei Flaschen Jack Daniel's Black Label?«

Der Wachmann schaute ihn mit verschlagenem Blick an. »Vier Flaschen.«

Giordino streckte die Hand aus. »Abgemacht.« Dann deutete er zu der Tür, die von der Veranda in den Wohnraum des Shantyboots führte. »Komm mit an Bord, ich pack' sie dir inne Tüte.«

Der Wachmann warf einen argwöhnischen Blick auf Romberg. »Beißt der?«

»Bloß wenn du ihm die Hand ins Maul steckst und auf seine Schnauze latschst.«

Der Wachmann ging vorsichtig um Romberg herum und trat ins Deckshaus. Es war das letzte, woran er sich erinnern konnte, als er vier Stunden später wieder zu sich kam. Giordino fällte ihn mit einem Hieb in den Nacken. Nicht mit der Handkante, sondern mit einem mächtigen Fausthieb, der ihn wie eine Keule traf und für lange Zeit zu Boden schickte.

Zehn Minuten später trat Giordino in der Uniform des Wachmanns, die zwar um Brust und Schultern spannte, dafür an Armen und Beinen ein paar Zentimeter zu lang war, auf die Veranda. Er zog die Baseballkappe tief auf die altmodische Sonnenbrille herab und schlenderte in aller Seelenruhe zum Tor, schloß es hinter sich und tat so, als sperre er ab. Dann ging er in das Wachhäuschen, setzte sich vor den Fernseher und ließ den Blick über das Fabrikgelände schweifen. Nach und nach entdeckte er die Überwachungskameras, die auf dem Gelände verteilt waren.

Pitt ließ sich zunächst bis auf den Grund sinken, bevor er zum flachen Kiel des Lastkahns aufstieg. Erstaunt stellte er fest, daß das Wasser neben dem Kai fast zehn Meter tief war – viel tiefer, als es für Lastkähne erforderlich war. Vermutlich hatte man das Bett des Bayou ausgebaggert, damit auch Schiffe mit größerem Tiefgang hier anlegen konnten.

Dann, so als hätte sich eine Wolke vor die Sonne geschoben, tauchte über ihm der dunkle Schatten des Lastkahns auf. Das Wasser war grünlich trüb und voller Algen und Pflanzenteile. Mit ein paar raschen Flossenschlägen stieg er auf und war beinahe unter dem Kahn, als er im Zwielicht etwas Rundes sah, einen undeutlichen Körper.

Unter dem Kiel des Lastkahns hing eine riesige Röhre mit spitz zulaufenden Enden. Pitts Puls schlug einen Takt schneller. Er erkannte auf Anhieb, worum es sich handelte. Von der Größe und der Form her ähnelte es den ersten Unterseebooten. Er hielt sich leicht oberhalb und schwamm den ganzen Körper ab. Nirgendwo war eine Luke zu sehen, aber er erkannte jetzt, daß die Röhre mittels Schienen an dem Lastkahn befestigt war. Mit dieser Konstruktion, so wurde ihm augenblicklich klar, wurde der Unterwassercontainer vom Frachtschiff zum Lastkahn umgeladen.

Er schätzte, daß die Röhre dreißig Meter lang war und einen Durchmesser von fünf Metern hatte. Die lichte Höhe betrug rund drei Meter. Auch ohne einen Blick in den Innenraum wurde Pitt rasch klar, daß vermutlich zwischen zwei- und vierhundert Menschen hineinpaßten, je nachdem, wie eng man sie zusammenpferchte.

Rasch schwamm er zur anderen Seite und hielt dabei weiter Ausschau nach einer Luke und einem daran gekoppelten Gang, der von dem Unterwassercontainer zur steinernen Kaimauer führen mußte. Etwa zehn Meter hinter dem Bug entdeckte er ihn: ein schmaler, wasserdichter Tunnel, gerade so breit, daß zwei Menschen nebeneinander hindurchpaßten.

Pitt sah keinerlei Zugang, jedenfalls nicht vom Wasser aus. Er wollte bereits aufgeben und zum Shantyboot zurückschwimmen, als er in der steinernen Kaimauer eine kleine, runde Pforte entdeckte. Sie lag über dem Wasserspiegel, aber genau unterhalb des hölzernen Bootsstegs, und war durch eine Eisentür mit drei Drehgriffen verschlossen. Er hatte keine Ahnung, wozu sie diente. Ein Abwasserkanal? Ein Dränagerohr? Ein Wartungstunnel? Als er die vom Hersteller eingeprägten Buchstaben genauer untersuchte, wußte er Bescheid.

MANUFACTURED BY THE ACADIA CHUTE COMPANY

NEW ORLEANS, LOUISIANA

Es war also eine Schütte, über die man früher, als die Fabrik noch in Betrieb gewesen war, den Rohzucker auf die Lastkähne verladen hatte. Den alten Bootsanleger hatte man abgerissen und den neuen anderthalb Meter höher gebaut, damit man die illegalen Einwanderer ungesehen vom Schiff auf das Fabrikgelände schaffen konnte. Deshalb lag der Steg jetzt gut dreißig Zentimeter über der einstigen Laderutsche.

Die Drehgriffe waren stark verrostet und vermutlich seit achtzig Jahren nicht mehr bewegt worden. Doch da das Wasser im Bayou zwar brackig, aber nicht annähernd so salzhaltig war wie die See, hatte sich der Rost nicht tief hineingefressen. Pitt packte einen der Drehgriffe mit beiden Händen, stemmte sich mit den Füßen am Anlegesteg ab und zog mit aller Kraft nach unten.

Sehr zu seiner Freude gab der Griff nach, wenn auch kaum mehr als zwei Zentimeter. Doch beim zweiten Versuch schaffte er bereits fünf Zentimeter, und danach ließ er sich leichter bewegen. Schließlich drehte er ihn bis zum Anschlag um. Der zweite Griff ließ sich etwas leichter lösen, doch dem dritten mußte er buchstäblich jeden Zentimeter abringen. Keuchend hielt er sich an den Griffen fest und ruhte sich kurz aus, bevor er an der Tür zog. Sie leistete ebenfalls Widerstand, so daß er sich mit beiden Füßen an der Kaimauer abstemmen und mit aller Kraft ziehen mußte.

Zu guter Letzt gaben die rostigen Angeln nach, und quietschend ging die Tür einen Spalt auf. Pitt spähte hinein, ohne etwas erkennen zu können. Er machte kehrt und schwamm unter den Anleger, bis er sich unmittelbar neben dem Rumpf des Shantyboots befand. »Al, bist du da?« rief er leise nach oben.

Lediglich Romberg reagierte darauf. Neugierig kam er über den Steg getrottet und schnüffelte unmittelbar über Pitts Kopf zwischen den Planken herum. »Du bist nicht gemeint. Ich brauche Giordino.«

Romberg wedelte mit dem Schwanz. Dann streckte er die Vorderpfoten aus, legte sich auf den Pier und versuchte sich durch die Holzplanken zu wühlen.

Giordino saß nach wie vor im Wachhäuschen, drehte sich alle ein, zwei Minuten um, blickte zum Shantyboot und hielt Ausschau nach Pitt. Als er sah, wie Romberg auf dem Anleger herumscharrte, zwischen die Planken faßte und sich am liebsten nach unten durchgegraben hätte, wurde er neugierig. Langsam ging er zum Tor und blieb neben dem Hund stehen. »Was gibt's denn da unten zu beschnüffeln?« fragte er.

»Mich«, flüsterte Pitt.

»Jesses!« murmelte Giordino. »Einen Moment lang hab' ich gedacht, Romberg kann sprechen.«

Pitt blickte durch die Ritzen zwischen den Planken nach oben. »Woher hast du die Uniform?«

»Der Wachmann hat sich ein Weilchen aufs Ohr legen wollen, und weil ich ein wohlmeinender Mensch bin, habe ich mich erboten, seinen Posten zu übernehmen.«

»Ich seh' sogar von hier aus, daß sie hinten und vorne nicht paßt.«

»Nur zu deiner Kenntnis«, sagte Giordino, während er das Gesicht abwandte und mit der Hand über den Zweitagebart um sein Kinn strich, um die Bewegung seiner Lippen zu verbergen. »Der Laden hier gehört der Butterfield Freight Company, nicht der Qin Shang Maritime. Und der Wachmann stammt zwar von Einwanderern aus Asien ab, aber meiner Ansicht nach ist er in Los Angeles oder San Francisco zur Schule gegangen.«

»Butterfield muß eine von Shangs Briefkastenfirmen sein. Unter dem Kiel des Lastkahns hängt ein U-bootähnlicher Container, in den fast vierhundert Leute reinpassen.«

»Dann sind wir ja fündig geworden.«

»Wir werden's bald genau wissen. Sobald ich da drin bin.«

»Wie?« fragte Giordino nur.

»Ich habe eine Schütte entdeckt, über die man einst den Zucker auf die Kähne verladen hat. Allem Anschein nach führt sie in das Hauptgebäude.«

»Paß gut auf und halte dich ran. Ich weiß nicht, wie lang ich die Jungs noch täuschen kann, die mich überwachen.«

»Mit Kameras?« fragte Pitt.

»Ich habe drei gezählt«, antwortete Giordino. »Aber vermutlich stehen rundum noch ein paar weitere, die ich noch nicht entdeckt habe.«

»Kannst du mir meinen Fünfundvierziger runterreichen? Ich möchte nicht ganz wehrlos da rein.«

»Ich lass' ihn runter.«

»Du bist in Ordnung, Al. Mir ist egal, was die anderen über dich sagen.«

»Wenn ich einen Schuß höre«, sagte Giordino, während er zum Shantyboot ging, »kommen Romberg und ich sofort angestürmt.«

»Bestimmt ein denkwürdiger Anblick.«

Giordino ging in das Deckshaus, holte Pitts Colt, band ihn an einer Schnur fest und ließ ihn vorsichtig durch das Fenster auf der dem Kai abgewandten Seite zum Wasser hinab. Ein kurzer Ruck an der Leine, dann war die Waffe weg. Danach ging er langsam zum Wachhäuschen zurück, zog den .357er Magnum, einen schwergewichtigen Revolver von Wesson Firearms, den er dem Wachmann abgenommen hatte, aus dem Holster und harrte der Dinge, die da kamen.

Pitt ließ seine Preßluftflasche, den Bleigurt und die übrige Tauchausrüstung unter dem Shantyboot zurück und behielt nur den Anzug an. Dann hielt er den Colt über den Kopf, damit er trocken blieb, kraulte mit einem Arm unter den Anleger, bis er bei der alten Schütte war, und kletterte hinein. Sie war ziemlich eng, so daß er nur zentimeterweise vorankam. Er schob den Colt unter den Kragen seines Tauchanzugs, damit er ihn mit einer Handbewegung ziehen konnte, falls es Ungemach geben sollte. Je weiter er vordrang, desto dunkler wurde es, aber noch konnte er einigermaßen sehen und rechtzeitig erkennen, ob irgendwelche Hindernisse im Weg lagen. Er konnte nur hoffen, daß er nicht auf eine Giftschlange stieß. Ausweichen ging nicht, folglich mußte er sie entweder mit dem Colt erschlagen oder erschießen. Im einen Fall lief er Gefahr, daß er gebissen wurde, im anderen, daß ihn die Wachmannschaften entdeckten.

Und was ist, dachte er beklommen, wenn auf der anderen Seite ebenfalls eine Eisentür ist, die sich nur von innen öffnen läßt? Möglich war das durchaus. Aber er mußte es darauf ankommen lassen. Wer nicht wagt, und so weiter und so fort. Er schob sich weiter, bis die Schütte steiler anstieg. Jetzt kam er nur noch mühsam voran, rutschte immer wieder ab.

Doch Pitt, dessen Finger vom rostigen Metall längst blutig waren, ließ nicht locker. Und dann, kaum merklich zunächst, wurde die Schütte immer breiter, so als ginge sie in einen riesigen Trichter über. Im nächsten Moment kroch er in einen großen Behälter, dessen Wände schräg nach außen ragten. Die Oberkante war etwa einen Meter entfernt. Mühsam kämpfte er sich nach oben, bekam sie zu fassen und zog sich höher. Dann kletterte er zum oberen Rand der Schütte.

Den Colt in der Hand, im Nacken ein leises Prickeln, klammerte er sich am Rand fest und lauschte. Er hörte Stimmen und Laute, die eindeutig nicht englisch klangen. Und er bemerkte den stickigen, ekelhaften Geruch, die Ausdünstung menschlicher Körper, die zu lange auf engstem Raum zusammengepfercht waren. Pitt reckte den Kopf, bis er über den Rand der Schütte blicken konnte. Er blickte aus rund dreieinhalb Metern Höhe in ein großes, schmutziges Gelaß hinab. Rundum feuchte Ziegelmauern, der Boden aus Beton, und durch das kleine, schmutzige Oberlicht in der Decke fiel kaum ein Sonnenstrahl.

Rundum standen, lagen oder hockten dicht an dicht über dreihundert Menschen, die sich kaum bewegen konnten. Männer, Frauen und Kinder, alle mehr oder weniger krank, unterernährt oder mit ihrer Kraft am Ende. Offensichtlich lauter Chinesen. Pitt sah sich kurz um, entdeckte aber nirgendwo Wachen. Man hatte die Menschen da unten kurzerhand in den ehemaligen Kristallisationsraum gesperrt.

Plötzlich wurde die schwere Holztür aufgerissen, und ein Asiate, der die gleiche Uniform trug wie Giordino, stieß einen Mann in das Gelaß. Eine Frau, seine Gattin offenbar, wurde draußen von einem anderen Wachmann an beiden Armen festgehalten. Dann wurde die Tür zugeschlagen, worauf sich der Mann mit aller Macht dagegen warf, verzweifelt mit den Fäusten darauf eintrommelte und lauthals auf chinesisch schrie. Pitt vermutete, daß er die Wachen beschwor, die Finger von seiner Frau zu lassen.

Ohne lange nachzudenken, sprang er zu Boden. Er landete zwischen zwei Frauen, die zurücktaumelten und die Menschen hinter sich ins Schwanken brachten. Teils erschrocken, teils neugierig starrten ihn die Frauen an, aber keine sagte etwas. Auch die anderen gaben keinen Laut von sich.

Pitt hielt sich nicht lange mit Entschuldigungen auf. Er drängte sich so schnell wie möglich zwischen den Menschenmassen hindurch. An der Tür angelangt, stieß er den schluchzenden Ehemann beiseite und klopfte mit dem Kolben seines Colts dagegen. Einmal lang, viermal kurz, zweimal lang – ein altbekanntes Zeichen, das soviel wie »Guter Freund« bedeutete. Beim zweiten Versuch wurde seine Dreistigkeit belohnt. Der Wachmann wurde neugierig, als er statt der wilden Hammerschläge des verzweifelten Ehemannes plötzlich klare Klopfzeichen hörte.

Das Schloß klackte, und wieder wurde die Tür aufgerissen, nur daß diesmal Pitt dahinter stand. Ein Wachmann stürmte in das Gelaß, packte den Ehemann am Kragen und schüttelte ihn durch. Der andere Posten stand draußen im Gang und hielt die Frau an den brutal auf den Rücken gedrehten Armen fest.

»Mach dem blöden Arschloch ein für alle Mal klar, daß er seine Frau erst zurückkriegt, wenn er noch mal zehntausend Dollar abdrückt«, sagte er in perfektem Amerikanisch.

Pitt holte weit aus und zog dem ersten Wachmann den Kolben seines Colts mit voller Wucht über die Schläfe, worauf dieser bewußtlos zusammenbrach. Dann trat er durch die offene Tür und richtete die Waffe auf den Kopf des zweiten, der die junge Frau festhielt.

»Ich will mich ja nicht einmischen, aber ich glaube, du hast dir da was genommen, das einem anderen gehört.«

Der Wachmann schaute mit offenem Mund auf seinen Kollegen, der besinnungslos am Boden lag, dann starrte er entgeistert auf die Gestalt in dem schwarzen Tauchanzug. »Wer, zum Teufel, sind Sie?«

»Ich vertrete die Interessen eurer Sklaven«, versetzte Pitt lächelnd. »Und jetzt laß die Frau los.«

Der Wachmann hatte Mumm, das mußte Pitt ihm lassen. Er riß den Arm hoch und schlang ihn um den Hals der jungen Frau. »Lassen Sie die Waffe fallen, sonst brech' ich ihr das Genick.«

Pitt trat einen Schritt vor und hielt ihm den Colt unmittelbar vor das linke Auge. »Wenn du auch nur eine Hand rührst, schieß ich dir die Augen aus dem Schädel. Willst du als blinder Mann weiterleben?«

Der Mann war nicht dumm. Er wußte, daß die Lage aussichtslos war. Hilfesuchend blickte er sich im Gang um. Aber weit und breit war niemand. Langsam zog er die Hand vom Hals der Frau zurück, tastete dabei mit der anderen nach dem Revolver in seinem Hüftholster.

Pitt bemerkte es und rammte ihm die Mündung seines Colts ins Auge. »Ich würd's nicht drauf ankommen lassen, mein Freund.« Strahlend lächelte er ihn an.

Der Wachmann keuchte vor Schmerz auf, ließ die Frau los und schlug beide Hände vor sein Auge. »Herrgott, Sie haben mich geblendet!«

»Leider nicht«, versetzte Pitt. Dann packte er den Wachmann am Kragen und zerrte ihn in das Gelaß. Die Frau war unterdessen an ihm vorbeigestürzt und hatte sich in die Arme ihres Gatten geworfen. »Du hast schlimmstenfalls ein paar Tage lang einen Bluterguß am Augapfel.«

Pitt stieß die Tür zu, ging in die Hocke und nahm die Revolver der beiden Wachmänner an sich. Dann durchsuchte er sie nach verborgenen Waffen. Der Wachmann, den er bewußtlos geschlagen hatte, trug hinten an seinem Hosengürtel eine .32er Automatik, der andere hatte ein Bowiemesser im Stiefel versteckt. Dann schaute er sie an und schätzte ihre Größe und ihr Gewicht. Beide waren um einiges kleiner, aber der eine war um Brust und Taille etwa genauso breit wie er.

Während er sich umzog, wandte er sich an die verschüchterten Menschen rundum, die ihn anstarrten, als wäre er eine überirdische Erscheinung. »Kann einer von euch Englisch?«

Zwei Personen, ein älterer Mann mit einem langen Bart und eine junge, attraktive Frau, etwa Mitte Dreißig, traten vor.

»Mein Vater und ich sprechen Englisch«, sagte sie. »Wir haben beide an der Universität von Tschungking Sprachen unterrichtet.«

Pitt deutete in das Gelaß. »Sagen Sie Ihren Landsleuten bitte, daß sie die beiden Männer fesseln, knebeln und verstecken sollen. Und zwar so weit wie möglich von der Tür weg, damit man sie nicht so leicht findet.«

Vater und Tochter nickten. »Wir verstehen«, erwiderte er. »Wir werden sie überdies zum Schweigen anhalten.«

»Besten Dank«, sagte Pitt, während er aus seinem Tauchanzug schlüpfte. »Gehe ich recht in der Annahme, daß diese Schlepper Ihnen allen mehr Geld abpressen wollen und Sie dementsprechend schlecht behandeln?«

»Ja«, antwortete die Frau. »Genauso ist es. Man hat uns auf der Überfahrt von China unsägliche Bedingungen zugemutet. Und nachdem wir in den Vereinigten Staaten angelangt waren, wurden wir von den Aufsehern der Qin Shang Maritime hierhergebracht und einem chinesischen Syndikat in Amerika überantwortet, das uns noch mehr Geld abpressen will. Es droht uns mit Tod oder ewiger Sklaverei, falls wir nicht zahlen.«

»Sprechen Sie ihnen Mut zu«, sagte Pitt. »Ihnen wird bald geholfen werden.«

Er schlüpfte in die Uniform, mußte kurz grinsen, als er sah, daß er in den Hosen des Wachmanns gut sieben Zentimeter Hochwasser hatte, und die Schuhe waren auch ganze zwei Nummern zu klein. Während die beiden Posten in den hinteren Teil des Gelasses geschleppt wurden, steckte Pitt sich einen Revolver und den Colt in den Hosenbund und knöpfte das Hemd darüber zu. Anschließend schnallte er das Holster mit dem Revolver des zweiten Postens um. Dann warf er den Immigranten einen letzten aufmunternden Blick zu, trat in den Gang hinaus, schloß leise die Tür und sperrte ab.

Der Gang, der von der Tür aus nach links führte, endete fünf Meter weiter vor einem Haufen rostiger Maschinenteile, der vom Boden bis zur Decke reichte. Pitt ging nach rechts und stieß auf eine Treppe, die zu einem langen Korridor hinaufführte. Etliche Räume zweigten davon ab, in denen große Kupferkessel standen, die im Laufe der Jahre oxidiert waren.

Pitt trat in einen der Räume, in denen einst die Maische gekocht worden war, und blickte durch die staubigen Fenster nach draußen. Unter ihm lag ein weitläufiges Lager- und Verladeareal. Er sah ein Paar Eisenbahngleise, die zwischen zwei Laderampen hindurchführten und vor einer Betonbarriere endeten. Drüben auf der anderen Seite führten die Gleise nach unten zu zwei weit aufstehenden Toren, durch die eine Diesellokomotive der Louisiana & Southern Railroad, erkennbar am blau-orangen Anstrich, gerade drei Waggons hinabschob.

Neben den Gebäuden am Gleisanschluß sah Pitt zwei weiße Pullmann-Limousinen stehen, deren Fahrer miteinander redeten, während sie den vorbeirollenden Zug betrachteten.

Mit einemmal wurde Pitt klar, daß die Immigranten, die er gerade verlassen hatte, in diese Güterwaggons verladen werden sollten. Außerdem, so stellte er mit einem mulmigen Gefühl in der Magengrube fest, waren auf den Laderampen da unten nahezu ein Dutzend Wachmänner angetreten. Nachdem er alles gesehen hatte, was es zu sehen gab, setzte er sich unterhalb der langen Fensterreihe auf den Boden, lehnte sich rücklings an die Wand und überdachte die Lage.

Die Schlepper am Verladen der Immigranten zu hindern, war so gut wie aussichtslos. Er konnte sie allenfalls hinhalten, aber was nützte eine kurze Verzögerung? Möglicherweise konnte er vier, fünf Mann ausschalten, bevor sie sich vom ersten Schreck erholt hatten und ihn unter Beschuß nahmen. Doch was bewirkte er damit? Daß er den Abtransport dadurch verhinderte, war eher unwahrscheinlich. Aber eine Hoffnung gab es noch, eine kleine Chance, wie er den Zug zumindest aufhalten konnte.

Pitt packte sein kleines Waffenarsenal aus und musterte die beiden .357er Magnum-Revolver, das Bowiemesser und seinen alten Colt. Die Revolver waren klassische Sechsschüsser, machte insgesamt zwölf Schuß. Den Griff des Colts hatte er schon vor vielen Jahren umgebaut, so daß er ein größeres Magazin faßte. Machte weitere zwölf Schuß. Die Revolver waren mit Hohlspitzgeschossen geladen, die bei Mensch und Tier fürchterliche Wunden schlugen, aber für das, was er vorhatte, waren sie nicht geeignet. Die 185-Gran-Silberspitzgeschosse von Winchester hingegen, die in seinem .45er steckten, hatten weniger Aufhalte-, dafür aber mehr Durchschlagkraft. Er konnte sein Glück also insgesamt vierundzwanzig Mal versuchen. Und Glück brauchte er auf jeden Fall. Er hatte zwar genügend Munition für ein mittleres Massaker, aber ob er damit gegen schweren Stahl etwas ausrichten konnte, war mehr als fraglich. Denn Pitt hatte vor, auf die Dieselmotoren und Generatoren zu schießen und sie nach Möglichkeit so schwer zu beschädigen, daß die Lok nicht abfahren konnte.

Pitt seufzte, kniete sich auf, nahm in jede Hand einen Revolver, zielte auf die seitlichen Kühlschlitze der Lokomotive und eröffnete das Feuer.

37

Julia hatte keine Ahnung, wie lange sie bewußtlos gewesen war. Das letzte, woran sie sich erinnern konnte, war das Gesicht der Frau, die ihr die Bluse vom Leib gerissen hatte – eine sehr schöne Frau, die ein rotes Futteralkleid aus Chinaseide mit hohen Schlitzen an beiden Seiten getragen hatte. Als die Benommenheit nachließ, spürte sie, daß ihr ganzer Körper glühte und brannte. Außerdem stellte sie fest, daß man sie mit Händen, Füßen und um die Taille an das Torgitter hinter ihr gekettet hatte und dabei die Kette so straff angezogen hatte, daß ihre Zehenspitzen kaum den Boden berührten und ihre Arme brutal nach hinten gezogen wurden. Sie konnte sich keinen Millimeter bewegen.

Die kühle, feuchte Luft auf ihrer bloßen Haut linderte die Glut, die in ihren Adern brannte. Allmählich wurde ihr bewußt, daß sie so gut wie nackt war, nur noch BH und Slip trug.

Die Frau, offenbar eine Eurasierin, musterte Julia von einem in der Nähe stehenden Stuhl aus. Sie saß mit untergeschlagenen Beinen da und warf ihr ein katzenartiges Lächeln zu, bei dem es Julia eiskalt überlief. Sie hatte glänzende schwarze Haare, die ihr lang über den Rücken hinabfielen. Ihre Schultern waren breit, die Brüste rund und proper, Taille und Hüftpartie schlank und wohlproportioniert. Sie war kunstvoll geschminkt und hatte unglaublich lange Fingernägel. Doch es waren vor allem die Augen, die Julia faszinierten. Sie waren unterschiedlich gefärbt – eine Heterochromie, wie der Fachbegriff dafür lautete. Das eine war fast schwarz, das andere hingegen hellgrau. Julia konnte sich kaum davon lösen.

»Nun?« sagte sie freundlich. »Willkommen im Diesseits.«

»Wer sind Sie?«

»Ich heiße May Ching. Ich stehe in Diensten der Drachen-Triade.«

»Nicht von Qin Shang?«

»Nein.«

»Ziemlich unfair, mich einfach unter Drogen zu setzen«, flüsterte Julia wütend, während sie gegen die Schmerzen ankämpfte.

»Ich vermute doch, daß Sie Lin Wan Chu, der Köchin auf der *Sung Lien Star*, das gleiche angetan haben«, sagte May Ching. »Wo ist sie übrigens?«

»Sie wird jedenfalls besser behandelt als ich.«

May Ching zündete sich in aller Ruhe eine Zigarette an und blies den Rauch zu Julia. »Wir hatten ein nettes Plauderstündchen, Sie und ich.«

»Hat man mich verhört?« rief Julia. »Ich kann mich an nichts erinnern.«

»Wie auch? Die allerneueste Wahrheitsdroge. Sie versetzt einen nicht nur auf den geistigen Stand eines fünfjährigen Kindes zurück, man hat auch das Gefühl, als ob einem glühende Lava durch den Leib strömt. Man ist so außer sich vor Schmerz und Wahnsinn, daß man jede auch noch so persönliche Frage offen und ehrlich beantwortet. Übrigens, nur damit es Ihnen nicht peinlich ist – ich habe Sie ausgezogen und durchsucht. Die kleine Automatik und das Messer waren schlau versteckt. Die meisten Männer wären nicht auf die Idee gekommen, zwischen den Beinen oder an den Oberarmen danach zu suchen. Und das Funkgerät war genau da, wo es eine Frau meiner Meinung nach verbergen würde.«

»Sie sind keine Chinesin.«

»Nur mütterlicherseits«, antwortete May Ching. »Mein Vater war Brite.«

In diesem Moment kamen Ki Wong und ein weiterer Mann herein, der ebenfalls eurasische Züge hatte. Beide bauten sich vor Julia auf und starrten sie lüstern an. Ki Wong, der neben seinem braungebrannten Begleiter blaß und fahl wirkte, kostete seine Genugtuung sichtlich aus.

»Hervorragende Arbeit«, sagte er zu May Ching. »Die Auskünfte, die Sie ihr entlockt haben, werden uns noch höchst nützlich sein. Da wir nun wissen, daß Miss Lee mit der Küstenwache zusammenarbeitet und daß unsere Niederlassung überwacht wird, können wir die Emigranten rechtzeitig wegschaffen und sämtliche Beweise vernichten, bevor die hiesigen Behörden oder der INS eine Razzia durchführen.«

»Noch eine Viertelstunde, dann finden sie hier bloß noch verlassene Ruinen«, sagte der andere Mann. Er hatte schwarze, ausdruckslose Augen – ein Raubtierblick, scharf, aber ohne jede Gefühlsregung. Die langen schwarzen Haare waren zu einem Pferdeschwanz gebunden. Man sah ihm am Gesicht an, daß er das süße Leben liebte, ein Partylöwe war, ein Glücksspieler, ein Frauenheld. Seine Gesichtshaut war straff und vermutlich mehr als einmal geliftet. Aber auch die Kunst der Schönheitschirurgen konnte nicht verbergen, daß er die Fünfzig deutlich überschritten hatte. Er trug schicke, modische Kleidung, wie sie in Hollywood beliebt war.

Er trat neben Julia, packte sie an den Haaren und zerrte ihren Kopf zurück, bis sie zur Decke hinaufstarrte. »Ich bin Jack Loo«, sagte er mit eisiger Stimme. »Du gehörst jetzt mir.«

»Ich gehöre niemandem«, keuchte Julia mit verkniffenem Mund.

»Nicht doch«, sagte Wong. »Qin Shang gab den Befehl aus, Sie auf der Stelle zu töten. Aber Mr. Loo hat mir ein Angebot unterbreitet, das ich nicht ausschlagen konnte. Daher habe ich Sie für einen ordentlichen Batzen Geld an ihn verkauft.«

»Sie abartige Bestie«, herrschte Julia ihn an. Doch ihren Augen sah man jetzt die Angst an.

»Schieben Sie nicht alle Schuld auf mich«, erwiderte Wong, so als sei er tief getroffen. »Ihr weiteres Schicksal liegt jetzt in den Händen der Drachen-Triade, den Geschäftspartnern der Qin Shang Maritime, oder auch Komplizen, wenn Sie so wollen. Wir exportieren, und die Drachen-Triade importiert. Wir schmuggeln und verkaufen, sie kaufen, seien es Drogen, Illegale oder Waffen. Im Gegenzug versorgen Mr. Loo, der die Geschäfte des Syndikats leitet, und seine Freunde Qin Shang mit gestohlenen Luxusautomobilen, Jachten, Konsumgütern, Hochtechnologie, Falschgeld, Kreditkarten und Dokumenten der Regierung, die allesamt nach China verfrachtet werden.«

»Ein für beide Seiten höchst einträgliches Geschäft«, sagte Loo und zog wieder an Julias Haaren, bis sie vor Schmerz aufschrie. Dann versetzte er ihr einen heftigen Schlag auf den Hintern und fing an, ihre Ketten zu lösen. »Wir zwei unternehmen jetzt eine schöne, lange Spazierfahrt in meiner Limousine. Bis wir in New Orleans eintreffen, sind wir uns bestimmt schon viel nähergekommen.«

»Dafür werden Sie büßen«, murmelte Julia, als er sie von dem Tor befreite und ihr Hand- und Fußfesseln abnahm. Sie konnte sich kaum auf den Beinen halten und torkelte hilflos in Loos Arme. »Ich bin Agentin in Diensten der amerikanischen Regierung. Wenn Sie mich töten, haben Sie keine ruhige Minute mehr, bis man Sie der gerechten Strafe zuführt.«

Ki Wong lachte nur. »Sie sind doch selbst schuld daran, daß Sie in der Klemme stecken. Qin Shang hat mindestens zwanzig Mann aufgeboten, die Sie und Mr. Pitt stellen und töten sollten. Sie haben eure Spur verloren. Niemand konnte damit rechnen, daß Sie hier einfach hereinspaziert kommen.«

»Ich war dumm.«

Wong pflichtete ihr mit einem Achselzucken bei. »Wohl wahr, eine gute Agentin zeichnet sich nicht unbedingt durch Unbeherrschtheit aus –« Er brach ab, als irgendwo in dem Gebäude Schüsse krachten. Er starrte Loo an, der ein Mobiltelefon aus der Tasche seines teuren Sportsakkos holte und aufklappte.

»Woher kommen die Schüsse?« rief er in den Apparat. »Ist das eine Razzia?«

»Nein, Mr. Loo«, antwortete der Chef seines Sicherheitsdienstes aus dem Überwachungsraum. »Das ist keine Razzia. Weder am Kai noch auf dem Grundstück ist jemand zu sehen. Die Schüsse kommen aus einem Raum über der Verladerampe. Wir wissen noch nicht, wer dahintersteckt und was er damit bezweckt.«

»Haben wir Verluste?«

»Nein«, antwortete der Sicherheitschef. »Der Schütze zielt offenbar nicht auf unsere Wachmannschaften.«

»Halten Sie mich auf dem laufenden!« bellte Loo. Dann nickte er Wong zu. »Zeit zum Aufbruch.« Er hatte kaum ausgesprochen, als die Schüsse aufhörten. Wieder griff er zum Telefon. »Was ist passiert?« wollte er wissen.

Der Sicherheitschef meldete sich zurück. »Wir müssen ihn getroffen haben. Ich schicke ein paar Leute zum Nachsehen rauf.«

»Wer mag das wohl sein?« murmelte Wong nachdenklich.

»Bald werden wir's wissen«, versetzte Loo. Scheinbar mühelos lud er sich Julia auf die Schulter. Dann schüttelte er Ki Wong die Hand. »Auf weitere gute Geschäfte, Mr. Wong. Ich empfehle Ihnen, sich eine neue Sammelstelle zu suchen. Die hier ist nicht mehr sicher.«

Wong lächelte gelassen. »In drei Tagen wird die neueste Unternehmung der Qin Shang Maritime unter Dach und Fach sein. Dann haben die Amerikaner ganz andere Sorgen.«

Wong ging voraus, als sie das Büro verließen und eiligen Schrittes über eine Wendeltreppe zu einem weitläufigen Korridor hinabstiegen. Sie kamen an allerlei leeren Lager- und Geräteräumen vorbei, die seit der Stillegung der Fabrik nicht mehr genutzt worden waren. Auf halber Höhe des Korridors ertönte der Pieper an Loos Telefon. »Ja, was gibt's?« fragte er gereizt.

»Unsere Außenposten berichten, daß mehrere Boote der Küstenwache in den Bayou Teche einfahren. Außerdem haben soeben zwei Helikopter der Regierung Morgan City überflogen und nehmen Kurs auf uns.«

»Wie lange brauchen sie, bis sie hier sind?« fragte Loo.

»Die Helikopter«, sagte der Sicherheitschef, »etwa fünfzehn, allenfalls achtzehn Minuten. Die Boote ungefähr eine halbe Stunde länger.«

»Na schön, sorgen Sie dafür, daß hier alles dichtgemacht wird, und sehen Sie zu, daß sich das Personal absetzt und untertaucht.«

»Leite alles Notwendige in die Wege.«

»In spätestens drei Minuten dürften wir im Auto sitzen und losfahren«, sagte Loo, während er sich Julia auf die andere Schulter lud.

»Damit bleibt uns genügend Zeit, um uns in Sicherheit zu bringen«, erwiderte Wong.

Als sie die Tür erreichten, hinter der eine Treppe zur Verladerampe im Untergeschoß führte, hörten sie laute Rufe, aber keinerlei Motorengeräusch. Dann brachen die Stimmen auf einmal ab, und allmählich wurde ihnen klar, daß hier etwas oberfaul war. Sie stürmten durch eine weitere Tür und standen auf einem Treppenabsatz hoch über der Laderampe. Wong, der voranging, blieb stehen und erstarrte vor Schreck.

Die Emigranten waren in die Güterwaggons verladen und bereit zum Abtransport, die Türen geschlossen. Doch die Lokomotive rührte sich nicht vom Fleck. Bläulicher Qualm stieg aus den Einschußlöchern in den Lüftungsschlitzen, hinter denen die Dieselmotoren und die Stromgeneratoren lagen. Die Lokführer standen außen herum und besahen sich den Schaden. Beide wirkten ebenso hilflos wie verdutzt. Die Wachmänner, die in Diensten der Triade standen, waren bereits auf einen Lastwagen geklettert und in Richtung Hauptstraße unterwegs.

Mit einemmal wurde Loo klar, warum der Unbekannte nicht auf die Wachmannschaften geschossen hatte. Angst und Verwirrung befielen ihn, als er begriff, daß der Zug nicht mehr von der Stelle kam. Den Agenten der US-Regierung würden dreihundert Einwanderer und Schmuggelware im Wert von fast dreißig Millionen Dollar in die Hände fallen. Er wandte sich an Wong. »Tut mir leid, mein Freund, aber da die Ware nicht ordnungsgemäß übergeben wurde, muß ich mich leider an Qin Shang schadlos halten.«

»Was wollen Sie damit sagen?« wollte Wong wissen.

»Ganz einfach«, erklärte Loo. »Ich will damit sagen, daß die Drachen-Triade die Fracht nicht bezahlen wird.«

»Die Qin Shang Maritime hat wie vereinbart geliefert«, sagte Wong mit belegter Stimme. Er wußte, daß man ihn zur Verantwortung ziehen würde, wenn Loo und die Drachen-Triade sich nicht an die Abmachungen mit seinem Chef hielten. Und für einen Angestellten von Qin Shang bedeutete ein derartiges Versagen den Tod. »Die Ware hier wurde Ihnen zu treuen Händen übergeben. *Sie* werden dafür geradestehen.«

»Ohne uns kann Qin Shang in den Vereinigten Staaten keine Geschäfte machen«, versetzte Loo süffisant. »Meiner Meinung nach ist er in diesem Fall machtlos. Er sollte sich mit dem Verlust abfinden.«

»Er hat weit mehr Macht, als Sie meinen«, sagte Wong. »Sie begehen einen schweren Fehler.«

»Bestellen Sie Qin Shang, daß Jack Loo keine Angst vor ihm hat. Freunde, die einem wertvoll sind, sollte man nicht ablegen wie alte Kleidung. Er ist zu klug, um sich nicht mit einem Rückschlag abzufinden, den er in einer Woche wieder wettmachen kann.«

Wong starrte Loo mit verkniffener Miene an. »Dann ist auch unser kleines Privatgeschäft hinfällig. Miss Lee fällt an mich zurück.«

Loo dachte einen Moment lang darüber nach, dann lachte er. »Haben Sie nicht gesagt, daß Qin Shang ihren Tod wünscht?«

»Ja, das stimmt«, sagte Wong und nickte.

Loo stemmte Julia mit beiden Händen über seinen Kopf. »Von hier aus sind es gut und gern zehn Meter bis hinunter zu den Bahngleisen. Angenommen, ich erfülle Qin Shangs Wunsch und töte Miss Lee – meinen Sie, daß sich unsere Meinungsverschiedenheiten dadurch aus der Welt schaffen ließen?«

Wong warf einen Blick hinab auf die stählern schimmernden Gleise zwischen dem hintersten Güterwagen und dem Betonprellbock. »Ja, ein ausgezeichneter Vorschlag. Ich glaube, das würde Qin Shang für seinen Verlust entschädigen. Aber machen Sie bitte schnell. Wir dürfen keine Zeit mehr verlieren. Wir müssen schleunigst von hier weg.«

Loo spannte die Muskeln an und drückte die Arme durch. Julia schrie auf. Wong und May Ching warteten voller Vorfreude. Keiner bemerkte den großen Mann in der schlecht sitzenden Uniform, der lautlos hinter ihnen die Treppe herunterkam. »Entschuldigt die Störung«, sagte Pitt, »aber keine falsche Bewegung, sonst könnt ihr eure grauen Zellen im nächsten Landkreis einsammeln.«

Alle drei fuhren herum, als die Stimme hinter ihnen ertönte. Ihre Mienen sprachen für sich. Loo wurde blaß und blickte ihn ungläubig an. May Chings Gesicht erstarrte vor Schreck. Wong betrachtete ihn mit unverhohlener Neugier.

»Wer sind Sie?« fragte er.

Pitt beachtete ihn nicht. Er wandte sich statt dessen an Loo. »Setz die Frau ab, und zwar sachte.« Und damit Loo begriff, daß er es ernst meinte, rammte er ihm seinen .45er an die Schädelbasis.

»Nicht schießen, bitte nicht schießen«, bettelte Loo ängstlich, ließ Julia langsam herunter und stellte sie auf die Füße.

Julia sank in die Knie. Erst jetzt sah Pitt die blutigen Abschürfungen an ihren Hand- und Fußgelenken. Ohne auch nur einen Moment zu zögern, hieb er Loo den Lauf des Colts an die Schläfe und sah grimmig und voller Genugtuung zu, wie der Triadenführer die Treppe hinabstürzte.

Unmöglich, dachte Julia, als sie die Stimme hörte. Dann blickte sie auf und sah die leuchtendgrünen Augen und das schiefe Grinsen. »Dirk!« murmelte sie benommen, streckte die Hand aus und strich über den Verband auf seiner gebrochenen Nase. »O mein Gott, du bist hier. Wie, wie um alles auf der Welt...?«

Pitt hätte sie am liebsten auf der Stelle in die Arme genommen, doch er durfte Wong nicht aus den Augen lassen. Er sah dessen Miene und wußte, daß Qin Shangs Chefaufseher nur auf die erstbeste Gelegenheit zum Losschlagen lauerte. Und seine Menschenkenntnis sagte ihm auch, daß May Ching meinte, sie habe nichts mehr zu verlieren, nachdem ihr Boß zerschmettert am Fuß der Treppe lag. Sie starrte ihn so haßerfüllt an, wie er es noch bei keiner Frau erlebt hatte. Pitt behielt sie im Auge, während er den Colt auf Wongs Stirn richtete. »Ich bin zufällig vorbeigekommen und dachte, ich sag mal kurz hallo.«

»Sie heißen Dirk?« stieß Wong mit gepreßter Stimme aus. »Gehe ich recht in der Annahme, daß Sie Dirk Pitt sind?«

»Das will ich doch hoffen. Und wer sind Sie?«

»Ki Wong, und die Dame neben mir heißt May Ching. Was haben Sie mit uns vor?«

»Ki Wong«, sagte Pitt nachdenklich. »Irgendwie kommt mir der Name bekannt vor.«

Julia half ihm auf die Sprünge. Vorsichtig, damit sie ihn nicht ablenkte oder in seiner Bewegungsfreiheit einschränkte, schlang sie ihm von hinten die Arme um die Taille und zog sich langsam an ihm hoch. »Er ist Qin Shangs Chefaufseher«, sagte sie. »Er verhört die Immigranten und entscheidet darüber, wer weiterleben darf und wer zum Tode verurteilt wird. Er war es, der mich auf der *Indigo Star* gefoltert hat.«

»Ein liebenswerter Zeitgenosse sind Sie nicht gerade, stimmt's?« meinte Pitt im Plauderton. »Ich hatte die zweifelhafte Freude, Ihr Werk bewundern zu dürfen.«

Unverhofft und ohne jede Vorwarnung tauchte ein Wachmann auf. Viel zu spät sah Pitt May Chings triumphierenden Blick, als sie den Uniformierten bemerkte. Und als er im letzten Augenblick herumfuhr, stürzte sich Wong auf ihn. May Ching schrie auf.

»Töte ihn! Töte ihn!«

»Der Damen Wunsch ist mir stets Befehl«, sagte der Uniformierte ungerührt. Der .35er Magnum in seiner Hand zuckte. Wie ein Donnerschlag hallte der Schuß von den Wänden wider. Wong, den die Kugel unmittelbar über der Nasenwurzel traf, wurde zurückgeschleudert, stürzte mit ausgebreiteten Armen rücklings über das Geländer und schlug zwischen den Gleisen auf.

»Ich hoffe doch, daß das jetzt richtig war«, sagte Giordino.

»Vor allem höchste Zeit«, versetzte Pitt, dem das Herz im Halse schlug.

»Hol euch der Teufel!« schrie May Ching. Sie stürzte sich auf Pitt und wollte ihm mit ihren langen Nägeln die Augen auskratzen.

Sie hatte kaum einen Schritt getan, als Julia ihr den Ellbogen in den Mund rammte, worauf ihre Lippe aufplatzte und helles Blut auf ihr rotes Seidenkleid tropfte. »Du Miststück!« stieß Julia aus. »Das hier ist für die Wahrheitsdroge.« Und wieder holte sie kurz aus und hieb May Ching in den Bauch, so daß sie in die Knie sank und keuchend um Atem rang. »Und das ist für die Fesseln und dafür, daß du mich halbnackt von Männern hast begaffen lassen.«

»Erinner mich dran, daß ich sie niemals auf die Palme bringen darf«, sagte Pitt grinsend.

Julia massierte sich die Hände und blickte ihn müde und betroffen an. »Wenn wir sie doch nur dabei ertappt hätten, wie sie die illegalen Einwanderer abtransportieren. Wer weiß, wie viele Menschenleben wir hätten retten können. Jetzt ist es zu spät.«

Pitt schloß sie vorsichtig in die Arme, darauf bedacht, daß er ihr nicht weh tat. »Hast du es nicht mitbekommen?«

»Was?« sagte sie. »Was soll ich mitbekommen haben?«

Er deutete nach unten auf den Zug. »In den Güterwaggons stecken über dreihundert Personen.«

Darauf war sie nicht gefaßt. Sie zuckte zusammen, als hätte er ihr eine Ohrfeige versetzt. Dann starrte sie verständnislos auf den Zug. »Sie waren also hier? Und ich habe sie nicht gesehen?«

»Wie bist du in die Raffinerie gekommen?« fragte er sie.

»Ich bin heimlich auf den Lastkahn gesprungen, als er von der *Sung Lien Star* abgelegt hat.«

»Dann warst du die ganze Zeit unmittelbar über ihnen. Sie waren in einem Unterwassercontainer untergebracht, den man von China nach Sungari befördert hat. Dort hat man ihn dann über Gleitschienen unter den Lastkahn gehängt und hierhergeschafft.«

»Wir müssen sie befreien, bevor der Zug abfährt.« Mit einemmal klang sie forsch.

»Keine Sorge«, sagte Pitt grinsend. »Der Zug fährt nicht mehr ab.«

Sie hatten gerade die Güterwaggons aufgeschlossen und halfen den illegalen Einwanderern beim Aussteigen, als die INS-Agenten und die Männer der Küstenwache am Kai eintrafen und sie ablösten.

38

Präsident Dean Cooper Wallace kam hinter seinem Schreibtisch hervor, als Qin Shang das Oval Office betrat. Er streckte ihm die Hand entgegen. »Mein lieber Qin Shang, schön, Sie wiederzusehen.«

Qin Shang griff mit beiden Händen zu. »Ich freue mich, daß Sie mich trotz Ihrer vielen Verpflichtungen empfangen können.«

»Unsinn, ich stehe tief in Ihrer Schuld.«

»Brauchen Sie mich noch?« fragte Morton Laird, der Qin Shang vom Empfangsraum hierhergebracht hatte.

»Bleiben Sie bitte, Morton«, sagte der Präsident. »Ich möchte, daß Sie zugegen sind.«

Der Präsident geleitete Qin Shang zu zwei Sofas, die sich an einem Couchtisch gegenüberstanden, und nahm Platz. »Ich möchte Sie darum bitten, daß Sie Ministerpräsident Wu Kwong meinen tiefsten Dank für seinen großzügigen Beitrag zu meiner Wahlkampfkasse ausrichten. Und versichern Sie ihm bitte, daß einer weiteren engen Zusammenarbeit unserer beider Länder nichts im Wege steht.«

»Ministerpräsident Wu Kwong wird darüber sehr erfreut sein«, sagte Qin Shang aufgeräumt.

Dann kam der Präsident zur Sache. »Was kann ich für Sie tun, Qin Shang?« fragte er.

»Wie Sie wissen, bezeichnen gewisse Kongreßabgeordnete mein Heimatland als totalitären Staat und werfen uns Verstöße gegen die sogenannten Menschenrechte vor. Derzeit bereiten sie einen Gesetzentwurf vor, mit dem man uns den Meistbegünstigtenstatus entziehen will. Ministerpräsident Wu Kwong befürchtet, daß sie möglicherweise eine Mehrheit für diesen Antrag gewinnen könnten.«

»Da können Sie ganz beruhigt sein«, sagte der Präsident lächelnd. »Ich werde bei jedem Beschluß, der den Handel zwischen unseren Ländern gefährdet, von meinem Vetorecht Gebrauch machen. Außerdem habe ich mehrmals darauf hingewiesen, daß für beide Seiten vorteilhafte Handelsbeziehungen besser als alles andere dazu geeignet sind, die Frage der Menschenrechte zu lösen.«

»Können Sie mir ihr Wort darauf geben, Mr. President?« fragte Qin Shang. Sein Ton war so herrisch, daß Stabschef Laird einen Moment lang mißbilligend aufblickte.

»Bestellen Sie Ministerpräsident Wu Kwong, daß ich mich persönlich dafür verbürge.«

Laird wunderte sich inzwischen nur noch über den versöhnlichen Ton, der hier angeschlagen wurde, obwohl es wahrlich genug Reibungspunkte gab.

»Was mich außerdem betrübt«, sagte Qin Shang, »sind die Schikanen von seiten Ihrer Küstenwache und der Einwanderungsbehörde. Seit einigen Monaten werden meine Schiffe ständig aufgehalten und durchsucht, was natürlich die Ankunft verzögert und zu entsprechenden Verlusten führt.«

»Bei allem Verständnis, Qin Shang«, versetzte Wallace, »aber nach neuesten Schätzungen der INS leben in diesem Land etwa sechs Millionen illegale Einwanderer. Ein Gutteil davon, so behauptet jedenfalls unsere Einwanderungsbehörde, wurde von Ihren Schiffen ins Inland geschleust. Und diese ungeheuerlichen Vorgänge droben am Orion Lake waren alles andere als leicht zu vertuschen. Von Rechts wegen müßte ich Sie auf der Stelle festnehmen und wegen Massenmordes vor Gericht stellen lassen.«

Qin Shang reagierte keineswegs beleidigt. Ungerührt blickte er den mächtigsten Mann der Welt an. »Ja, von Rechts wegen könnten Sie das durchaus tun. Aber dann laufen Sie Gefahr, daß gewisse vertrauliche Einzelheiten über Ihre Geschäfte mit der Qin Shang Maritime Limited und der Volksrepublik China an die Öffentlichkeit dringen.«

»Wollen Sie dem Präsidenten der Vereinigten Staaten von Amerika etwa mit Erpressung drohen?« versetzte Wallace ungehalten.

»Bitte vergeben Sie mir«, erwiderte Qin Shang devot. »Ich wollte den Präsidenten lediglich auf alle Eventualitäten hinweisen.«

»Ich dulde keinen Massenmord.«

»Ein unglücklicher Zwischenfall, für den einzig und allein die in Ihrem Lande ansässigen Syndikate verantwortlich sind.«

»In meinem Bericht stand etwas anderes.«

»Ich versichere Ihnen, daß so etwas wie am Orion Lake nicht mehr vorkommen wird.«

»Und als Gegenleistung möchten Sie, daß wir Ihre Schiffe in Ruhe lassen. Ist dem so?«

Qin Shang nickte. »Dafür wäre ich Ihnen sehr dankbar.«

Wallace wandte sich an Laird. »Teilen Sie Admiral Ferguson und Duncan Monroe mit, daß sich die Küstenwache und der INS bei der Überprüfung der Schiffe der Qin Shang Maritime Limited an die gleichen Regeln halten sollen, die auch für andere ausländische Reedereien gelten.«

Laird runzelte ungläubig die Stirn. Er saß schweigend da, ohne die Anordnung des Präsidenten unverzüglich zu bestätigen, wie es sonst seine Art war.

»Vielen Dank, Mr. President«, sagte Qin Shang höflich. »Ich darf Ihnen auch im Namen meiner Geschäftsleitung versichern, daß wir uns durch Ihre Freundschaft sehr geehrt fühlen.«

»So leicht kommen Sie mir nicht davon, Qin Shang«, sagte Wallace. »Richten Sie Ministerpräsident Wu Kwong bitte aus, daß ich nach wie vor besorgt bin über den Einsatz von Zwangsarbeitern bei der Herstellung chinesischer Handelsgüter. Wenn wir die beiderseitigen guten Beziehungen weiterhin pflegen wollen, muß seine Regierung bereit sein, in den staatlichen Betrieben anständig bezahlte Arbeiter zu beschäftigen und von weiteren Menschenrechtsverletzungen Abstand zu nehmen. Ansonsten sehe ich mich gezwungen, die Ausfuhr von Kunstdünger nach China zu unterbinden.«

Morton Laird lächelte in sich hinein. Endlich hatte der Präsident den richtigen Ton angeschlagen. Mit dem Verkauf von Kunstdünger setzte eine chemische Fabrik in Texas – das Tochterunternehmen eines weltweit aktiven Chemiekonzerns mit Hauptsitz in Schanghai – über eine Milliarde Dollar im Jahr um. Wallace hatte sich auf Anhieb die wichtigste Ware herausgegriffen und es gleichzeitig vermieden, mit Handelssanktionen gegen chinesische Exportgüter wie Textilien, Schuhe, Spielsachen, Radios, Fernseher und andere Geräte der Unterhaltungselektronik zu drohen, deren Gesamtwert sich immerhin auf fünfzig Milliarden Dollar im Jahr belief.

Qin Shangs grüne Augen funkelten einen Moment lang nervös. »Ich werde Ihren Rat an Ministerpräsident Wu Kwong weitergeben.«

Wallace stand auf, ein Zeichen, daß das Gespräch beendet war.

»Vielen Dank, Mr. President. Es war mir eine Ehre, mit Ihnen zu sprechen.«

»Ich begleite Sie zum Empfangsraum«, sagte Laird liebenswürdig. Als guter Diplomat wußte er seine Abscheu vor dem Wirtschaftskriminellen geschickt zu verhehlen.

Ein paar Minuten später kehrte Laird ins Oval Office zurück. Wallace saß am Schreibtisch und unterzeichnete einen Stapel Gesetzesentwürfe, die ihm der Kongreß hatte zukommen lassen. »Nun, Morton, Ihrer säuerlichen Miene habe ich entnommen, daß Sie mit meiner Haltung nicht zufrieden waren.«

»Nein, Sir, keineswegs. Ich bin entsetzt, daß Sie mit diesem Mörder überhaupt sprechen.«

»Er ist nicht der erste Höllenhund, der diesen Raum betreten hat. Ohne Qin Shang und seine Beziehungen zur chinesischen Regierung säße ich möglicherweise nicht hier.«

»Sie werden hereingelegt, Sir. Sie werden von Qin Shang und seiner Regierung nach Strich und Faden hereingelegt. Sie meinen, aus Ihrem Verhalten einen politischen Vorteil ziehen zu können, Mr. President, aber Sie haben sich damit eine Grube geschaufelt, aus der Sie nicht wieder herauskommen.«

»Wir haben es hier mit einem Land zu tun, in dem 1,2 Milliarden Menschen leben«, beharrte Wallace. »Was uns wiederum die Möglichkeit bietet, amerikanische Erzeugnisse im Wert von vielen Milliarden Dollar zu verkaufen. Wenn ich dabei eine Sünde begangen habe, dann geschah das zum Wohle unseres Landes.«

»Es gibt keine Rechtfertigung dafür, daß man untätig zusieht, wie die Chinesen das amerikanische Volk über den Tisch ziehen«, sagte Laird ernst. »Im jüngsten gemeinsamen Bericht von FBI und CIA zum Thema Gegenspionage wurden über hundert chinesische Agenten aufgeführt, die sich mittlerweile in fast allen Bereichen unseres Regierungsapparates eingenistet haben, von der NASA bis zum Pentagon. Einige nehmen hohe Positionen im Kongreß sowie im Handels- und im Innenministerium ein.«

»Nun machen Sie mal halblang, Morton. Ich habe mir den Bericht angesehen. Soweit ich feststellen konnte, ist die Sicherheit unseres Landes dadurch in keinster Weise gefährdet. China ist nicht mehr wild darauf versessen, sich bei uns die neuesten Erkenntnisse auf dem Gebiet der Kerntechnologie oder der Rüstung zu beschaffen.«

»Warum sollten sie auch?« Laird sprach mit tiefer, fester Stimme. »Politische Einflußnahme und Wirtschaftsspionage hat für sie mittlerweile Vorrang. Sie besorgen sich bei uns die neuesten wirtschaftlichen und technologischen Erkenntnisse, und nebenbei lassen sie keine Gelegenheit aus, sich Einfluß auf unsere Handelspolitik zu verschaffen und ihre eigenen wirtschaftlichen Interessen durchzusetzen. Unser Handelsbilanzdefizit mit China ist bereits größer als das mit Japan. Und den Voraussagen mancher Wirtschaftssachverständiger zufolge werden uns die Chinesen noch vor Ablauf Ihrer Amtszeit wirtschaftlich überflügeln.«

»Na und? Selbst wenn uns China vom gesamten Wirtschaftsaufkommen her überholen sollte, werden die Menschen dort trotzdem pro Kopf nur ein Viertel des amerikanischen Durchschnittseinkommens verdienen.«

»Bei allem Respekt, Mr. President, aber es wird Zeit, daß Sie aufwachen und umdenken. Die stecken ihren Handelsbilanzüberschuß von fünfundvierzig Milliarden Dollar pro Jahr in den Aufbau ihrer Streitkräfte und finanzieren damit ihre weltweiten Schmuggel- und Schlepperunternehmen. Und gleichzeitig bauen sie ihre Wirtschaftsmacht immer weiter aus.«

»Sie vertreten mir gegenüber eine ziemlich harte Haltung, Morton«, sagte Wallace kühl. »Ich hoffe, Sie wissen, was Sie da tun.«

»Ja, Sir«, erwiderte Laird unnachgiebig. »Das tue ich. Ich bin nämlich der festen Überzeugung, daß Sie zu Ihrem eigenen politischen Vorteil den Ausverkauf unseres Landes betreiben. Sie wissen sehr wohl, wie heftig ich mich dagegen verwahrt habe, als Sie den Meistbegünstigtenstatus verlängert und gleichzeitig erklärt haben, Ihre Entscheidung sei nicht mehr von weiteren Fortschritten hinsichtlich der Menschenrechte abhängig.«

»Mir ging es doch nur um die Wahrung von amerikanischen Arbeitsplätzen.« Wallace, dem die Zornröte ins Gesicht stieg, stand jetzt hinter seinem Schreibtisch.

»Wenn dem wirklich so ist, wie wollen Sie dann erklären, daß in den letzten fünfzehn Jahren ingesamt achthunderttausend Amerikaner wegen billiger chinesischer Arbeitskräfte, darunter viele Zwangsarbeiter, ihren Job verloren haben?«

»Treiben Sie's nicht zu weit, Morton«, knurrte Wallace mit verbissener Miene. »Ich habe nichts getan, was sich für das amerikanische Volk nicht irgendwann auszahlen wird.«

Laird rieb sich müde die Augen. »Ich kenne Sie zu lange, als daß ich nicht merken würde, wenn Sie die Wahrheit verdrehen.«

»Wollen Sie mich etwa als Lügner bezeichnen?«

»Ich gehe sogar noch weiter, Sir. Ich bezeichne Sie als Verräter. Und um meiner Meinung Nachdruck zu verleihen, werde ich Ihnen innerhalb der nächsten Stunde mein Rücktrittsgesuch vorlegen. Ich möchte nicht dabei sein, wenn hier das große Heulen und Zähneklappern losgeht.«

Mit diesen Worten ging Morton Laird ein letztes Mal aus dem

Oval Office. Da er nur zu gut wußte, wie nachtragend sein ehemaliger Vorgesetzter sein konnte, verschwand er mit seiner Frau aus dem öffentlichen Leben und zog auf eine Insel am Großen Barrier-Riff vor der Küste Australiens, wo er seine Memoiren schrieb, in denen er tiefe Einblicke in den politischen Alltag in Washington und in seine langjährige Beziehung zu Dean Cooper Wallace gab.

Su Zhong, Qin Shangs Privatsekretärin, erwartete ihren Arbeitgeber am Schreibtisch, als er nach dem Gespräch mit dem Präsidenten in seinen großen, gepanzerten Bus stieg. Sobald er sich in dem Ledersessel hinter dem Schreibtisch niedergelassen hatte, auf dem eine Reihe Telefone und Computer stand, reichte sie ihm etliche Nachrichten, die über Fax und Satellitentelefon eingegangen waren. Qin Shang hatte einen Code ausgetüftelt, an dem jeder verzweifelte, der seine Privatangelegenheiten auszuspionieren versuchte. Er ließ die Meldungen durch einen Scanner laufen, der sie sofort in Klartext übertrug.

»Irgendeine Nachricht von Zhu Kwan?«

Su Zhong trug ihm eine kurze Zusammenfassung der Berichte vor, während ihr Chef die Texte überflog. »Nur, daß er versuchen will, die genaue Position festzustellen, an der die *Princess Dou Wan* gesunken sein soll. Er behauptet, es gäbe da ein paar Ungereimtheiten.«

»Wenn jemand herausfinden kann, wo dieses Schiff verblieben ist, dann Zhu Kwan«, sagte Qin Shang im Brustton der Überzeugung. »Was haben Sie sonst noch?«

»Der Kauf der vier russischen Öltanker ist unter Dach und Fach. Unsere Besatzungen sind bereits per Flugzeug nach Sewastopol unterwegs, um die Schiffe zu übernehmen. Mitte nächsten Monats müßten sie zum Umbau in Ihrer Werft in Hongkong eintreffen.«

»Wie kommen die Arbeiten an dem neuen Kreuzfahrtschiff voran?«

»An der *Evening Star*?« sagte Su Zhong. »In vier Monaten ist sie fertig. Unsere Werbeabteilung hat bereits erste Prospekte angefertigt, in denen sie als das größte und luxuriöseste Kreuzfahrtschiff der Welt vorgestellt wird.«

»Und die *United States*? Wie lautet da der neueste Stand?«

»Sie ist in den Head of Passes an der Mündung des Mississippi eingelaufen und nimmt Kurs auf New Orleans. Dieses Unternehmen verläuft bislang planmäßig.«

»Gibt es noch irgend etwas, was ich wissen sollte?« fragte Qin Shang argwöhnisch. »Irgendwelche Zwischenfälle in Sungari vielleicht?«

Su Zhong schüttelte den Kopf. »Nein, nicht in Sungari.«

An ihrem ausweichenden Blick erkannte er, daß es sich um schlechte Nachrichten handelte. »Was ist vorgefallen?«

»Bundesagenten haben eine Razzia auf unserer Sammelstelle in Bartholomeaux, Louisiana, unternommen. Dreihundertzweiundvierzig Emigranten wurden aufgegriffen.«

»Und unsere Leute?«

»Ki Wong ist tot, Jack Loo von der Drachen-Triade ebenfalls. May Ching, seine Assistentin, befindet sich im Gewahrsam des INS.«

Qin Shang zuckte lediglich die Achseln. »Kein großer Verlust, keiner von denen. Jack Loo war nur ein kleines Rädchen in dem amerikanisch-chinesischen Syndikat. Durch seinen Tod und diese Razzia, zu der es zweifellos nur durch seine Dummheit und zu laxe Sicherheitsvorkehrungen gekommen ist, bietet sich mir die Möglichkeit, meine Übereinkunft mit der Drachen-Triade neu auszuhandeln.«

»Und damit natürlich einträglichere Bedingungen zu Ihren Gunsten«, sagte Su Zhong.

»Natürlich«, sagte Qin Shang lächelnd. »In sechsunddreißig Stunden wollte ich Bartholomeaux ohnehin schließen lassen. Sobald ich mein Ziel erreicht habe und Sungari der wichtigste Seehafen am Golf von Mexiko ist.«

»Der letzte Bericht wird Ihnen nicht gefallen«, murmelte Su Zhong leise, fast widerwillig.

»Keine Zusammenfassung?«

»Vielleicht sollten Sie das lieber selbst lesen, Qin Shang.« Sie deutete mit dem Kopf auf den Bericht, in dem die Zerstörung des Stützpunktes am Mystic-Kanal geschildert wurde.

Qin Shang überflog den Text zunächst mit ernster Miene und wurde dann zusehends ungehaltener, vor allem als er auf Pitts Nachricht stieß. »Mr. Pitt fragt sich also, ob ich mich noch immer nach Bananen bücke. Anscheinend bereitet es ihm große Freude, wenn er mich verhöhnen kann.«

»Diesem verfluchten Teufel sollte man die Zunge ausreißen«, sagte Su Zhong.

»Ich hatte schon viele Feinde«, erwiderte Qin Shang ruhig. »Konkurrenten in erster Linie. Aber keiner von ihnen war so reizvoll wie dieser Pitt. Ich muß zugeben, daß ich allmählich Gefallen an seinen jämmerlichen Versuchen finde, sich in Spott zu üben. Ein würdiger Gegner?« Verdrossen schüttelte Qin Shang den Kopf. »Eigentlich nicht. Aber ein Gegner, den man genießen sollte, nicht wie besten Kaviar, sondern eher wie einen amerikanischen Hamburger – derb, gewöhnlich und primitiv.«

»Wenn er wüßte, wo er suchen muß, könnte er sich die erbärmlichen Überreste derer ansehen, die Ihnen Böses wünschten und Ihre Absichten zu hintertreiben suchten.«

»Pitt wird liquidiert werden«, sagte Qin Shang mit eisigem Tonfall. »Bislang hat er lediglich zwei kleinere Projekte zunichte gemacht. Der Schaden läßt sich leicht beheben. Aber ich bin besorgt darüber, daß er sich in Louisiana aufhält, zumal mir meine Informanten hier in Washington mitgeteilt haben, daß die NUMA, was die illegalen Einwanderer betrifft, von allen weiteren Ermittlungen entbunden wurde. Es ist mir ein Rätsel, weshalb er mich mit einer derartigen Beharrlichkeit belästigt.«

»Vielleicht ein törichter Rachefeldzug gegen Sie?«

»Pitt ist das, was man in Amerika einen unheilbaren Weltverbesserer nennt«, sagte Qin Shang mit einem belustigten Lächeln. »Und genau das ist seine Schwäche. Wenn er einen Fehler begeht, was unvermeidlich ist, und den Tod findet, dann nur deshalb, weil er den Pfad der Tugend beschreitet. Er hat nie gelernt, daß Geld und Macht, wenn Sie richtig eingesetzt werden, nicht zu bezwingen sind.« Er hielt kurz inne und tätschelte ihr Knie. »Mach dir wegen Dirk Pitt keine Sorgen, meine kleine Nachtigall. Er wird sehr bald sterben.«

VIERTER TEIL

Ol’ Man River

Mystic-Kanal

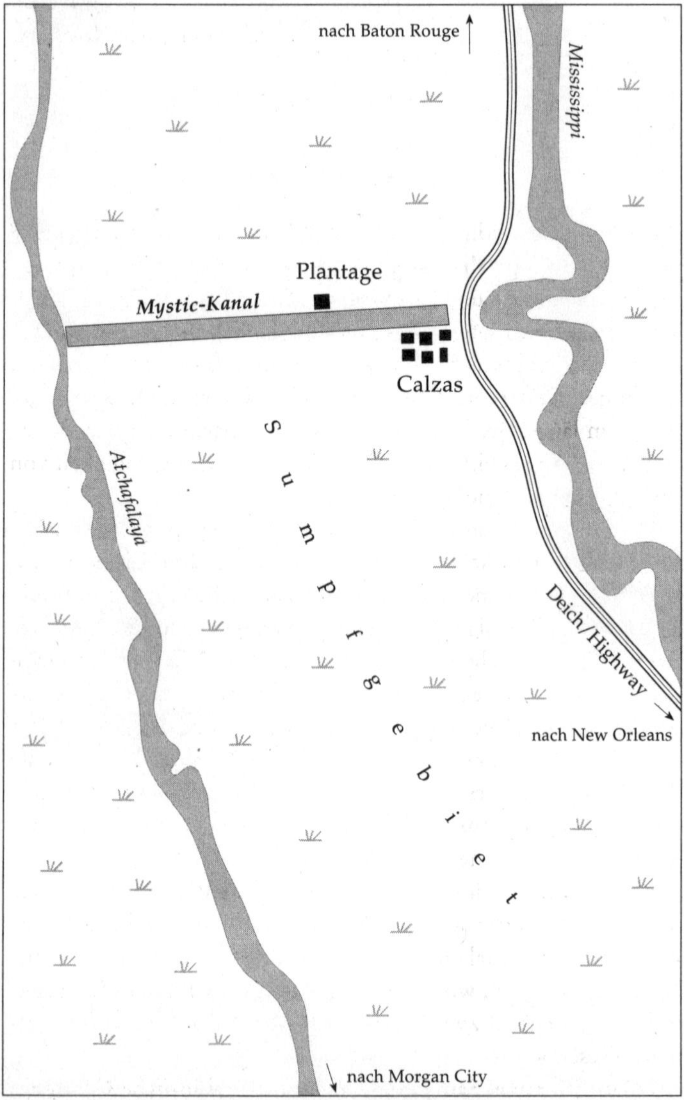

29. April 2000
Unterlauf des Mississippi

39

Zwanzig Meilen südlich vom Head of Passes, der Stelle, an der sich der Unterlauf des Mississippi in drei Arme teilt, bevor er in den Golf von Mexiko mündet, landeten nacheinander zwei große Hubschrauber auf dem offenen Achterdeck der *United States* und setzten Männer und Ausrüstung ab. Dann stiegen sie wieder auf und flogen gen Westen, in Richtung Sungari. Während dieser Aktion, die kaum länger als fünfzehn Minuten dauerte, fuhr das automatisch gesteuerte Schiff unverwandt mit einer Geschwindigkeit von fünfundzwanzig Knoten weiter.

Es waren erfahrene Männer aus Qin Shangs privatem Sicherheitsdienst, alle in Arbeitskleidung, wie sie die Flußschiffer trugen, und mit automatischen Waffen und tragbaren Raketenwerfern ausgerüstet. Auf Befehl ihres Anführers, eines ehemaligen Oberst der chinesischen Volksbefreiungsarmee, verteilten sie sich auf sämtlichen Decks, während sich die Schiffsbesatzung in den Maschinenraum und auf die Brücke begab und die Steuerung des Schiffes übernahm. Kurz vor dem Southwest Pass, der Fahrrinne, durch die die meisten Hochseeschiffe in den Fluß einlaufen, wurde der große Dampfer langsamer und nahm den Lotsen auf, der ihn flußaufwärts nach New Orleans steuern sollte.

Der Lotse, ein stämmiger Mann mit einem Bierbauch, kletterte über die Strickleiter an Bord. Er schwitzte heftig und tupfte sich mit einem roten Halstuch die Glatze ab, als er zur Brücke ging. Dort angekommen, winkte er kurz und trat zu Kapitän Li Hung-tschang, der bis vor zwei Tagen für die *Sung Lien Star* verantwortlich gewesen war.

»Hallo, Kapitän. Sam Boone. Ich bin der glückliche Gewinner

bei der Lotterie der Flußlotsen und habe die Ehre, das Mordstrumm hier nach New Orleans zu bringen«, verkündete er.

»Das wird nicht nötig sein«, erwiderte Hung-tschang, ohne sich vorzustellen. Er deutete auf einen kleinen Chinesen, der am Ruder stand. »Mein Erster Offizier wird das übernehmen.«

Boone schaute Hung-tschang verdutzt an. »Sie woll'n mich veräppeln, stimmt's?«

»Nein«, antwortete Hung-tschang. »Wir sind durchaus in der Lage, unser Ziel selbst anzusteuern.« Er nickte den beiden Wachleuten zu, die in der Nähe standen. Sie nahmen Boone an den Armen und wollten ihn wegführen.

»Moment, verdammt noch mal«, knurrte Boone und schüttelte die Wachmänner ab. »Sie verstoßen gegen das Seerecht. Außerdem fahren Sie gradewegs ins Unglück, wenn Sie tatsächlich so dumm sind und das Schiff selber steuern wollen. Auf dem Fluß kommt bloß ein erfahrener Lotse klar. An uns werden strenge Anforderungen gestellt. Ich bring' schon seit fünfundzwanzig Jahren Schiffe flußaufwärts und runter zum Delta. Für Sie sieht das vielleicht einfach aus, aber glauben Sie mir, das ist es nicht.«

Hung-tschang nickte den Wachmännern zu. »Sperrt ihn ein. Schlagt ihn bewußtlos, wenn es sein muß.«

»Sind Sie verrückt?« schrie Boone zurück, als er weggeschleift wurde. »Sie setzen sie hundertprozentig auf Grund!«

»Hat er recht, Ming Lin?« fragte Hung-tschang den Rudergänger. »Werden Sie uns auf Grund setzen?«

Lin lächelte verkniffen. »Ich habe dieses Schiff in der Computersimulation bereits über zweihundertmal flußaufwärts gesteuert.«

»Sind Sie dabei jemals auf Grund gelaufen?« hakte Hung-tschang nach.

»Zweimal«, erwiderte Ming Ling, ohne den Blick von der Fahrrinne zu wenden. »Bei den ersten beiden Versuchen, aber danach nicht mehr.«

Hung-tschangs braune Augen leuchteten auf. »Halten Sie sich bitte an die Geschwindigkeitsbeschränkung. Neugier können wir durchaus erregen, aber wir dürfen keinerlei Argwohn erwecken, jedenfalls nicht in den nächsten Stunden.«

Hung-tschang war auf Qin Shangs persönliche Anordnung hin dazu auserkoren worden, die *United States* auf ihrer Fahrt flußaufwärts zu befehligen. Von Qin Shangs Seite aus war das nicht nur ein klarer Vertrauensbeweis, sondern es steckte auch ein Gutteil Berechnung dahinter. Der Kapitän auf dieser Fahrt brauchte zwar nicht unbedingt Erfahrung im Umgang mit Ozeandampfern zu haben, aber wenn er eine Besatzung nahm, die bereits in Amerika war, sparte er viel Zeit und Geld, weil er die Leute nicht eigens aus Hongkong einfliegen lassen mußte. Vor allem aber war er der Meinung, daß die weitaus erfahreneren Offiziere an Bord seiner Kreuzfahrtschiffe weniger entbehrlich waren als der Kapitän und die Besatzung der *Sung Lien Star*.

Hung-tschangs Aufgabe beschränkte sich mehr oder minder darauf, daß er die Inspektoren von Zoll und Einwanderungsbehörde an Bord begrüßte und sich in großer Pose auf der Brücke zeigte, während das Schiff an den Menschenmassen vorüberglitt, die beide Ufer säumten. Genaugenommen war er nur Zierat. Die fünfzehn Besatzungsmitglieder, die sich neben den zwanzig schwerbewaffneten Wachmännern der Qin Shang Maritime an Bord aufhielten, waren hauptsächlich Abwrackexperten, dazu noch ein paar Ingenieure für Notreparaturen, falls das Schiff angegriffen und beschädigt werden sollte.

An die Gefahren dieser Fahrt mochte Hung-tschang nicht denken. Ganze vierundzwanzig Stunden wollte Qin Shang seine Dienste in Anspruch nehmen. Für seine Flucht zur rechten Zeit war bereits gesorgt. Hubschrauber hielten sich bereit, die ihn, die Kampfeinheiten und seine Besatzungsmitglieder ausfliegen sollten, sobald die Ladungen gezündet und das Schiff an der richtigen Stelle versenkt war. Qin Shang hatte ihm versichert, daß er als reicher Mann nach Hause zurückkehren werde. Vorausgesetzt natürlich, das Unternehmen verlief nach Plan.

Er seufzte. Jetzt ging es nur noch darum, die scharfen Flußbiegungen zu umfahren, ohne anderen Schiffen ins Gehege zu kommen, und die sechs Brücken zu meistern, die ihn hinter New Orleans erwarteten. Vom Head of Passes aus waren es knapp hundertfünfzig Kilometer bis zur Stadt. Die Fahrrinne im Unterlauf des Flusses war zwar durchschnittlich zwölf Meter tief und gut dreihundert Meter breit, aber noch nie zuvor war ein Schiff von den Ausmaßen der *United States* den Mississippi aufwärts gefahren. Denn weiter oben wurde das Fahrwasser deutlich enger und flacher, so daß ein derart großer Dampfer dort kaum noch Spielraum hatte.

Nachdem sie Venice passiert hatten, die letzte Stadt am Westufer, zu der eine Straße führt, säumten Tausende von Menschen die Ufer und genossen den großartigen Anblick. Die Schüler hatten ausnahmsweise freibekommen, damit sie dieses einmalige Ereignis miterleben konnten. Hunderte von kleinen Booten fuhren tutend, trötend und pfeifend hinter dem Schiff her. Zwei Kutter der Küstenwache, die sich kurz nach dem Head of Passes an die *United States* gehängt hatten, hielten sie in sicherem Abstand.

Die Menschen am Ufer schwiegen teils ehrfürchtig, andere wiederum winkten und johlten, als die *United States* die scharfen Flußbiegungen umschiffte, in denen ihr langer Rumpf fast die ganze Fahrrinne einnahm und das Heck mit den langsam mahlenden Schrauben fast das gegenüberliegende Ufer streifte. Es war Ende April, und durch das Schmelzwasser, das von hoch oben im Norden über zahlreiche Nebenflüsse in den Mississippi strömte, stand der Pegel ungewöhnlich hoch. Hung-tschang war für jeden zusätzlichen Zentimeter dankbar.

Er zog den Riemen an seinem Fernglas zurecht, setzte seine Mütze auf und trat hinaus auf die Brückennock. Auf den Kreiselkompaß, der auf jede Richtungsänderung des Schiffes reagierte, achtete er gar nicht. Er war heilfroh, daß die Fahrrinne vor ihm frei war. Offenbar hatte man in Erwartung des großen Dampfers jeglichen Schiffsverkehr angehalten. Hinter New Orleans würde die Sache ganz anders aussehen, aber damit wollte er sich auseinandersetzen, wenn es soweit war.

Er blickte zum Himmel auf und stellte erleichtert fest, daß das Wetter weiter mitspielte. Es war warm und sonnig, und zum Glück ging nur eine leiche Brise. Denn wenn in den scharfen Flußbiegungen starke Winde auf den mächtigen Schiffskörper einwirkten, könnte er nur allzuleicht ans Ufer gedrückt werden und auf Grund laufen. Der azurblaue Himmel und die gleißende Sonne spiegelten sich im Fluß, und das Wasser schimmerte grünlich wie Kristallglas. Nach Backbord hin war die Fahrrinne mit roten Bojen markiert, steuerbords waren sie grün.

Er winkte den Menschen am Uferdamm zu. Von der Brücke aus, die gut neun Stockwerke hoch war, konnte er auf den Pöbel herabblicken und auf die zahllosen Personenwagen und Pick-ups, die rundum geparkt waren, die flachen Marschen und das Ackerland, das sich dahinter erstreckte. Li Hung-tschang kam sich seltsam entrückt vor, so als ob jemand anders auf der Brücke stünde und er sähe nur zu, wie das Verhängnis seinen Lauf nahm.

Er malte sich bereits aus, wie man sie in New Orleans empfangen würde, und lächelte vor sich hin. Millionen von Amerikanern werden sich an diesen Tag erinnern, dachte er, wenn auch nicht so, wie sie sich das vorgestellt haben.

40

Rudi Gunn erwartete Pitt und Giordino, als sie am späten Nachmittag das Shantyboot zu Doug Wheelers Anlegestelle zurückbrachten. Er hatte rote Augen, da er die ganze Nacht über auf Pitts Meldungen gewartet und so gut wie nicht geschlafen hatte. Er trug Khakishorts und ein T-Shirt mit der Aufschrift ST. MARY PARISH, GOOD OL' FASHION SOUTHERN HOSPITALITY.

Nachdem sie den Tank aufgefüllt und ihre Ausrüstung auf die Barkasse der *Marine Denizen* umgeladen hatten, verabschiedeten sich Pitt und Giordino von Romberg, der kurz den Kopf hob, ihnen ein mattes »Wuff« mit auf den Weg gab und sofort weiterschlief.

Als sie ablegten, stellte sich Giordino neben Gunn ans Ruder. »Meiner Meinung nach könnten wir alle ein anständiges Abendessen und ein paar Stunden Schlaf gebrauchen.«

»Da kann ich nur beipflichten«, sagte Pitt gähnend.

»Ihr kriegt allenfalls eine Thermoskanne mit Zichorienkaffee«, sagte Gunn. »Der Admiral ist eingeflogen. Er hat Peter Harper vom INS mitgebracht. Ihr sollt euch schleunigst an Bord des Kutters *Weehawken* einfinden.«

»Als ich den das letztemal gesehen habe«, sagte Pitt, »lag er oberhalb von Sungari vor Anker.«

»Jetzt liegt er vor dem Stützpunkt der Küstenwache in Morgan City«, klärte Gunn ihn auf.

»Kein Abendessen?« fragte Giordino geknickt.

»Keine Zeit«, erwiderte Gunn. »Wenn ihr richtig brav seid, kriegt ihr vielleicht auf die Schnelle einen Happen aus der Kombüse der *Weehawken.*«

»Ich verspreche, daß ich brav bin«, sagte Giordino mit treuherzigem Augenaufschlag.

Pitt und Gunn schauten sich ungläubig an. »Das glaube ich nicht«, versetzte Gunn.

»Nie und nimmer«, stimmte Pitt zu.

Peter Harper, Admiral Sandecker, Captain Lewis und Julia Lee erwarteten sie in der Offiziersmesse, als sie an Bord der *Weehawken* kletterten. Außerdem waren Generalmajor Frank Montaigne vom Army Corps of Engineers und Kapitän Frank Stewart von der *Marine Denizen* anwesend. Lewis fragte freundlich, ob er ihnen irgend etwas besorgen könne. »Danke«, sagte Gunn, bevor Giordino den Mund aufmachen konnte, »wir hatten auf der Fahrt hierher bereits Kaffee.«

Pitt schüttelte Sandecker und Harper die Hand, dann gab er Julia einen leichten Kuß auf die Wange. »Wann haben wir uns das letztemal gesehen?«

»Vor zwei Stunden.«

»Kommt mir wie eine Ewigkeit vor«, sagte er mit seinem teuflischen Grinsen.

»Hör auf«, versetzte sie und stieß ihn weg. »Nicht hier.«

»Ich schlage vor, daß wir zur Sache kommen«, sagte Sandecker unruhig. »Wir haben eine Menge zu besprechen.«

»Doch zuerst darf ich Sie im Namen von Duncan Monroe inständig um Verzeihung bitten«, sagte Harper, der sich sichtlich zerknirscht gab, während er Pitt und Giordino die Hand schüttelte. »Außerdem möchte ich mich persönlich bei der NUMA und Ihnen, meine Herren, dafür bedanken, daß Sie unsere Aufforderung, sich aus den Ermittlungen herauszuhalten, mißachtet haben. Ohne Ihr rechtzeitiges Eingreifen in Bartholomeaux hätten unsere Einsatzkräfte lediglich eine tote INS-Agentin und eine verlassene Zuckerraffinerie vorgefunden. Aus unserer Sicht ist es nur bedauerlich, daß Ki Wong getötet wurde.«

»Im nachhinein denk' ich mir, daß ich ihn vielleicht besser in die Knie hätte schießen sollen«, sagte Giordino, der jedoch keineswegs reumütig wirkte. »Aber er war kein angenehmer Zeitgenosse.«

»Mir ist völlig klar, daß Ihre Tat gerechtfertigt war«, räumte Harper ein. »Aber durch Ki Wongs Tod haben wir ein wichtiges Glied in unserer Beweiskette verloren.«

»War er denn so wichtig für Ihre Ermittlungen?« fragte Captain Lewis Harper. »Meiner Meinung nach müßten Sie doch mehr als genug Beweise haben, um Qin Shang dranzukriegen. Er wurde auf frischer Tat dabei ertappt, wie er über dreihundert illegale Einwanderer über Sungari und Bartholomeaux ins Inland schleusen wollte. All das auf Schiffen seiner Reederei und mit Hilfe von Männern, die bei ihm in Lohn und Brot stehen. Was wollen Sie denn mehr?«

»Eine Bestätigung dafür, daß der Auftrag dazu von Qin Shang persönlich kam.«

Sandecker wirkte ebenso verwundert wie Lewis. »Sie haben doch jetzt bestimmt alle Beweise, die Sie für eine Anklage gegen ihn brauchen.«

»Anklagen können wir ihn«, räumte Harper ein, »aber ob es für eine Verurteilung reicht, steht auf einem anderen Blatt. Wir müssen auf eine lange und zähe gerichtliche Auseinandersetzung gefaßt sein, von deren Ausgang die Bundesanwaltschaft nicht hundertprozentig überzeugt ist. Qin Shang wird seinerseits in die Offensive gehen und eine ganze Heerschar hochbezahlter und angesehener Washingtoner Anwälte aufbieten. Er hat die chinesische Regierung und einige hochrangige Kongreßabgeordnete auf seiner Seite, und außerdem, wie ich leider zugeben muß, möglicherweise auch das Weiße Haus. Wenn wir all die Gefälligkeiten und politischen Verpflichtungen bedenken, die er zweifellos einfordern wird, werden Sie feststellen, daß wir hier nicht gegen ein Leichtgewicht antreten, sondern gegen einen sehr mächtigen Mann mit besten Beziehungen.«

»Würde ihn die chinesische Führung denn nicht fallenlassen, wenn ein Riesenskandal droht?« erkundigte sich Frank Stewart.

Harper schüttelte den Kopf. »Aufgrund seiner Verdienste und seines Einflusses in Washington ist es so gut wie ausgeschlossen, daß ihm daraus politischer Schaden erwächst.«

»Aber sie haben doch sicher genug gegen ihn vorliegen, daß Sie Sungari dichtmachen und sämtliche Transporte durch die Qin Shang Maritime Limitd in die Vereinigten Staaten unterbinden können«, hakte Generalmajor Montaigne nach, der sich zum erstenmal zu Wort meldete.

»Ja, das steht in unserer Macht«, antwortete Harper. »Aber die chinesischen Waren im Wert von vielen Milliarden Dollar, die in die Vereinigten Staaten strömen, werden von den Schiffen der Qin Shang Maritime befördert, und zwar mit Unterstützung der chinesischen Regierung. Die wären ja selbst die Dummen, wenn sie untätig zusehen würden, wie wir Qin Shangs Reederei die Tür vor der Nase zuschlagen.« Er schwieg einen Moment und rieb sich die Schläfen. Harper, das war klar ersichtlich, ließ sich nicht gern auf eine Auseinandersetzung mit ungewissem Ausgang ein. »Im Augenblick können wir nicht mehr tun, als weitere Schlepperaktionen zu verhindern und darauf zu hoffen, daß er einen entscheidenden Fehler begeht.«

Es klopfte kurz an die Tür, und Lieutenant Stowe trat ein. Schweigend reichte er Captain Lewis eine Nachricht und verschwand wieder. Lewis überflog den Text und wandte sich dann an Frank Stewart, der auf der anderen Seite des Tisches saß. »Eine Funkmeldung von Ihrem Ersten Offizier, Captain. Er sagt, Sie möchten über jede neue Entwicklung hinsichtlich des Luxusliners *United States* auf dem laufenden gehalten werden.«

Stewart nickte zu Pitt hin. »Dirk ist derjenige, der die Fahrt des Schiffes flußaufwärts verfolgt.«

Lewis reichte Pitt die Nachricht. »Verzeihen Sie, daß ich sie gelesen habe, aber hier steht lediglich, daß die *United States* unter der Crescent City Connection und der Greater New Orleans Bridge hindurchgefahren ist und sich dem Riverwalk nähert, wo sie endgültig vor Anker gehen und als schwimmendes Hotel und Spielkasino dienen soll.«

»Besten Dank, Captain. Noch so ein undurchsichtiges Projekt, in dem Qin Shang seine schmierigen Finger drinstecken hat.«

»Ganz schöne Leistung, das Schiff flußaufwärts zu steuern«, sagte Montaigne. »Das ist so, als ob man eine Stecknadel durch einen Strohhalm bugsiert, ohne daß sie seitlich anstößt.«

»Schön, daß Sie hier sind, General«, sagte Pitt. »Ich habe nämlich ein paar Fragen, die nur Sie, der Sie sich auf dem Fluß bestens auskennen, beantworten können.«

»Ich will's gern versuchen.«

»Ich weiß, daß es verrückt klingt, aber ich könnte mir vorstellen, daß Qin Shang diesen eigenartigen Standort für seinen Hafen deshalb gewählt hat, weil er vorhat, einen Teil des Uferdamms zu zerstören und den Mississippi in den Atchafalaya umzuleiten. Damit wäre Sungari der wichtigste Hafen am Golf von Mexiko.«

Die anderen Anwesenden reagierten zunächst sichtlich zurückhaltend auf Pitts phantastische Idee – mit Ausnahme von Generalmajor Montaigne. Er nickte wie ein Professor, der einem Studenten eine Fangfrage gestellt und die richtige Antwort erhalten hat. »Es mag Sie vielleicht überraschen, Mr. Pitt, aber mir schwant schon seit einem halben Jahr so was ähnliches.«

»Den Mississippi umleiten?« wiederholte Captain Lewis bedächtig. »Viele Menschen, darunter auch ich, würden sagen, das ist undenkbar.«

»Undenkbar vielleicht, aber nicht unmöglich, nicht bei jemandem, der so durchtrieben und diabolisch ist wie Qin Shang«, sagte Giordino ungerührt.

Sandecker schaute nachdenklich in die Ferne. »Sie sind da auf eine Erklärung gestoßen, auf die man von Anfang an hätte kommen können, schon als mit dem Bau von Sungari begonnen wurde.«

Aller Augen wandten sich Montaigne zu, als Harper ihm die entscheidende Frage stellte. »Wäre das möglich, General?«

»Das Pioniercorps liegt seit über hundertfünfzig Jahren in stetem Kampf mit der Natur, um ebendiese Katastrophe zu verhindern«, antwortete Montaigne. »Wir leben ständig mit der Angst vor einer großen Flut, größer als alle, die seit Menschengedenken aufgetreten sind. Wenn das passiert, wird der Atchafalaya zum Hauptarm des Mississippi. Und der Abschnitt des ›Ol' Man River‹, der derzeit von Nordlouisiana über New Orleans zum Golf führt, wird zum Altwasser, sumpfig, verlandet und dem Einfluß der Gezeiten unterworfen. In vorgeschichtlicher Zeit ist es schon mal so gewesen, und es wird wieder so kommen. Wenn der Mississippi nach Westen fließen will, kann ihn keiner aufhalten. Es ist nur eine Frage der Zeit.«

»Wollen Sie damit sagen, daß der Mississippi seinen Lauf regelmäßig ändert?« fragte Stewart.

Montaigne stützte das Kinn auf den Griff seines Stockes. »Den Tag und die Stunden können wir nicht voraussagen, aber er hat sich im Verlauf der letzten sechstausend Jahre mehrmals ein neues Bett gegraben. Ohne menschliches Eingreifen, vor allem durch das Pioniercorps der US-Army, würde der Mississippi vermutlich schon jetzt durch das Atchafalaya-Tal und über die versunkenen Reste von Morgan City hinweg zum Golf strömen.«

»Angenommen, Qin Shang zerstört den Uferdamm und schlägt eine breite Bresche, durch die der Mississippi in den Kanal abfließen kann, den er droben am Atchafalaya hat stechen lassen«, sagte Pitt. »Was käme dabei heraus?«

»Eine einzige Katastrophe«, antwortet Montaigne. »Durch das Schmelzwasser hat der Fluß derzeit eine Strömungsgeschwindigkeit von gut zehn Stundenkilometern, und das heißt, daß sich eine gewaltige Flutwelle, vielleicht sechs, vielleicht auch zehn Meter hoch, in den Kanal ergießen und das ganze Tal überschwemmen würde. Zweihunderttausend Menschen wären in Gefahr, Millionen Hektar Acker- und Weideland würden vernichtet. Der Großteil des Marschlandes würde überflutet werden. Ganze Städte und Ortschaften würden weggeschwemmt werden. Hunderttausende von Tieren – Rinder, Pferde, aber auch Rehe, Kaninchen und anderes Wild – würden jämmerlich ersaufen. Sämtliche Austernbänke,

Krabbenzuchten und Catfish-Farmen würden vernichtet werden, weil sich durch die plötzliche Süßwasserzufuhr der Salzgehalt im Fluß verringert. Die Mehrzahl der Alligatoren und anderer Wasserbewohner würde verschwinden.«

»Das sind ja ziemlich düstere Aussichten, General«, sagte Sandecker.

»Das ist aber noch lange nicht alles«, sagte Montaigne. »Die Schäden für die Wirtschaft lassen sich gar nicht abschätzen. Durch die Flutwelle würden der Highway und die Eisenbahnbrücken einstürzen, die das Tal überspannen, so daß sämtliche Transportwege von Ost nach West unterbrochen wären. Elektrizitätswerke und Hochspannungsleitungen würden unterspült und zerstört werden, so daß auf Tausenden von Quadratkilometern die Stromversorgung zusammenbrechen würde. Morgan City würde vom Erdboden verschwinden. Die Pipelines, über die fast die ganze Ostküste mit Erdgas versorgt wird, würde es fortreißen.

Und dann wären da noch die immensen Schäden für die Industrie und Wirtschaft am alten Flußlauf«, fuhr er fort. »Baton Rouge würde zur Geisterstadt. Jegliche Flußschiffahrt käme zum Erliegen. Das Great American Ruhr Valley, das industrielle Herz des amerikanischen Südens mit seinen zahllosen Raffinerien, petrochemischen Betrieben und riesigen Getreidesilos, wäre zum Untergang verurteilt, da vom Fluß allenfalls ein verschmutztes Rinnsal übrigbliebe. Ohne Süßwasserzufuhr, ohne starke Strömung würde das Bett rasch verlanden. New Orleans, das mit einemmal von allen Handelsverbindungen abgeschnitten wäre, würde das gleiche Schicksal erleiden wie Babylon, Angkor Wat oder der Pueblo Bonito. Und ob es uns paßt oder nicht – sämtliche Hochseeschiffe würden künftig Sungari anlaufen. Alles in allem dürfte sich das leicht zu einem dreistelligen Milliardenbetrag summieren.«

»Ich krieg' schon beim bloßen Gedanken daran Kopfschmerzen«, murmelte Giordino.

»Apropos.« Montaigne wandte sich an Captain Lewis. »Sie haben nicht zufällig eine Flasche Whiskey an Bord?«

»Tut mir leid, Sir«, erwiderte Lewis kopfschüttelnd. »Auf einem Schiff der Küstenwache ist Alkohol nicht gestattet.«

»Fragen kann ja nichts schaden.«

»Wie würde der neue Flußlauf aussehen?« fragte Pitt den General.

»Derzeit regeln wir den Wasserstand des Mississippi droben an der Old River Control Structure, rund sechzig Kilometer flußaufwärts von Baton Rouge. Wir sorgen dafür, daß etwa dreißig Prozent des Wassers in den Atchafalaya abfließen und siebzig Prozent durch das jetzige Mississippi-Bett. Wenn sich die beiden vereinen und der Mississippi zudem auf einem viel kürzeren Weg zum Golf fließt als jetzt, wo er einen Riesenumweg über New Orleans macht, dann ergäbe das einen gewaltigen Fluß mit einer extrem hohen Strömungsgeschwindigkeit.«

»Besteht denn keine Möglichkeit, einen solchen Dammbruch zu flicken?« fragte Stewart.

Montaigne dachte einen Moment nach. »Wenn wir darauf vorbereitet wären, gäbe es schon Mittel und Wege. Aber je länger es dauert, bis wir unser Gerät vor Ort haben, desto breiter wird die Bruchstelle. Es sei denn, und das wäre unsere einzige Rettung, der Hauptstrom hält sich zunächst an sein altes Bett, bis der Damm so weit ausgespült ist, daß die ganzen Wassermassen hindurchfließen.«

»Wie lange würde das Ihrer Meinung nach dauern?«

»Schwer zu sagen. Zwei Stunden möglicherweise, vielleicht auch zwei Tage.«

»Könnte Qin Shang das beschleunigen, indem er beispielsweise quer im Mississippi Lastkähne versenkt, um die Strömung umzuleiten?« fragte Giordino.

Montaigne überlegte kurz. »Das müßte ein großer Schleppzug sein, wenn er über die ganze Breite des Mississippi reichen soll. Und selbst wenn es gelingen sollte, ihn quer zur Strömung zu stellen und zu versenken – was nicht mal den besten Schlepperkapitänen leichtfallen dürfte –, würde das Wasser in der Fahrrinne noch gut zehn Meter hoch drüber hinwegspülen. Lastkähne sind zu niedrig gebaut. Damit läßt sich der Strom nicht umleiten.«

»Wäre es denn nicht möglich, jetzt schon Gegenmaßnahmen einzuleiten?« fragte Captain Lewis. »Sie könnten doch ihre Männer samt dem schweren Gerät vor Ort bringen, damit sie sofort loslegen können, wenn Qin Shang den Damm zerstört.«

»Ja, möglich wäre das schon«, antwortet Montaigne. »Aber das wird den Steuerzahler teuer zu stehen kommen. Ich kann den Befehl dazu nicht erteilen, solange wir auf reine Mutmaßungen angewiesen sind. Möglicherweise haben wir Qin Shangs Absichten ja durchschaut, aber solange ich keine handfesten Beweise dafür habe, sind mir die Hände gebunden.«

»Ich glaube, meine Dame und meine Herren«, sagte Pitt, »daß wir uns zu sehr damit befassen, wie sich der Schaden bekämpfen läßt, wenn es zu spät ist.«

»Dirk hat recht«, versetzte Sandecker. »Wir sollten Qin Shangs Plan lieber durchkreuzen, bevor er ihn in die Tat umsetzen kann.«

»Ich kann mich ja mit dem zuständigen Sheriff in Verbindung setzen«, erbot sich Harper. »Er ist bestimmt dazu bereit, Leute abzustellen und den Damm bewachen zu lassen.«

»Ein guter Vorschlag«, sagte Montaigne. »Ich geh' noch einen Schritt weiter. General Oskar Olson, mein alter Klassenkamerad auf West Point, ist Oberbefehlshaber der Nationalgarde von Louisiana. Wenn ich ihn persönlich drum bitte, schickt er uns sicher ein paar Abteilungen zur Unterstützung.«

»Die Männer, die zuerst vor Ort sind, sollten die Sprengladungen suchen und nach Möglichkeit entschärfen«, sagte Pitt.

»Sie brauchen aber die nötigen Geräte, damit sie die Eisentür aufschweißen können, die Dirk und ich am Fuß des Dammes entdeckt haben«, warf Giordino ein. »Wahrscheinlich ist der Sprengstoff dort gebunkert.«

»Wenn die Bresche breit genug sein soll«, sagte Montaigne, »muß Qin Shang mindestens einen hundert Meter breiten Seitentunnel in den Gang gegraben und mit Sprengstoff gefüllt haben.«

»Ich gehe davon aus, daß Qin Shangs Ingenieure genau ausgerechnet haben, was nötig ist, um ein riesiges Loch in den Damm zu reißen«, sagte Pitt mit grimmiger Miene.

»Es tut gut zu wissen«, sagte Sandecker seufzend, »daß wir Qin Shang endlich mal am Wickel haben.«

»Jetzt müssen wir nur noch herausbekommen, wann der Drecksack loslegen will«, sagte Giordino.

In diesem Augenblick kam Lieutenant Stowe in die Messe und reichte Captain Lewis eine weitere Meldung. Mit schmalen Augen las er sie. Dann blickte er zu Pitt. »Das erklärt meiner Meinung nach vieles.«

»Falls die Nachricht für mich ist«, sagte Pitt, »dann lesen Sie sie bitte laut vor.«

Lewis nickte. »›An Mr. Dirk Pitt, NUMA, an Bord des Küstenwachenkutters *Weehawken*. Nehmen Sie bitte zur Kenntnis, daß der Passagierdampfer *United States* nicht in New Orleans angelegt hat. Ich wiederhole: Das Schiff hat nicht in New Orleans angelegt. Ungeachtet aller Vorbereitungen zu einem feierlichen Empfang, setzt es seine Fahrt flußaufwärts in Richtung Baton Rouge fort. Der Kapitän reagiert auf keinerlei Funksprüche.‹« Lewis blickte auf. »Was halten Sie davon?«

»Qin Shang hatte von Anfang an nicht vor, die *United States* als Hotel und Spielkasino in New Orleans vor Anker gehen zu lassen«, erklärte Pitt kurz und trocken. »Er will mit ihr den Mississippi umleiten. Wenn der dreihundert Meter lange und fast dreißig Meter hohe Rumpf quer im Mississippi versenkt wird, ist das Flußbett blockiert, und eine gewaltige Flutwelle ergießt sich durch den geborstenen Damm in den Atchafalaya.«

»Raffiniert«, murmelte Montaigne. »Und sobald die Flut mit voller Wucht durchgebrochen ist, gibt es kein Halten mehr. Nichts auf der Welt könnte sie dann noch aufhalten.«

»General, Sie kennen den Mississippi besser als jeder andere hier«, sagte Sandecker. »Wie lange dauert es Ihrer Meinung nach, bis die *United States* diesen Kanal unterhalb von Baton Rouge erreicht?«

»Kommt drauf an«, erwiderte der General. »Sie muß langsam fahren, sonst kommt sie mit ihren gewaltigen Ausmaßen nicht um die scharfen Biegungen, aber sobald es geradeaus geht, kann sie volle Fahrt machen. Von New Orleans bis zum Mystic-Kanal, kurz vor der Flußbiegung am Bayou Goula, sind es rund hundertsechzig Kilometer.«

»Da sie innen völlig ausgeschlachtet ist«, sagte Pitt, »liegt sie verhältnismäßig hoch, was sie um so schneller macht. Wenn sie unter Volldampf läuft, kann sie fast achtzig Kilometer pro Stunde schaffen.«

»Gnade Gott den Lastkähnen oder Vergnügungsdampfern, die ihr in die Quere kommen«, sagte Giordino.

Montaigne wandte sich an Sandecker. »Sie könnte in drei Stunden vor Ort sein.«

»Dann dürfen wir keine Minute mehr verlieren. Wir müssen sofort die Rettungsdienste verständigen und sie auffordern, Alarm zu schlagen und mit der Evakuierung der Anwohner im Atchafalaya-Tal zu beginnen«, sagte Lewis mit ernster Miene.

»Kurz vor halb sechs«, sagte Sandecker, nachdem er einen Blick auf seine Uhr geworfen hatte. »Wir haben noch bis heute abend um halb neun Zeit, diese Katastrophe zu verhindern.« Er schwieg einen Moment lang und rieb sich die Augen. »Wenn wir versagen, werden Hunderte, vielleicht sogar Tausende unschuldiger Menschen sterben, und ihre Leichen werden auf Nimmerwiedersehen in den Golf gerissen.«

Pitt und Julia standen noch einen Moment beisammen, nachdem die Besprechung zu Ende war und alle anderen die Messe verlassen hatten.

»Kommt mir so vor, als ob wir uns ständig voneinander verabschieden«, sagte sie. Sie ließ die Arme hängen und legte die Stirn an Pitts Brust.

»Eine dumme Angewohnheit, die wir unbedingt abstellen müssen«, sagte er leise.

»Ich wünschte, ich müßte nicht mit Peter nach Washington zurück. Aber Direktor Monroe hat mich einer Sonderkommission zugeteilt, die eine Anklage gegen Qin Shang vorbereiten soll.«

»Sie brauchen dich eben, damit ein Fall daraus wird.«

»Komm bitte bald heim«, flüsterte sie mit feuchten Augen.

Er umarmte sie und drückte sie an sich. »Du kannst in meinem Hangar wohnen. An meiner Alarmanlage und deinen Leibwächtern kommt so schnell keiner vorbei. Dort bist du in Sicherheit, bis ich zurückkomme.«

Trotz aller Tränen warf sie ihm einen schelmischen Blick zu. »Darf ich deinen Duesenberg fahren?«

Er lachte. »Wann bist du das letztemal mit Gangschaltung gefahren?«

»Noch nie«, sagte sie lächelnd. »Ich hatte immer Autos mit automatischem Getriebe.«

»Ich verspreche dir was. Sobald ich zurück bin, nehmen wir den Duesy und gehen picknicken.«

»Klingt verheißungsvoll.«

Er trat zurück und blickte sie mit seinen leuchtendgrünen Augen an. »Halte dich wacker, Kleines.«

Dann küßte er sie, und sie lösten sich voneinander und gingen ihrer Wege, ohne noch einen Blick zurückzuwerfen.

41

Der Nebel, der wie ein durchscheinender Schleier über dem dunklen Wasser hing, dämpfte sämtliche Laute auf dem Fluß. Die Reiher und Rallen, die lautlos am Ufer entlangstaksten und mit ihren langen, spitzen Schnäbeln im Schlick nach Futter pickten, spürten zuallererst, daß etwas Ungewöhnliches, noch nie Dagewesenes aus der Nacht nahte. Zunächst war es nur ein leichtes Beben im Wasser, das jäh anschwoll und in ein lautes Dröhnen überging, bei dem sich rundum sämtliche Vögel in die Luft aufschwangen.

Die wenigen Menschen, die nach dem Abendessen auf dem Uferdamm spazierengingen und die Lichter der vorbeifahrenden Boote betrachteten, waren zunächst verdutzt, als plötzlich eine gewaltige Silhouette auf dem Fluß auftauchte. Und dann schälte sich das riesige Schiff mit dem schnittigen, hochaufragenden Bug aus dem Dunst. Trotz seiner riesigen Ausmaße pflügte es scheinbar mühelos flußaufwärts. An der scharfen Flußbiegung beim Nine Mile Point wühlten die vier Bronzeschrauben trotz niedrigster Drehzahl das Wasser derart auf, daß die Wogen fast bis zu den Dammkronen hochschlugen, etliche kleinere Schiffe zerschlugen, die am Ufer vertäut waren, und ein gutes Dutzend Menschen in den Fluß rissen. Und sobald die *United States* wieder auf ein gerades Stück kam, liefen die Maschinen mit voller Kraft, und sie fuhr mit unglaublicher Geschwindigkeit flußaufwärts.

Aus dem Ruderhaus drang ein gespenstischer Lichtschein, doch ansonsten war sie, von einer weißen Lampe am Fuß des gestutzten Vormastes und den Positionslichtern einmal abgesehen, in Dunkelheit gehüllt. Niemand zeigte sich an Deck, lediglich auf der Brücke waren ab und zu schemenhafte Gestalten zu sehen. Und eh man sich versah, war sie vorbei, wie ein Dinosaurier, der durch eine seichte Lagune prescht. Schattengrau ragten die weißen Aufbauten in die Dunkelheit, und der schwarze Rumpf verschwand in der Nacht. Sie trug keine Flagge, so daß man sie nur am Namenszug an Bug und Heck identifizieren konnte.

Kurz bevor sie wieder vom Dunst verschluckt wurde, schien sich an Bord etwas zu tun. Männer huschten über die Decks, nahmen ihre Gefechtsposition ein und brachten eine Reihe tragbarer Raketenwerfer in Stellung. Die Kampftruppen bereiteten sich auf einen Angriff der amerikanischen Einsatzkräfte vor. Das hier waren keine gedungenen Söldner oder Amateurrambos. Es war eine Eliteeinheit, handverlesen, tollkühn, eigens für diesen Einsatz ausgebildet und zu allem entschlossen. Sie würden eher Selbstmord begehen oder im Kampf fallen als sich ergeben. Aber wenn alles nach Plan lief, würden sie per Hubschrauber ausgeflogen werden, bevor das Schiff in den Fluten versank.

Kapitän Hung-tschang hatte sich an den überraschten und dann erschrockenen Mienen der zigtausend Menschen geweidet, die in New Orleans die Ufer des Mississippi gesäumt und auf die Ankunft der *United States* gewartet hatten. Nachdem er einen Raddampfer namens *Natchez IX* überholt hatte, befahl er volle Kraft voraus. Lächelnd hatte er zur Stadt zurückgeblickt, als der große Dampfer einfach weiterfuhr und einen kleinen Kabinenkreuzer, der ihm in die Quere kam, samt der Insassen zertrümmerte. Er hatte schallend gelacht, als er die Gesichter des Empfangskomitees, darunter der Gouverneur von Louisiana, der Bürgermeister von New Orleans und weitere Würdenträger, gesehen hatte. Wie vom

Donner gerührt hatten sie dagestanden, als die *United States* einfach weitergefahren war, vorbei am Kai, an dem sie vermeintlich vor Anker gehen und mit prunkvollen Räumen, Restaurants, Ladengeschäften und Spieltischen hätte ausgestattet werden sollen.

Auf den ersten fünfzig Kilometern waren ihnen zahllose Jachten, Motorboote und Fischkutter nachgefahren. Zudem wurden sie von einem Kutter der Küstenwache verfolgt, und auf dem parallel zum Fluß verlaufenden Highway rasten etliche Streifenwagen neben ihnen her. Hubschrauber der lokalen Fernsehsender von New Orleans umkreisten das Schiff, damit die Kamerateams das großartige Schauspiel einfangen konnten. Wiederholt wurde Hung-tschang dazu aufgefordert, die Maschinen zu stoppen, doch er dachte nicht daran. Dann kam wieder eine gerade Strecke, auf der das große Schiff eine derart unglaubliche Geschwindigkeit vorlegte, daß der Kutter der Küstenwache und der letzte Kabinenkreuzer hoffnungslos zurückfielen.

Bei Einbruch der Dunkelheit näherte sich Hung-tschang der ersten Brücke. Daß die Fahrrinne von New Orleans nach Baton Rouge zusehends schmäler wurde – am Anfang war sie dreihundert, später nur noch hundertfünfzig Meter breit –, bereitete ihm kaum Kopfzerbrechen. Bei einer Wassertiefe von rund zwölf Metern war er einigermaßen sicher. Der Rumpf maß an der breitesten Stelle rund dreißig Meter, verjüngte sich aber zur Wasserlinie hin. Wenn das Schiff durch den Panamakanal gekommen war, so überlegte Hung-tschang, dann müßte es bei rund sechzig Metern Abstand zu beiden Ufern auch in den engen Biegungen noch genügend Spielraum haben. Wirkliche Sorgen bereiteten ihm hingegen die sechs Brücken, die den Fluß überspannten, zumal der Wasserstand durch die Frühjahrsflut um rund vier Meter gestiegen war.

Mit knapper Not fuhr die *United States* sowohl unter der Crescent City Connection als auch unter der Huey P. Long Bridge durch, deren tiefsten Bogen sie mit den Spitzen ihrer Schornsteine streifte. Bei den nächsten beiden Brücken, der Luling und der Gramercy Bridge, hatte sie sogar knapp dreieinhalb Meter Spielraum. Damit blieb nur noch die Sunshine Bridge bei Donaldsonville, und unter der, so hatte Hung-tschang ausgerechnet, müßten ihr auch rund zwei Meter Sicherheitsabstand bleiben. Danach gab es, vom Schiffsverkehr einmal abgesehen, keine Hindernisse mehr, so daß der Dampfer freie Fahrt bis zum Mystic-Kanal hatte.

Allmählich verflogen auch die letzten Befürchtungen und Bedenken, die Hung-tschang noch gehabt hatte. Es herrschte kein starker Wind, der das Schiff vom Kurs hätte abbringen können. Ming Lin lotste es gekonnt und meisterhaft um die kitzeligen Flußbiegungen. Vor allem aber, und das war das wichtigste, hatte er das Überraschungsmoment auf seiner Seite. Ehe die Amerikaner begriffen, was da eigentlich vor sich ging, wäre es bereits zu spät. Bis dahin wollte Hung-tschang das Schiff schon an der Stelle versenkt haben, an der das Wasser durch den gesprengten Uferdamm umgeleitet werden sollte, und mitsamt seiner Besatzung auf dem Rückflug nach Sungari sein, wo die *Sung Lien Star* zum Auslaufen bereit lag. Je näher die *United States* ihrem Ziel kam, desto weniger Sorgen machte er sich.

Plötzlich spürte er, wie eine leichte Erschütterung durch den Rumpf ging, zuckte zusammen und warf einen kurzen Blick zu Ming Lin, um festzustellen, ob er vielleicht einen Fehler begangen oder sich verschätzt hatte. Er entdeckte lediglich ein paar Schweißtropfen auf der Stirn seines Ersten Offiziers, der mit zusammengepreßten Lippen am Ruder stand und das Schiff um die Biegung steuerte. Dann kam wieder ein gerades Stück, und Hung-tschang spürte nur mehr das Stampfen der wieder mit voller Kraft laufenden Maschinen.

Hung-tschang stand breitbeinig auf der Brücke. Noch nie hatte er ein Schiff mit einer derartig unbändigen Kraft geführt: zweihundertvierzigtausend PS, sechzigtausend für jede der vier gewaltigen Schrauben, die sie mit einer geradezu unglaublichen Geschwindigkeit von achtzig Stundenkilometern flußaufwärts trieben. Er betrachtete sein Spiegelbild im vorderen Brückenfenster und stellte fest, daß er ruhig und gelassen wirkte. Er lächelte, als das Schiff an einem großen, am Ufer stehenden Haus mit einem Flaggenmast vorbeizog, an dem die Stars & Bars gehißt waren, das alte Banner der Konföderation. Bald, sehr bald schon, würde die Flagge nicht mehr über dem mächtigen Mississippi wehen, sondern über einem schlammigen Rinnsal.

Auf der Brücke herrschte eine eigenartige Stille. Hung-tschang brauchte keine lautstarken Befehle zum Ändern des Kurses oder der Fahrgeschwindigkeit zu erteilen. Ming Lin hatte das Schiff voll im Griff. Er hielt das Ruder mit beiden Händen und blickte auf einen großen Monitor, auf dem, durch Infrarotkameras an Bug und Heck übermittelt, ein dreidimensionales Abbild des Schiffes sowie seiner Position auf dem Fluß zu sehen waren. Außerdem wurden am unteren Rand des Monitors Kursempfehlungen und Anweisungen zur Geschwindigkeit eingespielt, mit deren Hilfe er das Schiff sicherer und genauer steuern konnte, als es bei Tageslicht und mit bloßem Auge möglich gewesen wäre.

»Wir haben einen Schlepper mit zehn Lastkähnen vor uns«, meldete Ming Lin.

Hung-tschang griff zum Schiffsfunkgerät. »An den Kapitän des Schleppers, der sich St. James Landing nähert. Wir überholen Sie. Wir sind eine halbe Meile hinter Ihnen und werden auf dem Cantrelle Reach Steuerbord an Ihnen vorbeifahren. Wir sind dreißig Meter breit, also geben Sie uns bitte genügend Platz.»

Der Schlepperkapitän antwortete nicht, doch als die *United States* in das Cantrelle Reach bog, sah Hung-tschang durch sein Nachtglas, wie der Schlepper langsam, viel zu langsam nach Backbord beidrehte. Der Kapitän indessen, der die Nachrichten aus New Orleans nicht verfolgt hatte, hatte keine Ahnung, was für ein Koloß da mit unglaublicher Geschwindigkeit auf ihn zuhielt.

»Er wird's nicht rechtzeitig schaffen«, wandte Ming Lin in aller Ruhe ein.

»Können wir die Fahrt drosseln?« fragte Hung-tschang.

»Wenn wir nicht jetzt vorbeiziehen, wird es schwierig. Danach kommt eine Reihe von Flußbiegungen, und da ist es unmöglich.«

»Dann also jetzt oder nie.«

Ming Lin nickte. »Vom programmierten Kurs sollten wir nicht abweichen. Das könnte das ganze Unternehmen gefährden.«

Hung-tschang griff erneut zum Funkgerät. »Kapitän, geben Sie bitte rasch den Weg frei, sonst fahren wir Sie über den Haufen.«

Der Schlepperkapitän meldete sich aufgebracht: »He, der Fluß gehört euch nicht allein, Charlie Brown. Was fällt euch ein, mir so zu drohen?«

Hung-tschang schüttelte mißmutig den Kopf. »Ich glaube, Sie sollten lieber einen Blick nach achtern werfen.«

Daraufhin ertönte ein ersticktes Aufkeuchen. »Jesses! Wo kommt *ihr* denn her?«

Dann drehten der Schlepper und die Lastkähne rasch nach Backbord ab. Das Ausweichmanöver kam zwar noch rechtzeitig, doch die gewaltige Welle, die der Ozeandampfer mit seinen über vierzigtausend Tonnen Wasserverdrängung aufwühlte, spülte über den Schleppzug hinweg und warf ihn auf den Uferdamm.

Zehn Minuten später fuhr das Schiff um Point Houmas herum – benannt nach einem Indianerstamm, der einst hier gelebt hatte –, zog an der Stadt Donaldsonville vorbei und passierte mühelos die Sunshine Bridge. Als die Lichter der Brücke hinter der Flußbiegung verschwanden, gönnte sich Hung-tschang eine Tasse Tee.

»Nur noch zwanzig Kilometer, dann sind wir da«, sagte Ming Lin. Er sprach so beiläufig, als äußere er sich über das milde Klima. »Zwanzig, allenfalls fünfundzwanzig Minuten noch.«

Hung-tschang trank gerade den letzten Schluck Tee, als sich ein Besatzungsmitglied, das auf der Steuerbordbrückennock Wache stand, durch die Tür ins Ruderhaus beugte. »Flugzeuge, Kapitän. Sie nähern sich von Norden. Klingt wie Hubschrauber.«

Hung-tschang wünschte jetzt, er hätte ein Radargerät. Aber da dies die letzte Fahrt der *United States* war, hatte Qin Shang nicht eingesehen, wieso er sich überflüssige Kosten aufbürden sollte. »Können Sie feststellen, wie viele?«

»Ich zähle zwei. Kommen flußabwärts direkt auf uns zu«, erwiderte der Wachmann, während er durch sein Nachtglas spähte.

Kein Grund zur Aufregung, dachte Hung-tschang. Entweder waren es Polizeihubschrauber, die nichts gegen sie ausrichten konnten – sie konnten sie allenfalls auffordern, die Maschinen zu stoppen –, oder sie waren von Fernsehteams gechartert worden. Er setzte sein Nachtglas an und blickte flußaufwärts. Und mit einemmal strafften sich die Sehnen an seinem Hals, als er erkannte, daß es Militärmaschinen waren.

Im gleichen Moment ging eine lange Reihe schwerer Scheinwerfer an, die den Fluß in gleißendes Licht tauchten, und auf der gegenüberliegenden Dammseite fuhr ein Zug Panzer auf, die ihre Kanonen auf das vorüberziehende Schiff richteten. Hung-tschang war überrascht, als er keine Raketenwerfer sah. Und da er von militärischen Waffensystemen wenig verstand, erkannte er auch die alten M1A1-Panzer der Nationalgarde mit ihren 105-Millimeter-Kanonen nicht. Aber er wußte sehr wohl, welche Schäden sie auf einem nicht gepanzerten Passagierschiff anrichten konnten.

Die beiden Hubschrauber, zwei Sikorsky H-76 Eagle, scherten aus und flogen links und rechts in Höhe des Oberdecks vorbei. Dann drehte der eine bei und schwebte über dem Heck, während der andere das Schiff umkreiste, auf Höhe der Brücke ging und einen Suchscheinwerfer in das Ruderhaus richtete.

Eine blecherne Stimme übertönte das Dröhnen der Rotorblätter. »Halten Sie auf der Stelle die Maschinen an!«

Hung-tschang ging nicht auf den Befehl ein. Er haderte mit dem Schicksal, das sich mit einemmal gegen ihn gewandt hatte. Irgendwie mußten die Amerikaner gewarnt worden sein. Sie wußten Bescheid! Verflucht seien sie, die fremden Teufel! Sie wußten, daß Qin Shang den Damm zerstören und mit Hilfe des Ozeandampfers den Fluß umleiten wollte.

»Stoppen Sie auf der Stelle!« ertönte wieder die Lautsprecherstimme. »Wir kommen an Bord und übernehmen das Schiff!«

Hung-tschang zögerte, überlegte fieberhaft, ob er sich auf ein Gefecht einlassen sollte. Er zählte sechs Panzer droben auf der Deichkrone. Aber mit Panzerkanonen allein ließ sich ein Schiff dieser Größe nicht versenken, und Raketen mit hoher Sprengkraft sah er nirgendwo. Er warf einen Blick auf seine Uhr. Nur noch fünfzehn Minuten bis zum Bayou Goula und zum Mystic-Kanal. Einen Moment lang überlegte er, ob er die Maschinen stoppen und sich dem amerikanischen Militär ergeben sollte. Doch sein Ehrgefühl siegte. Wenn er jetzt aufgab, verlor er das Gesicht. Er durfte keine Schmach über seine Familie bringen. Er entschloß sich zur Weiterfahrt.

Wie zur Bestätigung feuerte einer der chinesischen Einzelkämpfer eine russische SA-7-Rakete mit Hitzesucher auf den über dem Heck schwebenden Helikopter ab. Aus zweihundert Metern Entfernung hätte er ihn selbst ohne Zielsuchgerät nicht verfehlen können. Die Rakete traf den Hubschrauber unmittelbar hinter dem Rumpf und riß den Heckausleger ab. Der Helikopter, der sich ohne Seitenrotor nicht mehr steuern ließ, drehte sich um die eigene Achse und stürzte in den Fluß. Die beiden Piloten und die zehn Nationalgardisten, die darin saßen, konnten sich mit knapper Not retten, bevor er unterging.

Die Männer in dem Hubschrauber, der über der Brücke des Luxusliners schwebte, hatten weniger Glück. Die nächste Rakete zerriß ihn in tausend glühende Trümmer. Sie regneten auf den dunklen Fluß hinab, wo sie von den Schiffsschrauben untergepflügt wurden.

Im Donner und Getöse nahm niemand das tiefe Summen wahr, das sich flußabwärts näherte. Und weder Hung-tschang noch seine chinesischen Elitekämpfer bemerkten die beiden schwarzen Gleitschirme, die am nächtlichen Sternenhimmel vorüberhuschten. Aller Augen waren auf die Panzerkanonen gerichtet, jeder machte sich auf das verheerende Feuer gefaßt, das jeden Moment über sie hereinbrechen konnte.

Kapitän Hung-tschang griff zum Schiffstelefon und meldete sich im Maschinenraum. »Alle Maschinen volle Kraft voraus«, sagte er ruhig.

42

Zehn Minuten zuvor hatten Pitt und Giordino auf einem Schulhof unweit des Flusses Helme aufgesetzt, waren in ein Tragegeschirr geschlüpft und hatten sich kleine, auf einer Art Rucksack sitzende Motoren um die Schultern geschnallt. Danach hatten sie sich knapp zehn Meter breite Schirme mit über fünfzig Zugleinen umgehängt und die kleinen, nur drei PS starken Motoren angeworfen, die aussahen, als stammten sie aus einem Rasenmäher oder einer Kettensäge. Der Tarnung halber waren sie eigens gedämpft worden, so daß man nur ein leises Tuckern hörte. Sofort kamen die Propeller, die an einen großen Ventilator mit Gittergehäuse erinnerten, in Schwung. Pitt und Giordino rannten ein paar Meter, bis sich die zweihundert Quadratmeter großen Schirme aufblähten, und hoben dann ab.

Neben dem Stahlhelm trugen Giordino und Pitt kugelsichere Westen. Giordino hatte sich Pitts Aserma Bulldog um die Brust geschnallt, und Pitt hatte seinen altgedienten Colt dabei. Schwerere Waffen hätten die Gleitschirme und die schwachen Motoren kaum getragen. Aber es gab auch noch andere Gründe. Sie wollten sich auf keinerlei Auseinandersetzung einlassen, sondern so schnell wie möglich zur Brücke vordringen und das Schiff in ihre Gewalt bringen. Ein Sturmtrupp der Nationalgarde sollte unterdessen die Kampfeinheiten an Bord binden.

Viel zu spät, erst als sie längst in der Luft waren, hatten sie gesehen, wie die beiden Militärhubschrauber abgeschossen worden waren.

Knapp eine Stunde nachdem die *United States* durch New Orleans gefahren war, hatten sich Pitt und Giordino in Baton Rouge, der Hauptstadt von Louisiana, mit General Oskar Olson getroffen, General Montaignes altem Klassenkameraden, der die Nationalgarde des Staates befehligte. Er hatte ihnen schlichtweg verboten, seinen Sturmtrupp zu begleiten. Auch ihre Einwände, daß sie Ingenieure seien, sich an Bord der *United States* auskannten und daher die Brücke stürmen und das Schiff stoppen könnten, bevor es den Bayou Goula erreichte, nützten nichts.

»Das ist Sache des Militärs«, hatte Olson erklärt und sich mit der Faust in die offene Hand geschlagen. Für einen Endfünfziger wirkte er ziemlich jugendlich und bester Dinge. Er war etwa genauso groß wie Pitt, ein bißchen strammer um die Taille vielleicht, wie es bei einem Mann in seinem Alter nicht ungewöhnlich war. »Es könnte zu Blutvergießen kommen. Ich kann nicht zulassen, daß Zivilisten in Mitleidenschaft gezogen werden, und ganz gewiß nicht Sie, Mr. Pitt, der Sohn eines Senators. Auf das Theater kann ich verzichten. Wenn meine Männer das Schiff nicht anhalten können, erteile ich ihnen den Befehl, es auf Grund zu setzen.«

»Ist das alles, was Ihnen dazu einfällt?«

»Wie soll ich denn sonst ein Schiff aufhalten, das so groß ist wie das Empire State Building?«

»Die Länge des Schiffs entspricht in etwa der Flußbreite unterhalb von Baton Rouge. Wenn niemand am Ruder steht, der sich mit der Bordelektronik auskennt, könnte es leicht passieren, daß sich das Schiff querstellt und mit Bug und Heck am Uferdamm verkeilt. Dann käme monatelang jeglicher Schiffsverkehr zum Erliegen.«

»Tut mir leid, meine Herren, ich lasse nicht mit mir reden«, sagte Olson lächelnd und entblößte eine nicht ganz vollständige Reihe weißer Zähne. »Erst wenn wir das Schiff in unsere Gewalt gebracht haben, werde ich gestatten, daß Sie und Mr. Giordino sich an Bord begeben. Dann können Sie von mir aus loslegen und den Koloß sicher vor Anker bringen, so daß er die Flußschiffahrt nicht mehr gefährdet.«

»Wenn Sie nichts dagegen haben, General«, versetzte Pitt kühl, »werden Al und ich selbst zusehen, wie wir an Bord kommen.«

Olson nahm Pitts Worte zunächst gar nicht zur Kenntnis. Seine braungrünen Augen waren in weite Ferne gerichtet. Er sah aus wie ein alter Krieger, der seit zwanzig Jahren nicht mehr zum Einsatz gekommen war und plötzlich wieder Pulverdampf witterte. »Ich warne Sie, Mr. Pitt. Ich werde mir von Ihnen nicht ins Handwerk pfuschen lassen. Sie *werden* sich an meine Befehle halten.«

»Dürfte ich noch eine Frage stellen, General?« sagte Giordino.

»Nur zu.«

»Was ist, wenn Ihre Leute das Schiff nicht in ihre Gewalt bringen?«

»Ich habe vorsichtshalber einen Zug Panzer, zwei Panzerhaubitzen und einen 106-Millimeter-Mörser auf Selbstfahrlafette ein paar Meilen flußabwärts in Stellung gebracht. Damit kann ich die *United States* jederzeit zu Klump schießen.«

Pitt warf General Olson einen überaus skeptischen Blick zu, äußerte sich aber nicht dazu.

»Wenn das alles war, meine Herren, werde ich mich jetzt um die Angriffsvorbereitungen kümmern.« Damit begab er sich wieder in sein Büro und schloß die Tür hinter sich – wie ein Schulrektor, der soeben zwei unartige Buben abgekanzelt hat.

Damit wäre das Landemanöver der Nationalgarde schon mal mächtig in die Hose gegangen, dachte Giordino spöttisch, während er knapp fünfzehn Meter hinter Pitt dahinflog. Er konnte sich lebhaft ausmalen, was für ein Kugelhagel sie empfangen würde. Und zu allem Überdruß drohte ihnen auch noch schwerer Beschuß durch die Kanonen der Nationalgarde.

Mitten in der Nacht auf einem Schiff zu landen, das ziemlich hohe Fahrt machte, war alles andere als ein Kinderspiel, dachte Pitt unterdessen. Entweder riskierten sie, daß sie sich die Knochen brachen, oder sie holten es nicht ein. Denn da sie mit ihren Gleitschirmen nur etwa halb so schnell wie das Schiff waren, mußten sie den Fallwind nutzen.

Möglicherweise wäre es weniger riskant, flußabwärts zu fliegen und das Schiff zu umkreisen, wenn es an der scharfen Flußbiegung bei der Evan-Hall-Plantage die Maschinen drosseln mußte.

Pitt trug eine gelbe Brille, die ihm in der Dunkelheit die Sicht erleichterte, und orientierte sich anhand der hell erleuchteten Häuser und der Autoscheinwerfer zu beiden Seiten der Dämme. Der Schirm war zwar voll steuerbar, aber er kam sich trotzdem vor, als fiele er in eine tiefe Grube, in der unsägliche Monster seiner harrten. Jetzt sah er das riesige Schiff zum erstenmal, und er traute seinen Augen kaum, als es aus der Nacht auftauchte und mit seinen mächtigen Schornsteinen dunkel dräuend vor ihm aufragte.

Wehe, wenn sie sich verschätzten und an die Aufbauten prallten! Einen Moment lang hatte er gute Lust, abzudrehen und vorbeizufliegen. Al, das wußte er ganz genau, würde ihm ohne zu zögern folgen – egal wohin. Er sprach in sein Helmmikrofon.

»Al?«

»Hier.«

»Siehst du das Schiff?«

»So als ob ich im Tunnel auf dem Gleis stehe und den Zug auf mich zukommen sehe.«

»An der nächsten Biegung muß es langsamer fahren. Dort haben wir die einzige Chance, es zu packen, bevor es wieder aufdreht.«

»Grade rechtzeitig zum kalten Büfett, will ich doch hoffen«, versetzte Giordino, der seit dem Frühstück immer noch nichts in den Bauch bekommen hatte.

»Ich schere nach links aus und lande hinter dem zweiten Schornstein.«

»Ich häng' mich dran«, antwortete Giordino trocken. »Paß auf die Lüfterköpfe auf und geh mir rechtzeitig aus dem Weg.«

Pitt und Giordino stellten die Motoren ab, die sie jetzt nicht mehr brauchten und die sie allenfalls verraten könnten, zogen das linke Steuerseil, scherten aus und drehten über dem östlichen Flußdamm bei. Dann stießen sie wie zwei geflügelte Wesen aus unvordenklicher Zeit auf das nahende Schiff herab, zogen ihre Fluggeräte herum und setzten von hinten zur Landung an, so wie einst die Hobos, die legendären Landstreicher aus Amerikas glorreicher Vergangenheit, auf die vorüberfahrenden Güterzüge gesprungen waren.

Kein Schuß schlug ihnen entgegen, als sie mit ihren Schirmen niedergingen. Die Männer, die das Schiff verteidigen sollten, hatten sie überhaupt nicht wahrgenommen. Offenbar achteten die chinesischen Kampftruppen nicht mehr auf den Luftraum, nachdem sie die beiden Hubschrauber abgeschossen hatten.

Als das Oberdeck mit den zu beiden Seiten aufragenden Lüfterköpfen in Sicht kam, zog Pitt die beiden hinteren Steuerseile nach unten, so daß sich der Gleitschirm aufstellte und den Fall abfing. Weich und nahezu lautlos ging er hinter dem Mast nieder. Ohne sich lange zu der gelungenen Landung zu beglückwünschen, holte er den Schirm ein und schnallte ihn mitsamt dem Motor ab. Keine drei Sekunden später stieß Giordino aus dem nachtdunklen Himmel herab und setzte keine zwei Meter von ihm entfernt mühelos auf.

»Ist das der Augenblick, in dem man ›So weit – so gut‹ sagt?« meinte Giordino leise, während er Schirm und Motor abschnallte.

»Bislang sind die Knochen heil geblieben, und keiner hat auf uns geschossen«, flüsterte Pitt. »Was wollen wir mehr?«

Im Schatten des Schornsteins rückten sie vor. Während Giordino in der Dunkelheit nach vorn sicherte, stellte Pitt sein Helmfunkgerät auf eine andere Frequenz ein und setzte sich mit Rudi Gunn in Verbindung, der mit den Männern des Sheriffs und ein paar Sprengstoffexperten der Army oben am Highway über dem Mystic-Kanal war.

»Rudi, Pitt hier. Kannst du mich hören?«

Bevor er eine Antwort erhielt, donnerte die Aserma Bulldog und unmittelbar darauf ratterten Schnellfeuerwaffen. Er fuhr herum und sah, daß Giordino ein Knie aufgestützt hatte und auf ein unsichtbares Ziel am anderen Ende des Oberdecks anlegte.

»Die Eingeborenen sind uns anscheinend nicht freundlich gesinnt«, sagte Giordino mit geradezu unerschütterlicher Ruhe. »Offenbar hat einer unsere Motoren gehört und wollte sich umsehen.«

»Rudi, melde dich bitte«, rief Pitt in das Helmmikrofon. »Verdammt noch mal, Rudi, nun komm schon.«

»Ich höre dich, Dirk«, war Gunns Stimme klar und deutlich zu vernehmen. »Seid ihr auf dem Schiff?«

Gunn hatte kaum gesprochen, als Giordino wieder zwei Schüsse mit der Schrotflinte abgab. »Hier wird's allmählich heiß«, sagte er. »Meiner Meinung nach sollten wir uns langsam verdrücken.«

»Sind an Bord, beide heil und im Moment noch unversehrt«, antwortete Pitt auf Gunns Frage.

»Waren das eben Schüsse?« dröhnte Admiral Sandeckers Stimme über Funk.

»Al hat bloß das Silvesterfeuerwerk ein bißchen zu früh abgebrannt. Hat man den Sprengstoff gefunden und die Zünder entschärft?«

»Schlechte Nachrichten«, erwiderte Sandecker düster. »Die Nationalgarde hat die Türen mit einer leichten Ladung aufgesprengt, aber dahinter war nichts. Der Tunnel ist leer.«

»Da komme ich nicht mit, Admiral.«

«Ich sag's ja ungern, aber da war kein Sprengstoff. Sieht nicht so aus, als ob Qin Shang hier in der Nähe einen Damm sprengen will.«

43

Auf dem Straßendamm über dem Mystic-Kanal war es taghell. Scheinwerferbatterien und rote und blaue Blinklichter tunkten den Fluß und das umliegende Land in einen gespenstischen Schein. Acht Militärfahrzeuge mit Tarnanstrich standen hier, dazwischen ein gutes Dutzend Streifenwagen von der Dienststelle des Sheriffs im Iberville Parish. Der Highway war nach Nord und Süd weiträumig abgesperrt.

Die Männer, die neben einem olivgrünen Stabswagen beisammenstanden, wirkten zutiefst besorgt. Admiral Sandecker, Rudi Gunn, Sheriff Louis Marchand und General Olson sahen aus, als hätten sie sich hoffnungslos in einem Irrgarten verlaufen. General Olson war außer sich.

»Zum Narren gehalten«, knurrte er wütend. Seit er erfahren hatte, daß seine Hubschrauber abgeschossen worden waren und zwölf seiner Männer den Tod gefunden hatten, wirkte er weit weniger großspurig. »Man hat uns zum Narren gehalten. Daß hier ein Damm in die Luft gejagt werden soll, das ist doch alles bloß Gerede. Wir haben es hier mit einer internationalen Terrorbande zu tun. Darauf läuft's hinaus.«

»Ich glaube, ich muß dem General zustimmen«, sagte Sheriff Marchand. Er war alles andere als ein Hinterwäldler – schlank, gut gekleidet, tadellose Manieren, weltgewandt und mit allen Wassern gewaschen. »Mir ist das von Anfang an höchst unglaubwürdig vorgekommen, daß jemand den Deich sprengen und den Fluß umleiten will. Die Terroristen, die offenbar die *United States* gestohlen haben, haben was ganz anderes vor.«

»Das sind keine Terroristen im herkömmlichen Sinn«, sagte Sandecker. »Wir wissen genau, wer hinter dieser Sache steckt. Und das Schiff wurde auch nicht gestohlen. Wir haben es hier mit einem unglaublich raffinierten Unternehmen zu tun, einem Unternehmen, bei dem Geld keine Rolle spielt. Bei dem es nur darum geht, den Mississippi zum Hafen Sungari umzuleiten.«

»Klingt wie eine Ausgeburt der Phantasie«, versetzte der Sheriff.

»Eher wie ein Alptraum«, sagte Sandecker tonlos. Er schaute Marchand in die Augen. »Welche Schritte hat man zur Evakuierung der Bevölkerung im Atchafalaya-Tal unternommen?«

»Das Militär und die Mitarbeiter sämtlicher Sheriff-Dienststellen weisen die Bewohner der Farmen, Städte und umliegenden Ortschaften auf eine mögliche Flutgefahr hin und fordern sie auf, sich zu höher gelegenen Landstrichen zu begeben«, erwiderte der Sheriff. »Falls es zu einer Katastrophe kommen sollte, hoffen wir die Anzahl der Opfer auf ein Mindestmaß beschränken zu können.«

»Die meisten Anwohner werden das aber nicht mehr rechtzeitig erfahren«, sagte Sandecker todernst. »Wenn der Damm bricht, müssen sämtliche Totengräber von hier bis zur texanischen Grenze Überstunden machen.«

»Wenn Ihre und Commander Gunns Schlußfolgerungen richtig sind«, sagte Marchand, »was Gott verhindern möge, ist es bereits zu spät für eine umfassende Sprengstoffsuche am Fluß. Das Schiff wird irgendwann im Laufe der nächsten Stunde hier –«

»Eher in den nächsten fünfzehn Minuten«, unterbrach ihn Sandecker.

»Die *United States* wird nicht bis hierher kommen«, sagte Olson im Brustton der Überzeugung. Er schwieg einen Moment und warf einen Blick auf seine Uhr. »Eine Kampftruppe meiner Nationalgarde unter dem Kommando von Colonel Bob Turner, einem hochdekorierten Veteranen aus dem Golfkrieg, müßte jede Minute auf dem Damm in Stellung gehen und sich feuerbereit machen.«

»Das ist, als ob Sie einen Schwarm Bienen auf einen Grizzlybär ansetzen«, knurrte Sandecker. »Sobald das Schiff in Reichweite Ihrer Artillerie kommt, haben Ihre Männer allenfalls acht bis zehn Minuten Zeit, ehe es wieder hinter der nächsten Flußbiegung verschwindet. Und in der kurzen Zeit, das kann ich Ihnen als alter Seemann versichern, ist ein Schiff von der Größe der *United States* nicht mal mit fünfzig Kanonen aufzuhalten.«

»Unsere panzerbrechenden Hochgeschwindigkeitsgeschosse werden kurzen Prozeß mit ihr machen«, beharrte Olson.

»Sie haben es mit einem Dampfer zu tun, Sir, nicht mit einem gepanzerten Schlachtschiff. Die Aufbauten sind nicht aus Stahl, sondern aus Aluminium. Da gehen Ihre panzerbrechenden Granaten glatt durch, ohne zu explodieren, es sei denn, Sie treffen zufällig eine Raumstütze. Mit Splittergranaten wären Sie weitaus besser beraten.«

»Selbst wenn das Schiff den Feuerüberfall der Nationalgarde überstehen sollte«, sagte Marchand, »wäre das nicht weiter schlimm. Die Brücke bei Baton Rouge wurde absichtlich so tief gebaut, damit Hochseeschiffe nicht weiter flußaufwärts fahren können. Dort muß die *United States* anhalten, sonst wird sie zerstört.«

»Sie haben es anscheinend immer noch nicht kapiert«, versetzte Sandecker gereizt. »Dieses Schiff verdrängt über vierzigtausend Tonnen. Damit donnert es durch Ihre Brücke wie der Elefant durch den Porzellanladen.«

»Außerdem wird die *United States* gar nicht bis Baton Rouge kommen«, warf Gunn ein. »Genau hier, wo wir jetzt stehen, gedenkt Qin Shang den Damm zu sprengen, das Schiff zu versenken und den Fluß umzuleiten.«

»Und wo ist der Sprengstoff?« fragte Olson spöttisch.

»Wenn das, was Sie sagen, zutrifft, meine Herren«, sagte Marchand bedächtig, »warum rammt das Schiff dann nicht einfach den Damm? Würde man dadurch nicht den gleichen Schaden anrichten wie mit Sprengstoff?«

Sandecker schüttelte den Kopf. »Möglicherweise könnte es den Damm durchbrechen, Sheriff, aber das Loch würde durch den Schiffskörper wieder abgedichtet werden.«

Der Admiral hatte kaum gesprochen, als wenige Kilometer weiter südlich Geschützfeuer donnerte. Mündungsblitze zuckten am Horizont auf, und der Highway erbebte, als sämtliche Panzerkanonen zugleich losröhrten. Alle hielten inne und starrten wortlos flußabwärts. Die Jüngeren, die noch nicht im Krieg gewesen waren und nie zuvor Artilleriesalven gehört hatten, standen wie gebannt da. General Oskar Olsons Augen funkelten gespannt.

»Meine Männer haben den Kampf eröffnet«, rief er aufgeregt. »Jetzt werden wir mal sehen, was geballte Feuerkraft aus nächster Nähe anrichten kann.«

Ein Sergeant kam aus dem Funkwagen gestürzt, nahm vor General Olson Haltung an und salutierte. »Sir, unsere Truppen und die Polizeikräfte, die den Highway im Norden abriegeln, melden, daß zwei Tieflader mit hoher Geschwindigkeit die Straßensperre durchbrochen haben und in unsere Richtung fahren.«

Alle wandten sich unwillkürlich nach Norden und sahen zwei schwere Lastwagen, die nebeneinander in Richtung Süden rasten, verfolgt von etlichen Streifenwagen mit heulenden Sirenen und roten Blinklichtern. Einer der Streifenwagen setzte sich vor einen Laster, fuhr langsamer und versuchte ihn zum Anhalten zu zwingen und aufs Bankett abzudrängen. Doch der Fahrer scherte kurz aus und rammte das Heck des Streifenwagens, worauf dieser ins Schleudern geriet und vom Highway gefegt wurde.

»Dieser Idiot!« stieß Marchand aus. »Dafür landet er im Gefängnis.«

Nur Sandecker erkannte auf Anhieb die Gefahr. »Runter von der Straße«, schrie er Marchand und Olson zu. »Um Himmels willen, räumen Sie die Straße!«

In diesem Augenblick wußte auch Gunn Bescheid. »Der Sprengstoff ist in den Lastwagen!« brüllte er.

Olson war zunächst fassungslos und starr vor Schreck. Im ersten Moment glaubte er, Sandecker und Gunn hätten vollends den Verstand verloren. Nicht aber Marchand. Er reagierte unverzüglich und befahl seinen Leuten, die Gefahrenzone sofort zu räumen. Schließlich besann sich auch Olson und schrie seine Offiziere an, daß sie schleunigst sämtliche Männer und Fahrzeuge in Sicherheit bringen sollten.

In kürzester Zeit stürzten sämtliche Nationalgardisten und Polizisten zu ihren Lastern und Streifenwagen und setzten sich in Richtung Süden ab. Nach kaum sechzig Sekunden war der Straßenabschnitt völlig menschenleer. Es war Rettung in letzter Sekunde, denn jetzt waren die Lastwagen deutlich zu sehen. Es waren Sattelzüge, schwere Neunachser, die gut vierzig Tonnen Ladung fassen konnten. Sie trugen keinerlei Firmenaufschrift, aber man konnte die Fahrer erkennen, die sich wie Selbstmordpiloten über das Lenkrad duckten und unaufhaltsam näher rasten.

Worauf sie es angelegt hatten, wurde endgültig klar, als sie unmittelbar neben dem Mystic-Kanal scharf abbremsten und der eine quer über dem Mittelstreifen zum Stehen kam. Im allgemeinen Tohuwabohu bemerkte niemand den Hubschrauber, der aus der Dunkelheit nahte und zwischen den beiden Lastern aufsetzte. Die Fahrer sprangen aus den Kabinen, rannten zu der Maschine und kletterten hinein. Der letzte hing noch halb im Freien, als der Hubschrauber wieder aufstieg, sich in eine scharfe Neunzig-Grad-Kurve legte und in Richtung Westen, zum Atchafalaya hin, in der Nacht verschwand.

Sandecker und Gunn, die auf dem Rücksitz von Sheriff Marchands Streifenwagen saßen, drehten sich um und schauten durch das Rückfenster. Marchand, der den Wagen steuerte, blickte abwechselnd in den Seitenspiegel und zu den anderen Fahrzeugen, die ebenfalls gen Süden rasten. »Wenn doch nur das Sprengkommando der Army vor Ort wäre und die Zünder rechtzeitig entschärfen könnte.«

»Die bräuchten mindestens eine Stunde, bis sie die Zünder finden und feststellen würden, wie sie funktionieren.«

»Die werden den Damm noch nicht sprengen«, sagte Sandecker leise. »Nicht bevor die *United States* hier eintrifft.«

»Der Admiral hat recht«, versetzte Gunn. »Wenn der Damm bricht, bevor die *United States* quer zur Fahrrinne liegt, fließt so viel Wasser aus dem Mississippi in den Kanal ab, daß sie mit dem Kiel im Schlamm steckenbliebe.«

»Es gibt noch eine kleine Hoffnung«, sagte Sandecker. Er tippte Marchand auf die Schulter. »Können Sie mit Ihrem Funkgerät General Olson erreichen?«

»Kann ich schon. Die Frage ist, ob er rangeht«, erwiderte der Sheriff. Er griff zum Mikrofon und forderte Olson auf, sich zu melden. Nachdem er seine Bitte mehrere Male wiederholt hatte, meldete sich eine Stimme. »Corporal Welch im Kommandowagen. Ich höre Sie, Sheriff. Ich verbinde mit dem General.«

Einen Moment lang war nur statisches Rauschen zu vernehmen, dann war Olson dran. »Was gibt's, Sheriff? Ich empfange gerade die Lageberichte meiner Panzertruppen.«

»Einen Augenblick, Sir. Ich gebe Ihnen Admiral Sandecker.«

Sandecker beugte sich über die Sitzlehne und übernahm das Mikrofon. »General, haben Sie Flugzeuge in der Luft?«

»Was soll die Frage?«

»Ich glaube, die wollen den Sprengstoff per Funk zünden. Und zwar von dem Hubschrauber aus, der die Fahrer der Lastwagen abgeholt hat.«

Olson klang mit einemmal alt und abgespannt. »Tut mir leid, Admiral, aber die beiden Helikopter waren die einzigen Flugzeuge, die mir direkt unterstanden. Und die sind hin, mitsamt der Männer, die drin saßen.«

»Können Sie nicht beim nächsten Luftwaffenstützpunkt ein paar Düsenjäger anfordern?«

»Ich kann's probieren«, erwiderte Olson, »aber ich kann nicht die Hand dafür ins Feuer legen, daß sie sofort aufsteigen und rechtzeitig eintreffen.«

»Ich verstehe, vielen Dank.«

»Keine Sorge, Admiral«, sagte Olson. »An meinen Panzern kommen sie nicht vorbei.« Doch diesmal klang er nicht mehr so selbstsicher.

Der Kanonendonner flußabwärts schwoll unterdessen an, als die *United States* den Panzerkanonieren ihre Breitseite darbot. Daß es sich keineswegs um ein einseitiges Gefecht handelte, konnte General Olson nicht wissen.

Sandecker reichte Marchand das Mikrofon und ließ sich wieder auf den Rücksitz sinken. Er wirkte besorgt und zutiefst bedrückt. »Dieser verdammte Qin Shang hat uns alle ausgetrickst. Wir können nicht das Geringste tun, außer hilflos zuzusehen, wie zahllose Menschen sterben.«

»Dirk und Al nicht zu vergessen«, versetzte Gunn mit grimmiger Miene. »Die kriegen vermutlich sowohl von den Chinesen als auch von Olsons Panzern und Haubitzen mächtig Zunder.«

»Gott steh ihnen bei«, murmelte Sandecker. »Und all den anderen Menschen, die am Atchafalaya leben, wenn die *United States* trotz dieses Infernos durchkommt.«

44

Die *United States* wich und wankte nicht, sie erbebte kaum, als die Turmgeschütze der sechs Panzer das Feuer eröffneten. Dabei war sie aus knapp zweihundert Metern Entfernung kaum zu verfehlen. Wie von Zauberhand klafften plötzlich schwarze, schartige Löcher in ihren Schornsteinen und auf den Aufbauten, in denen sich einst elegante Salons, Kinos und Bibliotheken befunden hatten. Die erste Salve aus den 105-Millimeter-Kanonen der Panzer bewirkte überhaupt nichts, genau wie Admiral Sandecker vorausgesagt hatte. Die panzerbrechenden Geschosse durchschlugen die Aluminiumwände, flogen weit über den gegenüberliegenden Damm hinweg und explodierten irgendwo im Marschland im Westen. Die steil aufsteigenden 106-Millimeter-Mörsergranaten der M125 schlugen auf die offenen Decks und rissen riesige Löcher, ohne indes großen Schaden anzurichten. Ganz anders die 155-Millimeter-Sprenggranaten der Paladin-Panzerhaubitzen, die dem Dampfer gewaltig zusetzten. Doch die tief im Bauch des Schiffes mahlenden Maschinen vermochten auch sie nicht zu beschädigen.

Eine Granate bohrte sich tief in den Rumpf, ging im großen Speisesalon hoch und zerriß die Wände und die Wendeltreppe. Eine zweite schlug am Fuß des Vormastes ein, fällte ihn und schleuderte ihn über Bord. Doch das große Schiff steckte die Treffer einfach weg. Und dann erwiderten die bestens gerüsteten chinesischen Kampftruppen das Feuer.

Ihre tragbaren Abschußgeräte waren zwar mit Boden-Luft-Raketen bestückt, aber sie richteten sie kurzerhand auf die am Ufer aufmarschierte Streitmacht. Die erste prallte denn auch am Turm des vordersten Panzers ab, doch durch die Explosion wurde die Kanone ausgeschaltet. Außerdem tötete sie den Kommandanten, der in der Turmluke stand und den Beschuß beobachtete, ohne damit zu rechnen, daß das Feuer erwidert werden könnte. Die nächste traf die runde Luke im Dach des Mörserschleppers, der prompt in Flammen aufging. Wieder wurden zwei Männer getötet und drei verletzt.

Colonel Robert Turner, der das Gefecht von seinem mobilen Kommandostand, einem XM-4, aus leitete, wußte überhaupt nicht, wie ihm geschah. Nie und nimmer hätte er damit gerechnet, daß der alte Dampfer zurückschoß. Das darf doch nicht wahr sein, dachte er. Er setzte sich unverzüglich mit Olson in Verbindung. »Wir liegen unter Feuer, General. Habe soeben meinen Mörser verloren«, rief er erschrocken.

»Womit schießen die?« herrschte Olson ihn an.

»Tragbare Raketenwerfer, die uns vom Schiff aus unter Beschuß nehmen! Offenbar nicht panzerbrechend, zu unserem Glück. Aber wir haben Verluste.« Im gleichen Augenblick riß eine Rakete die Kettenschürze von einem dritten Panzer weg, dessen Besatzung indessen tapfer und unverdrossen weiter auf den vorbeiziehenden Dampfer feuerte.

»Welche Wirkung erzielt Ihr Feuer?«

»Schwere Schäden an den Aufbauten, aber keine entscheidenden Treffer. Es ist fast so, als wollte man ein rasendes Rhinozeros mit einem Luftgewehr aufhalten.«

»Lassen Sie nicht locker!« befahl Olson. »Dieses Schiff muß aufgehalten werden.«

Und dann, fast ebenso unverhofft, wie der Raketenabschuß eingesetzt hatte, riß er ab. Erst im nachhinein sollte man erfahren, daß Pitt und Giordino Kopf und Kragen riskiert und die Chinesen an den Abschußrampen niedergeschossen hatten.

Die beiden robbten über das Deck, zogen immer wieder den Kopf ein, wenn Splitter über sie hinwegzischten, und achteten darauf, daß sie von den chinesischen Kampftruppen, die mittlerweile wußten, daß sie an Bord waren, nicht unter Beschuß genommen wurden. Langsam schoben sie sich am hinteren Schornstein vorbei, blieben kurz liegen und riskierten einen Blick auf das darunterliegende Bootsdeck mit den leeren Davits, in denen einst die Rettungsboote gehangen hatten. Hinter einem stählernen Schott unmittelbar unter ihnen waren vier Chinesen in Deckung gegangen, die nach wie vor ihren Raketenwerfer abfeuerten, ohne auf die rundum einschlagenden Geschosse zu achten.

»Die bringen die Jungs auf dem Damm um«, schrie Giordino Pitt ins Ohr.

»Du nimmst dir die beiden auf der linken Seite vor« brüllte Pitt zurück. »Die anderen zwei gehören mir.«

Giordino legte mit der Schrotflinte an, zielte genau und drückte zweimal ab. Die beiden Männer unter ihm stürzten getroffen zu Boden. Im gleichen Moment streckte Pitts Colt ihre beiden Kameraden nieder. Jetzt verfügte die Besatzung des Schiffes nur mehr über Handfeuerwaffen, mit denen sie sich allerdings nach wie vor heftigst zur Wehr setzte.

Pitt packte Giordino am Arm. »Wir müssen uns zur Brücke durchschlagen.«

Seine Stimme brach jäh ab, als eine Haubitzengranate im Mannschaftsquartier unmittelbar unter ihm einschlug und das Deck aufriß. Er wurde von den Füßen gerissen, durch die Luft geschleudert und landete an einem Lüfterkopf. Ihm wurde kurzzeitig schwarz vor Augen. Einen Moment lang blieb er keuchend und benommen liegen, dann rappelte er sich langsam und mühselig wieder auf. »Scheißverfluchtes Drecksmilitär«, keuchte er mit blutendem Mund. Doch er wußte, daß die Männer auf dem Damm nur ihre Pflicht taten.

Allmählich kam er wieder zur Besinnung, hatte aber nach wie vor blendendweiße und orange Lichter vor Augen. Er blickte nach unten und sah Giordino quer über seinen Beinen liegen. Er streckte die Hand aus und rüttelte ihn an der Schulter. »Bist du verletzt?«

Giordino schlug ein Auge auf und warf ihm einen schwermütigen Blick zu. »Verletzt? Ich komme mir vor wie gerädert und gevierteilt.«

Während sie dalagen und frische Kräfte sammelten, schlug die nächste Salve auf dem Schiff ein. Die Panzer hatten ihre Kanonen mittlerweile gesenkt und feuerten direkt auf den stählernen Rumpf des Schiffes. Und jetzt zeigte auch die panzerbrechende Munition Wirkung. Ein Geschoß nach dem anderen brannte sich durch die Stahlplatten, prallte auf einen der eisernen Spanten und Streben und explodierte. Unmittelbar darauf schlugen etliche Granaten auf der Brücke ein, zerstörten sie und zerfetzten die Aufbauten. Doch das große Schiff fuhr weiter, vorbei an den Kanonieren, die in aller Ruhe nachluden und feuerten. Die Nationalgardisten, oft als Feierabendkrieger verspottet, kämpften wie altgediente Soldaten. Doch das mächtige Schiff wirkte so unverwundbar wie ein großer Wal, der die Harpunen seiner Häscher einfach abschüttelt.

Dann hatte die *United States* das Hindernis fast überwunden. Verzweifelt feuerten die Streitkräfte auf dem Damm ihre letzten Salven ab, und wieder wurde der einstmals so stolze Ozeandampfer von einer Reihe heftiger Explosionen erschüttert. Doch keiner der Treffer vermochte das Schiff in Brand zu setzen. William Francis Gibbs wäre vermutlich erschüttert gewesen, wenn er miterlebt hätte, wie die *United States* zerschossen wurde, zugleich aber auch stolz, daß sich sein Werk als absolut feuerfest erwies. Colonel Turner saß unterdessen in seinem mobilen Kommandostand und sah verzweifelt zu, wie der riesige Dampfer die nächste Biegung umschiffte und in der Nacht verschwand.

Plötzlich stürmten drei Gestalten auf Pitt und Giordino zu. Ein Feuerstoß fegte über das Deck. Giordino strauchelte kurz, hielt sich aber auf den Beinen, drückte die Schrotflinte ab und fällte den Chinesen, der soeben mit seinem Schnellfeuergewehr, einer in China nachgebauten Kalaschnikow AKM, auf ihn angelegt hatte. Dann ging es in den Nahkampf. Pitt spürte, wie ihm jemand den Lauf seiner Waffe in die Rippen stieß, schlug ihn beiseite, bevor sein Brustkorb von den Kugeln zerfetzt wurde, und hämmerte seinem Gegner ein-, zwei-, dreimal den Griff seines Colts auf den Schädel. Giordino riß trotz aller Schmerzen die Schrotflinte hoch, rammte sie seinem Angreifer in die Brust und drückte ab. Die Aserma gab einen dumpfen Knall von sich, worauf der chinesische Einzelkämpfer zurückflog, wie von einer Dampframme getroffen. Erst dann ging der stämmige, kleine Italiener zu Boden.

Pitt kniete sich neben seinen Freund. »Wo hat's dich erwischt?«

»Der Mistkerl hat mich knapp über dem Knie getroffen«, versetzte Giordino stöhnend. »Ich glaube, das Bein ist gebrochen.«

»Laß mal sehen.«

Giordino schob Pitt weg. »Kümmer dich nicht drum. Sieh zu, daß du auf die Brücke kommst und den Kahn anhältst, bevor der

Deich in die Luft fliegt.« Dann rang er sich trotz aller Schmerzen ein breites Grinsen ab. »Deswegen sind wir doch hier.«

Es waren allenfalls noch drei Kilometer – höchstens fünf Minuten. Pitt raffte sich auf und kämpfte sich wie von Sinnen nach vorn in Richtung Ruderhaus durch. Er stieg über das Taugewirr hinweg, die Überreste des umgestürzten Vormastes, und blieb mit einemmal erschrocken stehen. Die Brücke war praktisch nicht mehr vorhanden. Er sah nur mehr zerfetzte Wände und ein eingebrochenes Dach. Trotzdem stürmte er hinauf. Er stellte fest, daß die Navigationsgeräte wie durch ein Wunder nahezu unbeschädigt waren. Kapitän Li Hung-tschangs Leiche lag inmitten der zahllosen Metalltrümmer und Glassplitter. Trotz der erstarrten Züge, der blicklosen Augen und der blutbespritzten Uniform sah er aus, als schaue er durch das zerstörte Brückendach zu den Sternen auf. Vermutlich hatte ihn die Druckwelle einer Granate getötet.

Der Rudergänger stand nach wie vor aufrecht und hielt eisern das Rad fest. Als ob ihn alle Mächte der Hölle verflucht hätten, dachte Pitt, als er die kopflose Gestalt betrachtete.

Dann warf er einen kurzen Blick durch die zertrümmerten Fenster nach draußen. Bis zum Mystic-Kanal waren es allenfalls noch anderthalb Kilometer. Tief unter sich sah er die Besatzung, die mittlerweile den Maschinenraum verlassen hatte, an Deck gestürmt war und auf die Hubschrauber wartete, die sie abholen sollten.

Mittlerweile hatten die Geschütze am Ufer das Feuer eingestellt, so daß eine geradezu beklemmende Stille herrschte. Pitt betätigte sämtliche Schalter und Hebel an der Steuerkonsole, versuchte verzweifelt, die Stromversorgung des Schiffes zu unterbrechen. Doch die starken Maschinen mahlten unvermindert weiter. Keine Macht der Welt konnte die *United States* aufhalten, die aufgrund ihrer gewaltigen Masse und Trägheit immer weiter voranpflügte. Hinzu kam, daß Ming Lin im letzten Moment noch das Ruder herumgerissen hatte, so daß sich das Schiff allmählich querstellte, genau so, wie Qin Shang es geplant hatte. Es hatte sich bereits so weit gedreht, daß der Bug dem östlichen Ufer gefährlich nahe kam.

Pitt wußte, daß die Sprengladungen im Bauch des Schiffes jeden Moment hochgehen konnten. Ohne sich lange mit dem grausigen

Anblick aufzuhalten, stieß er den kopflosen Körper des Steuermanns beiseite und übernahm das Ruder. Im gleichen Moment ertönte ein gewaltiger Donnerschlag, der die Erde erschütterte und den Fluß aufwühlte. Wenige hundert Meter voraus waren die beiden Lastwagen auf dem Highway explodiert. Pitt spürte, wie ihn die kalte Panik erfaßte. Hoffnungslos, dachte er voller Wut und Verzweiflung, es ist völlig hoffnungslos. Doch seine Entschlossenheit und sein Stehvermögen behielten auch diesmal die Oberhand. Im Lauf der Jahre hatte er einen sechsten Sinn dafür entwickelt, wie er sich in Lebensgefahr verhalten mußte. Er verdrängte die Angst und die Hoffnungslosigkeit und widmete sich seiner Pflicht.

Energisch und mit aller Kraft ergriff er das Ruder, drehte es mit dem Mut der Verzweiflung und versuchte das Schiff auf neuen Kurs zu bringen, bevor der Kiel weggesprengt wurde.

Al Giordino, der noch unter dem riesigen Schornstein an Deck lag, wo Pitt ihn zurückgelassen hatte, richtete sich mühsam auf und lehnte sich an einen Lüfter. Die Schmerzen in seinem Bein waren so weit abgeklungen, daß er nur mehr ein dumpfes Ziehen verspürte. Plötzlich tauchten Gestalten in nachtschwarzer Kampfkleidung auf. Offenbar hielten sie ihn für tot, denn sie stürmten einfach an ihm vorbei, ohne ihn zu beachten. Mit einemmal schoß ein schwarzer Hubschrauber aus der Dunkelheit und jagte tief über den östlichen Uferdamm hinweg. Der Pilot verlor keine Zeit. Statt langsam einzuschweben, stieß er jäh herab, flog keinen halben Meter über die Heckreling hinweg und setzte unmittelbar hinter dem Schornstein auf, genau da, wo auch Giordino und Pitt mit ihren Gleitschirmen gelandet waren. Die Räder des Helikopters hatten kaum das Deck berührt, als Qin Shangs Männer auch schon durch die offene Luke in den Rumpf hechteten.

Giordino überprüfte das Magazin seiner Aserma und stellte fest, daß er noch sieben Schuß übrig hatte. Er beugte sich zur Seite, streckte den Arm aus und ergriff eine Kalaschnikow AKM, die einer der toten Verteidiger des Schiffes fallen lassen hatte. Er warf das Magazin aus, stellte fest, daß es noch dreiviertel voll war, und setzte es wieder ein. Er zuckte vor Schmerz zusammen, als er sich mit einem Knie aufstützte und die Aserma auf den Helikopter richtete.

Er war völlig ruhig, zuckte nicht mit der Wimper. Dabei war er keinesfalls gefühlskalt oder erbarmungslos, er kam sich nur seltsam losgelöst vor. Diese Männer hatten hier nichts verloren. Sie brachten nichts als Tod und Zerstörung mit sich. Nach Giordinos Meinung wäre es ein Verbrechen gewesen, wenn man sie ungestraft entkommen ließe. Er starrte auf die Männer in dem Hubschrauber, sah, wie sie schadenfroh lachten, weil sie meinten, sie hätten den dummen Amerikanern eine schwere Niederlage zugefügt. Giordino wurde sauer, so sauer, wie er in seinem ganzen Leben noch nie gewesen war.

»Ihr kotzt mich an«, stieß er wütend aus. »Ihr wißt gar nicht, wie ihr mich ankotzt.«

Sobald der letzte Mann an Bord war, zog der Pilot den Helikopter senkrecht hoch. Er schwebte einen Moment lang über dem Deck, neigte sich dann leicht zur Seite und drehte in Richtung Osten ab. In diesem Augenblick eröffnete Giordino das Feuer und jagte Schuß um Schuß in die hinter dem Rotor sitzenden Turbinentriebwerke. Er sah die Löcher, die von den schweren Schrotladungen in die Verkleidung gerissen wurden, doch einen entscheidenden Treffer landete er nicht.

Er feuerte die letzte Patrone ab, warf die Aserma weg und riß die AKM hoch. Jetzt nahm er einen dünnen Rauchfaden wahr, der aus der Backbordturbine stieg, doch schwere Schäden hatte der Helikopter offenbar nicht davongetragen. Die Waffe hatte keinen Ziellaser, und das auf den Lauf montierte Nachtsichtgerät beachtete Giordino gar nicht. Ein derart großes Ziel war auf diese Entfernung ohnehin kaum zu verfehlen. Er visierte über Kimme und Korn, stellte die Waffe auf Einzelfeuer ein und drückte ruhig und gleichmäßig den Abzug durch, bis er den letzten Schuß abgegeben hatte. Jetzt konnte er nur noch hoffen, daß der Vogel zumindest so schwer getroffen war, daß er es nicht mehr bis zu seinem Ziel schaffte. Plötzlich wurde die Maschine zusehends schwanzlastiger, schien fast in der Luft stehenzubleiben. Dann schlugen Flammen aus beiden Turbinen, und der Hubschrauber kippte seitlich weg.

Im nächsten Moment stürzte er ab wie ein Stein, schlug auf das Achterdeck und explodierte in einem hoch aufschießenden Feuerball. Innerhalb von Sekunden verwandelte sich das Heck des Schiffes in ein flammendes Inferno aus glühenden Trümmern, die eine unbändige Hitze ausstrahlten.

Erst jetzt bemerkte Giordino wieder die rasenden Schmerzen in seinem Bein. Er schmiß die Waffe weg und warf einen beifälligen Blick auf die lodernden, wirbelnden Flammenzungen, die in den Himmel stiegen. »Verdammt«, murmelte er leise, »ich hab' die Marshmallows vergessen.«

45

Die Nationalgardisten und Polizisten waren knapp einen Kilometer von den beiden Sattelzügen entfernt in Stellung gegangen, als die Luft von einem gewaltigen Donnerschlag zerrissen wurde. Im nächsten Moment fegte die Druckwelle über sie hinweg, gefolgt von einem Hagel aus aufgeschleuderter Dammerde, Asphaltbrocken und den glühenden Metallsplittern der zerfetzten Lastwagen. Wie auf Befehl gingen alle hinter und unter ihren Fahrzeugen in Deckung und suchten Schutz vor den herabprasselnden Trümmern.

Sandecker riß den Arm hoch und schirmte seine Augen vor dem grellen Lichtblitz und den herumfliegenden Fetzen ab. Die Luft war stickig und wie elektrisch geladen, und die Explosion hallte wie Donnergrollen in seinen Ohren. Ein mächtiger Feuerball stieg auf, breitete sich rasch aus und verwandelte sich dann in eine wirbelnde schwarze Wolke, die die Sterne verdunkelte.

Und dann wandten alle den Blick nach Norden. Ein hundert Meter langes Straßenstück, der Uferdamm und die beiden schweren Lastwagen, die dort eben noch gestanden hatten, waren verschwunden. Doch keiner der Männer war auf das schreckliche Schauspiel vorbereitet, das sich ihren Augen im nächsten Moment bot. Als sich ihre Ohren langsam vom Donnerschlag der Explosion erholten, hörten sie das gräßliche Geräusch, ein lautes Rauschen und Glucksen, mit dem sich eine schäumende und brodelnde Wasserwand in den Mystic-Kanal ergoß, den Qin Shang eigens zu diesem Zwecke hatte stechen lassen.

Eine ganze Minute lang starrten sie ungläubig und mit versteinerten Mienen auf die kochende Flut, konnten den Blick nicht von dem tobenden Wasserschwall wenden. Machtlos sahen sie zu, wie Millionen Liter Wasser durch die Bresche im Uferdamm strömten und sich in einem gewaltigen Katarakt, den nichts und niemand aufzuhalten vermochte, in das dahinterliegende Tiefland ergossen.

Die große, alles vernichtende Flutwelle war unterwegs.

Die Überreste der verlassenen Stadt Calzas wurden überschwemmt und weggerissen. Fast zehn Meter hoch war die gewaltige Welle, die durch das Marschland flutete und in Richtung Atchafalaya strömte. Ein kleiner Kajütkreuzer mitsamt seiner vierköpfigen Besatzung, die sich zur falschen Zeit am falschen Ort aufhielt, wurde von der Strömung des Mississippi durch die Bresche gerissen, tanzte einen Moment lang wie ein Papierboot auf dem wilden Mahlstrom und verschwand. Kein Mensch konnte jetzt noch verhindern, daß die tobenden, kochenden Fluten durch das Tal schossen und dann nach Süden, zum Golf von Mexiko strömten.

Sandecker, Olson und die anderen Männer auf dem Highway sahen schweigend und mit verkniffenen Mienen zu, wie das Verhängnis seinen Lauf nahm. Sie kamen sich vor wie Augenzeugen einer unvorstellbaren Katastrophe, deren Folgen sie überhaupt noch nicht ermessen konnten. Rudi Gunn erschauerte, wandte sich ab und blickte zum Mississippi.

»Das Schiff!« schrie er über das Rauschen der Flut hinweg. Aufgeregt deutete er auf den Fluß. »Das Schiff!«

Die schreckliche Flutwelle hatte sie so in ihren Bann gezogen, daß sie die *United States* völlig vergessen hatten. Jetzt aber blickten sie in die Richtung, in die Gunns ausgestreckte Hand wies, und sahen eine schier endlose schwarze Silhouette, die aus der Nacht kam wie ein Ungeheuer aus der Dunkelheit. Die Aufbauten waren von vorn bis hinten von Granaten zerfetzt und zerrissen – ein kaum noch erkennbarer Haufen schartiger, verbogener Trümmer. Der Vormast war weg, die Schornsteine waren zerschossen, und in den Stahlplatten am Rumpf klafften riesige Löcher.

Aber sie fuhr weiter, von ihren schweren Maschinen getrieben, um ihren Teil zu der verheerenden Katastrophe beizutragen. Nichts konnte sie aufhalten. Ihr Bug pflügte eine riesige Welle auf, als sie mit voller Fahrt und unglaublicher Geschwindigkeit gegen die Strömung lief. Obwohl sie Tod und Verderben brachte, war sie großartig anzuschauen. Niemand, der sie in jener Nacht gesehen hatte, würde jemals vergessen, daß er das Ende einer Legende miterlebt hatte.

Wie gebannt starrten alle auf den Fluß, rechneten jeden Moment damit, daß sie beidrehte, sich quer in die Fahrrinne legte und einen Damm bildete, der den Mississippi für immer umleiten würde. Ihre schlimmsten Befürchtungen schienen sich zu bestätigen, als Wasserfontänen entlang des Rumpfes aufschossen.

»Heilige Mutter Gottes!« murmelte Olson entsetzt. »Sie haben die Sprengladungen gezündet! Sie geht unter!«

Als der stolze Ozeandampfer zusehends tiefer ins Wasser sank, verflog auch der letzte Funken Hoffnung, daß die Pioniere der Flut vielleicht doch noch Einhalt gebieten könnten.

Doch die *United States* drehte nicht bei, und sie legte sich auch nicht quer über den Fluß. Sie blieb mitten in der Fahrrinne und hielt langsam, ganz langsam, auf den riesigen Wasserfall zu, der sich durch den geborstenen Damm ergoß.

Pitt umklammerte mit aller Kraft das Ruder, das er bis zum Anschlag nach Backbord gedreht hatte. Mehr konnte er jetzt nicht mehr tun. Er spürte die Erschütterungen, als die Sprengladungen große Löcher in den Schiffsboden rissen, und verfluchte sich, weil er weder die Geschwindigkeit regeln, noch die Backbordschrauben rückwärts laufen lassen konnte, damit sich das Schiff schneller herumziehen ließ. Aber die automatische Steuerung war durch den Beschuß zerstört worden, und unten im Maschinenraum war niemand, der seine Befehle hätte ausführen können. Doch dann sah er, wie sich der Bug langsam, quälend langsam, nach Backbord drehte.

Pitts Herz schlug einen Takt schneller. Die Kursänderung war zunächst kaum wahrnehmbar, doch dann half ihm die Strömung, die jetzt von Steuerbord kam und das Schiff weiter herumdrückte. Es war fast so, als entwickle die *United States* ein Eigenleben, als wehre sie sich mit aller Macht dagegen, daß ihr ruhmreicher Name durch eine solche Schandtat befleckt wurde.

Zielstrebig, so als hätte Pitt es vorbestimmt, schnitt der Bug in den ansteigenden Grund am Rand der Fahrrinne, und das Schiff pflügte sich rund fünfzig Meter hinter der Bresche schräg durch den Schlamm auf den Uferdamm zu. Jetzt kam der mächtige Sog der durch die Bruchstelle strömenden Wassermassen ins Spiel, so daß der mächtige Schiffskörper seitwärts gegen die Bresche gedrückt wurde. Und dann riß die gewaltige Flut, die sich ins Marschland ergossen hatte, genauso plötzlich ab, wie sie eingesetzt hatte. Nur mehr ein kleiner Sturzbach schäumte hinab.

Die vier riesigen Bronzeschrauben rissen das Flußbett auf und wühlten sich schließlich im Schlamm fest, worauf das Schiff endgültig zum Stillstand kam. Die letzte Fahrt der *United States*, des einstmals großartigsten Ozeandampfers der amerikanischen Flotte, war vorüber.

Pitt ließ den Kopf aufs Ruder sinken, das er immer noch umklammert hatte, und stand da, als hätte er soeben am Triathlon teilgenommen. Er war todmüde, sehnte sich nur noch nach Ruhe, hatte am ganzen Körper Schmerzen und war doch viel zu benommen, um festzustellen, wo genau sie herkamen.

Es dauerte fast eine Minute, bis ihm allmählich bewußt wurde, daß sich das Schiff nicht mehr bewegte. Er konnte sich kaum auf den Beinen halten, als er das Ruder losließ, sich umdrehte und auf die Suche nach Giordino begeben wollte. Doch sein Freund stand bereits in der zertrümmerten Tür und stützte sich auf die Kalaschnikow AKM, mit dem er den Hubschrauber abgeschossen hatte.

»Eins muß ich dir sagen«, erklärte Giordino mit einem leichten Grinsen. »Dein Anlegemanöver läßt noch viel zu wünschen übrig.«

»Wenn ich noch eine Stunde üben kann, krieg' ich's hin«, erwiderte Pitt so leise, daß es fast wie ein Flüstern klang.

Die Stimmung auf dem Uferdamm war mittlerweile umgeschlagen. Dort, wo sich eben noch die tosende Flut hinabgestürzt hatte, strömte jetzt nur mehr ein schmaler Fluß. Rundum brachen alle in Jubelrufe aus und schrien ausgelassen durcheinander – alle bis auf Sandecker. Mit bekümmerter Miene musterte er die *United States*. Sein Gesicht wirkte müde und abgespannt. »Kein Seemann sieht es gern, wenn ein Schiff stirbt«, sagte er düster.

»Aber welch ein würdiges Ende«, sagte Gunn.

»Ich nehme an, die kann man allenfalls noch abwracken.«

»Es würde Millionen kosten, sie wieder instand zu setzen.«

»Gelobt seien Dirk und Al. Sie haben eine Riesenkatastrophe verhindert.«

»Die Leute werden nie erfahren, was sie den beiden Kerlen verdanken«, pflichtete Gunn ihm bei.

Von beiden Seiten näherten sich bereits lange Lastwagenkonvois mit schwerem Gerät. Mit mächtigen Steinen beladene Lastkähne wurden von Norden nach Süden herangeschleppt. Unter Leitung von Generalmajor Montaigne machten sich die Pioniere der US-Army ans Werk, erfahrene Veteranen, die schon so manchen Damm entlang des Flusses in höchster Not ausgebessert hatten. Von New Orleans bis Vicksburg wurden jeder verfügbare Mann und alles erforderliche Gerät zum Wiederaufbau des Uferdamms und der darauf entlangführenden Straße in Marsch gesetzt.

Dem gewaltigen Rumpf der *United States*, die wie eine Barriere vor der Bresche lag, war es zu verdanken, daß sich der Mississippi nicht mit voller Wucht in das Atchafalaya-Tal ergossen hatte. Die Flutwelle aber, die in den ersten Minuten durch die Bresche geströmt war, verlief sich im Marschland und war nur noch knapp einen Meter hoch, als sie Morgan City erreichte.

Nicht zum erstenmal hatte man den mächtigen Mississippi daran gehindert, sich ein neues Bett zu graben. Doch der Kampf des Menschen gegen die Natur ging weiter, und letzten Endes konnte es nur einen Ausgang geben.

FÜNFTER TEIL

Der Pekingmensch

Pekingmensch

30. April 2000
Washington, D.C.

46

Der chinesische Botschafter in den Vereinigten Staaten war ein kleiner, untersetzter Mann namens Qian Miang. Mit seinen messerscharf gestutzten Haaren und dem stets zu einem leichten Grinsen verzogenen Gesicht erinnerte er jeden, der ihm zum erstenmal begegnete, an das Standbild eines zufriedenen Buddha. Er war ein ausgesprochen liebenswürdiger Mann, der sich nie wie ein strammer Kommunist gebärdete. Er besaß ein ausgeprägtes Selbstbewußtsein, pflegte die Freundschaft mit zahlreichen mächtigen Männern in Washington und bewegte sich in den Korridoren des Kapitols und des Weißen Hauses so frei und ungezwungen, als sei er dort zu Hause.

Da er seine geschäftlichen Angelegenheiten vorzugsweise nach Art des Klassenfeindes erledigte, traf er sich mit Qin Shang im privaten Speisesaal des besten chinesischen Restaurants von Washington, in dem er häufig die Reichen und Mächtigen der Stadt bewirtete, zum Mittagessen. Er begrüßte den Großreeder mit herzlichem Händedruck. »Qin Shang, mein lieber Freund.« Die Stimme klang munter und sympathisch. Er sprach nicht Mandarin, sondern ein perfektes Englisch mit einem leichten britischen Akzent, den er sich während seines dreijährigen Studiums in Cambridge zugelegt hatte. »Sie haben mich noch nicht beehrt, seit Sie hier in der Stadt sind.«

»Ich bitte inständig um Vergebung, Qian Miang«, sagte Qin Shang. »Ich hatte leider einige Unannehmlichkeiten.«

»Ich weiß sehr wohl um Ihre Unannehmlichkeiten«, erwiderte Qian Miang, nach wie vor lächelnd. »Ich kann Ihnen nur bestellen, daß Präsident Lin Loyang alles andere als zufrieden ist. Ihre

Schlepperunternehmen, so scheint es, werden für unsere Regierung zu einer schweren Belastung. Unsere über lange Jahre hinweg verfolgte Taktik, unsere Leute in hohe Regierungsämter zu schleusen und die amerikanische Politik zu Chinas Gunsten zu beeinflussen, ist gefährdet.«

Qin Shang wurde zu einem großen, runden Tisch geleitet, wo er auf einem aus Ebenholz geschnitzten Lehnstuhl Platz nahm und einen der erlesenen chinesischen Weine auswählte, die der Botschafter zu seiner persönlichen Verwendung im Keller des Restaurants lagerte. Erst nachdem der Kellner per Zugglocke sein Eintreten angekündigt, den Wein eingeschenkt und den Raum wieder verlassen hatte, ergriff Qin Shang das Wort. »Meine sorgfältig entwickelten Pläne wurden vom INS und der NUMA durchkreuzt.«

»Die NUMA ist keine Polizeibehörde«, wandte Qian Miang ein.

»Nein, aber deren Leute waren für die Razzia am Orion Lake und das Debakel am Mystic-Kanal verantwortlich. Zwei Männer vor allem.«

Qian Miang nickte. »Ich habe die Berichte gelesen. Ihr Versuch, diesen NUMA-Direktor und die INS-Agentin töten zu lassen, zeugt nicht von guter Urteilskraft. Ich bin nicht gewillt, darüber einfach hinwegzusehen. Wir sind hier nicht zu Hause, wo man so etwas stillschweigend erledigen kann. Sie können nicht mit dieser – wie sagt man doch hier im Westen? – Ellenbogenmentalität gegen die Bürger eines fremden Landes vorgehen, nicht in deren Heimatland. Ich bin angewiesen, Ihnen auszurichten, daß jeder weitere Mordanschlag auf einen NUMA-Mitarbeiter streng verboten ist.«

»Alles, was ich getan habe, mein alter Freund«, versetzte Qin Shang, »geschah nur zum Wohle der Volksrepublik China.«

»Und der Qin Shang Maritime Limited«, fügte Qian Miang leise hinzu. »Wir kennen uns zu lange, als daß wir einander täuschen könnten. Bis jetzt hat unser Land ebenso davon profitiert wie Sie. Aber Sie sind nicht nur einen, sondern gleich mehrere Schritte zu weit gegangen. Sie haben die Amerikaner aufgescheucht wie ein tapsiger Bär den Bienenschwarm.«

Qin Shang starrte den Botschafter an. »Darf ich dem entnehmen, daß Sie Anweisungen von Präsident Lin Loyang haben?«

»Er läßt sein tiefes Bedauern ausrichten, aber ich soll Ihnen bestellen, daß sämtliche Unternehmungen der Qin Shang Maritime Limited in Nordamerika sofort einzustellen sind und ihre persönlichen Beziehungen zur amerikanischen Regierung abgebrochen werden müssen.«

Qin Shang, der sonst beherrscht war, verlor zum erstenmal die Fassung. »Das wäre das Ende für unsere Schlepper- und Schmuggelunternehmen.«

»Das glaube ich nicht. Die China Marine, unsere Staatsreederei, wird die Qin Shang Maritime Limited würdig vertreten, und zwar sowohl beim illegalen als auch beim legalen Transport chinesischer Güter und Handelswaren in die Vereinigten Staaten und nach Kanada.«

»Die China Marine ist nicht halb so leistungsfähig wie die Qin Shang Maritime.«

»Das mag wohl sein, aber in Anbetracht der Tatsache, daß der Kongreß eine öffentliche Untersuchung der Vorgänge am Orion Lake und am Mississippi fordert und das amerikanische Justizministerium eine Anklage gegen Sie vorbereitet, sollten Sie sich glücklich schätzen, daß Präsident Lin Loyang Sie nicht aufgefordert hat, sich dem FBI zu stellen. In den Medien wird die Zerstörung des Uferdammes und des Ozeandampfers *United States* bereits als Terrorakt bezeichnet. Unglücklicherweise verloren dabei Menschen ihr Leben, und wenn es zu einem öffentlichen Skandal kommen sollte, werden viele unserer Agenten in diesem Lande enttarnt werden.«

Der Kellner kündigte sich mit der Glocke an und trat mit einem Tablett voller dampfender Schalen in den Raum. Kunstvoll arrangierte er sie auf dem Tisch und zog sich wieder zurück.

»Ich war so frei und habe im voraus bestellt. Das spart Zeit«, sagte Qian Miang. »Ich hoffe, Sie haben nichts dagegen.«

»Eine hervorragende Wahl. Squab Soong und Tomaten-Eierblumen-Suppe sind meine Leibspeisen.«

»Das hat man mir berichtet.«

Qin Shang lächelte, als er die Suppe mit einem traditionellen Porzellanlöffel kostete. »Die Suppe ist mindestens genausogut wie Ihre Informanten.«

»Ihre Lieblingsspeisen sind wohlbekannt.«

»Ich werde niemals angeklagt werden«, erklärte Qin Shang plötzlich ungehalten. »Ich habe zu viele mächtige Freunde in Washington. Dreißig Senatoren und Kongreßabgeordnete stehen in meiner Schuld. Ich habe einen erheblichen Beitrag zu Präsident Wallaces Wahlkampf beigesteuert. Er betrachtet mich als guten, treuen Freund.«

»Ja, ja«, pflichtete Qian Miang ihm leichthin bei, während er mit seinen Eßstäbchen ein auf althergebrachte Art zubereitetes Nudelgericht mit Frühlingszwiebeln und Ingwer in Angriff nahm. »Aber Sie besitzen bei weitem nicht mehr den Einfluß, den Sie hatten. Sie sind zu einer Belastung geworden, und zwar sowohl für die Volksrepublik als auch für die Amerikaner. Ich habe erfahren, daß man im Weißen Haus Anstrengungen unternimmt, um jede Verbindung zu Ihnen leugnen zu können.«

»Der Einfluß, dessen sich unsere Regierung in Washington erfreuen darf, ist zu einem großen Teil mir zu verdanken. Ich habe die entsprechenden Türen geöffnet und für gewisse Begünstigungen gesorgt, die der Volksrepublik zugute kommen.«

»Niemand bestreitet, daß Sie Ihren Beitrag zum Wohle unseres Volkes geleistet haben«, sagte Qian Miang freundlich. »Aber es wurden Fehler begangen, verhängnisvolle Fehler, die bereinigt werden müssen, ehe nicht wiedergutzumachender Schaden entsteht. Sie müssen in aller Stille aus Amerika verschwinden und dürfen nie wieder hierher zurückkehren. Die Qin Shang Maritime Limited kann nach wie vor sämtliche andere Häfen auf der Welt anlaufen. Für die Volksrepublik China sind Sie in Hongkong noch immer von großer Bedeutung. Sie werden das überstehen, Qin Shang, und Ihren kostbaren Besitz weiter mehren.«

»Und Sungari?« fragte Qin Shang, während er sich mit den Stäbchen ein Squab Soong nahm, obwohl ihm der Appetit gründlich vergangen war. »Was wird aus Sungari?«

Qian Miang zuckte die Achseln. »Das schreiben Sie ab. Der Großteil der Baukosten wurde ohnehin von amerikanischen Investoren und zum Teil auch von unserer Regierung getragen. Die Verluste, die Ihnen dabei vielleicht entstehen, Qin Shang, werden Sie in sechs Monaten wieder wettgemacht haben. Ein solcher Rückschlag dürfte Ihr Imperium wohl kaum gefährden.«

»Es schmerzt mich zutiefst, daß ich hier alles stehen- und liegenlassen soll.«

»Wenn Sie es nicht tun, wird Sie die amerikanische Justiz hinter Gitter stecken.«

Qin Shang starrte den Botschafter an. »Wenn ich mich weigere, meine Verbindungen zum Weißen Haus und dem Kongreß abzubrechen, das wollen Sie doch sagen, würde Präsident Lin Loyang mich fallenlassen oder möglicherweise sogar meine Hinrichtung befehlen?«

»Ohne mit der Wimper zu zucken, wenn es zum Besten unseres Landes wäre.«

»Gibt es keinerlei Möglichkeit, Sungari zu retten?«

Qian Miang schüttelte den Kopf. »Ihr Plan, den Mississippi an Ihrem neuen Hafen vorbei zum Golf von Mexiko zu leiten, war genial, aber zu kompliziert. Sie hätten den Hafen lieber an der Westküste bauen sollen.«

»Als ich Yin Tsang meinen Plan damals vorgetragen habe, hat er ihn gebilligt«, wandte Qin Shang ein. »Wir waren uns einig, daß unsere Regierung unbedingt einen eigenen Hafen benötigt, der vom Atlantik aus zugänglich ist – sozusagen eine Landungsbrücke, über die man illegale Einwanderer und Waren ins amerikanische Binnenland und an die Ostküste einschleusen kann.«

Qian Miang warf Qin Shang einen merkwürdigen Blick zu. »Leider ist der Leiter der Kommission für innere Angelegenheiten vorzeitig verstorben.«

»Ein schwerer Schlag«, sagte Qin Shang, ohne eine Miene zu verziehen.

»Inzwischen hat man sich auf eine neue Zielsetzung geeinigt, wonach künftig mehr Gewicht auf den Erwerb bereits vorhandener Hafenanlagen an der Westküste gelegt werden soll. Wie wir das zum Beispiel beim Kauf der US-amerikanischen Marinestützpunkte in Seattle und San Diego getan haben.«

»Eine neue Zielsetzung?«

Qian Miang kostete zunächst von einem Eintopfgericht, Rind

mit Curry, ehe er antwortete. »Präsident Lin Loyang hat das Projekt Pazifika abgesegnet«, antwortete er dann.

»Projekt Pazifika? Davon hat man mir nichts mitgeteilt.«

»Aufgrund Ihrer jüngsten Schwierigkeiten mit den Amerikanern waren alle der Meinung, daß es besser sei, wenn Sie nicht einbezogen würden.«

»Können Sie das näher begründen, oder sind die Führer unseres Volkes etwa der Meinung, daß ich ihres Vertrauens nicht mehr würdig bin?«

»Keineswegs«, erwiderte Qian Miang. »Sie sind nach wie vor ein hochgeschätzter Mann. Beim Projekt Pazifika handelt es sich um einen Langzeitplan mit dem Ziel, die Vereinigten Staaten von Amerika in drei unabhängige Länder aufzuspalten.«

Qin Shang wirkte verdutzt. »Verzeihen Sie, aber meiner Meinung nach ist das ferne Zukunftsmusik.«

»So fern auch wieder nicht, mein alter Freund. Wir erleben Pazifika vielleicht nicht mehr, aber wenn in den nächsten vierzig, fünfzig Jahren weiterhin Millionen unserer Landsleute einwandern, so sagen angesehene Demographen schon heute voraus, wird entlang der Pazifikküste, von Alaska bis San Francisco, ein neuer Staat entstehen.«

»Die Vereinigten Staaten sind 1861 gegen die Konföderation in den Krieg gezogen, um die Spaltung der Nation zu verhindern. Um der Einheit ihres Landes willen wären sie dazu jederzeit wieder bereit.«

»Nicht, wenn der Schlag wider die Bundesregierung von zwei Seiten zugleich erfolgt. Denn vor Pazifika«, erklärte Qian Miang, »kommt es möglicherweise zur Gründung von Hispania, einer weiteren neuen Nation mit einer überwiegend Spanisch sprechenden Bevölkerung, die sich von Südkalifornien über Arizona, New Mexico und den südlichen Teil von Texas erstrecken dürfte.«

»Ich halte es für undenkbar, daß sich die USA in absehbarer Zeit in drei souveräne Staaten aufspaltet«, sagte Qin Shang.

»Bedenken Sie doch nur, wie sich die Grenzen in Europa im Lauf der letzten hundert Jahre verändert haben. Die Vereinigten Staaten werden nicht für alle Ewigkeit eine einige Großmacht bleiben, genausowenig wie das Römische Reich. Und das Schöne am Projekt Pazifika ist, daß die Volksrepublik China aufgrund ihrer Macht und ihres Einflusses die gesamte Wirtschaft der Anrainerstaaten rund um den Pazifischen Ozean beherrschen wird, Taiwan und Japan eingeschlossen.«

»Als treuer Bürger meines Landes«, sagte Qin Shang, »möchte ich sichergehen, daß ich einen kleinen Teil zur Verwirklichung dieses Planes beigetragen habe.«

»Das haben Sie, mein Freund, das haben Sie«, beruhigte ihn Qian Miang. »Aber zuerst müssen Sie bis spätestens heute nachmittag um zwei das Land verlassen haben. Zu diesem Zeitpunkt will man Sie nach Auskunft meiner Informanten im Justizministerium verhaften.«

»Und wegen Mordes anklagen?«

»Nein, wegen vorsätzlicher Beschädigung von Bundeseigentum.«

»Das klingt eher nach einer Bagatelle.«

»Es ist nur der erste Schritt, den die US-Regierung gegen Sie unternimmt. Die Mordanklage in Zusammenhang mit den Vorfällen am Orion Lake wird nachfolgen. Außerdem gedenkt man Sie wegen Verstößen gegen die Einwanderungs-, Zoll- und Steuergesetze zu belangen.«

»Ich kann mir vorstellen, daß sich die Medien darauf stürzen wie ein Heuschreckenschwarm.«

»Kein Zweifel«, sagte Qian Miang, »es wird einen Riesenwirbel geben. Aber wenn Sie in aller Stille verschwinden und Ihre Geschäfte von Hongkong aus weiterführen, ohne großes Aufsehen zu erregen, werden wir den Sturm meiner Meinung nach überstehen. Der Kongreß und das Weiße Haus werden wegen der Taten eines Mannes nicht die guten Beziehungen zwischen unseren Ländern aufs Spiel setzen. Wir werden natürlich jede Kenntnis von Ihren Machenschaften leugnen, und zugleich wird unser Propagandaministerium eine Flut von Verlautbarungen herausgeben, in denen den taiwanesischen Kapitalisten alle Schuld zugeschoben wird.«

»Dann werde ich also nicht den Hunden zum Fraß vorgeworfen?«

»Wir schützen Sie. Das Justiz- und das Außenministerium werden Ihre Auslieferung verlangen, doch da können Sie ganz beruhigt sein – das wird nicht geschehen, nicht bei einem Mann mit Ihrer Macht und Ihrem Reichtum. Sie können der Volksrepublik China noch viele Jahre treue Dienste leisten. Ich versichere Ihnen im Namen unseres Volkes, daß wir Sie nicht verlieren möchten.«

»Ich fühle mich geehrt«, erwiderte Qin Shang feierlich. »Dann heißt es also Abschied nehmen.«

»Bis wir uns in der Heimat wiedersehen«, sagte Qian Miang. »Übrigens, wie fanden Sie die Dattelküchlein?«

»Bestellen Sie dem Chefkoch, daß er süßes Reismehl statt Maisstärke nehmen soll.«

Die Boeing 737 stieg in den wolkenlos blauen Himmel auf und zog in einer weiten Schleife über das Mississippi-Delta hinweg. Der Pilot blickte durch das seitliche Cockpitfenster hinab auf das Marschland des Plaquemine Parish. Keine fünf Minuten später überflog die Maschine in der Nähe der Kleinstadt Myrtle Grove die grünbraunen Fluten des Mississippi. Auf Anweisung seines Arbeitgebers war der Pilot von Washington aus zunächst auf Südwestkurs gegangen, Richtung Louisiana, und steuerte jetzt gen Westen, auf Sungari zu.

Qin Shang saß in einem bequemen Sessel in seinem mit allen Schikanen ausgestatteten Privatjet und blickte durch das Fenster, als die goldenen Pyramiden seiner Lagerhäuser und Verwaltungsgebäude am Horizont auftauchten. Gleißend spiegelte sich die Nachmittagssonne in den goldbeschichteten Außenwänden – genauso, wie Qin Shang es von seinen Architekten und Baumeistern verlangt hatte.

Zunächst versuchte er nicht weiter über den Hafen nachzudenken. Schließlich war es allenfalls eine mißglückte Investition. Doch Qin Shang hatte zuviel Anteil an diesem Projekt genommen. Die Vorstellung, daß der schönste, modernste und leistungsfähigste Hafen der Welt ungenutzt verfallen sollte, ließ ihm keine Ruhe. Er blickte hinab, sah aber kein Schiff an den Kais liegen. Sämtliche Schiffe der Qin Shang Maritime Limited, die in den Golf eingelaufen waren, waren nach Tampico in Mexiko umgeleitet worden.

Er griff zum Hörer der Bordsprechanlage und befahl dem Piloten, über dem Hafen eine Schleife zu fliegen. Er drückte das Gesicht an die Scheibe, als der Pilot die Maschine in die Kurve legte, damit er einen besseren Ausblick hatte. Nach kurzer Zeit schweiften Qin Shangs Gedanken ab. Versonnen blickte er vor sich hin, ohne die leeren Kais, die großen, einsam und verlassen dastehenden Ladekräne und die ungenutzten Lagerhäuser wahrzunehmen. Daß ihm um ein Haar die größte unternehmerische Tat der Geschichte gelungen wäre, daß er etwas gewagt hatte, was noch kein Mensch versucht hatte, bereitete ihm nur wenig Genugtuung. Er war nicht der Mann, der über ein Versagen einfach hinwegsehen und sich dem nächsten Vorhaben zuwenden konnte.

»Sie werden zurückkommen«, ertönte die wohlklingende, tröstliche Stimme seiner Privatsekretärin Su Zhong.

Qin Shang spürte, wie ihn der Unmut packte. »Nicht in nächster Zeit. Sobald ich auch nur einen Fuß auf amerikanischen Boden setze, wird man mich in eins ihrer Gefängnisse werfen.«

»Das wird nicht immer so bleiben. Schon bei der nächsten Wahl kann Amerika eine andere Regierung haben. In diesem Land kommen und gehen die Politiker wie die Schwalben im Sommer. Die neuen Leute werden sich nicht mehr persönlich an Ihre Unternehmungen erinnern. Nach einiger Zeit wird das Urteil über Sie milder ausfallen. Sie werden sehen, Qin Shang.«

»Schön, daß Sie das sagen, Su Zhong.«

»Möchten Sie, daß ich Personal zur Pflege und Wartung des Hafens einstelle?« fragte sie.

»Ja«, versetzte er mit einem knappen Nicken. »Wenn ich in zehn, zwanzig Jahren zurückkehre, soll Sungari noch genauso aussehen wie jetzt.«

»Ich mache mir Sorgen, Qin Shang.«

Er blickte sie an. »Warum?«

»Ich traue den Männern in Peking nicht. Sie haben dort zu viele Neider. Ich habe Angst davor, daß man Ihr Mißgeschick ausnutzen könnte.«

»Um mich beseitigen zu lassen?« sagte er mit einem schmalen Lächeln.

Sie senkte den Kopf, konnte ihm nicht in die Augen sehen. »Ich bitte um Vergebung für meine unziemlichen Überlegungen.«

Qin Shang erhob sich und nahm Su Zhong bei der Hand. »Keine Sorge, meine kleine Schwalbe. Ich habe bereits ein Projekt im Sinn, für das mich das chinesische Volk für immer in Ehren halten wird. Ich werde ihm ein Geschenk machen, das man auch in zweitausend Jahren nicht vergißt.« Dann geleitete er sie in das geräumige Schlafzimmer im hinteren Teil des Flugzeugs. »Und nun«, sagte er leise, »darfst du mich über mein Mißgeschick hinwegtrösten.«

47

Nach dem Gespräch mit Dirk und Julia krempelte St. Julien Perlmutter die Ärmel hoch und machte sich an die Arbeit. Sobald er sich auf die Suche nach einem verschollenen Schiff begab, packte ihn der Ehrgeiz. Er prüfte jede Spur, ging jedem Gerücht nach, so unbedeutend es auch sein mochte. Durch seinen Eifer und seine Beharrlichkeit war er zwar schon oftmals auf die entscheidenden Auskünfte und Hinweise gestoßen, die letztlich dazu führten, daß man ein Schiffswrack fand, doch die Fälle, in denen er gescheitert war, überwogen bei weitem. Die Mehrzahl aller Schiffe verschwand, ohne eine Spur zu hinterlassen. Sie wurden einfach von der unendlichen See geschluckt, und die gab ihre Geheimnisse nur selten preis.

Auf den ersten Blick sah es so aus, als sei auch die *Princess Dou Wan* einer der zahlreichen hoffnungslosen Fälle, mit denen sich Perlmutter im Laufe seiner jahrzehntelangen marinehistorischen Forschungen befaßt hatte. Er durchforstete zunächst die einschlägigen Werke in seiner eigenen riesigen Sammlung, dann wandte er sich an die Marinearchive in den Vereinigten Staaten und der übrigen Welt.

Je schwieriger sich die Suche gestaltete, desto beharrlicher betrieb er sie, auch wenn er Tag und Nacht arbeiten mußte. Er sammelte jeden einzelnen Hinweis über die *Princess Dou Wan*, alles, was er von dem Zeitpunkt, da sie auf Kiel gelegt worden war, bis zu ihrem Verschwinden auftreiben konnte. Er besorgte sich Baupläne und Konstruktionszeichnungen, darunter genaue Angaben zu den Maschinen, zur Ausrüstung, den Abmessungen und der Anlage der Decks. Besonders interessierte ihn eine Beschreibung ihrer Fahreigenschaften, die er in den Unterlagen ausfindig gemacht hatte. Demnach galt sie als sehr stabiles Schiff, das im Lauf seiner langjährigen Dienstzeit die schlimmsten Stürme überstanden hatte, von denen die Gewässer vor der ostasiatischen Küste heimgesucht worden waren.

Er engagierte ein paar Forscherkollegen, die in seinem Auftrag in den englischen und südostasiatischen Archiven recherchierten. Auf diese Weise nutzte er nicht nur den Sachverstand anderer Marinehistoriker, sondern er sparte auch viel Zeit und Geld.

Perlmutter wünschte sehnlichst, er könnte seinen alten Freund und Kollegen Zhu Kwan in China zu Rate ziehen, doch seines Wissens wollte Pitt nicht, daß Qin Shang irgendwie von der Sache erfuhr. Er setzte sich allerdings mit ein paar persönlichen Freunden in Taiwan in Verbindung und erkundigte sich nach eventuell noch lebenden Kampfgefährten von Tschiang Kai-schek, die möglicherweise nähere Auskünfte über die verschollenen Schätze geben könnten.

In den frühen Morgenstunden, als die meisten Menschen schliefen, saß er vor seinem Computermonitor, der so groß war wie ein Projektionsbildschirm, und wertete die bisherigen Erkenntnisse aus. Zuerst besah er sich eins der sechs existierenden Fotos von der *Princess Dou Wan*. Ein stattliches Schiff, dachte er. Die Aufbauten waren weit zurückgesetzt und wirkten klein im Verhältnis zum Rumpf. Er musterte die Farbaufnahme, vergrößerte dann das weiße Band in der Mitte des grünen Schornsteins und betrachtete das Emblem der Canton Lines, einen goldenen Löwen mit erhobener rechter Pranke. Die zahlreichen Ladebäume deuteten darauf hin, daß das Schiff neben den Passagieren auch eine ganz ordentliche Fracht befördern konnte.

Er fand auch Fotos von ihrem Schwesterschiff, der *Princess Yung T'ai*, die ein Jahr nach der *Princess Dou Wan* vom Stapel gelaufen war. Den Aufzeichnungen zufolge war sie sechs Monate vor der letzten Fahrt der *Princess Dou Wan* abgewrackt worden.

Ein ausgedienter alter Dampfer, der zum Verschrotten nach Singapur fahren soll, ist nicht gerade dafür geeignet, die großen Kunstschätze Chinas an einen geheimen Ort zu bringen, dachte er. Sie war überaltert und vermutlich alles andere als im Bestzustand – kaum noch in der Lage, die schweren Sturmseen abzuwettern, in die sie auf einer Fahrt quer über den Pazifik stets geraten konnte. Außerdem wäre es seiner Meinung nach vernünftiger gewesen, die Schätze nach Taiwan zu bringen, denn dorthin hatten sich Tschiang Kai-schek und seine Kuomintang-Kämpfer schließlich zurückgezogen und die Nationale Republik China ausgerufen. Schwer nachvollziehbar, wieso ein Marinefunker in Valparaiso in Chile die letzte Meldung von ihr aufgefangen hatte. Zu welchem Behufe sollte sich die *Princess Dou Wan* mehr als sechshundert Meilen südlich vom Wendekreis des Steinbocks aufgehalten haben, in einem Seegebiet fernab der üblichen Schiffahrtsstraßen durch den Pazifischen Ozean?

Selbst wenn der Dampfer die Kunstschätze heimlich außer Landes, nach Afrika oder Europa, schaffen sollte – warum fuhr er dann durch die endlose Weite des Pazifik, offenbar mit Kurs auf die Magellanstraße, obwohl der Weg durch den Indischen Ozean und um das Kap der Guten Hoffnung viel kürzer gewesen wäre? War der Auftrag etwa so geheim, daß der Kapitän nicht einmal durch den Panamakanal fahren durfte? Oder besaß Tschiang Kai-schek irgendwo in den Anden einen Bunker, in dem er seine Schätze verstecken wollte? Wenn sich denn beweisen ließ, daß dieses Schiff tatsächlich die großen Kunstschätze des alten China an Bord gehabt hatte.

Perlmutter war ein gründlicher Mensch. Er nahm nichts als selbstverständlich hin. Er fing noch einmal von vorne an und musterte erneut die Fotos von dem Schiff. Als er die Umrisse betrachtete, meinte er zum erstenmal eine leise Ahnung zu haben. Er rief einen befreundeten Marinearchivar in Panama an, weckte ihn mitten in der Nacht auf und redete ihm so lange gut zu, bis er sich bereit erklärte, sämtliche Unterlagen über die Schiffe durchzugehen, die zwischen dem 28. November und dem 5. Dezember 1948 den Kanal in west-östlicher Richtung durchfahren hatten.

Nachdem er dieser Spur nachgegangen war, nahm er sich eine Auflistung mit den Namen sämtlicher Offiziere vor, die zuletzt auf der *Princess* gefahren waren. Bis auf Kapitän Leigh Hunt und Ian Gallagher, den Chefmaschinisten, waren es lauter Chinesen.

Er kam sich vor wie ein Roulettespieler, der seine Jetons auf sämtliche Felder setzt. Wie standen die Chancen, daß er gewann oder verlor? Sechsunddreißig zu sechsunddreißig? Aber es gab ja auch noch die Null und die Doppelnull. Perlmutter war kein Narr. Er setzte auf jede Möglichkeit, denn er war fest davon überzeugt, daß er so gut wie gewonnen hatte, wenn er auch nur einen richtigen Treffer landete.

Er griff zum Telefon, tippte eine Nummer ein und wartete, bis sich eine verschlafene Stimme meldete. »Wehe, es ist nicht wichtig.«

»Hiram, St. Julien Perlmutter hier.«

»Julien, wieso, um Himmels willen, rufen Sie mich um vier Uhr morgens an?« Hiram Yeager klang, als spräche er durch das Kopfkissen.

»Ich stecke mitten in einer Nachforschung für Dirk und benötige Ihre Hilfe.«

Yeager wurde allmählich wacher. »Für Dirk tu' ich ja alles, aber muß es ausgerechnet um vier Uhr morgens sein?«

»Es geht um wichtige Hinweise, die wir so schnell wie möglich brauchen.«

»Was soll ich euch denn beschaffen?«

Perlmutter seufzte erleichtert auf, obwohl er aus Erfahrung wußte, daß der Computerspezialist der NUMA noch nie jemanden hatte hängenlassen. »Haben Sie einen Stift und ein Blatt Papier zur Hand? Ich nenne Ihnen ein paar Namen.«

»Und dann?« fragte Yeager gähnend.

»Ich möchte, daß Sie sich in die Computer unserer Regierung einklinken und die Datenbänke der Finanzbehörde und der Sozialversicherung danach durchforsten. Ach, und sehen Sie auch in Ihren umfangreichen meereskundlichen Dateien nach.«

»Viel verlangen Sie ja nicht.«

»Und wenn Sie schon mal dabei sind…«, setzte Perlmutter sofort nach.

»Hört das denn nie auf?«

»Sie könnten da noch ein Schiff für mich aufspüren.«

»Und zwar?«

»Wenn mich meine Ahnung nicht trügt, wüßte ich ganz gern, welchen Hafen es zwischen dem 28. November und dem 10. Dezember 1948 angelaufen hat.«

»Name und Eigner?«

»Die *Princess Dou Wan* von den Canton Lines«, erwiderte er und buchstabierte es.

»Okay, sobald ich meinen Dienst in der NUMA-Zentrale antrete, fange ich damit an.«

»Machen Sie sich lieber gleich an die Arbeit«, versetzte Perlmutter. »Die Zeit drängt.«

»Und Sie tun das auch bestimmt für Dirk?« hakte Yeager nach.

»Großes Ehrenwort.«

»Darf ich fragen, worum es überhaupt geht?«

»Sie dürfen«, erwiderte Perlmutter, dann legte er auf.

Yeager forschte zunächst nach dem Kapitän der *Princess Dou Wan* und wurde binnen weniger Minuten fündig. Leigh Hunt wurde in zahlreichen Seefahrtsjournalen erwähnt, in denen alle Schiffe samt Besatzung aufgeführt waren, die zwischen 1925 und 1945 das Südchinesische Meer befahren hatten. Ferner fand er einen Bericht der britischen Marine und einen Zeitungsartikel aus dem Jahr 1936, wonach ein unter Hunts Kommando stehendes Schiff die Passagiere und die Besatzung eines Trampdampfers gerettet hatte, der vor der Küste der Philippinen gesunken war. Die letzte Eintragung über Hunt befand sich im Schiffahrtsregister von Hongkong. Es war nur ein kurzer Absatz, in dem lediglich vermerkt wurde, daß die *Princess Dou Wan* nicht in Singapur eingetroffen sei. Nach 1948 verlor sich jede Spur von Kapitän Hunt.

Anschließend nahm sich Yeager Ian Gallagher vor. Er lächelte, als er in einem australischen Fachblatt auf einen Artikel stieß, in dem von Gallaghers »anschaulicher Aussage« bei einem Untersuchungsverfahren im Zusammenhang mit einem Schiffsunglück vor der Küste von Darwin berichtet wurde. »Hongkong« Gallagher, wie er genannt wurde, ließ kaum ein gutes Haar am Kapitän und seinen Kollegen, behauptete, er habe sie während der gesamten Überfahrt nicht ein einziges Mal nüchtern erlebt, und gab ihnen die alleinige Schuld an dem Unglück. Zuletzt wurde der Ire in einer kurzen Hausmitteilung der Canton Lines erwähnt, in der auf das Verschwinden der *Princess Dou Wan* verwiesen wurde.

Danach gab er seinen Hochleistungsrechnern den Befehl, sämtliche Maschinisten und Ingenieure herauszusuchen, die in den internationalen Schiffahrts- und Reedereiregistern aufgeführt wurden. Das würde einige Zeit dauern, daher ging er hinunter in die Cafeteria der NUMA-Zentrale und gönnte sich ein leichtes Frühstück. Anschließend befaßte er sich eine Zeitlang mit zwei meeresgeologischen Projekten, an denen die NUMA derzeit arbeitete. Dann wandte er sich wieder seinem Suchprogramm zu.

Wie gebannt starrte er auf den Bildschirm, traute zunächst seinen Augen kaum. Es dauerte ein paar Sekunden, bis ihm klar wurde, was er da gefunden hatte. Ein Volltreffer, aus heiterem Himmel. Jetzt wußte er, wo er weitersuchen mußte. Etliche Stunden später lehnte er sich schließlich kopfschüttelnd zurück. Er war mehr als zufrieden mit sich, als er Perlmutter anrief.

»St. Julien Perlmutter hier.«

»Hiram Yeager hier«, äffte ihn der Computerspezialist nach.

»Sind Sie auf etwas Interessantes gestoßen?«

»In Sachen Kapitän Leigh Hunter leider Fehlanzeige.«

»Was ist mit dem Chefmaschinisten?«

»Sitzen Sie gut?«

»Wieso?« fragte Perlmutter vorsichtig.

»Ian ›Hongkong‹ Gallagher ist nicht mit der *Princess Dou Wan* untergegangen.«

»Was sagen Sie da?« versetzte Perlmutter.

»Ian Gallagher hat 1950 die amerikanische Staatsbürgerschaft angenommen.«

»Unmöglich. Es muß sich um einen anderen Ian Gallagher handeln.«

»Hundertprozentig«, erwiderte Yeager, der seinen Triumph in vollen Zügen auskostete. »Ich habe gerade eine Kopie seines Ingenieurspatents vor mir liegen, das er kurz nach seiner Einbürgerung vom Schiffahrtsamt des amerikanischen Verkehrsministeriums verlängern ließ. Anschließend heuerte er bei der Ingram Line in New York an, in deren Diensten er zwanzig Jahre lang stand. Seit 1949 mit Katrina Garin verheiratet; fünf Kinder.«

»Er lebt noch?« fragte Perlmutter fassungslos.

»Laut Datenbank bezieht er nach wie vor seine Rente.«

»Wäre es wahrhaftig möglich, daß er den Untergang der *Princess Dou Wan* überlebt hat?«

»Vorausgesetzt, Gallagher war an Bord, als sie gesunken ist«, erwiderte Yeager. »Soll ich trotzdem noch nachforschen, welche Häfen die *Princess Dou Wan* in dem von Ihnen genannten Zeitraum angelaufen hat?«

»Unbedingt«, antwortete Perlmutter. »Und achten Sie darauf, ob irgendwo die Ankunft eines Schiffes namens *Princess Yung T'ai* vermerkt ist. Ebenfalls im Besitz der Canton Lines.«

»Sind Sie auf etwas Bestimmtes aus?«

»Nur eine Ahnung«, erwiderte Perlmutter. »Nicht mehr.«

Die Ecken sind abgesteckt, dachte Perlmutter. Jetzt mußte er nur noch die übrigen Teile finden. Inzwischen war er rechtschaffen müde und gönnte sich zwei Stunden Schlaf. Das Telefon weckte ihn. Er ließ es fünfmal klingeln, bis er halbwegs wieder zu sich gekommen war, und meldete sich dann.

»St. Julien, hier spricht Juan Mercado aus Panama.«

»Juan, besten Dank für Ihren Anruf. Haben Sie etwas gefunden?«

»Nichts, fürchte ich, jedenfalls nicht über die *Princess Dou Wan*.«

»Schade. Ich hatte gehofft, daß sie vielleicht den Kanal durchfahren hat.«

»Ich bin da allerdings rein zufällig auf etwas gestoßen.«

»Oh?«

»Ein anderes Schiff der Canton Lines, die *Princess Yung T'ai*, hat am 1. Dezember 1948 den Kanal passiert.«

Perlmutter faßte den Hörer fester. »In welche Richtung ist sie gefahren?«

»Von West nach Ost«, antwortete Mercado. »Vom Pazifik ins Karibische Meer.«

Perlmutter sagte nichts, aber insgeheim jubelte er. Noch fehlten etliche Teile in seinem Puzzle, aber allmählich nahm es Gestalt an. »Ich stehe tief in Ihrer Schuld, Juan. Sie sind meine Rettung.«

»Freut mich, daß ich Ihnen zu Diensten sein konnte. Aber tun Sie mir das nächstemal bitte einen Gefallen, ja?«

»Aber gern.«

»Rufen Sie mich tagsüber an. Sobald meine Frau merkt, daß ich wach im Bett liege, wird sie liebesbedürftig.«

48

Pitt war angenehm überrascht, als Julia ihn in seiner Hangarwohnung in Washington erwartete. Nachdem sie sich umarmt und geküßt hatten, servierte sie ihm einen Margarita on the rocks – einen richtigen, ohne das süße Zeug und das zermatschte Eis, das man in den meisten Restaurants vorgesetzt bekam.

»Da kehrt man doch gerne heim«, sagte er fröhlich.

»Ich wüßte nicht, wo es gemütlicher und sicherer sein könnte«, sagte sie mit einem verführerischen Lächeln. Sie trug einen Minirock aus Leder und ein Nylontop, das eine Schulter frei ließ.

»Hab' ich schon gemerkt, da draußen wimmelt es von Leibwächtern.«

»Die hat mir der INS geschickt.«

»Hoffentlich sind sie wachsamer als der letzte Trupp«, sagte er, trank einen Schluck Margarita und nickte beifällig.

»Bist du alleine von Louisiana hierhergeflogen?«

Pitt nickte. »Al ist noch im Krankenhaus und läßt sich sein gebrochenes Bein eingipsen. Und Admiral Sandecker und Rudi Gunn sind schon früher abgereist, weil sie dem Präsidenten persönlich Bericht erstatten wollten.«

»Peter Harper hat mir schon von deinen Heldentaten am Mississippi erzählt. Du hast dieses Land vor einer großen Katastrophe bewahrt und zahllose Menschenleben gerettet. In sämtlichen Zeitungen und Nachrichtensendungen wird von diesem Terroranschlag auf den Uferdamm und dem Gefecht zwischen der Nationalgarde und der *United States* berichtet. Das ganze Land war erschüttert. Komischerweise war weder von dir noch von Al die Rede.«

»Genauso wollen wir's doch.« Er hob den Kopf und schnüffelte. »Woher kommt dieser köstliche Geruch?«

»Von meinen chinesischen Gerichten für die Party heute abend.«

»Und aus welchem Anlaß?«

»St. Julien Perlmutter hat kurz vor deiner Ankunft angerufen. Er glaubt, daß er und Hiram Yeager bei der Suche nach Qin Shangs Schatzschiff einen Durchbruch erzielt haben. Er sagte aber auch, daß er sich äußerst ungern in Amtsgebäude begibt, daher habe ich ihn einfach zum Abendessen hergebeten. Peter Harper kommt ebenfalls, und ich habe auch Admiral Sandecker und Rudi Gunn eingeladen. Ich hoffe, sie haben Zeit.«

»Die verehren St. Julien«, sagte Pitt lächelnd. »Die kommen bestimmt.«

»Hoffentlich, sonst zehren wir hier nämlich zwei Wochen lang von den Resten.«

»Ach, ist das schön, wieder daheim zu sein«, sagte Pitt, nahm Julia in die Arme und drückte ihr fast die Luft aus dem Leib.

»Puh!« rief sie und rümpfte die Nase. »Wann hast du denn das letztemal gebadet?«

»Ist ein paar Tage her. Ich bin zwar im Sumpfwasser tauchen gewesen, aber unter die Dusche bin ich nicht mehr gekommen, seit wir uns auf der *Weehawken* verabschiedet haben.«

Julia rieb ihre abgeschürfte Wange. »Dein Bart fühlt sich an wie Sandpapier. Na los, spute dich und mach dich hübsch. In einer Stunde kommen die Gäste.«

»Welch köstliches Arrangement«, sagte Perlmutter, während er die zahlreichen Schalen, Schüsseln und Platten voller erlesener Speisen beäugte, die Julia auf einer alten Kredenz in Pitts Wohnzimmer angerichtet hatte.

»Das sieht ja zum Anbeißen aus«, sagte Sandecker.

»Besser hätte ich es nicht ausdrücken können«, versetzte Gunn.

»Meine Mutter hat großen Wert darauf gelegt, daß ich kochen lerne, und mein Vater schätzt die chinesische und die französisch beeinflußte indochinesische Küche«, sagte Julia, der die Schmeicheleien sichtlich wohltaten. Sie trug jetzt ein rotes Stretchkleid und sah hinreißend aus.

»Ich hoffe doch, daß Sie den INS nicht eines Tages im Stich lassen und ein Restaurant eröffnen«, warf Harper scherzend ein.

»Das glaube ich kaum. Meine Schwester hat ein Restaurant in San Francisco, daher weiß ich, was das für eine Schufterei ist – diese ewigen Stunden, in denen man in einer viel zu kleinen Küche herumfuhrwerken muß. Da ist mir mein ungebundenes Leben lieber.«

Nachdem sich alle bedient hatten, nahmen sie rund um den großen Eßtisch Platz, der aus dem Kajütendach eines Segelschiffes aus dem neunzehnten Jahrhundert gezimmert war, und widmeten sich voller Erwartung Julias Festmahl. Sie wurden nicht enttäuscht, und entsprechend überschwenglich und begeistert fielen denn auch die Komplimente aus, die man ihr machte.

Während des Essens kam man bewußt nicht auf Perlmutters Entdeckungen zu sprechen, sondern unterhielt sich statt dessen über die Ereignisse am Mystic-Kanal und die Bemühungen des Pioniercorps, den Schaden am Uferdamm zu beheben. Alle sprachen sich dagegen aus, die *United States* an Ort und Stelle zu verschrotten, und gaben ihrer Hoffnung Ausdruck, daß sich möglicherweise doch jemand finden könnte, der die notwendigen Mittel zu ihrer Bergung und Instandsetzung aufbrachte, wenn schon nicht als Passagier- oder Kreuzfahrtschiff, so doch als schwimmendes Hotel und Spielkasino, wie es ursprünglich vorgesehen war. Harper berichtete ihnen von den Anklagepunkten, die man gegen Qin Shang vorbereitete. Trotz seiner guten Beziehungen und obwohl sich der Präsident und einige Kongreßmitglieder zunächst widersetzt hätten, habe man auf Grund der Straftaten, die ihm zur Last gelegt würden, die Gegner eines Verfahrens schließlich umstimmen können.

Zum Nachtisch trug Julia gebratene Äpfel mit Sirup auf. Nachdem das Essen beendet war und Pitt und Julia das Geschirr abgeräumt und in der Spülmaschine verstaut hatten, ließen sich alle in dem mit altem Schiffsmobiliar, Seestücken und Schiffsmodellen ausgestatteten Wohnzimmer nieder. Sandecker zündete eine seiner großen Zigarren an, ohne um Erlaubnis zu fragen, während Pitt jedem ein Glas vierzigjährigen Portwein einschenkte.

»Nun, St. Julien«, sagte Sandecker, »worum handelt es sich bei dieser großen Entdeckung, die Sie Pitts Worten zufolge gemacht haben?«

»Und ich würde gern hören, wieso das den INS betrifft«, sagte Harper zu Pitt.

Pitt hob sein Glas und betrachtete die dunkelrote Flüssigkeit, als habe er eine Kristallkugel in der Hand. »Wenn St. Julien uns zum Wrack eines Schiffes namens *Princess Dou Wan* führen kann, wird das die Beziehungen zwischen den USA und China auf Jahrzehnte hinaus verändern.«

»Verzeihen Sie bitte, aber ich würde sagen, das klingt höchst unwahrscheinlich«, sagte Harper.

Pitt grinste. »Warten Sie es ab.«

Perlmutter ließ sich in einen schweren Sessel sinken, öffnete seinen Aktenkoffer und entnahm ihm etliche Ordner. »Zunächst ein kleiner historischer Abriß zur Aufklärung jener, die noch nicht genau wissen, worum es hier geht.« Er hielt kurz inne, schlug den ersten Ordner auf und holte mehrere Blatt Papier heraus. »Lassen Sie mich zu Beginn feststellen, daß die Gerüchte, wonach der Passagierdampfer *Princess Dou Wan* im November 1948 mit einer riesigen Ladung wertvoller Kunstschätze aus dem alten China von Schanghai aus in See gestochen ist, der Wahrheit entsprechen.«

»Auf welche Quelle beziehen Sie sich?« fragte Sandecker.

»Auf einen gewissen Hui Wiay, einen ehemaligen Oberst der nationalchinesischen Armee, der unter Tschiang Kai-schek diente. Wiay lebt heute in Taipeh. Er kämpfte gegen die Kommunisten und flüchtete schließlich mit seinem Dienstherrn und den Resten der Kuomintang-Streitkräfte nach Taiwan, das seinerzeit noch Formosa hieß. Er ist jetzt zweiundneunzig, hat aber nach wie vor ein messerscharfes Gedächtnis. Er konnte sich noch lebhaft daran erinnern, wie er und seine Männer auf Befehl von Generalissimus Tschiang Kai-schek sämtliche Kunstschätze, derer sie habhaft werden konnten, aus Museen und Palästen räumen mußten. Auch Privatsammlungen sowie alle Wertsachen, die man in den Tresoren und Schließfächern der Banken fand, wurden beschlagnahmt. Alles wurde in Holzkisten verpackt und auf Lastwagen zum Hafen von Schanghai gebracht. Dort wurde die Fracht auf einen alten Passagierdampfer verladen, der einem General von Tschiang Kai-schek unterstellt war, einem gewissen Kung Hui. Anscheinend ist er seit der Zeit, da die *Princess Dou Wan* verschwand, wie vom Erdboden verschluckt. Wir haben also allen Grund zu der Annahme, daß er sich an Bord befand.

Man hatte mehr Kunstschätze beschlagnahmt, als das Schiff normalerweise fassen konnte. Da man vor der Fahrt zum Abwrackdock in Singapur das gesamte Mobiliar und die Ausstattung der *Princess Dou Wan* herausgerissen hatte, konnte Kung Hui über tausend Kisten in den Frachträumen, den Salons und den leeren Passagierkabinen verstauen. Die Kisten mit den großen Standbildern und Skulpturen wurden vorwiegend an Deck vertäut. Dann, am 2. November 1948, stach die *Princess Dou Wan* von Schanghai aus in See und ward nie wieder gesehen.«

»Verschwunden?« sagte Gunn.

»Wie ein Gespenst nach Mitternacht.«

»Sie sprechen von Kunstschätzen aus dem alten China«, sagte Rudi Gunn. »Weiß man denn genau, welche Stücke seinerzeit beschlagnahmt wurden?«

»Bei einem Blick in das Ladungsverzeichnis, wenn es denn eins gäbe«, antwortete Perlmutter, »würden die Kuratoren sämtlicher Museen der Welt grün vor Neid. Ich will Ihnen eine kurze Auflistung vortragen. Da wären unter anderem die monumentalen Bronzewaffen und Vasen aus der Shang-Dynastie. Die Künstler der Shang-Zeit, die von 1600 bis 1100 vor Christus reichte, verstanden sich hervorragend auf die Bearbeitung von Stein, Jade, Marmor, Knochen und Elfenbein. Aus der nachfolgenden Chou-Dynastie, die von 1100 bis 200 vor Christus regierte, hätten wir die Schriften des Konfuzius, die dieser eigenhändig in Holz geschnitten hat. Dann die großartigen Bronzeskulpturen, mit Rubinen, Saphiren und Gold besetzte Räuchergefäße, lebensgroße Streitwagen mit Fahrern und sechs Rossen sowie die wunderschönen Lackschalen aus der Han-Dynastie, 206 vor bis 220 nach Christus. Herrliche Keramiken, die Werke der klassischen chinesischen Dichter und Gemälde der großen Meister der T'ung-Dynastie, 618 bis 907 nach Christus. Zauberhafte Skulpturen und Statuen aus der Sung-, der Yüan- und der Ming-Dynastie, deren Künstler meisterhafte Bildhauer und Steinmetze waren. Ihre Fertigkeiten auf dem Gebiet der ornamentalen Kunst, bei der Herstellung von Goldemailarbeiten, Möbeln und Töpferwaren sind weithin bekannt. Und natürlich kennen wir alle ihr berühmtes Blau-Weiß-Porzellan.«

Sandecker musterte die Rauchkringel, die von seiner Zigarre aufstiegen. »Das klingt ja so, als ob die Sachen mehr wert wären als der Inkaschatz, den Dirk in der Sonora-Wüste gefunden hat.«

»Wie ein Kelch voller Rubine neben einem Fuder Smaragde«, versetzte Perlmutter und trank einen Schluck Port. »Der Wert eines derart gewaltigen Hortes läßt sich unmöglich schätzen. Milliarden von Dollar, so man es denn in Gold umrechnen möchte, aber was den historischen Wert angeht, wäre der Begriff ›unschätzbar‹ eher noch zu tief gegriffen.«

»Reichtümer von einem derartigen Ausmaß kann ich mir überhaupt nicht vorstellen«, sagte Julia verwundert.

»Da wäre aber noch mehr«, sagte Perlmutter leise, wodurch er alle in seinen Bann schlug. »Das Sahnehäubchen sozusagen. Die Kronjuwelen des chinesischen Volkes.«

»Kostbarer als Rubine und Saphire«, sagte Julia, »oder Perlen und Diamanten?«

»Etwas weitaus Selteneres als bloße Klunker«, erwiderte Perlmutter leise. »Die Knochen des Pekingmenschen.«

»Guter Gott!« stieß Sandecker aus. »Sie wollen doch nicht etwa andeuten, daß der Pekingmensch auf der *Princess Dou Wan* war?«

»Doch«, sagte Perlmutter nickend. »Oberst Hui Wiay hat geschworen, daß unmittelbar vor dem Auslaufen des Schiffes eine große Eisenkiste mit den seit langem verschollenen Fossilien an Bord der *Princess Dou Wan* gebracht und in der Kapitänskajüte verstaut wurde.«

»Mein Vater hat oft von den verschwundenen Knochen gesprochen«, sagte Julia. »Da wir Chinesen unsere Ahnen verehren, sind sie noch bedeutender als die Gräber der alten Kaiser.«

Sandecker setzte sich auf und schaute Perlmutter an. »Der Verbleib der fossilen Überreste des Pekingmenschen ist eins der großen ungelösten Rätsel des zwanzigsten Jahrhunderts.«

»Wissen Sie, worum es dabei geht, Admiral?« fragte Gunn.

»Ich habe auf der Marineakademie mal eine Arbeit über die verschollenen Knochen des Pekingmenschen geschrieben. Ich dachte, sie wären 1941 verschwunden und nie wieder gefunden worden. Aber jetzt behauptet St. Julien, sie wären sieben Jahre später an Bord der *Princess Dou Wan* gebracht worden.«

»Was hat es damit auf sich?« fragte Harper.

Perlmutter nickte Sandecker zu und ließ ihm den Vortritt. »Sie haben die Arbeit geschrieben, Admiral.«

»Sinanthropus pekinensis.« Fast ehrfürchtig sprach Sandecker den lateinischen Namen aus. »Der Chinamensch aus Peking, ein sehr alter und primitiver Vorläufer des Menschen, der aber bereits aufrecht ging. 1929 gab der kanadische Anatom Dr. Davidson Black, der ein von der Rockefeller Foundation finanziertes Ausgrabungsunternehmen leitete, die Entdeckung eines Schädels bekannt. Im Lauf der nächsten zehn Jahre wurden bei Grabungen in einem Steinbruch nahe der Ortschaft Chou Kou Tien, an dessen Stelle sich einst ein von Kalksteinhöhlen durchzogener Hügel befunden hatte, Tausende behauener Steinwerkzeuge sowie alte Feuerstellen entdeckt, was darauf schließen ließ, daß der Pekingmensch die Kunst des Feuermachens beherrschte. Zudem stieß man auf Überreste von vierzig weiteren Individuen, sowohl Jugendlichen als auch Erwachsenen – der größte Fund hominider Fossilien, der je gemacht wurde.«

»Besteht eine Verwandtschaft mit dem Javamenschen, der dreißig Jahre vorher gefunden wurde?« fragte Gunn.

»Als man 1939 die Schädel von Java- und Pekingmensch verglich, stellte man große Ähnlichkeiten fest. Allerdings hat der Javamensch eine Weile früher gelebt, und er stellte nicht so hochentwickelte Werkzeuge her wie der Pekingmensch.«

»Genaue wissenschaftliche Datierungsmethoden wurden ja erst viel später entwickelt«, sagte Harper. »Hat man trotzdem eine ungefähre Vorstellung, wie alt der Pekingmensch ist?«

»Genau datieren kann man die Knochen erst, wenn sie wiedergefunden werden, aber man schätzt, daß er etwa siebenhunderttausend bis eine Million Jahre alt ist. Neue Entdeckungen in China deuten jedoch darauf hin, daß der *Homo erectus*, ein Vorläufer der Spezies Mensch, zu dem man auch den Java- und den Pekingmenschen zählt, vor rund zwei Millionen Jahren von Afrika nach Asien eingewandert ist. Natürlich hoffen die chinesischen Paläoanthropologen beweisen zu können, daß der Urmensch in Asien entstanden und von dort aus nach Afrika eingewandert ist und nicht umgekehrt, wie man das heute allgemein annimmt.«

»Wie sind die Überreste des Pekingmenschen verschwunden?« fragte Julia Sandecker.

»Im Dezember 1941 stießen japanische Truppen auf Peking vor«, berichtete Sandecker. »Die Leitung des Peking Union Medical College, wo die unersetzlichen Knochen aufbewahrt und untersucht wurden, beschloß, daß man sie an einen sicheren Ort bringen sollte. Außerdem zeichnete sich schon damals ab – wenn auch in China deutlicher als im Westen –, daß ein Krieg zwischen Japan und den Vereinigten Staaten bevorstand. Amerikanische und chinesische Wissenschaftler kamen daher überein, die Knochen in die USA zu schicken, wo sie bis nach dem Krieg verwahrt werden sollten. Nach monatelangen Verhandlungen sorgte der amerikanische Botschafter in Peking schließlich dafür, daß sie von einer Abteilung der US-Marineinfanterie, die bereits den Marschbefehl zu den Philippinen erhalten hatte, abtransportiert werden sollten.

Die alten Knochen wurden vorsichtig in zwei Feldkisten des Marine Corps verpackt und zusammen mit den Marineinfanteristen auf einen Zug zur Hafenstadt Tientsin verladen, wo sich die Soldaten mit ihrer kostbaren Fracht an Bord der S.S. *President Harrison* begeben sollten, eines Passagierschiffes, das der American

President Lines gehörte. Der Zug traf nie in Tientsin ein. Er wurde unterwegs von japanischen Soldaten angehalten und geplündert. Mittlerweile war der 8. Dezember 1941 gekommen, der Tag, an dem die Japaner Pearl Harbour angriffen, und die Marineinfanteristen, die sich für Neutrale hielten, wurden bis Kriegsende in ein japanisches Gefangenenlager gesteckt. Man kann nur vermuten, daß die Überreste des Pekingmenschen, nachdem sie gut eine Million Jahre unter der Erde ruhten, auf den Reisfeldern neben den Bahngleisen verstreut wurden.«

»Und seither hat man nichts mehr von ihnen gehört?« erkundigte sich Harper.

Sandecker schüttelte den Kopf und lächelte. »Nach dem Krieg schossen allerlei Legenden ins Kraut. Unter anderem sollten die Fossilien in einem geheimen Gewölbe unter dem Museum of Natural History in Washington versteckt sein. Die Marineinfanteristen, die die Fracht bewacht und den Krieg überlebt hatten, tischten mindestens zehn verschiedene Versionen der Geschichte auf. Einmal hieß es, die Feldkisten seien mit einem japanischen Lazarettschiff untergegangen, das in Wahrheit Waffen und Truppen geladen hatte. Ein andermal wurde behauptet, die Marineinfanteristen hätten die Kisten in der Nähe der amerikanischen Botschaft vergraben. Dann hieß es wieder, sie wären in einem Gefangenenlager versteckt worden und nach Kriegsende verschollen. Angeblich werden sie in einem Lagerhaus in der Schweiz aufbewahrt, in einem Banktresor in Taiwan, in der Kleiderkammer eines Marineinfanteristen, der sie in die Heimat geschmuggelt hat. Keiner weiß, was wirklich aus den Knochen des Pekingmenschen geworden ist. Und wie sie in die Hände von Tschiang Kai-schek und auf die *Princess Dou Wan* geraten sein sollen, das kann man nur raten.«

»Das klingt ja alles sehr verlockend«, sagte Julia, während sie eine Teekanne und für jeden eine Tasse auf den Tisch stellte. »Aber was nützt uns das, wenn sich die *Princess Dou Wan* nicht auffinden läßt?«

Pitt lächelte. »Eins muß man den Frauen lassen – sie kommen sofort zur Sache.«

»Wissen wir etwas Näheres über die Umstände ihres Verschwindens?« fragte Sandecker.

»Am 28. November setzte sie einen Notruf ab, der in Valparaiso in Chile aufgefangen wurde. Der Bordfunker gab an, sie befinde sich zweihundert Meilen westlich der südamerikanischen Küste. Er behauptete, im Maschinenraum sei Feuer ausgebrochen und sie mache rasch Wasser. Man schickte etliche Schiffe, die sich in der Nähe aufhielten, zu der angegebenen Position, fand aber außer einigen leeren Schwimmwesten keine Spur. Auch auf wiederholte Funkrufe aus Valparaiso erfolgte keine Antwort mehr, und eine umfassende Suche wurde nicht durchgeführt.«

Gunn schüttelte nachdenklich den Kopf. »Selbst mit den modernsten Tiefsee-Erkundungsgeräten der Navy könnte man jahrelang suchen, ohne irgend etwas zu finden. Bei einer derart ungenauen Positionsangabe müßte man ein Gebiet von tausend Quadratmeilen abgrasen.«

Pitt goß sich eine Tasse Tee ein. »Kennt man ihren Bestimmungsort?«

Perlmutter zuckte die Achseln. »Offenbar wurde weder einer genannt noch festgelegt.« Er schlug einen weiteren Aktenordner auf und verteilte mehrere Fotos der *Princess Dou Wan.*

»Zu ihrer Zeit war sie ein schmuckes Schiff«, stellte Sandecker fest, während er die anmutigen Linien bewunderte.

Pitt zog fragend die Augenbrauen hoch. Er stand auf, ging zu einem Schreibtisch und nahm eine Lupe zur Hand. Dann untersuchte er die beiden Fotos genau und blickte schließlich wieder auf. »Diese beiden Fotos hier«, sagte er langsam.

»Ja«, murmelte Perlmutter erwartungsvoll.

»Die stammen nicht vom gleichen Schiff.«

»Da hast du vollkommen recht. Auf dem einen Foto ist das Schwesterschiff der *Princess Dou Wan* zu sehen, die *Princess Yung T'ai.«*

Pitt schaute Perlmutter in die Augen. »Du verheimlichst uns doch etwas, du alter Fuchs.«

»Ich habe keine hieb- und stichfesten Beweise«, sagte der schwergewichtige Marinehistoriker, »aber ich habe eine Theorie.«

»Die würden wir gerne hören«, sagte Sandecker.

Wieder holte er einen Aktenordner heraus. »Ich habe den starken Verdacht, daß der Notruf, den man in Valparaiso auffing, getürkt war, daß er vermutlich von einem von Tschiang Kai-scheks Agenten entweder vom Festland aus oder von einem Fischerboot irgendwo vor der Küste abgesetzt wurde. Die *Princess Dou Wan* wurde, während sie den Pazifik überquerte, von der Besatzung leicht verändert und bekam unter anderem einen neuen Namen. Sie wurde zur *Princess Yung T'ai,* die kurz zuvor abgewrackt worden war. So getarnt, setzte sie dann die Fahrt zu ihrem Bestimmungsort fort.«

»Sehr schlau, daß Sie auf dieses Täuschungsmanöver gekommen sind«, sagte Sandecker.

»Keineswegs«, erwiderte Perlmutter bescheiden. »Ein Forscherkollege in Panama stellte fest, daß die *Princess Yung T'ai* nur drei Tage, nachdem die *Princess Dou Wan* einen Notruf abgesetzt hatte, durch den Kanal fuhr.«

»Hast du herausgefunden, welchen Kurs sie von Panama aus genommen hat?« fragte Pitt.

Perlmutter nickte. »Dank Hiram Yeager, der mit seinen Superrechnern sämtliche Schiffe aufgespürt hat, die in den ersten beiden Dezemberwochen des Jahres 1948 einen Hafen entlang der amerikanischen Ostküste anliefen. Und siehe da, er landete einen Volltreffer. Laut der Aufzeichnungen passierte ein Schiff namens *Princess Yung T'ai* am 7. Dezember den Wellandkanal.«

Sandeckers Gesicht strahlte auf. »Der Wellandkanal verbindet den Eriesee mit dem Ontariosee.«

»Genauso ist es«, versetzte Perlmutter.

»Mein Gott«, murmelte Gunn. »Das heißt, daß die *Princess Dou Wan* nicht auf hoher See verschollen, sondern in einem der Großen Seen gesunken ist.«

»Wer hätte das gedacht«, sagte Sandecker mehr zu sich selbst als zu den anderen.

»Eine ganz schöne seemännische Leistung, ein Schiff dieser Größe den Sankt-Lorenz-Strom hinunterzusteuern, zumal damals der Seeweg noch nicht gebaut war«, sagte Pitt.

»Die Großen Seen«, wiederholte Gunn langsam und bedächtig. »Aber warum sollte Tschiang Kai-schek ein mit wertvollsten

Kunstschätzen beladenes Schiff auf einen Tausende Meilen weiten Umweg schicken? Wenn er die Ladung in den Vereinigten Staaten verstecken wollte, warum hat er es dann nicht nach San Francisco oder Los Angeles beordert?«

»Oberst Hui Wiay behauptet, man habe ihm den Bestimmungsort des Schiffes nicht mitgeteilt. Aber er wußte, daß Tschiang Kaischek Mittelsmänner in die USA geschickt hatte, die dafür sorgen sollten, daß die Fracht unter strengster Geheimhaltung gelöscht und verstaut wurde. Seinen Worten zufolge wurde das ganze Unternehmen auf Anweisung des Außenministeriums in Washington in die Wege geleitet.«

»Gar kein schlechter Plan«, sagte Pitt. »Die großen Häfen an der Ost- und Westküste wären zu unsicher gewesen. Die Schauerleute hätten im Nu kapiert, was sie da löschten. Die Kunde hätte sich wie ein Lauffeuer verbreitet. Daß die größten Kunstschätze ihres Volkes ins amerikanische Hinterland gebracht und dort versteckt werden sollten, darauf wären die Führer der siegreichen Kommunisten daheim in China nie gekommen.«

»Meiner Meinung nach hätte sich ein Marinestützpunkt angeboten, wenn man soviel Wert auf Geheimhaltung legte«, wandte Harper ein.

»Dazu wäre eine Anordnung aus dem Weißen Haus erforderlich gewesen«, sagte Sandecker. »Und dort bekam man bereits von den kommunistischen Machthabern in Rumänien und Ungarn mächtig Zunder, weil man die Kronjuwelen beider Länder nicht zurückgeben wollte, die in einem Safe in Washington lagerten, nachdem sie von der US-Army kurz nach dem Krieg in einem österreichischen Salzbergwerk gefunden worden waren.«

»Kein schlechter Plan, wenn man's genau bedenkt«, sagte Pitt. »Die kommunistischen Geheimagenten haben wahrscheinlich auf San Francisco getippt. Vermutlich hat es im ganzen Hafen von Agenten gewimmelt, die nur darauf gewartet haben, daß die *Princess Dou Wan* unter der Golden Gate Bridge einläuft. Die hätten sich doch nicht träumen lassen, daß das Schiff einen Hafen an den Großen Seen ansteuert.«

»Ja, aber welchen Hafen?« sagte Gunn. »Und an welchem See?«

Alle blickten zu Perlmutter. »Einen genauen Ort kann ich euch nicht nennen«, sagte er aufgeräumt, »aber ich habe jemanden gefunden, der uns möglicherweise genau beschreiben kann, wo das Wrack liegt.«

»Jemanden, der mehr weiß als du?« fragte Pitt ungläubig.

»So ist es.«

Sandecker schaute Perlmutter forschend an. »Haben Sie ihn schon befragt?«

»Noch nicht. Ich dachte, das überlasse ich euch.«

»Woher wollen Sie dann wissen, ob man sich auf ihn verlassen kann?« fragte Julia.

»Weil er ein Augenzeuge ist.«

Alle starrten Perlmutter unverhohlen an. Pitt stellte schließlich die Frage, die ihnen allen auf der Zunge lag. »Er hat gesehen, wie die *Princess Dou Wan* untergegangen ist?«

»Viel besser. Ian ›Hongkong‹ Gallagher ist der einzige Überlebende. Er war der Chefmaschinist des Schiffes. Wenn jemand Näheres über den Untergang weiß, dann er. Gallagher ist in den Vereinigten Staaten geblieben und nahm die amerikanische Staatsbürgerschaft an. Bis er in Rente ging, fuhr er in Diensten einer amerikanischen Reederei.«

»Lebt er noch?«

»Genau das habe ich Yeager auch gefragt«, antwortete Perlmutter mit einem breiten, strahlenden Lächeln. »Er und seine Frau verbringen ihren Lebensabend in einer Stadt namens Manitowoc in Wisconsin, unmittelbar am Michigansee gelegen. Ich habe Gallaghers Adresse und Telefonnummer dabei. Wenn er uns nicht zeigen kann, wo das Wrack liegt, dann kann es keiner.«

Pitt ging um den Tisch herum und schüttelte Perlmutter die Hand. »Gute Arbeit, St. Julien«, sagte er. »Meinen Glückwunsch, das war eine hervorragende Recherche.«

»Darauf möchte ich einen trinken«, sagte Perlmutter fröhlich, ignorierte den Tee und goß sich ein weiteres Glas Portwein ein.

»Nun zu Ihnen, Peter«, sagte Pitt und richtete den Blick auf Harper. »Was glauben Sie, was passiert, wenn Qin Shang in die Vereinigten Staaten zurückkehrt?«

»Wenn er halbwegs bei Verstand ist, kommt er nie wieder zurück.«

»Und wenn doch?«

»Dann wird er festgenommen, sobald er aus dem Flugzeug steigt, und bis zu seinem Prozeß in einer Bundeshaftanstalt in Gewahrsam genommen. Immerhin wirft man ihm mindestens vierzig Straftaten vor, unter anderem mehrfachen Mord.«

Pitt wandte sich wieder an Perlmutter. »St. Julien, du hast doch mal erwähnt, daß sich ein angesehener chinesischer Forscher, mit dem du ab und zu zusammenarbeitest, für die *Princess Dou Wan* interessiert hat.«

»Zhu Kwan. Der bekannteste Historiker Chinas, Autor mehrerer Standardwerke über die chinesischen Kaiserdynastien. Nimm bitte zur Kenntnis, daß ich mich nicht mit ihm in Verbindung gesetzt habe, nachdem du Angst hattest, daß er Qin Shang verständigen könnte.«

»Tja, jetzt kannst du ihm alles verraten, was du weißt. Bis auf Ian Gallagher. Und wenn Gallagher uns sagen kann, wo das Wrack liegt, kannst du Zhu Kwan auch das stecken.«

»Da komme ich nicht mit«, sagte Julia verdutzt. »Wieso willst du diese Kunstschätze Qin Shang in die Hände spielen?«

»Du und Peter, der INS, das FBI und sämtliche Justizbehörden dieses Landes sind scharf auf Qin Shang. Qin Shang wiederum ist scharf auf die Fracht an Bord der gesunkenen *Princess Dou Wan.*«

»Ich weiß, worauf Sie hinauswollen«, sagte Harper. »Der Wahnsinn hat durchaus Methode. Sie meinen, Qin Shang sei so versessen darauf, diese verschollenen Kunstschätze in die Hände zu bekommen, daß er bereit ist, Himmel und Hölle dafür in Bewegung zu setzen. Er würde sich deswegen sogar heimlich in die Vereinigten Staaten begeben und seine Festnahme riskieren.«

»Warum sollte er dieses Risiko eingehen, wenn er das Bergungsunternehmen genausogut von seinem Firmensitz in Hongkong aus leiten kann?« fragte Gunn.

»Ich gehe jede Wette ein, daß er allnächtlich von diesem Wrack träumt. Der würde die Bergungsaktion nicht mal seiner eigenen Mutter überlassen. Ich habe im Schiffahrtsregister nachgeschlagen. Die Qin Shang Maritime Limited besitzt ein Bergungsschiff. Sobald er Wind davon bekommt, wo die *Princess Dou Wan* liegt, schickt er es garantiert den Sankt-Lorenz-Strom runter zu den Großen Seen und geht irgendwie in Kanada an Bord.«

»Hast du keine Angst, daß er zuerst ankommen könnte?« fragte Julia.

»Die Gefahr besteht nicht. Wir helfen ihm erst auf die Sprünge, nachdem wir den Schatz gehoben haben.«

»Das Auffinden ist aber nur der erste Schritt. Die Bergung könnte ein Jahr in Anspruch nehmen, wenn nicht mehr.«

Sandecker wirkte skeptisch. »Verlaßt euch nicht zu sehr darauf, daß Gallagher euch zu dem Wrack führen kann. Möglicherweise ist er abgehauen, bevor das Schiff verschwunden ist.«

»Der Admiral hat recht«, sagte Gunn. »Wenn Gallagher wüßte, wo das Schiff gesunken ist, hätte er doch längst versucht, es selbst zu bergen.«

»Hat er aber nicht«, versetzte Pitt entschieden. »Weil die Kunstschätze nämlich nie wieder aufgetaucht sind. St. Julien kann euch bestätigen, daß sich ein Schatzfund nicht verheimlichen läßt. Gallagher hat den Standort für sich behalten, aus welchem Grund auch immer. Es wäre St. Julien bestimmt aufgefallen, wenn jemand Anstalten gemacht hätte, das Schiff zu heben.«

Sandecker, der in Zigarrenqualm gehüllt war, warf Pitt einen kurzen Blick zu. »Wann können sie nach Manitowoc aufbrechen?«

»Bekomme ich denn die Erlaubnis dazu?«

Der Admiral zwinkerte Harper zu. »Ich glaube, der INS überläßt der NUMA gern das Feld, bis sich Qin Shang die Ehre gibt.«

»Von mir hören Sie kein Widerwort, Admiral«, erwiderte Harper aufgeräumt. Er lächelte Julia zu. »Eigentlich sollten Sie ja eine längere Ruhepause einlegen. Aber ich nehme an, Sie sind gern bereit, unsere Behörde während der Such- und Bergungsaktion zu vertreten.«

»Wenn Sie damit fragen wollen, ob ich mich freiwillig melde«, sagte Julia, die ihre Begeisterung nur mühsam im Zaum halten konnte, »dann antworte ich mit einem uneingeschränkten Ja.«

»Irgendeine Ahnung, was für ein Typ dieser Gallagher ist?« fragte Pitt Perlmutter.

»In jungen Jahren muß er ein ziemlich rauher Bursche gewesen sein. Den Spitznamen ›Hongkong‹ hat er sich erworben, weil er dort so manche Bar aufgemischt hat, wenn sein Schiff im Hafen lag.«

»Dann ist er also nicht zimperlich?«

Perlmutter gluckste. »Nein, das glaube ich nicht.«

49

Dunkle Wolken hingen am Himmel, aber noch regnete es nicht, als Pitt und Julia vom Highway 43 auf einen unbefestigten, aber gut gepflegten Fahrweg abbogen, der zunächst zwischen den für die Gegend um den Michigansee typischen Obstbaumhainen hindurch und dann in einen Wald aus Birken und Kiefern führte. Pitt achtete auf die Briefkästen links und rechts des Wegs, bis er den gesuchten fand: Er sah aus wie ein alter Dampfer und stand auf einer festgeschmiedeten Ankerkette. Auf dem Schiffsrumpf prangte der Name Gallagher.

»Das muß es sein«, sagte Pitt und bog in eine schmale, grasbewachsene Zufahrt ein, die zu einem malerischen einstöckigen Blockhaus führte.

Er und Julia waren nach Green Bay in Wisconsin geflogen, hatten sich dort ein Auto gemietet und waren rund fünfzig Kilometer gen Süden gefahren, nach Manitowoc, einer Hafenstadt, in der die schweren Schiffe anlegten, die auf den Großen Seen fuhren. Das Haus der Gallaghers stand auf einem Seegrundstück etwa fünfzehn Kilometer vom Hafen entfernt.

Perlmutter hatte sich erboten, vorher anzurufen und die Gallaghers von ihrer Ankunft zu verständigen, aber Sandecker hatte es für besser gehalten, wenn sie unverhofft aufkreuzten. Es könnte ja sein, hatte er eingewandt, daß der alte Schiffsmaschinist nicht gern über seine Erlebnisse auf der *Princess Dou Wan* sprach und geflissentlich das Weite suchte.

Vor dem Haus der Gallaghers ragten drei Bäume auf, dahinter erstreckte sich der Michigansee. Die zu groben Vierkantbalken zurechtgehauenen und kunstfertig ineinandergefügten Stämme waren braun gefirnißt und mit einem leichten Grauschleier überzogen, der genau zu den Farbtönen des Waldes rundum paßte. Das untere Drittel bestand aus Mauerwerk, Mörtel und Naturstein, was dem Haus eine rustikale Note verlieh. Das spitze Dach war mit Kupferblech gedeckt, auf dem sich im Laufe der Jahre eine türkisgrüne Patina gebildet hatte. Herkömmliche Fensterläden zierten die hohen Fenster.

Pitt hielt neben einem überdachten Abstellplatz, auf dem ein Jeep Grand Cherokee und ein Trailer mit einem fünfeinhalb Meter langen Kajütboot mit schwerem Außenbordmotor standen. Er ging mit Julia über den Rasen, der rund um das Haus führte, stieg dann die Treppe zu der kleinen Veranda hinauf und betätigte dreimal den Türklopfer.

Drinnen kläffte ein kleiner Hund. Kurz darauf öffnete eine große, ältere Frau mit langen, zusammengebundenen grauen Haaren die Tür. Ihre Figur war im Lauf der Jahre fülliger geworden, aber sie wirkte noch sehr jugendlich. Julia erkannte auf den ersten Blick, daß sie einstmals eine Schönheit gewesen sein mußte. Sie hielt einen Augenblick inne und beruhigte zwei Kurzhaardackel.

»Hallo«, sagte sie dann mit einem bezaubernden Lächeln. »Sieht so aus, als ob wir bald Regen bekommen.«

»Vielleicht auch nicht«, erwiderte Pitt. »Die Wolken ziehen offenbar nach Westen.«

»Kann ich Ihnen behilflich sein?«

»Ich bin Dirk Pitt, und das ist Julia Lee. Wir suchen einen Mr. Gallagher.«

»Da sind Sie bei uns richtig«, sagte die Hausherrin lächelnd. »Ich bin Mrs. Gallagher. Möchten Sie nicht reinkommen?«

»Ja, vielen Dank«, sagte Julia und ging an Pitt vorbei. Die beiden Dackel rannten voraus und hockten sich gehorsam auf die Treppe, die in den ersten Stock hinaufführte. Julia blieb stehen und blickte sich überrascht um. Sie war auf ein altamerikanisches Ambiente gefaßt gewesen, robust und rustikal. Doch dieses Haus stand voll erlesener chinesischer Möbel und Kunstgegenstände. Teppiche mit

Seidenstickereien zierten die Wände, herrlich glasierte Tonvasen mit kunstvoll arrangierten Trockenblumen standen in den Ecken. Zierliche Porzellanfigürchen thronten hoch oben auf Regalen. In einem Glasschränkchen standen fast dreißig Jadeskulpturen. Am Boden lagen Seidenteppiche mit chinesischem Muster.

»Oje«, rief Julia. »Ich komme mir vor wie daheim bei meinen Eltern in San Francisco.«

Mrs. Gallagher sprach Julia unverhofft auf mandarin an. »Ich dachte mir, daß Sie die Schönheiten Asiens zu schätzen wissen.«

»Darf ich fragen, ob diese Sachen alt sind, Mrs. Gallagher?« erwiderte Julia ebenfalls auf chinesisch.

»Bitte nennen Sie mich Katie. So wie alle anderen. Ist die Kurzform von Katrina.« Sie wies auf ihre Schätze. »Die Sachen hier sind allenfalls fünfzig Jahre alt. Alles, was Sie hier sehen, haben mein Mann und ich zusammengetragen, seit wir verheiratet sind. Ich bin in China geboren und aufgewachsen, und wir haben uns dort kennengelernt. Wir haben nach wie vor eine große Vorliebe für die chinesische Kunst und Kultur.« Sie bat die beiden ins Wohnzimmer und sprach dann aus Rücksicht auf Pitt wieder englisch. »Bitte machen Sie es sich bequem. Darf ich Ihnen einen Tee anbieten?«

»Ja, vielen Dank«, sagte Julia.

Pitt ging zu dem aus Feldsteinen gemauerten Kamin und betrachtete das Schiffsgemälde, das dort hing. »Die *Princess Dou Wan*«, sagte er, ohne sich umzudrehen.

Mrs. Gallagher faßte sich mit beiden Händen an die Brust und seufzte tief. »Ian hat immer gesagt, daß eines Tages irgend jemand kommen wird.«

»Wen haben Sie denn erwartet?«

»Jemand von der Regierung.«

Pitt lächelte sie an. »Ihr Mann ist sehr umsichtig. Ich bin von der National Underwater and Marine Agency, und Julia ist Agentin des Immigration and Naturalization Service.«

Sie warf Julia einen betroffenen Blick zu. »Ich nehme an, Sie wollen uns des Landes verweisen, weil wir illegal eingewandert sind.«

Pitt und Julia schauten sich verdutzt an. »O nein«, sagte er. »Wir sind wegen etwas ganz anderem hier.«

Julia ging zu der großgewachsenen Frau und schlang den Arm um sie. »Da brauchen Sie sich keine Sorgen zu machen«, sagte sie besänftigend. »Das ist lange her, und unseren Unterlagen zufolge sind Sie unbescholtene Bürger dieses Landes.«

»Aber bei den Formularen haben wir schon ein bißchen geschummelt.«

»Behalten Sie das lieber für sich.« Julia lachte. »Was ich nicht weiß, macht mich nicht heiß.«

Pitt schaute Katie Gallagher neugierig an. »Das klingt ja so, als ob Sie beide gemeinsam in die Vereinigten Staaten eingereist wären.«

»Sind wir auch«, sagte sie und deutete mit dem Kopf auf das Gemälde. »Auf der *Princess Dou Wan.«*

»Sie waren dabei, als das Schiff gesunken ist?« fragte Pitt ungläubig.

»Es ist eine merkwürdige Geschichte.«

»Wir würden Sie gerne hören.«

»Nehmen Sie bitte Platz, ich geh' den Tee holen.« Sie lächelte Julia an. »Ich glaube, er wird Ihnen schmecken. Ich lass' ihn mir aus Schanghai schicken, vom gleichen Händler, bei dem ich schon vor sechzig Jahren gekauft habe.«

Ein paar Minuten später kam Katie zurück, goß den dunkelgrünen Tee ein und berichtete ihnen dann, wie sie Ian »Hongkong« Gallagher kennengelernt hatte, damals, als sie beide bei der Canton Lines Shipping Company gearbeitet hatten. Sie erzählte ihnen, daß sie ihren Zukünftigen heimlich an Bord der *Princess* besucht hatte, als das Schiff vor der Fahrt zum Abwrackdock ausgeschlachtet wurde, und daß mit einemmal chinesische Soldaten aufgetaucht seien, die das Schiff umstellt und mitten in der Nacht Hunderte von Kisten an Bord verstaut hatten.

»Einer von Tschiang Kai-scheks Generälen, ein gewisser Kung Hui –«

»Den Namen kenne ich«, unterbrach Pitt sie. »Das war derjenige, der das Schiff beschlagnahmt und die gestohlenen Kunstschätze darauf verfrachtet hat.«

»Und zwar unter strengster Geheimhaltung«, fügte Katie hinzu.

»Nachdem General Hui den Oberbefehl über die *Princess* übernommen hatte, durften ich und Fritz, mein kleiner Dackel, nicht mehr von Bord gehen. Ich mußte mich ständig in Ians Kabine aufhalten, fast wie eine Gefangene, bis das Schiff einen Monat später in einem heftigen Sturm gesunken ist. Ian hat gemerkt, daß das Schiff auseinanderbricht. Er kam in unsere Kabine, hat mich dick eingepackt, mehr oder weniger aufs Oberdeck geschleift und in ein Rettungsfloß geworfen. Kurz bevor das Schiff unter uns weggesackt ist und die See uns davongerissen hat, stieß General Hui zu uns.«

»General Hui konnte sich ebenfalls von dem Schiff retten?«

»Ja, aber er ist ein paar Stunden später erfroren. Es war unbändig kalt. Dazu haushohe Wellen. Das reinste Wunder, daß wir überlebt haben.«

»Sind Sie und Ian von einem anderen Schiff gerettet worden?«

»Nein, wird sind gestrandet. Ich war schon halb erfroren, als er in ein Ferienhaus eingebrochen ist, den Kamin angeschürt und mich langsam wiederbelebt hat. Ein paar Tage später sind wir dann nach New York gefahren, zu einem Cousin von Ian. Er hat uns aufgenommen, bis wir halbwegs auf eigenen Füßen stehen konnten. Nach China wollten wir nicht mehr, weil dort die Kommunisten die Macht übernommen hatten, folglich entschieden wir uns, in den Vereinigten Staaten zu bleiben. Wir heirateten, nachdem wir uns die nötigen Papiere besorgt hatten – wie, sag' ich lieber nicht –, und dann ist Ian wieder zur See gefahren, und ich habe die Kinder großgezogen. Wir haben die meiste Zeit auf Long Island gewohnt, aber als die Kinder noch klein waren, sind wir im Sommer immer an die Großen Seen gefahren, und mit der Zeit haben wir die Gegend am Westufer des Michigansees regelrecht liebgewonnen. Als Ian in Ruhestand ging, haben wir uns das Haus hier gebaut. Es ist schön hier, und wir genießen es jedesmal, wenn wir mit dem Boot auf den See rausfahren.«

»Sie beide haben sehr viel Glück gehabt«, sagte Julia.

Katie wandte sich ab und blickte zu den gerahmten Fotos auf dem Wandtischchen. Auf einem, das offenbar vom letzten Weihnachtsfest stammte, war sie inmitten ihrer Kinder und Enkel abgelichtet. Auf einem anderen war ein junger Mann zu sehen, der auf einem Kai in einem der zahllosen Häfen Asiens vor einem Trampdampfer stand. Daneben ein Bild von ihr, Katrina, jung und blond, mit einem kleinen Dackel auf dem Arm. Sie wischte sich eine Träne aus dem Auge. »Wissen Sie«, sagte sie, »jedesmal wenn ich dieses Bild angucke, werde ich traurig. Als Ian und ich das Schiff verließen, haben wir vor lauter Eile Fritz, meinen Dackel, in der Kabine vergessen. Der arme kleine Kerl ist mit dem Schiff untergegangen.«

Julia schaute auf die beiden kleinen Hunde, die Katie schwanzwedelnd auf Schritt und Tritt folgten. »Sieht aus, als ob Sie würdige Nachfolger für Fritz gefunden hätten.«

»Könnte ich vielleicht kurz mit Mr. Gallagher sprechen?« fragte Pitt.

»Jederzeit. Gehen Sie durch die Küche und aus der Hintertür raus. Er ist unten am Bootssteg.«

Pitt trat durch die Küchentür auf eine lange Veranda mit Blick auf den See und ging dann über den Rasen hinunter zum Ufer, wo ein Bootssteg ins Wasser ragte. Dort, auf einem Segeltuchstuhl am Ende des Piers, entdeckte er Ian »Hongkong« Gallagher, daneben eine Angelrute, die an dem niedrigen Handlauf lehnte. Er hatte sich einen alten, verblichenen Schlapphut über die Augen gezogen und schien zu dösen.

Das leichte Schwanken des Piers und Pitts Schritte weckten ihn. »Bist du das, Katie?« fragte er mit grollendem Baß.

»Ich fürchte, nein«, antwortete Pitt.

Gallagher drehte sich um, blinzelte einen Moment lang unter der Hutkrempe hervor zu Pitt und schaute dann wieder auf den See. »Ich dachte, es wäre meine Frau.« Er sprach mit einem weichen irischen Akzent.

»Schon was gefangen?«

Der alte Ire bückte sich und zog eine Kette aus dem Wasser, an der sechs stattliche Fische baumelten. »Die beißen heute wie wild.«

»Was nehmen Sie als Köder?«

»Ich hab' schon alles mögliche probiert, aber Hühnerleber und

Würmer sind immer noch am besten. Kennen wir uns?« fragte er dann.

»Nein, Sir. Ich heiße Dirk Pitt. Ich bin bei der NUMA.«

»Von der NUMA hab' ich schon gehört. Wollen Sie auf dem See irgendwas erforschen?«

»Nein, ich wollte mich mit ›Hongkong‹ Gallagher über die *Princess Dou Wan* unterhalten.«

Damit war es heraus. Ohne Trommeln und Trara. Nur die schlichte Tatsache. Gallagher saß reglos da. Pitt wußte, daß er überrascht, wenn nicht sogar erschrocken sein mußte, doch er zuckte mit keiner Wimper. Schließlich setzte er sich steif auf, schob den Hut nach hinten und warf Pitt einen wehmütigen Blick zu. »Ich hab' immer gewußt, daß eines Tages jemand kommt und sich nach der *Princess* erkundigt. Was haben Sie doch gleich gesagt, für wen Sie arbeiten?«

»Für die National Underwater and Marine Agency.«

»Wie haben Sie mich nach all den Jahren aufgespürt?«

»Vor den Computern kann sich heutzutage so gut wie keiner mehr verstecken.«

Pitt trat näher und stellte fest, daß Gallagher ein stattlicher Mann war, der gut und gerne zwei Zentner wog und mit rund einem Meter neunzig in etwa so groß wie er war. Das Gesicht war erstaunlich glatt für einen alten Fahrensmann, aber vermutlich hatte er die meiste Zeit auf See im Maschinenraum verbacht, wo es warm war und die Luft durchdringend nach Öl roch. Nur die rote Haut und die knollige Nase verrieten, daß er ganz gerne einen hob. Der Bauch hing über den Hosengürtel, aber die Schultern waren breit und stramm. Er hatte noch immer volles Haar, doch es war inzwischen weiß geworden, genauso wie der Schnurrbart, der seine Oberlippe zierte.

Die Angelrute schlug aus, worauf Gallagher sie in die Hand nahm und einen hübschen dreipfündigen Silberlachs drillte. »Die setzen Forellen und Lachse im See ein, aber ich denke manchmal trotzdem sehnsüchtig an die Zeit zurück, als man hier noch einen großen Hecht oder Zander rausholen konnte.«

»Ich habe mit Ihrer Frau gesprochen«, sagte Pitt. »Sie hat mir erzählt, wie Sie beide das Schiffsunglück und den Sturm überlebt haben.«

»Fast schon ein Wunder ist das gewesen.«

»Sie hat gesagt, daß General Hui auf dem Floß gestorben ist.«

»Der Drecksack hat nichts Besseres verdient«, sagte Gallagher und lächelte verkniffen. »Sie wissen doch bestimmt, was General Hui auf der letzten Fahrt der *Princess* für eine Rolle gespielt hat, sonst wären Sie nicht hier.«

»Ich weiß, daß General Hui und Tschiang Kai-schek die größten Kunstschätze des alten China geraubt und die *Princess Dou Wan* beschlagnahmt haben, weil sie vorhatten, ihre Beute heimlich in die Vereinigten Staaten zu schaffen und dort zu verstecken.«

»So war das geplant, bis Mutter Natur ihnen einen Strich durch die Rechnung gemacht hat.«

»Ein paar ziemlich findige Leute mußten sich mächtig ins Zeug legen, bis sie das Täuschungsmanöver durchschaut hatten«, teilte Pitt ihm mit. »Das falsche Notrufsignal, das vor der Küste von Valparaiso abgesetzt wurde, die ins Wasser geworfenen Schwimmwesten, die Veränderungen an der *Princess Dou Wan*, damit man meint, es wäre ihr Schwesterschiff, die *Princess Yung T'ai*, die durch den Panamakanal und den Sankt-Lorenz-Strom hinunter zu den Großen Seen fährt. Das einzige, was uns noch gefehlt hat, war der Bestimmungsort.«

Gallagher zog eine Augenbraue hoch. »Chicago. Hui hatte über das Außenministerium alles regeln lassen, damit die Schätze im Hafen von Chicago ausgeladen werden konnten. Ich habe nicht die leiseste Ahnung, wohin man sie von dort aus bringen wollte. Aber durch das schlechte Wetter sind wir nach Norden abgetrieben. Ich kenne mich zwar ganz gut auf den sieben Meeren aus, aber ich hätte nie gedacht, daß auf den Großen Seen schlimmere Stürme aufziehen können als auf jedem Ozean. Bei Gott, Mann, seither hab' ich schon manch einen Seebären erlebt, dem's bei einem Sturm im Binnengewässer so schlecht geworden ist, daß er fast den Magen ausgekotzt hat.«

»Es heißt, daß allein in den Großen Seen über fünfundfünfzigtausend Schiffe gesunken sind«, sagte Pitt. »Und einsame Spitze ist dabei der Michigansee, in dem mehr Schiffe untergegangen sind als in allen anderen zusammen.«

»Die Wellen auf den Seen können verheerender sein als alles, was ich auf dem Meer erlebt habe«, versetzte Gallagher. »Die türmen sich bis zu zehn Meter hoch auf und sind viel schneller. Auf dem Ozean rollen die Wogen immer nur in eine Richtung. Die Wellen auf den Großen Seen dagegen sind tückisch und absolut gnadenlos. Die kommen aus allen Richtungen gleichzeitig und wirbeln durcheinander wie ein einziger Mahlstrom. Nein, Mann, ich habe Zyklone im Indischen Ozean erlebt, Taifune im Pazifik und Hurrikane im Atlantik, aber eins können Sie mir glauben: Es gibt nichts Furchtbareres als einen Wintersturm auf den Großen Seen. Und in der Nacht, in der die *Princess* untergegangen ist, gab's einen der schlimmsten.«

»Zumal ein Schiff auf den Seen kaum Platz zum Manövrieren hat«, sagte Pitt.

»Das stimmt. Auf See kann ein Schiff vor dem Sturm laufen. Hier heißt es, auf Kurs bleiben oder untergehen.« Dann berichtete Gallagher von jener Nacht, in der die *Princess Dou Wan* auseinandergebrochen und gesunken war. Er sprach, als erzähle er einen ständig wiederkehrenden Traum. Trotz der zweiundfünfzig Jahre, die seither vergangen waren, konnte er sich noch an jede Einzelheit erinnern, so als sei das Unglück erst tags zuvor geschehen. Er berichtete von den Strapazen, die er und Katie überstehen mußten, schilderte, wie General Hui auf dem Floß erfroren war. »Nachdem wir am Ufer waren, hab' ich das Floß mit General Hui wieder in den tobenden See zurückgeschoben. Ich habe nie mehr was von ihm gehört, hab' mich aber oft gefragt, ob man seine Leiche gefunden hat.«

»Darf ich Sie fragen, wo das Schiff gesunken ist? In welchem der Großen Seen?«

Gallagher fädelte den Fisch mit den Kiemen auf die Kette, an der bereits seine Artgenossen hingen, und ließ sie wieder ins Wasser fallen. Dann hob er die Hand und deutete nach Osten. »Gleich da draußen.«

Zuerst kapierte Pitt nicht. Er dachte, Gallagher meine irgendeinen der vier Großen Seen, die im Osten lagen. Dann kam es ihm. »Im Michigansee? Die *Princess Dou Wan* ist im Michigansee gesunken? Nicht weit von hier entfernt?«

»Ich schätze, etwa fünfundzwanzig Meilen südöstlich von hier.«

Pitt triumphierte und war zugleich wie betäubt. Das war fast zu schön, um wahr zu sein: Das Wrack der *Princess Dou Wan* mitsamt den unschätzbar wertvollen Kunstwerken lag nur fünfundzwanzig Meilen entfernt. Er drehte sich zu Gallagher um. »Sie und Mrs. Gallagher müssen ganz in der Nähe an Land gespült worden sein.«

»Nicht nur ganz in der Nähe«, sagte Gallagher lächelnd. »Genau an der Stelle, wo der Pier steht. Wir haben jahrelang versucht, das Grundstück zu kaufen, aus reiner Sentimentalität, aber der Besitzer wollte es nicht hergeben. Erst als er gestorben ist, haben es seine Kinder an uns abgetreten. Wir haben die alte Hütte abgerissen, in der die Familie früher immer ihre Ferien am See verbracht hat, dieselbe Hütte, die Katie und mich vor dem Erfrieren gerettet hat. Sie war ziemlich runtergekommen, deshalb haben wir sie abgerissen und das Haus gebaut, das jetzt dasteht. Wir haben uns gedacht, wenn wir schon das Glück haben und weiterleben dürfen, dann wär's vielleicht nicht das Schlechteste, wenn wir die Jahre, die uns noch bleiben, dort verbringen, wo uns das Leben zum zweitenmal geschenkt wurde.«

»Warum haben Sie das Wrack nicht gesucht und die Kunstschätze selbst geborgen?«

Gallagher lachte kurz auf und schüttelte bedächtig den Kopf. »Was hätt' ich denn davon? In China sind nach wie vor die Kommunisten an der Macht. Die würden sie doch sofort für sich beanspruchen. Wenn ich Glück hätte, dürft' ich vielleicht 'n Nagel von den Kisten behalten, in denen sie verpackt sind.«

»Sie hätten ebenfalls einen Anspruch geltend machen und ein reicher Mann werden können.«

»Die Kommunisten wären nicht die einzigen gewesen, die wie die Geier hier eingefallen wären. In dem Augenblick, wo ich die alten Sachen raufhole, hätt' ich doch sämtliche Beamten der Staaten Wisconsin und Michigan und nicht zuletzt der Bundesregierung am Hals. Letzten Endes würde ich mehr Zeit vor Gericht zubringen als mit der Bergung des Wracks und mehr Geld für Anwälte ausgeben, als ich damit verdiene.«

»Sie haben vermutlich recht«, sagte Pitt.

»Aber klar hab' ich recht«, knurrte Gallagher. »Ich bin in jungen Jahren selber ein bißchen auf Schatzsuche gegangen. Hat sich nie gelohnt. Sobald du einen Treffer landest, mußt du nicht nur die Geier vom Staat abwimmeln, sondern auch die anderen Schatzsucher, die wie die Heuschrecken über dein Wrack herfallen. Nein, Mr. Pitt, meine Familie war mein ganzer Reichtum. Ich hab' mir gedacht, lass' lieber die Finger davon. Der Schatz läuft nicht weg. Wenn die Zeit dafür reif ist, hab' ich immer gedacht, wird ihn schon jemand bergen und zum Wohl der Menschen verwenden. Und damit hab' ich seither immer gut leben können.«

»Es gibt nicht viele Menschen, die so denken wie Sie, Mr. Gallagher«, sagte Pitt voller Hochachtung.

»Mein Sohn, wenn Sie einmal so alt sind wie ich, werden Sie sehen, daß es viel Wichtigeres im Leben gibt als 'ne schicke Jacht und 'n Privatjet.«

Pitt lächelte den alten Mann an. »Mr. Gallagher, Sie gefallen mir.«

Ian nahm die Fische aus, und Katie bestand darauf, daß Dirk und Julia mit ihnen zu Abend aßen. Sie boten ihnen auch an, daß sie über Nacht bleiben könnten, doch Pitt wollte unbedingt nach Manitowoc zurückkehren und Räumlichkeiten suchen, die sie während der Such- und Bergungsaktion als Hauptquartier benutzen konnten. Außerdem wollte er Sandecker anrufen und ihm die Neuigkeiten berichten. Beim Abendessen unterhielten sich die Frauen munter auf mandarin, während die Männer allerlei Seemannsgarn spannen.

»War Kapitän Hunt ein guter Mann?«

»Einen besseren Seemann hat's nie gegeben.« Gallagher warf einen bedrückten Blick durch das Fenster hinaus auf den See. »Er ist nach wie vor da draußen. Ist mit dem Schiff untergegangen. Ich hab' ihn im Ruderhaus stehen sehen, so ruhig, als ob er drauf wartet, daß man ihm im Restaurant einen Tisch zuweist.« Er wandte sich wieder Pitt zu. »Ich hab' gehört, daß sich Leichen und Schiffe im Süßwasser ganz gut halten, nicht wie im Meer, wo das Salz und die Viecher so gut wie nichts übriglassen.«

Pitt nickte. »Vor nicht allzulanger Zeit haben Taucher einen Wagen gehoben, der siebzig Jahre zuvor von einer Autofähre gestürzt war und seither am Grund des Sees lag. Die Polster waren noch in Ordnung, in den Reifen war noch Luft, und nachdem man Motor und Vergaser getrocknet und das Öl gewechselt hatte, hat man die Originalbatterie aufgeladen und ihn wieder angelassen. Anschließend hat man ihn ins Automobilmuseum nach Detroit gefahren.«

»Dann dürften die chinesischen Kunstschätze noch in ganz gutem Zustand sein.«

»Der größte Teil, würde ich meinen, vor allem die Sachen aus Bronze und Porzellan.«

»Was muß das für ein Anblick sein«, sagte Gallagher wehmütig, »wenn vor einem all die alten Sachen am Grund des Sees liegen.« Dann schüttelte er den Kopf. »Aber es würde mir das Herz zerreißen, wenn ich die arme, alte *Princess* sähe.«

»Mag sein«, sagte Pitt. »Aber sie hat doch ein würdigeres Ende gefunden, als wenn sie in Singapur abgewrackt worden wäre.«

»Sie haben recht«, sagte Gallagher feierlich. »Sie hat ein würdiges Ende gefunden.«

50

Nach dem Essen verabschiedeten sich Pitt und Julia von den Gallaghers und suchten sich in Manitowoc eine gemütliche Pension. Während sie auspackte, rief Pitt Sandecker an und berichtete von ihrer Begegnung mit den Gallaghers.

»Wollen Sie damit etwa sagen«, rief Sandecker erstaunt, »daß einer der größten Schätze der Welt seit über einem halben Jahrhundert direkt vor unserer Nase liegt und Gallagher niemandem was davon erzählt hat?«

»Die Gallaghers sind Leute ihres Schlags, Admiral. Die gieren nicht nach immer mehr, ganz im Gegenteil zu Qin Shang. Sie waren der Meinung, daß man das Wrack lieber in Frieden ruhen lassen sollte, bis der richtige Zeitpunkt gekommen ist.«

»Sie sollten einen stattlichen Finderlohn erhalten.«

»Wenn sich die Regierung dankbar erweisen will, gewährt sie ihnen vielleicht einen, aber ich bezweifle, daß die Gallaghers das Angebot annehmen.«

»Unglaublich«, sagte Sandecker leise. »Die Gallaghers haben mir den Glauben an die Menschheit wiedergegeben.«

»Da wir jetzt die genaue Lage wissen, werden wir ein richtiges Such- und Erkundungsschiff brauchen.«

»Ich bin Ihnen weit voraus«, erwiderte Sandecker ruhig. »Rudi hat bereits ein bestens ausgerüstetes Boot gechartert. Die Besatzung ist derzeit von Kenosha nach Manitowoc unterwegs. *Divercity* heißt das Boot. Da wir auf Geheimhaltung achten müssen, eignet sich meiner Meinung nach ein kleineres Schiff eher. Das erregt nicht soviel Aufsehen. Wenn man sich auf die Suche nach einem derart riesigen Schatz begibt, sollte man lieber keinen großen Rummel drum machen. Sobald was davon durchsickert, fallen tausend Schatzsucher auf dem Michigansee ein und pflügen ihn durch wie ein Schwarm Hechte den Karpfenteich.«

»Ein Phänomen, das man immer wieder beobachten kann, sobald jemand einen Schatz sucht«, pflichtete Pitt ihm bei.

»Außerdem habe ich in weiser Voraussicht und in der Hoffnung, daß Sie fündig werden, die *Ocean Retriever* von einem Projekt vor der Küste von Maine abgezogen und zum Michigansee in Marsch gesetzt.«

»Eine hervorragende Wahl. Sie ist bestens ausgerüstet für heikle Bergungsarbeiten.«

»Sie sollte innerhalb der nächsten vier Tage eintreffen.«

»Und das haben Sie alles in die Wege geleitet, bevor Sie wußten, daß Gallagher uns zu dem Wrack würde führen können?« fragte Pitt ungläubig.

»Wie gesagt, in weiser Voraussicht.«

Sandecker erstaunte Pitt stets aufs neue. »Mit Ihnen kommt so schnell keiner mit, Admiral.«

»Ich ziehe eben immer alle Möglichkeiten in Betracht.«

»Das ist mir klar.«

»Viel Glück, und halten Sie mich auf dem laufenden.«

Den ganzen nächsten Tag über redete Pitt, begleitet von Julia, mit einheimischen Tauchern über die Wasserverhältnisse und sah sich nautische Karten von dem Seegebiet an, in dem die *Princess Dou Wan* in etwa liegen mußte. Am folgenden Morgen standen sie im ersten Dämmerlicht auf, fuhren zum Jachthafen von Manitowoc und gingen den Bootsanleger entlang, bis sie die *Divercity* fanden.

Das Boot, ein siebeneinhalb Meter langer Parker mit Kabine, wurde von einem 250er-Yamaha-Außenbordmotor getrieben. Es war hervorragend ausgerüstet, verfügte unter anderem über ein differentiales NavStar-Satellitenortungssystem, das mit einem 486er Computer und einem Meeresmagnetometer vom Typ Geometrics 866 gekoppelt war, und über ein Seitenschallsonar von Klein, das bei der Suche nach der *Princess Dou Wan* eine wichtige Rolle spielen würde. Zur Naherkundung führte das Boot außerdem einen Tauchroboter vom Typ Benthos MiniRover MK II mit.

Zwei erfahrene Männer stellten die Besatzung: Ralph Wilbanks, ein strammer, leutseliger Mann Anfang Vierzig, mit lebhaften braunen Augen und dickem Schnurrbart, und Wes Hall, umgänglich, leise und gutaussehend, wenn auch ein wenig zu hübsch, fast wie ein Doppelgänger von Mel Gibson.

Wilbanks und Hall begrüßten Pitt und Julia und stellten sich vor. »So früh hätten wir euch nicht erwartet«, sagte Hall.

»Wir stehen stets mit den Hühnern auf«, versetzte Pitt. »Wie lief die Fahrt von Kenosha nach hier?«

»Kein Wind, keine Wellen«, antwortete Wilbanks.

Beide Männer sprachen mit einem Südstaatenakzent. Pitt mochte sie fast auf Anhieb. Er erkannte sofort, daß er es mit zwei Profis zu tun hatte, die ihren Beruf liebten. Amüsiert sahen sie zu, wie Julia vom Anlegesteg aufs Boot sprang und geschmeidig wie eine Katze landete. Sie trug Jeans, Pullover und eine Nylonwindjacke.

»Das ist ein prima Boot, ohne jeden Firlefanz«, sagte Pitt bewundernd.

Wilbanks nickte. »Sie ist nicht schlecht.« Er wandte sich an Julia.

»Ich hoffe, Sie stören sich nicht dran, Ma'am, aber wir haben kein Klo an Bord.«

»Machen Sie sich wegen mir keine Gedanken«, erwiderte sie lächelnd. »Ich habe eine starke Blase.«

Pitt blickte von dem kleinen Hafen aus auf den scheinbar unendlichen See. »Leichter Wind, Wellengang etwa dreißig bis fünfzig Zentimeter, gute Bedingungen. Sind wir bereit zum Auslaufen?«

Hall nickte und löste die Belegleinen. Kurz bevor er an Bord springen wollte, deutete er auf eine Gestalt, die unbeholfen daherhumpelte und wie wild winkte. »Gehört der zu Ihnen?«

Im nächsten Moment erkannte Pitt, daß es Giordino war, der da auf zwei Krücken über den Anlegesteg eierte und dessen verletztes Bein vom Knöchel bis zum Zwickel eingegipst war. Giordino hatte sein berühmt-berüchtigtes Lächeln aufgesetzt und sagte: »Pest und Pocken über dein Haus, wenn du meinst, du kannst mich an Land lassen und allen Ruhm allein einheimsen.«

»Ich hab's zumindest versucht«, versetzte Pitt, der sich freute, seinen Freund wiederzusehen.

Wilbanks und Hall hoben Giordino vorsichtig an Bord und setzten ihn auf einem Liegepolster ab, das über eine Ausbuchtung mitten auf dem Deck gebreitet war. Pitt stellte ihn vor, während Julia ihn umsorgte, ihm aus der Themoskanne, die sie in ihrem Picknickkorb hatte, eine Tasse Kaffee einschenkte und ihm in die Hand drückte.

»Solltest du nicht im Krankenhaus sein?« fragte sie.

»Im Krankenhaus halt' ich's nicht aus«, grummelte Giordino. »Dort sterben zu viele Leute.«

»Sind jetzt alle an Bord?« erkundigte sich Wilbanks.

»Jedenfalls alle, die dazugehören«, erwiderte Pitt.

»Dann nichts wie los«, sagte Wilbanks grinsend.

Sobald sie aus dem Hafen waren, gab Wilbanks Gas, worauf die *Divercity* den Bug aus dem Wasser hob und mit gut fünfzig Sachen über den See pflügte. Julia und Giordino saßen am Heck und genossen den Ausblick, während langsam ein neuer Tag begann und die Sonne am blauen Himmel aufging, über den die Wolken hinwegzogen wie eine Herde weißer Büffel. Pitt reichte Wilbanks unterdessen seine Karte, auf der er fünfundzwanzig Meilen südöstlich vom Haus der Gallaghers ein großes X eingezeichnet hatte, das ein etwa fünf mal fünf Meilen großes Seegebiet markierte. Wilbanks gab die Koordinaten in seinen Computer ein und wartete, bis die Zahlen auf dem Monitor erschienen. Hall befaßte sich inzwischen mit den Fotos und den Beschreibungen der *Princess Dou Wan.*

Sie meinten, eben erst ausgelaufen zu sein, als Wilbanks den Motor drosselte und laut ausrief: »Kommen zu Suchstrecke eins, noch achthundert Meter.« Er las die Angaben von seinen auf Dezimalsystem geeichten Geräten ab.

Pitt half Hall beim Auslegen des Magnetometers und des Seitenschallsonars, die beide hinter dem Schiff hergezogen wurden. Nachdem sie die Kabel ausgebracht hatten, kehrten sie in die Kajüte zurück.

Wilbanks steuerte das Boot schnurgerade auf der vom Computer vorgegebenen Linie auf ein am Monitor aufleuchtendes Gitterraster zu, das eigentliche Suchgebiet. »Noch vierhundert Meter.«

»Ich komme mir vor wie auf einer Abenteuerreise«, sagte Julia.

»Da muß ich dich leider enttäuschen.« Pitt lachte. »Diese Rastersuche nach einem Schiffswrack ist total langweilig. So als ob du einen riesigen Rasen mähst, immer eine Spur neben der anderen. So kann das stunden-, wochen- und sogar monatelang gehen, ohne daß man auch nur das Geringste findet.«

Dann überwachte Pitt das Magnetometer, während Hall sich um das Sonar kümmerte. Er saß auf einem Stuhl vor einem Farbmonitor mit hoher Bildauflösung, neben dem ein Thermoprinter stand, der den Seeboden in 256 unterschiedlichen Grautönen aufzeichnete.

»Dreihundert Meilen«, rief Wilbanks aus.

»Auf welche Reichweite gehen wir?« fragte Pitt.

»Da wir's mit einem gut hundertfünfzig Meter langen Objekt zu tun haben, fahren wir Tausendmeterstrecken ab.« Er deutete auf die Seebodenaufzeichnungen, die aus dem Drucker liefen. »Der Boden sieht ziemlich eben und gleichmäßig aus. Und da wir hier in Süßwasser arbeiten, sollten wir ein Objekt von der Größe eigentlich problemlos finden.«

»Geschwindigkeit?«

»Das Wasser ist ziemlich ruhig. Ich glaube, wir können auf fünfzehn Sachen gehen und trotzdem alles erkennen.«

»Darf ich zusehen?« fragte Julia, die in der Tür stand.

»Bitte sehr«, sagte Hall und trat einen Schritt zur Seite.

»Da sieht man ja alles«, sagte sie, als sie auf den Bildschirm schaute. »Man kann jede Riffelung im Sand erkennen.«

»Die Auflösung ist ziemlich gut«, erklärte Hall. »Trotzdem sind Sonaraufzeichnungen immer unscharf. So als ob man ein Farbbild drei-, viermal fotokopiert.«

Pitt und Hall grinsten sich an. Jeder, der zum erstenmal in seinem Leben ein Sonarbild sah, konnte sich nicht mehr davon losreißen. Julia war keine Ausnahme. Sie wußten, daß sie stundenlang wie gebannt auf den Bildschirm starren und darauf warten würde, daß ein Schiffswrack auftauchte.

»Beginnen mit Spur eins«, rief Wilbanks.

»Wie tief ist es hier, Ralph?« fragte Pitt.

Wilbanks warf einen Blick auf das Echolot, das neben dem Ruder vom Dach herabhing. »Etwa dreißig Meter.«

Giordino, der sich mit solchen Suchaktionen bestens auskannte, machte es sich auf den Polstern gemütlich und legte das eingegipste Bein auf die Reling. »Ich mach' jetzt meine Siesta. Gebt Laut, wenn ihr was entdeckt.«

Langsam verstrichen die Stunden, während die *Divercity* mit rund fünfzehn Stundenkilometern durch die leichte Dünung pflügte. Das Magnetometer tickte vor sich hin, schlug allenfalls einmal kurz aus, wenn es irgendwo Metallreste ortete. Ab und zu klackte es leise, wenn eine weitere Sonaraufzeichnung aus dem Drucker lief. Auf den Bildern war nichts zu sehen, nicht einmal Müll.

»Da unten ist es ja völlig öd und leer«, sagte Julia und rieb sich die Augen.

»Wohnen möchte man da nicht unbedingt«, sagte Hall grinsend.

»Beenden Spur zweiundzwanzig«, rief Wilbanks aus. »Beginnen mit Spur dreiundzwanzig.«

Julia blickte auf ihre Uhr. »Mittagspause«, rief sie und packte den Picknickkorb aus, den sie in der Pension vorbereitet hatte. »Hat außer mir noch jemand Hunger?«

»Ich bin immer hungrig«, rief Giordino vom Heck aus.

»Schon erstaunlich.« Pitt schüttelte den Kopf. »Er sitzt fünf Meter entfernt, unmittelbar neben dem Außenbordmotor, wo ihm der Wind um die Ohren pfeift, und trotzdem kriegt er es sofort mit, wenn jemand von Essen spricht.«

»Welch köstliche Speisen erwarten uns denn?« erkundigte sich Giordino, nachdem er sich bis zur Kajüte geschleppt hatte.

»Äpfel, Müsliriegel, Mohrrüben und kalter Kräutertee. Dazu Sandwiches wahlweise mit Kichererbsenmus oder mit Avocadoaufstrich. Ein kerngesundes Essen.«

Die Männer schauten einander entsetzt an, so als würden sie zum Windelnwechseln in der nächstbesten Entbindungsanstalt dienstverpflichtet. Nur aus Rücksicht auf Julia verkniffen sie sich jede Bemerkung – und weil man ihnen von Haus aus beigebracht hatte, daß man zu Frauen höflich und zuvorkommend sein müsse. Giordino war derart altmodischer Benimm fremd. Er maulte lauthals los.

»Kichererbsen und Avocado«, sagte er angewidert. »Ich glaube, ich stürz' mich vom Boot und schwimme zum nächstbesten Burger King –«

»Das Magnetometer zeigt was an«, unterbrach ihn Pitt. »Irgendwas auf dem Sonar zu sehen?«

»Das Sonar hängt ein gutes Stück hinter dem Magnetometer«, rief Wilbanks. »Meine Aufzeichnungen kommen ein bißchen später.«

Julia beugte sich über den Drucker und wartete auf das nächste Bild. Und dann, ganz langsam, zeichneten sich auf dem Bildschirm und dem Thermopapier Konturen ab.

»Ein Schiff!« rief Julia aufgeregt. »Es ist ein Schiff!«

»Aber nicht das, hinter dem wir her sind«, versetzte Pitt ungerührt. »Das ist ein alter Segler, der aufrecht am Grund liegt.«

Wilbanks beugte sich vor und betrachtete das gesunkene Schiff. »Schaut euch diese Schärfe an. Die Kajüten, die Luken, der Bugspriet, alles ganz genau zu sehen.«

»Die Masten fehlen«, stellte Hall fest.

»Vermutlich durch den Sturm umgeknickt, in dem es gesunken ist«, sagte Pitt.

Das Schiff war inzwischen außer Reichweite des Sonars, doch Hall betätigte ein paar Tasten, holte das Bild auf den Monitor zurück und zog einzelne Details heraus. »Ganz schön groß«, sagte er, während er den Rumpf betrachtete. »Gut und gerne fünfzig Meter lang.«

»Was mag wohl aus der Besatzung geworden sein?« sagte Julia. »Hoffentlich sind alle gerettet worden.«

»Der Rumpf sieht ziemlich intakt aus«, sagte Wilbanks. »Dürfte ziemlich schnell gesunken sein.«

Danach konzentrierten sie sich wieder auf die Suche nach der *Princess Dou Wan.* Der Wind kam mittlerweile aus Westen und war so schwach, daß sich die Fahne am Heck kaum bewegte. Ein Erzfrachter fuhr in etwa hundert Metern Entfernung vorbei und schaukelte die *Divercity* mit seinem Kielwasser tüchtig durch. Um vier Uhr nachmittags wandte sich Wilbanks an Pitt.

»Noch zwei Stunden bis Sonnenuntergang. Wann wollen wir die Zelte abbrechen und zum Hafen zurückkehren?«

»Man kann nie wissen, wie das Wetter auf den Seen wird«, antwortete Pitt. »Ich würde vorschlagen, daß wir das ruhige Wasser nutzen und solange wie möglich weitersuchen.«

»Der kluge Bauer fährt sein Heu ein, wenn die Sonne scheint«, pflichtete Hall ihm bei.

Bislang waren alle noch bester Dinge. Pitt hatte Wilbanks gebeten, zum Zentrum des Suchgebiets vorzudringen und dann allmählich in Richtung Osten vorzustoßen. Die Sonne stand bereits tief im Westen, als Pitt wieder Meldung machte.

»Magnetometer schlägt aus«, rief er aus. »Ein starker Ausschlag.«

»Na komm schon«, sagte Julia aufgeregt.

»Ein Schiff aus diesem Jahrhundert, aus Stahl gebaut«, bestätigte Hall.

»Wie groß?« fragte Wilbanks.

»Schwer zu sagen. Wir haben es noch nicht ganz im Bild.«

Pitt grinste wie ein Zocker, der soeben die Bank gesprengt hat. »Ich glaube, wir haben sie.« Er zog die markierte Seekarte zu Rate. Das Wrack lag drei Meilen näher vor der Küste, als Gallagher gemeint hatte. Trotzdem eine unglaublich genaue Schätzung, dachte Pitt, wenn man die Umstände bedenkt.

»Es ist auseinandergebrochen«, sagte Hall und deutete auf das schwarzblaue Bild auf dem Monitor, zu dem sich alle, Giordino eingeschlossen, vorbeugten. »Das rund sechzig Meter lange Heckstück liegt etwa fünfundvierzig Meter vom übrigen Rumpf entfernt. Dazwischen ist ein Trümmerfeld.«

»Der vordere Teil sieht aus, als ob er aufrecht steht«, fügte Pitt hinzu.

»Meinst du wirklich, daß es die *Princess Dou Wan* ist?« fragte Julia.

»Wir werden's genau wissen, sobald wir den Tauchroboter unten haben.« Er wandte sich an Wilbanks. »Oder wollen Sie damit bis morgen warten?«

»Wo wir schon mal da sind?« erwiderte Wilbanks lächelnd. »Hat irgend jemand was dagegen, daß wir eine Nachtschicht einlegen?«

Niemand erhob Einspruch. Pitt und Hall holten rasch das Sonar und das Magnetometer ein, und nach kurzer Zeit hatten sie den Benthos MiniRover an die handliche Fernsteuerung und den Monitor angeschlossen. Das Gerät wog rund dreißig Kilo, so daß es von zwei Mann über die Bordwand gehoben und zu Wasser gelassen werden konnte. Langsam verschwanden die hellen Halogenscheinwerfer des Tauchroboters, als er, nur noch durch das Steuerungskabel mit der *Divercity* verbunden, hinab in die dunklen Tiefen des Michigansees fuhr. Wilbanks behielt unterdessen das Satellitenortungssystem im Blick und ließ die *Divercity* gekonnt über dem Wrack treiben.

Der Abstieg auf hundertzwanzig Meter Tiefe dauerte nur ein paar Minuten. Auf hundert Metern schwand das letzte Licht der untergehenden Sonne. Hall hielt den MiniRover an, als der Grund in Sicht kam. Er sah aus wie ein zusammengeknülltes Laken aus grauem Schlick.

»Die Tiefe liegt hier bei hundertdreißig Metern«, sagte er,

während er den Tauchroboter in eine enge Schleife steuerte. Plötzlich erfaßten die Scheinwerfer eine lange Stange, die wie der riesige Fangarm eines Seeungeheuers wirkte.

»Was, zum Teufel, ist das?« murmelte Wilbanks und wandte sich vom Bildschirm des Ortungsgeräts ab.

»Gehen Sie näher ran«, sagte Pitt zu Hall. »Ich glaube, wir sind bei den Frachträumen im vorderen Teil des Rumpfes angelangt. Das hier könnte der Ladebaum eines Krans auf dem Vordeck sein.«

Mit Hilfe der Fernsteuerung lotste Hall den MiniRover langsam neben den Ladebaum, bis die Kamera den Rumpf eines großen Schiffes erfaßte. Er steuerte den Tauchroboter an der Seitenwand entlang in Richtung Bug, der nach wie vor aufrecht stand, so als hätte sich das Schiff noch immer nicht mit seinem Ende abgefunden. Kurz darauf kamen die Umrisses des Schiffsnamens ins Bild. Es sah aus, als sei er mit ungelenker Hand auf das weiße Schanzkleid der Back gemalt worden, dicht hinter dem Anker, der nach wie vor in der Klüse am schwarzgestrichenen Bug hing. Eine der Lettern tauchte am Bildschirm auf.

Normalerweise, das erzählt einem jeder Arzt, ist man tot, wenn das Herz nicht mehr schlägt. An Bord der *Divercity* indes waren alle quicklebendig, auch wenn sie das Gefühl hatten, ihr Herz setzte ein paar Takte aus, als der Namen des gesunkenen Schiffes unter der Kamera des MiniRovers vorbeiglitt.

»Princess Yung T'ai«, rief Giordino. »Wir haben sie!«

»Die Königin des Südchinesischen Meeres«, murmelte Julia wie in Trance. »Sie wirkt so einsam und verlassen. Fast als ob sie gebetet hätte, daß wir kommen.«

»Ich dachte, Sie suchen ein Schiff namens *Princess Dou Wan«*, sagte Wilbanks.

»Das ist eine lange Geschichte«, erwiderte Pitt mit einem breiten Grinsen. »Aber es handelt sich um ein und dasselbe Schiff.« Er legte Hall die Hand auf die Schulter. »Fahren Sie nach achtern, aber halten Sie mindestens drei Meter Sicherheitsabstand, damit sich unser Verbindungskabel nicht verheddert, sonst ist der Tauchroboter futsch.«

Hall nickte schweigend und betätigte den kleinen Joystick an der

Fernsteuerung, mit der er die Kamera bediente und den MiniRover lenkte. Im Schein der Halogenlampen betrug die Sicht gut fünfzehn Meter, und man konnte erkennen, daß sich die *Princess Dou Wan* in den letzten zweiundfünfzig Jahren kaum verändert hatte. Durch das Süßwasser und die große Tiefe war sie weder verrostet, noch hatte sie Bewuchs angesetzt.

Die Aufbauten, die erstaunlich gut erhalten waren, tauchten auf. Nur eine leichte Schlickschicht hatte sich auf dem Anstrich abgelagert, der etwas stumpf geworden war, aber doch noch überraschend frisch aussah. Die *Princess Dou Wan* wirkte wie ein verwunschenes, seit langem verlassenes Haus, in dem seit über einem halben Jahrhundert niemand mehr geputzt hatte.

Hall steuerte den MiniRover um die Brücke herum. Der Großteil der Fenster war durch die Wucht der Wogen und den Tiefendruck zu Bruch gegangen. Sie sahen den Maschinentelegrafen, dessen Anzeiger nach wie vor auf FULL AHEAD stand, volle Kraft voraus. Hier tummelten sich jetzt nur noch ein paar Fische. Die Besatzung war von den tobenden Fluten davongerissen worden, als das Schiff unterging. Langsam glitt der MiniRover über das Promenadendeck hinweg. Die Davits, in denen einst die Rettungsboote gehangen hatten, waren leer und teilweise herausgerissen – ein grausiger Hinweis auf das Chaos und die Panik, die in jener Sturmnacht des Jahres 1948 geherrscht haben mußten. Auf jedem freien Quadratmeter des Oberdecks waren hölzerne Kisten festgezurrt. Sie waren noch intakt. Der Schornstein, der einst hinter der Brücke aufgeragt hatte, fehlte – er war offenbar abgebrochen, als sich das Schiff in den weichen Grund gebohrt hatte, denn man konnte ihn neben dem Rumpf im Schlick liegen sehen.

»Ich würde sonst was dafür geben, wenn ich einen Blick in diese Packkisten werfen könnte«, sagte Julia.

»Vielleicht finden wir eine, die aufgebrochen ist«, sagte Pitt, ohne den Blick vom Monitor zu wenden.

Hinter den Aufbauten war der Rumpf auseinandergebrochen und aufgerissen. Man sah die schartig ausgezackten und verformten Stahlplatten, die unter dem Ansturm der gewaltigen Wellen geborsten waren, konnte erkennen, daß das gesamte Heck beim Untergang des Schiffes völlig weggebrochen war. Es sah aus, als habe ein Riese das Schiff mit bloßer Hand zerquetscht und die kaputten Überreste achtlos beiseite geworfen.

»Das Trümmerfeld zwischen den beiden Wrackteilen scheint voller Souvenirs von dem Schiff zu sein«, stellte Giordino fest.

»Das kann nicht sein«, sagte Pitt. »Alles, was man nicht unbedingt brauchte, wurde ausgeräumt, bevor sie zum Abwracken fuhr. Auch auf die Gefahr hin, daß ich wie ein heilloser Optimist klinge – aber ich wette, wir haben es hier mit einem Feld voller sagenhafter Kunstschätze zu tun.«

Als der MiniRover näher kam, sahen sie, daß der ganze Seegrund mit Holzkisten übersät war, die offenbar beim Untergang aus dem geborstenen Rumpf gefallen waren. Pitts Voraussage wurde bestätigt, als der Tauchrobotor über das Trümmerfeld hinwegfuhr und plötzlich einen eigenartigen Umriß erfaßte, der sich im trüben Wasser abzeichnete. Wir gebannt starrten sie alle auf den Monitor. Langsam wurde das Bild schärfer, und dann, mit einemmal, ragte unmittelbar unter der Kamera ein Kunstwerk aus uralter Zeit auf. Einsam und unheimlich stand es inmitten der zertrümmerten Kiste, deren Wände aufgebrochen waren wie eine Rosenknospe.

»Was ist das?« fragte Wilbanks.

»Eine Reiterstatue aus Bronze«, murmelte Pitt ehrfürchtig. »Ich bin kein Fachmann, aber meiner Meinung nach handelt es sich um das Standbild eines alten chinesischen Kaisers aus der Han-Dynastie.«

»Wie alt schätzen Sie das?« fragte Hall.

»Fast zweitausend Jahre.«

Der Anblick dieses stolz auf seinem Rosse sitzenden Reiters war so eindrucksvoll, daß sie zwei Minuten lang ergriffen auf den Bildschirm schauten, ohne ein Wort zu sagen. Julia kam sich vor, wie in ein anderes Zeitalter versetzt. Das Pferd hatte die Nüstern gebläht und den Kopf leicht zur Seite gedreht, so als wollte es sich nach dem MiniRover umsehen. Der Reiter saß aufrecht im Sattel und starrte mit blicklosen Augen ins Nichts.

»Die Kunstschätze«, flüsterte Julia. »Sie liegen hier überall herum.«

»Steuern sie zum Heck«, sagte Pitt zu Hall.

»Ich hab' das Kabel jetzt auf maximale Länge ausgefahren«, erwiderte Hall. »Ralph muß das Boot näher ranbringen.«

Wilbanks nickte, stellte per Computer Richtung und Entfernung fest, steuerte die neue Position an und zog den MiniRover mit, bis er genau über dem abgebrochenen Heck schwebte. Danach lotste Hall den Tauchroboter an den Schiffsschrauben vorbei, deren obere Blätter aus dem Schlick ragten. Deutlich waren die quer über das Heck gemalten Lettern zu erkennen, die den Heimathafen des Schiffes angaben: Schanghai. Die Bruchstelle sah genauso aus wie beim Vorschiff – verbogene und zerfetzte Rumpfplatten, losgerissene Maschinen, rundum verstreute Kunstschätze.

Die Mitternachtsstunde kam und ging, doch sie machten weiter, beflügelt von dem Gefühl, daß sie seit zweiundfünfzig Jahren die ersten Menschen waren, die die *Princess Dou Wan* zu Gesicht bekamen. Sie untersuchten die beiden geborstenen Rumpfteile und die unschätzbar wertvolle Fracht aus jedem erdenklichen Blickwinkel. Erst als sie der Meinung waren, daß es nichts mehr zu sehen gab, holte Hall den MiniRover ein.

Niemand konnte sich vom Bildschirm losreißen, auch als der MiniRover längst aufgetaucht und die *Princess Dou Wan* wieder in der schwarzen Tiefe verschwunden war. Das Schiff ruhte jetzt wieder friedlich am Grund des Sees, allein bis auf das unbekannte Segelschiff eine Meile entfernt. Doch die Einsamkeit würde nicht mehr lange währen. Bald würden Schiffe mit Männern und Geräten auftauchen, die in seine Eingeweide vordrangen und die kostbare Fracht entfernten, die es einmal um die halbe Welt befördert und eifersüchtig gehütet hatte, seit es von Schanghai aus in See gestochen war.

Die unglückselige Fahrt der *Princess Dou Wan* war nicht zu Ende, noch nicht. Das Nachwort mußte erst noch geschrieben werden.

51

Der Historiker Zhu Kwan saß an einem Schreibtisch, der auf einem Podest inmitten eines riesengroßen Büros stand, und las die Berichte, die eine Heerschar von Rechercheuren im Auftrag von Qin Shang weltweit zusammengetragen hatte. Das Projekt *Princess Dou Wan* nahm inzwischen eine halbe Etage des Verwaltungsgebäudes der Qin Shang Maritime Limited in Hongkong in Anspruch. Man hatte keinerlei Kosten gescheut. Doch trotz des gewaltigen Aufwands war man bislang auf nichts Konkretes gestoßen. Der Verbleib des verschollenen Schiffes blieb Zhu Kwan ein Rätsel.

Zhu Kwan und seine Leute durchforsteten sämtliche Seefahrtsarchive und werteten alle nur erdenklichen Quellen aus, während Quin Shangs Erkundungs- und Bergungsschiff vor der chilenischen Küste seine Suche nach dem verschwundenen Passagierdampfer fortsetzte. Das auf Shangs Werft in Hongkong gebaute Schiff war ein Wunderwerk der Unterwassertechnologie, um das ihn die meereswissenschaftlichen Institute in aller Welt beneideten. Die *Jade Adventurer,* wie Shang das Schiff getauft hatte, weil ein englischer Name den Umgang mit ausländischen Behörden erleichterte, und ihre Besatzung hatten zuvor im Südchinesischen Meer eine Dschunke aus dem sechzehnten Jahrhundert entdeckt und ihre Fracht, Porzellan aus der Ming-Dynastie, geborgen.

Zhu Kwan las die Beschreibung eines im Jahr 1948 verschwundenen Kunstwerks, einst Bestandteil einer Privatsammlung, die einem reichen Händler in Peking gehört hatte. Der Händler war ermordet worden, aber Zhu Kwan hatte seine Erben aufgespürt, die ihm wiederum eine Auflistung der verschollenen Artefakte überlassen hatten. Er musterte gerade eine Zeichnung von einem kostbaren Weingefäß, als die Stimme seines Assistenten aus dem Lautsprechertelefon schallte.

»Herr Professor, ein Anruf aus den Vereinigten Staaten für Sie. Mr. St. Julien Perlmutter.«

Zhu Kwan legte die Zeichnung beiseite. »Stellen Sie ihn bitte durch.«

»Hallo, Zhu Kwan, sind Sie dran?« meldete sich Perlmutter aufgeräumt.

»St. Julien. Welch eine Überraschung. Ich fühle mich geehrt, daß mich mein alter Freund und Kollege anruft.«

»Sie werden sich noch viel mehr geehrt fühlen, wenn Sie hören, was ich Ihnen zu erzählen habe.«

Der chinesische Historiker war verwundert. »Es ist mir stets eine große Freude, wenn Sie mir von Ihren neuesten Entdeckungen in den Archiven berichten.«

»Sagen Sie mal, Zhu Kwan, interessieren Sie sich immer noch für ein verschollenes Schiff namens *Princess Dou Wan?«*

Zhu Kwan atmete scharf ein. Einen Moment lang wurde ihm bang. »Suchen Sie ebenfalls danach?«

»O nein, nein, nein«, versetzte Perlmutter leichthin. »Das Schiff interessiert mich nicht im geringsten. Aber bei Nachforschungen nach einem anderen verschollenen Schiff, einer Autofähre auf den Großen Seen, bin ich auf ein Schriftstück gestoßen. Es stammt von einem mittlerweile verstorbenen Schiffsingenieur, der darin seine schrecklichen Erlebnisse an Bord eines Schiffes namens *Princess Dou Wan* schildert.«

»Sie haben einen Überlebenden gefunden?« fragte Zhu Kwan, der sein Glück kaum fassen konnte.

»Ein gewisser Ian Gallagher. Seine Freunde nannten ihn ›Hongkong‹. Er war Chefmaschinist auf der *Princess Dou Wan,* als sie untergegangen ist.«

»Ja, ja, ich besitze eine Akte über ihn.«

»Gallagher war der einzige Überlebende. Er ging aus verständlichen Gründen nicht nach China zurück und tauchte in den Vereinigten Staaten unter.«

»Die *Princess Dou Wan«,* stieß Zhu Kwan aus, der seine Erregung nicht mehr bezähmen konnte. »Hat Gallagher angegeben, an welcher Position sich das Schiff ungefähr befand, als es vor Chile gesunken ist?«

»Halten Sie sich fest, mein lieber Freund aus dem Fernen Osten«, sagte Perlmutter. »Die *Princess Dou Wan* ist nicht im Südpazifik untergegangen.«

»Aber was ist mit dem letzten Notruf?« murmelte Zhu Kwan verwirrt.

»Sie liegt am Grunde des Michigansees, in Nordamerika.«

»Unmöglich!« stieß Zhu Kwan aus.

»Glauben Sie mir, es stimmt. Der Notruf war eine Täuschung. Der Kapitän und die Besatzung haben auf Anweisung von General Kung Hui den Namen geändert und sie als ihr Schwesterschiff ausgegeben, die *Princess Yung T'ai.* Dann fuhren sie durch den Panamakanal, die Ostküste der Vereinigten Staaten hinauf und den Sankt-Lorenz-Strom hinab zu den Großen Seen. Dort wurde sie von einem furchtbaren Sturm ereilt und ging zweihundert Meter nördlich von Chicago, ihrem Bestimmungsort unter.«

»Das ist unglaublich. Sind Ihre Quellen absolut zuverlässig?«

»Ich faxe Ihnen Gallaghers Bericht von der Reise und dem Untergang.«

Zhu Kwan wurde zusehends unwohl. »Hat Gallagher etwas von der Fracht des Schiffes erwähnt?«

»Er bezieht sich nur kurz darauf«, erwiderte Perlmutter. »Gallaghers Worten zufolge erklärte ihm General Hui, daß sich in den zahllosen Holzkisten und Truhen, die in Schanghai an Bord gebracht wurden, persönliche Einrichtungsgegenstände und Kleidungsstücke hochrangiger nationalchinesischer Beamter und Militärs befänden, die vor den Kommunisten vom chinesischen Festland flüchteten.«

Zhu Kwan atmete erleichtert auf. Noch war das Geheimnis gewahrt. »Dann treffen offenbar die Gerüchte nicht zu, wonach die *Princess Dou Wan* eine wertvolle Fracht an Bord gehabt haben soll.«

»Ein bißchen Schmuck vielleicht, aber mit Sicherheit nichts, was einen professionellen Schatzsucher anlocken könnte. Vermutlich holt allenfalls gelegentlich ein Sporttaucher den einen oder anderen Gegenstand herauf.«

»Haben Sie außer mir noch jemanden von Ihrem Fund verständigt?« fragte Zhu Kwan argwöhnisch.

»Keine Menschenseele«, antwortete Perlmutter. »Sie sind der einzige, der sich meines Wissens für das Wrack interessiert.«

»Ich wäre Ihnen sehr zu Dank verpflichtet, St. Julien, wenn Sie

Ihre Entdeckung nicht bekanntgeben würden. Zumindest nicht in den nächsten Monaten.«

»Ich verspreche Ihnen, daß ich ab sofort kein Wort darüber verlieren werde.«

»Außerdem hätte ich einen persönlichen Wunsch –«

»Nur heraus damit.«

»Schicken Sie Gallaghers Bericht bitte nicht per Fax. Ich glaube, Sie sollten ihn mir besser per Kurier zukommen lassen. Selbstverständlich werde ich für sämtliche Kosten aufkommen.«

»Wie Sie wünschen«, meinte Perlmutter. »Sobald ich auflege, werde ich einen Kurierdienst mit der Zustellung beauftragen.«

»Vielen Dank, mein Freund«, sagte Zhu Kwan mit Nachdruck. »Sie haben mir einen großen Dienst erwiesen. Die *Princess Dou Wan* ist zwar nicht von großem historischen oder wirtschaftlichen Wert, aber sie will mir schon seit vielen Jahren nicht mehr aus dem Kopf gehen.«

»Glauben Sie mir, ich kenne das. Manche verschollenen Schiffe, so unbedeutend sie auch sein mögen, lassen einen als Forscher nicht mehr in Ruhe. Man kann nicht davon ablassen, bis man das Geheimnis um ihr Verschwinden gelöst und sie gefunden hat.«

»Vielen Dank, St. Julien, vielen herzlichen Dank.«

»Ich wünsche Ihnen alles Gute, Zhu Kwan. Auf Wiederhören.«

Der chinesische Historiker konnte sein Glück kaum fassen. Noch vor wenigen Minuten hatte er gemeint, er stünde vor einem unlösbaren Rätsel, doch mit einemmal hatte sich alles wie von selbst ergeben. Trotz aller Begeisterung beschloß er, Qin Shang erst dann Bescheid zu geben, wenn der Kurier mit Ian Gallaghers Bericht von den letzten Stunden der *Princess Dou Wan* eingetroffen war und er ein, zwei Stunden Zeit gehabt hatte, ihn zu lesen.

Qin Shang dürfte überaus erfreut sein, wenn er erfuhr, daß die großen Kunstschätze, die man diesem Land geraubt hatte, all die Jahre über in einem See gelegen hatten, in Süßwasser. Sie waren sicher so gut erhalten, daß man jetzt nur noch zugreifen brauchte. Zhu Kwan hoffte inständig, daß er es noch erleben möge, wenn man all diese großartigen Werke eines Tages in einem Nationalmuseum zur Schau stellte.

»Sie machen das gut, St. Julien«, sagte Sandecker, als Perlmutter den Hörer auflegte. »Sie hätten Gebrauchtwagenhändler werden sollen.«

»Oder Politiker«, grummelte Giordino.

»Ich komme mir vor wie das letzte Stinktier. Den netten alten Mann so zu hintergehen«, sagte Perlmutter. Er schwieg einen Moment und blickte die vier Männer der NUMA an, die in Sandeckers Büro um ihn saßen. »Zhu Kwan und ich kennen uns seit vielen Jahren. Wir hatten immer größte Hochachtung voreinander. Ich habe ihn gar nicht gern angelogen.«

»Alles, was recht ist«, sagte Pitt. »Er hat dich doch ebenfalls angeschwindelt. Hat die ganze Zeit behauptet, er würde sich nur der hehren Wissenschaft wegen für die *Princess Dou Wan* interessieren. Der weiß ganz genau, daß das Schiff mit wahnwitzig wertvollen Kunstwerken an Bord gesunken ist. Warum sollte er sonst darauf bestehen, daß man ihm Gallaghers Bericht per Kurier zustellt? Weil man Faxverbindungen anzapfen kann. Wetten, daß er's kaum erwarten kann, Qin Shang die frohe Botschaft zu überbringen.«

Perlmutter schüttelte den Kopf. »Zhu Kwan ist ein Gelehrter, wie er im Buche steht. Der wird seinem Auftraggeber keine Mitteilung machen, bevor er das Schriftstück persönlich überprüft hat.« Er schaute die vier anderen nacheinander an. »Nur der Neugier halber, aber wer hat den Bericht verfaßt, den ich ihm geschickt habe?«

Rudi Gunn hob zaghaft die Hand. »Ich habe mich freiwillig dazu erboten. Und es ging mir, wenn ich das so sagen darf, ganz gut von der Hand. Natürlich habe ich mir gewisse schriftstellerische Freiheiten herausgenommen. Unter anderem verweise ich in einer Fußnote darauf, daß Gallagher im Jahre 1992 an einer Herzattacke gestorben sei. Damit sind seine und Katies Spuren verwischt.«

Sandecker blickte zum Leiter der Abteilung Spezialprojekte. »Haben wir noch genügend Zeit zum Heben der Kunstschätze, bevor Qin Shangs Bergungsschiff eintrifft?«

Pitt zuckte die Achseln. »Solange die *Ocean Retriever* nicht das einzige Schiff vor Ort bleibt.«

»Keine Sorge«, sagte Gunn. »Wir haben bereits zwei weitere

Bergungsschiffe gechartert. Eins von einer Privatfirma in Montreal, und das andere haben wir uns bei der US-Navy ausgeborgt.«

»Wir müssen so schnell wie möglich sein«, sagte Sandecker. »Ich möchte, daß der Schatz gehoben ist, bevor etwas nach außen dringt. Und ich will keinerlei Einmischung, auch nicht durch unsere Regierung.«

»Und wenn die Bergung abgeschlossen ist?« fragte Perlmutter.

»Dann werden die Kunstwerke auf schnellstem Wege zu Einrichtungen gebracht, wo man sie konservieren und vor weiteren Schäden bewahren kann, die durch den langen Aufenthalt im Wasser aufgetreten sind. Danach werden wir den Fund bekanntgeben und uns vornehm zurückhalten, wenn die Bürokraten in Washington und Peking darum rangeln.«

»Und Qin Shang?« hakte Perlmutter nach. »Was ist, wenn er mit seinem Bergungsschiff an der Fundstelle aufkreuzt?«

Pitt setzte ein teuflisches Grinsen auf. »Dann bereiten wir ihm einen Empfang, wie es sich für einen Mann von seinem Stand gehört.«

52

Die *Ocean Retriever* mit Pitt, Giordino, Gunn und Julia an Bord war zuerst vor Ort und ging über dem Wrack der *Princess Dou Wan* in Position. Nur vier Stunden später traf das kanadische Schiff ein, die in Diensten der Deep Abyss Systems Limited aus Montreal stehende *Hudson Bay.* Es war ein älteres Schiff, ein ehemaliger Hochseebergungsschlepper, den man umgebaut hatte. Bei klarem Wetter und ruhigem Seegang begann man unverzüglich mit der Bergung der Kunstschätze.

Die Unterwasserarbeiten wurden von Tauchbooten mit Greifarmen sowie von Tauchern erledigt, die in tiefseetauglichen Druckanzügen steckten, sogenannten Newtsuits, in denen sie aussahen wie das Michelin-Männchen. In diesen ungelenken, aus Fiberglas und Magnesium bestehenden und mittels Strahldüsen angetriebenen Anzügen konnte man lange Zeit in über hundert Metern Tiefe arbeiten, ohne sich um Dekompressionspausen scheren zu müssen.

Stück für Stück wurden die Kunstwerke gehoben, wobei die Arbeiten zusehends schneller von der Hand gingen. Noch besser kamen sie voran, als die *Dean Hawes,* das Bergungsschiff der US-Navy, zwei Tage früher als erwartet eintraf und neben den beiden anderen Schiffen in Position ging. Sie war verhältnismäßig neu, erst vor zwei Jahren vom Stapel gelaufen und eigens für Tiefseebergungsarbeiten, zum Heben von Unterseebooten vor allem, gebaut worden.

Ein riesiger offener Lastkahn, an dessen Rumpf man Ballasttanks angebracht hatte, wurde mit Hilfe des Satellitenortungssystems über das Wrack geschleppt und dann so versenkt, daß er unweit des Vorschiffes der *Princess Dou Wan* am Grund aufsetzte. Die Kranführer, die sich mit Hilfe von Unterwasserkameras orientierten, brachten die an langen Trossen hängenden Greifer in Position und bargen die Kisten, die auf den Oberdecks vertäut und in den Frachträumen verstaut waren und zwischen den beiden Rumpfteilen am Seeboden lagen, und beförderten sie mitsamt ihrem Inhalt auf den versenkten Kahn. Sobald er voll beladen war, wurden die Ballasttanks mit Preßluft gefüllt, worauf der Kahn nach oben stieg. Dann wurde er von einem Schlepper zum Hafen von Chicago gebracht, wo ein Archäologenteam der NUMA die Kunstschätze in Empfang nahm. Sie wurden vorsichtig aus den verquollenen Transportkisten genommen und sofort in Wassertanks gelagert, wo sie vor weiterem Verfall geschützt waren, bis man sie endgültig konservieren konnte.

Sobald der eine Kahn weggeschleppt war, brachte man den nächsten in Position und versenkte ihn neben dem Wrack.

Sechs Tauchboote – drei von der NUMA, ein kanadisches und zwei von der Navy – hoben vorsichtig eine Kiste nach der anderen und verluden sie im Frachtraum des versenkten Kahns.

Damit man leichter an die im Bauch des Schiffes verstauten Kisten herankam, schweißten die in den Newtsuits steckenden Taucher mit modernstem, unglaublich leistungsfähigem Gerät die Stahlplatten am Rumpf auf. Sobald ein neues Loch geschaffen war, drangen die Tauchboote vor und hievten, unterstützt von den Kränen an Bord der Bergungsschiffe, die Kisten heraus.

Das ganze Unternehmen wurde vom Kontrollraum an Bord der *Ocean Retriever* aus überwacht. Von hier aus konnte man an zahlreichen Bildschirmen und über die rund um das Wrack aufgebauten Videokameras den Fortgang der Bergung genau verfolgen. Pitt und Gunn, die dafür zu sorgen hatten, daß Männer und Gerät immer am rechten Ort waren, ließen die hochauflösenden Videosysteme nicht aus den Augen. Sie arbeiteten in Zwölfstundenschichten, so wie alle anderen Mannschaften an Bord der drei Schiffe, die rund um die Uhr zahllose Kunstschätze aus dem Bauch des alten Dampfers räumten.

Pitt hätte sonst was dafür gegeben, wenn er vor Ort hätte sein können, sei es in einem der Tauchboote oder in einem Newtsuit, aber da er aufgrund seiner Erfahrung Leiter dieses Projekts war, mußte er die Arbeiten von oben beaufsichtigen und koordinieren. Neidisch sah er auf einem der Monitore zu, wie Giordino trotz seines gebrochenen Beines in ein Tauchboot, die *Sappho IV*, gehoben wurde. Giordino konnte über siebenhundert Arbeitsstunden in Tauchbooten vorweisen, und das hier war sein Lieblingsgerät. Diesmal wollte der durchtriebene kleine Italiener in die Aufbauten der *Princess Dou Wan* vordringen, nachdem die Taucher Löcher in die Schotten geschweißt hatten.

Pitt drehte sich um, als Rudi Gunn in den Kontrollraum trat. Die Strahlen der Morgensonne fielen durch die Tür und spiegelten sich in den Instrumenten, zu denen ansonsten kein Tageslicht drang, da der Raum weder Bullaugen noch Fenster besaß. »Du bist schon da? Ich hätte schwören können, daß du gerade rausgegangen bist.«

»So kann die Zeit vergehen«, antwortete Gunn lächelnd. Er hatte eine Rolle unter den Arm geklemmt, eine große, aus zahllosen Einzelbildern zusammengesetzte Aufnahme vom Fundort des Wracks, die man vor Beginn der Bergungsarbeiten angefertigt hatte. Sie leistete wertvolle Dienste, wenn es darum ging, die zwischen den Wracks verstreuten Trümmer aufzuspüren und die Tauchboote und die Taucher an Ort und Stelle zu lotsen. »Wie weit sind wir?« fragte er.

»Der Kahn ist voll und wird gerade gehoben«, erwiderte Pitt. Er roch den Kaffeeduft, der aus der Kombüse herüberzog, und sehnte sich nach einer Tasse.

»Diese schiere Masse an Kunstschätzen ist für mich nach wie vor unfaßbar«, sagte Gunn, als er sich vor den Bildschirmen und den Funk- und Fernsprechgeräten niederließ.

»Die *Princess Dou Wan* war unglaublich überladen«, sagte Pitt. »Kein Wunder, daß sie auseinandergebrochen und untergegangen ist, sobald sie in schwere See geriet.«

»Wie lange dauert's noch, bis wir fertig sind?«

»Der Großteil der am Grund herumliegenden Transportkisten ist geborgen. Das Heck ist so gut wie ausgeräumt. Die Frachträume im Bug sollten bis Ende der nächsten Schicht ebenfalls leer sein. Jetzt müssen wir nur noch die kleineren Kisten aufstöbern, die in den Durchgängen und Kabinen im Bauch des Schiffes verstaut sind. Je weiter die Männer in den Newtsuits vordringen, desto schwerer tun sie sich beim Durchschweißen der Schotten.«

»Gibt's irgendeine Nachricht, wann Qin Shangs Bergungsschiff hier eintrifft?« fragte Gunn.

»Die *Jade Adventurer?«* Pitt blickte auf die Karten von den Großen Seen, die er vor sich auf dem Tisch ausgebreitet hatte. »Letzten Meldungen zufolge ist sie den Sankt-Lorenz-Strom in Richtung Süden gefahren und hat Quebec passiert.«

»Dann müßte sie in knapp drei Tagen hier sein.«

»Sie hat ihre Suchaktion vor der Küste von Chile prompt abgebrochen. Kaum eine Stunde nachdem Zhu Kwan den getürkten Bericht von Ian Gallagher in der Hand hatte, ist sie in Richtung Norden abgedampft.«

»Das wird ganz schön knapp«, sagte Gunn, während er verfolgte, wie ein Tauchboot mit seinem Greifarm vorsichtig eine Porzellanvase faßte, die aus dem Schlick ragte. »Wenn wir Glück haben, sind wir gerade fertig und weg vom Schuß, wenn die *Jade Adventurer* hier aufkreuzt.«

»Wir haben schon Glück gehabt, daß Qin Shang keinen seiner Mittelsmänner vorgeschickt und die nähere Umgebung hat erkunden lassen.«

»Der Kutter der Küstenwache, der unser Suchgebiet abschirmt, hat bislang kein verdächtiges Boot gemeldet.«

»Als ich heute nacht meine Schicht angetreten habe, hat Al mir mitgeteilt, daß ein Lokalreporter auf der *Ocean Retriever* angerufen hat. Al hat ihm einen Bären aufgebunden, als der Reporter gefragt hat, was wir hier draußen machen.«

»Was hat Al ihm erzählt?«

»Daß wir Löcher in den Grund des Sees bohren und nach Dinosauriereiern suchen.«

»Und der Reporter hat ihm das abgenommen?« fragte Gunn ungläubig.

»Wahrscheinlich nicht, aber er war Feuer und Flamme, als Al ihm versprochen hat, daß er ihn übers Wochenende an Bord bringt.«

Gunn schaute ihn verdutzt an. »Aber bis dahin sind wir doch längst weg.«

»Du hast's kapiert«, versetzte Pitt lachend.

»Wir können froh sein, daß sich bislang noch nichts von dem Fund herumgesprochen hat, sonst würde es hier von Schatzsuchern wimmeln.«

»Sobald sie davon erfahren, werden sie hier einfallen und die Brosamen aufsammeln.«

Julia kam mit einem Tablett, das sie auf einer Hand balancierte, in den Kontrollraum. »Frühstück«, verkündete sie fröhlich. »Ist das nicht ein herrlicher Morgen?«

Pitt rieb sich sein stoppeliges Kinn. »Hab' ich noch gar nicht bemerkt.«

»Worüber freuen Sie sich so?« fragte Rudi Gunn.

»Ich habe gerade eine Nachricht von Peter Harper erhalten. Qin Shang ist als Besatzungsmitglied verkleidet am Flughafen von Quebec von Bord einer japanischen Linienmaschine gegangen. Die kanadische Polizei hat ihn bis zum Hafen verfolgt, wo er sich auf ein kleines Boot begab, das ihn zur *Jade Adventurer* brachte.«

»Halleluja!« rief Gunn. »Er hat den Köder geschluckt.«

»Und zwar mit Haken, Schnur und Schwimmer«, sagte Julia mit einem strahlenden Lächeln. Sie stellte das Tablett auf dem Kartentisch ab und zog das Abdecktuch weg, unter dem Teller voller Spiegeleier mit Speck, Toast, Grapefruit und Kaffeetassen zum Vorschein kamen.

»Gute Nachrichten«, sagte Pitt und zog unaufgefordert einen Stuhl an den Kartentisch. »Hat Harper gesagt, wann er Qin Shang festzunehmen gedenkt?«

»Er bespricht sich noch mit den Rechtsberatern des INS. Aber ich muß euch leider mitteilen, daß man große Bedenken hat, ob sich nicht das Außenministerium und das Weiße Haus einmischen.

»Das hatte ich befürchtet«, sagte Gunn.

»Peter Harper und Direktor Monroe haben Angst, daß Qin Shang aufgrund seiner politischen Beziehungen entwischen könnte.«

»Warum entern sie nicht einfach die *Jade Adventurer* und packen ihn am Schlafittchen?« fragte Gunn.

»Wir können ihn von Rechts wegen nicht festnehmen, wenn sein Schiff bei der Fahrt durch den Ontario-, den Erie- und den Huronsee dicht unter der kanadischen Küste bleibt«, erklärte Julia. »Erst wenn die *Jade Adventurer* durch die Straße von Mackinac in den Michigansee einläuft, befindet sich Qin Shang auf amerikanischem Hoheitsgebiet.«

Langsam aß Pitt eine Grapefruit. »Ich möchte zu gern sein Gesicht sehen, wenn die Besatzung die Kamera auf die *Princess* richtet und er feststellt, daß sie ratzekahl leergeräumt ist.«

»Hast du gewußt, daß er über eine seiner Tochterfirmen bei den zuständigen Staats- und Bundesbehörden seinen Anspruch auf das Schiff geltend gemacht hat?«

»Nein«, sagte Pitt. »Aber es überrascht mich nicht. Das ist doch typisch für den.«

Gunn schlug mit dem Messer auf den Tisch. »Wenn einer von uns versuchen würde, auf legalem Weg ein Schatzschiff für sich zu beanspruchen, würde man ihn schallend auslachen. Und sämtliche Kunstwerke, die wir fänden, müßten wir umgehend an den Staat abtreten.«

»Die Leute, die auf Schatzsuche gehen«, sagte Pitt versonnen, »meinen, daß sie fein heraus sind, sobald sie den großen Treffer landen. Die sind sich nicht darüber im klaren, daß damit die eigentlichen Schwierigkeiten erst anfangen.«

»Wohl wahr«, pflichtete Gunn bei. »Mir ist kein Schatzfund bekannt, der hinterher nicht von einem Trittbrettfahrer oder irgendwelchen Beamten vor Gericht angefochten wurde.«

Julia zuckte die Achseln. »Mag sein, aber Qin Shang hat zu gute Beziehungen, als daß man ihn einfach abblitzen läßt. Notfalls schmiert er eben alle, die sich ihm widersetzen.«

Pitt schaute sie an, als sei ihm trotz aller Müdigkeit soeben etwas eingefallen. »Ißt du nichts?« fragte er.

Sie schüttelte den Kopf. »Ich habe vorhin in der Kombüse einen Happen zu mir genommen.«

Der Erste Offizier des Schiffes schaute zur Tür herein und winkte Pitt zu. »Der Kahn ist aufgetaucht, Sir. Sie sagten doch, daß Sie einen Blick auf die Ladung werfen wollen, bevor er weggeschleppt wird.«

»Ja, vielen Dank«, erwiderte Pitt. Er wandte sich wieder an Gunn. »Jetzt darfst du ran, Rudi. Bis morgen um die gleiche Zeit am gleichen Ort.«

Gunn winkte ihm zu, ohne den Blick vom Monitor zu wenden. »Schlaf gut.«

Julia hakte sich bei Pitt unter, als sie auf die Brückennock traten und zu dem großen Kahn hinabblickten, der soeben aus der Tiefe gehoben worden war. Der Frachtraum war voller Kisten jedweder Größe, in denen die kostbarsten Kunstschätze aus dem alten China verstaut waren. Alle waren von den Kränen und den Tauchbooten dicht an dicht gestapelt worden. In einem abgetrennten Abteil, das man dick ausgepolstert hatte, lagen die Artefakte, deren Transportkisten beschädigt oder kaputt waren. Einige Musikinstrumente waren zu sehen – gestimmte Glocken aus Stein, Bronzeschellen und Trommeln. Daneben ein dreibeiniger Kochherd mit einer Dämonenfratze auf der Tür, prachtvolle Jadefiguren von Männern, Frauen und Kindern in halber Lebensgröße sowie Tierstatuen aus Marmor.

»Oh, schau«, sagte sie und deutete nach unten. »Sie haben den Kaiser auf seinem Pferd heraufgeholt.«

Das Wasser rann von dem Roß und glitzterte auf dem Bronzepanzer des Reiters, der seit über einem halben Jahrhundert zum erstenmal wieder im Licht der Sonne stand. Die zweitausend Jahre alte Skulptur sah noch fast genausogut aus wie an dem Tag, da Sie gegossen worden war. Der unbekannte Kaiser starrte jetzt über die endlose Weite des Sees hinweg, als halte er Ausschau nach neuen Ländern, die es zu erobern galt.

»Sie sind alle so herrlich«, sagte Julia, während sie die Wunderwerke aus uralter Zeit betrachtete. Dann deutete sie auf die anderen Kisten, deren Inhalt noch verborgen war. »Mich wundert nur, daß die Holzkisten nicht verfault sind, obwohl sie so viele Jahre im Wasser lagen.«

»General Hui war ein umsichtiger Mann«, sagte Pitt. »Er hat nicht nur darauf geachtet, daß die Kisten doppelwandig gebaut wurden, sondern auch eigens Teakholz verwenden lassen. Vermutlich wurde es von Burma aus per Frachter nach Schanghai gebracht und war für die dortigen Werften bestimmt. Hui wußte, daß Teakholz außerordentlich hart und haltbar ist, deshalb hat er die Fracht vermutlich beschlagnahmen und für den Bau der Kisten hernehmen lassen. Er konnte natürlich nicht ahnen, daß die Kunstschätze fünfzig Jahre lang im Wasser liegen und durch seine Vorsichtsmaßnahme vor schwereren Schäden bewahrt werden würden.«

Julia hob die Hand und schirmte ihre Augen vor den gleißenden Sonnenstrahlen ab, die sich im Wasser spiegelten. »Ein Jammer, daß er sie nicht wasserdicht bauen ließ. Die Lackarbeiten, die Holzschnitzereien und Gemälde sind wahrscheinlich stark beschädigt, wenn nicht unwiederbringlich zerstört.«

»Die Archäologen werden bald Bescheid wissen. Mit etwas Glück wurden viele der empfindlichen Gegenstände durch das eiskalte Süßwasser konserviert.«

Als der Schlepper vor dem Kahn, den er in den Hafen von Chicago bringen sollte, in Position ging, trat ein Besatzungmitglied mit einem Blatt Papier in der Hand aus dem Ruderhaus. »Eine weitere Meldung für Sie, Ms. Lee. Aus Washington.«

»Offenbar eine Nachricht von Peter«, sagte sie und nahm das Blatt entgegen. Sie las den Text mehrmals durch, wirkte zuerst überrascht, dann ungehalten und schließlich aufgebracht. »Ach, du guter Gott«, murmelte sie.

»Was gibt's?«

Julia reichte Pitt die Nachricht. »Der INS-Einsatz zur Festnahme von Qin Shang wurde auf Anordnung des Weißen Hauses abgeblasen. Wir dürfen ihn in keinster Weise aufhalten oder belästigen. Außerdem sind sämtliche Schätze, die von der *Princess Dou Wan* geborgen werden, an Qin Shang als offiziellem Vertreter der chinesischen Regierung zu übergeben.«

»Das ist doch Wahnwitz«, sagte Pitt, der viel zu müde war, um Zorn zu zeigen. »Der Mann ist nachweislich ein Massenmörder. Und dem sollen wir den Schatz überlassen? Der Präsident hat offenbar nicht mehr alle Tassen im Schrank.«

»Ich bin mir in meinem ganzen Leben noch nie so ohnmächtig vorgekommen«, versetzte Julia wütend.

Mit einemmal verzog Pitt den Mund zu einem schiefen Grinsen. »Ich würde das an deiner Stelle nicht so schwer nehmen. Es gibt immer einen Lichtblick.«

Sie schaute ihn an, als sei er nicht ganz bei Trost. »Was redest du da? Wo soll es da einen Lichtblick geben, wenn wir zulassen müssen, daß dieser Drecksack auf freiem Fuß bleibt und die Kunstschätze in seinen Besitz bringt?«

»In der Anordnung aus dem Weißen Haus heißt es doch ausdrücklich, daß der INS Qin Shang nicht aufhalten oder belästigen darf.«

»Na und?«

»In dieser Anordnung«, sagte Pitt immer noch grinsend, aber mit einem scharfen Unterton, »ist nicht die Rede davon, wie sich die NUMA zu verhalten hat –«

Er brach ab, als Gunn aufgeregt aus dem Kontrollraum auf die Brückennock gerannt kam. »Al glaubt, er hat sie«, stieß er aus. »Er taucht jetzt auf und möchte wissen, wie er damit umgehen soll.«

»Ganz vorsichtig«, sagte Pitt. »Sag ihm, er soll langsam aufsteigen und sie gut festhalten. Sobald er auftaucht, hieven wir sie mitsamt der *Sappho IV* an Bord.«

»Worum geht es?« fragte Julia.

Pitt warf ihr einen kurzen Blick zu, bevor er den Niedergang zum Arbeitsdeck hinunterstürmte. »Um die Knochen des Pekingmenschen.«

Die Kunde verbreitete sich im Nu auf allen Schiffen der Bergungsflotte, worauf sich die Besatzung der *Ocean Retriever* auf dem hinteren Arbeitsdeck versammelte, während sich die Mannschaften auf den anderen Schiffen an der Reling drängten und gespannt zum Bergungsschiff der NUMA herüberblickten. Eine eigenartige Stille kehrte ein, als die *Sappho IV* auftauchte und in der leichten Dünung rollte. Im Wasser hielten sich Taucher bereit, die die Krantrosse am Hebering auf der Oberseite des Bootes befestigten. Aller Augen waren auf den großen Maschendrahtkorb zwischen den Greifarmen gerichtet, in dem zwei Holzkisten lagen. Jeder hielt den Atem an, als das Tauchboot langsam aus dem See gehievt wurde. Vorsichtig bugsierte der Kranführer seine kostbare Fracht über das Heck und setzte sie dann sachte an Deck ab.

Die Mannschaft drängte sich um das Tauchboot, während die Archäologin des Schiffes, eine blonde Mittvierzigerin namens Pat O'Connell, das Entladen der beiden Kisten beaufsichtigte. Giordino stieß unterdessen die Luke des Tauchbootes auf und stemmte sich heraus.

»Wo hast du sie gefunden?« rief Pitt zu ihm hoch.

»Ich habe mich an den Planzeichnungen orientiert und mir Zugang zur Kapitänskajüte verschafft.«

»Der Fundort könnte stimmen«, sagte Gunn und linste durch seine Brille.

Mit Unterstützung zweier Helfer stemmte die Archäologin den Deckel der ersten Kiste auf und spähte hinein. »Oje, oje, oje«, murmelte sie ergriffen.

»Was gibt's?« wollte Pitt wissen. »Was sehen Sie?«

»Feldkisten mit der Aufschrift U.S.M.C.«

»Na denn, stehen Sie nicht herum. Öffnen Sie sie.«

»Eigentlich sollten sie im Labor geöffnet werden«, wandte O'Connell ein. »Der Ordnung und Methodik halber, wissen Sie?«

»Nein!« sagte Pitt kurz und knapp. »Zum Teufel mit Ordnung und Methodik. Die Leute hier haben lange und hart gearbeitet. Die haben es sich weiß Gott verdient, daß sie die Früchte ihrer Schufterei sehen dürfen. Öffnen Sie die Feldkiste.«

Als ihr klar wurde, daß Pitt sich nicht abwimmeln ließ, und sie die feindseligen Gesichter rundum sah, kniete sich O'Connell hin und machte sich mit einem kleinen Stemmeisen am Schnappschloß der Kiste zu schaffen. Die Wand um das Schloß bröckelte weg wie nasser Lehm, worauf sie langsam, ganz langsam den Deckel hochklappte.

Im oberen Fach der Feldkiste lagen etliche feinsäuberlich in nassen Verbandsmull eingewickelte Gegenstände, jeder für sich in einem kleinen Fach verstaut. Vorsichtig, so als lege sie den heiligen Gral bloß, nahm sie das größte Stück in die Hand und entfernte das schützende Tuch. Als sie den letzten Gazestreifen gelöst hatte, hielt sie es hoch. Es sah aus wie eine runde, gelbbraune Schale.

»Ein Schädeldach«, sagte sie ehrfürchtig. »Vom Pekingmenschen.«

53

Seit dreißig Jahren fuhr Chen Jiang, der Kapitän der *Jade Adventurer*, schon zur See, davon zwanzig in Diensten der Qin Shang Maritime Limited. Er war groß und schlank, er hatte glatte weiße Haare und war ein ruhiger Mann und hervorragender Schiffsführer. Er rang sich ein Lächeln ab und wandte sich an seinen Arbeitgeber.

»Da ist Ihr Schiff, Qin Shang.«

»Ich kann kaum glauben, daß ich sie nach all den Jahren doch noch zu sehen bekomme«, sagte Qin Shang, der wie gebannt auf den Monitor blickte, als die ersten Videoaufnahmen des Tauchroboters zu sehen waren, der über das Wrack hinwegglitt.

»Wir haben großes Glück. Hier ist das Wasser nur einhundertdreißig Meter tief. Wenn das Schiff tatsächlich vor der chilenischen Küste untergegangen wäre, hätten wir in dreitausend Metern Tiefe arbeiten müssen.«

»Der Schiffskörper ist anscheinend entzweigebrochen.«

»Daß ein Schiff, das auf den Großen Seen in einen Sturm gerät, auseinanderbricht, ist durchaus nicht ungewöhnlich«, erklärte Chen Jiang. »Die *Edmund Fitzgerald*, ein berühmter Erzfrachter, wurde buchstäblich zerrissen, als sie sank.«

Während der Suchaktion war Qin Shang unablässig im Ruderhaus auf und ab gegangen. Nach außen hin, auf den Kapitän und die Besatzung mochte er trotzdem kühl und leidenschaftslos gewirkt haben, doch insgeheim hatte er vor Erregung gefiebert. Qin Shang war kein geduldiger Mensch. Auf diese mühselige, quälende Sucherei, dieses ewige Auf- und Abfahren hätte er gern verzichten können. Er hatte dieses tatenlose Abwarten kaum ausgehalten, bis sie endlich auf das Wrack der *Princess Dou Wan* gestoßen waren. Jedenfalls hoffte er, daß sie es war.

Die *Jade Adventurer* sah nicht wie ein herkömmliches Erkundungs- und Bergungsschiff aus. Durch die schnittigen Aufbauten und den Doppelrumpf wirkte sie eher wie eine teure Jacht. Nur der dem übrigen Baustil angepaßte A-förmige Kran am Heck deutete darauf hin, daß sie kein Luxusschiff war. Der Doppelrumpf war hellblau gestrichen, mit einem roten Streifen um die Anschnittkanten. Die Aufbauten schimmerten strahlend weiß.

Sie war ein großes Schiff, hundert Meter lang und mit mächtigen Maschinen bestückt, ein Wunderwerk der Technik und vom Kiel bis unter das Oberdeck mit den allerfeinsten und modernsten Instrumenten und Geräten ausgerüstet. Sie war Qin Shangs ganzer Stolz und nach seinen Vorgaben eigens zu diesem Zweck entworfen und gebaut – der Bergung der *Princess Dou Wan*.

Das Schiff war am frühen Morgen vor Ort eingetroffen und hatte anhand der ungefähren Positionsangaben, die Zhu Kwan von St. Julien Perlmutter erhalten hatte, mit der Suche begonnen. Qin Shang war erleichtert gewesen, als er im Umkreis von zwanzig Meilen nur zwei andere Schiffe gesehen hatte. Das eine war ein Erzfrachter, der in Richtung Chicago fuhr, beim anderen, das nur drei Meilen entfernt war, handelte es sich nach Auskunft von Chen Jiang um ein Forschungsschiff, das ihnen die Steuerbordseite zugekehrt hatte und mit langsamer Fahrt auf Gegenkurs lief.

Die *Jade Adventurer*, auf der man nach der gleichen Methode und mit dem gleichen Gerät arbeitete wie auf der *Divercity*, hatte noch keine drei Stunden lang gesucht, als der Mann am Sonar einen Fund meldete. Nach vier weiteren Suchstrecken, auf denen immer schärfere Bilder vom Seegrund aufgezeichnet wurden, war sich der Mann am Sonar seiner Sache sicher: Unter ihnen lag ein Schiff, das, obwohl auseinandergebrochen, in Größe und Abmessungen der *Princess Dou Wan* entsprach. Daraufhin wurde ein in China hergestellter Tauchroboter zu Wasser gelassen und zum Wrack gelotst.

Nachdem er eine weitere Stunde lang gespannt auf den Bildschirm geblickt hatte, wandte sich Qin Shang unwirsch um. »Das kann nicht die *Princess Dou Wan* sein!« stieß er aus. »Wo ist die Fracht? Ich sehe nirgendwo die Holzkisten, die den Berichten zufolge die Kunstschätze enthalten sollen.«

»Merkwürdig«, murmelte Chen Jiang. »Die Stahlplatten von Rumpf und Aufbauten liegen rings um das Schiff herum. Sieht fast so aus, als ob es aufgebrochen wurde.«

Qin Shang wurde bleich. »Dieses Wrack kann nicht die *Princess Dou Wan* sein«, wiederholte er.

»Steuern Sie den Tauchroboter ums Heck«, befahl Chen Jiang dem Mann an der Fernbedienung.

Ein paar Minuten darauf hielt das kleine Unterwasserfahrzeug an, und der Mann an der Fernsteuerung richtete die Kamera auf den Schriftzug, der sich quer über das Heck zog: *PRINCESS YUNG T'AI*.

»Es *ist* mein Schiff.« Mit tief betroffenem Blick starrte Qin Shang auf den Monitor.

»Wäre es möglich, daß jemand die Fracht ohne Ihr Wissen geborgen hat?« fragte Chen Jiang.

»Unmöglich. Ein derart gewaltiger Schatzfund hätte sich nicht all die Jahre geheimhalten lassen. Einzelne Stücke davon wären garantiert im Handel aufgetaucht.«

»Soll ich der Besatzung den Befehl geben, das Tauchboot vorzubereiten?«

»Ja, ja«, erwiderte Qin Shang aufgeregt. »Ich muß mir das genauer ansehen.«

Qin Shang hatte eigens Ingenieure eingestellt, die für ihn ein Tauchboot namens *Sea Lotus* entworfen hatten. Gebaut worden war es von einer Firma in Frankreich, die auf die Herstellung von Tiefseefahrzeugen spezialisiert war. Verglichen mit anderen Tauchbooten, bei denen mehr Wert auf Funktionalität als auf die Bequemlichkeit der Besatzung gelegt wurde, wirkte die *Sea Lotus* fast wie ein Büro. Qin Shang fuhr häufig zu seinem Vergnügen damit herum. Er hatte mit ihr geübt, bis er die Bedienung beherrschte, sie kurz nach der Fertigstellung oftmals durch den Hafen von Hongkong gesteuert und diese und jene Verbesserungen vorgeschlagen, bis sie seinen Ansprüchen genügte.

Zudem hatte er ein zweites Tauchboot in Auftrag gegeben, die *Sea Jasmine*. Sie sollte als Rettungsboot eingesetzt werden, falls an Bord der *Sea Lotus* technische Störungen auftraten.

Eine Stunde später wurde Shangs Tauchboot aus dem Frachtraum geschleppt und unter den Kran gebracht, der es zu Wasser lassen sollte. Der Kopilot checkte die Betriebssysteme durch, trat dann in die offene Luke und wartete auf Shang.

»Ich werde das Boot allein steuern«, versetzte dieser herrisch.

Kapitän Cheng blickte zu ihm auf. »Halten Sie das für klug? Sie sind mit diesen Gewässern nicht vertraut.«

»Aber ich bin mit der *Sea Lotus* vertraut. Vergessen Sie nicht, Kapitän, daß ich sie gebaut habe. Ich tauche allein hinab. Ich muß der erste sein, der diese Schätze sieht, die man unserem Volke vor so langer Zeit geraubt hat. Ich habe zu lange von diesem Augenblick geträumt, als daß ich ihn mit jemandem teilen möchte.«

Chen Jiang zuckte wortlos die Achseln. Er bedeutete dem Kopiloten lediglich, daß er beiseite treten solle, als Qin Shang über die Leiter im Turm hinabstieg. Er schloß die Luke und dichtete sie ab, dann stellte er die Sauerstoffversorgung an.

Für ein Boot, das dem gewaltigen Außendruck standhalten konnte, der in Tiefen um die siebeneinhalbtausend Meter herrschte, war eine Tauchfahrt auf hundertdreißig Meter ein Kinderspiel. Qin Shang ließ sich in dem bequemen Sessel nieder, der nach seinen Vorgaben entwickelt worden war, und wandte sich der Steuerkonsole und dem Guckfenster im Bug des Tauchbootes zu.

Die *Sea Lotus* wurde von dem Kran über dem Heck ausgebracht, hing einen Moment lang in der Luft, bis sie sich ausgependelt hatte, und wurde dann im Michigansee zu Wasser gelassen. Taucher lösten den Kranhaken und überprüften ein letztesmal die Außenhülle, bevor Qin Shang in die eisige Tiefe hinabstieß.

»Kabeltrosse gelöst. Sie können abtauchen«, ertönte Cheng Jiangs Stimme über den Bordlautsprecher.

»Flute die Ballasttanks«, erwiderte Qin Shang.

Cheng Jiang war ein zu erfahrener Schiffsführer, als daß er sich von seinem Arbeitgeber einfach das Kommando hätte aus der Hand nehmen lassen. Er wandte sich an einen seiner Offiziere. »Lassen Sie vorsichtshalber die *Sea Jasmine* bereitmachen«, befahl er ihm, ohne daß Qin Shang es hörte.

»Rechnen Sie mit Schwierigkeiten, Herr Kapitän?«

»Nein, aber wir dürfen nicht zulassen, daß Qin Shang etwas geschieht.«

Die *Sea Lotus* war binnen kurzer Zeit außer Sicht und stieß langsam zum Grund des Sees hinab. Qin Shang blickte durch das Fenster in das dunkelgrüne Wasser hinaus, das zusehends schwärzer wurde, bis er sein eigenes Spiegelbild sah, den verkniffenen Mund, die starren Augen. Vor einer Stunde war er noch voller Zuversicht gewesen, doch jetzt wirkte er abgespannt, müde und fassungslos. Er mochte den Ausdruck auf diesem verschwommenen Gesicht nicht, das ihn scheinbar aus den Tiefen des Sees anstarrte. Zum erstenmal in seinem Leben, jedenfalls soweit er sich erinnern konnte, war ihm bang und beklommen zumute. Die Kunstschätze müssen irgendwo in dem geborstenen Rumpf sein, sagte er sich ein ums andere Mal, als das Boot immer tiefer in das kalte Wasser abtauchte.

Der Abstieg dauerte keine zehn Minuten, doch Qin Shang kam es vor, als wären Stunden vergangen. Er starrte eine ganze Weile hinaus in die Dunkelheit, bevor er die Scheinwerfer einschaltete. Als es zusehends kühler in der Druckkammer wurde, stellte er die Heizung an und regelte sie auf eine Raumtemperatur von zwanzig Grad. Am Ton des Echolots erkannte er, daß er sich rasch dem Grund näherte. Er blies die Ballasttanks kurz mit Preßluft an, damit er langsamer sank. Ab einer Tiefe von dreihundert Metern hätte er die am Kiel des Tauchboots angebrachten Gewichte abgeworfen.

Im Licht der Scheinwerfer tauchte der flache, öde Grund des Sees auf. Er tarierte das Boot fünf Meter über dem Boden aus, stellte dann die Schubstrahler an und steuerte es in eine weite Schleife. »Bin am Grund angelangt«, meldete er nach oben. »Können Sie erkennen, wie weit ich vom Wrack entfernt bin?«

»Laut Sonar nur etwa vierzig Meter westlich von der Steuerbordseite des Vorschiffs«, antwortete Jiang.

Qin Shang spürte, wie sein Herz einen Takt schneller schlug. Er zog die *Sea Lotus* herum, bis sie parallel zum Rumpf stand, steuerte dann nach oben, über die Reling und am Rand des vorderen Frachtdecks entlang. Er sah die Kräne, die plötzlich aus der Dunkelheit aufragten, und umfuhr sie geschickt. Jetzt befand er sich genau über den Frachträumen. Er brachte das Tauchboot zum Stillstand, kippte das Heck nach oben, so daß die Scheinwerfer nach unten strahlten, und starrte dann mit weit aufgerissenen Augen in die leere, dunkle Höhle.

Voller Entsetzen stellte er fest, daß rundum alles leer war.

Dann, mit einemmal, bewegte sich etwas in der Dunkelheit. Zuerst dachte er, es sei ein Fisch, doch dann kam eine unsägliche Gestalt aus den schwarzen Tiefen des Frachtraums, ein Monster wie aus einer anderen Welt. Langsam, fast schwebend, stieg es auf wie ein Dämon aus grausigen Tiefen und bewegte sich auf das Tauchboot zu.

Unterdessen blickte Kapitän Chen Jiang besorgt zu dem Forschungsschiff, das mittlerweile um neunzig Grad beigedreht hatte und auf die *Jade Adventurer* zuhielt. Zumal dahinter ein Kutter der Küstenwache auftauchte, der bislang vom Rumpf des großen Schiffes verdeckt worden war. Jetzt hielten beide mit voller Fahrt auf das chinesische Bergungsschiff zu.

54

Qin Shang sah aus, als hätte er soeben einen Blick in den tiefsten Abgrund der Hölle geworfen. Sein Gesicht war kreidebleich und starr, wie aus getrocknetem Kitt geformt. Kalter Schweiß lief ihm über die Stirn, während er mit schreckgeweiteten Augen nach vorn blickte. Er, der seine Gefühle sein Leben lang fest im Griff gehabt hatte, war mit einemmal wie gelähmt. Bangen Mutes starrte er auf den tropfenförmigen Kopf des gelbschwarzen Monsters, sah das Gesicht, das sich zu einem gräßlichen Grinsen verzog. Und dann erkannte er die Züge.

»Pitt«, keuchte er heiser.

»Jawohl, ich bin's«, antwortete Pitt über das in seinen Newtsuit eingebaute Funkgerät. »Sie können mich verstehen, nicht wahr, Qin Shang?«

Qin Shang stand wie unter Schock, traute seinen Augen und Ohren kaum. Dann packte ihn eine unbändige, wahnwitzige Wut auf diese Gestalt, die so plötzlich vor ihm aufgetaucht war. »Ich verstehe Sie«, sagte er ruhig, während er mühsam um Fassung rang. Er wollte nicht wissen, woher Pitt kam oder was er hier suchte. Ihn quälte nur eine Frage.

»Wo sind die Kunstschätze?«

»Kunstschätze?« erwiderte Pitt mit argloser Miene, soweit man sie durch das dicke Glas des Helmes erkennen konnte.

»Wo sind sie geblieben?« herrschte Qin Shang ihn an. Starr und blicklos schaute er nach vorn. Er wußte genau, daß er verloren hatte. »Was haben Sie mit den alten Meisterwerken meines Volkes gemacht?«

»Ich habe sie an einen Ort gebracht, wo sie vor raffgierigem Lumpenpack wie Ihnen sicher sind.«

»Wie das?« fragte er nur.

»Mit viel Glück und dank der Hilfe vieler tüchtiger Leute«, versetzte Pitt ungerührt. »Nachdem ein mit mir befreundeter Forscher auf einen Überlebenden der *Princess Dou Wan* gestoßen war, der uns den entscheidenden Hinweis gab, hat die NUMA in Zusammenarbeit mit der amerikanischen Marine und einem kanadischen Unternehmen eine Bergungsflotte aufgeboten, die den Schatz in zehn Tagen gehoben hat. Wir hatten längst damit angefangen, bevor wir diesem Forscher, der in Ihren Diensten steht – Zhu Kwan heißt er, glaube ich –, mitgeteilt haben, wo die *Princess Dou Wan* liegt. Danach mußten wir nur noch abwarten, bis Sie hier aufkreuzen. Ich habe gewußt, daß Sie auf diese Kunstschätze versessen sind. Ich wußte es seit dem Abend, als wir auf Ihrer Party waren. Jetzt wird abgerechnet. Sie hätten nicht in die Vereinigten Staaten zurückkehren sollen. Denn damit haben Sie Ihr Leben verwirkt. Die Welt ist heutzutage leider so verwahrlost und verkommen, daß Sie sich mit Schmiergeldern und politischen Beziehungen bislang Ihre Freiheit erkaufen konnten. Aber so einfach werden Sie nicht davonkommen, Qin Shang. Sie werden büßen für all die unschuldigen Menschen, die in Ihrem Auftrag ermordet wurden.«

»Sie amüsieren mich stets aufs neue, Mr. Pitt.« Qin Shang klang höhnisch, doch sein unsteter Blick strafte ihn Lügen. »Und wer sollte mir diese Buße auferlegen?«

»Ich habe auf Sie gewartet«, sagte Pitt. »Mir war klar, daß Sie herkommen würden. Und daß Sie allein tauchen.«

»Sind Sie jetzt fertig? Oder wollen Sie mich zu Tode langweilen?«

Qin Shang wußte, daß er in Lebensgefahr schwebte, aber ihm war nicht klar, wie Pitt ihm zu Leibe rücken wollte. Pitts Gelassenheit beunruhigte ihn zwar, doch allmählich legte sich die anfängliche Furcht, und er überlegte, wie er mit heiler Haut davonkommen könnte. Er faßte neuen Mut, als er feststellte, daß Pitt nicht an einem Kabel hing. Ohne Kabelanschluß aber, das wußte er, war man in einem Newtsuit hilflos. Die Anzüge waren so sperrig, daß ein Taucher, der darin steckte, auf ein Mutterschiff angewiesen war. Er hing an einem Kabel, es war seine Nabelschnur, seine Verbindung mit dem Schiff, von dem er mit einer Winde abgelassen und wieder hochgezogen wurde. Pitt war folglich auf den Atemluftvorrat in seinem Anzug angewiesen, und der reichte allenfalls eine Stunde. Ohne Unterstützung von oben war Pitt wehrlos.

»Sie sind nicht so schlau, wie Sie meinen«, sagte Qin Shang.

»Meiner Meinung nach, Mr. Pitt, sind Sie derjenige, der hier büßen muß. Ihr Tauchgerät gegen meines? Das ist ja so, als wollte das Faultier den Bären in die Schranken weisen.«

»Versuchen wir's trotzdem.«

»Wo ist Ihr Schiff?«

»Ich brauche keins«, versetzte Pitt aufreizend lässig. »Ich bin vom Ufer aus reinspaziert.«

»Sie sind sehr launig für einen Mann, der nie wieder das Licht der Sonne erblicken wird.« Während Qin Shang spach, griff er verstohlen zu den Reglern für die Greifarme. »Ich kann jederzeit meinen Ballast abwerfen, auftauchen und Sie Ihrem Schicksal überlassen. Oder ich rufe meine Besatzung und befehle ihr, mein Ersatztauchboot herunterzuschicken.«

»Nicht fair. Das wären ja zwei Bären gegen ein Faultier.«

Diese unerschütterliche Haltung ist nicht normal, dachte Qin Shang. Irgend etwas stimmt hier nicht. »Sie scheinen sich Ihrer ja sehr sicher zu sein«, sagte er, während er seine Möglichkeiten abwägte.

Pitt hob einen der Greifarme des Newtsuit und zeigte ihm einen kleinen wasserdichten Kasten mit einer Antenne. »Falls Sie sich wundern, warum Sie von Ihren Freunden oben nichts hören – das kleine Gerät hier stört jeglichen Funkverkehr im Umkreis von hundertfünfzig Metern.«

Das war also die Erklärung dafür, weshalb er keinerlei Funksprüche von der *Jade Adventurer* empfangen hatte. Doch die Mitteilung änderte nichts an Qin Shangs Entschlossenheit. Er wollte Pitt endgültig bestrafen.

»Sie haben sich ein letztes Mal in meine Angelegenheiten eingemischt.« Langsam legte Qin Shang die Finger um die Regler für die Strahldüsen und die Steuerung des Greifarms. »Ich kann meine Zeit nicht länger mit Ihnen vergeuden. Ich muß feststellen, wo Sie die Kunstschätze verborgen haben. Leben Sie wohl, Mr. Pitt. Ich werfe jetzt meine Ballastgewichte ab und kehre zur Oberfläche zurück.«

Pitt wußte genau, was jetzt kam. Trotz des trüben Wassers hatte er bemerkt, wie sich Qin Shangs Blick plötzlich verändert hatte. Er riß die Greifarme hoch, um das Glasvisier an seinem Helm zu schützen, und schaltete die beiden kleinen Motoren, die links und rechts an der Taille des Newtsuit angebracht waren, auf Rückwärtsantrieb. Im gleichen Moment schoß das Tauchboot nach vorn.

Pitt stand auf verlorenem Posten. Eben hatte die *Sea Lotus* noch im Wasser geschwebt, doch jetzt kam sie unerbittlich auf ihn zu. Mit den kleinen Zangen an seinen Greifarmen hatte er gegen die viel größeren Klauen des Tauchbootes keine Chance. Außerdem war Qin Shangs Unterwasserfahrzeug doppelt so schnell wie der Newtsuit. Wenn die Klauen des Tauchboots den Anzug aufrissen, war alles vorbei.

Pitt konnte nur hilflos zusehen, wie die gefährlichen Greifarme auseinandergingen, sich anschickten, ihn zu packen und so lange zuzudrücken, bis der Newtsuit beschädigt war und das Wasser eindringen konnte. Wenn das geschah, würde Pitt eines grausamen Todes sterben.

Er dachte nicht daran, hier elendiglich zu ersaufen. Schon der Wasserdruck, dem er ausgesetzt wäre, wenn der Anzug aufriß, wäre unerträglich. In letzter Zeit wäre er fast zweimal ertrunken, und er wollte es nicht wieder darauf ankommen lassen. Er hatte nicht vor, sich hier einsam und allein einen aussichtslosen Kampf mit seinem ärgsten Feind zu liefern und qualvoll ums Leben zu kommen.

Am liebsten hätte er seinen Newtsuit auf Vorwärtsantrieb eingestellt und mit den Greifarmen das Guckfenster von Qin Shangs Tauchboot zertrümmert. Aber sie waren zu kurz und wären von den Armen des Tauchboots mühelos abgewehrt worden. Außerdem hatte er von Anfang an keinen Frontalangriff geplant. Daher steuerte er seinen schwerfälligen Druckanzug weiter zurück, achtete auf die tödlichen Klauen, sah Qin Shangs höhnische Miene und versuchte ihn hinzuhalten.

Er bückte sich, was dank der Gelenke in dem Newtsuit nicht weiter schwierig war, und faßte mit dem Greifarm ein kurzes Stück Rohr, das an Deck herumlag. Dann schwang er es herum und versuchte die tödlichen Arme des Tauchbootes abzuwehren. Es war ein lächerliches Unterfangen. Qin Shang führte die Klauen von beiden Seiten auf Pitt zu, packte das Rohr und wand es aus der Greifzange des Newtsuit, fast so, als nähme er einem Kleinkind den Lutscher weg. Für Außenstehende, wenn es denn in diesen düsteren Tiefen welche gegeben hätte, mußte es so aussehen, als ob zwei große Tiere in Zeitlupe einen Tanz vollführten, denn durch den hohen Wasserdruck waren keine schnellen Bewegungen möglich.

Dann spürte Pitt mit einemmal, daß sich der Newtsuit nicht mehr von der Stelle rührte. Er hatte sich bis zu den vorderen Aufbauten der *Princess Dou Wan* zurückgezogen, und jetzt stand ihm ein Schott im Weg, so daß er nicht mehr ausweichen konnte. Der ungleiche Kampf hatte allenfalls acht, neun Minuten gedauert. Pitt sah Qin Shangs teuflisches Grinsen, als sein Widersacher zum letzten tödlichen Angriff ansetzte.

Doch dann glitt plötzlich ein undeutlicher Schatten lautlos wie ein Raubvogel aus der Düsternis.

Es war die *Sappho IV*. Giordino, der bäuchlings in dem Tauchboot lag, stieß von oben herab und setzte sich hinter die *Sea Lotus*. Mit grimmig verbissener Miene bediente er eine schraubstockartige Klaue, die unter dem Boot herausragte. In ihr befand sich eine kleine, knapp acht Zentimeter durchmessende Kugel, an der eine Saugvorrichtung angebracht war. Qin Shang, der nur darauf aus war, Pitt zu ermorden, nahm nichts davon wahr. Giordino drückte die Kugel samt Saugnapf an den Rumpf der *Sea Lotus*, bis sie haften blieb. Anschließend zog er den Bug der *Sappho IV* scharf nach oben, legte das Boot in die Kurve und war im Nu wieder in der Dunkelheit verschwunden.

Zwanzig Sekunden darauf hallte ein trockener Knall durch das Wasser. Qin Shang wußte zunächst gar nicht, was los war, als die *Sea Lotus* jäh erbebte. Zu spät erkannte er, daß Pitts tapferer, wenn auch aussichtsloser Widerstand nur ein Ablenkungsmanöver gewesen war, daß er unterdessen von einem zweiten Gegner angegriffen worden war. Und dann blickte er voller Entsetzen zur Deckenwand der Druckkammer auf, durch die sich plötzlich zahllose kleine Risse zogen. Im nächsten Moment schoß Wasser in den Innenraum. Die Druckkammer wurde nicht zusammengepreßt, sie hielt weiterhin stand, doch gegen die eindringende Flut war er machtlos.

Qin Shang erstarrte vor Entsetzen, als das Wasser immer höher stieg und den kleinen Innenraum des Tauchboots binnen kurzer Zeit überflutete. Verzweifelt stellte er die Pumpen an, um die Ballasttanks zu leeren, und betätigte den Schalter, mit dem die Gewichte unter dem Kiel abgeworfen wurden. Langsam und unbeholfen stieg die *Sea Lotus* ein kurzes Stück auf, doch weiter kam sie nicht, denn durch das eingedrungene Wasser hatte sie nicht mehr genügend Auftrieb. Dann sank sie allmählich und landete auf dem Grund, wo sie eine dünne Schlickwolke aufwirbelte.

Verzweifelt und außer sich vor Angst versuchte Qin Shang, die Außenluke zu öffnen und sich ohne das Boot zur Wasseroberfläche durchzuschlagen – ein wahnwitziges Unterfangen und aufgrund der Druckverhältnisse in hundertdreißig Metern Tiefe völlig aussichtslos.

Pitt steuerte den Newtsuit durch die Schlickwolke und blickte durch das Guckfenster des Tauchbootes. Er dachte an die Leichen am Grund des Orion Lake, als er zusah, wie sich der chinesische Erzschurke zu der rasch schwindenden Luftblase hochzog und ein letztes Mal Atem holte, ehe das eisige Wasser des Sees in seine Nase und den weit aufgerissenen Mund eindrang. Seine Schreie rissen ab, und dann war nur mehr ein kurzes Glucksen zu vernehmen, als die letzte Luft aus der *Sea Lotus* entwich. Kurz darauf, so als hätte jemand eine Schaltuhr gestellt, gingen die Halogenscheinwerfer aus, und das Tauchboot war in Dunkelheit gehüllt.

Pitt schwitzte heftig in seinem sperrigen Druckanzug. Er stand am Grunde des Sees und starrte mit grimmiger Genugtuung auf Qin Shangs nasses Grab. Der milliardenschwere Großreeder, der Tausende unschuldiger Menschen unterdrückt, ausgebeutet und ermordet hatte, würde bis in alle Ewigkeiten neben dem leeren Schatzschiff liegen, auf das er Zeit seines Lebens so versessen gewesen war. Ein Ende, wie es sich gehört, dachte Pitt ohne das geringste Mitleid.

Er blickte auf, als Giordino mit der *Sappho IV* zurückkehrte. »Du hast dir ja mächtig Zeit gelassen. Ich hätte umkommen können.«

Giordino hielt das Tauchboot in der Schwebe und kam näher, bis sie nur mehr einen halben Meter voneinander entfernt waren. »Du kannst dir gar nicht vorstellen, wie sehr ich die Vorstellung genossen habe«, versetzte er lachend. »Du hättest dich mal sehen sollen, wie du in dem Michelin-Männchenanzug rumgehampelt bist und mit dem Rohr rumgefuchtelt hast wie weiland Errol Flynn mit seinem Degen.«

»Das nächste Mal übernimmst du den schweren Teil.«

»Wo ist Qin Shang?« fragte Giordino.

Pitt deutete mit einer Greifzange zu dem Tauchboot. »Dort, wo er hingehört.«

»Wie sieht's mit deinem Luftvorrat aus?«

»Reicht noch zwanzig Minuten.«

»Dann dürfen wir keine Zeit mehr vergeuden. Halt still, bis ich meine Trosse am Hebering an deinem Helm befestigt habe. Danach zieh' ich dich hoch.«

»Noch nicht«, sagte Pitt. »Erst muß ich noch eine Kleinigkeit erledigen.«

Er stellte die kleinen Strahldüsen am Newtsuit an und bewegte sich an den Aufbauten entlang nach oben, bis er zum Ruderhaus kam. Die Wände und Schotten waren aufgeschweißt worden, als sich die Bergungstrupps Zugang verschafft und die in den Gängen und Passagierkabinen verstauten Holzkisten abtransportiert hatten. Er musterte kurz die Planzeichnung vom Schiffsinneren, die er an das runde Glasvisier des Helms geklebt hatte, und steuerte den Druckanzug dann an der neben dem Ruderhaus gelegenen Kapitänskajüte vorbei zur nächsten Tür. Das Mobiliar in dem kleinen Raum lag kreuz und quer durcheinander, war aber erstaunlich gut erhalten. Es dauerte nur ein paar Minuten, bis er das Gesuchte gefunden hatte, worauf er einen kleinen Beutel aus dem Werkzeuggurt des Newtsuit holte und es einpackte.

»Du solltest dich lieber ranhalten«, ertönte Giordinos besorgte Stimme.

»Bin schon unterwegs«, erwiderte Pitt.

Er hatte noch für drei Minuten Atemluft, als die *Sappho IV* und der Newtsuit unmittelbar hintereinander auftauchten und an Bord der *Ocean Retriever* gehievt wurden. Als die Techniker ihn aus dem schweren Tauchanzug befreiten, warf er einen Blick zu Qin Shangs *Jade Adventurer*. Ein Prisenkommando der Küstenwache überprüfte gerade die Schiffspapiere und forderte den Kapitän auf, das Hoheitsgebiet der Vereinigten Staaten unverzüglich zu verlassen.

Als man ihm den sperrigen Anzug abgenommen hatte, beugte sich Pitt müde über die Reling und blickte hinab ins Wasser. Julia trat hinter ihn, schlang ihm die Arme um die Taille und verschränkte die Hände über seinem Bauch. »Ich habe mir Sorgen um dich gemacht«, sagte sie leise.

»Ich habe mich ganz auf Al und Rudi verlassen. Ich weiß, daß die beiden keinen Fehler machen.«

»Ist Qin Shang tot?« fragte sie, doch sie kannte die Antwort bereits.

Er nahm ihren Kopf in beide Hände und blickte in ihre blaugrauen Augen. »Den kannst du getrost vergessen.«

Sie befreite sich, wirkte mit einemmal verstört. »Wenn sich herumspricht, daß du ihn getötet hast, wirst du Riesenärger mit der Regierung bekommen.«

Trotz aller Müdigkeit warf Pitt den Kopf zurück und lachte lauthals los. »Schätzchen, ich habe *ständig* Riesenärger mit der Regierung.«

EPILOG

FRITZ

31. Juli 2000
Washington, D.C.

55

Präsident Dean Cooper Wallace arbeitete stets zu später Stunde in seiner geheimen Unterkunft in Fort McNair und dachte sich daher überhaupt nichts dabei, wenn er seine Mitarbeiter und Gesprächspartner mitten in der Nacht zu einer Konferenz einbestellte. Er erhob sich nicht von seinem Schreibtisch, als Direktor Duncan Monroe, Admiral Sandecker und Peter Harper von Harold Pecorelli, seinem neu ernannten Stabschef, in sein Büro geleitet wurden. Er forderte die Besucher auch nicht auf, Platz zu nehmen.

Wallace war alles andere als gut gelaunt.

Von den Medien bekam er schwere Schelte wegen seiner Beziehungen zu Qin Shang, gegen den inzwischen offiziell Anklage wegen seiner mörderischen Machenschaften am Mississippi erhoben worden war. Zu allem Überdruß hatte die chinesische Staatsführung Qin Shang kurzerhand fallenlassen und leugnete jede Verbindung mit ihm. Das Oberhaupt der Qin Shang Maritime Limited war spurlos verschwunden, und nicht einmal die chinesische Regierung wußte über seinen Verbleib Bescheid. Die *Jade Adventurer* befand sich noch auf der Rückfahrt nach China, und Kapitän Cheng Jiang hatte seit dem Auslaufen aus dem Michigansee Funkstille gewahrt, weil er nicht derjenige sein wollte, der die schlechte Nachricht von Qin Shangs Tod überbrachte.

Gleichzeitig kostete Wallace den Schatzfund in vollen Zügen aus und tat so, als hätte er einen entscheidenden Anteil an der Entdeckung und Bergung gehabt. Verhandlungen bezüglich der Rückgabe an China waren bereits in die Wege geleitet. Fotoreporter und Kamerateams vom Fernsehen hatten ihren großen Auftritt, als man ihnen die unglaublichen Kunstschätze vorführte, die Stück für

Stück aus den Teakholzkisten genommen und zum Konservieren vorbereitet wurden. Allein die Knochen des Pekingmenschen hatten weltweit für Aufsehen gesorgt.

Da man ihm von jeglicher Einmischung abgeraten hatte, sah Wallace stillschweigend zu, als der INS und das FBI landauf, landab nahezu dreihundert chinesische Bandenführer und -mitglieder dingfest machten und Strafverfahren gegen sie einleiteten. Tausende von illegalen Einwanderern, die buchstäblich in Sklaverei gehalten worden waren, wurden in Gewahrsam genommen und sollten nach China ausgewiesen werden. Der Zustrom illegaler Ausländer aus Ostasien war zwar nicht gänzlich unterbunden, aber den Schlepperorganisationen hatte man einen schweren Schlag versetzt.

Die engsten Berater des Präsidenten, die allesamt die Mauscheleien und Vertuschungsaktionen des vorherigen Amtsinhabers miterlebt hatten, empfahlen Wallace dringend, er solle einfach einräumen, daß Fehler begangen worden seien, und keinerlei Ausflüchte machen. Selbst wenn er sich bei manch einer Entscheidung geirrt haben mochte, sei es ihm doch stets um das Wohl des Landes gegangen. Schon versuchte man mit aller Macht, den Schaden zu begrenzen und jegliche Kritik zu vermeiden, die sich als Stolperstein erweisen könnte, wenn er sich zur Wiederwahl stellte.

»Sie haben Ihre Amtsbefugnisse bei weitem überschritten«, herrschte Wallace Monroe unwirsch an. »Und das ohne jemandem in meinem Büro Bescheid zu sagen.«

»Sir, ich bin lediglich meinen Amtspflichten nachgekommen«, erwiderte Monroe entschieden.

»China wird für die amerikanische Wirtschaft in Zukunft eine gewichtige Rolle spielen, und Sie haben die guten Beziehungen zwischen unseren beiden Ländern gefährdet, die wir mühsam aufgebaut haben. Die Zukunft der Vereinigten Staaten besteht in einem weltweiten Handelssystem, und eine enge Zusammenarbeit mit China ist ein entscheidender Schritt in diese Richtung.«

»Aber nicht, wenn es darauf hinausläuft, Mr. President«, versetzte Sandecker ungehalten, »daß unbegrenzt illegale Einwanderer in unser Land strömen.«

»Sie verstehen weder etwas von Außenpolitik noch von Wirtschaft«, erwiderte Wallace kühl. »Sie, Duncan, haben sich gefälligst um Ihre Amtsgeschäfte zu kümmern, um Einwanderung und Einreise. Und Sie, Admiral, um die Meeresforschung. Sie beide haben Ihren Posten nicht bekommen, damit Sie tun und lassen können, was Sie wollen.«

Sandecker zuckte die Achseln, dann ließ er die Bombe platzen. »Ich gebe ja zu, daß die Wissenschaftler und Ingenieure der NUMA normalerweise nicht dafür zuständig sind, Kriminelle aus dem Verkehr zu ziehen, aber –«

»Was haben Sie da gesagt?« herrschte Wallace ihn an. »Was wollen Sie damit andeuten?«

Sandecker wandte sich mit unschuldiger Miene an den Präsidenten. »Hat Ihnen noch niemand Bescheid gesagt?«

»Wovon?«

»Von dem Unglücksfall, bei dem Qin Shang ums Leben kam.«

»Er ist tot?« fragte Wallace betroffen.

Sandecker nickte ernst. »Ja, er verfiel offenbar vorübergehend dem Wahnsinn und griff am Wrack der *Princess Dou Wan* meinen Leiter für Spezialprojekte an, worauf dieser gezwungen war, Qin Shang zu töten.«

Wallace war wie vom Donner gerührt. »Wissen Sie überhaupt, was Sie da angerichtet haben?«

»Wenn jemand den Tod verdient hat«, erwiderte Sandecker bissig, »dann war es Qin Shang. Und ich bin stolz, möchte ich hinzufügen, daß meine Leute für Gerechtigkeit gesorgt haben.«

Bevor der Präsident Sandecker zurechtweisen konnte, mischte sich Harper ein. »Ich habe von der CIA einen Bericht erhalten, aus dem hervorgeht, daß man auch in der chinesischen Regierung Anstalten machte, Qin Shang aus dem Weg zu räumen. Man hatte demnach vor, sich die Qin Shang Maritime Limited einzuverleiben und in der staatseigenen Reederei, der China Marine, aufgehen zu lassen. Bislang deutet nichts darauf hin, daß man die Anzahl der Illegalen zurückzuschrauben gedenkt, aber ohne Qin Shang werden die nicht mehr so leistungsfähig sein und nicht im gleichen Ausmaß weitermachen können. Das kann uns allen nur recht sein.«

»Eins muß Ihnen klar sein, meine Herren«, wandte Pecorelli besänftigend ein. »Der Präsident muß seine politischen Vorstellungen durchsetzen und seine Interessen wahren, so unpopulär sie mitunter auch erscheinen mögen.«

Sandecker warf Pecorelli einen tadelnden Blick zu. »Es ist doch kein Geheimnis mehr, daß Qin Shang der Mittelsmann der Chinesen im Weißen Haus gewesen ist und eher deren Interessen vertreten hat.«

»Das beruhte lediglich auf einem Mißverständnis«, sagte Pecorelli mit einem bedauernden Achselzucken.

Sandecker wandte sich an Präsident Wallace. »Statt Duncan und mich hierherzuzitieren und uns zusammenzustauchen, sollten Sie uns eher einen Orden verleihen, weil wir eine Gefahr für unser Land aus dem Weg geräumt und Ihnen einen der größten Kunstschätze aller Zeiten in den Schoß gelegt haben.«

»Die Chinesen werden Ihnen doch mit Sicherheit sehr verbunden sein, wenn die Sachen zurückgegeben werden«, fügte Monroe hinzu.

»Ja, ja, eine erstaunliche Leistung«, erwiderte Wallace teilnahmslos. Er zog ein Taschentuch aus seiner Anzugtasche, tupfte sich die Oberlippe ab und hob dann zu seiner nächsten Verteidigungsrede an. »Sie müssen die globale Situation mit meinen Augen sehen. Ich muß derzeit auch an die vielen Handelsverträge mit China denken, bei denen es um Milliarden Dollar für die amerikanische Wirtschaft und um Hunderttausende von Arbeitsplätzen in Amerika geht.«

»Aber warum sollte der amerikanische Steuerzahler China beim Aufstieg zur Weltmacht unterstützen?« fragte Harper.

»Gewähren Sie wenigstens dem INS mehr Vollmachten«, wandte Monroe ein, der das Thema wechseln wollte, »damit wir den Zustrom illegaler Einwanderer aufhalten können. Nach letzten Schätzungen leben sechs Millionen Illegale in den Vereinigten Staaten. Den Zustrom über die mexikanische Grenze haben wir mittlerweile ganz gut im Griff, aber wenn wir den raffinierten chinesischen Schlepperbanden zu Leibe rücken wollen, müssen wir andere Maßnahmen ergreifen.«

»Vielleicht wäre es besser, wenn man alle illegalen Einwanderer amnestieren würde«, schlug Wallace vor. »Dann wäre die Sache ein für allemal erledigt.«

»Ich glaube, Sie sind sich über den Ernst der Lage nicht im klaren, Mr. President. Vor allem im Hinblick auf unsere Enkel«», sagte Monroe mit Nachdruck. »Bis zum Jahr 2050 werden in Amerika über dreihundertsechzig Millionen Menschen leben. Fünfzig Jahre danach – jedenfalls bei der derzeitigen Geburtenrate und dem Zustrom von Einwanderern, legalen wie illegalen – wird dieses Land eine halbe Milliarde Einwohner haben. Von da an wird es nur noch gruslig.«

»Die weltweite Bevölkerungsexplosion läßt sich ohnehin nicht aufhalten«, versetzte Wallace, »es sei denn durch einen verheerenden Krieg oder eine Seuche. Solange wir in der Lage sind, uns zu ernähren, vermag ich darin keine große Gefahr zu sehen.«

»Haben sie die Voraussagen der CIA-Analysen und Demographen gesehen?« fragte Sandecker.

Wallace schüttelte den Kopf. »Ich weiß nicht, von welchen Voraussagen Sie sprechen.«

»Von dem Ausblick auf die künftige Entwicklung, in dem von einem Auseinanderbrechen der Vereinigten Staaten die Rede ist.«

»Lächerlich.«

»Demnach werden die Chinesen eines Tages an der Westküste, von Alaska bis San Francisco, die Mehrheit der Bevölkerung stellen, und die Latinos gründen ihren eigenen Staat im Südwesten, zwischen Los Angeles und Houston.«

»Es geschieht doch vor unseren Augen«», sagte Harper. »In British-Columbia sind schon so viele Chinesen eingewandert, daß sie mittlerweile politisch ein gewichtiges Wort mitzureden haben.«

»Ich kann mir ein geteiltes Amerika nicht vorstellen«, sagte Wallace.

Sandecker schaute ihn einen Moment lang an. »Kein Staat und keine Kultur währen ewig.«

Der neue Stabschef, der Nachfolger von Morton Laird, räusperte sich. »Tut mir leid, wenn ich unterbrechen muß, Mr. President, aber der nächste Termin wartet bereits.«

Wallace zuckte die Achseln. »Das wär's denn. Tut mir leid, daß wir uns nicht weiter unterhalten können, meine Herren. Da Sie jedoch allem Anschein nach weder mit meiner Politik noch mit den Positionen, die ich vertrete, einverstanden sind, bleibt mir nichts anderes übrig, als sie zum Rücktritt aufzufordern.«

Sandecker warf ihm einen scharfen Blick zu. »Dazu bin ich nicht bereit, Mr. President. Ich weiß genau, wer wie viele Leichen im Keller hat, und zwar buchstäblich. Und wenn Sie mich feuern, kriegt das Weiße Haus dermaßen sein Fett weg, daß Ihre Berater bis zum nächsten Wahlkampf nicht mehr ein noch aus wissen.«

»Ich schließe mich dem Admiral an«, sagte Monroe. »Der INS und ich haben zuviel geleistet, als daß ich bereit wäre, meine Amtsgeschäfte einem unbedarften Parteibürokraten zu überlassen. Meine Agenten und ich haben in den letzten sechs Jahren eng zusammengearbeitet, bis wir endlich Licht am Ende des Tunnels sehen konnten. Nein, Mr. President, tut mir leid, aber auch ich werde nicht so einfach abtreten.«

Wallace brauste angesichts des unerwarteten Widerstands nicht auf. Er schaute die beiden Männer an und erkannte ihre Entschlossenheit. Er begriff, daß er es hier nicht mit Beamten zu tun hatte, die um ihren Posten fürchteten, sondern um wahre Patrioten. Mit solchen Männern wollte er sich nicht auf eine schmutzige Auseinandersetzung einlassen, und schon gar nicht jetzt, da er auf wohlwollende Berichterstattung in der Presse und im Fernsehen angewiesen war, wenn er den Sturm überstehen wollte. Daher lächelte er entwaffnend.

»Dies ist ein freies Land, meine Herren. Sie haben jederzeit das Recht, Ihre Unzufriedenheit kundzutun, auch gegenüber dem Präsidenten. Ich nehme meine Bitte um Ihren Rücktritt zurück, werde mich künftig aus ihren Angelegenheiten heraushalten und Ihnen bei Ihren Amtsgeschäften freie Hand lassen. Aber ich warne Sie. Wenn mir einer von Ihnen in Zukunft noch einmal politische Ungelegenheiten bereitet, werden Sie beide unverzüglich auf die Straße gesetzt. Habe ich mich klar ausgedrückt?«

»Durchaus«, sagte Sandecker.

»Sehr klar«, stellte Monroe fest.

»Ich danke Ihnen für Ihr Kommen und das klärende Gespräch«,

sagte Wallace. »Ich wünschte, ich könnte sagen, daß ich Ihre Gesellschaft genossen habe, aber das entspräche nicht der Wahrheit.«

Sandecker blieb in der Tür stehen. »Eine Frage noch, Mr. President.«

»Ja, Admiral?«

»Es geht um die chinesischen Kunstschätze, die aus dem Michigansee gehoben wurden. Wann gedenken Sie, die an die Chinesen zu übergeben?«

»Nachdem ich ihnen so viele politische Zugeständnisse wie möglich abgerungen habe.« Dann lächelte Wallace selbstgefällig. »Aber sie werden die Kunstschätze erst erhalten, wenn sie in der National Gallery of Art und anschließend auf einer Wanderausstellung in allen Großstädten unseres Landes gezeigt worden sind. Das bin ich unserem Volke schuldig.«

»Vielen Dank, Sir. Meinen Glückwunsch zu dieser klugen Entscheidung.«

»Sehen Sie«, sagte Wallace grinsend. »Ich bin nicht der Unmensch, für den Sie mich halten.«

Als Sandecker, Monroe und Harper aufgebrochen waren und durch den Tunnel zum Weißen Haus zurückkehrten, erklärte Wallace seinem Stabschef, daß er ein paar Minuten allein sein wolle. Er saß gedankenverloren da und fragte sich, wie er wohl von der Geschichtsschreibung beurteilt werden würde. Wenn er doch nur Hellseher wäre und in die Zukunft schauen könnte. Eine Gabe, die sich zweifellos jeder Präsident wünschte, seit George Washington das Amt angetreten hatte. Schließlich seufzte er und rief Pecorelli zu sich.

»Mit wem habe ich jetzt das Vergnügen?«

»Ihre Redenschreiber möchten sich gern ein paar Minuten mit Ihnen unterhalten. Es geht um den letzten Schliff an Ihrer Ansprache vor der Hispanic American College Association.«

»Ja, das ist eine wichtige Rede«, sagte der Präsident, der allmählich wieder klar denken konnte. »Eine ausgezeichnete Gelegenheit, meinen Plan zur Gründung einer Bundesbehörde für Kunst und Kultur zu verkünden.«

In den Amtsräumen des Präsidenten war wieder der Alltag eingekehrt.

56

»Wie schön, daß Sie sich wieder mal sehen lasssen«, sagte Katie, die in der offenen Haustür stand. »Kommen Sie bitte rein. Ian sitzt draußen auf der Veranda und liest die Morgenzeitung.«

»Wir können nicht lange bleiben«, sagte Julia, als sie in den Eingang trat. »Dirk und ich müssen mittags wieder nach Washington zurückfliegen.«

Pitt folgte den beiden Frauen ins Haus. Er hatte einen kleinen Holzkasten unter den Arm geklemmt. Sie gingen durch die Küche und traten hinaus auf die Veranda. Draußen auf dem See ging eine steife Brise, und das Wasser war ziemlich kabbelig. Etwa eine Meile vom Ufer entfernt lief ein Segelboot hart am Wind. Gallagher stand mit der Zeitung in der Hand auf.

»Dirk, Julia, schön, daß ihr vorbeischaut«, rief er mit dröhnendem Baß.

»Ich mach' uns rasch einen Tee«, sagte Katie.

Pitt hätte so früh am Morgen lieber Kaffee getrunken, doch er lächelte nur. »Aber gern.«

»Ich hoffe doch, daß ihr uns erzählt, wie die Bergung gelaufen ist«, sagte Gallagher.

Pitt nickte. »Deswegen sind wir hergekommen.«

Gallagher winkte sie zu den Stühlen, die rund um einen Picknicktisch auf der Veranda standen. »Laßt euch nieder.«

Als sie sich an den Tisch setzten, stellte Pitt den Holzkasten zwischen seine Füße. Nachdem Katie den Tee gebracht hatte, berichteten Pitt und Julia von der Bergungsaktion und beschrieben die Schätze, die sie mit eigenen Augen gesehen hatten, weil die Transportkisten zerbrochen waren. Qin Shang indessen erwähnten sie mit keinem Wort – Ian und Katie wußten ohnehin nicht, wer das war. Sie erzählten ihnen allerdings, daß Giordino die Knochen des Pekingmenschen entdeckt hatte.

»Der Pekingmensch«, sagte Katie versonnen. »Die Chinesen verehren ihn als ihren ältesten Ahnen.«

»Behalten wir einen Teil der Kunstschätze?« fragte Gallagher.

Pitt schüttelte den Kopf. »Ich glaube nicht. Soweit ich weiß, will Präsident Wallace den gesamten Schatz an die Volksrepublik China zurückgeben, aber erst nachdem er auf einer Wanderausstellung in den Vereinigten Staaten gezeigt worden ist. Die Knochen des Pekingmenschen sind bereits auf der Heimreise.«

»Stell dir bloß vor, Ian«, sagte Katie und blickte ihren Mann liebevoll an. »Das hätte alles uns gehören können.«

Gallagher tätschelte ihr Knie und lachte herzhaft los. »Wo hätten wir das Zeug denn hintun sollen? In unserm Haus steht jetzt schon so viel chinesischer Plunder rum, daß wir glatt ein Museum aufmachen könnten.«

Katie verdrehte die Augen und gab Gallagher einen heftigen Klaps auf die Schulter. »Du irischer Dickkopf, dir gefallen diese Sachen doch genausosehr wie mir.« Sie wandte sich an Julia. »Sie müssen Ian entschuldigen. Der ist und bleibt ein Rauhbein.«

»Wir müssen allmählich wieder weiter«, sagte Julia, obwohl sie nur ungern aufbrach.

Pitt bückte sich, hob das Kästchen hoch und überreichte es Katie. »Ein Mitbringsel von der *Princess Dou Wan*. Ich glaube, das steht Ihnen zu.«

»Ich hoffe, es stammt nicht von dem Schatz«, sagte sie überrascht. »Das wäre ja Diebstahl.«

»Keine Sorge, es gehört Ihnen«, beruhigte Julia sie.

Langsam, beinahe ängstlich, öffnete Katie den Deckel. »Das begreife ich nicht«, sagte sie verdutzt. »Sieht aus wie die Knochen von einem kleinen Tier.« Dann sah sie den kleinen goldenen Drachen, der an dem verblichenen roten Lederhalsband hing. »Ian! Ian!« rief sie, als ihr plötzlich ein Licht aufging. »Schau, sie haben mir Fritz gebracht.«

»Er kommt zu seinem Frauchen zurück«, sagte Gallagher, dessen Augen feucht glitzerten.

Katie liefen die Tränen über die Wangen, als sie um den Tisch herumkam und Pitt in die Arme schloß. »Vielen, vielen Dank. Sie wissen gar nicht, was Sie mir damit für eine Freude bereitet haben.«

»Spätestens jetzt«, sagte Julia, während sie Pitt zärtlich anschaute, »weiß er's.«

Gallagher legte seiner Frau einen Arm um die Schultern. »Ich be-grab' ihn bei den anderen.« Er wandte sich an Pitt und Julia. »Wir haben da draußen einen kleinen Friedhof, in dem die toten Tiere begraben sind, die wir im Lauf der Jahre gehabt haben.«

Als sie wegfuhren, stand Ian »Hongkong« Gallagher neben Katie, die unentwegt lächelte, während sie ihnen zum Abschied zuwinkte. Pitt stellte fest, daß er den alten Iren beneidete. Gallagher hatte recht gehabt – er hatte es auch ohne die Schätze auf der *Princess Dou Wan* zu Reichtum gebracht.

»Ein wunderbares Paar«, sagte Julia und winkte zurück.

»Muß schön sein, wenn man mit jemandem, den man liebt, alt werden kann.«

Julia starrte Pitt an und kniff verwundert die Augen zusammen. »Ich habe gar nicht gewußt, daß du so ein rührseliger Kerl bist.«

»Wir haben alle unsere schwachen Momente«, antwortete er lächelnd.

Sie lehnte sich zurück und schaute wehmütig durch die Windschutzscheibe auf die vorüberhuschenden Bäume. »Ich wünschte, wir könnten so weiterfahren und müßten nicht nach Washington zurückfliegen.«

»Was hindert uns daran?«

»Bist du wahnsinnig? Ich muß wieder meinen Dienst beim INS antreten. Du bei der NUMA. Unsere Vorgesetzten erwarten von uns ausführliche Berichte über die Bergung des Schatzes und all die anderen schaurigen Begebenheiten, die uns im Kampf gegen diese Menschenschlepper untergekommen sind. Damit sind wir in den nächsten paar Wochen voll ausgelastet. Wenn wir Glück haben, können wir uns sonntags ein paar Stunden sehen. Und was das Justizministerium mit dir anstellt, wenn man dort erfährt, daß du Qin Shang neben dem Wrack der *Princess Dou Wan* ein nasses Grab bereitet hast, will ich gar nicht wissen.«

Pitt sagte nichts. Er nahm eine Hand vom Lenkrad, griff in die Innentasche seines Sakkos und reichte Julia zwei Briefumschläge.

»Was ist das?« fragte sie.

»Zwei Flugscheine nach Mexiko. Ich habe vergessen, dir zu sagen, daß wir nicht nach Washington zurückkehren.«

Sie sperrte den Mund auf. »Du wirst ja immer verrückter.«

»Manchmal fürchte ich mich vor mir selber.« Dann grinste er. »Nur keine Sorge. Ich habe das sowohl mit Direktor Monroe als auch mit Admiral Sandecker abgeklärt. Wir haben zehn Tage Urlaub bewilligt bekommen. Sie haben eingesehen, daß sie uns zumindest soviel schuldig waren. Die Berichte haben Zeit. Die Bundesregierung kann vorerst ohnehin nichts unternehmen.«

»Aber ich habe doch gar keine passende Kleidung dabei.«

»Ich spendiere dir eine neue Garderobe.«

»Aber wohin fahren wir denn in Mexiko?« fragte sie, und mit einemmal war sie aufgeregt. »Und was machen wir dort?«

»Wir«, versetzte er mit Nachdruck, »legen uns an den Strand von Mazatlán und sehen zu, wie die Sonne über dem Meer des Cortez untergeht.«

»Ich glaube, dazu hätte ich große Lust«, sagte sie und schmiegte sich an ihn.

Er blickte auf sie hinab und lächelte. »Irgendwie hab' ich mir das doch gedacht.«